時代的眼·現實之花

《笠》詩刊1～120期景印本(十)

第84～91期

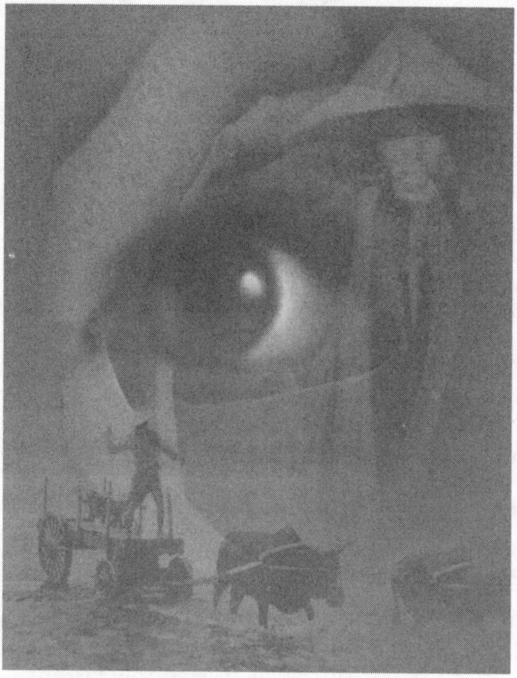

臺灣學生書局印行

詩双月刊

笠

LI POETRY MAGAZINE

1978年 4月號

84

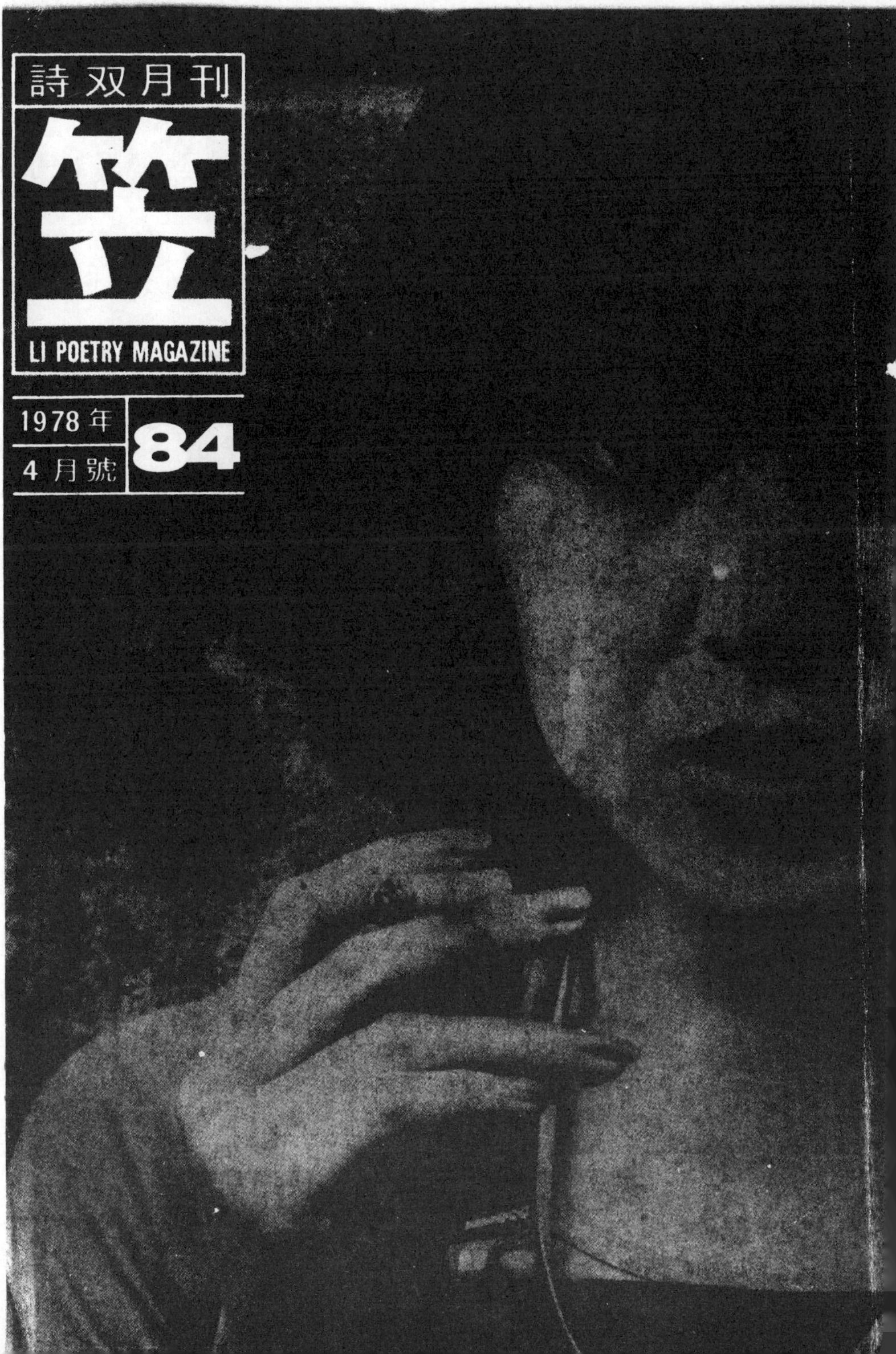

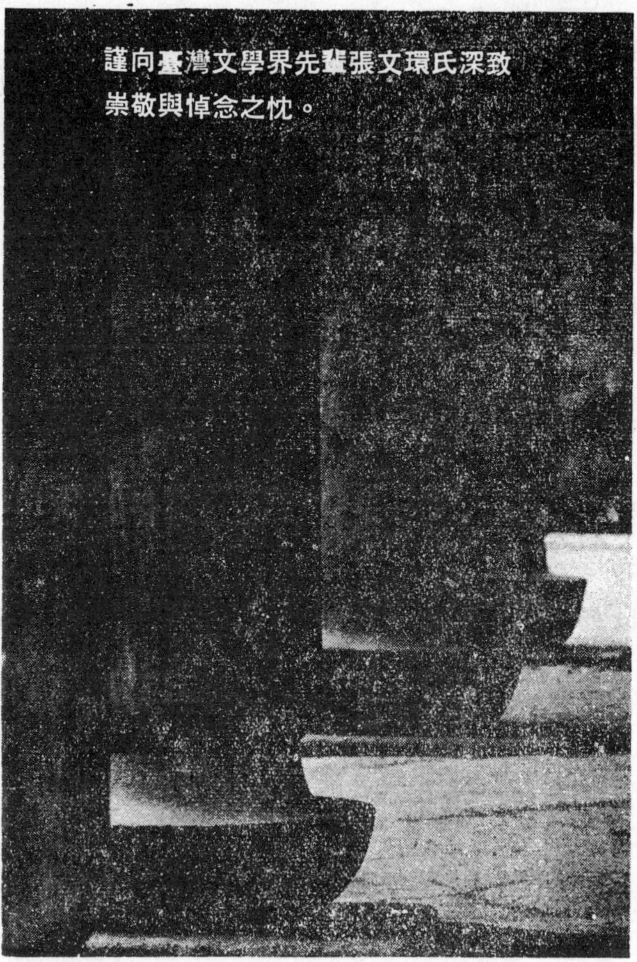
謹向臺灣文學界先輩張文環氏深致
崇敬與悼念之忱。

張文環紀念輯

詩作品

張文環遺作選刊

難忘當年事

張文環

我們好幾位朋友約定下星期日，在辜偉甫兄的保齡球場等齊，到觀音山去看古井兄墓。在等候交通車的閑談中我才發覺這星期日（八月十八日）恰巧古井兄去世六十日之七七忌日，所以古井嫂今天未能參加。這是古勳君給我們說明他的母親今天須在家裡辦理七七忌日的事才知道的。一行十二人的心裡頓覺古井兄的靈如在身傍，使我們感慨萬千。幾天前，我已經聽到古井兄的墓已經完墳，本來我在告別式後送古井兄的靈柩到觀音山之前，對於墳墓地點與圖面早已看過，所以完墳後的墓形約略可以想像。但是古井兄去世時剛好。在西德旅行的李超然兄，我們曾叮嚀過嫂夫人高慈美女士不要通知他，所以他一回來就急着約大家去看這老友的墳墓。我說不如待完墳後我們才去。

問題。

所以這星期日之行就是我們約定的日子，同時從觀音山回來時，我們還可以順便商量古井兄追悼號編輯事務分擔的問題。

大家從觀音山回來時已是下午一點，炎熱暑天裡山路老實對我是很吃力的。可是從山腰那邊的寺院隨風飄來尼姑們的讀經聲音給我一種淒然之感。白天裡在滿山墳墓上漂渺的尼姑們的讀經合唱，好像叫古井兄今後也要學讀經一樣，他的洋樂在這裡恐怕打不通了。就在這時候我不覺地大叫肚子餓了。我們的領班辜偉甫兄看看我一眼，笑而不答。大概他心裡是在譏我說貴婦人沒有叫苦，你這田莊兄就先唉叫起來。可是一進保齡球場餐廳時他也叫肚子餓，馬上下令拿午餐來。

午餐後，汗也乾了肚子也沒有問題了。有冷氣設備的餐廳使我們很有效率地解決了古井兄追悼號編輯的問題。到下午三點多還我才回到旅館。一踏進門，忽然孤獨感抓住了我的全神經，我無可奈何地面對着原稿紙，可是一字也寫不出來。這二十三四年來未提起原稿紙一直在我心裡頭打旋轉。因爲古井兄與我和原稿紙生活有不淺的因緣。三十餘年來我知道他的事最多，所以也覺得無從說起。想來想去，還是從組織啓文社發刊「臺灣文學」時說起最好，不過現在倘要從臺灣文學說起的話，手裡一點資料都沒有，年代自然無法交代，結果這點只好請讀者原諒，萬一對這篇拙文感到興趣，只有麻煩讀者自己去找新聞統制前的總督府機關報臺灣日日新聞或總督府發刊的「週報」或情報課發刊的雜誌，那麼可以概略明白當時的情形。

關於如何發刊臺灣文學雜誌的事，我早在臺灣映畫株式會社時，就常和陳逸松兄談起。當時臺灣人祇有臺灣新民報社（後改與南新聞報社），其他綜合雜誌固然不必說連一本文藝雜誌都沒有。陳逸松兄說，綜合雜誌難獲日當局許可，文藝雜誌無需依照新聞法的出版物，所以是沒有問題的。任何物最要緊是在方法的善用，那麼才可能收其效果，大家話匣子一打開愈講愈大愈說愈爽快。我們討論當時日本東京朝日新聞社發行蔣夫人的西安事變手記的翻譯。讀蔣夫人手記的臺灣智識階級莫不感激流淚。中華民國不但已堅強統一，漢民族的精神團結在近數百年來也是未曾有過的。所以蘆溝橋的事變不能簡單地過止於小事變就得到解決。我們對於日本政府的臺灣民族問題有這樣的看法。臺灣總督府在表面上是否認臺灣有民族問題。這是他們不願提起，反而加以否認，因爲日本天皇是一視同仁。因此沒有民族問題。不過假如依照的說法，臺灣的漢民族全部願意改姓名編入純正的日本國民時，恐怕日本立刻就會發生比美國南北戰爭更激烈的內亂。因爲日本人的右派份子怕臺灣人搶日本人的飯碗。平素深受日本國內右派學者影響的臺灣的日本人大部份也都這樣想，他們說，世界祇有日本才是神國，日本人是神之子，異民族尙要做日本人需經數十次爲日本帝國效勞，用血來作洗禮，才能够得到資格。這句話等於臺灣人要過經日本的侵略戰爭數十次中擔任數十次的軍夫才能高昇做日本兵。所以在這種要做日本人既不可能，要做漢民族也難的政治環境下，還有什麼文化呢？縱使有的話，那就是殖民地的悲哀與苦悶的文化。逸松兄與我決定要辦一本文藝雜誌。資金方面逸松兄願負責。事務方面由古井兄擔任，我負責編輯。話雖然這樣決定，但實際作很不容易着手。一再拖延下去。有一天，總督府警務局保安課長後藤末雄來電話說今天要請我和陳逸松兄在孔雀酒家吃晚餐。我覺得詫異，卽時打電話請逸松兄，可是他也莫明其妙。不過對於後藤末雄我有一種印象。（他與逸松兄是東京帝國大學同學）有一天我為了電影關係往警務局保安課去找他時，他問我王白淵兄現在如何？我說課長先生若寬恕大量王白淵兄今天也不致失業。因為三十五年前王白淵兄在日本東北森岡女子師範學校教書，薪水一個月一百十元。臺灣人在日本能夠此職位確不容易。後來他為寫幾首民族意識濃厚的詩，致被後藤末雄檢舉後革職。當時的後藤末雄是森岡警察署特高課長。後藤課長說，你叫他來找我罷。嗣後我和王白淵兄去找他時，他在我們的面前拿起電話筒叫臺灣日日新聞社大澤主筆講「我是保安課後藤，有一位叫王白淵，請你即時採用，保證人我後藤擔當。」總督府警務局保安課長是臺灣言論界的王爺，這一聲王白淵兄的職業就解決了。第二天，王白淵兄就是臺灣第一大報社的記者了。這給我的印象不壞，我覺得後藤末雄這個人有「武士道精神」恨事不恨人。他不在蓬萊閣，或江山樓請客而在孔雀酒家用意也是要給客人輕鬆一下。我們按照約定的時間在孔雀酒家集合。互相舉杯沒有幾次，後藤末雄就提出話題來。結論是要逸松兄與我辦一本綜合雜誌。逸松兄擔任社長，我擔任總編輯，他自己負責財務。雜誌的目的當然是在鼓吹天皇思想。逸松兄說日本的憲法規定，國民信仰有選擇的自由，但天皇是神聖不可犯的。二人討論得天花亂墜。總而言之，逸松兄的內心與我一樣是不能接受的，論到午夜十二點還未達到結論。後藤說後日再來。我們在孔雀酒家分手後，我和逸松兄在路上還談這一問題。我們二人笑說，這不是開玩笑的，要慎重才行。所以臺灣文學雜誌發行的事為此除非後藤末雄調動離開臺灣我老實不想進行。因為有他前段所說的問題的關係，恐怕凶多吉少。不久後藤末雄昇官調回日本去了。新調來的保安課長就任幾個月後，保安課的電影關係官員發表成立一個電影統制創立起草委員會，以研究成立電影統制股份有限公司成立事宜。開會時我才知道起草委員臺灣人祇有我一個人其餘全部是日人，且包括保安課官員在內。我深感孤掌難鳴，同時對這公司我也不感興趣。因為這統制公司的社長大約將由貞子萬里擔任。貞子社長的能力很利害，他有今天的地位完全是藉臺灣人資本而成功的。他是白手成家根本國民教育都沒有受過，所以他的癖氣很粗魯。統制公司成立後保安課官員對我說我的椅子他們早已預定了，為什麼我不願入統制公司？我說我對電影已不感興趣。本來我未必是怕和貞子萬里發生衝突，可是最好是要避免的。這起草委員會成立前有一天。天氣很壞狂風大作大雨傾盆，馬路上人畜絕跡。我關在公司樓上看風吹雨打，馬路如溪流一般，一片汪洋的情景。突然職員急促地叫我聽電話。臺北憲兵隊長酒井大佐要我即刻到憲兵隊去，要我講話。公司內的空氣立刻緊張起來。當時不要說是憲兵隊長要跟你談話，就是一憲兵軍曹誰都惶恐不安的。我猜想他要跟我說的一定不是文字的問題，大概是影片問題。於是我隨便拿起一包公司的影片資料，叫輛汽車在雨中跑了。汽車的司機很替我擔憂。我說「你在憲兵隊門口等我兩點鐘，萬一我不出來你就回去好了。」我到隊長的辦公廳，他叫我在他桌前的椅子。表情很冷酷，「為什麼在這支事變中，你們所輸入的全部都是美國影片？是不是故意要捧美國的場？用意不善呀？」可是他這句話倒使我緊張的心情鬆懈下來。我說「隊長DNO！我們配給的片子全都是二輪片。這些片子首輪全部是內地人（日本人）公司配給過的。二輪片本錢省，當然利益亦少。城內內地人公司雖然並不是全部都是美國片，可是大部份却是首輪片，我是拾他們掉下來的穗子。一點用意都沒有。」我當時提出影片目錄給他看，並說明當時臺北市影片配給情形。於是他的臉色鬆弛下來了，顯出笑容。我再問他「其他還有什麼指教嗎？」他說「沒有，因為有人投書，所以不得不在這大雨中請你來，對不住，請你原諒。你的文筆很好請你用文章報國。」他變得很客氣，還送我到樓梯。我踏出大門時大雨還沒有停。司機一看見我表示欣慰。坐在雨中馳騁的汽車裡，我感到無限的寂寞。假如飼養着一隻狗，任何主人都是會體貼狗的性癖和食物的。何況是人呢。日人對殖民地臺灣，根本就把老百姓當做沒有娘生養的。因為有這一段經過我也不想坐統制公司的椅子了。我辭掉臺灣電影公司後，於是組織啓文社發行「臺灣文學」的事也就急速地實現了。古井兄的苦楚也從此開始了。臺灣文學總售處是設在蔣渭川先生的日光書店。風評與銷路都意外的好。不過臺灣文學發刊時還有一段曲折。當時，臺灣的純文藝雜誌祇有西川滿主編的「文藝臺灣」。西州滿是臺灣日日新聞社的第二課課長。他的父親西川純是臺北市議員同時又是炭礦社長。有相當有力的背景。西川滿聽我要創辦臺灣文學時，他曾親身來到我家商量，說，我準備好的部份的損失他願意負擔，祇要我中止臺灣文學的發刊。他又說因為我也是「文藝臺灣」的同人之一所以他不得不如此做，他與我談了好久，但我說文藝臺灣的編輯方法距離我的理想很遠。沒有接受他的要求。最後他還說我倘不中止我的計劃，他要在「文藝臺灣」開除我的名。我在心裡說我早希望如此。不過不願與他爭論。因此「臺灣文學」一出版就與「文藝臺灣」對立起來。可是臺灣文學的發行部數比他們的多過三倍。以雙方的陣容來說文藝臺灣雖然有臺大教授支持，臺灣文學也一樣有日人的臺大教授支持。尤其是報界方面，大阪朝日新聞臺北支局和東京讀賣新聞臺北支局都在捧臺灣文學的場，更足以鼓勵同人的士氣。臺灣文學發刊後，由楊三郎兄提議「臺陽展」會員決議提供作品在天馬茶室開油繪小品展覽會，在展覽會所售出的油繪款項全部贈送臺灣文學充做雜誌發行資金。這段新聞消息大概也給西川滿非常的不愉快。臺灣文學出版後不久清水書店主人王仁德兄來我家暢談，他說：臺灣文學雜誌出版資金，宣傳，全省配給等事務他要負責，其他編輯上的問題或對外交際應酬等的問題則由我方負責。我將這事情徵求日光堂蔣渭川先生的意見時，他表示不能接受這條件再繼續為臺灣文學辦全省書店配給工作，所以以後我就將日光堂換到清水書店來，對這點我與蔣渭川先生間曾發生過些少的誤會，這是很遺憾的，啓文社的連絡處依然是掛在田水亭，所以關於臺灣文學的大小事都是到古井兄那裡去。如日本來的名人，各報的記者、大學教授、讀者、臺灣文學編輯同人等等。因此古井兄是應接不暇的。他為人很爽直，我與他約定的時間，我的講話，我的舉動他是無所不罵。可是我不管他，我深知這是他給我加油，所以罵是他的事，做是我的事。我們很和藹很團結。像我們這樣的交情大概是找不到的。有一天他看見我，顯然有點愉快的神情說，下星期日捷榮商店社長張清港先生在天母溫泉的他的別墅要請我們吃午餐。因為三井物產公司臺灣支店的課表「臼井要先生」對我們的臺灣文學甚感興趣要和我們暢談。朝鮮總督府專賣局朝鮮人參在朝鮮以外的地方是委託三井物產公司代理販賣。所以臺灣的朝鮮人參是由三井物產公司臺灣支店委託捷榮商店做臺灣總販賣店。說來三井物產公司就是捷榮商店的老板。我曾聽過捷榮店賴世澤兄說：「臼井要先生」是臺灣文學的愛讀者，大感意外。我想這次張清港先生的招待是給我拿一筆廣告費的好機會。想不到與臼井要先生談到臺灣文學的雜誌難以經營時，他無需我開口提起廣告的事，就以命令式的口氣對張清港先生說：「張清港先生，朝鮮人參的一年中預算的廣告費全部給臺灣文學好了，其他的新聞雜誌可以不必登」。當然張清港先生只好說一聲好。這天我們都很愉快。我記得那天受招待的臺灣文學同人是我與古井兄外三四名，不過到底是誰我都忘記了。祇記得其中有臺灣文學編輯委員之一的廣播電台文藝部長「中山侑兄」。因爲他那天很高興，在浴室內細聲在我耳邊說：「唉！老張！文學工作不如賺錢好啊！」我答：「不要給他們聽到啊，一聽到就不請我們了。」所以我才記得他曾出席。那天的浴盆裡用人參葉燒的人參水。毫華的招待我們大開眼界。中山侑兄作的詩和鄧雨賢作曲的歌其時很流行的。「月出的鼓浪嶼」（雨夜花的作曲也是鄧雨賢作的）現在的街路上和酒家還常聽到。臺灣的朝鮮人參的廣告費一年中的預算三千元，依現在的物價指數計算則將近十二萬元以上。所以臺灣文被統制以前的三年間，朝鮮人參的廣告除臺灣文學以外日刊的新聞大報紙都看不到的。光復後，我們還有一種驕傲，因爲在那困難當中，我們的每一作品現在還都可以再版，它堅强的奮鬪，對我國家民族是問心無愧的。古井兄！對這一點你滿足的臉我早看過了。因爲我們與文藝臺灣對立得很激烈所以我的困難也很多。有一天早上，我剛到山水亭三樓，古井兄一看見我破口就罵「馬鹿野郎！」（BAKAYAROU）！」

「噢！怎麼啦？先給我一杯茶好嗎！」

「你這個貪嘴鬼！我這裡的菜隨你吃，你都吃不飽，你打算怎麼啦？」他怒氣冲冲把手裡的報紙擲給我。我接過報紙看到 Gossip 欄才知道。原來昨夜西川滿招待我到他家食飯，怎麼記者知道。記事是寫我和西川滿相好在他的家裡吃飯，大概是談文藝雜誌合併或臺灣的文學雜誌的統制。這段消息使我啞然。這之前我在城內的茶室曾碰到西川滿和他一塊兒喝茶，因此也被古井兄罵了一頓，雜誌雖然對立，但這並不是個人的打架報復。不過我和他根本沒有談過合併或統到的事。希望和我共同出版一本小說集。但是我沒有答應。這想來實在好笑，本來他要開除我，現在當雙方對立到這麼激烈的時候倒想和我共同出版小說，這那裡有可能。合併的事，他和我出席日本東京文學者大會時，在船中也曾討論過。當然我絕不同意。關於這段經過我由東京回來時，早曾向臺灣文學同人報告過了。在他家食飯的事我詳細給古井兄說明。我說用個比喻來說，難道憲兵時常來我家，就是要我當憲兵，或憲兵要做臺灣文學同人嗎？古井兄聽完我的話，這才下了氣說：「總講一句，你的行動要愼重才行。」「知道了，知道了。」這樣他才放了心倒茶去了。他和我倆由臺灣文學同人以外的第三者看來，似乎性格是相反難得共處，但其實不然，我們互相理解，一切都很圓滿。說來這也是古井嫂內助的功勞。臺灣文學同人無不深感嫂夫人是位好內助。當時山水亭已成爲臺灣文化運動的基地，這以警察方面看來是很明顯的，可是日警沒有找他的麻煩以前，我知道古井嫂一定常聽到忠告。山水亭倘想賺點錢，最好是離開臺灣文學這批人。這種忠告或者有的是單純以朋友立場好意的忠告。但這忠告並不能動搖古井兄的意志。所以臺灣文學的基礎才逐漸堅固起來。大概是臺灣文學創刊後第二年的事。與南新聞社舉辦演劇挺身隊。主要指導者是臺灣演劇協會由日本東京聘來的松井桃樓。這松井桃樓的父親是日本聞名的研究歌舞伎劇的專家。臺灣演劇協會的工作是臺灣戲劇的統制機關。這個組織是由基隆三宅警察署長於退休後所組織的。三宅對於臺灣歌謠戲劇有相當的研究。因此組織演劇協會後，需要戲劇的專家，所以他們不惜重金遠從東京聘松井桃樓來指導。演劇協會的會費是由全省演劇團體強制徵收的。而且還要從演劇團體公演的總收入中抽。是不是三%？確實的數字我也忘記了。興南新聞社的演劇挺身隊的指導者全部日人。作品題名爲「南國之花」原作者也是日人。所以不但我個人，臺灣文學同人看來也不大舒服。這不滿並不是全部指導都是日人所引起的。因爲這批日人的演劇能力，我們估計沒有興南新聞那麼高。近廟欺神，興南新聞眼光何在不無疑問。於是我們也匆匆忙忙組織演劇研究會起來。興南新聞社借第一劇場三樓做練習地點。我們借大稻埕某茶行空屋做練習場。他們的場所通風好且有電扇和點心。我們不但沒有點心，通風也不好，練習中男女演員滿面汗珠如淚水。一方面是大新聞社爲中心，一方面是一家小文學雜誌社。這場對臺戲相當受人注目。興南新聞社社會部記者吳天賞兄也是臺灣文學同人之一。他幾乎每夜都去看報社辦的演劇練習後才來茶行看我們的練習。所以雖未公演，在新聞紙上的風評我們比他們好。有一天，吳天賞兄被他的報社主筆叫去大罵一場，罵他不寫自己的消息偏要寫他人的演劇消息。吳天賞兄答說他人的比我們的好得多。主筆罵他，你知道怎麼不貢獻意見。我說劇本既然失敗，怎麼會演好的戲來。我的話還是言歸本題吧，要談的是古井嫂的內助。這班演劇研究員每日的晚餐是在山水亭三樓吃的。數十人的伙食數目確實可觀。況且這不是一兩天，而是兩三個月的事。有一天的早上，我到山水亭三樓時，碰着古井嫂與古井兄大打架。我跑下樓時，眞的欲哭無淚，心亂如麻，恐怕我們的工作爲此要受阻，所以回到家裡之後，仍是坐立不安。等到下午三點左右再去山水亭三樓時，情形已經改觀，只見古井嫂忙於踏裁縫車。我在她的背後細聲問「古井嫂！你忙什麼？」她很輕鬆地答說『古井仔叫我趕做你們演員的衣裳啦！』

「麻煩妳！太辛苦了！」

「不，沒有什麼！」

「你去看過了練習沒有？」

「沒有，古井仔說今天晚上要帶我去看。」

我不但放了心，內心還滿着感激。於是呑聲說聲「大家歡迎妳來看」這才放心去做我的事。那天的晚上我仔細注意古井嫂的行動。她不但被演員的熱意所感動，對於劇情也顯然感到興趣，頻頻掏出手巾拭她的眼淚。從此以後我們既無後顧之憂，祇有傾注全力努力而已。他們眞的是夫唱婦隨。當時，倘沒有古井嫂這位好內助，那麼臺灣文學和厚生演劇研究會也不可能有那麼好的成就。

興南新聞社的演劇挺身隊的公演與厚生演劇研究會的公演，我記得是同一時期，相差恐怕沒有一兩天。他們借第一劇場公演，我們借永樂座。永樂座的電氣施設太差，所以爲求照明的完備對於電氣施設非加裝設不可。我記得對這工作有一家日人的電氣店給我們很幫忙這也是難忘的一件事。一開演，當然勝敗就明瞭了。第一劇場的冷落，永樂座連續一星期的滿座。我想這是當然的，因爲我們是以淚水所造成的。臺灣日日新聞報上、臺大的國文教授瀧田先生的劇評說是來臺灣數十年，頭一次看到好的話劇。其他還有許多劇評都在捧我們的場。可是第一劇場的「南國之花」我好像根本沒有看到劇評。

寫到這裡忽然想起我與陳逸松兄組織啓文社當時我的諾言來。臺灣文學發行後我非往總督府鐵道部去交涉一張PASS不可。因爲有這張PASS不但乘火車免費，在火車站的迎客送友出出入入也方便的多。無論快車普通車頭二、三等都可以自由搭乘。可是我已把那位鐵道部課長的姓名忘記，他被我糾纏了好幾次終於給我。他說鐵道部可以發給PASS的雜誌社是根據新聞法發行的雜誌才行。文藝雜誌與硏究雜誌一樣沒有資格，「文藝臺灣」也不敢來請發。我說「文藝臺灣」的西川滿兄有臺灣日日新聞社的PASS，我沒有。臺灣的綜合雜誌不容易得到許可，臺灣的文學雜誌祗有我這一本。無論如何請課長先生幫幫忙。最後他終於發給我。沒有PASS以前，火車的頭等我本未曾搭乘過。可是發行臺灣文學以後我每次變頭二等的乘客了。因此也能够領略火車頭二等的空氣。我最感到詫異的，就是火車頭二等乘客不要說沒有臺灣人，就是日本商人也很少。後來問來問去才知道其原因。原來臺灣的日本人除非有勢的財閥以外，不喜歡乘頭二等車是怕碰到總督府或州廳的大官。因爲在火車內還要客客氣氣應付他們覺得麻煩。我在火車內常碰到的先輩是陳欣先生、林獻堂先生、羅萬俥先生。我想起，羅萬俥先生常笑的性格有時像虎，有時像羊仔的事。事實我承認我的性格像羊仔。古井兄常叫我爲山熊，意思是說醜男必須衣冠整齊每天要修面才能够補救一些，可是我甚麼都沒有完全像山熊一樣。但，羅萬俥先生的意思却不同。臺灣新聞實施統制前數個月，總督府保安課?或情報課曾主辦過一次新聞座談會，要聽聽各界對新聞統制的意見。出席者臺大教授（一名或二名?）官方、保安課長、情報課長、臺北州廳高等課長、新聞社方面、臺灣日日新聞社河出徹社長及大澤主筆、大阪朝日新聞社臺北支局長、東京讀賣新聞社臺北支局長、大阪每日新聞社臺北支局長、臺灣人祇黃朝清（醫學博士）、興南新聞社營業局長）與我二人。座談會的題目集中於新聞統制問題。大家的意見綜合起來、爲戰時的新聞紙節省、爲言論一致等等。黃朝清先生頭至尾都以點頭表示贊成。這給我很大的興奮，所以我說，統制是好的，可是由技術上，以及新聞記事的時間性等等來說，報紙沒有競爭對象是否適當。是不是會退步。最好留下臺灣日日與興南新聞兩家如何?對這點情報課長說「我不知道爲什麼，內地新聞比臺灣的新聞更有魅力!」河村社長對嘴說「這是內地新聞編輯技術好，臺灣比內地落後的關係」河村徹這句話使我覺得他太不坦白。我說「河村社長你說的話我不能了解，臺灣日日新聞有五十年的歷史，尚且每年由政府補助，還說技術問題，那是應當切腹，以謝天下的責任問題，我想這一點不是編輯的技術問題，是新聞的編輯不平常，有偏心，內臺差別所以報紙失了吸引力，興南新聞如何?短短的期間吸收那麼多的讀者就是一個明證」突然席上沉靜起來。河村社長被臺灣人在總督府高官面前問到這樣難堪一定天字頭一次。我也頓覺今夜的座談會我又碰到大劍客了。可是黃朝清先生仍默默無言。他一定以爲我是個傻瓜才不懂得利害不怕死活。全席空氣停了一瞬間，小澤情報課長說「對張先生所說這點，確實也要考慮一下，至於編輯方針，內臺一如、八弘一宇的聖意應該明顯表現才行」河村社長大概是聽到總督府當局有這樣的話，這才沒有向我反擊。他說「臺日是沒有張先生說的那種心情，假使被人看做那樣的話，那麼就是我不德所致，抱歉得很」他對我點頭。禮貌上我也卽時說「我的話有點過火，請河村社長原諒」他說「豈敢豈敢」於是席上的空氣就緩和起來。我想我不要再說了。那天的座談會消息曾刊登在總督府發行的「週報」但沒有詳細，而且，河村與我這段話都刪除了。羅萬俥先生知道我爲興南新聞出了一口氣，同時也知道黃朝淸先生沒有發言。這是因爲那夜出席的臺大教授在該「週報」批評那夜的座談會。他祇說大稻埕某臺灣人文學者反對新聞統制的事。這也是殖民地臺灣悲痛的一面。有一位高等刑事問我「日本有皇族、貴族、土族、平民，你們臺灣人是祇有平民其他都沒有的，所以臺灣人是日本新平民，待遇稍有相差有什麼不滿呢？」我說「你對東洋史是外行的。日本歷史一千六百年，中國歷史四千年，在這四千年歷史演變中，漢民族無論那一姓，沒有做過皇帝便做過王，所以全體的漢民族不像日本有甚麼貴族不貴族」他睜大大眼睛說「可是可以說大部份是文盲的多呢？」『不是文盲多少的問題，他們的血液中有帝王或王公的血統！」古井兄對你我有說不𦟌的話。光復時我曾經對你說過，我們輕鬆了，多士濟濟，而且再也沒有民族問題來打擾我們。我在學生時代就希望在山邊經營果園。我的書房掛着「樂雨山莊」四字，這是我的願望也是我的理想。想不到我的願望還未實現你就去世了。這使我太寂寞了。可是你的晚年，在辜偉甫兄處，可以說是很幸福的一段。羅萬俥先生去世時，你曾寫信給我，問我銀行幾時退休。替我擔憂。我回信給你說，五十五歲怕什麼？因爲我還想做農夫，我的心理上沒有年齡的意識。現在剛好要換職業跑到臺北來碰到你永別。爲你的追悼號雜誌我在旅社寫篇斷斷續續的回憶請老友你原諒吧！

——（民國五十四年、七、廿七）轉載

「臺灣文藝」季刊第二卷第九期

1976年張文環氏和知友在臺中聚會餐敍（後排左3）

1977年張文環氏偕二女公子在臺南成功大學校園留影（張良澤右側）

1976年春，張文環氏和陳秀喜，蔡瑞洋（右二）
張良澤（右一）攝於日月潭

1978年2月16張文環氏告別式一景（前排右三爲陳千武）

悼張文環兄回首前塵

巫永福

數十年文學運動，春風並坐，夜雨聯來，
回首前塵悲若夢。
猶著佳構竟未成，一朝永訣，典型式望，
尚留斯界作巨人。

二月十二日禮拜天中午我往臺北市中山北路奧林必克大飯店參加臺北市俳句會（是以季題寫成日本文十七字的短詩會）時，陳秀喜女士見到我就趕忙說：「文環兄於今晨去世」等語，頓時使我話接不上來，着實使我吃驚。去年底文環兄曾與陳鞏天人從日月潭來臺北公幹。其時我們曾有聚餐的機會，是由辛濂松先生作東的，大家談得非常愉快，而把他對我堅決表示，尚有好多事盡情要寫並正寫作中，絕不能中途死去的豪語猶在耳邊。事實上我從來都未曾聽說過他有什麼毛病，那時看來他非常健壯，而他自己好像對於健康也很有自信的樣子。每次見他一幅很有「油水」的面貌，且講話起來詼諧十足，滔滔不絕，就覺得他精力旺盛，因此在我的記憶中，他永遠都是很有活力，「馬力」的人。所以聽陳秀喜女士的話，還不能十分相信，留着一些懷疑與萬一的希望，於翌十三日星期一上班後，正急急準備打電話給中國信託公司陳榮副總經理證實時，忽然桌上電話機鈴聲一響，就是陳榮君打來的電話，開口一聲就說要報告我一個悲傷的消息，這麼一來我就知道文環兄確確已去世了，乃脫口回答，「是不是文環兄去世。」

這樣確定了文環兄去世的消息之後，才有眞實的感覺着與文環兄此生永訣的悲痛，乃提起筆撰上述的輓聯，並親寫於長型白布，即以限時專送寄去日月潭大飯店治喪處。

中國信託公司是文環兄所服務的日月潭大飯店的大老板，當然陳榮君所說的最值得相信，他還告訴我文環兄的告別式將於十六日在臺中擧行的消息，好使我有時間準備赴臺中參加葬禮。陳榮君是我臺中一中的後輩，畢業於早稻田大學，臺中人，從前也是文學青年，曾以陳瑞榮本名出版一本「暖流寒流」的日文小說，是日據時期最早出版單行本的本省作家之一。都是四十多年來的老朋友，大家都很談得來。

文環兄的晚年可以說很幸運。因爲他沒有生活上的經濟基礎，一家八口的生活重擔掛在身上，一時都不能沒有職業上的收入。俗語說：「朋友是財產」。他總能得着很多朋友的幫助渡過其難關，該是文環兄很得人緣的緣故。

文環兄最後服務的中美企業公司日月潭大飯店，本來是由勵志社所經營，因經營不善，乃邀一菲律賓蔡姓華僑投資，這華僑覺得沒有人看管財務不放心，經現中國信託公司辜濂松總經理介紹，文環兄乃擔任該大飯店的財務經理，其時正好是文環兄五十多歲靠山羅萬俥董事長去世而被迫由彰化銀行退休的時候。可是大飯店的經營在勵志社的手裏還不能上軌道，致一時文環兄離開該大飯店，經華南銀行林椅楠經理的推介，來臺北擔當陳查某先生的公司的總經理，但不久不得不離開該公司，再經南山人壽保險公司林快青總經理的提携，擔任該公司董事會主任秘書，不久又離開南山，再回到日月潭大飯店。之後，勵志社的股份總由中國信託公司承受，大改組後文環兄乃升任總經理。由於大老板中國信託公司的董事長是辜振甫先生，總經理及副總經理於如前述是辜濂松、陳榮兩兄擔任，大家都是知己，對於文環兄的事情都很了解。這個環境對於文環兄而言，眞是如魚得水，使他有機會再展現他的抱負與能力。文環兄是很有責任心的人，爲了改善該飯店的經營着實也費了相當大的苦心。所以大飯店也大大地擴建。且文環也由於職位事業的安定，才有餘暇構想其三部曲的小說，並完成其日文長篇第一部「地に這ふもの」，在日文出版，此書於其後廖清秀君以中文譯爲「滾地郎」並在臺北鴻儒堂出版，此書名滾地郎，字義雖爲爬在地上的人們，其意應爲「生息於斯的人」，似乎較恰當。

　回想起來文環兄大我四歲，年輕時之四歲的差距覺得很大，由於年齡的關係社會經驗及人生觀等各方面的見解他都比我成熟，他總以老大哥的姿態對待我。我與他的認識是在民國二十一年的年初，是我知道他是同好者而訪問他於東京市本鄉區元町的寓所之後。此時的文環兄是就讀於東洋大學文科的學生，嘉義縣梅山鄉人。元町的住所是其定兼浪子夫人（現改名爲張英美）的娘家，其娘家的父母及小妹之外還有文環兄之胞弟文鐵君同住在一起。其時的我也正是東京明治大學文科的學生，剛好二十歲。在一種强烈的民族意識之下談得很投機，甚是志同道合。

　當時的明治大學文藝科的部長是日本有名大小說家山本有三，以其名望曾經發紅一時，鼎鼎大名的小說家菊池寬來講課，其他很多有名的人士如小說寫作方面的教授里見敦、橫光利一、船橋聖一，戲曲的寫作與理論教授岸田國士（於戰爭期間擔任過日本政府的文化部長），豐島與志雄，新詩的教授室生犀星、萩原朔太郎，評論的教授是小林秀雄、阿部知二，法國文學由辰野隆教授，露西亞文學由米川正夫教授，獨國文學由茅野教授，英美文學由吉田教授，相對性理論由石原純教授，音樂由山田耕作教授概論，其他生物學等都是當時的日本權威學者來講解，可見其時的山本部長的抱負如何了。且他很重視實地的教學，在正式課業時間中我們常常由教授引導之下去「築地小劇場」參觀，契訶夫的「櫻園」，菊池寬的「父歸」等的演出，也去看過歌舞技座的「勸進帳」、「忠臣藏」等。

　也去電影館看過「亞細亞之嵐」等等。之外，我們也曾爲了解拍電影的情形，參加過P、C、L電影公司的「微醉的人生」（ほろよひ人生）當額外演員，戰後當過日本政府文化部長的今日出海當時還是年青的助教常帶我們去「箱根」、「犬吠岬」等地修學旅行呢。這是餘談。

　與文環兄認識之後，由他的介紹前後認識了就讀於東京帝國大學英文學系的蘇維熊兄（光復後擔任過臺灣大學文學院外文系敎授，於前年去世），新竹市人，曾擔任過日本盛岡高等女學校敎諭的詩人王白淵兄，彰化縣二水鄉人，其時已出版過一册日文的新詩集「蕀之道」，工於繪畫及彫刻，常寫些美術評論，已去世。就讀於日本大學文科的施學習兄（日據時擔任過興南新聞社記者，又被徵召爲軍屬，光復後擔任過臺北市立女子中學校校長，現已退休）彰化縣鹿港鎭人，著有「白香山的研究」。就讀於東京帝國大學法國文學系的曾石火，南投縣南投鎭人，綽號卷毛仔，因爲他的頭髮是卷毛，所以被朋友這樣稱呼之。他帶一無框的金色眼鏡，是個典型的白面書生，他精通日本、法國語文之外，亦善長英語、中國語（現時的國語）西班牙語、德國語、意大利語等多國語文，眞是不可多得的人才。他畢業後，日本政府曾有意延攬，使其服務於日本駐美國的大使館，但做一個外交官，除非家庭經濟富裕，就較難混過去。石火兄家庭並不富裕，因此聽說曾要求其富裕的岳父幫助，因不得其諾而作罷。其後在不得志之中早故。他是我臺中一中的先輩，與臺灣省政府謝東閔主席是同學。至今如想到此事，尤覺悵然。

其後陸續認識了楊基振、吳坤煌、王繼呂、陳傳纘、陳兆柏諸兄，基振兄是臺中縣清水鎭人，與民族運動有名的楊肇嘉先生同族，就讀於早稻田大學政治經濟學系，長於新詩的創作，畢業後曾服務於滿州鐵路會社爲科長，光復後，任過臺灣鐵路局專門委員，現已退休。坤煌兄是臺中師範學校畢業，南投縣南投鎭人，他在東京混過一個時機後返回臺灣，參加臺灣文藝聯盟，戰時中因不得其志，乃往北京求發展，並在北京結婚，光復後又回臺灣，經過一段悲傷的曲折後再與現任太太結婚，現任建乎企業公司經理。王繼呂兄新竹市人，東京立教大學畢業，寫詩，晚年任新光產物保險公司副總經理，已故。

我們這些青年大都是讀文科的同志，對於臺灣的民族運動都很關切，又鑑於臺灣的新文化極待建設，以提高臺灣人的地位，緣此我們很自然地於民國二十一年成立了臺灣藝術研究會並創刊文藝誌「フォルモサ」（福爾摩沙），與民國二十三年七月由臺北一班文學青年發起的臺灣文藝協會「先發部隊」而開啓了以後十年臺灣文學運動熾烈的先端。臺灣藝術研究會的宣言緣起是由維熊兄起草，於民國二十一年三月並經文環與我參加推敲同意後發出，於同年七月登於福爾摩沙爲創刊言，創刊號的封面是坤煌兄設計、維熊兄爲發行者、文環兄爲編輯、我爲助理、會計施學習、庶務吳坤煌，記得是在平野書房出版。爲了取得原稿，我常與維熊兄、文環兄同訪於東大附近的石火兄。與石火兄見面的都是在其宿舍附近的巷路。石火兄終不給我們踏入他的宿舍，什麼原因我不知道。這件事使我印象特別深。

編排雜誌因字數的關係常會遇着空白，這時大都由我寫些短短的日本文打油詩做爲塡草，這樣我們出了三期，這三期中由臺灣寄來的吳希聖君的小說「豚」，最受好評，其時文環兄寫小說「落雷」等，我卽寫些未成熟的新詩、小說或劇曲，記得我寫一篇「黑龍」爲名的小說，還要連續，因牽連着由日本人看來有些民族思想的問題，再三斟酌不敢發表。我在東京時就常常有富士見警察署的特務跟踪我。記得有一個姓六車的相當可怕，另一個姓小山的就較親和，他還要招待我到他家裏玩呢。有時還會叫我到其富士見署出頭。雖然有些煩心，還是硬着頭皮出面被詢。戰爭末期在臺灣開始徵召志願兵的時候，臺中州警察部有一個年青的特高課長在臺中市召集臺中智識青年的座論會，要出席的人不客氣的講話，日本人所謂的「無禮講」，保證所講的話不做問題處理，所以我也不客氣地，雖然講話是惋轉一些，總是批評日本人對臺灣人的差別待遇的問題，並列擧實例，要求改善。此時多數朋友都贊我的勇氣可嘉，可是招致了臺中警察署對我特別的監視。其中有姓若林及姓林的特務常來我家，有的時候一日兩次，使我覺得可怕危險，家母怕我惹事，興起文字獄，乃在三個夜半將我所寫的小說、戲曲、詩等等原稿統統燒毀以備萬一。至今想起來，猶有餘季，且也甚覺可惜。數年前，因臺中的住屋要出售，在整理堆在倉庫的舊書籍時，才發現尚有一本筆記簿，記載部分日據時所寫的詩稿，挾在舊書籍裏面得以倖存，乃由笠詩社陳千武君翻譯為中文，曾陸續發表於該詩刊。

文環兄在東京時經濟並不寬裕，為打開產路曾開過小小的喫茶店（店名已不記得了），因非生意人的材料，業務不良，致收支不能平衡，乃關門大吉。

民國二十四年一月，我因家父去世，返回臺灣，適與朝鮮王族李王垠殿下同船。李王垠以亡國之世子猶作日本皇族，如虎揚威，看來實在不順眼。所以背後罵他為「朝陽婢」，就是說有如婢女強顏厚皮奉承日本主人的意思。一直在心裏想如果有機會，應當給他好看，以教示他應該保持朝鮮人應有的志節，才能配作為朝鮮人，且不可在臺灣人面前展威。奈何日本憲警的保護非常嚴密，使我沒有機會給他教訓，想起來至今仍有遺憾。

家父治喪後，此年一月末，我又回到東京。本來我是希望大學畢業後長住於日本，繼續我的文學寫作活動。但家父一死，情形大變，經家族會議的結果，決定要我畢業後速回臺灣幫助家母管理家業並護導幼小的弟妹。其時大兄永昌猶在名古屋醫科大學研讀博士學位，次兄永勝在京都帝國大學理學院研究室研讀博士，只有我犧牲才能解決問題。所以我回東京後，我將此意通知文環兄，一方面準備畢業論文，一方面先行寄些行李如書籍等，做返回臺灣的準備。

在學校的寫作課堂上，橫光利一師曾示意要我訪問他於其寓所，可是由於家父的去世，且要我回臺灣，頓使我意氣消沉不能振作，致不敢訪問老師，實在留下我此生的最遺憾的傷感。

我雖十二萬分不願意，奉母命仍於民國二十四年四月初返回臺灣長住。此時剛有臺灣四大報之一（其餘三報是臺北市的臺灣日日新報及臺灣人所經營的唯一報紙與南新聞由羅萬俥先生主持，臺南市的臺南日報）的臺中市臺灣新聞社招考記者，是日本人所經營，我是感於山本有三先生的大名入學於明治大學，既然有志於文化活動，覺得機會難得，因為臺中與故鄉埔里很近，其時雖要路經水裡，有事時仍能於一日間可到達，如住在臺中看顧埔里的家亦甚方便。乃懇求家母的同意。於臺中市民館參加考試。雖然應考的人坐滿市民館考場，我却很幸運地被錄取為唯一的臺灣籍的記者，於是我就職後第一件事是分別訪問張星建兄於中央書局。星建兄臺中市人，大我八歲，任中央書局經理，也是臺中市的甘草。之後，星建兄陪我去訪問張深切兄於其初音市（現名柳川路）的寓所，並參加由兩兄所主持的臺灣文藝聯盟。這是於民國二十三年五月成立的。其時聯盟所發行的「臺灣文藝」誌，確也轟動一時。就此福爾摩沙乃合流於此聯盟。當時臺灣文藝所用的銅版本由星建兄保存，星建兄去世後現轉為我所保存。未幾住在臺中市而以送報夫一書出名的楊逵兄（大我七歲）由於文學見解的不同，遂於民國廿五年脫退了臺灣文藝，而另創刊「臺灣新文學」。楊逵兄的太太是有名的賢妻，也是堅決的民族運動女鬪士葉陶姊仔。

深切兄是南投縣草屯人，筆名楚女，大我九歲，可惜於民國五十四年以六十二歲去世。我曾揮淚敬致輓聯如下。「大雅今搖落，如君竟不留，星沉處士里，月冷瘦公樓，圖史堆舊案，山川感舊遊，願言他日事，淸白是箕裘。」深切兄小時曾留學日本，其父張玉書先生是中部有名的漢詩人。然後他由於不滿日本的所作所爲，乃往大陸就讀於廣東中山大學。所以他精通中日語文。他集革命家、思想家、文學家、批評家、戲劇、電影的劇作家、導演於一身。晚年雖然坎坷，却是多彩多姿，能文善辯的人。日據時，他曾領導過臺灣演劇研究會，光復後創辦過臺灣藝林電影公司。而其著作相當可觀，如「日本文學傑作集」（翻譯），「我與我的思想」、「獄中記」、「臺灣獨立革命運動史略」、「孔子哲學評論」、「遍地紅」、「里程碑」、「縱談日本」等外，尙有「邱罔舍」、「生死鬪」、「婚變」、「荔鏡傳」、「鴨母」等劇本，他於所主持的「臺灣文藝」於民國廿六年廢刊後，一時亡命於北平，擔任北平國立藝專的訓導主任，並編輯過「中國文藝」月刊。光復後返回臺灣，曾任過洪炎秋先生任校長的臺中師範學校擔任教務主任。是我最欽佩的親友之一。他的公子遜煜君現在臺北事業鼎盛，很富有，我曾要他爲紀念其父親出版文集外，撥出一筆可觀的資金成立一張深切文化基金會，貢獻於臺灣文化界，以遂深切兄的宏願，雖得過遜煜君的親諾，至今尙未蒙實現，深感失望。

在此期間我認識了很多文化人。如賴和兄，號懶雲，是個臺北醫專畢業的非常仁慈謙恭的醫師，作品有「前進」、「棋盤邊」、「辱」、「惹事」、「赴了春宴回來」、「豐作」、「一桿秤仔」等，是最傑出的作家之一。也是文藝誌南音發起人之一，他在彰化市開業醫院，一生救助貧民無數。在彰化市最得人望，因此日據時數度入獄，致民國三十二年未見臺灣光復，以體弱早亡。死後其家並不富裕，但他出殯之日，在彰化市眞是萬人空巷，備極哀榮。光復後，實施地方自治選擧彰化市長時，市民猶念其德，其弟通堯兄即託他之光，以高票當選市長，也可見其一班。呂赫若兄，本名石堆。潭子鄉人，畢業於臺中師範學校，作過教師多年，作品「牛車」名操一時，是傑出作家之一。他離開教壇後往東京學習聲樂，是個優秀的男高音聲樂家。他在東京曾與日本最有名的男中音聲樂家同登台演出歌劇「詩人與農夫」等。在臺中時他與我們常會聚，意興時他就會高歌一曲，使你陶醉難忘。翁鬧兄也是當時傑出作家之一。作品「戇爺」曾刊登於日本有名的大雜誌「改造」。更是非凡。他的生活非常浪漫，有時會使你啼笑皆非，只因太過散亂，成爲早亡的原因。莊垂性兄一名遂勝，號徒然居士，明治大學畢業，鹿港人，已故，爲人富有幽默，說話理路井然，是文藝誌「南音」發起人之一，曾任省立臺中圖書館長，他的登台演講最受歡迎。不大寫作，做事嚴謹，寫一手深厚的顏體字，不輕易蓋章贈人。我却很榮幸地獲得一幅有蓋章的中堂保存了四十年。年前感於辜偉甫兄創辦的鹿港民族館成績斐然，乃將此字幅與鹿港出身的書家鄭貽林、施梅樵的字及其他土瓶、竹製書類框、彩色木偶頭、磁製燙斗等十餘件一些民俗品寄贈，俾便公開於社會。葉榮鐘兄，筆名少奇，鹿港人，現年七十八歲，民國二十一年發刊的文藝誌「南音」發行人，現已退休，住臺中市，大家都知道他是林獻堂先生的秘書，精中日文，編輯過林獻堂（灌園）文集外，著有「中國文學概觀」、「臺灣民族運動史」、「半路出家集」、「大車小屋集」及「美國見聞錄」等隨筆。林幼春先生，號南强，霧峯的世家出身，著有「南强詩集」，是最傑出的舊體詩人。參加過興南新聞，文藝誌「南音」的創辦。吳天賞兄，臺中市人，臺中師範，東京青山學院畢業，寫新詩及隨筆，曾任興南新聞記者，已故。其他賴明弘兄本名銘煌，豐原市人，寫小說、評論等，陳滿盈兄等名虛谷，和美鎮人，詩、小說。李君浙兄，又名君爽，彰化市人，由彰化銀行退休後，出版專心文庫拾餘册，何集璧兄臺中市人，張煥珪兄大雅鄉人，張聘之兄臺中市人，藍運登兄臺中市人，江燦琳兄曾任臺中政府秘書已退休，邱淼鏘兄著有琴川詩集，中部書道協會主持人，曾任臺中市篤竹國小校長，已退休。李獻璋兄，桃園縣大溪鎮人，著有「臺灣民間文學集」以「媽祖考」獲日本早稻田大學文學博士，施維堯兄鹿港人，陳紹馨博士，臺北縣汐止鎮人，曾任臺灣大學教授，已故。楊雲萍教授，本名友濂，士林人。民國十四年創刋的「人人雜誌」發行人，著有詩集「山河」，小說光臨、春雨等，任臺灣大學歷史系教授，以南明史的研究而聞名，現已退休。黃周兄，號醒民，彰化市人，曾任臺灣新民報（後改名興南新聞）學藝部長，郭明昆兄筆名一舟，臺南縣麻豆鎮人，寫評論，曾任早稻田大學教授，已故。張冬芳兄，豐原市人，曾任臺灣大學先修班教授，寫評論及詩，已故。許乃昌兄筆名秀湖生，曾任臺灣新民報嘉義支局長，寫評論，已故。又後來成爲我的內兄，張我軍又名一郎著有「亂都之戀」，臺北縣人。

此時的臺中市嚴然成了臺灣的政治、文化運動的中心。臺灣民族運動的領袖林獻堂先生住於霧峰，臺灣地方自治聯盟盟主，且對臺灣籍的文學家、畫家、音學家、體育家提供很多獎助的清水鎮人楊肇嘉先生，臺灣最傑出的金融家大東信託公司陳炘先生，大甲鎮人，美國哥倫比亞大學畢業，以實事求是的精神主持東亞共榮協會，都住在臺中市內。且臺中市公園邊有一所有名的中州俱樂部，純粹的中國式建築物，是非常突出的臺灣人唯一的交際集合所。在那裏隨時都可以看到所謂「文化仙仔」。諸如畫家、音樂家、詩人、書家、文學家、評論家等等，坐着悠然品茶談天說皇帝，或看書報、圍棋，眞是難忘的地方。畫家李石樵、李梅樹、林玉山、廖繼春、陳澄坡、陳春德、洪瑞麟、楊三郎、楊啓東諸兄都是在這裏認識，東京藏前高等工業學校（現爲工大）畢業，富音樂天資成爲男低音聲樂家兼作曲家，曾譜「臺灣舞曲」交響樂曲以第五名入選於世界音樂比賽會而轟動日本，其時參加的日本最有名最權威的一流作曲家都落選，故他以一無名小卒竟獲入選眞是一鳴驚人。他著有「孔子的音樂論」，光復後我聽音樂家呂泉生兄（神岡鄉人）說他沒有看過這本書，覺得很可惜，乃將此書贈與於他。陳夏雨兄（臺中市人）從小赴東京研習彫刻，因得名師指導彫技猛進，曾獲日本帝展無鑑查的資格深受注目。日本的帝展是繪畫、彫刻、工藝的最高展，入選本就困難，何況無鑑查的資格無，鑑查是要連續七次入選才有資格，所以夏雨兄可謂是在黃土水以後最傑出的彫刻家了，而臺灣畫家中也只有李石樵兄獲有此無鑑查。他現任師大教授，臺北縣新莊鎮人。

七七事變後文環兄與定兼浪子夫人（現改爲張英美）由日本返同臺灣，先住於臺北市大稻埕受着太平町（現延平北路）有名的山水亭老板王井泉及當時興南新聞記者劉捷兄等之照顧，服務於謝大爐先生的影片公司。劉捷兄筆名郭天留，屏東縣人，寫評論小說。而於此時文環兄結識了其辦公廳樓下的陳羣小姐，之後陳羣小姐成了夫人，爲文環兄添下二男三女。與文環兄有特別親切關係的太平町山水亭公共食堂，嚴然成爲戰時臺北的文化中心。大凡各地的文化工作者那在此聚合。公共食堂地方廣闊，出入方便，老板井泉兄更是熱情好客。他精於演劇及音樂，是個熱心的文化運動者，民國二十六年，臺灣所有的報刊那被禁用中文，日本政府對於文化運動開始更採壓迫手段，故「臺灣文藝」、「臺灣新文學」、「第一線」等廢刊在先，致臺灣的文化氣息快要成沙漠，不滿四起，也有不方便的地方，到了民國三十年，日本政府乃不得不採緩和政策，開放臺灣文藝家協會，後改爲脫離該會組成的文藝臺灣社，出刊「文藝臺灣」，由日本人西川滿一派經營。臺灣人方面卽由文環兄爲中心，組織啓文社出版日文雜誌「臺灣文學」。這雜誌一共發行十餘期，其中被禁止一期。這中間逸松兄、文環兄、得時兄那在頭陣，井泉兄卽做爲幕後推動者。跟臺中市張星建兄一類的所謂世話役，大家那很器重。我常由臺中來臺北，都在此留連，是我難忘的記憶之一。此時的文環兄相當活躍，我之能見識臺北市有名的藝姐間仔（房），也是在此期間，有一次文環兄看我尚未婚，就帶我去其認識的藝姐間，好在所認識的藝姐不在，只能觀看藝姐間仔的舒適設備等表面文章，使我有一個概略的印象而已。這藝姐間（房）隨着時代的變遷及酒家的發展而沒落，再也不能再看其昌盛時的面貌了。也是我初次且是最後傲頭藝姐間仔的經驗。

前述「文藝臺灣」於民國三十年被命廢刊，「臺灣文學」卽早一點於民國三十二年由於戰爭的加激奉令廢刊。在此短短的三年間「臺灣文學」動員了所有臺灣的作家與西川滿等的「文藝臺灣」分庭抗禮，表現非常優異，聲勢之大，記憶猶新。爲連絡情感及擴展運動，文環兄曾與黃得時兄、井泉兄、逸松兄同到臺中訪問前述臺灣文藝聯盟、臺灣新文學及南音的舊同仁及其他同志。

然後由垂性、深切、星建、天賞諸兄及我陪同到霧峰林獻堂先生。並去萊園憑悼梁啓超先生與中部聚會應酬的遺蹟，重溫我們對祖國的嚮往。

之後我再陪同他們四人南下往臺南州北門郡佳里街訪問吳新榮醫師及鹽分地帶的詩人們。吳新榮兄筆名史民、兆行，著有震瀛隨想錄，在佳里開業醫院，曾任臺南縣文獻委員會委員兼編纂組長。已故，鹽分地帶的詩人們以新榮兄爲自然領袖外有郭水潭兄，筆名千尺。曾任臺北市文獻委員會編纂，工於詩、評論、小說及王碧椎、王登山（北門鄉人），林精鏐、徐清吉等諸兄，此事我曾以「沖淡不了的記憶」爲文登於民國六十六年三月出版的震瀛追思錄。

前述黃得時兄，樹林鎭人，著有「詞的研究」日譯「水滸傳」、「臺北地區沿革考」、「臺灣歌謠研究」、「中國文學思想史」等，現任臺灣大學文學院中文系教授，而在此三十一年代活躍的尚有曾做過臺北市長的黃啓瑞兄，筆名青萍，臺北市人，臺灣文藝協會同人，業律師，寫詩、評論、隨筆，已故。駱水源臺北市人，寫隨筆，已故，楊漢臣兄，筆名毓文，寫詩歌、小說、評論，王詩琅兄筆名一剛、剛、錦江，臺北市人寫詩、小說、評論，著作甚多。吳瀛濤兄臺北市人，笠詩刊同仁，著有「吳瀛濤詩集」、「臺灣民俗」，已故，王昶雄兄，淡水人，齒科醫師，寫詩、小說。劉榮宗兄，筆名龍瑛宗，苗栗縣人，著有隨筆「蠹魚」，他的小說「有木瓜的城鎭」曾登記日本有名的大雜誌「改造」，名操「時。是傑出作家之一，現由臺灣省合作金庫退休，從事寫作。張維賢兄，筆名耐霜，臺北市人，民烽劇團創辦人，專寫劇本，是最傑出的戲劇運動家。已故，呂訴上兄，彰化縣溪州人，從事戲劇工作，已故。最後特別要提的是吳濁流兄，本名建田，桃園縣新埔鄉人，著有「蜀流詩草」、小說、隨筆「吳濁流」的選集，其小說「胡志明」一名「亞細亞的孤兒」、「無花果」等尤爲著名，光復後，百事待舉的時候，他毅然創辦「臺灣文藝」誌，創設吳濁流文學獎，拔獎很多後起之秀，尤爲難得，對於光復後的文運貢獻特多。已於年前作古。

中日戰爭終於變成大東亞戰爭，戰爭愈擴大對日本愈不利，是故，日本政府處處都在壓迫臺灣的文化運動，但壓迫愈大，反感愈深，臺灣的文化界除新文學運動之外，尚激起臺灣民族劇，臺灣民族音樂等的自覺與興盛。其時的臺灣民族劇的表現，故呂訴上兄於臺北市文獻委員會臺灣文物第三卷第二期中所發表的「七七抗戰後的臺灣劇運」一文中有這樣的一段，「各地的文化人於是團結起來，王井泉、張文環、林博秋、簡國賢、呂赫若、呂泉生等一百餘人，就於民國三十二年組織「厚生演劇研究會」，同年九月二日起五天，在臺北市永樂座（現在永樂舞台）舉行第一回研究發表會，公演張文環原作，林博秋編劇「閹鷄」（二幕六場）林博秋編導「高砂館」（四場）林博秋編導「地熱」（四場）林博秋編導「從山看街市的燈火」（三幕），呂泉生編曲，指揮「音樂演奏」（五曲）等，這是充滿着民族意識的表現，他們是用臺語演出，就是裝置、服裝也用我國固有的東西。因此，引起日人的惱怒，這次公演之後，思想壓迫就更加勵害了。他們又再加以經濟和戰爭的關係，於是就在無形中停頓下去。但厚生演劇研究會公演的聲譽和成功，可以說在臺灣的演劇界留下了一個不能磨滅的功勞與「誇耀」。

此時固有的民謠如「丟丟銅仔」、「六月田水」由逸松兄提供，「一隻鳥仔」，乞食調「呂蒙正」由李石樵兄提供，除「呂蒙正」外餘均由呂泉生兄編曲發表，一時流行起來，至今仍留下很深的印象，而且我也能唱唱哼哼呢！所以可以說這個時候的「臺灣文學」雜誌，在臺灣人的文學運動中，成爲一枝獨秀，雖然時代的演變也有關係，但是文環兄的才氣與魄力也是造成這個黃金時代的原因。之後，民國廿三年十一月二日臺中市顏春福、巫永福、張星建、楊逵等組織的「臺中藝能奉公會」在臺北市榮座作第一回公演日語劇怒吼吧！中國」；全四幕七場，導演山上正，演出效果良好，也獲得佳評。

「臺灣文學」雜誌奉日本政府令停刊之後，文環兄頓坐失業之苦，素來他雖然粗中有細，因只顧文學，不善理財致家庭經濟又發生問題，且由於戰事加劇，聯軍對於臺灣的空襲與封鎖日益嚴重，在臺北文環兄是外鄉人，除配給外，其他物資的來源更形缺乏，且爲避空襲，文環兄乃舉家搬遷到中部來，經星建、天賞兩兄之奔走，並得獻堂先生之賞識，被推爲大屯郡大里庄長，光復後，又被舉爲我的故鄉能高區署長（郡守），坐鎭於埔里，二二八事變後，又獲吾鄉的先輩羅萬俥先生之提携，被聘爲臺灣人壽保險公司嘉義分公司經理，羅萬俥先生轉爲彰化銀行董事長後，又追隨轉爲彰銀臺中市北區分行的經理霧峰分行經理，直至羅萬俥先生去世，受派別的影響，乃被迫退休，雖兢兢業業盡其職務，也無力置產，至今仍住在臺中市正氣街的彰化銀行的宿舍，甚覺可憐。

光復前文環兄與我等一些長於寫日文的人，光復後由於語文的不同，很感覺爲難而苦悶，雖知道要學習，但中國語文的煉達，還是要經過一段時間的訓練才能適應自在，所以就像成了殘廢的人一樣，有口難言，不得不停筆了，且光復後的臺灣，由於陳儀長官的失政及其他種種原因到十數年前一直都是動盪不安，這些經過大家都是知道的，不必再由我來多說，這也是停筆的原因之一。尤其以文環兄而言，職業都不能穩定，甚至有一個青黃不接的時機，困在臺中，曾經陷於饑餓的邊緣，無米可炊的地步。他家庭八口的負擔，總使他不能透過氣來，幸虧他兩位夫人都很賢淑協力，並得很多朋友的鼎助才渡過其難關。雖然我常爲珍惜其才華，寫信要他寫作，直到晚年，如前所述，他的職業有了安定之後，才又發揮他得意的文章，使有「有終之美」，也可聊以爲安慰了，只可惜他所計劃的三部曲，只能完成一部「地に這ふもの」，第二部猶在寫作中，想起來也尚有餘恨。

日前，在報上看到霧社的櫻花盛開的消息，不禁作一首日本文三十一字的短詩（日本稱爲和歌）

霧社櫻またも咲きゆり恨みもつ花岡一郎、二郎は死するとも。（可譯爲霧社櫻花又盛開了，飲恨的花岡一郎、二郎雖然去世。）

花岡一郎與二郎都是我埔里小學校的同學，一郎早我二年，畢業於臺中師範學校，接受過日本的軍事訓練。霧社事件前當過乙種巡查。二郎與我同級，他讀高等科二年後，霧社事件前任能高警察局霧社分室的雇員。均參加莫那道頭目爲首的霧社事件，轟轟烈烈地指揮其高山族人先襲擊警察奪其槍械以散兵戰鬪與日軍作戰，並英勇地殉難，這有名的事件確曾震動日本，而其事蹟的紀念碑，猶留在霧社櫻花崗，以每年櫻花盛開的時候，我就不期然地想到他們了。

而今文環兄也與數十年來我所敬愛的賴和、林幼春、王白淵、張深切、呂赫若、翁鬧、曾石火、蘇維熊、吳新榮等諸兄一樣作古，二月十六日在臺中殯儀館舉行的告別式，我也專程由臺北趕去參加，留給我一種落漠之感。但文環兄雖然去世了，他將與霧社的櫻花一樣，以他的作品及成就，不但給我，將也會留給後人無限的懷念吧。

悼念　張文環先生

陳秀喜

張文環先生，您曾說「小說（滾地郎）是第一册，以後預定繼續第二、第三册。寫完之後才能瞑目，才能對得起，無辜而死的朋友」。當說這一句話時，您的雙眼烱烱瞪着，話說完了就把雙唇稍些向右緊閉着。極爲認眞的表情，使我窺察您有堅强的意志。同時感受到，您富有悌友之情義。

二月十六日的公祭，進入祭堂咽涙凝視着您的遺照。您的微笑依舊和藹且可親。我却是發現，右邊的口唇隱約有熟悉的，那種不倔而堅强的表情。您的聲音縈繞我的耳際。這一刹那恍惚，我想走近您。壓抑在心內欲跳出來的話，以大膽向您說「張文環先生，您說過，第二第三册的小說寫完之後，才能瞑目——。小說尙未完成，爲何已離開我們……」。頓時，覺得遺照顯得帶有憂思。您被那麼多的白菊花圈繞着。我們不得不承認，殘酷的事實。

您是充滿着愛心的文學者。因爲您走了，我們失去導師，我們失了重心。您把替朋友們申雪的筆也帶走了。讓我們永遠無法知道，您處的時代發生的可歌可泣的事實。您的去世是臺灣同胞的莫大損失。

數年來，當您知道我們要去拜訪，您就是，在日月潭觀光大飯店的門口守着。一看到我們很高興地說「你們一來，好像是，中元節跟春節一齊到來!!」。您的笑容和這一句話，蘊涵着，無上歡迎之意。當我們要告辭之時，每次您又說「你們回去，我覺得「拜拜」結束了」您以童年盼望「拜拜」的心理來表示高興，又把「拜拜」結束時，熱鬧已過的空虛感以形容惜別。

那是三年前，有一天的早晨五點，穿着輕裝邀我同享日月潭的新鮮空氣。三人並肩散步山徑。站在山丘上，共賞晨陽。極目遠眺晨霧中的小村。您說「好像王維的詩「桃源行」的小村落。眞的，當時我們宛如心身都在桃源境」。散步回來喝着咖啡聊談又是一件樂事。相互談着理想以及夢。名利不足爲我們的話題，榮華富貴更不値一談。我們的意見一致是，羡慕自由和平的山村，那種樸實的生活。

記得有一次，您帶我們往慈母塔春遊，盡目均是山水花樹。我們宛如在畫中。刻刻是詩一樣美妙。令人忘却煩惱，更是忘却年齡。看到盛開的玫瑰花，我提出一個遊戲。「請您猜，那一朶花最是像似我?您指的那一朶，遭我嫌太艷麗。他指的那一朶遭我嫌是含苞待綻，我不如。其實我怎敢與花相比。因此，均有理由否定。自己明白已是將凋萎的年齡。當時愉快的時光，令人懷念。晚餐時聆聽，您童年的故事。講幽默是您最有令人欽服的王夫。談者一直不露出笑容。每次晤面，您誠懇地鼓勵我，您說「妳能寫詩之外，我相信也會寫小說，趕快開始寫吧。我期待妳的小說」。您的鼓勵，使我驚訝。肯定的口吻是對我的了解嗎?.或許是最大的鼓勵。

去年十二月中旬接到，蔡瑞洋同人的信。始敬悉您患恙。我國爲瑣事纏身，不克立即探病爲憾事。心裏異常焦急，想以修書探問，却心不能安。決定往日月潭拜訪爲上策。恰巧，成功大學中文系來信，邀我演講，趁此便往臺南之前提前出發。抱着不安，憂慮的心，十二月二十日往日月潭。您如平常一樣湛着微笑歡迎我。使我數天的焦急憂慮才稍些放鬆。我將告辭時，您挽留我，說「晚餐我請客。豈然來，明天才回去，住在這裏也算我請客」。我知道悌友的您，都是索自己的腰包請客。次晨我要往嘉義、臺南。因爲太早終於不告而別。

在我承蒙深厚的友誼的心目中，您是吾師長，不但如此，您是如疼愛我的父兄。人海茫茫，幸遇知音，實在是難能可貴。每一次握別後，反問自己「我何幸」。然而在您的面前，我唯貪惜溫暖的友誼，不曾表示我的感銘。如今已成爲最大憾事。誰能料及，十二月二十日於日月潭的共餐，竟是與您最後的晚餐。

去年十月初旬，在蔡瑞洋同人的關子嶺山莊，歡愉無比的小聚，您念念希望重聚。您的去世，使我們永遠沒有聆教的機會。徒嗟嘆我們福薄。今後有誰能像您，與我唱和幽默。誰能像您以肯定的語氣，給我莫大的鼓勵。運筆時淚濕稿紙，不勝感傷。

張文環先生，在天您可知道，我們永遠懷念，您的愛心，您的聲音。您的傑作永遠活在臺灣的文學史，您的風範活在我們的心中。

請接受我虔心祈禱您瞑福。

張文環紀念專輯③

你是滾心漢

陳秀喜

獻給故張文環先生

一生處遇兩個時代
你的心刻着
不同的槳划過的傷痕
遊客們稱讚
湖面的漣漪
你竟爲划傷痛心
時代的怒濤彫塑你
充滿着爲善與愛心

正義的血騷動
希求泥土更香
你以摯愛的筆
祈禱萬衆的福
良知的血滔滔
滾着你的心
你是滾心漢
不是滾地郎

悼張文環先生

葉石濤

上個月接到張良澤教授的來函，我才曉得原來張文環先生已經在二月底遽然去世。這噩耗給我的心靈帶來了一陣衝擊，我覺得我底青春多彩的一頁隨着他的去世而永遠消逝不見了。

大概在民國三十一年吧，我還在省立臺南一中唸書，我那時醉心於一系列的法國作家的作品，如史當達耳的「紅與黑」、巴爾扎克的「人間喜劇」等，所以有滿腦子的浪漫思想，夢想自己也成爲一個作家。在一個偶然的機會裏我在書店看到張文環先生主編的「臺灣文學」正在徵求「懸賞小說」，我欣喜萬分地回到家就開始構思、執筆，結果沒幾天就寫成了一篇短篇小說「媽祖祭」寄到「臺灣文學」裏去。我以驕傲的心情等待着我的小說入選的好消息；青春時代就是這樣子不知天高地厚的，不是對自己太過自信就是太過自卑。結果顯而易見，我心愛的「媽祖祭」竟連佳作也撈不着，只是「入選」而已。我已忘去評選者除去張文環先生和呂赫若先生以外還有什麼人，不過幸而「媽祖祭」還僥倖得到評選者的短評。這幾句評語至今歷歷如在眼前，它指出了我浪漫思想的偏頗，提醒我注意我生存的苛酷的現實環境。當時我還不十分明白張文環先生的「臺灣文學」是臺灣作家抵抗日本帝國主義皇民化運動而創辦的刋物。「臺灣文學」同張文環先生在民國二十一年參加的「福爾摩沙」（Formosa）一樣，旨在建立富有鄉土色彩的，寫實主義的臺灣文學。

次年，民國三十二年我已從臺南一中畢業，受聘到同「臺灣文學」對立的「文藝臺灣」去當助理編輯。「文藝臺灣」是由日人作家西川滿所主編的，儘管這雜誌在初期並不排擊臺灣作家，但是它無可避免地濃厚、優越的統治階級意識，在戰鼓茄聲中逐漸變質，在後期裏竟淪爲鼓吹大東亞聖戰的御用文學刋物。

在這一年裏我幾乎讀遍了張文環先生的所有小說。從他得到第一屆臺灣文學賞的「夜猿」直到「藝妲之家」、「論語與鷄」等名作。張文環文學給人的印象是那厚重的寫實，從那豐饒的鄉土色彩裏逐漸浮現出來的是被壓迫的臺灣民衆喜怒哀樂交錯的眞實生活。在描寫臺灣人的風俗習慣方面，我還沒有看到比他更優秀的臺灣作家。他的長篇小說「在地上爬的人」仍然承繼了他一貫的文學特色，他刻意描畫風俗習慣，而這風俗習慣是在此一海島上生活了將近三百多年的漢民族持續的傳統文化的皮相而已。透過生活皮相的描寫，張文環先生的筆觸銳利地刻畫出臺灣民衆的性靈。我們在他的小說裏可以聽見三百多年來在異族的統治下被壓抑的臺灣民衆的呻吟和憤怒。正如張文環先生給張良澤教授寫的信裏所提到一樣，張文環文學所要表現的是「社會某一階層沒有做人的條件」的那被欺凌，被踐踏的生活。

把張文環文學的這種特色充分地表現出來的是「閹鷄」一劇的演出。我還記得民國三十二年在臺北「永樂座」公演「閹鷄」時的空前盛況。「閹鷄」的演出所帶來的衝擊久久在臺灣知識份子的心胸裏振盪，以至於光復後才有名劇「壁」的演出。張文環先生原作的「閹鷄」毫無疑的，在臺灣鄉土話劇的歷史上佔有一席之地，它承繼了臺灣文化協會的話劇傳統，指出話劇唯有打入民衆裏面去，表現民衆赤裸裸的苦難生活才能打動民衆的心弦，喚起民衆的良善人性。

由於光復三十多年來世相的激烈變化，社會結構的改變，我很少有心情去回憶日據時代的一段往事。我時常夢想着有一天當我有錢有閒的時候一定要動身去訪問我所敬愛的幾位前輩作家；如張文環先生、楊逵先生、龍瑛宗先生。很慚愧的是我一直沒有實現心裏溫暖的夢想。而今，吳濁流老先生已經去世，再也聽不到他的國語、日本話、客家話、福佬話夾雜在一起的特異聲調了。我以爲才六十多歲的張文環先生身體一向健壯，一定有機會面對面地直接聆聽教誨。那裏知道，他竟去了。雖然離合悲歡是人間常事。但仍然留給我們無限的哀思。

張文環先生您安息吧！臺灣鄉土文學的偉大民族傳統絕不會中斷；許多優秀的年輕作家正高舉着鄉土文學的火炬照亮着被買辦意識汚染的心靈呢！張良澤教授不是正在編纂衆多日據時代老作家的全集嗎？您留下的足跡一定不會被埋沒的，您那嘹喨的歌聲一定會繼續喚醒衆多作家踏着您的足跡前進的。

張文環紀念專輯⑤

追憶張文環先生

龔連法

二月十五日，筆者在書房裏看報紙時，無意中在中國時報地方版上看到一篇很短的記事。題目只有五字『張文環病逝』，內容也很簡單。『（臺中訊）日據時代即已從事文學創作的老作家張文環，十二日清晨因狹心症病發不幸去世，各界友好，定十六日下午三時在臺中殯儀館擧行公祭。享年七十的張文環，是少數從日據時代便已從事文學創作的作家之一。多年來他並未停筆，最近更完成長篇小說「本地郞」。這部用日文著作的小說，在張文環去世前便已在中日兩地出版，其中，中文本是作家鄭淸文翻譯，頗引起文學界重視。』

我與張文環先生並沒有深交，只是一面之交而已。但他所作的小說，三十多年前，我還年青時，却是他的小說迷，讀了不少他的作品。當時我是二十多歲，對文學有愛好之心，日據時代在臺灣所發刊的文學什誌，如『臺灣文藝』、『文藝臺灣』、『臺灣文學』、『臺灣藝術』等所刊載的他的小說，我都詳細的愛讀過。而且於民國三十年（日本昭和十六年）曾由我的遠親王仁德兄的介紹而前往臺北市太平町的張文環先生的住處拜訪過。當時他是三十幾歲的青年作家，但他已經是一位鼎鼎大名，名聞遐邇的名作家。他對臺灣文學功獻不遺餘力，曾主持發行「臺灣文學」誌而很忙碌，却對我的拜訪親切地招待。尤其是他的日籍太太的親切和靄的招待使我永久難忘。張文環先生在我的記憶裏很開朗，說話很有幽默感。

我的遠親王仁德兄，當時經營一家書局叫『清水書店』，也出版不少書，如「水滸傳」（黃得時著）、「清秋」（呂赫若著）、「山河」（楊雲萍著）、「西遊記」、「今古奇觀」、「臺灣文化論叢」等等相當活躍在臺灣文壇上，與張文環先生有深交，但臺灣光復後他去日本而一去不返。

太平洋戰爭中，我因就職於臺中市政府（當時叫臺中市役所）當公務員，又因戰爭昇高至對文學愛好疏遠。臺灣光復後又因生活環境及養育兒女而忙碌而無法再與張文環先生見面。數年前我朋友說張文環先生在日月潭文武廟做管理委員。有一次我去日月潭時曾去文武廟找他而找不到他。

三月五日我去臺北，曾打電話給陳秀喜女士。她是我中學時代的同學張以謨兄的夫人，是本省聞名的詩人。她在電話裏說起張文環先生逝世之事，很痛惜失去一位偉大的文人並要求我寫一章「追憶張文環先生」。我同臺中後馬上整理三十幾年前所收藏的文藝什誌「臺灣文學」（此什誌的編輯兼發行人為張文環先生、「文藝臺灣」、「臺灣文藝」、「臺灣藝術」、「臺灣新文學」、「民族臺灣」等中發現張文環先生所寫的創作，隨筆等二十多篇。

茲將我收藏的光復前文藝什誌裏所刊載的張文環先生的創作及隨筆摘錄如下。

創作之部

一、哭泣的女人　臺灣文藝第二卷五號民國24年
二、父親的要求　臺灣文藝第二卷十號民國24年
三、過重　臺灣新文學創刊號民國24年
四、部落的元老　臺灣文藝第三卷四號　民國25年
五、辣韭之壺　臺灣藝術第二號民國29年
六、憂鬱的詩人　文藝臺灣第三號民國29年
七、檳榔籠　文藝臺灣第六號民國29年
八、藝妲之家　臺灣文學創刊號民國30年
九、論語與鷄　臺灣文學第二號民國30年
十、夜猿　臺灣文學第三號民國31年
十一、頓悟　臺灣文學第四號民國31年
十二、閹鷄　臺灣文學第五號民國31年
十三、角是狗的（童話）　民族臺灣第三卷四號
十四、迷兒　臺灣文學第三卷三號　民國32年
十五、土之香味　臺灣文藝第三號民國33年

十六、雲之中　臺灣文藝第五號民國33年

隨筆之部

一、謾罵自己（自分四惡口）
臺灣文藝第二卷三號民國24年
二、被迫的題目　臺灣文藝第三卷六號民國25年
三、臺灣文學的將來　臺灣藝術創刊號民國29年
四、媽祖的緣談　民族臺灣第一卷三號民國30年
五、小老爹　臺灣文學第三號民國31年
六、地相學　民族臺灣第二卷六號民國31年
七、自日本歸來　臺灣第二卷六號民國31年
八、臺灣民謠　臺灣文學第七號民國32年
九、老娼撲滅論　民族臺灣第三卷十一號
民國32年
十、臺灣演劇的一項紀錄　臺灣文學十一號
民國32年

以上所列的是張文環先生的作品的部份而已。相信我所未知的作品還有很多。尤其自臺灣光復後，到他逝世止三十多年之間，他的作品必定有很多。將來如果出版『張文環全集』一定很可觀的。

這幾天我有空時，拿出他的作品再讀，發現他的文筆

敬悼 文環先生

廖清秀

纖細又充滿愛心，確確實實是一位不可多得的文豪。我看過的小說中，如「藝妲之家」約有四萬字百枚左右稿紙的長篇，他把小說中的主角，藝妲采雲及楊秋成描寫維妙維肖，使人讀後感覺得心酸酸。

日據時代與張文環先生同時代的本省作家、詩人，如楊逵、巫永福、黃得時、呂赫若、楊雲萍、龍瑛宗、陳逢源、吳天賞等諸先輩（部份已逝世）在前記文藝什誌上也很活躍，聽說他們諸先輩之中，臺灣光復後也發表不少作品，對臺灣文化功獻不少。筆者對歷史有興趣，尤其對臺灣的歷史等特別感興趣。自去年滿六十歲後，把事業交給長子經營，專心搜集關係臺灣的歷史、地理、宗教、文學、美術、音樂、神話、傳說、童話等等資料。自去年起在日本什誌上發表，題目為『談臺灣（臺灣を語る）』已刊出四篇文章。第一篇「臺灣的歷史」、第二篇「鄭成功與臺灣」、第三篇「鄭氏時代的臺灣文化」、第四篇「清朝與臺灣」、第五篇「清朝時代的臺灣文化」近日中將刊出，預計要發表二十篇以上。將來如有機會也想翻譯為中文出版。

張文環先生很不幸的已離開人世。雖然人的死亡是難免的。盛者必衰，會者定離，人生如夢，誰都必須要走這一條路的!!只是我覺得很可惜的是像他這位偉大的文人應該多活幾年。尤其我在他逝世前未能再會見他，請教他是最遺憾的。在此祈禱他的靈在天安息!!

二月十四日下午兩點鐘，王詩琅先生打電話到我辦公室來，說：

「張文環去世了！」

「張先生？」

「就是你替他翻譯『滾地郎』的……」

「什麼時候？」

「兩天前因心臟病突然而去世，十六日就安葬……」

「我還沒有見過他。」

「咦，你沒見過他？」

「是啊，我盼望有一天能跟他見見面哩。」

「你永遠沒有這個機會了！」王先生悽然地說。

我也難過得很，覺得自己跟心儀已久的前輩作家太沒有緣份，致使連見一面的機會也沒有了。我只好向王先生打聽遺族地址，晚上打唁電對這位前輩表示悼意。

張文環先生是我欽佩的省籍日文作家之一，唸小學時我就知道他的大名，而愛讀他鄉土氣息很濃厚的作品。做夢也沒有想到三、四十年的前年——民國六十五年，竟翻譯他光復後的大作「在地上爬的人」（拙譯爲「滾地郎」）。

我翻譯「滾地郎」是，詩琅先生向鴻儒堂推薦的。當我跟鴻儒堂黃老闆接洽時，我說我翻譯日文有兩個條件，第一是我看了喜歡，第二是我可以翻譯的，缺一不接受。於是，我就把書拿回家，看後再作決定。

但我看這本書的時候，却被他細膩而俏皮的筆調和曲折的故事所吸引了，看完後覺得自己還可以翻譯，於是我決定翻譯他這部大作。

翻譯「滾地郎」的過程中，使我對這位前輩重新佩服，因他無論在景物、人物個性，當時社會情形，故事的安排……等，都有極深刻的描寫，可見張先生是一位觀察透徹，寫作才華很高的人。

黃得時老師曾告訴我說：「張文環是位粗線條的人，但作品的描寫卽細膩得一絲不苟……」

張文環先生的人長得怎麼樣？他的談吐又是如何呢？我對這些抱着濃厚的興趣，盼望有一天能見到他，遺憾地一年多來沒有這個機會，而今永也沒有機會見到這位前輩了！

張文環與我

陳千武

當我還在臺中一中唸四年級的時候，有一天，突然接到臺灣新民報學藝欄主編黃得時先生來信，說要來臺中參加文藝聯盟大會，約我到車站前中央旅社去見面，因我從三年級開始就常投稿新詩在黃先生主編的學藝欄發表，他藉來臺中的機會有意鼓勵我。我很高興，一到下課便背着書包往中央旅社跑去。

在中央旅社二樓房間，有三個人分開坐在沙發和床上聊天，黃得時先生看到我進來，隨卽介紹我和張文環、葉步月兩位先生認識。張文環先生豪爽的性格給我的印象，比任何人都較强烈。我已記不得當時他們對我講過甚麼話了。只記得從旅社的玻璃窗看街對面的樓上，有一位年輕婦人僅穿着裸露肩膀的淨白襯衣，不知忙着甚麼，在窗邊走來走去。那種姿態很吸引男人的好奇，好像是葉步月先生看見了才告訴大家，他說：「『女人與 Chemire』不是很羅曼蒂克的小說題材嗎，你們看……」，葉先生是仿效正時髦的戰爭紀錄文學有名的「麥與兵隊」（火野葦兵著）一書的題名而講的。「×與××」這一題目的時髦，在當時的文壇確實令人覺得新鮮。不過張文環先生却說：「不覺得太通俗了一點嗎，這種題材很難寫出好東西吧。」

張文環先生寫小說，都以鄉村的庶民生活爲題材，描寫實質而純樸的人間戲劇，開拓了臺灣鄉土文學的領域，很自然地在臺灣的社會受到敬重。我之所以喜愛張文環文學的原因，因爲他不但是主編「臺灣文學」雜誌，敢與日本的文藝家集團的雜誌，西川滿主編，以華麗的虛無美歌頌日本和寶島的「文藝臺灣」相對立，而且也能親自寫出他獨特風格的實質作品，代表臺籍作家，令人感受中國固有的氣質和民族精神，表現了自我和自尊的緣故。

民國三十一年，我和賴襄欽被關在臺北六張犁志願兵訓練所接受新兵訓練，經過一個月後，教官始宣佈允准我們外出。賴襄欽和我，早就常在一起談詩，我在詩作和投稿方面幫他很大的忙，使他得到信心，發表了許多不凡的作品。由於這種關係，第一次外出我們就約好去設在王泉井先生的山水亭二樓的「臺灣文學」編輯部找張文環先生，請教他有關文壇的許多問題。張文環先生很歡迎我們；他談了當時文壇的情況，以及「臺灣文學」的鄉土寫實與「文藝臺灣」的華麗浪漫有所比較，使我們了解文學的精神所在和思想的獨立性，而自覺到生命的根。中午他請我倆在那兒吃飯，經過一個月多的軍訓而外出，那是一次感到很豐盛的午餐。

張文環先生的談話，正和他的外表一樣很豪爽，內容卽幽默又有意義，聽後令人深省。

光復前，我見過張文環先生就只有這麼兩次。

之後，經過很久，於是民國五十二年我的中文詩集「密林詩抄」出版。張文環先生任職彰化銀行，有一次到豐原來參加會報，就順便來看我，對「密林詩抄」提供許多評語。從此，他與我之間便常有連繫。後來他到日月潭觀光大飯店當總經理，一年總有一二次我碰到日本客人來，就帶他們去日月潭觀光，便必定去拜訪張文環先生，有些日本文人也知道張文環先生，而說；來到臺灣能見到張文環先生，跟他談談文學和有關民族感情，眞是意想不到的光榮。張文環先生本不太喜歡和陌生人談話，但遇到我帶去的，都很隨便接見，讓他們來臺觀光又獵到無上的精神收獲。

在日月潭觀光大飯店的院子裏，有一尊臺中彫刻家唐士塑造的孫悟空立像；在大飯店販賣部也賣縮小的孫悟空像。張文環先生把西遊記裏的孫悟空，從幻想、想像、實存的觀點論起他獨特的見解，非常有趣；會騰空的人猿有其千變萬化的世界，是人類最高的智慧的表現。聽了他的話，我也不知不覺中竟成爲孫悟空迷了。

在我任臺中市政府庶務股長的時期，常有公事跟張文環先生接洽，張文環先生爲了擴展飯店業務，平時都很忙，有一次他告訴我，彫刻家唐士退休後，到日月潭去幫他的工作，忙了三個月，也希望我趕快退休到日月潭去幫他忙。我也有意思想退休後去他那裏。

然而，竟想不到，張文環先生於二月十二日，隨着他的孫悟空騰空去了，也帶着我退休後的夢想騰空去了。只把他那豪爽的容顏的影像，留在我的腦海裏，旋轉不停。

哀悼張文環先生

黃靈芝

西元一六六一年，民族英雄鄭成功攻破安平城而光復臺灣之後，鄭氏所作的第一件事情，可能就是要掃除荷蘭的色彩。當時的民衆必也十分積極地協助這種破壞行爲，一如兩千年前項羽燒棄秦宮時沒有兩樣。接之，清廷打垮鄭氏一門之後，他們所作的第一件事可能又是要清除明朝的遺風。後來日人統治臺灣時，也一心一意地想排除清代風氣。因此，曾經被葡萄牙水手稱道爲華麗島的臺灣，終於擁有一個外號叫「文化的沙漠」。

所幸者，開明的我中華民國在光復臺灣的當時，除了對日文的公開使用有所忌諱之外，沒有積極地去破壞日人所遺留下來的東西，至今還能看到若干異國之花點綴於沙漠裏。

但所不幸者，有一羣自幼慣用日文長大或寫作或思考，或只能以日文才能表達思想或創作的文藝家，由於受到禁用日文之令，所能走的路只有兩條，一爲進入幼稚園開始學習中國語文，二爲放棄寫作生涯。

語言本爲日常的工具，但人在其成人之後才開始學習某種語言時，語言却屬於學問的範疇。學起學問，不但需要走一段漫長艱苦的路和時間、耐心之外，還不得不有語言學上的才能以及把學到的東西轉用爲日常工具的能力。因此性格上比較消極的人或羞恥心較强或重體面的人，眼看峻嶺的巍立就先退三步，容易走上擱筆之路。我想張文環先生也許就是無數個的這種人之一。

雖然本省光復過後十年二十年，漸漸地改用中文寫作的作家不乏其人。但這些人所花出去的十年二十年心血是多麼辛苦多麼漫長，而且他以人生短短幾十年生涯中抽出寶貴二十年時光想去交換以後的二十年創作時，天也不一定保證他有那樣的長壽。並且論「純文藝」上的成就，這些作家的中文作品也不一定勝過他們的日文創作。如本來就有甚深漢學素養且也寫過百萬言中文作品的吳濁流先生，據說也常用日文先作草稿的。自這事亦不難了解失去語文的自由，對作家或對渴望着盡可能有多一朶花的文化沙漠，以及整個人類的文化史言，是多麼不幸的事。因爲誰也無法斷言這些放棄寫作生涯的人們當中，不可能混有千年的一聖於其中。至少，如果戰後的美國政府禁止日人使用日文創作的話，名作『金閣寺』等等就永遠不可能出現於二十世紀的人類文化史中了。

筆者和張文環先生一向沒有深厚的交往，見面的次數也只不過一兩次而已，但却斷斷續續地保持着書信的往來。

記得筆者的第五本作品集印贈時，他來信說對筆者的所爲有所感懷並表示他也有東山再起之念。（因筆者自認沒有語言天才，也天生虛弱沒有多餘的壽命能去交換以後的不一定能成功的創作，而早放棄以中文寫作，只像呆子一般，寫一些沒有讀者的日文作品。寫作的目的只不過是留給兒女子孫們，表示父親並非是白吃白喝的人，也替他們的沙漠史盡過一點力，而且也相信千百年後的人們必會比我們懂得尊重文化，而在二十世紀的文化沙漠的地層中挖出若干的化石來）。

不久前，張文環先生擱筆三十年後的第一篇日文小說に地ラもの由東京現代文化社出版，並膺選爲「日本圖書館協會選定圖書」。此書也由廖清秀先生翻譯爲中文，名『滾地郎』由鴻儒堂出版。並聽說還有第二册第三册將陸續問世，正當我們晚輩欣躍之際，忽然又聽到訃音，眞是多麼令人悲傷之事。因此我們的文化沙漠中失去了一朶將要開的花，眼睜睜地在我們眼前凋落了。

張文環紀念專輯⑨

給張文環先生的悼辭

吳建堂

當我讀過，美國黑人艾力克斯·哈雷的著書「根」的時候，如讀過張文環先生的著書「滾地郎」，讀過吳濁流先生的著書「亞細亞的孤兒」之後一樣，覺得均有相似的感慨。因此，深切地希望，在這世界上，將來不可再有，奴隸，或是殖民地的名稱。張文環先生、吳濁流先生都是我們的叔輩的年齡。他們與我們在思想、環境等等也許稍有不同也說不定，然而，人生的多半以上，生存在殖民地政策下的事實是相同。我曾有寫一篇題爲「悲哀的生命」的小說，可是光復時原稿燒掉了。將來也許會重寫出版，但是，內容與張文環先生、吳濁流先生的作品，有多少不同。吳濁流先生和我們多年來，共同推展文藝活動，因此，他的去世我被悲傷的衝擊非常大。張文環先生是光復後好久，自文藝界息影。正當我想去拜訪的時候知悉去世，令我深感悲傷與憐惜。光復前在殖民地的臺灣，參與文藝活動的人士不多，其中張文環先生、吳濁流先生宛如明星。如今這兩顆明星已隕失，如今只祈禱冥福。

悼張文環先生

井東襄

渴望和張文環先生晤面，這個念頭一別以來卅多年，不曾自腦裏去掉。然而臺灣和日本的距離不能如願。一般的日本人可以訪臺灣，自何時開始沒有記憶。但是，我首先訪臺灣是西紀一九七二年夏天。從此之後數次訪臺之便，逛書店，手拿着文藝雜誌，一心想找出張文環先生的消息，却一直找不到。

我是在臺灣出生，在臺灣長大的，臺北第二師範畢業，記得是在師範五年級的時候，張先生和西川滿辦的「文藝臺灣」訣別，創刊「臺灣文藝」。創刊號企畫徵求新人的小說。我也應徵。二十篇的徵求小說之中，佳作是四篇。小說的題名多發表的時候，我的作品也是其中之一篇。此後我常常帶自己的作品去拜訪張先生，張先生是有很大的包容力的人。只不過是師範學生的，我他都是給我溫暖之情以待。對作品的批評一一告訴我。有時候我的只有半頁的文章也被雜誌刊出，這些事，對師範學生的我是無上的高興。張先生曾介紹，詩人藤野雄士氏，音樂家呂泉生氏給我認識。第二次世界大戰終末的時候，因要服兵役我回來日本。自迎終戰日之後，就不能回去臺灣。

知悉張先生的消息是，我參加的短歌社「黃鷄」的主宰，齊藤勇氏探問吳建堂先生的始知道的。去年八月，我來臺北參加小學同學會的旅行，去日月潭的時候才能三十五年後的再會，張先生諄諄地談從前的事，又談及三十五年前的朋友們，他比我精通日本朋友的消息。使我非常吃驚。作品「滾地郞」是自日本的出版社出版的是那時候才知道的。當時也介紹陳秀喜女士給我認識。

「下次來日月潭，在這裏宿泊吧」張先生說「一定會如此」我回答過。

張先生逝去，是陳秀喜女士來信才知道。

往日月潭也不能和張先生晤面。溫顏，然而，儼然的風貌。寡默中湛着慈愛的眼神。我是往日月潭一定能再會面，如此一想，訪臺灣的樂事又加一事，我如此想着。然而，太突然了，我最大的樂事消逝了。神太隨便召喚張先生，人世之無常，命運之非情，我自遠遠的日本的天空默禱張文環先生安眠瞑福。

悼張文環先生

李魁賢

張文環先生是一位典型的臺灣文學前輩，寂寞一生，幾被社會所遺忘。不幸於二月十二日逝世，聞之不勝哀悼。

筆者敬聆先生盛名，應在十幾年前，是故詩人吳瀛濤敍說臺灣光復前的文壇掌故時提及。後略注意臺灣文學運動史實，知先生文學生涯的一鱗半爪，其後間或聽陳秀喜、天儀談論先生之爲人，惜自己無緣拜見，如今成爲終生憾事。

早在民國二十一年，先生於旅日期間，便與王白淵、巫永福、蘇維熊、吳天賞、吳坤煌、施學習、劉捷等組織臺灣藝術研究會，並發刊文藝雜誌フオルモサ（福爾摩沙）；只出三期即與「臺灣文藝」合流，先生繼續在「臺灣文藝」上活躍，到民國二十五年停刊爲止。到了民國三十年，毅然辭掉電影公司職業，費盡心機創辦「臺灣文藝」，繼承「臺灣文藝」的命脈，而與日人西川滿領導的「文藝臺灣」對立。從先生爲紀念王井泉而撰寫的「難忘當年事」一文（臺灣文藝九期，五十四年十月）可想見臺灣文學前輩當年在文學活動上處處受制於日本殖民官（文藝官）的辛酸，他們不畏懼、不氣餒的堅強鬪志，以及那種不妥協的骨氣，令人衷心敬佩。這時，先生的傑作「父の臉」（父親的臉），在中央公論上發表，成爲臺灣作家進軍日本文壇的先鋒。

民國三十一年，先生與龍瑛宗代表臺灣作家赴日本東京參加所謂「第一回大東亞文學者大會」，同年以「夜猿」獲皇民奉公令所設第一屆臺灣文學獎。翌年，先生又得臺灣文學雜誌社設立的臺灣文學獎。可見這時候先生的文學創作已有很大的成就。

臺灣光復後，先生和許多臺灣文學前輩一樣，不能因應語文的變化而輟筆，專心於事業，曾任銀行經理，晚年擔任日月潭國際大飯店總經理。在山明水秀的環境，終又動筆以日文寫下了「地江這山もの」，出版後即被列入「日本圖書舘協會選定圖書」，受到日本文壇的矚目。這部傑作由廖清秀譯成中文，以「滾地郎」爲書名，於民國六十五年十二月由鴻儒堂出版。

『滾地郎』是一部典型的臺灣鄉土小說，故事發生在梅仔坑庄，人口一萬的鄉村，「四十五年前沒有電燈，也沒有自來水」，對外交通靠牛車和輕便車，也有製糖公司的小火車，一天只有兩班來回。「要往臺灣南部的製糖業與木材重要市場——嘉義市，要用輕便車到沿着河溪的梅仔坑站。乘製糖公司鐵路，再到大埔林站改乘縱貫線火車才行。」連這樣偏僻的鄉下，主管巡查、國校校長庄（鄉）長，都由日籍人士擔任，是殖民地的標準形態。

故事主人翁陳啓敏的養父陳久旺，是金源成商店的少爺，和隣庄竹崎庄門當戶對的藥店吳家獨生女結親，吳氏錦入門後，十足發揮了巧婦的良善天職，善侍翁姑，指揮佣人數理家事，有條不紊，而且知書達禮，可惜的就是肚子不爭氣，結婚一年還無異樣。

陳久旺因生意上的應酬而迷上藝妓阿琴，氣死父親，終於悔悟。由於臺灣民俗有抱養孩子可招來親生子女的說法，在岳父吳守邱安排下，趁妻回娘家之便，領養陳進財八個兒子中倒數第三子啓敏，起先非常疼愛，不久，阿錦果然懷孕，生下男孩陳武章，第二年又生下女兒淑銀，養子啓敏的地位從此一落千丈。

由於婆婆患狹心症去逝，阿錦承擔了頭家娘的全部責任和地位，另雇了十五歲女孩素麗幫忙照顧小孩。有一個夏天，阿錦回娘家兩天，不料饞猫般的久旺却趁機把素麗弄到手，阿錦回家得悉姦情，以快刀斬亂麻的手法，把素麗的父母找來，以二十四個銀元打發，使久旺想娶爲妾的念頭成爲泡影。

剛把這事料理完畢，久旺時來運轉，因西保的保正（里長）去逝，被主管巡查中山新二郎推薦繼任保正。在鄉下，不但表示有錢，而且有勢。「還沒有做保正，已經變成保正口氣了」的神態，充分顯示了勢利的人性，和殖民主義者統治下某些典型鄉紳的作風。

久旺做保正後，爲顧體面，讓養子和親生子女同樣進公學校（國民學校）念書。但啓敏頭腦遲鈍，終於中途退學，而武章却聰明伶俐，還當了級長。這種鮮明的對比，無疑地和家庭背景及幼年時是否受到充分照顧有很大關係。啓敏生父家境不佳，且育有八子三女，而養父不但是中產階級商人，而且只生一子一女，在優生學上有其根據，這也是目前家庭計劃最主要的宣傳主題之一。

由於啓敏的退學和自甘做勞苦工作，和武章的努力向學考取臺南師範學校，因此二人的命運分歧愈加明顯。這時，武章已能「流暢地操着日語，但啓敏如鴨仔聽雷一般，不知說什麼」。武章畢業後，回家鄉當起國民學校訓導，遇到皇民化改姓名熱潮，他也申請改用日本姓名千田，使得久旺一家洋洋自得，感到高人一等，只有啓敏因不會日語，徒遭尷尬。

啓敏苦力開墾梯田，獨處田寮，一次無意中在山上小屋躲雨，碰到淋成落湯鷄的秀英，一時衝動侵犯秀英的胸部，被秀英痛打而嚇呆。

王秀英是轎夫王明通的養女，原欲匹配給王仁德爲童養媳，雖然青梅竹馬，兩小無猜，但因王仁德學得司機技術，離鄉奮鬪，被董事長夫人的堂妹看上，攀上貴門。終於使秀英落空，但又擺脫不了被仁德强暴的命運，而生下阿蘭。

秀英雖被啓敏侵犯，不明究理中怒擊啓敏，原是出於本能的自衞，却因長期觀察，知悉啓敏並非心存輕薄，加上二者同病相憐而熱戀，沒想到被王明通發覺，準備捉姦，好向保正久旺敲一筆。明通因事出倉促，證據欠充分，雖然夥同啓敏和秀英到派出所理論，但因警察明顯偏袒改了日本姓名的陳家，而居下風，只要求二四〇元就放人，久旺一口答應，因而促成啓敏與秀英的早日正式結合。

啓敏和秀英刻苦耕作，建立家庭，啓敏視阿蘭如已出，不久他們有了自己的愛情結晶，生下兒子阿將，更是高興。二人同心協力結果，啓敏的田寮變成像樣的農舍，又生了女兒妙子，而阿蘭也長大成人，由於遲上學又加上早熟，感到不習慣於和比她小得多的同學一同繼續念書，而中途退學，到日新商店當店員，與店東次子林貴樹相愛，終成眷屬。阿蘭入門有喜，不久，貴樹接到召集令，奉召入伍。阿蘭十月懷胎，生下一男。不幸，電報傳來，貴樹陣亡，啓敏趕去阿蘭家，想安慰女兒，自己却昏倒靈前而氣絕，結束樸素的一生。

『滾地郎』故事主幹雖以臺灣光復前數年（民國二十七年至三十四年）爲背景，但以倒敍法追述到啓敏和秀英的上輩，並敍述到下輩，所以歷經三代的生活。以啓敏個人歷史爲經，而展現了臺灣農村幾十年來的生活變遷，尤其是對殖民地的生活留下眞實的記錄。

張文環先生這部小說的傑出，在於對重點描述的把握，而能貫穿整個歷史的流程。尤其是很多逐漸失落的民俗的描寫，雖然着墨不多，但其情其景却有如電影的換幕，簡潔俐落地一一呈現讀者眼前。例如寫鄉下的娶親和喪事，寫認領養子的鏡頭，甚至像殺鷄時念咒超生都沒有放過。這些對在農村長大的筆者，處處有親切的感應，讀來恍如回到童年的時光。

小說中特別對主人翁的養子陳啓敏塑造成一典型人物，他的憨直忠厚，注定是踏實在土地勞苦的人物，從把辛苦賺來的錢，一文一文地放在鐵罐，埋入地下的舉動，可看出一種「日出而作，日入而息，鑿井而飮，耕田而食，勞力于我何有哉」的典型舊時代農人性格，和陳武章之先申請改姓名，而到將近光復時又偷偷學習國語和英語以求不變的個性，形成兩種極端。啓敏植根於封閉的農村社會，與世無爭，逆來順受，以勤勞爲最高的工作倫理，是臺灣農民的典型人物。

作者在這部中文將近二十萬字的小說中，爲我們留下了一個典型的臺灣鄉土人物，以及臺灣光復前的鄉村社會生活記錄。和吳濁流的『亞細亞的孤兒』比較起來，『滾地郎』更富泥巴味和鄉土氣息。

張文環先生不時在小說中穿插一些幽默的情節。例如第一章之二裏（十七頁）提到久旺母親的表哥來提親，大事吹噓姑娘的屁股是葫蘆型，乳房是蓮霧型，是標準的美人胎，致引起久旺的母親責備說：

「你也變成。人的嘴牙。」

「不，這是眞的。旣然提出親事來，該講出所知道的事情……」

而陳久旺的父親聽到準媳婦的優秀血統時，內心興高采烈。

「我們來乾一杯，」他迷小着眼睛，「屁股大麼？」

「那當然的事。」

充分表現了「對鄉下老夫妻的可愛。

又如第三章之二，敍述（一一三頁至一一五頁）東保的保正太太初學日語，咬字不清，要贈送芒果給日籍主管巡查中山的太太，却誤把「芒果」說成日文發音相近的「陰部」，後來破東保保正不高興地責備說：

「糊里糊塗的，不會却要用日語才不行！雖然是老太婆，日本人老實得很，如果夜裏要來拿的話，妳到底要怎麼辦呢？……」

其一本正經的態度，令人噴飯。

× ×

『滾地郎』中文書名似未能適切暗示這部小說的內容或主題，原來的書名是「在地上爬的人」，暗示死守泥土而且不向上高攀之意。滾地郎反令人有浪蕩子之類的望文生義的誤會。

在吳濁流、楊逵等前輩作品重新被肯定當中，張文環的這部小說却未受到重視，是很奇怪的事。鴻儒堂不是專業出版中文文學作品的書店，致使大多數讀者失察，可能是其中主因之一。另外，中文的譯文稍嫌生硬，如能再加潤飾，當更能生色。

很高興得悉張良澤動手整理先生遺稿，準備出版全集，這是很值得大力進行的工作，預祝早日成功，以慰先生在天之靈。（67、3、11）

張文環紀念專輯⑫

最後的一次會晤

——敬悼張文環先生

趙天儀

帶着一家大小和行李
帶着春天的假期
我們來到了風光明媚的日月潭畔
這裏是我第二次的旅行
却成了最後的一次會晤

您是一位硬朗健壯的長者
嘴角有着一份堅强的沉默
文壇的健將依然寶刀未老
銀行的經理依然繼續旅館的經理
「爬在地上的人們」喲，依然健碩不減當年

帶着一份敬仰的心情
我看到了您隱居山水的模樣
伴着日月的光華，潭畔的朝暾與晚霞
那麼多的記憶尚未執筆
充演了您一生淒愴悲壯的滄桑

縱使是最後的一次會晤
我已然隱隱地感受到
爲什麼您的沉默，有那麼多含蓄的意味
爲什麼您的關照，有那麼多溫暖的韻味
且讓我永遠銘記着您的神采，您的悲壯的情味

我的國王

張玉園

爸爸！前年當我面對鏡中着新娘紗服的我時，心中想爸爸定無法想像眼中的女兒怎會有長大的一天呢？正如我無法接受爸爸也有年老的一日，我的爸爸是長生不老的。在爸爸看見我穿新娘紗服之前，我已換上另一件禮服，因爲我們父女必定不能忍受父親嫁女兒的時刻。雖然僅只臺北、臺中之隔，但爸爸在我結婚前夕，寂寞地問：「她還會回來嗎？」好像我就要去一個離娘家極爲遙遠的地方。

小學一年級；有一天放學，爸爸您騎脚踏車到學校接我回家，我高興得雀躍着，依悉記得我坐在車前，班上男同學在車後頑皮地追趕脚踏車，您溫和地說：「不要追哦！小心跌倒！」那時我好驕傲，只有我的父親會在黃昏的夕陽中，乘風載我歸去，整個世界裏，僅有爸爸與我的存在而已。

童年時期，脾氣極爲暴躁倔强的我，爸爸經常讓我任何地發脾氣。我始終不明白，爸爸您用什麼方法使我漸漸改掉暴躁的脾氣。記得，每回您出差夜返，我們都已入夢鄉，第二天清晨，一張開眼總是感到一份意外的驚喜，枕邊放着您帶回來的禮物，接着看見爸爸慈愛的笑容正望着未起床的我，我們會好高興地叫着：「爸爸回來啦！」有一次，天色微白，忽然聽見枕邊有清脆的音樂叮噹聲，張眼一看，原來是爸爸何時出差回來了，耳邊響着音樂打火機播出來的旋律，還記得那是布拉姆斯的催眠曲。此後，每回偶然聽見這首曲子，都禁不住熱淚盈盈。

逢節，家附近歌仔戲上滿時，您帶我們前往觀戲，您會邊看邊對我們解說。有時您事先講出卽將滿出的情節發展，那時我覺得爸爸眞聰明，像天空上一顆慧星一般。夏夜，有時您會捲着草席，携帶我們一羣，草席舖在臺中公園的運動場上，您掌着扇子，邊扇，邊講故事，或話家常，爸爸您總是開了一簍又一簍的笑話。

高中一年級，那時您服務於彰化銀行，每日上學時刻，您特地繞道，牽着我的手上班，我們每天在自由路與民生路交叉口分手。一次，班上同學告訴我；有人指着我說：「那個同學就是天天由她爸爸送她上學的那位！」我聽了，並不在乎同學驚訝於高一的學生居然還由父親帶着上學的反應，只覺無可名狀地幸福，有誰像我能擁有全世界的清晨最美好的時光？往學校的路上，四時的變化，常常都因爲爸爸點出，我才驚覺；爸爸會說：「噯呀！這棵樹快枯了。」「那隻鳥叫得眞好聽。」「那兩隻畫眉正在鬪嘴吵架。」我問：「爸爸怎會知道？」「畫眉鳥吵得愈厲害，叫的聲音愈好聽。」有一次爸爸談起藝術家所負的重任，說：「藝術家是人類精神的領導者。」我聽了之後，深深印在腦中，覺得爸爸眞是位偉大的藝術家，是女兒的國王。

學生時代，一到考試，早上起不來，若要爸爸翌日喊醒我，爸爸沒有一次忘記，總是當你在酣睡中，覺得父親的手溫柔地撫着你的頭，輕輕地喊：「阿桂——，起來——起來哦——」醒來那一剎那，儘管考試是那麼討厭與可怕，這一天依然是美好幸福的一日啊！

爸爸您常告訴我們：「若不能貢獻社會就不可給社會負擔。」當我爲人師表之後，因爲沒有教學經驗而氣餒時，總是記取爸爸說的話，繼續改進自己的教學方法。我若述說執教鞭所遇到的種種點滴，爸爸您無一次不微微笑聽着，有時下個評語。

後來，我去淡水任職，雖然您不忍愛女遠離家門，但爸爸還是讓我離家接受生活的磨練，我知道在您答應我北上之前，您內心早已經過一番掙扎。回想在淡水，爸爸給我的每封信都是限時信。第一封信您說您早想寫信而沒寫，恐怕引起我的鄉愁。有一次您來臺北開會，我們在臺北相處了兩、三日，您回臺中之後，我寫信告訴您；爸爸在臺北帶我玩得很高興，但您回信說：「這兩天你很高興，可見也很寂寞，你們每來日月潭玩，很熱鬧，但當你們回去時，爸爸是寂寞地望着金龍號汽車隱去的身影。」我說我去臺北火車站送爸爸回臺中之後，恐怕寂寞冲襲，跑去看一場電影，您聽了很安慰，信後附加：「爸爸很高興你去看了一場電影。」

爸爸給的信中，除了言談哲理之外，每封均提醒我注意健康，保重自己。有一次您寫：「我的女兒，你的身體是爸爸的生命一樣。」爸爸您日常也曾對我們說：「孩子是我生命的延續。」

我談起愉快的婚姻生活時，爸爸您告訴我：「幸福要由自己的努力與明徹的理智才能得到的。」現在，生活中，偶然發生一件趣事，很自然地想：「要記得將這件事告訴爸爸。」但是，下一秒鐘所面對的現實：我已無法與爸爸面對面暢聊生活的芝麻小事了。

前日，經過館前街中國飯店，以前爸爸來臺北經常宿此處，飯店廊前的風鈴聲，猛以爲和尚唸經敲鈸聲，而那一剎那，爸爸就在我的身邊。

知道爸爸身體不適後，我回臺中陪您。但我了解爸爸不會讓愛女待在娘家太久，您教我的是盡人妻的職責，於是我不得不編個謊言。我說：「宗賢因教育召集受訓兩週，我乘此回家渡假。」兩週就要過去了，爸爸您忽然說：「宗賢快回家了，你要趕快回去，不要使屋內冷冷清清，你應該先回去等宗賢回家。」爸爸！不知道您是不是故意受騙？因爲您一直問我搭火車的時間。因病纏身的您竟也留意日子過了快兩禮拜。以前，您爲了怕我們精神負擔，許多事埋在心底，等雨過天晴才告訴我們。您當時是不是爲避免讓女兒憂慮，故意聽信謊言，現在我已不得而知。當我踏出門口準備搭車時，我回頭說：「爸爸！我走啦！」那時您並不看我，只沉默着，不像往日頻頻叮嚀「坐車小心！」原來您是害怕離別的場面！而我回顧的一瞥竟成永別！

二月十二日黎明時分，我突然清醒，隨即頭疼，躺了許久，七點多，電話鈴響，妹妹的朋友淑惠說：「你爸爸去了。」那麼簡短的一句，結束了歡樂的日子。我持着電話筒，沒有什麼感覺，想着這只是一場騙局，只是我還在夢中接到的電話。

在臺北火車站，熙攘的人羣變成一堆堆木偶，從這兒移動到那兒，我是旁觀者夾在其中。火車行駛了萬個世紀才抵臺中，直到我見了爸爸，我仍覺得爸爸還在這個世間的，爸爸只是睡着罷了，一切的一切是不可能的事實。

我現在方承認世間有「先知」存在的事實，並非神話。書上古希臘羅馬文化有「先知」，聖經裏有「先知」，爸爸您也是「先知者」。「在地上爬的人」書中，阿錦的婆婆逝世於心臟狹心症，爸爸！您在此處爲何不寫另外的病症呢？爸爸您早已預測到，只是您的愛女無法想像到這本書竟然成了爸爸的絕筆。

告別式，我見爸爸的名字大大地懸掛於入口處，白布黑字在灰色的天空中，在冷風裏飄揚，我覺得那是別人，不是我親愛的爸爸。爸爸！您曾說：「我還有兩部書未寫，以前寫的不是作品。爸爸不會死的，假若死了，聽見里美、珠兒的哭聲，我的靈魂也會再飛回來的。」見着您安祥瞑目的面孔，想搖醒您，因爲您只是睡着罷了。您一向是守信用的，說一不二的，可是，封棺前您爲何聽不到我們的呼聲呢？我們三姐妹却聽到您呼吸的聲音，您的下唇也動了，您的眼睛就要張開了，然而，奇蹟的時刻竟然殘酷得不來就是不來。

您還留戀這個世間的，因爲您一直都在憂慮人類的命運，您說：「儘管原子太空如何發展，人就是人，對於人的問題，永遠是必須探求的對象。」一生背負十字架，不屈不撓的精神，面對現實的苦悶，使您一心一意想寫書。或許正如阿兄說的，是神明的旨意早些帶爸爸走，神不忍爸爸繼續在這世間受苦。

見爸爸靈前擺滿花束、花圈、燭台，童年時暴烈的脾氣、摔東西的習慣忽然湧上，我強忍抑制想要搗碎一切的衝動，因爲我記得我要做個乖女孩，可是，爸爸！您一向都讓我任性地發脾氣的。

和尚單調反覆的唸經聲，和着敲鈸聲，香灰一滴滴落下，香一根根點盡了，爸爸並沒逝去，只是換另一個方式與我們在一起。冥紙燒成灰燼，往灰空中飄去，紙屋也熱起來，冷風瑟縮，熊熊火炬裏，我看見爸爸正在焚身，鳳凰鳥每隔五百年自焚一次，然後復活再生，爸爸您已走進永恒裏，您已經復活了。每回想起身上流着爸爸的血液，不覺堅強地站立起來，面對着您已在另一世界的事實。我曾跟着爸爸走進死亡谷，再走回這世間，爸爸的勇氣，與悲天憫人大我的精神，漸漸地在我的血液裏沸騰起來。

張文環先生略譜

張孝宗
張良澤 合編

西元	民國	年齡	事略	作品
一九〇九	前三	1歲	誕生於嘉義縣梅山鄉大坪村。父張察，經營竹紙業；母張沈巃。	
一九二一	民十	13歲	入小梅公學校。一至五年獲一等賞狀，六年獲二等賞狀。	
一九二七	十六	19歲	赴日，入岡山中學。	
一九三一	二十	23歲	入日本東洋大學文學。	
一九三二	廿一	24歲	七月，結合東京留學生組織「臺灣藝術研究會」，成員有：張文環、吳坤煌、王白淵、巫永福、蘇維熊、施學習、陳兆柏、楊基振、曾石火等。發行「フォルモサ」綜合刊物，計三期而遭禁。九月一日，參加反帝示威，被捕入獄。	發表處女作、中短對說「父親的顏面」。
一九三三	廿二	25歲	日本東洋大學畢業。	
一九三四	廿三	26歲	此後數年在東京上野圖書館自修，博覽羣書	
一九三五	廿四	27歲		三月，發表短篇小說「自己的壞話」於『臺灣文藝』二卷三號。

				五月，發表短篇小說「哭泣的女人」於前誌二卷五號。九月，發表短篇小說「父親的要求」於前誌二卷十號。十二月，發表短篇小說「過重」於『臺灣新文藝』創刊號。
一九三六	廿五	28歲	文聯東京支部召開文藝座談會，參加者：張文環、莊天祿、賴貴富、田島讓、張星建、劉捷、曾石火、翁鬧、陳遜仁、溫兆滿、陳瑞榮、陳遜章、吳天賞、顏水龍、郭一舟、鄭永言、楊基福、吳坤煌。	四月，發表短篇小說「部落的元老」於『臺灣文藝』三卷四、五號。八月，發表座談記錄「臺灣文學當面的諸問題」於『臺灣文藝』三卷七、八號。
一九三七	廿六	29歲	與定兼波子結婚。	「父親的顏面」入選日本『中央公論』，爲臺胞第一人登上日本文壇。三月，發表短篇小說「豬的生產」於『臺灣新文藝』二卷三號。
一九三八	廿七	30歲	回國。任職「臺灣映畫株式會社」支配人代理。兼任『風月報』日文編輯，年底離職。	六月，翻譯徐坤泉著長篇小說「可愛的仇人」爲日文。八月，發表評論「文章與生活」於『風月報』六九期。九月，發表散文「先覺者的悲哀」於『風月報』七二期。十月，發表短篇小說「兩個新娘」於『風月報』七三期。
一九四〇	廿九	32歲	與「山水亭」主持人王井泉訂交。認識陳羣女士	一月，發表長篇連載小說「山茶花」於『臺灣新民報』。四月，發表散文「我的

一九四一	三十	33歲	五月，與黃得時等人創辦『臺灣文學』雜誌。	自畫像」於『臺灣藝術』二號。發表短篇小說「辣韮之壺」於同誌同號。五月，發表短篇小說「憂鬱的詩人」於『文藝臺灣』三號。七月，發表散文「吾友張星建氏側寫」於『臺灣藝術』五號。十二月，發表散文「檳榔籠」於『文藝臺灣』六號。八月，發表散文「酒是稚氣還是邪氣」於『文藝臺灣』八號。發表中篇小說「部落的慘劇」於『臺灣時報』。九月，發表散文「媽祖的婚事」於『民俗臺灣』五號。
一九四二	卅一	34歲	十月，赴東京參加「大東亞文學大會」。	二月，發表散文「小老爹」於『臺灣文學』二卷一號。短篇小說「夜猿」於誌同號。三月，發表短篇小說「頓悟」於同誌二卷二號。七月，發表中篇小說「閹雞」於同誌二卷三號。發表散文「無救的人們」、「地相學」於『民俗臺灣』十二號。十月，發表中篇小說「地方生活」於『臺灣文學』二卷四號。十二月，發表散文「土浦海軍航空隊」於『文藝臺灣』五卷三號。
一九四三	卅二	35歲	組織「厚生演劇研究會」，九月三日至五	一月，發表評論「臺灣民謠——論呂泉生的蒐集

年代	民國	年齡	生平	作品
			日於臺北永樂座舉行第一回研究發表會。劇名「閹雞」，原作張文環，演出林博秋，音樂呂泉生，舞台設計吳學文。為臺灣新劇運動之始。參加『文藝臺灣』小說徵文評審。評審人：張文環、西川滿、濱田隼雄、龍瑛宗。獲臺灣總督府頒授文化賞。	工作」於『臺灣文學』三卷一號。發表散文「從日本歸來」於同誌同號。二月，發表評審記錄「小說選後」於『文藝臺灣』五卷四號。發表中篇小說「藝妲之家」於『臺灣文學』三卷二號。四月，發表散文「角是狗的東西」於『民俗臺灣』二三號。七月，發表短篇小說「迷兒」於『臺灣文學』三卷三號。十一月，發表評論「老娼撲滅論」，於『民俗臺灣』二九號。發表短篇小說「媳婦」於『臺灣文學』，與「迷兒
一九四四	卅三	36歲	任職霧峯區公所主事。長子孝宗出生。	」二篇收於大木書房發行『臺灣小說集』第一輯。七月，發表中篇小說「泥土的味道」於『臺灣文藝』一卷三號。八月，發表散文「增產戰線」於『臺灣文藝』一卷四號。十一月，發表短篇小說「雲之中」於『臺灣文藝』，十二月，此篇收於臺灣總督府情報課發行『決戰臺灣小說集』乾卷。發表隨筆「養女的飛躍」、「年輕的指導者」。
一九四五	卅四	37歲	七月，任臺中州大屯郡大里庄庄長。八月，兼任農會會長。迎接	

一九四六	卅五	38歲	臺灣光復。當選臺中縣參議員。	五月，發表「寄語臺灣青年」、「從農村看省參議會」於新生報。八月，發表評論「臺拓的土地問題」於新生報。
一九四七	卅六	39歲	六月，代理能高區署區長。長女里美出生。	
一九四八	卅七	40歲	八月，任職臺灣省通志館編纂。次女玉園出生。	
一九四九	卅八	41歲	八月，任職臺灣省文獻委員會編纂兼總務組長。	
一九五〇	卅九	24歲	三女幸元出生。	
一九五一	四十	43歲	任職臺灣人壽保險公司嘉美分公司經理。	
一九五二	四一	44歲	次男惠陽出生	

一九五五	四四	47歲	。任職臺中建和企業股份有限公司經理。	
一九五六	四五	48歲	任職神州影業公司顧問，天一染織公司總經理。	
一九五七	四六	49歲	任職彰化銀行北臺中分行專員。	改編「藝妲之家」為電影劇本「嘆烟花」，於臺中上映。
一九五八	四七	50歲	父親逝世。	
一九六五	五四	57歲	自彰化銀行退休。二月任職中美企業股份有限公司。該公司設立日月潭觀光大飯店，先後任會計主任、總務主任、經理。	十月，發表散文「難忘當年事」於『臺灣文藝』二卷九期。
一九六七	五六	59歲	母親逝世。	
一九六八	五七	60歲	任職榮隆紡織公司總經理。南山保險公司主任。年底返	

一九七二	六一	64歲	中美企業公司任總經理。於經營日月潭觀光大飯店之餘暇，每日清晨三時起床，寫作二小時，無日間斷。歷時二年，完成長篇小說「爬在地上的人」。與日本作家日出孝太郎訂交。	
一九七五	六四	67歲	次女玉園與林宗賢君結婚。	九月，長篇小說「爬在地上的人」由日本現代文化社出版發行，入選當年「全日本優良圖書一百種」。
一九七六	六五	68歲		十二月，廖清秀譯「滾地郎」（原名「爬在地上的人」）中文版，由臺北鴻儒堂發行。

一九七七	六六	69歲	年初，次男惠陽與陳桂珍小姐結婚；年底長孫冠平出生。	七月，『夏潮』一卷四期譯載散文「媽祖的婚事」及小說「論語與雞」。
一九七八	六七	70歲	一月，發現心臟病，回臺中療養。二月十二日清晨五時，於睡夢中逝世。十六日安葬於臺中市郊四張犁公墓。	第二部長篇小說「從山上望見的街燈」起稿中

※本表「事略」由張孝宗主筆，「作品」由張良澤主筆。匆促編就，必有遺漏。敬祈各界先進提供資料，以便增補。

一九七八年三月五日初稿

林宗源作品

收成的日子到的時候

天上有三、二隻討食的鳥

塭岸有很多對的目睭
我必須張開獵犬一樣的目睭
看守着屬於我的財物

不能走開或者做別的工作
在北區那文明以及民主的地方
必須整天張開獵犬一樣的目睭
伺守着塭內的魚麼？

遠方那一對對的目睭
公然地走下塭內捉魚
我大聲地喊着：

討食的鳥還在天空飛

捉他，我不是警察
捉她，會被反告摸她的乳
取下他們搶魚的工具

叫來一羣竹鷄仔
圍塭寮，甚至要打要殺
必須向他們道歉
講錢消災

這是什麼地方！什麼教育！
什麼法律！民主是這樣的嗎？

淋雨，曬日，下肥
盼望着收穫的日子來臨
整年看天過日子的我
還要擔心水災與旱災
還要擔心魚價與工資
還要擔心竹鷄仔

抬頭
甜食的鳥還在天上
我茫然地流下無名的目屎
飛落來
飛落來
飛落來
愈飛愈遠的鳥

這樣的生意能做嗎？

進貨，在還沒漲價的時候
出貨，在應該賣的時候
沒有父親的准許
我不敢做主
漲價了，趕緊進口
遲了早步
電樹出累進的價位
工資跟進
運費跟進
水電費也不甘落後
搶帽子，開空頭
抵押貸款
沒有蔡少明的本領
只有大量拋售所有的股票
在工廠必須使用氧氣罩的時候
沒有父親的交代
我還是不敢伸脚出手
這樣的生意能做嗎？

俳句詩　黃靈芝

天地間　划影一鞦韆
（影を漕ぐ鞦韆天地の間に）

大遲日　購得血浸帝王鉢
（帝王璽得る生涯の大遲日）

過來話長　夫妻　春雷
（過ぎ來しを語る夫婦に春の雷）

杏花門前　相別依々
（杏咲く門に別れの語の長し）

春星明　軍鞋重
（軍靴の重かりし夜の春の星）

杏開鄰睦　添兩狗
（杏咲く隣同志に犬までが）

花季了　公園園丁又齊勢
（花季終へて公園園丁顔揃へ）

田間彩虹掛　少年人夢多
（野に虹をかけて少年夢みがち）

公園裏　男人瞼上掛晩春
（晩春の顔して男公園に）

黃昏山上爬　木蓮花開時
（麓より夜の這ひ上る紫木蓮）

梅雨深　土公議明日
（深梅雨に明日を語らふ陰陽師）

留學期近　父子農忙
（留學を控へて父子の農繁期）

Fleuris les 罌粟 peu á peu 眉の明らぶ若 veuve.
（罌粟咲きてそろそろ明かき寡婦の眉）

漁期汛　婦們蟹市齊
（わたり蟹溢るる市に婦ら溢れ）

Comme ceux d'Arles, 沃野人啓蟄
（野良打って人も啓蟄アルルめき）

古都在　遊子歸來鳳凰紅
（歸省子に咲けば紅しよ鳳凰花）

En deuil, l'un plante de tout son cœur, la rose.
（喪にす人一ニくに薔薇を植ゑ）

閨中玫瑰謝　相望一語找
（薔薇散る閨に一語を欲るべくて）
梅雨深　心藏心電圖一張
（心電園胸に都心の梅雨の闇）
飛鼠脰鼃鳴　外史周禮還
（飛鼠天に蛙は鎮魂歌を故里に）
巴崙行　相機滿載桑紅歸
（桑の赤カメラに詰めてバロン越え）
虫網手中在　少年人健步
（捕蟲網持つより一兒健脚に）
別墅區　竹筍誕聲頻
（筍の產聲別莊地にしきり）
晨曦陪　採筍人山爬
（暾とともに山肌上るたかんな掘り）
城隍威　舊街風薰
（城隍の威を舊街に風薰る）
梅雨過　院中七彩生
（梅雨はれて小庭俄かに彩、彩、彩）
林間隱芽醒　風傳城裡聲
（杣山の伏芽に屆く遠祭）
蛙聲天涯遙　火車載妻回
（蛙鳴く果てより戻る妻の汽車）

壁虎夜深叫　通往黃泉有間道
（黃泉に告ぐ刻の抜け道守宮鳴き）
岸上夜釣人　偶而逃避夫婿名
（夜釣りするたまさか夫の名を捨てて）
En étoffe de soie fine, la veuve 燃ゆ、en sourdine.
（羅(うすもの)に夜を侍らせて寡婦の燃え）
Un arble, qui est en plein jour, au centre de son ombre.
（炎晝の一樹己の影の中）
院中香蕉開　犬墓山石回
（バナナ咲き駄石に戻る犬の墓）
Figue, lait, nonnette, solitude.
（無花果の乳臭き尼の愁ひかな）
蛙鳴路暗　聽颱消息後
（颱預報聞くより暗き蛙道）
蒼榕懸崖纏　夏勤行中
（榕の根を崖に一刹夏ごもり）
窗外殘暑拒　車內新婚始
（汽車の扉に殘暑斷つより新婚子）
野菊路、　女、童歌
（野菊咲く道に女の童唄）

土氣釜中沸　一鄉花生熟
（落花生土氣沸々と三斗釜）

候鳥回　絲瓜晚成大
（絲瓜にも大器晚成鳥渡る）

儒家學　菊節句
（老顏に儒家の淵源菊節句）

金馬獎　非人一表才
（金馬獎非人の業を輝かせ）

故鄉回　大厝風細語
（歸省子に風の囁く大家あと）

訃音傳　晚霞忽然斜
（人の訃や俄かに動く鰯雲）

颱兆玥　鐘塔話頻
（颱兆す言葉しきりに時計塔）

孔子祭典盛　鳳樹鴟尾蓋
（鴟尾蔽ふ鳳樹の相や孔子祭）

吃宵夜　還世家
（夜食して舊家へ宵を戻しけり）

歲夕港口　囘憶異鄉
（年の瀬の波止場記憶の異國まで）

女客城裡來　山爐前展身
（爐火に身をかざして町の女たり）

風籟蕭々　喪家犬老
（喪の家の犬にも齡遠もがり）

背影當年　碾粿歲暮
（面影を背に大年の粿（もち）を碾く）

嬸母去　一代了　冬星
（叔母去りて一代果てぬ冬の星）

歲暮街頭　急診處閒
（大年の町に佇む急診所）

曠天北風渡　亡兒枇杷結
（朔風に堪へて亡兒の枇杷たわわ）

晨曦露素臉　高山元旦晴
（暾に素顏あるべく晴るる嶺の初日）

賀年賠疎遠　以生硬筆
（生硬の筆を疎遠の年賀とす）

福字紅　移民村
（福の字の赤一際や移民村）

元旦客　秘色前坐話不盡
（元日を秘色（ひそく）一つに長話）

初十五　歡宴遠客以鄉俗
（國ぶりを客に新埔の小正月）

愛的書籤

桓　夫

責

在談情的禁涉區
竟也有人迷入了戀的歧途
太陽繞過處女林時
海濱的貝殼頻頻私語着
許多燦爛的煩惱

何必爲愛而自責煩惱
認淸砂灘上純潔的脚印
讓湧來的潮水洗淨吧
起伏的海浪永遠
奏着自然的旋律

妒

愛情的張力
擴展到嫉妒的表面
緊緊，吸住着

妳的影子

妳的實體
捉摸不定
妳的天眞
常常，脫韁
奔馳於曠野

乘馬的美姿
奔跑
奔跑之後
總會拖着疲憊的愛
跛着脚回來

於是，愛情的張力
覆蓋了嫉妒
在嫉妒匿跡了的時候
看妳微笑

另一片風景　馬爲義

髮

每天早上
總有那麼一小撮
在腦後
豎起叛旗
既然要講人權
便得耐心用梳子安撫
便不能動不動用髮腊
將它們繫獄
但他們却氣燄萬丈
到處宣揚我是個
暗地裏用高壓手段的
僞自由主義者

在火車上想你

越抹越糢糊的風景
多霧汽的天空
多霧汽的原野
多霧汽的窗
多霧汽的眼
而你却用那麼清明的
眼光看我
自另一片風景
自另一個世界

都市見聞錄

喬林

六六年十二月廿一日

鞋在心上走着；
匆忙的禿鷹
腿在手裏提着；
沉重的層雲
脚伢子在香港脚的潰爛裏紅腫；
欲雨的黃昏

直着身子
鈔票與名片繞着身子飛
呼着風的聲音
橫着身子
鈔票與名片繞着天空飛
呼着風的聲音

管它什麼歲月
身子要緊
身子是轉旋的軸心

盲鳥

郭成義

眼睛瞎了以後
才聽得見自己
淒厲的叫聲

自從受傷的那一次
意外地叫出了我的語言
才開始懂得
如何追向遙遠的故鄉
停在高高的山頭
地面上突然傳來
淒厲的喊叫

我迅速的往他的身上撲落
然而
故鄉怎麼這麼漆黑呢

天問・夜歌

岩上

問

天空　空閒不了
浮雲
雲　雲捲不了
飛鳥
鳥　鳥囀不了
天問

句句問我
問我ㄇㄇ的聱牙
什麼時候可以不問？
天空
什麼地方可以不答？
雲
鳥

一九七七、三、卅一

歌

而我是一首歌？
一首飛不去的
歌，廻蹀在深沉的夜裏
俯視着一盞翻閱史册的
孤燈

猛回首
驚見自己的影子爬行在灰白的牆壁上
流淌的汗珠
滴滴
響徹長廊的寂寞

一九七七、三、卅

父與子

林外

有一個爸爸

也許是遺傳的習性
也許是史無前例的
有一個爸爸
設法在家中建立無限的權威
用來保護他在外的「作惡」多端

從孩子小的時候就開始
敢反抗爸爸的就推出門外把門閂起來
順從爸爸的就有撫摸擁抱和巧克力

孩子們和老婆在家中做牛做馬
他却天天在外花天酒地
老婆孩子都不敢說話
也沒有人敢白眼
使這位爸爸在昏酸中仍不忘得意的微笑

曾幾何時
事業失敗了
朋友冷漠了
如花似玉的情婦都別抱琵琶
這才知妻子兒女是唯一的依靠

而妻無言　兒女不語
做爸爸的說
爸爸不會讓你們長久受苦
爸爸總會有辦法
他們對爸爸的事還是沉默不語

好一個可敬的爸爸
在子女上學，妻上街買菜時
偷偷地翻看兒女的日記
對爸爸的失敗
家庭的生活
沒有一句話
只是散步、交朋友、戀愛
他們仍舊快樂，一如往昔
這個爸爸忽然看見

妻子兒女的身體都不見了
一片黑暗中　只有他們的眼睛
凝視着爸爸的掙扎
沒有表情

兒子的話

兒子就必須聽媽媽的話
兒子就必須順爸爸的意
只要孝順
只要聽話
只要乖
就有充分的自由
爸爸認爲不好的事情
絕對不能做
媽媽認爲有問題的事情
絕對不許做
想做的　不一定好
所愛好的　不一定對
還沒有長大
拘束　是因爲不够成熟
限制　是爲你好
要了解爸爸的苦心
爸爸的做爲　兒子看不慣
媽媽的想法　兒子不能同意
叛逆的思想　使兒子痛苦
兒子已讀了很多書
兒子已嘗過了不少生活
兒子不願再被視爲需要照顧的兒子
請讓兒子自由地做兒子喜歡做的事
求求你！

神話　渡也

每夜我們的上帝依舊從祂喜愛的十字架，走下來，進入黑暗裏，闔目，埋首，祂靜靜地合掌禱告，尋求庇護，在胸前刻劃一百個看不見的十字，低聲喊着：

神啊

R. S. Hu, Selected Poems
胡汝森英詩

A PERFECT TANGO

dancing a tango
on cats feet
unexpectedly turns backward
and again forward it moves
with crossing side steps
as crabs on idle walk
strolling to and fro

dancing a tango
deep in our souls
yours in mine
and mine in yours
with harmonious rhyme
so nice a fairy dream
enriched by music and poem

it takes two to dance
but dancing a perfect tango
seeing appearance and thru inside
it becomes a fusion into one
two halves from one boby
one song with resonant melody
a perfect tango of full love

LIVING HUNTER

when the time I go I go
to where you and I don't know
from here I must take my leaving
I'll miss always my love in tear
absorb alone the woe, my dear
to adore a man of weak voice
this may be your wrong choice
all against me in world of vanity
I live as a slave of liberty
to dream an impossible dream
life wears out as downhill stream
upturning it again or just perish
living hunter like me not but foolish
when the time I go I go
to where you and I don't know
at the end a sweet love of fever
better forget all the way we were

完美的探戈 象徵一向嚮往的完美社會，外形律動多變化而有節奏，內在追求和諧，有凝聚合一的意向，充滿了愛。

第一段寫探戈外在動態。大意是：跳探戈、貓步般輕盈，突然移後，又再滑向前，交叉側步，像螃蟹在漫遊（用蟹誇張探戈的橫步法），徘徊過去又過來。

第二段寫內在心態（跳交際舞而不能表現內在精神，那只是名副其實的泛泛「交際」而已）。大意是：跳探戈，在我們心靈深處，我中有你，你中有我，私諧的音韻，多麼美妙的仙侶夢，音樂和詩意益發把它充實。

第三段，讚嘆完美的探戈。大意是，跳交際舞需要兩人，但完美的探戈，從外表深窺到內在，兩人已融合為一，猶如一個身體的兩半，完美的探戈充滿愛，是一首韻律共鳴的歌曲（one song 象徵專一的愛）。

謀生者 象徵生活迫人，一切都感覺沒有把握，逐地謀生，去向自己也不知道，連熱烈的愛情也把握不住。大意是：時間一到我就走，你我不知道去向，我必須就此向你告別，無人能棄生活而生存。我將含淚懷念我的愛，親愛的，我要獨自承受悲痛。愛一個豪不足道的人，你可能選錯了對象。浮華世界之大卻容不了我，我只是自由的奴隸，做一個不可實現的愛，生命磨耗有如山溪流奔，若不能向上掙扎我就完蛋，我只是一個愚蠢的謀生者。時間一到，我就走，你我不知道去向，一場甜蜜熱愛已到盡頭，還是讓我們盡力忘掉往日的情懷吧！

to dneam on impossible dream 是美國電影名，中譯「唐吉訶德傳」，又叫做「夢幻騎士」。

the way we were 也是美國電影名，中譯是「往日情懷」。

周伯陽作品

・龜・

我全身披上堅硬的外殼
這是祖先遺傳下來的甲冑
雖然全副武裝
却不是要攻擊他人的裝備
而是我的安全窩

我背着笨重的甲冑爬路
我背着粗糙的房子游泳
有人諷刺我冒充中古的武士
也有人取笑我打扮得像小丑

因我的甲殼笨重
致使行動不自由
　四肢不靈活
　動作又遲鈍
走起路來總是不慌不忙

任我快馬加鞭拼命趕路
仍然無法把速度加快
連短短的路
我也要浪費很多的寶貴時光

但我有堅强的意志
一秒又一秒
　慢慢地　緩緩地
向永恒的生命爬過去

・濃霧・

夜幕沉沉
月光失落於天邊
晨曦尚未使喚破曉來臨
村落被濃霧鎖在沉寂深處
　正在它的懷抱裏甜睡

雖然燈光在空間盪漾
但整個景象模糊不清
它遵守着緘默
　也聽不見音響
只在心裏祈求幸福的降臨

火車向前奔馳
劃破了霧幕的沉寂
公雞寂寞得不耐煩
焦急地呼喚大地甦醒

曙光在濃霧中彷徨片刻
欲伸頭俯視下界
在濃霧裏拚命掙扎
勉强射出光芒試探奧秘
公雞又在催叫破曉
濃霧逐漸消逝在晨曦中

散文詩四尾

許達然

一、樹

困。
只因喜歡泥土，雖抓不到天，總上下生長。我東日就是東，扛日就結果，彎幾枝就成巢，棲古就變土色落土。活着倒霉總遇見你們土匪。免講啦！那些銳利那些鐵齒，不唬不辯就横沖過來劈鉅我為柄砍更多兄弟。臥成板仔給你們放心肝切切剁剁同色的血，躺成船帶你們漂泊，碎成紙吸你們辛酸，倒做棺守衞你們腐爛，甚至燃燒年輪成你們的光亮。其他給你們亂用的，即使我頂嘴也無効。
呆。

二、屠宰場

逃不了。電氣化後叫喊仍然原始。窄道出口一定發生什麼，突然第一個尖叫昏厥後時間就也彷彿驀地暈倒，倒下被拖走後一定又發生什麼。甚至太陽發生什麼都失去意義，意義既然是給人吃，有手也掙扎不出什麼，什麼都無望了，不願倒下的仍死喊，喊不出自己就走着給涎汗淋濕，濕將是血，血血肉色，等漬染機器也要肥着擠，那瘦子還在旁摧促向前向前，快點快點。

三、麻袋

粗，忍耐很久了。再壓依然四四角角，餓不死，口張得多圓猶原嘛那些東西。一粒米百粒汗，乾吃肨庄稼的收穫後還是困苦土色，忍受歷史。一日風一日雨，農夫扛去納租，扛彎不成弓射出憤怒，扛破了做衣，扛病了無錢醫，扛死了包身體，扛不死的代代袋袋辛酸，從廣東閩南帶到臺灣，依然咬破，老鼠肨肨活着。

四、香腸

什麼道理，都利用够了，還把我的肉剁碎塞進我的腸曬瘦，乾脆吃掉算了，永恒既不可能，硬保存發霉，還捨不得做牲禮祭祖先，一直到那天收債的來，求伊通融，竟把我拿出來放在火上擠我的油水，一直到我無法寃叫，你才安心請伊吃了。

瘋子

趙天儀

大清早就在街上躑躅
任濛濛細雨淋濕了
一邊狂歌
一邊唸唸有詞
時而手舞足踏
時而又仰天長嘯

現在化成了過眼雲煙
過去却牢牢地扣緊
刹那的記憶，湧上心頭
刹時却又忘得一乾二淨
讓時間隔離了回憶的窄門

雨，落在茫然若失的臉上
雨，落在白襯衫的肩膀上
寒意只能封住穿大衣的行者
竟無法冷却你單薄半裸的身軀
凄風蕭瑟
而你却泰然自若

從清早走到午後
從街頭走到街尾
一趟又一趟，一圈又一圈
數不清的脚步音響
哼不完的零碎碎的片斷的歌曲

崩潰的前奏吸引了不可思議的幻覺
瘋狂的邊緣充滿了奇異怪誕的妄想
一步一個脚印，穿過了大街小巷
雨滴冷透了脊樑
在泥濘深深的土地上
莫非已走到了人間最後的盡頭……

（隨筆）

就地求生

陳千武

第二世界大戰，日本皇軍很快就佔據了東南亞各地及南洋諸島嶼；由於把兵力分佈過於擴散，終於發生了不可收拾的情況，糧秣、槍彈都供應不及，使戰地的士兵們受窘了。槍彈可以不打出去，留做自衞護身用，但沒有糧秣活不下去呀。於是軍部想出一個辦法，叫各部隊採取「就地求生」。

「就地求生」是在現地採糧自求活下去的方法。除了向現地住民徵收軍方認爲多餘的糧食之外，士兵們各個都要下田從事農耕，生產稻穀、菜類，跟着現地住民和平相處，以求生存。

在就地求生的環境裏，日本人的同化力很强；有些人根本就把所謂神格化了的皇軍權勢的外衣脫掉，浸入現地住民的俗境，共享物質與精神的生活，同甘同苦。這種「就地求生」的方法和精神，救了很多「分散單位」的日本人；確實，日本戰敗後，參與現地自活的士兵，都受到現地人的同情與保護，也有人娶了現地女人做太太，不回日本去。我們還記得臺東縣的同胞李光輝，日本皇軍留給他最長的「就地求生」，才能掙脫了死滅，經過三十年後回到故鄉來。

然而，「就地求生」不但在佔領區的南洋各地被實踐，却在殖民地的臺灣、朝鮮以及所謂「內地」的日本本土上也都被實踐了。凡是有駐軍的地方，士兵們甚至一般老百姓都實踐「就地求生」，從事農耕或進入工場參與生產，以求長期的生存。

由於爲了物質要求而開始的就地求生，後來，很自然地也影響了精神上的「就地求生」了。在當時的臺灣文壇，便有許多日籍文人或學者，放棄日本政策的高踏性作風，而參與臺籍文人羣，就地取材，寫出臺灣特有的鄉土文學來了。他們的寫實，令人喜愛和敬佩。

記得依靠日本政府官派的雜誌是日人西川滿主編的「文藝臺灣」，而全由臺灣人自力撑舵的在野雜誌是張文環主編的「臺灣文學」。兩者之間的對立，當時，在自認爲文學少年的我的心目中，當然就偏愛着張文環主編的「臺灣文學」，持有親近的泥土味的這本雜誌是很鄉土的，使我常捧在雙手不放。但對於雲上人貴族式的，空虛唯美形式的，西川滿主編的「文藝臺灣」則敬而遠之。

我看不慣露出統治者姿態的文人面孔，高高在上，倚勢凌虐弱小。從本地泥土裏生長的文藝作家，如張文環、張深切、張星建、楊逵、吳新榮、呂赫若、張冬芳、黃得時、邱淳洸等，不翻開備忘錄也可以隨時唸得出來的這些名字，當時還是文學少年的我可以察覺到，他們一不小心就會被那些有權的文人們戴上「非國民」的高帽子呢。在帝國主義專制的統治下，「非國民」一句是非常嚴重的名詞，準會坐牢哩。誰都知道在皇民化政策的漩渦中，日本政府要强迫臺灣人忘祖改姓名而化爲日本人，甚至遺忘鄉土味。如此，不愛着鄉土才能很順利地把臺灣人移民到南洋；而把留下來的臺灣領土全由日本人移民轉居，變成爲日本的另一塊「內地」。因此他們不喜歡在臺灣有鄉土文學的抬頭與提倡。

不過，反而有許多日籍文人，如臺大教授的矢野峰人、中山侑、坂口䙥子、比原政吉、本田光晴等，在臺灣文壇的「現地由活」，採取與臺籍文人一致的步調，就地取材，創作臺灣鄉土寫實的作品，使我覺得人性還不致泯滅；人總需要站在芬芳的土地紮根，才能獲得眞正生存的意義。

事實上，跟着臺籍文人們，站在同一陣線寫作的這些日籍文人，經過日本戰敗三十年來，仍然和臺籍文人保持着很好的友誼；常常懷念着曾經於一段時期，在異境的泥土裏伸長的根，而做爲實質的文化交流的橋樑。

反之，令人唾棄的，喜歡藉虎威凌虐弱小的日籍文人，在戰敗後被趕出這塊土地，就一直羞恥着不敢回想昔日的威風，終於被人遺忘了。這些日籍文人的作爲，因係立場的不同而失去良知，我們尚可以原諒他；但還有，最不可以原諒的，就是在臺籍文人之中，竟有不自覺的追隨着那些失去良知的日籍文人，講好政者所講的話，寫些空虛的唯美文章，期求跟日人相同的看待，眞令人作嘔。不知道那些人還活着有何感想。

(隨筆)

窺豹札記(二)

李魁賢

10鄉土的淵源

很高興看到主持鄉土樂園的林二努力撰寫發表「臺灣民俗歌謠作家列傳」，使埋沒已久的民謠歌曲及歌詞的作者，能够受到應有的尊敬和重視。很多臺灣民謠，受到大家的喜愛，無論老少都能唱，甚至流傳到世界各地，却不知作者是誰，或者只知道作者名字，而不知其何許人，更不知作者的生平事跡了。他們寂寞一生，未能獲得適當的榮譽，社會對他們太虧待了。

其實也不僅是民謠作家，試看我們的許多先賢，無論政治、文化、經濟、教育、宗教、運動各方面，都爲我們社會提供了畢生的貢獻，締造了淵源流長的傳統，但却很快被人遺忘，以文化淵源來看，這是一種斷根的殘忍。近來，像黃煌雄著『臺灣的先知先覺者——蔣渭水先生』，鍾肇政著『望春風』，或以傳記，或以小說體裁，記錄先賢的事誼，是很值得擊節稱頌的出發。

在新詩創作方面，很多前輩因語言的變掛而輟筆，以致後來有臺灣現代詩是由紀弦等帶來火種的訛傳，這在詩史上是不公平而且違反客觀事實的論斷。

前輩詩人當中，除巫永福創作不歇，在「笠」上源源推出精彩作品外，楊逵、邱淳洸也常有佳作發表，其餘幾乎都已封筆歸隱。對前輩作品的披沙揀金工作，本刊曾經推行過，例如陳千武執筆臺灣詩壇的回顧專欄，曾整理過巫（笠52、63至65期）、張冬芳（60期）、王白淵（63期）作品，介紹過鹽分地帶的詩人們（52期），選譯郭水潭、吳新榮、王登山、莊培初、林精繆的詩；周伯陽也許介紹過邱淼鏘（淳洸）（54、76期）和周德三（60期）的詩

但這項工作似乎時斷時續，未竟全功，筆者希望能再加强，把這項工作認眞做完，因爲其他諸如張我軍、楊雲萍、江肖梅、賴和、楊華、陳虛谷、守愚、施文杞、江夢華、鄭嶺秋、郭秋生、陳遜仁、楊啓東、龍瑛宗等等很多人的詩，都有待整理翻譯。他們的作品有的也許藝術造詣未見精純，但在詩史和時代意義上是不可磨滅的。

最近，我國早期新文學運動的作品，已陸續有出版社在重印或編輯，這些都是不忘本的作法，值得提倡和鼓勵。筆者誠心期待本刊能推動諸如「光復前臺灣新詩選」之類的編輯工作，如有出版社願意共襄盛擧，再推廣到光復前臺灣小說選、戲劇選、散文選、評論選，可以合成一套「光復前臺灣文學選集」，應是非常有意義的事。（67、2、23）

11 臺灣文學的傳統

在整理臺灣文學運動史料，保存先人和前輩努力的成績和貢獻上，陳少廷編撰的『臺灣新文學運動簡史』（聯經文化叢刊），是一項舖路的開拓工作，已有葉石濤、鍾肇政等撰文評介，加以推許。

但在該書的結論裏，陳少廷提到，『臺灣的文學本就是源自中國的文學，臺灣重歸祖國，自然就再沒有所謂「臺灣文學」可言了（鄉土文學應當別論）』（一六五頁），這一段話有值得商榷的餘地。若說「臺灣的文學本就是源自中國的文學」，是絕對沒有疑問的，雖然其間因淪陷異族統治，而多少融合了一些外來文化的要素，但大多數已被包容廣大的中國文化所同化。接着說：「臺灣重歸祖國，自然就再沒有所謂臺灣文學可言了（鄉土文學應當別論）」，都難令人苟同。

雖然，臺灣文學裏包含着鄉土文學，但鄉土文學不能取代臺灣文學，是很明顯的道理。問題是「臺灣文學」繼續存在的事實，應從整體的中同和久遠的歷史着眼。

文學是社會生活的反映，欲瞭解「臺灣文學」存在與否，可從臺灣羣體的特徵略加考察。就血統與文化言，臺灣與中國是不可分割的結合體。但地理上，臺灣是一海島，孤懸海外，與大陸形成被臺灣海峽隔絕的狀態，以往因交通不便，一般人遷移臺灣後，不易隨意往返祖居地，逐漸造成社會獨自發展的情況。從歷史上看，臺灣因淪落日本統治，政治上的强制，導致臺灣與祖國斷絕五十年，光復後不久，大陸又淪共，雖然中央政府遷臺，遙領大陸主權，同時有大批大陸同胞隨政府來臺，與早來的臺灣同胞混合生活，形成一次大融合，但不旋踵臺灣與大陸又已繼續斷絕來往近三十年。因此，近百年來，臺灣除了依賴血緣與中華文化的繼承外，與大陸實質上隔絕。再以社會言，光復前的臺灣在異族統治下，被强迫接受外來文化，生活上有所改變，光復後雖同歸中國文化，但文化經吸收已形成其中一部份的痕跡，斑斑可見，且因長期受壓搾，造成民族性格的逆來順受，養成被殖民的畏縮心態，與光復後來臺的大陸同胞已有很大差別，而與未來臺的大陸同胞差距更大。加上光復後，政府在臺灣實行自由民主制度，

和大陸的專制統治，更加深差異的顯著性。

在這種事實存在下的臺灣，所產生的文學，自必有與中國文學不盡相同的特質部份，形成臺灣文學的變調。在中國文學包容下的臺灣文學，正如英國文學包容下的愛爾蘭文學，或美國文學包容下的新英格蘭文學一樣。

基於這一前提來看臺灣文學的傳統，可以臺灣光復為分水嶺，形成截然不同的形態。光復前的舊傳統，是反殖民主義的形態，而以反日為主調，光復後的新傳統，是反專制獨裁的形態，而以反共為重心。但無論新舊傳統的形態如何，臺灣文學一直以民族精神為主幹，是一貫不易的。

臺灣光復後，因中國不能保持給一狀態，才使「臺灣文學」繼續呈强烈的特質而存在。因此，臺灣重歸祖國後，臺灣文學並未終止，只是形態改變。文學史必然肯定這樣的看法。（67、2、26）

12 論「羞」

林語堂有鑑於文謅謅辭語之不可親，曾提倡為文當如「酒店關門時，我就走」的雅健（見「談邱吉爾的英文」，載『無所不談』）。而歐化語句的泛濫，更造成中文變本加厲的不親切感。法國戴高樂總統也曾為法文受外來語的污染，而呼籲保衛法文的純淨。

中文之歐化由來已久，而至王文興的『家變』為烈。隨手翻開，就發現：「一個後期暑期的過午」（一〇九頁）這種句子，竟比各方所深惡痛絕的彆脚翻譯文章還不如。至於像：「那次遲回來後他底爸爸復再又曾有甚好數次遲時回返」（五十五頁），簡直令人瞠目。當然，沒有欣賞這種妙文細胞的讀者，儘可棄置不顧，但對每日非翻閱不可的報紙，也無予謀殺中文的勾當，却無法親若無睹。外電新聞稿翻譯的詰屈聱牙，常令人有不忍卒「讀」之慨。記有一次外電報導某產油國得擬提高油價每桶美元二角三分（23 cents），國內中文報紙竟一律載如漲價百分之二十三（23 percent），由此一端，可知歐化之發生，病在囫圇吞棗，並無不得已的苦衷。

目前，報紙上掀起一片歌星作「秀」之聲，已有喻麗清自國外投書閒話。「表演」、「登台」之類的現成中文不能用以表示「秀」的活動嗎？「秀」音譯的字面能表示出「表演」的性質嗎？如果不就「意義」加以追究，純為音譯，倒不如譯為作「羞」。猶記得杜國清曾把「脫衣舞」音譯成「死脫離譜羞」，博人一粲。以「羞」代「秀」，至少還有羞人答答的意境吧。據說歌仔戲班要我「見羞公」，則上台表演稱之為作「羞」，還算可找到根據。

勉強使用外文或其音譯，應有若干基本上的限制，例如：

1. 中文無適當文字可表達其意義者，如「幽默」；
2. 原意有多義性，中文僅能表示其部份者，如 détent，陶百川譯為「低盪」；
3. 為達成外文之雙關或諷刺效果者，如政變之用「苦跌打」，或上掌之「死脫離譜羞」；
4. 新創外文，中譯分歧尚未統一者，如 stagblatier，有譯為「遲滯膨脹」；
5. 文學作品中為表達媚外角色之性格者，如陳映眞最近發表於「臺灣文藝」革新號第五期的小說「夜行貨車」；
6. 其他特殊情形。

亂用外語和外語音譯，對雅健的白話文造成的威脅，會嚴重影響國民的心理健康和人格發展，並非聳動聽聞。筆者很躭心有一天，報紙上作「秀」忽然絕跡了，而被Show 的眞面目所取代，那時，便是中文淪爲外文殖民地的又一證明。

這也不是杞人憂天之事，試讀聯合副刊三月六日的楊子專欄「壁上的鏡呵」一文，就這樣寫着：「乳房是描寫女人美的重要一部份，但是，歌德歌頌的是fullness，而濟慈所贊嘆的「白綿羊似」的女人，却是 small的」。令人不解的是，難道 fullness 沒有適當的中文可以表達嗎？「豐滿」如何？「飽滿」如何？small 呢？「嬌小」如何？「小巧」如何？難道非用英文才能表達嗎？楊子所引那篇「時代散文」的作者提到歌德强調：「the proper breadth of the pelvis and the necessary fullness of the breasts」，是譯成英文的，並沒有摘錄歌德的德文原文，因爲他是寫給使用英文的人看的。那麼，中國人寫中文給中國人看，爲什麼要夾進不必要的英文呢？

不巧在同一日的聯副上，非常有中國古典風的周夢蝶，在風耳樓小賞」的「報陳庭詩之四」內，居然也亮出了英文，提到：「它使我幾乎立即想起「流風廻雪」「飛花點翠」這些個 adjective phrase（按：adjective 錯成 pdjective，諒係「手民誤植」）。爲什麼不能用「形容詞」或「形容片語」，必須夾上英文呢？

用外語交談，會引起口誅筆伐，而在文章中夾纏英文，却無人指責，怪哉！談話只限特定的有限對象，而爲文傳播，却是不特定的大家讀者，其間的輕重應是很容易分別的。

爲了寫此短文，不得已自己也夾註了兩處英文字，摘錄了一段英文句，實在「見羞」。筆者膽敢預言，恐怕有一天，寫作者非和歌仔戲班一樣，人人供奉一座「見羞公」不可。

如果容許仿效精南旅行社老闆一樣刋廣告質問同業「恥」的意義，我們也不妨請教搖筆桿的：你們知道「羞」的意義嗎？（67 3 18）

請進，歷史

——評「中國當代十大詩人選集」

郭成義

中國現代詩發展了數十年，就以我們現時的位置而言，確實已該到了某一程度上的成熟的階段，而對於我們那些眞正努力過的詩人，也確實達到了某一種結果的檢討期。

要驗證這一種結果，假如不透過歷史的肚子，究竟是無法持久的。

歷史的功能，是以能確定的一面向我們展現的，絕非含有像以「模倣」做爲其本質來解釋「影響力」的這種淺薄的，權勢意義的面目，而是過濾於歷史的形體下，對此一意志集團的自足性予以批判精神以後，所浮現出來的，較爲堅硬的那一面。

即使不站在這一點，如果，我們眺望過去，在未進入歷史以前，我們爲歷史做了什麼事？沒有爲歷史做事的人，是進不了歷史的人，此點已殆無疑問；那麼，以同樣的道理來研究一個詩人的行爲，在未成爲詩人以前，我們爲詩做了什麼事？沒有爲詩做事的人，是不能成爲詩人的人吧！

「爲詩做事」的意義，出現於歷史的機能上，除了關於詩人的價值論以外，還要擴及個人對於整個現時代的詩史所具的某一決定性的努力達到結果時，才能被歷史所斷定。當這種結果尚未秩序化明顯起來以前，其努力只能算是停留於未定的空間，即使距離歷史較近的陰處，也有待更進一步的探求。

而且，探求一個詩人對詩所負的歷史性的使命，並不應僅限定在其創作上的方法與技術的追踪論，嚴格的說，在尚未建立起我們現時的、自己的詩論以前，任何想攀上歷史亮處的心機都是徒然的。

無論如何，必定有一個屬於我們現時的、自己的詩學在等待我們去命名，然而直到今天，我們的詩人羣都已習慣於成爲一個「只漠然地自然發生性的詩人」而已，對於詩的整體作業，沒有像熱心於科學一樣地，追究其一定的世界，並將之明顯地標點出來。

固然，詩的世界不同於科學的世界，有其具體的實驗物質可供解析或發明；科學顯然屬於一個無情的世界，但它仍然會以一種無限的姿態在逗引我們的科學們不斷地去追求，而顯然屬於一個有情世界的詩，那種無限的姿態，必然要比科學更值得我們去追求，反而，就因爲這種有情的追求，才使得詩的魅力更加艷麗與生動起來吧！

一個時代有一個時代的科學，一個時代當更有一個時代的詩學，這是不容否認的，不能因爲它看不見，就放棄，也不能因爲它是無限的，難以下標準的，所以它就沒有一定的世界，就可以根據一己的好惡來代替它。

詩學必然存在著的，由理論不斷的去發見，由創作不斷的去實踐，由批評不斷的去辯證；只是，當我們的詩人羣正試圖進入現階段的歷史的這一刻，勢必先要整理出處於現階段的我們自己的詩學在其終極之位置，才有可接近於歷史的評鑑工作。

有我們的詩人，而沒有我們的詩學；有現時代的詩人，而沒有現時代的詩學，試想，一首詩的好壞，一個詩人的偉大與否，究竟用什麼去檢視呢？利用外來的？或是只憑個人之好惡？一個紀錄不出自己詩學的國度，竟會產生出具有歷史地位的詩人，實在是一件令人懷疑的事。

然而，處在我們詩壇的有一部份人，正無視於自己在理論上的敗北意識，無視於自己在創作上的假陶醉感，也無視於自己在批評上的僞造學，縱然抱持有「對詩做事」的純潔的使命感，企圖使現階段的詩儘快進入現階段的歷史，却忘了現在不是時候，這種努力所給予人的印象，無非是受刺激於歷史的功名主義的假效果罷了。

從不正確的態度出發，不僅進不了歷史，甚且破壞了現階段的詩學建立的秩序，把羣衆帶入一個錯誤的、多紛爭的詩路裏，是不能不三思的。

這些人，大致可以分爲兩類，即㈠、本身含有所謂「詩人」的身分，在其創作達到了某一個時期，由於間接接觸了許多外來的零星詩論，並模擬歷史的形態，在其行文之中，顯露著詩宗大家的口氣者。㈡、本身未含有詩人身分，却含有所謂「編輯人」或「詩評家」的身分，透過其偏狹的詩的封建思想，向羣衆傳播其極爲個人主義的理論，並由其社交性的好惡，來評定詩人的地位，儼然以歷史的主人自居者。

至於他們所賴以操縱的工具，除了各報章雜誌、各詩刊以外，還不時的編選各種各類冠以堂皇名字自稱具有所謂「代表性」、「斷代性」、「歷史性」的詩選，以達成其自封的「歷史任務」。所有中國現代詩的發展理想，對他們而言，不過侷限在其千古不變，而又毫無切身內容的模型裏，我想，只有透過這些濫觴的傳播，才是造成今天的們詩萎縮的絕大戕害吧！

自從有了稍早期「六十年代詩選」的刺激以後，「中國現代詩選」、「七十年代詩選」，以及「中國現代詩大系」、「八十年代詩選」等等，以「代表性」、「斷代性」、「歷史性」做爲其號召力的詩選不斷地產生，直到最近，又有一集大成的「中國當代十大詩人選集」問世，這種問鼎於歷史地位的野心，已一次又一次的被介紹出來。

以「中國當代十大詩人選集」做爲篇名的這本書，在比較其編選的態度與詩史的心機上，確實有比以往的那些詩選較吃重的演出，然而，在看過了張漢良先生的「序」，以及張默先生的「編後散記」之後，我却領受了一份說不出的「歷史，請進」的那種諂媚的感覺。

任何事，一旦涉及歷史，便得愼重，乃是必然的，不是我們叫某人某事進入歷史，那某人某事便可以進入歷史的。歷史與我們的關係，是歷史對我們說：「請進入我。」，而不是我們對歷史說：「請進入我。」，這一點要認清楚，如果像張漢良先生在本書的「序」裏頭所說的「這十位同時代詩人，串連成歷史，足可統領五千年文化了，豈不美哉？」這種對進入歷史所作的英雄式的妄想，實在是一點也不美的事。

那麼，持着這種「豈不美哉」的陶醉心理來爲歷史做事的張漢良與張默兩位先生，究竟在「中國當代十大詩人選集」裏爲我們塑造了什麼樣的詩史呢？正如張默說的，這是一次「歷史性的展出」，但這個歷史，究竟是我們大家的歷史，還是他們懷着「歷史，請進」的那種態度下的私立歷史，不無疑問，因此，我感到有爲這本書提出檢視的必要。

首先，以張漢良先生的「序」做爲考察本書的一個據點，是由於他正是本書的兩位編選人之一。

「其次，何謂「大詩人」？詩人有好有壞，何來大、小？以大炫世，亦無非（量）的價值觀念作祟。我們姑且向集體文化與商業廣告低頭，暫時認定詩人眞有大、小之別。」

一部自命具有歷史性的「中國當代十大詩人選集」，居於這種「向集體文化與商業廣告低頭，暫時認定詩人眞有大小之別」的態度下被提出，無論如何，也隱含着歷史是卑微的個性。於理論或實際上，爲了使「歷史性」更明顯地浮現於羣衆之前，更應該讓集體文化與商業廣告無條件向它低頭，否則，便只能淪落爲一種現實個人觀的選集而已。

其實，詩或詩人既有好壞之分，自亦容許有大小之別，問題在於該以怎樣的尺度來衡量一首詩或一個詩人的好壞，如非據於詩學上「是」與「非」的追究，是無法鑑定的，一旦好壞能被鑑定，詩人的大小自然也可以被鑑別，而不是一定要向什麼低頭，或是什麼觀念在作祟的問題。沒有考慮到這一點，或是，以「姑且」、「暫時」的方式來選擇所謂「大詩人」，其出發點已有了顯然的偏失。

接着，張漢良在「低頭」的情況下，提出了他對「大詩人」的評選標準。

「那麼，大詩似乎應具備下列條件：㈠在質的方面，必須是好詩人，至少大部份作品是好的……㈡創作有相當的歷史……㈢具有靈視（Vision）。詩人應透過創作，觀照人生與世界諸相，表現出詩的眞理。這點與詩人創作之態度，取材之廣度，以及詩思之深度有關……㈣就對讀者的關係與文學史的意義而言，必須有相當的影響力。……」

這四項標準，嚴格說來，第三項應合併於第一項有關「質的探求」方面，所以只能說以這三項標準便可以認定某人爲「大詩人」的。在他未能直接或間接說出「怎樣才算好詩」的要素之後，這這第三項等於闡釋了張漢民先生心目中對「好詩」所持的看法，然而，我認爲這種看法是籠統且薄弱的，所謂「觀照」出「人生與世界諸相」的「靈視」，究竟是「無所不容」的語體結構，那是「隨便你怎麼說都對」的心虛的論辭，對於探求「好詩」的方法沒有提供切實的交待，因爲那就是詩得以自身俱足的內容，基於這種論詞，我們也可以擬出「凡是人必須活着才能做爲一個人」的話，但，那是多麼無聊啊。

自然，這種「靈視」的深淺，與創作態度，取材廣度，詩思深度有關，但是，一個偉大的詩人，至少要達到怎樣的創作態度，怎樣的取材廣度，怎樣的詩思深度，在這種追求尚未明朗化以前，如果要談論它，就必須拋離進入歷史的野心，才能有客觀的發現，在此之前，仍然只是一原則，而不是條件。

再者，就「對讀者的關係與文學史的意義而言，必須具有相當的影響力」的一項，張漢良在其隨後的文字裏，已下意識地將之定點在「風格的模倣」此一意義上。

「就第四點的影響力而言，紀弦對整個臺灣詩壇推動力最大，余光中、洛夫等人次之。當然，風格被後起者模倣最多者，不一定就最好；有些詩人風格獨特，模倣不易，羅門、葉維廉便是。此外，影響有時是理論性的，有時是實踐性的，如葉維廉早期的影響，可算是一種純詩美學思想；但模倣洛夫者，多襲取其意象處理，模倣商禽者多援用邏輯思維，模倣瘂弦者，多側重其戲劇效果，模倣白萩者，多規模其對現實面十分冷澈透視的觀點。……」

關於影響的模倣性，這裏存在着一個不容被忽視的問題，即被模倣的對象，如果本身在行業的追求上做了不正確的行爲，那麼這影響顯然便是壞的、錯誤的影響，不但進不了歷史，反會成了歷史的罪人。要確定這種影響的良窳，就必須等待這所謂「十大詩人」的作品被同時代甚或後時代的詩論無情地予以剝光之後，而仍能見其清白的時候，才有被列入歷史地位的可能。例如余光中在最近所面臨的考驗，除了陳芳明等在審視其作品時表示了極爲鮮明的好感以外，也有唐文標等持相反的看法，最近陳鼓應更據於創作的意識行爲，坦率地批判其頹廢意識和流亡心態的非常傳播，其他如洛夫、羅門、楊牧、葉維廉等人，也經常引起詩壇正反兩面的探討，究竟，歷史是大家的，在塵埃未落定之前，任何想親近歷史的舉動，只怕還是言之過早的事吧。

事實上，正經由我們正反兩面努力地爭討，才有使我們的詩史進入歷史的正確姿勢的可能，而當我們努力地想爲歷史分辯一些什麼的時候，我們所需要，是可以幫助我們去認清眞僞的東西，而不是需要某一個人拿出一本他自己填寫的歷史的帳簿，對我們說「這就是歷史」，甚至當我們看了之後，卻發覺是一本逃稅的。——這種行爲，只徒然使歷史越來越失去秩序，越來越失去眞實。

「但未入選者，亦有重要、傑出的詩人。可得而言者有四：㈠死者，如覃子豪，其成熟作品（如『瓶之存在』）絕不亞於以上諸家。然逝者已矣，諸編委雖存虔敬之心，但「不成文地」決定暫時不必爲古人擔憂。㈡不成理由的謙讓美德作祟，使擔任編委的詩人自動放棄，以避免文人自我標榜之譏……㈢某些傑出的詩人未能入選，究其原因，有以下數端。①或讀者羣少……②或產量不夠豐富……這些詩人，也是受「十」大名額之限，未能入選。」

張漢良先生在本段文字裏，自陳未入選的重要詩人其所以未入選乃是因死者、自身爲編委、讀者羣少、產量不夠豐富等四點，但終其最後的原因，無非受制於「十」數的限額，這點是頗叫人感到不公的。中國人對「十」這個數字觀念的暗中隱藏着「十全十美」的完整性與滿足感固無可厚非，然而一旦屬於「歷史」體系的那一種過程中的痕跡，乃是於自然可留下的情況下被認識着的，其於數目字上的推敲，可說是極爲私人化的形式，若進不了「歷史性」的「大詩人」，便可以不提，凡進得了歷史性的大詩人，便應該一一列入，始能不失公正——此中卽暴露了編選人在編選本書時所持的態度不夠穩定，以及對做事的「使命感」失去超然立場的面目。

同時，把覃子豪因「逝者已矣」而一腳踢開的行爲，更暴露了對「歷史」缺乏莊嚴的認識。設想，於張漢良先生苦心編選出的十位中國當代具有歷史性的大詩人，在其後時代的讀者，以因爲「逝者已矣」，而將之推翻，那麼這十位大詩人還能不能進得了歷史是頗耐人尋味的。如果這十位大詩人屆時仍能雄踞歷史而不衰，則表覃子豪雖死猶有資格被列人大詩人之流，如果這十位大詩人屆時被否定了，那表示「中國當代十大詩人選集」這本書雖然在張漢良等大做「這十位同時代詩人，串連成歷史，足可統領五千年文化」的美夢，而結果仍然是零，甚至負於零的價值，這個中矛盾，不正等於消滅了本書的「歷史性」嗎？

再者，我們對所謂「擔任編委的詩人自動放棄」接受十大詩人的資格此一論調，也不免感到了一種「此地無金三百兩」的失敗的自我推銷術，於表面上是「謙讓美德」，而既有心謙讓，又何必多此一筆「非不能也，乃不願爲」的自我解嘲，更無需在書的最後硬蹦蹦地附印編選人簡介，說明張默「對中國現代詩運之推廣，影響至深且鉅」，說明張漢良「卽將取得博士學位，擅長文學批評，特別是對中國現代詩所提出的建設性的創見，尤爲中肯精闢」云云，此一行爲無疑揭露了想與這「十大詩人」同享歷史榮華富貴的野心，這種急功好名的做法，卽使原來存有純潔的動機，仍不免讓人懷疑其自我提拔式的幻想。

我們再將前引張漢良對某些傑出詩人未能入選原因的第三點加以放大，來考察其選拔「十大詩人」的矛盾性與無標準的立場。

「㊂某些傑出的詩人未能入選，究其原因，有以下數端。①或讀者羣少，如碧果，有其特殊思維習慣與文字節奏，但知音者稀。②或產量不够豐富：如鄭愁予，其山水詩之柔美細膩，在臺灣不作第二人想，整個語言節奏由宋詞蛻變而來，是文學歷史性研究的最佳資料；如方思，其「豎琴與長笛」的音樂結構，思維與語言寧靜的秩序，已成絕響，與覃子豪「瓶之存在」、「構成」等詩相互輝映；如周夢蝶，其語言駕馭之功力固不在十人之下，詩作尤其表現特殊的靈視——詩人陷於對此大幻世界之眷戀，與對空寂佛境之嚮往兩者之間的掙扎；如方莘，其早期的實驗性作品，如「練習曲」、「去年夏天」、「夜之變奏」，無一不是精品；再如大荒，近年潛心研究神話，以詩爲媒介，對傳統文化作系統性的再認，其語言雖偶現瑕疵，但胸次甚大。這些詩人，也是受「十」大名額之限，未能入選。」

在這裏，張漢良巧妙地安撫了碧果、鄭愁予、方思、周夢蝶、方莘、大荒等六人，其安撫的方式，除了對大荒有「偶現瑕疵」的批評以外，對其餘五人的創作卻有與「十大詩人」同等價值的評估。而碧果因「讀者羣少，知音者稀」才被剔除，至於鄭愁予、方思、周夢蝶、方莘、大荒則因「產量不够豐富」而告「落選」；可是，根據張漢良一開始所宣佈的「品質」、「歷史」、「靈視」與「影響力」這四項評選標準，而在後來又軟化地註明「入選的十位詩人未必每項具備，其層次亦有差異」，既然如此，我們實在無法瞭解入選與落選的分野，究竟被控到在何種關節上。若論讀者羣的多寡，如非經由統計性的調查行爲，實不能遽於推斷某人在某人之上，或某人在某人之下；若論產量的豐富，被張漢良認爲「曇花一現」而仍列入「十大」的瘂弦，其比鄭愁予、周夢蝶等人又多了多少的作品呢？衡量其中的關節，如不是居於個人的好惡態度，又如何自圓其說？卽使我們承認「十」大限額僞可行性，而這第十與第十一的差異究竟又是依靠什麼來決定取捨呢？

所謂歷史是相當頑固的，既具有博納性，同時又具有淘汰性，如不持有絕對的眞理，而靠着覇權進入的僥倖心理，終將於半路上被自然地予以毀滅掉。

在巡廻檢視了張漢良諂媚、矛盾與覇權的精神操作帶以後，我們再看看做爲另一位編選人的張默先生在其「編後散記」一文裏的展現的心態。張默的「編後散記」固然同爲「中國當代十大詩人選集」、「中國當代十大小說家選集」、與「中國當代十大散文家選集」的編輯後記，而其心態上的出發也是一致的。從那裏，我們即將嗅到本書雖重視「史料性」，而却流露了「偏於史」的氣味。

研究歷史，確然需要得到史料的佐證，但「成爲歷史性」並不是「只成爲史料而已」地在此一小園地裏鑽磨着，一般所謂的詩選集，卽大都趨於這個單純的意識上而成立，張默在「編後散記」裏也表現出了這個傾向。

「由於廿多年來全體文學工作者的血汗累積，很多文學選集也應運而生。……但這些選集，大都因篇幅所限，選錄作家過多，每家作品祇能抽樣性的選刊數篇，難以管窺一個作家創作的全程，且其中不乏失之偏失寬的選集，加之史料的貧乏，要使它們成爲日後文學史家據以作爲研究中國現代作家的第一手資料，似乎還有一段相當的距離。爲此……幾經磋商，乃決定編輯這麼幾本大書。

(按：這幾本大書，卽中國當代十大詩人選集、中國當代十大小說家選集、中國當代十大散文家選集。」

編輯本書，而持着這種較張漢良所說「入選者爲大詩人殆無疑問」如此獨斷的豪語有其客觀目的的張默的說詞，畢竟是比較用心良苦的。但是，在出版業極度發達的今天，一部現代詩史的史料，老實說，實毋庸透過此類滲有某種個別色彩的選集方可產生，我以爲眞正所謂的第一手資料，不如編選「某某詩人全集」來得完整一些，稍爲脫離歷史概念的包袱，反而使得史料的眞實性會顯露在更絕對的位置上。這一點，是值得愛做事的張默先生努力去做的。

於此，我們再回顧到張默先生所引以爲傲的關於這本書的史料方面的收集範圍上。

「我們認爲這三部選集與過去所有選集廻然不同的是，除重視每位作家作品的代表性、獨特性與多樣性之外，是它們在史料方面的豐實。譬如每家均附有寫作年表、小傳、玉照、手迹、評語、以及有關批評專訪目錄索引……」。

其中，「中國當代十大詩人選集」的「關於本書作者批評及專訪目錄索引」一欄刊於五三一頁到五三九頁，在這一篇資料裏所收集的，大都是關於對作者顯露好感的文章，而對於許多持反對看法的紀錄文子却不曾錄引，從此一層面上，卽可看出編選人對本書一開始就採取了不安的心態，而企圖以强固的防衛手段來達到其附庸風雅的目的，居於這種不開放的世界裏所飄露出來的，只是一陣又一陣，妖媚的胭脂氣味而已，又何能談到「史料的豐實」？談到「統領五千年文化」的歷史性？就我所知，僅「笠」詩刊一家，卽對這十大詩人的紀弦、余光中、洛夫：白萩、商禽、羅門、楊牧、葉維廉等人，發表過不少的評論或合評紀錄，其中儘管有褒有貶，張默却乾脆一概置之不理(除關於白萩，然而也只列進了『笠下影』一行)，如不是有意隱瞞，以偏蓋全，至少也患了資料搜集不齊的毛病吧？不論這「索引」究竟是由各詩人自己提供，抑是由編選人遝行收集，以一個編輯的立場，既然有心使本書的史料性領先其他詩選，實有義務使資料獲得充實與完整。我確信，只有不偏不倚的，完整而充實的資料，才能具有「史料」的性格。

至於在書中被請進歷史的十位大詩人，其作品在詩學上的價值幾何，須有待專文研究，暫時不在本文討論以內。只是，於觀賞其部份的作品之餘，却使我想起了有關柏拉圖講的一則故事，在這故事裏，敍述一位對天文地理研究不遺餘力的哲理學家，有一天夜裏，走到外面仰頭觀察星象，想從其中領悟宇宙道理，然而，由於一心一意被天文星辰的奧妙的魅惑，一不小心竟墮入了一口井裏，幸好被他的侍女所救起，這侍女嘲笑着對他說：「大師啊！你整天只是想像着天上的大道理，却怎能忘記你脚邊的事情呢！」

據於現實意義，我相信，侍女確實有着比大師更爲實際的生活知覺，毋寧說，在此，侍女是比大師更爲「人性」的吧！我喜歡這個故事，亦無非是由於這侍女所喚起的象徵，實在要比那大師的睿智型更爲迷人罷了，而於此有所寄望於大詩人者，又豈止是「脚邊的事」而已！

處於現階段，在我們的詩壇裏，在所謂「縱的繼承」與「横的移植」兩方面遲疑的掙扎中，已墮落到成爲四不像的形跡裏；在受到外界不斷地進通而來的不諒解與否定的陰影底下，因此，這是需要大家拿出面對事實的眞摯的勇氣，爲現階段的我們的詩學進行總檢討的時期，倘若，我們只追隨在某些封閉意識聾的尾巴，對不能觸摸的歷史拋着作嘔的媚眼，而實際上，却走進了一個成爲無詩的黑暗時期，那是多麼可怕的事實。綜觀此書，當其抱着絕大的使命感在做事的時候，我們原是不忍予以苛責的，可是，一旦研究其做事的態度，却又令人感到可怕而失望的時候，我有着寧可予以提醒，而不願保持緘默的痛苦。如果，我們現時代的詩，就是這樣濫貴而無血肉，我們現時代的詩學，就結束在這種無精神的位置上，我們現時代的李杜，就被如此毫無理由，不正確的定了型，那麼，確實我們已在黑暗中，被丢向更曚蔽、更無人性的世界裏去了！

（六十六年十二月八日亡兄成吉百日忌辰完稿）

當代導演、劇作家、演員
烏廸阿倫(Woody Alen)形象

吳正桓

我第一次見到烏廸阿倫是我在高校唸書的最後一年。他當時做了一些事，使我到今天再次碰到他，仍留着深刻的印象。這距離我們的初識，已經事隔多年了，但是，他依然沒變。

我第一次看到他，就深深地爲他那副奇特的容貌感到訝異，我想世界上要再找出像他這樣醜的男人，打着燈籠去找也很難了。後來我仔細端詳他的五官，實在找不出可以稱得上醜的部位。他戴着一副黑框眼鏡，紅色的頭髮，卷曲蓬鬆，像玉蜀黍冒出的紅穗般地在頭上張揚，加上滿臉的雀斑，昏昏沈沈的眼神，眉毛八字形的貼着，整副臉除了這種變形的醜外，就是杞人憂天，以致精神崩潰所呈現的失神之貌。那時距他出生於一九三五年，已有三十四、五個年頭了。一個三十四、五的男人，一點成熟的男人味都沒有，却傻裏傻氣的在社會上鬼混。

那時，他是個工人，也許智商並未達適度的水準，因此安分守己的工作了幾年，並未獲得上司的青睞，沒有什麼昇遷。他個子不高，在美國人中，算是瘦弱的，這多少令人感到自卑，再加上不揚之貌，使得原本薄弱的自信心，喪失殆盡。因而在待人接物方面，他不時露出儒弱驚惶的羞態。講話時，不是很快的把一句話講完，就是結結巴巴的支吾其詞，以致於旁人不知其所云。有一次，一個偶然的機會，他邂逅了一個善良體貼純潔神聖可愛的女性，（女人沒有這些高貴的美德，是很難接受這種男人的）。他忽然變得神態自若，話也講得流利通順。第二次約會，他特別搜購了幾種男性化粧品，對着鏡子，把一頭卷曲飛舞的頭髮收服下來，穿上襯衫，領帶結了二十幾次，才滿意地套牢在脖子上，接着在腋下、耳根、頸項、全身各處揮灑香水，就像園丁澆花。最後披上外套，對着鏡子，轉個圈，得意洋洋地出門赴約。不到兩秒鐘，門又開了，他西裝畢挺地走進來，就是下半身只穿條鬆垮垮的內褲，腳着短統鞋襪。難得世上會有這種人，在那麼緊要的場合，打扮自己，竟忘了穿上長褲。

他們結婚不久，生計的難題接踵而來，有了小孩之後，更有三餐不繼之況。無力撫養家庭，烏廸阿倫變成一個無能的丈夫及失敗的父親。有一次他在街頭躑躅，不敢同家面對現實，在痛苦的壓力下，他決定向第一個從他面前走過的人搶錢。他是一個有自尊的人，寧願行險也不願向人乞憐。第一個從他面前走過的人正好是警察，可憐的阿倫先生便拋下妻小去坐牢。監獄是犯罪學校，烏廸學了很多手脚，出來之後，雄心大發，決定搶他犯罪生涯的第一家銀行。他弄來一隻手槍，選好銀行人少的時候，鬼鬼祟祟的溜了進去，他們教他在槍拔出來之前，絕對不可慌張，還有為了避免開口，造成溝通不良，引起對方警戒，最好把搶錢詞寫在紙上，遞出去就行了。烏廸走到櫃台前，把已經揉爛的紙條，繳給出納。對方扯開紙條，看了半天，大惑不解的望着烏廸，烏廸一看他不受脅，連忙指着衣袋內的突出之物，對方似乎懂得他的意思，再看紙條，然後把紙條放在櫃台上，叫烏廸自己看一下，他一面看一面唸：「不要聲張，把所有的錢放在袋裏給我，我手上有一把搶。」出納向他講：「你把槍寫錯了，應該是木字邊，你寫成提手旁了。」烏廸說：「怎麼會呢？我明明寫的是木字邊，你看，這邊不是凸出來一點嗎？」對方爭說：「橫的看直的看，怎麼看都是提手旁，你不相信拿給別人看！」於是烏廸拿去給銀行襄理看，襄理也認為是提手旁，烏廸不服，拿給經理看。當時是民主盛行的年代，民主便是大家都發表意見，探尋眞理。於是經理室圍滿了人，大家議論紛紛，吵來吵去，有的人認為是提手旁，也有的人認為是木字邊。只有警察對眞理不感興趣，沒有表示意見，阿倫先生便又回到監獄再教育。再出來時，他的孩子已經改稱別人爸爸，他的太太也不再叫阿倫夫人了。烏廸眼看物是人非，自己也淪落到萬劫不復之地，眼前能扳回頹勢的唯一途徑，似乎只有繼續幹下去。因此他努力要使自己成為破紀錄的罪犯，爭取衆目所望的第一名，於是不分場合，不計男女老幼，看到人就搶，錢拿了就跑，不久他的行徑果然引起全國的注意。記者訪問他的雙親，在電視上闢了一個節目，兩個老人戴着面具，（怕被看到眞面目，出了這樣的兒子並不是很光采的）講述烏廸的童年：「從小他就一直在為第一名努力，但每次都失敗了，他對失敗很敏感，常為此而數天悶悶不樂。他膽子很小，甚麼壞事都不敢做的，我們怎麼想，也想不到他竟會成為這麼偉大的……哦……這樣的壞人。」阿倫先生據說一共被判刑二百多年，成為聯邦調查局有史以來最感棘手的罪犯。

烏廸成名後，到處被追緝，有了錢也不能隨心所欲的亂花，生活依然窮苦。有一個冬天，他站在寒風的街燈下苦等，終於看到有人走近，便趨身而上，想不到路人一眼就認出是他，竟很高興的跟他握手，原來是烏廸多年未見的老友，兩人便站在路上，愉快地談起往事，對過去的人事感慨良久，臨分手時，烏廸拔槍出來說：「多多包涵，朋友歸朋友，我還是要搶你。」他的朋友不以為然的說：「不用搶，你要多少，我給你。」烏廸說：「不行，你把錢給我的話，我就搶不成了。」

這個刼匪是六九年，烏廸阿倫自導、自編、自演的影片（Take the Money and Run）的主角。這張片子大約在那個年份，一個炎夏的週末，我在電視上看到，以後幾年都不曾再見過他。直到前年他的「愛與死」，在歐美普受好評，並在坎城獲獎，我才又像重逢故人似地，知道他發生過的一些事。Woody Allen 原名Allen Stewart Konigsberg，血統不詳，美國人。未拍電影以前，是夜總會表演的喜劇明星，自己也寫了些幽默短劇，這是他可以演、可以編的基礎，因此他所拍的電影，自然難脫那段舞台演藝的技法：幽默詼諧的自白，滑稽荒唐的表情動作。通俗鬧劇的表現形式，在美國影壇已成為一項寶貴的傳統，正如西部片一樣。這項傳統的啓蒙該是默片時代的卓別林。卓別林擅演小人物，碰到人生尷尬的局面，他以丑角的方式處理，總是逗人捧腹大笑，却也深刻地顯露人生的哀痛。在同時接着有冷面笑匠 Buster Keaton、他的臉上從不露出表情的。眼鏡笑匠 Harold Lloyd，像烏廸阿倫一樣帶着眼鏡，以驚險動作逗人發笑。勞來與哈台，一胖一瘦的搭擋。電影有聲以後，是 Bob Hope，現在任何節目有他，必然滿室生輝。Jerry Lewis 出來時，通俗鬧場的形式已達綜結整理的尾聲。烏廸阿倫的表情動作固然未能脫出這項傳統的窠，尤其是夢中情人出現在他眼前時，他又喜又慌又怕又愛的表情動作，幾乎不出卓別林以降諸大師的手法，但他對人生的一些理念，却能超出嘻笑怒罵，如一般清泉般地在銀幕上流利的表達。其中最重要的一點是他對人生的樂觀態度，儼然是個傳教士在宣揚他自己發現的福音一樣，這個特色在最近的作品：Sleeper 和 Love and Deach 中表露無遺。

在「拿了錢就跑」中，他相當快樂、輕鬆的講述美國社會到底是什麼意識形態？爲什麼像他這樣懦弱的人會成爲打破記錄的單身刼匪？因爲他是個未能達到社會期望的失敗者。美國這個大社會，崇拜的是英雄，只要是最好的，最會的，第一名的，都是大家崇拜模倣的英雄，也就是有價值的人物。能被崇拜便表示爲大衆所喜愛，被愛是幸福，被喜歡才能顯出自己的重要性。在這種脆弱的價值體系，大部份的人都是失敗的，因此過着沒有愛，沒有尊嚴的生活，每個人都是受傷的狗，只有成爲英雄才能挽回受傷的自尊，過着人的生活。不能做好人，好歹做壞人也還是個人。因此做壞人一方面是對社會期望的報復，一方面證明自己還是沒有失敗，有能力成爲大衆注意的目標，成爲最好的，如此方能撫慰受傷的心靈，做個有尊嚴的人。如果又變成一個失敗的壞人，卽不稱職的搶匪，便是雙重失敗者，烏廸便是這樣。做搶匪並沒改善他的經濟生活，遑論改善精神生活了。這個邏輯式的理念，烏廸阿倫誇張地加以渲染，成爲令人愉悅的笑鬧劇。以一個藝人而言，已達愉人悅己的目的，至於這個社會的殘缺，便是社會改革者的事了。卓別林後來不見容於政府當局，正是逾越了藝人的領域。烏廸阿倫講述這件事，雖然笑聲掩蓋住改革的吶喊，但對社會現象的譏評已不再適合他。

接着拍了一部「香蕉」和「性學大典」，「香蕉」涉及到古巴，作風大抵和「拿了錢就跑」類似，在電影語言的掌握運用，顯然尚不能得心應手，幽默滑稽之題材層出不窮。「性學大典」是根據盧本大夫的名著— Everything you always wanted to know about sex （但是不敢開口問的）改寫幾個精采的人性片斷精心攝製而成。內容大概不外男子是如何興奮的，女性身體部位在性感上的程度差異，關於男子的性心理描繪得令人啼笑皆非，最後則是性高潮到底是如何形成的。他扮演男性的精子折衝於各式管道，對人類一直忌諱的題目大作文章，當然這種幽默不是保守的東方人笑得出來的。

拍完「性學大典」同年（一九七二），他將自己在舞台表演的劇本「呆頭鵝」（Play it again, sam）改編成電影劇本，由編舞師轉行的導演 Herbert Ross 執導。這是他對四十年代銀幕上最狠的男性之一的亨弗萊鮑嘉（Humphery Bogort）的獻禮。鮑嘉以演卑鄙狡狠的匪徒成名，成名之後仍演壞蛋，不過極富人情味，常打女人的耳光。據說中年婦女對他的狠勁及男人味都非常着迷。他死於五七年，在七二年代却又掀起對他的狂熱，他的舊片紛紛出籠，年輕人爭相模倣。

基於心理上的補償作用，烏廸懦弱的性格引致他對鮑嘉的着迷，常自嘆自唉，恨不能生爲鮑嘉。尤其是鮑嘉在「北非諜影」的表現，更讓他看得目瞪口呆。鮑嘉在片中是北非卡薩布蘭加的酒館主人，那時是二次大戰初，法國剛淪陷不久，卡薩布蘭加在維琪政府手下，成爲逃難者及間諜滿佈的城市。鮑嘉常在昏黃的燈下，酒館打烊時，坐在吧枱，刁着烟，手中掛着酒杯，失神地聽他的黑人樂師在鋼琴上彈出「時光倒回」，在青烟裊裊中陷入回憶。

陷落前他和女友英格莉褒曼有一段甜美的時光，却因戰事而陰錯陽差、比翼失散。歲月蹉跎，他就只活在這段追憶裏。却想不到他的愛人又出現了，陪同她丈夫準備逃到英國，落難在卡市。英格莉褒曼終於與他再度聚首，但往事難追，褒曼已嫁作他人婦，她丈夫又被納粹間諜追捕，跑來鮑嘉求助，鮑嘉原不欲惹此禍事，又禁不住往日情人的苦求，終於安排他上飛機。在機場，褒曼意欲留下不走，但鮑嘉不願她如此，因爲他知道她留下來日後必會反悔，於是講了一段話。烏廸看完電影之後，感慨地說：「啊！我一輩子也講不出這樣的話。」因而對自己的生活甚感失意，原來他的妻子因爲受不了他的懦弱猶豫，跟他離了婚，這對他打擊甚大，常想學鮑嘉的樣子，在漂亮的女人面前表現得極爲冷靜成熟，希望能再獲美人青睞。其實這部片子討論的是患有女人恐懼症的男人，但却有兩個男主角，即鮑嘉和烏廸。每當烏廸遇到女人及愛情的困擾時(烏廸看到性感的女人就是戀愛的開始，他的前妻亦屬性感尤物)鮑嘉就會出現，穿着風衣，戴帽子，帽沿壓得低低。站在一旁語氣嚴苛的指引他該如何果敢行動，但他不是太緊張而把事情弄得一團糟，就是害怕得不得了，以致一無所成。唯一讓他表現得像個正常男人的是他最好朋友的妻子黛安基頓(Diane Keaton，在教父及續集中飾演麥可的妻子，此片的合作是兩人搭擋的開始。)她是個風趣明理能幹，屬於智慧型的女子。每次她們夫妻替他介紹女友失敗後，他總是找她細訴自己是如何失敗的。原因不外是他着到性感漂亮的女人就開始緊張不安起來，怕自己不能滿足對方，這可以說是男人打從幼年起就有的閹割情結衍生出來的無能感。雖然漂亮的女人會引起這種症狀，但不漂亮性感的女人，他又不感興趣，因爲不能證明自己像鮑嘉是一樣道地的男人。

請用腦子幻想一下：漂亮的女人向你投懷送抱和不漂亮的向你投懷送抱的差別，前面的情況，能讓你享受道道地地的勝利男兒的滋味，後者，只是證明你還不是最棒的男人而已。烏廸漸漸地對自己的失敗有所省察，同時也發現自己愛上她，這使得他非常苦惱。這次鮑嘉又適時的出現，教他那套在銀幕上慣用的蠻橫手法，以贏獲芳心。有了傾慕的愛情爲基礎，烏廸在求偶的行爲語言表現上，便不像以前那樣亂無章法。鮑嘉說：「靠過去坐在她身邊！」他便坐過去。鮑嘉說：「靠近一點！」他便擠了過去。黛安不明所以的被擠到長椅的角落，正感不安，鮑嘉又向烏廸鼓吹把手伸出去，烏廸手一伸竟把茶几上的枱燈打翻了，兩人慌慌亂亂地收拾好了，鮑嘉說：「輕鬆點！不要那麼緊張！瞪着她看，然後一把將她抱住。」烏廸便向她死瞪着那雙失神曖昧的眼球，正要衝上去擁抱她，她却站起來，烏廸撲空從椅上跌倒地下。這第一波攻勢遭到敗積，烏廸便想打退堂鼓，鮑嘉却嚴厲地禁止要他再接再厲，黛安看他神態有異，便藉口到厨房作茶。烏廸此時才又有機會在鮑嘉的責備下，發洩剛才行動引起的不安，在客廳走來走去，異常煩惱，走了幾趟，走到厨房門口，正恰黛安要出來，撞在一起，烏廸得此良機，順水推舟，向她傾訴衷曲表白心跡，那知話一講完這個女人就大驚而逃，烏廸一看事情不妙正不知如何收理殘局，她又回來了，接受這項事實，因為他也愛上他了。於是烏廸在床上終於能像個男人了。這件事他的好友，她的丈夫終於發現，憤而欲搭機離開，黛安前思後量，覺得不安便趕到機場去，烏廸得知此事亦趕到機場，找到黛安向她說了一大堆話，此景此情此話正是「北非諜影」機場那一幕，黛安聽完他的話，詫異地說：「你怎麼能講的那麼好？」他答：「這不是我的話，這是鮑嘉講的，啊！我終於有機會把它說出來了！」如「北非諜影」一樣，黛安回到丈夫身邊。這時鮑嘉又出現了，他對烏廸說：「你已經長大了，不要我也可以獨立，去享受你的人生吧！」

由於導演並非由烏廸本人擔任，這部片子少了很多只會發生在他身上的特質，例如劇情的鬆散，滑稽動作一發就不可收拾的局面，最重要的差別是電影進行中的場面調度，這一向是烏廸自己不太熟練的，沒有這些缺憾，此片已可成為一部傳統的好萊塢喜劇片，（其實錢也是他們出的。）如此反而少了烏廸獨特的個人風格，他的風格不是任何演員、劇作家、導演有辦法可以詮釋的，如今他集此三要職於一身，所拍出來的電影，都含有一特殊的元素，使得缺陷反而變成完美，這種完美是個人的世界觀完整的表達出來後產生的。他的「睡漢」（Sleeper）和「愛與死」（Love and death），便是表現這種完美性的佳作。

「睡漢」的故事背景是在公元二一七三年，距此兩百年前，烏廸是紐約格林威治村的小餐館老板，到醫院去手術，結果却在兩百年後被醫生們撿到他在冷凍的鋁箱，他們將之解凍使他復甦以後所發生的事件。那時美國已由一集權機構所控制，到處佈滿了警察，恰巧將他解凍的醫生是抗暴地下組織的一員，他們最近的行動是要刺殺獨裁者，醫生希望他能幫忙傳遞情報，因為他尚未辦理戶口登記，是屬於可以自由流動的黑民。

一開始，烏廸便有適應的困難，他生活中所熟習的方式都已改變，所熟習的人、事都成為歷史了，並且被改寫過，例如尼克森，二一七三年的人一直以為他是英雄，因為當時報紙、電視常有他的相片名字，烏廸却說：「他離開白宮時，警衛搜查他全身，看他是不是把白宮的銀器帶走。」總之那個未來世界就像奧威爾的小說「一九八四」和赫胥黎的「美麗新世界」一樣，人民都被制約，監視，生活只有單純的目的；享樂、工作。他們並發明了「性球」、性慾的滿足不須經由動物式的交媾。以機器人、機器狗為僕人及玩伴。詩人得由政府登記，專事創作，黛安基頓便是一個分不清蝴蝶和蜻蜓的詩人。烏廸本來是紐約城一個卑鄙自私自利又儒弱、貪生怕死的人，所以一聽說要他幹間諜的事，他就不答應，後來被警察追捕便到處潛逃，裝作機器人溜到詩人黛安的寓所，露出馬脚後，只得挾持黛安到處伏逃，逃亡過程中，烏廸教黛安人類以前作愛的方法，也順便練習二百年來不曾作過的運動，黛安突然像發現新大陸般，對此富有人性的生活方式頗為嚮往，便參加抗暴組織，不幸烏廸却被警察捉到，他們將他洗腦，給他一個性球，讓他天天樂此不疲，幾乎成為政府的良民，幸虧黛安將他救回去，結果為了他所愛的黛安，他自願去謀刺獨裁者，獨裁者因為生病，到處割切，只剩下一個鼻子，政府的醫生集合起來，想讓這個鼻子衍生成一個有腦有軀體的人，烏廸和黛安潛入這醫院，佯作有名的鼻科大夫，進行手術，被看出破綻，便拿着鼻子到處逃，逃亡成功之後，鼻子也被壓路機壓成一張餅。黛安對她的英雄甚感得意，他却只愛美人不愛江山，更不愛組織黨派，因而表示願意過平淡的生活，但如果抗暴組織的首領有意獨裁專制的話，便拉他下馬。

這部電影是烏廸成爲一個電影作者的開始，在電影語言的運用、攝影機的功能表現上均有獨到之處，不只野心大而且拍得好。題材頗像楚浮的「華氏四五一度」，對抹滅個人價值的極權統治挑戰，但楚浮較嚴肅，即使在愛情方面，楚浮也是悲觀的，他認爲男人都是愛情的奴隸，被女人捉弄，而走向悲慘的下場，但不可否認的，愛情在他眼裏仍然甜美，有如易於幻滅的彩虹一般，在單調的天空出現彩虹總比烏雲密佈狂風暴雨，令人感到安慰。烏廸從來不是這樣的看法，即使像「美麗新世界」那樣反人性的制度，他都能看到令人樂觀的進步，例如機器人幫傭，總比以人爲奴好，性球的發明使人單獨時亦能有性的快樂，而且沒有體力的限制。這種對事情兩面、三面、甚至多面的看法也許可以解釋他幽默的內涵，也是他能安於人世間的心態。他每部電影幾乎都能處理不同的流行題材，如「拿了錢就跑」正是當時美國學界討論犯罪最力的時候，「呆頭鵝」是針對着當年流行的飽嘉熱，「睡漢」又是一個年代流行的話題——「未來的震盪」(Future Sheck)，「愛與死」是人類永遠流行的題材——愛與死。

以一個像他那樣異貌的男性，缺乏自信，緊張且有被虐待的怪癖，在愛情上會有怎樣的反應，一直是他滑稽的來源，也是每部片子都會出現的現象，在「愛與死」中，我們看看他眞正的想法是什麼？這部七五年在坎城得獎的片子實在是部個人電影，不過人人都有這個問題，反而成爲最大衆化的電影了。這部片子他最佳的表演絕對不是默片時代諸喜劇大師可以凌駕其上的，因爲他什麼都不動，在攝影機前，只張動他的嘴巴，滔滔不絕地講述什麼是愛？死又是如何？講話正是默片所沒有的。故事背景是拿破崙伐俄的年代，他是一個俄國人，生性懦弱，所以一直逃避從軍，有人想說服他說：「如果拿破崙打到這裏，他們會强姦你的姐姐，你怎麼辦？」他答：「我沒有姐姐。」雖然百般避免，還是被拉去當兵。一個寶貝在軍隊裏發生的窘事，都發生在他身上。在前線兩軍交鋒時，烏廸拿美國的橄欖球賽來比擬，他不是偉大的球員，只是個拉拉隊而已，在一旁觀賽喊加油。所以他沒死也沒傷，反而因爲躱進炮管睡覺而立了大功，比他强壯而瞧不起他的兄長反而不幸地戰死。他因功到京城渡假，碰到暗戀多年却與別人結婚的表妹黛安。那時她與丈夫的婚姻隙裂已深，滿城的男人都輪流地做她的情夫，唯一不知道這件事的是他生病在床的丈夫。他死後，烏廸成爲她的丈夫，乃是他熱烈追求加上功蹟彪炳的緣故。婚後兩人過着美滿的生活，烏廸且嘗試寫詩。一段時間後，黛安覺得這種平淡的生活無聊，興起救國救民的大必，打算謀刺獨裁者拿破崙，却因烏廸心軟壞了大事，做丈夫的當場被捕，妻子逃回去。在執刑前一夜，他站在銀幕前發表演說，一篇非常精采的言論，第二天欣然接受死亡，陰魂遊回妻子身邊，做了無言的道別，便隨着死亡之神沿着河邊舞蹈而去。

這部電影，烏廸已經不像演藝人員在取悅大衆了，他像個知識份子，一個對人生學問有體認的學人，站在講壇高談濶論生活上瑣屑細節給人的喜悅。他由一個鬧劇演員，轉變成電影作者，所行的足跡是這樣的：由單純的滑稽唐突笑鬧動作，轉向對社會現象的誇大諷刺再走到個人內心世界的宣揚。在銀幕上的他，和現實生活的他實在難以區別，如果說他表演得好，那是指他把自己演得很好，因為他從來不演別人，只演自己，電影是他本人心理分析的戲劇化，鬧劇變成他表達這些意念的形式，內容便是他所關心甚至引起他煩惱的愛情——愛情的確令人感到充實快樂，生活有目標，但相對地，擔負責任便是必須付出的代價，一有責任，便沒有自由。如果只要自由却會寂寞，寂寞便須要愛情，愛情又會限制自由，不自由又會很難過，所以愛情是令人難過的。這個結論與前題：愛情令人快樂產生矛盾，因此，人生是矛盾的結合，我們只有快快樂樂的活下去。這種推論法不像一加一等於一，可以放諸四海皆準，而是某一種性格的產物，烏廸所崇拜的人享弗萊鮑嘉會有這問題嗎？不會。而烏廸對這問題的態度是：「怎麼會有這種事呢？眞好玩！」楚浮可能會大嘆：「啊！這是無可奈何的事，要怎麼辦呢？」

講到愛情必扯到男女，烏廸眼中的理想女性該是黛安了，不很性感但充滿智慧，有母性穩如盤石的力量。雖然性感的女人令他神魂顚倒，但她會令他感到自卑以致於無能，自尊心受到打擊以致於自信心一掃塗地，不過偶爾能挑起男人強盛的鬪志，如果體力不那麼受限的話。烏廸對社會制度是站在個人主義的立場去看的，對於個人的強制，獨裁極權的統治並不感滿意。自然他保護個人自由的方式是弱者所用，也是大部份人所用的：逃避。無處投身時，只要他愛的女人一吭聲，成爲英雄不是不可能的，這就是愛情的力量，他所深信，鮑嘉否認的。

電影對他來講，大概是現實生活的戲劇化，電影模做人生，人生也模做電影，人生的諸種悲歡離合，他拿來博君一笑，活着還有什麼不愉快？

・編輯手記・

※爲了表達對臺灣文學先輩張文環氏的崇敬與哀悼之情，本期特推出「張文環紀念輯」。透過熟悉張文環氏風貌的文學界同人的追記和緬懷，我們將可以永遠體會到：張氏的文學精神和生命傲骨。在臺灣的文學史上，張氏的精神將永遠散放光輝，像提燈一樣照引着我們。而張氏哲嗣張孝宗君和張良澤合編的張文環先生略譜提供我們研究的可貴資料，相信亦爲關心臺灣文學的朋友們所激賞的。

※黃靈芝的「俳句詩」，不但是作者在笠82期筆談小輯：「我的話」一文對詩的語言之獨特見解的具體表現，更代表了作者對中國語的愼密鍜鍊，以及作爲工具之語言的多樣性，在詩的語言逐漸因爲太多的半生不熟的粗製濫造而索然無味之危機四伏的今天，將啓示我們藝術性之對意義性的服役和提升的重要性。

※馬爲義不是一個新手，而是非馬的本然面貌。自本期起，非馬決定用本名在臺灣發表作品，以免有些筆名的混淆。像「傅敏」也恢復用本名「李敏勇」發表作品一樣，笠下的一羣似乎在形成「用本名發表作品」的風氣。

※本期的詩作品，因「張文環紀念輯」之故，容納較少，許多精彩作品留待下期刋出。希望刋載的作品能滿足關心臺灣詩文學的朋友們。本刋竭誠歡迎批評、討論。

※陳千武和李魁賢的隨筆都是現階段詩學界的眞誠聲音，不僅會使我們冷靜地檢視自已的文學環境而有所警惕，更啓示了正確的方向，鼓舞守正不阿的情操和正義的氣質。

※藉着各種選輯的編印，我們曾經不止一次地看到：意圖逞一己之短視、私慾而製造文學歷史之假象的事例。此尤以詩界爲然，郭成義的「請進歷史」爲我們剖示了另一件荒而唐之的事例，亦可供參考。

※電影已成一種最能反映現代思想、現代世界的藝術，本期特刋載吳正桓對本屆奧斯卡最佳導演奬的烏廸阿倫的素描。烏廸阿倫的聲與影定會讓大家關心的。（**李敏勇**）

中國民國行政院局版台誌1267號
中華郵政台字2007號登記第一類新聞紙

笠 詩双月刊
LI POETRY MAGAZINE

中華民國53年 6 月15日創刊
中華民國67年 8 月15日出版

發行人：黃騰輝
社　長：陳秀喜

笠詩刊社
台北市錦州街175巷20號2樓
電話：551－0083
編輯部：
台北縣新店鎮光明街204巷18弄4號4樓
經理部：
台中縣豐原市三村路90號
資料室：
《北部》台北市北投百齡五路220巷8號4樓
《中部》彰化市延平里建寶莊51～12號

國內售價：每期30元
訂閱全年6期150元・半年3期80元
海外售價：美金1.5元／日幣300元
港幣5元／菲幣5元
歡迎利用郵政劃撥21976號陳武雄帳戶訂閱

承　印：福元印刷公司　臺北市雅江街58號

詩双月刊

笠

LI POETRY MAGAZINE

1978年 6月號 85

請提供作品
請廣爲推介

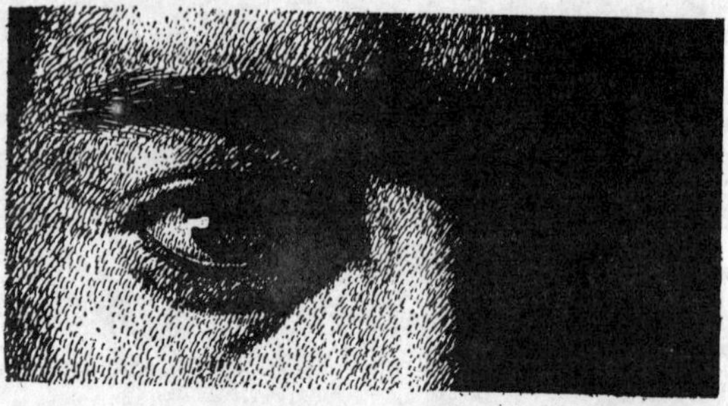

本土詩文學的再發現

笠是活生生的我們情感歷史的脈博，我們心靈的跳動之音；笠是活生生的我們土地綻放的花朵，我們心靈彰顯之姿。

- 創刊於民國53年6月15日，每逢双月十五日出版。十餘年持續不輟。爲本土詩文學提供最完整的見證。
- 網羅本國最重要的詩人群，是當代最璀燦的詩舞台，爲本土詩文學提供最根源的形象。
- 對海外各國詩人與詩的介紹旣廣且深，是透視世界詩壇的最亮麗之窗，爲本土詩文學提供最建設性的滋養。

旁觀者的時代業已遠去，環境參予者的時代來臨了。環境的重建不僅止於實質結構的重建，同時也應協助許多被社會拒絕或意志消沉以及犧牲於不合理汙染的人們，扶持他們的復原與更新。

笠 85 期 一九七八年六月號 目錄

愛的書籤

桓夫

醒

妳的愛情
忽然從冬眠
清醒過來
在綠蔭大樹下
微微　顫抖着

一段掙扎之後
妳害怕
再次沉迷於戀
的泥沼

然而　妳的愛情
沉迷之後冬眠
冬眠之後覺醒
豎立着青春的旗幟
飄揚在綠野

藏

妳隱藏有
愛情的休火山
山上繁茂着
理智的針葉林
很涼爽

休火山隱藏着
地熱的熔岩
我沐浴
從地熱湧上的溫泉
在休火的山麓下

但願熔岩不作亂
永遠給我溫暖
却又擔心
有一天會爆發
噴出火煙，叫我震驚

鄉土記

林宗源

黑雲一片一片飛來

黑雲一片一片飛來
熱得要死的天氣
希望落一陣大雨
來一便風颱
吹走阮滿腹的目屎

風颱哪要到
天邊着會流血
還沒成熟的五穀一面歡喜
一面擔心黃熟的五穀爛去

風趕雨，雨壓風
倒落去的五穀
在阮心內出芽
在阮的田園破土
想要找有肥的土地生根發葉
想要找日頭和空氣開花結子
哪無，阮的心內
會飛起一片一片的黑雲
和一便又一便的風颱

風雨哪到，爛沒了的也着生菇

想起昨日

手牽牛車，唱山歌
頭戴草笠，行田岸
一路鳥仔叫無停
蝴蝶在阮眼內伴阮飛
想過好日子
拖着一車的蕃薯去菜市

心彈算盤，脚酸軟
踏在街路，燒灼灼
爬上牛車，牛鞭壞去擱再換
一斤七角，換無一碗白米飯
天公！土地公！無目屎
清粥小吃一頓幾拾元

看人駛黑頭仔，居洋樓
阮坐牛車看風景
一路香花甲阮講
什麼人會比阮卡爽
天公啊！土地公！無目睭
今日溪仔無牛項
煮飯也着買瓦斯

高速公路

李魁賢

上路

車子開上高速公路
就不自覺地加快速度

光明的遠景在招引
我們向前疾駛
感受血汗奠基的堅實

我們朝着自由的高速公路
勇往向目標前進
誰也不許轉彎
誰也不許回頭

旅途

大家都說旅途很寂寞
於是有人唱歌
歌聲被遠遠抛在車後
於是有人咒罵
咒語被遠遠抛在車後

行駛高速公路
只能堅定自己的信心
控制速度向前進
歌唱不會成爲燃料
咒罵也不能代替刹車

保持清醒的頭腦
認清目標
睜開明亮的眼睛
注視狀況
旅途就是要寂寞
寂寞才好

交流道

高速公路是自由通暢的動脈
以交流道伸向各城市的據點

交流道不是分叉路
是團結密切的根球
像雙手五指交錯併攏的結合

是心臟動脈的輸血管道

車輛像血液流向每一城鎭
又從每一城鎭輸回
維持高速公路活躍的功能

緊密團結成公路網的交流道
是到達目的地的唯一出路

競　賽

爲我們奔上自由大道
風在窗外猛烈鼓掌
像鋒火一般
不絕地沿路傳遞着
令人振奮的信息

原先與路樹狎遊的風
如今拋棄了墮落的樹葉
隨着我們向前跑

風的掌聲
像鞭炮一般
沿路霹靂拍拉震響

車　禍

跑不動的老邁破車
一路排放黑煙
汚染了血汗築成的道路
還要霸佔車道
阻礙了自由的通暢
終於被後車撞上
轟然一聲

任性變換車道的駕駛
一路隨意超車
擾亂了井然有序的行列
不顧距離的安全
排擠並行的車道
終於撞上了隣車
轟然一聲
預防車禍的不幸
先要消除霸佔的行爲
先要阻止排擠的不公

霧　燈

我們高速行駛
不能在暗中摸索
雖然我們有車燈照亮前程
更需要光明顯示我們的存在

尤其是在團結的交流道
我們要照明所有的來龍去脈

不論夜多深沉
不論霧多朦朧
光明顯示我們的眞實
高速奔向自由通暢的目的

生物　黃靈芝

為了子孫的繁榮而犧牲自己是自古以來生物所有的愛之一
本能之一　也是個最原始的他們的教養

為了子孫的繁榮這句話對生物是個原則　是個定義　是個
姿態　是個思想　也是個理想

最典型的生物是死在繁殖行為完了之後　以完成傳宗接代
的重任而換來的安詳假托於隱遁的世界　以一己之屍提供
子孫當餌的弱者的捨身的戰法　的愛情　的理想　的教養
的生物

兒女吃了雙親　吃了雙親　長大之後則吃了別人　吃了別
人　吃完則以一己之屍提供於下一代　提供於下一代

任何人都吃了雙親　吃了父老　吃了別人　只是看不見而
已　只是看不見而已

片詩兩首　黃靈芝

・山中居　共享南至與左氏

・南島暮春遲　抱圭逛鎬京

相對論　莫渝

黑白論

安詳的白
心悸的白
護士的白

溫柔的黑
恐怖的黑
地獄的黑

啊！看不見的黑白

才從醫院大門進去
出來時，換成另張臉孔
死神不時地用兩副面具
輪流替病人與親人服務

坐站論

車廂內
人影幌幌
坐者不動
他們擺出廟佛模樣
香客們趕遠方前來膜拜
期許

蚊子與我

陳秀喜

一隻鼓腹的蚊子
是吸了我的血
無可忍的憎恨
重重打下去
撲空又撲空
打不到蚊子
我懊惱着

逃過了慘死的厄運
心有餘悸的蚊子
反問我

醉生夢死的空氣
汚濁你的斗室
趕走書香
傀儡主義
提高你的自卑感
賺錢主義
扼死你的自尊心
你茫然
你無可奈何

爲着生存
蚊子吸了你的一滴血
如是
自大海提了一桶海水
蚊子該當死罪嗎？

我急促打開窗
放逐嘲笑的蚊子

遙遠的鄉愁

陳明台

一、都市

突然旋起的一陣疾風
竟然吸引了所有行人的眼睛

地下鐵的石階的頂端
穿著寬大的裙子的少女
慌張地以雙手覆蓋她的隱密的焦點
使所有的眼睛感到羞澀的焦點

滿街步行著貪孌的男人的都市
滿街步行著輕佻的女人的都市
掀起心頭的酥癢的誘惑的都市
這個已經是春天的繁華的都市

二、電車

自動門　總是沒有意義的
開啓又關閉　關閉又開啓
脚　總是沒有生氣的
踏出去　伸進來　伸進來　踏出去
長長的座椅上
沒有表情的一尊尊石像般的臉孔
排列成爲沒有變化的一直線

有著靜默着看書的人
旁邊坐的是打盹的陌生人

有著茫然的把著吊環幌來幌去的人
旁邊站著的是找不到位置挺著大肚子的孕婦

隨著流逝的昏睡著的時間　人們時時移動身子
　　　　　　　　　　　　人們時時相互凝視

必然　有著感到寂寞的時候
不知道爲什麼悵然出神的時候
坐在這狹小的空間
眺望遙遠遙遠的　如同故鄉所有的
車窗外的灰色天空而忘懷一切的時候
一個人孤單地成爲沒有國籍的流浪於異鄉的人的時候

三、公園

長長的板凳上坐著的是年青熱絡的男女

廣場的角落樹立著的是緘默不言的偉人的銅像
徘徊著搜尋食物的是蓬頭垢面的乞丐
坐在櫻花樹下喝著酒大聲喧嘩的是粗野的季節勞働者
歡喜於暖和的春天而雀躍的是蕩著鞦韆的孩童

沒有絲毫表情的是時間　隨著微風吹過的時間
落寞地站在噴水池的前面
默默地凝視
向著令人心煩的公園的灰色的天空不斷地
傾吐憂鬱的優雅地起落的噴水的是
來自異國的一個過客

烏來的新年

趙天儀

到城裏打工
受了傷的泰耶魯青年
躺在床上
蓋上一條紋身的毛毯
靠在茅屋的窗邊凝望

雨，嘩啦嘩啦地下着
滑落的雨珠
把山路
滑成了一片泥濘
扭成了一條彎彎曲曲的小徑

一盤青菜
一杯老米酒
還有一碗醃過的山猪肉
泡了湯以後
依然有一股濃濃的腥味

窗外，炮竹在雨中燃放
也向幽暗的天空冲天鳴響
一年容易又新年了
泰耶魯的青年靜靜地凝望着
逐漸朦朧黑暗的山頭

旅泰詩抄

靜修

意外

乃巴實又在大發誑言了
說四月二十日以前要關閉我們六個基地
包括烏他拋和彭世洛山上那個大雷達站

去年十月，他去臺北高喊革命奮鬪
很得意，很洋洋
今年初夏，他去北平也高喊革命奮鬪
也很得意，很洋洋

而現在，他要我們走路
動土動到太歲頭上
老大，看來這傢伙非把他擺平不可

明天，如果乃巴實有什麼三長兩短
那可與我們完全無關
老大，那是意外，你說是不是
就像吳廷琰，就像阿葉德
都是意外，意外

唐尼跑了

唐尼跑了，唐尼跑了
這可不是鬧着玩兒的事
二月二日的晚上
唐尼說也沒說一聲，扔下舖蓋
帶着海珍樓的娃魯妮，跑了

打從去年冬天
那個維琴尼亞的瘦皮猴傑克老大來了之後
唐尼就沒過過一天好日子
百細的新聞處被扔彈彈
唐尼的檔案裏沒有一點徵兆
湄公河的巡邏艇被對岸的大炮
轟了個烏龜翻身
唐尼的報告中隻字未提
等到乃巴蒙，那個社會黨的頭頭
當選色軍那空的國會議員
唐尼就註定非滾蛋不行了

可是誰也沒料到
華盛頓催魂的電報未到
唐尼已狗急跳牆，先走爲快
倒霉的傑克老大屁股還沒坐暖
便從寶座上摔下來

現在，甭提啦，誰都知道
唐尼是不會回來了
當然，娃魯妮也不會回來了

小詩集「母音」

島國

李敏勇

遠離家鄉
我們祖先渡海來到美麗島
經歷過千辛萬苦

海峽剪斷臍帶
我們在浪濤的飄搖裏
學習用汗水耕耘
用愛種植希望

在星星的照引下
夢曾經偷偷走過架在海峽兩邊的彩虹
但那是祖國仍爲我們母親的時候

被異族割據的時代
我們就着手建立自己的祖國
美麗島就是我們的家鄉
永遠的慈暉是藍天
撫慰我們的心

子凡作品

嘔吐

受了權勢的惡氣
爸爸放工回家
又在發牢騷了

有時，發發牢騷也是好的
好叫我的脚指頭
不敢從鞋頭探出頭來張望
好叫弟妹菜也不敢多夾一筷
飯也不敢多扒一口
那麼多的
現實吞進肚子裏
叫胃怎樣去消化呢

「他媽的！」又是一句
反胃的現實
給嘔了出來

老朋友

你打老遠的地方
拋棄了慾望
回到我的家門旁
喝碗熱騰騰的稀粥吧
雖然沒有驅寒的燒酒
沒有取暖的爐火
要知道，這是我最好的了
若你已倦於飄泊
飽經世界的廣闊和深奧
且垂首
睡在我的懷裏
像一串成熟的稻穗
睡在稻香裏
要知道，這是我最好的了

Amoeba

這是一個擁擠的場面
任誰都是匆匆忙忙
任誰都是一團模糊
我在其中

顯微鏡下一隻微小的
阿米巴
就着生活
的齒輪轉進赤熔爐凝固缸壓縮機分解器……
溶化凝固壓縮分解……
全盤變動

又叫變形蟲的阿米巴
千變萬化
却還堅持着一粒小小的核
一個小小的
清醒

筷子

竹製的
木製的
玉製的
象牙製的
銀製的
筷子
是咱們吃飯用的
三千年了
才從水深火熱的湯裏
夾起一粒
圓滑的
鴿蛋

噢！原來還是姓林的夫婦

小詩兩帖　林梵

星語

滿天繁星
一把
相思的
種子

—丙辰暮秋

破曉

曙光
爆裂開來
石榴花
紅

—丁巳新春

小鎮風雲集

王希成

藍阿下會

遠遠有喧傳叫賣的聲音
想起舊年中秋前日
也是這款的黃昏
我和伊手牽孩子
走入熱鬧的藍阿下會
快樂就是一擔一擔排去的攤販
大聲在我們面上唱歌

如今
伊坐入遺像中
又是喧傳叫賣的聲音
衣服、鋤頭、藥草、魚網
手牽孩子
莫非阮也是走江湖賣膏藥的浪人
四厝打鑼
找舊熱鬧的藍阿下會
在這款這款的黃昏

註：鄉村地區每年中秋前日有趕集—即藍阿下會

雜貨店的阿基桑

臺灣歌不知何時慢慢沒流行
阮這種年紀的阿基桑
已經不適合聽「河邊春夢」、「港都夜霧」
偶而唱唱「老長壽」、「天黑黑」
却是還不壞
祖先傳下來一間雜貨店
普通普通的生意總算給仔阿讀大學
愛什麼就有什麼
阮也有閒在店口蹺脚唱歌

莊裏的人都講我好命
其實大家生下來命都相同
比來比去比不了
當時還少年，阮四厝拿貨送給
也是艱苦一段時間
祖產是祖產，沒努力什麼產都沒利用
現在的少年阿愛四處遊玩
唱「愛神」、「在水一方」

不要認眞，喔！他想講閒閒在那等
天就也掉好運下來
臺灣歌雖然沒流行了
但是，那個時代
阮猶然一面流汗做工了後
才有一面哼幾句啊！

阮子讀大學轉來愛唱英文歌
不過，我唱的臺灣歌
他還是會欣賞，想要學幾句
而且替我顧店、賣東西
好命，少年家！
好命要打拚

攤販

阿爸要去的時準
留阮一個攤位
和滿園的水果
那時阮還小漢
不知大人的哭聲，那也
將土路的黃沙拍得滿天亂飛
害阮莫名奇妙的目睭
走入一粒沙啊
也流出目屎

園裏的水果熟了又青
青了又熟
阿母操勞的面容
給攤位的車輪聲
輾得縐縐
這也時準，阮才知影
阿爸不會回來啦！

阮講不要讀書
要替阿母顧攤位
阿母目睭睛睛看我
看小弟小妹
看園裏未黃的水果
吐一個大氣
靜靜摸着那個空空的攤位
目屎竟也滾下來

鄉野意象

杜逵

鐵牛的話

蠢與笨兩個古老的記號；
也是一對不見血的烙痕。
自從倒盡青草艱澀的口味
我們用飛揚取代跋涉
不怒吼是很舒適的怨懣底排除。

如烙記般的脚印連帶已成轍跡；
鞭笞的傷痕也在呼嘯中揮散。
自從辭別道隱的老聃
我們用氣魄描摹形象
而悠閒是很難得的奢侈底揄揚。

向自然歸去！
就像所有的怒吼翳入天聽，
悠閒埋入地底；
牧童的笛音出發根○的嫩芽。
我們御風而行阡陌的縱橫，
想像無邊草原日落的坦蕩。

白頭翁

啼鳴是我熟悉的
…………
…………
啊啊！一聲聲非常清晰

那白頭若非玉雕
就是玉山頂峯褪去的夢
那身姿是我飛翔的意象
是我寫在龍眼樹梢
寫在搖曳之竹尾的詩的行列
在天空發表
被浮雲吟誦

冬衣•你

華笙

㈠冬衣

避暑一年後
你又迎接寒風了
是否能膨脹內縮
雖然肚皮所畫的圓弧是
最有力的姿勢
寒風仍然使你顫抖
驚覺
腰際有蟑螂啄食的殘骸

去年的體溫猶在
原主人的體溫也還在
寒風應讓你
覆蓋他僵化的軀體
承受你的體溫
他應吐一口氣
雖然那是冷的

㈡你

也曾來過
也是顫抖之夜
寒風無視窗子的存在
你在窗台對我吹一口氣
我遂不覺寒風
看不見你
但覺衣袖招手
於是我
觸摸了那額外的體溫

之後
再不曾來過
寧願讓怨懟鼓動寒風
手冷
心更冷
你竟以我的冷來換取早去的代僧
但我仍在送我的冬衣裏重溫
對於這——
你硬化的嘴唇又能
徒呼奈何？

節令兩寫

秀實

情人節

灰幕低壓山岡，水塔入雲
午時，路旁的草坡最迷離
不是蘆葦，但頭白的草枝
搖擺而不渡，天氣寒而無風
幾株搶開的杜鵑，造訪於
欄落眉低處，最薄弱可憐
如果是春天，就算是峻峭春寒

我進進出出此間的門，一扇扇
寂寞是門影的張張合合，搖蕩
在身後，跟隨不捨，愈走愈濃
情人已在情人節離開，我很孤獨
有時候，對着意淺情淡的面容
我安於習慣，那種偽裝的笑顏
我要尋找一種瓜熟的苦甜，最眞實

九龍沙田

驚蟄

連番霪雨，要走的路濕濕
列車穿過半島城區
靠西而望的風華景物
煙瀰霧漫中，是此刻
當人事變得最急劇
思緒混雜不安，又逢驚蟄
把時節的感觸推移過來

我寥落的心情，午後返家
驚見貓兒奔走，口咬着
一隻驚蟄出洞的小鼠
再後，在恐懼可憐的情況下
攤伏在廳堂的角落處
我搭起圍巾，鬱鬱的落樓
走一段時常走慣的路程

九龍沙田

土壤

王灝

遊走着
體軀的暖溫
水聲的鏗鏘
深沉隱密裏
孕育茁生的意念

曾有雪花的記憶
用白白的撫慰
星眸的爍爍閃熠
把我們刺痛
我們尋思
用伸生不屈的根
向深邃細柔的炙熱裏

而向天索求
招搖的草葉與枝梗
上昇如掌若指
不凋的愛
樸拙的肌膚
以及一切的朽蝕枯腐

終將化作我們的涵容
化入
以曖昧的問候 及
無聲的口語
依舊澄澈
遠處的燈暉
弱微顫動的
花的馨味
菓的馥郁
無端多惘的純潔
隱向
碩大遼濶的身軀

阿里山詩抄

湯振星

1 神木

本來，我就不是樹裏的貴族
只不過承受得了暴風暴雨閃電雷
　耐得住千年寂寞
　經得起時間考驗
不過是癡長了些罷了

再說……喂
站崗的山雀別打瞌睡
請代爲留意剁竊年輪的斧斤
喂喂，啄木鳥
別在我身上加工
縱然鮮艷四起
周遭的蒼翠叢生
我依舊是芸芸衆生
好生羡慕
膜拜的木頭
神

2 靈樹碑

最最卑鄙無恥。人類
這是歷史上最大的騙局
爲了刼走我們的貞操
虛情假意的設置烈女碑銘
即使算是安撫
也缺少誠意

神啊，祢若有靈
該讓圖謀不軌的伐木人
走入無人煙的森林
該讓春情漸逝的在室女
每個夢境都有
白馬的達的達
踏青而過

3 標本

不論屬於何界何門
那類的綱目科屬種
凡列等爲阿里山籍貫

都難逃
捕殺。浸藥。訂成標本。
的浩刼

抗議的鼬鼠被打掉門牙
拒捕的鳳蝶被壓扁繽紛
連落葉，無語的
也懸在空中，不能歸根

「沒有陽光沒有氣
註定禁閉終生
逃出去是不可能的事了
我們眞的是該殺的一羣嗎？
乖乖地不敢哼聲
任來往旅客冷言熱諷
唉，倘若有輪廻的話
來世，來世我寧願做多足的蛄螻」
一隻梅花鹿在牆角囈語
夢想有一天
能够歸返山林

秀姑

張子伯

——后里詩抄

秀姑好
秀姑俏
秀姑停下針線望什麼
戰火般的黃昏天　茫茫視野
寂寞秀姑眸中一條路
一隻升入高空的紙鳶

秀姑好呀
秀姑俏
昔日成雙徘徊的榕樹下
一葉一誓言　風來細訴　鳥來啼
綠葉成蔭的定情樹
媒婆來得像撫天的烏雲
秀姑躲在門後凝聽斜站如撐傘
果然下雨了

六萬聘金母親點了頭
秀姑點了頭
六月六日黃吉日

六月六日斷腸時

征戰的歸人呀
一步一聲叫
秀姑好呀
秀姑俏

感懷兩章

黃金清

灰塵

樹根攬不住的泥土
一陣風呼嘯之後
全都光著身子
向我衝來
我只能低頭掩目
急急迴避

光著身子
張牙舞爪
是一羣酒精與霓虹與鈔票混合液
浸製過的寄生蟲
滿身利箭
衝入白皓皓的人間
人間頃刻就染成黝黑
我緊閉雙瞳以拒
我縛住心思以拒
可是　可是
一綹髮絲灰了
一襲白衣黑了
於是恨恨的嚼出悲愴

手掌

掌心是一幅潑墨山水
過愁的濃霧掩蓋
隱隱約約的紋路
倏然萎落成莽莽荒野的小徑
枝指是一株株細弱的孤峯
從煙水中浮起
不成風景
不見飛鳥
在淡了下來的星光下
羞怯成隨風飄零的蘆荻

一盅濃茶後
整株的手掌
便是一把曾經冰凍千年的劍
把低迴宛轉的沉思
割成片片的枯葉
然後擊潰
漫天呼嘯的晚鐘

爸爸的願望

文山

兒子啊
我餵你絢麗的陽光
讓你攀七彩的虹
去沐浴乳色的白雲
我餵你晶瑩的月光
讓你掛著月亮的銀鈎
去擷取星光的智慧

兒子啊
你的聲音叫出璀燦的黃金
篩過眞理的篩子
你的手揮起
一柄巨斧劈下時代
那銜接斷層的兩壁
是你自己搭建的橋拱

兒子啊
你去捕捉美的世界
爸爸的心會成爲一個花園
長有驕傲的紅花，喜悅的黃花
長有慰藉的紫花，滿足的白花

兒子啊
你酣睡著夢你的奶瓶
爸爸搖著搖我的願望

環鎖

黃昏星

我聽到路上的車聲
和山上的水聲環扣般敲打在心上
一場人生世態，花落花開
守候一個夜晚，鷄啼得那麼悠揚
我喜愛那女孩多心思的凝望
輕吻時想那悲合離歡
我鎖住生命最深的那一端
用她微笑的環

這就是我的歌，我的棲息
有潮濕的巢溫唇的顧盼
葉子上談世事，樹下檢拾世事的葉子
且送歸鴻遠去，詩卷裏
有山水花開的消息

她鎖住我鎖住她的環珮叮噹
我牽引她的手變成日夜長街
燈下看着行人交錯

我聽到陣陣車聲和水流
接連響起在耳際，風塵裏的鄉音
啊！我們別離縱是一天一夜
我還是想念她回家的小站
在露珠的葉子上
牽絆得好不輕淡

陳坤崙二首

陋屋和雨

陋屋和雨在茫茫人海裏相遇
雨一點一滴慢慢地
沿着屋頂的破洞
帶着凄凉的聲音滑落而下

陋屋和雨
喊喊喳喳吵個不休
雨要潤澤田裏的稻
陋屋要保護屋裏的人
雨霹靂啪啦下個不停
陋屋喊喊喳喳地抗議

陋屋和雨在茫茫人海裏相遇
祇有吵個不休

傷

像一隻狗
躲在牆角
用舌頭不停地舐着
嘴巴一樣大的傷口

里爾克「新詩集」⑦

李魁賢譯

童貞女

布魯日聖伊利莎白尼庵

I

那高聳的門似乎沒有阻留的作用，
橋也是同樣任人高興來往，
但大家都留在古舊開放的楡庭中
確實沒有一位例外，且無人想
走出她們的住屋，除了前往
教堂，爲的是想更加瞭然
何以在她們內心有如此多的愛。

她們在教堂內下跪，用純淨麻紗覆蓋，
咏唱讚美歌的姿勢大家一模一樣
好像複印千遍的圖畫，在隔開的柱上
映現出深邃而清晰的影像，
而她們的歌聲逐漸高昂
提高到絕頂之處，由最後的詞句，
朝向天使投出自身的韻律，
天使却沒有發同她們的歌聲。

因此在下界的她們，起立、轉身
寂靜無聲。因此她們在沉默裏
垂首，交遞者和承接者都合意，
彼此傳遞聖水，使頭額
冷靜而且使口唇失色的聖水。

事後她們安祥而耐心地
再度橫越來時的那一條小徑——
年輕者肅靜，年長者却沉不住氣
而一位白髮老尼，徘徊流連，
隨後回到她們屋裏，迅卽靜默
偶爾透過交錯的楡樹叢
在朦朧的小小窗玻璃中
稍微透露純粹的孤獨生活。

II

然而教堂千面玻璃窗
向修道院的內庭映現什麼?
在裏面把光、反射、和沉默
加以混合、啜飲、憂鬱、誇張
幻想着老去，如像陳年葡萄酒。

在那裏，無人知道從那一邊，
由外部向內裏，由永恒
向無常，從遙遠重疊遙遠，
盲目、愁悒、無用、鉛封。

在那裏，搖晃的夏日裝飾影下
積留着古老冬季的灰暗；
背後是一位耐性久候的男子漢
溫柔的性格因久候而變僵
而前面是候人不至的少女淚眼若瞎。

馬利亞行列

Gent

從全部塔上，一波又一波，
大量湧騰的金屬傾瀉下衝
以下方街道的形態，由青銅
澆鑄而復現光輝明麗的白晝，

在其邊緣，加以鎚打和浮彫，
看似輕盈少女和毛頭少年
結合成花團錦簇的行列，
由旗幟的不明確重量
所阻滯，以及上帝的手段
看不清楚的障碍所阻擾
而像波浪拍擊，掀空和飛濺；

而突然在那邊上方
和驚鳥般的香爐共翱翔，
在驚駭中飛去的七座香爐
拖着銀鏈欲加以掙斷。

旁觀者的堤岸包圍着軌道，
在內部，一切停滯，傾軋和滾動：

而金黃色象牙製的來者，
在金色垂幕的捲收中
捲到陽台的華蓋。

他們認得這一切白色形象，
穿着西班牙式服裝，高抬
熟識的立像，熱烘烘的小臉龐
以及手中擁抱的嬰孩，
而紛紛下跪，愈近愈多，
在他的榮光中不知不覺變成老朽
而始終保持無用的祝福的手
伸出自寬大的提花錦綢。

然而當神像從畏怯地向上
仰望的下跪膜拜者前面通過時，
他倒豎着眉毛，儼然
以昂然、悻然、和斷然的姿勢
把命令向他的脚夫下達：
致使他們愕然、木然而忖然
終於躊躇着邁步。而馬利亞

吸取全部人潮的步伐
宛如獨自走過熟悉的道路上
穩坐上白的女性化安祥肩胛
迎向門扉洞開之大寺院的宏鐘鳴響。

註：根特（Gent）是比利時西法蘭德斯的城市。

島

I

下次來潮會淹沒沙灘上的道路，
四面望過去是一律的海灘；
但外海上的小島却閉目
瘖瘵；堤岸包圍着島上居民糾纏，

在睡夢中出生的這些島民
夢中無言地交換過幾度的世界；
因爲他們很少談天交接，
每一句話就像一則墓誌銘

對不明不白湧上來而留駐的
那些冲積物和不祥物永誌紀念。
在他們眼光中描繪的一切情景

自童年起：從未以他們爲目的，
對龐大、無所顧慮、和送來的，
仍然誇張着他們的寂寞內心。

II

有如置身在月球上的火山口裏：
每一個庭院都圍繞着土堤，
而內部的花園是以一致的設計
裝飾且有如孤兒的髮型統一

被狂暴席捲而竟日施以
死亡之焦慮的狂風所梳理。

然後大家坐在家裏，凝睇
斜鏡反映出衣櫃上所置立
奇異的景物。而諸兒中有一人
黃昏時走出門外，吹起風琴
那曲調就像嚶嚶哭泣的聲音；

想起曾經在異邦的港口傾聽——。
而外面塑造一隻龐大的羊
令人感到威脅地，在防波堤上。

III

接近的只有內部；其他都在遙遠。
而在這內部亂紛紛地每天
把什麼都灌滿，完全無話可言。
島就像太過渺小的星辰

在空間不引人注意，而於其
無意識的恐懼感壓制下緘默，
就這樣，無光且無人談起，
自我

在自行探索的軌道上暗中摸索
欲求出這一切的終極歸宿
盲目地，不納入行星、太陽
和銀河系的行程循環。

藝妓之墓

她們躺臥着，以褐色的秀臉
深埋入她們長髮中。
閉眼，好像遠方都集在眼前。
骨骼、口、花卉。在口中
整齊排列的皓齒
有如象牙製的旅行用棋子。
而花卉，黃色眞珠，纖巧白骨，
手和襯衣，憔悴的織物
在瓦解的胸前。但
在那戒指，護身符
和藍眼石（愛人的遺物）下面
還有性的寂靜地窟，
直至隆起部位滿是花瓣。
而黃色眞珠又繼續滾落，——
在凹面部繪着她圖像
的燒磁皿，飄拂着花香
的香油瓶之綠色碎片，
還有小小的神像，家庭用祭壇，
衆神着迷的藝妓天堂。
殘碎的腰帶，平面的金龜蟲寶石，
巨大性慾的小小形象，
常開的笑口，還有舞者和行者，
在鳥獸形避邪物上
狩獵小弓般的金胸飾，
長針，豪華的家具
以及紅底的圓形碎片，
其上，有如黑色的門牌，
描繪着四頭馬隊緊張的脚。
又是花卉，滾落的眞珠，
小小絃琴的明麗腰身，
在霧般降落的面紗間
有如自鞋形蛹中爬出：
脚踩的輕盈蝴蝶。

她們如此躺臥在萬物中，
珍物、寶石、玩具、家具，
破碎的屑物（都廢棄倒在她們當中）
而昏暗得像是在河底。

她們本來就是河床，
上面有瞬間的急浪
（進一步欲求着後起的生命）
許多青年的肉身在此傾覆。
而當中有男子漢的湍流在澎湃。
常常有童男自幼年的山嶺
以戰戰兢兢的瀑布向下奔赴
和河床上散置的萬物戲嬉，
直至其斜度激起他們的情懷；

此時，此寬敞的水路全面
盈滿平靜清澈的河水
而在深處則有激動的渦流；
才開始映照出兩岸
以及遠方的鳥鳴——，而頭上
是甜蜜陸地的繁星夜景
在空中成長，沒有終止。

從心靈的感受出發

——兒童詩評鑑有感

趙天儀

民國六十七年三月在板橋教師研習會又舉辦了兒童文學寫作班，照往例分成兒童小說、兒童散文、童話與兒童詩四組。兒童詩組，請了王蓉子與我去講有關兒童詩的創作的問題，並由我評鑑了十二位學員的作品，在評鑑的過程中，也蒙藍祥雲先生與許細妹女士惠予協助。平均每位學員習作了五首左右，由我講評，並建議加以修改。這些作品，經藍祥雲先生初選，再經我複選，在十二位學員中，至少每位學員選了一首，一共選了二十首。

我們目前發展中的兒童詩；有兒童自己的創作，也有成人的創作。兒童自己的創作，可以順理成章地說，兒童詩正如兒童畫一樣，充滿了兒童天眞的想像，稚拙而有趣。然而，成人的創作，却另外有一些問題，極待克服。雖然成人爲兒童創作了兒童詩，但是，有些並不適合兒童欣賞。有些是有詩質的表現，但是，却缺乏兒童詩的情趣；有些是有意地寫出了一些適合兒童趣味的作品，可是詩質却非常稀薄。所以，成人爲兒童而創作的兒童詩；一則要有詩的要素，二則要有兒童生活的體驗與想像；換句話說，一首優異的兒童詩，需把童心、愛心與詩心結合，而又能深入淺出，用鮮活的語言來加以表現。因此，我的評鑑；第一先由詩質的把握來說明，第二則說明兒童詩的要素，要順乎自然，而不是矯揉造作而成的。

玆將這二十首詩，依照作品排列的順序，簡介如下：

一、陳金容的作品

陳金容的作品，有「路燈」一首。這首詩，是說「當太陽掉入海裏的時候」，路燈就給人們或車輛「指出正確的方向」。這首詩，沒有把路燈擬人化，是一種直接的描述，並且似乎也缺乏兒童詩的想像與情趣的表現。

二、陳永順的作品

陳永順的作品，有「鐘聲」與「夜雨」兩首。「鐘聲」試舉例如下：

「鐘聲響了，
　心偷偷地跳到窗外，
　老師還是滔滔不絕。
　陽光十分熱鬧，
　大夥兒的歡聲也撒落在窗外，
　老師還是滔滔不絕。」

這首詩，表現了一種學童的心理，雖然下課鐘已經響了，但是「老師還是滔滔不絕」地上課着，忘了下課，而學童却早已把「心偷偷地跳到窗外」去了，這是一種焦急的心理的表現。「夜雨」一詩，則表現了夜晚下雨的過程，也是一種直接的白描。

三、鄧均生的作品

鄧均生的作品，有「曇花」、「抽煙」與「讀」三首。「曇花」這首詩，表現了在同一個空間裏，因爲在不同的時間，曇花有了三種不同的變化，這是表現了花開花謝的過程，同時也表現了時間刹那的變化。「抽煙」一詩，則表現了小孩「偷偷地抽了一口煙」的經驗。「讀」一詩，似乎是受了綠原詩句的啓示，而再加以延伸發展，從「不同的臉孔，是不同的一本書：都要用心讀。」而發展爲讀媽媽、家人、老師同學、以及更多更艱深的書。

四、張德貴的作品

張德貴的作品，有「牧場」一首。這首詩，一開始就以「一床綠絨絨的毛毯，輕輕地舖在大地上。」這是一種明喻的表現，然後，再以老牛與鷺鷥的話，來襯托出牧場的情景。

五、林任淳的作品

林任淳的作品，有「索橋」與「蚯蚓」兩首。「索橋」這首詩，有一些兒歌的意味。倒是「蚯蚓」這首詩，却是一首表現小動物的詩。試舉例如下：

「在黑暗的世界裏，
默默地工作；
農夫的笑容，
是我最大的收穫。」

這首詩，以我卽蚯蚓來表現，所以，有點像蚯蚓的自述。

六、鍾騰的作品

鍾騰的作品，有「虹」一首。這也是一首直接白描的詩。開頭三行如下：

「虹啊！
請你幫我畫張圖，
你的色彩最美麗。」

這種直覺性的把握，如能適當地加以發揮，該是一種比較自然的表現方法。

七、陳竹水的作品

陳竹水的作品，有「早起」一首。這首詩，以爸爸與我的兩句話，來互相對照，互相襯托出「早起」的兩種情景，表現得很有興味。試舉例如下：

『每天，
爸爸都說：
「早起的鳥兒有蟲吃！」

什麼時候，
　我能告訴爸爸：
　「早起的蟲兒被鳥吃！」』

他們父子之間的對白，似乎有一種矛盾語法的結構，同時也暗示了「早起」的兩種不同的意味，表現了爸爸與我的不同的心情。

八、李國躍的作品

李國躍的作品，有「稻穀」、「海的歌」與「旅行」三首。「稻穀」表現了農夫的汗結晶爲稻穀的過程，象徵了粒粒皆辛苦的意味。「海的歌」是一種直接的抒情，以貝殼來暗示隱藏着「海的歌」，有點像法國現代詩人高克多歌詠貝殼的意味。「旅行」這首詩，表現了孩子們旅行的一種歡愉的心情，尤其是末了說：

「洶湧的大海，
　走入我們的笑聲中。」

這兩行頗能傳神，把大海與我們合而爲一，表現了孩子們對大海的感受與嚮往。

九、洪醒夫的作品

洪醒夫的作品，有「橋」與「家」兩首。比起其他學員的作品，洪醒夫的作品，不論是語言的凝鍊，或意象的追求，都比較複雜而多變化。比起其他學員那種單純而直接的白描，他似乎是有更進一步發展的可能性。然而，也就因爲他的成熟，也就比較像一般的成人的詩，缺乏兒童詩那種情韻；但是如果當作成人的詩來看，這兩首詩，似乎也把握了一些詩質的表現。

十、詹振夫的作品

詹振夫的作品，有「愉快的作文課」一首。這首詩，表現了在作文課中的情景與想像，以明喻的方法，把作者愉快的心情烘托出來。

十一、林齊漢的作品

林齊漢的作品，有「痲雀」與「微笑」兩首。「痲雀」這首詩，是把痲雀比喻爲勤勞的孩子，但是末了又說：「你一輩子也成不了音樂家。」似乎有些矛盾。「微笑」一詩，末了兩行；「我的微笑——擁有一切。」很有意思。

十二、王光彥的作品

王光彥的作品，有「早晨」一首。「早晨」這首詩，分四節，寫牽牛花、木瓜樹、星星以及黑夜，其中形式缺乏變化，而四節的貫串，似乎也未能做到一氣呵成。

總之，我以爲詩的創作需從心靈的感受出發，兒童詩的創作亦然。所謂心靈的感受，是心有所感動，才形諸於外。我們成人嘗試創作的兒童詩，有些是以知識來寫詩，那就缺乏心靈的感受，容易使兒童詩流於形式化，同時失去兒童詩清新可喜的內容。因此，我强調兒童詩的創作，應有所感動才執筆，從心靈的感受出發。

12位小學教師創作
兒童詩20首

路燈　　陳金容

當太陽掉入海裏的時候
我就給：
來往的人們
穿梭的車輛，
指出正確的方向。
風吹雨淋，
我不畏縮，
也不叫苦。

鐘聲　　陳永順

鐘聲響了，
心偷偷地跳到窗外，
老師還是滔滔不絕。
陽光十分熱鬧，
大夥兒的歡聲也撒落在窗外，
老師還是滔滔不絕。

夜雨　　陳永順

淅瀝淅瀝地下著，
是雲兒在懺悔哭泣。
愛跟風兒去遊戲，
不肯呆在家裏。
天黑了，
才頓足捶胸地乾著急，
寂寞地落入池塘裏。

曇花　　鄧均生

前天，
我走過這裏，
沒有花。
昨天，
我走過這裏，
花未開。
今天，
我走過這裏，
花謝了。

抽煙　　鄧均生

每頓飯後，
爸爸都抽著香煙；
客人來玩，
爸爸也請他抽煙。
今天，
偷偷地抽了一口煙，
我却流了眼淚，
還直吐口水。

嘿！我知道了，
大人吃了苦的東西，
不能流淚，
還要微笑地說：
「快活似神仙」。

讀

鄧均生

不同的臉孔，
是不同的一本書：
都要用心讀。
剛出生，
我讀媽媽的書；
懂事後，
我讀家人的書；
進了學校，
我讀老師同學的書；
畢業以後，
我要讀更多
更艱深的書。

牧場

張德貴

一床綠絨絨的毛毯，
輕輕地鋪在大地上。
老牛說：
那是我的溫床！
鷺鷥說：
那是我輕歌妙舞的地方！

索橋

林任淳

搖搖搖，搖搖搖，
當我走在橋面上，
天也搖，
地也搖，
是不是，
可以搖到外婆橋？

蚯蚓

林任淳

在黑暗的世界裏，
默默地工作；
農夫的笑容，
是我最大的收穫。

虹

鍾騰

虹啊！
請你幫我畫張圖，
你的色彩最美麗。
虹啊！
請你到操場來，
我們要玩過天橋的遊戲。
虹啊！
請你跨過臺灣海峽，
讓我們踏着你同到故鄉去。

早起

陳竹水

每天，
爸爸都說：
「早起的鳥兒有蟲吃！」
什麼時候？
我能告訴爸爸：
「早起的蟲兒被鳥吃！」

稻穀

李國躍

烈陽下，
農夫的汗，
在田裏滴落；
在脫穀聲中滴落；
在石子路上滴落；
在硬土的院子裏滴落。
慢慢地晒成一粒一粒金黃色的
稻穀。

海的歌

李國躍

撿回來的貝殼，
妹妹慢慢地排列著。
海的歌，
在貝殼中
輕輕地唱著。

旅　行

李國躍

高樓，再見！
人羣，再見！
柏油路，再見！
工廠的煙囪，再見！
青山走來，
老樹走來，
小草走來，
石頭走來。
洶湧的大海，
走入我們的笑聲中。

橋

洪醒夫

路走到海邊，便突然
把身體伸長，也把雙手伸長
從河的這一邊伸過去
緊緊抓住對岸
車輛行人從他背上走過
便成爲
一
座
橋
我們可以自由自在
在橋上走來走去
不管奔跑踐踏或隨便幹什麼
橋都默默接受
在路與路之間
我希望自己是一座橋
在山和水
在冬天和春天
在人和人
甚至在貓和老鼠之間
我希望自己也是
一座橋

家

洪醒夫

學校離家很遠
下雨後泥濘滿道
用力踩下去
泥土黏在未穿鞋的脚上
就像整塊土地黏住我一樣
在青草般的童年裏
我與其他的朋友一起跋涉
雖然辛苦，但是快樂
因爲學校與家庭，以及
家裏的鴿子和牽牛花
時時伸出溫暖的招引的
手
如果有一天必須離開家鄉
我會一步三回頭，看鴿子在屋頂上
飛，看牽牛花爬上牆頭，看
我那幾間不很好看的房子
路便會突然
泥濘起來，就像整塊土地
突然黏住我一樣

愉快的作文課

詹振文

我的思絮，
像鳥兒般愉快地飛翔。
我的心窩，
像噴泉般咕嚕地湧出。
我的情緒，
像白雲般流浪又飄忽。
哦！每當上作文課，
我就是一位

很靈巧的作家嗎？

麻雀

林齊漢

勤勞的孩子，
喜愛早起，
在樹林裏；
跳上跳下，
吱吱喳喳。
跳着，嚷着，
訓練自己的歌喉；
弟弟被吵醒了，說
吱吱喳喳，
吱吱喳喳，
你一輩子也成不了音樂家。

微笑

林齊漢

父母的微笑給我溫馨，
同學的微笑給我快樂，
老師的微笑給我關懷，
校長的微笑給我鼓勵。
我的微笑——
擁有一切。

早晨

王光彥

媽媽：
您知道牽牛花怎樣爬上牆頭，
怎樣染紫了衣裳？
看她輕巧地掛上珍珠項鍊，
綻放着歡欣的微笑。
昨晚，
她的夢很甜吧！

媽媽：
您知道木瓜樹什麼時候伸長臂膀，
什麼時候又綠了新芽？
看他換上嶄新的軍裝，
挺直著堅強的脊梁。
昨晚，
他的戰鬪很長吧！

媽媽：
您知道那幾顆星星爲什麼還不回家？
爲什麼還眨著疲倦的眼睛說話？
看太陽像個尷尬的主人，
紅著臉不停地催趕。
昨晚，
他們的故事很動聽吧！

媽媽：
您知道是誰推開黑夜的大門？
叫醒了大地？
是誰？
讓鳥兒唱出愉悅的歌聲；
花兒吐露清沁的芳香。
看！
這早晨多麼美妙呀！

談兒童詩的發展方向

——兼評藍譯「兒童詩的欣賞」

邱阿塗

近幾年來，由於關心兒童詩的成長，著實讀了不少兒童詩，也曾寫過幾篇評論兒童詩的文章，不過我始終覺得我國的兒童詩仍還只是在萌芽的階段，雖然有很多成年的兒童詩作者努力地在開拓著兒童詩的園地，可是小朋友的作品仍多停滯在浮層面的物象的描繪方面，很少看到那種表現心靈的激盪、感動，心溶於物、心物合一、情景交融的有意境的好詩。更多的是堆砌辭藻，雕琢意味很濃的詩；這樣的詩欠缺詩質，並無心靈的顫動，不是情有所感而發，跡近於文字遊戲；嚴格地來說實在不能算是詩。至於兒童本身寫的兒童詩則因為受到過多的大人的詩想的影響，直走模仿詩的路線、欠缺想像、創作的發揮與運用，當然更談不上透過想像寫出自己心靈的感動了。這是很令人耽憂的一種境況。就因此，我們也就不得不求助於外國兒童詩的譯介，看看別人的作法，並借重他們的創作方法，作為我國兒童詩萌芽時期經驗交流的一種手段了。在這方面最著成績的，據我所知，有林鍾隆先生和藍祥雲先生二位，林鍾隆先生編譯的「日本兒童詩選集」我另有專文評析，現在，我想評介藍祥雲先生新編譯的「兒童詩的欣賞」，或可作為我們指導兒童欣賞和創作兒童詩的借鏡。

「兒童詩的欣賞」，又名日本兒童詩選，是詩人藍祥雲先生翻譯他長年蒐集的日本兒童詩，然後去蕪存菁編成的一本兒童詩集選，於本年十月四日出版，全書九十四頁，篇幅雖少，却是篇篇珠璣，計收有日本小學一年級至中學三年級兒童、少年不同程度的詩篇共五十三篇，另有附錄：「兒童詩的欣賞、創作」與「兒童詩的好與壞」兩篇專論和趙天儀先生寫的序文：「即興、經驗與想像」等，對於兒童詩的應如何欣賞，及如何指導兒童創作兒童詩，有極精闢允當的見解，頗值得我們參考。

由於「兒童詩的欣賞」是按年級別來編排，呈現一種縱的排列，可以讓我們清楚地看到不同年齡的兒童所寫的不同程度的兒童詩。經我仔細地吟味品讀之後，我覺得這本詩選至少有三點異於同類的其他詩選的重要特點，須特別指明：

第一點是這本選集選譯的標準一定相當嚴苛，因此，所選譯的兒童詩水準頗高，幾乎每一篇都具有很濃的詩質詩意。

第二點是譯者的文字素養頗高，尤其是譯者本身亦是詩人的關係，所譯成的文字不僅流暢，而且具有一種含蓄美，使意境昇高不少，頗有「點石成金」之妙。

第三點是這本詩選中的大部份作品都能寫出表現寫詩

者個人心靈刹那間的感動，一部份作品甚至還兼帶有傾向於哲學意味的思想，即知性的表現。

現在，我依年級別分別說明題材的選擇，並各舉出一二首較具代表性的詩篇析述如左：

㈠一年級部份譯者選譯了幼芽、風、小狗「披露」三首，這三首雖然是一年級小朋友寫的，却都有很眞摯、很深刻的感情注入其間，如「幼芽」和「小狗披露」：

幼芽

發出幼芽
小小的一枝萌芽
天氣和暖
「我要出去」　說着
就發芽，

小狗「披露」

小狗披露　真可愛
但是
長大了一定不可愛
不知道那是為什麼
人　還是其他動物
都是　小時候
最可愛

你看，說得有多可愛，尤其是「小狗披露」不但有眞摯的感情，在稚拙的語氣中還蘊含了頗爲深刻的人生哲理在，小小年紀就能有此表現，實在令人驚異；也難怪新一代兒童益智叢書會把它選入「外國兒童詩畫選」裏。

㈡二年級部份譯者共選譯了媽媽、蝴蝶、雨天、我的夢、西瓜、夕陽等六首。其中「媽媽」「雨天」和「夕陽」三首，曾被選入新一代兒童益智叢書的「外國兒童詩畫選」；尤其是「夕陽」意境甚高，充滿了一種令人難以言喻的美感。但是，在這本詩集裏的「媽媽」却更富於感情，不但將燙髮前後的媽媽所給予的不同的刹那間的感受捕捉住，而且還揉合進去作者喜憎的微妙的心理。現在，我把「媽媽」和「夕陽」兩首詩抄寫如下，讓大家共同欣賞：

媽媽

大清早　媽媽去
燙髮
我稍後才跟去
已不同了
變成一個新媽媽
心裏叫一聲　媽媽
但是手却一直抖着
好像發了脾氣似的

夕陽

黃昏時候
我去提水
提起滿滿的水
夕陽就掉進水中
走了幾步
撥濺　撥濺　的水聲中
夕陽又跳出水桶外去了

㈢三年級的譯作有：櫻花的樹、再見、女人、死去的爺爺、夕陽、抽煙等六篇，其中我最欣賞「死去的爺爺」和「夕陽」二首，尤其是「死去的爺爺」字裏行間充滿了一股淡淡的哀愁，令人感動。「夕陽」則充滿了奇趣，並且間插以小小心靈對破壞夕陽美景的「炭味濃濃的煙囱冒出的很多很多的煙」的憎厭，相當富於變化。另外一首「女人」，由一個三年級的小小女孩寫出的「女人至上」的心理，那種天眞的心理令人讀來莞爾，同時也讓我們驚懷於戰後日本女人心理變化之大。

㈣四年級部份有：雨天的游泳池、野生、騎脚踏車的叔叔、爭看電視等四首，其中「騎脚踏車的叔叔」亦被選入「外國兒童詩畫選」；這四首兒童詩各有各的不同的趣味，而且都能揉合進去小詩人自己的感情，使情景交融，稚氣中更見眞情，像在「雨天的游泳池」中的前段：

「今天是游泳池開放的日子
　但是
　　天下著雨
　　　下課時
　　　偷偷地跑去看游泳池
　　　游泳池好像很寂寞
　　　…………」

和「騎脚踏車的叔叔」後段：

「…………
飛快地　從我身邊趕過去
『呀，今天是你一個人走』
說著　他從我身邊趕過去
當我遲到時
『怎麼啦？這麼遲？』
這樣替我加油的一位陌生叔叔
他每天是趕到什麼地方？」
都充滿了感情

「野生」則詩味較淡，哲學味太濃，是四首中思想最深沉，却也最不容易引起兒童興趣和共鳴的詩，想像雖然很突出，但因欠缺童趣，不能算是一首上佳的兒童詩。倒是「爭看電視」充分地表現了兒童極强烈的「自我意識」之心理傾向。

㈤五年級的詩有：寫詩的傻瓜、我的詩、小小的宇宙、幻想、靜寂、照射四方的光、生命的蠢動、人、破舊的運動鞋、小河流等十首，其中，小小的宇宙、幻想、照射四方的光、生命的蠢動、人等五首，已漸傾向於知性的表現，不過，也許是由於經驗的不足，有一部份詩句近似現代詩，不易理解，倒是「人」的最後一小段，和小河流、破舊的運動鞋、寫詩的傻瓜等幾首都還算清新可喜，並且充滿了感情；「破舊的運動鞋」且被選入「外國兒童詩畫選」。

㈥六年級這一部份是份量最多、表現方式最豐富的一部份，有：雲、星、星空、爸爸、爸爸的手、山、瀑布、時鐘、復佔、流星、小河、風鈴、鞦韆、交通戰爭、哥哥的女朋友、天空下的幸福、爭執、草原的音樂、豐收等十九首。每首有每首不同的個性，不同的多樣性表現方式，即是標題相近似的，它們的內容也截然不相同；如「星」、「星空」、「流星」三首，標題看來極爲相似，但是這三首詩所蘊含的詩意詩想，甚至表現的方式完全不一樣，現在，我把這三首詩抄列於後，讓各位讀者親作比較分析：

星

在黑暗的太空有兩顆閃閃的光
那是星星
在那小星中好像鑲有一玻璃珠
星星在放射通信網
　好像又有一個世界

星空

「啊，那流星啊」
弟弟喊叫着
像白雪吹撒在黑色的窗帘
星光閃閃
「好大的夜空」
比大海一比我們住的地球大
「真想去遨遊」
那顆星
這顆星
遠方那顆星也是
擁有這樣夢幻的
可是星空？

流星

仰望夜空「哦，哦」
一顆閃閃的星星流向遠方
「啊，啊」又一顆星星散放美麗的火光落下
流星像雨點
夜空已沒有星星
黑夜裏月亮在哭泣

這三首詩中，只有第一首的「閃閃的光」，第二首的「星光閃閃」，第三首的「閃閃的星星」三個詞兒相似以外，其餘的都任由小詩人自己自由的馳騁他們的想像而寫成，表達方式既異，表現的內容、思想也自不同。第一首似在想像這無限廣濶的宇宙中，兩顆星星所構成的另外一個星球世界；第二首則在感傷流星之逝去，用「月亮在哭泣」象徵孤獨的悲哀；第三首則在陶醉於廣濶星空的夢幻般美麗；都寫得很有內涵。反觀我國的兒童詩，讓我們找出幾首和上舉的「星星」相同題材的兒童詩來作一番比較：如我國五年級小朋友寫的「星星」：

星星㈠

白天我寂寞時
你環着不來陪伴我
夜裏我一家人團圓時
你也出來湊熱鬧了

星星㈡

黑藍的絨布
閃亮着銀色的小眼睛
是夜姑娘
鑲滿鑽石的晚禮服

六年級小朋友寫的「星星」則是：

星

星星就像高貴的夫人
每天晚上穿着金亮的衣裳

漫步在天空
接受人們的禮讚

兩相比較，我國兒童寫的兒童詩實在太欠缺意境和深度，只著重外觀型態的描述，缺乏發自內心的刹那間的感動。不過，即使這樣（他們的「星星」詩較有內涵），我倒更喜歡：山、瀑布、風鈴、鞦韆、豐收，這幾首感性豐富的詩，因限於篇幅，我只能舉出「瀑布」這一首詩，給各位欣賞：

像白雪般泡沫的水珠
一粒 一粒
哇 叫喊着
像匹布一般的瀑布
從狹窄的 流向廣大的
歡呼着 跟我們一樣
擁聚着 你推我 我推你
自由地 散放到各角落
聲音來自一粒一粒的水珠
聚合成很多很多的聲音
很大的聲音
流向同一個地方
那些聲音
充滿喜悅
永遠帶給我們歡樂

誠如譯者在附錄「兒童詩的欣賞、創作」一文中所分析的「作者採用擬人的表現，把自己的生命吹進瀑布的水珠中。詩中，就在瀑布落地的刹那，水珠成了有生命的人。作者把握住感情的世界，使它具象化。」像「哇 叫喊著」「及歡呼 著跟我們一樣／擁聚著 你推我 我推你」已經使水珠和人的感情整個地交融在一起，分不出那叫喊的、歡呼的、擁擠的，是小朋友？還是水珠？尤其是最後一段：

「……
那些聲音
充滿喜悅
永遠帶給我們歡樂」

更把這一首詩昇華到情景交融的至善至美的境界。

「鞦韆」和「豐收」則是兩個不同的極端；「鞦韆」帶帶給我們：

「閉起眼睛 能顯出
紅 藍 黃等顏色的幻境
能吹散痛苦和悲傷」的美麗幻想；

「豐收」則帶給我們：

「明年也能夠 後年也能夠
就是再後年也罷
年年豐收就太好了」的現實世界的無窮盡的希望

六年級譯作入選「外國兒童詩畫選」的更多，計有：星、爸爸的手、瀑布、小河、鞦韆、交通戰爭、天空下的幸福等七首。

㈦中學生部份計選譯有：黃昏之戀、心、跛子的舞女、詩中的世界、獻給可憐的青蛙等五首，其中，我覺得「黃昏之戀」、「跛子的舞女」、「獻給可憐的青蛙」三首寫得較有意境。尤其是「獻給可憐的青蛙」一首，將解剖青蛙這一科學實驗的事實，用文字中最美的表現方式——

詩來表現，而且採取一種對比的型式，由解剖者對被解剖者，人和青蛙不同的心理狀態交織成功一首詩；無論在詩想方面、表現形式方面都有很奇特的構思和表現。但是由於這三首都是相當長的詩，不便一一舉述，只好留待讀者自己慢慢品讀。

至於書尾附加的兩篇附錄則是譯者融會貫通了中日兒童詩的特點和發展的趨向，加上譯者本身寫詩和指導兒童詩的經驗寫成的「累積經驗」，值得所有關心兒童詩發展的老師、家長一讀。

當然，上面所舉的詩例，不過是筆者憑個人的喜憎好惡選擇舉述者，也許稍稍偏向主觀也不一定。再者「兒童詩的欣賞」這本詩選也並非全是無可疵議的佳作，另也有一些不可忽視的錯誤或問題存在；如二一頁的大標題：「雨天的游泳池」竟寫成「兩天的游泳池」，而二二頁的標題則又誤排成「兩天的游泳池」；六八頁的標題：「跛子的舞女」則不如改成「跛足的舞女」更富詩意，或者改成「缺了一隻脚的舞女」更符題意。除此，另有一首六年級組的「復仇」則表現方式雖佳，主題、內容都充滿了仇恨的意識，似不宜選爲以培育愛心爲主旨的兒童詩選的範作。不過，從整體來看，這本詩選確乎有我們的兒童詩所欠缺的意境和深度，在詩句的排列方面也有頗多可取之處，值得我們分析、研究、欣賞、比較（但不是橫的移植）。

但是反過來說，說我們的兒童所寫的兒童詩欠缺意境，並不就意味著我國兒童就比不上人家的兒童，而是我們的起步就先已慢了人家二、三十年，發表的園地又太少，彼此又缺乏切磋、琢磨的機會，兒童詩的指導者也都是憑一己的熱心，拿自家苦思揣摩所得的方法來指導兒童習作，在指導技巧上難免有所偏失，效果自然要打了折扣。因此，我們必須在指導技巧上求取突破性的改進，讓兒童多欣賞各種好詩，然後再指導他們就同一類題，寫出不同感觸的詩，但切忌模仿，我們不能讓我們的兒童詩再走向我國近體詩的老路子，受一個個大人所預先設計好的模子來拘限他；難道我們不能讓他們天眞的心靈，自由自在地向多方面去發展、成長和茁壯嗎？俗諺說：「他山之石，可以攻錯」，雖然，我很期盼我們有更多優秀的，自己創作的好詩，却也不希望看到我們的兒童詩一開始就走錯了路；因此，雖然是譯作，「兒童詩的欣賞」一書的出版，或許多少可以給我國方興未艾的兒童詩，推出一條明確的應走的方向。倘若關心我國兒童詩的同道，能予重視，細加品析，從中汲取彼邦三十餘年來辛勤經燥的此一成果之精華所在，作爲我們改進的借鏡；我相信不出數年，我國的兒童詩必能大放異彩、大慶豐收！

兒童歌謠的欣賞

周伯陽

兒童歌謠，簡單說，就是童謠，童謠是兒歌的一種。童謠雖然屬於兒童的詩歌，可是童謠和兒童詩在兒童詩歌的實質（內容）和形式（體裁）來說有所不同，童謠的音調優美和諧，形式上有規則和韻律，必須要押韻。而兒童詩的特點，是活潑奔放，感情豐富又不拘於形式和韻律。

臺灣光復後兒童歌曲貧乏，本省兒童們所唱的都是一些外國的兒歌，雖然是過度期，難免有一種不對勁的感受，這樣下去又不是辦法，因此有普及我國兒童詩歌的需要，而且穩定兒童的情緒和使他們有舒適安全的感受，並藉此培養愛國家和愛民族與鄉土的熱情。

過去我創作許多童謠並請名作曲家替它譜曲（附鋼琴伴奏），然後曾由「啓文出版社」出版過兒童歌曲數册，計有花園、蝴蝶、月光、明星、少年等兒童歌曲。幾年前我把這些歌詞精選出一部份，並編成為「玫瑰花」和「我的洋娃娃」等童謠集兩輯，先後發表於笠詩刊，現在我將這些歌詞中，抽出幾首歌詞介紹和說明，以便欣賞，其歌詞如下：

1.花園裏的娃娃

(1) 妹妹背着洋娃娃
走到花園來看花
娃娃哭了叫媽媽
花上蝴蝶笑哈哈

(2) 姊姊抱着洋娃娃
走到花園來玩耍
娃娃餓了叫媽媽
樹上小鳥笑哈哈

這一首童謠，首先是由蘇春濤先生譜曲，民國四十一年三月二十一日刊登於「新選歌謠月刊」第三期，後來李志傳先生又另外替它譜曲，它被採用於一年下期唱遊教科書，並被灌製唱片和錄音帶。它頗受到廣大的兒童們歡迎可以說本首童謠和兒童的生活打成一片，完全溶化於兒童生活裏，雖然是國民小學一年級唱遊教材，連學齡前兒童們也喜歡唱的。

有關「新選歌謠月刊」乙節，值得一提，該月刊係發行人：游彌堅先生，編輯人：臺灣省教育會音樂教育協會，它過去對我國音樂教育貢獻頗鉅，後年因各種因素無法繼續發行，而現在已經停刊，令人惋惜。

2.玫瑰花

(1) 玫瑰花，朵朵紅；花枝嫩，怕大風。
花蝴蝶小蜜蜂！請你們，來花叢。

花園裏，玫瑰紅，關上園門不怕風。

(2) 玫瑰花，朵朵白，怕妹妹，來偷摘。
花蝴蝶小蜜蜂！請你們，快進來。
花園裏，玫瑰白，關上園門不怕摘。

這一首曲子的歌詞係民國四十六年七月四日臺灣省文化協進會一等入選的歌詞，並被臺灣省第八屆音樂比賽大會選定為作曲組指定歌詞，經審查結果，楊兆禎先生的曲譜被該會採用。後來曾辛得先生另外又替它譜曲，民國五十二年四月又刊登於「兒童歌曲精華」。

3. 木　瓜

(1) 木瓜樹，木瓜果，
木瓜長得像人頭，
樹下小狗在看守，
不要看，沒人偷，
我們家木瓜外。

(2) 木瓜樹，木瓜高，
木瓜成熟味道好，
弟弟伸手向我要，
手太短，採不到，
長竹竿才能到。

這一首童謠是由蘇春濤先生譜曲，民國四十二年五月三十一日刊登於「新選歌謠月刊」第十七期，而被採用於國民小學五年下期音樂教科書，並被灌製唱片和錄音帶。因曲譜特殊，音樂比賽大時，時常被指定為獨唱的曲子。民國五十二年四月又刊登於「兒童歌曲精華」。

4. 法蘭西洋娃娃

(1) 我的洋娃娃，法蘭西洋娃娃，
一雙藍色的眼睛，可愛的嘴巴，
好像白雪的肌膚，美麗的金髮，
妳是我的好朋友，法蘭西洋娃娃，
站在桌子上，看見窗外的玫瑰花。

(2) 我的洋娃娃，法蘭西洋娃娃，
花都巴黎的舞女，芭蕾舞娃娃
乘着玩具的金輪船，渡過銀浪花，
妳是來自法蘭西，法蘭西洋娃娃，
站在桌子上，愛起巴黎的玫瑰花。

這一首童謠是由呂泉生先生譜曲，民國四十七年十二月三十一日刊登於「新選歌謠月刊」第八十四期，並被灌製唱片和錄音帶，當時我在街上賣店看到芭蕾舞洋娃娃的時候，得到靈感，因此寫成本首歌詞。

5. 娃娃國

(1) 娃娃國，娃娃多，金髮藍眼睛，
娃娃國王鬍鬚長，騎馬出王宮，
娃娃兵在演習，提防敵人攻
機關槍達達達，原子砲轟轟轟。

(2) 娃娃國，娃娃多，整天忙做工，
娃娃公主很可愛，歌唱真好聽，
娃娃兵小英雄，為國家効忠，
坦克車隆隆隆，噴射機嗡嗡嗡。

這一首童謠是由陳榮盛先生譜曲，民國四十八年三月三十一日刊登「新選歌謠月刊」第八十七期，曾被採用為臺灣省教育會前音樂課本四年下期教材，並被灌製唱片和錄音帶。當時我看到我的小女兒們在家裏辦家家的時候，在地上擺着很多洋娃娃而得到靈感。女童是很喜歡洋娃娃的，洋娃娃是她們的好朋友。平常有幾個洋娃娃，各家庭爸爸媽媽因疼愛小女兒，曾購買幾個洋娃娃給她們玩，那時候我的小女兒是就讀於國小的兒童，她們加上幾個自製洋娃娃高興地把它擺在地上玩。

6. 新月

(1) 可愛的新月高高懸，像一隻金色的小船，
掛起銀色的蓬帆，航到碧雲海灣，
你是來自那童話國，故事號銀帆船，
載滿了好聽的故事，今夜講不完。

(2) 美麗的新月高高懸，好像是一隻金月船，
金月船掛起銀帆，航到碧雲海灣，
你是來自那童話國，故事號銀布船，
我要到那童話國，請帶我去玩。

這一首童謠是由呂泉生先生譜曲，民國四十八年九月三十日刊登於「新選歌謠月刊」第九十三期。天空廣濶無邊和一望無際的大海一樣，所以月亮在太空中像一隻船的滑行。雖然太空人登陸月球印上人類的脚印，但是在兒童的心目中月亮還是美麗。

7. 掃墓

(1) 紅蜻蜓飛高高，山上春光好，
一家人手拉手，爬山不辭勞，
東找西找找，祖墓不好找，
一會兒找到了，墓四周長青草。

(2) 小弟弟蓋墓紙，爸爸割青草，
小妹妹插香花，媽媽擺餅糕，
你拜拜我拜拜，大家來祭墓，
燒金紙燒銀紙，讓祖宗睡得好。

這一首童謠是由呂泉生先生譜曲，並於民國四十八年八月三十日刊登於「新選歌謠月刊」第九十二期。在家族本位的中國文化中，個人的生死榮辱，都是以家庭爲依歸，個人的事業，也是爲了家，爲了光宗耀祖。我們每年必須舉行一掃墓，因此，唐朝杜牧，有一首有關「清明」的抒情詩：「清明時節雨紛紛，路上行人欲斷魂，借問酒家何處有，牧童遙指杏花村。」

8. 別家鄉

東山青青好風光，
西田金黃到處滿稻糧，
籬邊花開美而香，
依依不捨離村莊，
叫我怎麼不悲傷，
何時能回可愛的家鄉。
站在屋前池塘旁，
小鳥聲聲欲斷腸。

這一首童謠是由楊兆禎先生譜曲，民國五十二年四月刊登於「兒童歌曲精華」，曾經被採用於臺灣省前音樂課本六年上期教材。有啓發作用，培養兒童愛鄉土的情感。

9. 長頸鹿

(1) 長頸鹿一丈三，住在大柵欄，
斑點花紋真美麗，我要和你玩，
你是來自南非洲，乘船四十天，
當你到了基隆港，哭說不習慣，
你會習慣不要哭，臺灣很好玩。

(2) 長頸鹿到臺北，住進動物園，
伸出頭來向外看，寶島的青天，
想起家鄉南非洲，叢林和平原，

不住搖頭連聲嘆，哭得心酸酸，
不會寂寞不要哭，我和你做伴。

這一首童謠是由呂泉生先生譜曲，民國四十八年四月三十日刊登於「新選歌謠月刊」第八十八期。當時臺北動物園還沒有長頸鹿，長頸鹿從南非洲草原經陸路和海路運送來臺北，因路途遙遠途中又在東京停留片刻，乘船共計化了四十天才到達基隆港。兒童們過去沒有看見過，這樣龐大又高大的動物，心裏有忍不住高興的感受。不但兒童們連大人都爭看其風采，因此臺北動物園非常熱鬧。如今長頸鹿牲口增加有個美滿的小家庭。現在臺北動物園和新竹動物園都有長頸鹿，兒童們遠足的時候到臺北動物園和新竹動物園就可以看到。

10. 小黑羊

(1) 小黑羊跟着媽媽，在山上吃草，
高興地東跑西跑，迷途回不了，
黑母羊等了半天，擔心地去找，
小羊呀！媽媽哭了，趕快回來好，
咩，咩，咩，咩，咩，咩，咩。

(2) 小黑羊跟着媽媽，在草原吃草，
歡喜地東跑西跑，迷途回不了，
黑母羊等了半天，掛念地去找，
小羊呀！媽媽叫了，早些回來好，
咩，咩，咩，咩，咩，咩，咩。

(3) 小黑羊跟着媽媽，在河邊吃草，
快樂地東跑西跑，迷途回不了，
黑母羊等了半天，着急地去找，
小羊呀！沿着河流，快快回來好，
咩，咩，咩，咩，咩，咩，咩。

這一首童謠是由陳榮盛先生譜曲，中國廣播公司二等入選兒童歌曲，民國四十七年八月十日刊登於「中廣週刊」第十一期。並由該公司在「兒童歌曲節目」中教唱一週。後來又編入該公司「中廣兒童歌曲集」。天下父母心，這是表示母愛的偉大，在中國的傳統文化中，家庭生活就是社會生活，上事父母下育子女，在國人的心目中家就是生活的宇宙。這一首是表現慈母的愛，加强孝順父母，擬人法，擬聲音。

11. 小水牛

(1) 小水牛真頑皮，愛玩耍不吃草，
看見了蝴蝶飛 高興地跟着跑，
跑了好久捉不到，肚子餓了捉不了，
磨、磨、磨、磨、磨、磨、磨，
媽媽呀！我餓了，我要吃個飽。

(2) 小水牛真頑皮，愛玩耍不洗澡，
看見了蜻蜓飛，歡喜地跟着跑，
跑了半天捉不到，弄髒身體回來好，
磨，磨，磨，磨，磨，磨，磨。
媽媽呀！我髒了，我要洗個澡。

這一首童謠是由陳榮盛先生譜曲，民國四十七年十月十二日刊登於「中廣週刊」第二十期，並由該公司在「兒童歌曲節目」中教唱一週。其內容與要點，和前首小黑羊大同小異。

12. 小金蟬

(1) 小金蟬，小金蟬，整天高興叫，
樹枝高，樹葉多，沒人看得到，
高興唱，真好聽，響徹了雲霄，

小弟弟，拿竹竿，這邊捉不了，
知了知了知了知了，這邊捉不了。

(2) 小金蟬，小金蟬，終日歡喜叫，
樹枝高，樹葉多，沒人找得到，
高聲唱，歌聲亮，響澈了雲霄，
小弟弟，拿竹竿，到處捉不了，
知了知了知了知了，到處捉不了。

(3) 小金蟬，小金蟬，整天快樂叫，
注意聽，小心看，終於給找到，
想要捉，叫一聲，知了就飛逃，
小弟弟，拿竹竿，半天捉不了，
知了知了知了知了，半天捉不了。

這一首童謠是由陳榮盛先生譜曲，民國四十七年九月十四日刊登於「中廣週刊」第十六期，並由該公司教唱一週。勿論是城市或鄉村的兒童都對於夏天在樹上，知了知了燃燒生命的叫聲，都有莫大的誘惑。尤其會叫的，叫個不停的更有吸引力。

13. 小花朵

(1) 花園裏跑進來，一隻小黃狗，
小花朵，笑迷迷，向牠點點頭，
小黃狗，花蝴蝶，正在迷藏捉，
追呀追，不小心，踏傷小花朵，
可憐呀！小花朵，哭了咿唷唷。

(2) 花園裏跑進來，一隻小白狗，
小花朵，笑嘻嘻，向牠點點頭，
小白狗，小蜜蜂，正在迷藏捉，
捉呀捉，不小心，踏倒小花朵，
可憐呀！小花朵，哭了咿唷唷。

這一首童謠是由楊兆禎先生譜曲，民國五十年九月一日先刊登於拙著「蝴蝶童謠歌曲集」，後來又另收輯於「兒童歌曲精華」。取材於兒童生活環境裏，兒童喜歡動物和植物，尤其喜歡照顧花木的微妙表現，有啓發作用，美化環境。

14. 狐狸和葡萄

(1) 菓園裏架子上，結成了葡萄，
有隻狐狸偷進來，想要吃個飽，
那架子太高了，牠不能摘到，
雖然用力跳一跳，還是摘不到。

(2) 那狐狸好多次，用力跳一跳，
可是仍舊摘不到，甜蜜的葡萄，
牠氣力用盡了，不說摘不到，
只說這些酸葡萄，我不吃才好。

—伊索寓言—

這一首童謠是由楊兆禎先生譜曲，民國五十一年九月二十五日先刊登於「教學生活」月刊（新竹師專印行），後來又另收輯於「兒童歌曲精華」，因取材於伊索寓言，兒童們喜歡閱讀課外讀物，所以他們很可能讀過伊索寓言，這是一首童話詩，內容有趣，增加兒童的趣味。

15. 郵筒

(1) 穿着綠紅的外衣，站在馬路旁，
你的肚子餓極了，還是要站崗，
整天張開大嘴巴，等吃信函忙，
我們寄信給你吃，讓你吃得胖。

(2) 吃了很多的信件，站在公路旁，
你的肚子吃飽了，高興地站崗，
郵差打開肚子門，把信函拿光，
信函裝滿郵袋裏，不給你發胖。

這一首童謠是由蘇明進先生譜曲，民國五十一年九月五日刊登於拙著「月光童謠歌曲集」。現在把郵筒分做綠色和紅色等兩種顏色，平信的郵筒漆成爲綠色，限時專送的郵筒漆成爲紅色，兒童很願意幫助家裏的人投信，內容有趣，音調和諧。

16.糖果錢存在撲滿

你一元，我一元，
我們節省糖果錢，
你存款，我存款，
大家存進撲滿，
存零錢，存進撲滿，
新年到，我要買雙新鞋穿，
存零錢，存零錢，
養成存錢的好習慣。

這一首童謠是由陳榮盛先生譜曲，民國五十九年十一月十日，加強儲蓄推行委員會佳作入選的兒童歌曲，目前政府正在提倡全民儲蓄之秋，實行儲蓄，教兒童節省糖果錢，存進撲滿，以防備將來需要錢用的時候可以提出來應用。養成存錢的良好習慣。加強生活教育。

童謠和兒童詩在創造上的觀點來說，除了韻律和押韻以外，還有一些細節不同。我把這些童謠歸納起來，童謠創造上必須包含下列幾個特點：(1)取材於兒童生活環境裏。(2)音調優美和諧。(3)內容要有趣。(4)有啓發作用的。(5)適合於兒童的眼光。(6)適合於兒童的幻想。(7)兒童接近的適合程度。(8)有音樂感。

二個問題

渡邊武信著
陳千武譯

1. 論愛—愛會使我們現實化

如果你只是你，杯子只是杯子以外沒甚麼的話，我會過份無聊，而用那個杯子裝滿了苦艾酒或甲酚，儘可能排着好看的姿勢，死掉算了。然而常常，杯子不僅是杯子而已；譬如你用手指緩繞它的周圍緊握著的時候……。

我們迎頭碰上的日子沒有日期，我們走過的路都沒有通到甚麼地方，那已經不是路。吹過我們的風已經不是風。我們聽過的歌，那不是歌，不是聲音。街道已不是街道。天空不是天空。你不是你。在你的頭髮裏我不是我。但是世界仍很鮮明的存在着。

我們常常，在所有日常的事物裏發現新的意味。事物們一瞬從自己的存在溢滿出來，給我們證明這個世界是超越日常秩序的。假如要把這種現象稱爲幻覺，那麼我們在日常裏畢竟持有與幻覺對立的現實沒有？不！秩序幾乎把我們弄成非現實化。如果我僅停滯在我的範圍，那連你的存在也都會叫人懷疑的。要我們成爲不是我們，那是爲了達到世界，無非是我們要把自己造成眞的現實化，也就是使我們存在的，反過來我們來決定其存在的一種鬪爭。在此，我絕不僅對於愛而論，被稱爲愛的我們的病患，畢竟，在很久以前就裝塡在我（或者是你）裏的危險而情急的火藥庫之一部份而已……。在這種情念裏蔓延中的愛幾乎就是虛構。若被問那是甚麼，都沒有辦法指正持有理想的實體領域。屬於愛和不屬於愛的，純粹的和騙人的，都很難識別地存在着，那些我感到魅惑的整個裏，時常有你的影子在走動着。

2.我們去哪兒？「該去哪兒」？或者「凶區就是不斷的現在」

我們甚麼地方也不能去，我們沒有未來……。要這麼講會覺得有點羞恥，為甚麼？因為我們還沒有碰到勻稱這種深刻的語言那麼絕望，誰都在想，明天去理髮吧！等下次的工作獎金買音響收音機吧！三年後再結婚（或者離婚）吧！持有那些各種的預定、計劃、願望。另一方面，我們活在不斷地關心時代推移的當中，例如越南戰爭會怎樣發展，月球登陸能否成功，都市的膨脹化給我們的慾望怎樣開花，或抑壓到甚麼程度等等……。可是，從那些巨視性時代的幻影，我們各種的預想很奇妙的孤立著。擁抱着我們個個的預想之母的幻影不在家啊！尤其對於我，明天並沒有被封鎖。不但如此，深夜魯迷山田的歌聲聽完了，午前零時就很順利的滑，滑到明天來了。沒甚麼感動，而且又有一些預定的工作等待着我要辦。

我們把這一語言的對象只限定於凶區的成員來說，我們也都常有明天，我們常充滿著凶區派的計劃或週刊凶區的空想。數年前，我們一方面屬於各種團體，一方面夢想要持有凶區那樣的立場，而現在把它實現了，嗣後也隨著情勢，我們的計劃會實現一半吧。

然而，我們所稱的凶區是怎樣的場所呢。以具體的現象，就只有你現在所看的這本雜誌而已，在這背後，我們寫、討論、看電影、或有聽弘田三枝子唱歌的空間，在那兒我們會碰面。但是在上班電車裏搖動著，在傳票上簽字，彎著腰畫圖的時候，我們碰不到面。說工作對於我們完全是痛苦，也許是誇張了單純化吧。不過在工作中我們不是我們，我們成為我們只是在業餘時間裏，啊！常常令人盼望的是暑假哩……。

勞働會分開我們，我們不是特別反社會的集團，但是在生產的組織上社會裏，我們碰不到面。人是社會性的動物，就這一稱呼來說，凶區的場所，是在那樣本質的領域之外，原則上的人間社會的反面，才有其存在。然而，為甚麼在社會性（現實）裏我們對於自己的存在持着奇妙的稀薄感，而在凶區裏碰面的時候，我們都會發現十分活潑的自己。

凶區，畢竟沒有這種場所，那是在業餘時間的主軸垂直下來的深奧異次之空間。如此一想我們會了解，看來像存在於未來裏的凶區各種的計劃或預感，事實就只能棲息在這種次元空間裏而已，在現實裏，我們只有孤立的預定，而沒有把那些連結於未來。而且被封閉了的，像垂直似的未來的外面，有如皮膚癌那麼繁殖的現實性非現實裏，我們會碰面。

凶區是跟着我們急速移動的不斷的現在，我們甚麼地方也不去，不能去吧！

想要去嘛！到哪兒去好呢。

（訪問）

林宗源訪問記

鄭烱明

時間：民國六十六年十二月廿四日下午三時
地點：臺南，林宗源宅

記得還在臺中唸書，常和明台、傅敏一起談詩喝酒的時候，他們常提醒我，爲什麼不趁同南部之便，去訪問一下林宗源，當時雖也有那個念頭，却一直拖到現在，才乞成這篇訪問稿，證明自己是多麼懶散。林宗源，在「笠」中堅的一代，是頗特殊的一位，帶著一副近視眼鏡，背部微彎，像大多數「笠」的同人一樣，具有樸素的性格，而他的詩便是那種樸素性格的眞誠流露。從下面的對談中，也許能使我們對這位「具有泥巴味」「道道地地的鄉土詩人」（趙天儀語），有更深一層的瞭解。

鄭：請問您是什麼時候開始寫詩的？

林：大概十六七歲讀初中的時候吧，正值夢幻的年齡，對詩發生了興趣，不過所接觸的是古詩。有一陣子，時常跑到「延平詩社」去看，也嘗試寫了幾首。但常感到內心所要表現的，處處受古詩的形式格律所限制，不能自由地發揮，而對詩產生了疑問，詩到底是做的，還是寫的？

鄭：於是就這樣放棄了古詩？

林：我曾請教國文老師，他說新詩（當時是這麼稱呼）較合乎時代潮流，這點正符合我的想法。尤其在高中畢業那年，因病休學躺在床上數月的這段期間，可說是我一生的轉捩點。肉體與精神雙重的打擊，迫使我從衆多的文學作品找尋慰藉。同時我決定踏上了詩的道路，所以便參加了由覃子豪主持的中華文藝函授學校的新詩班。

鄭：談談新詩班好嗎？

林：嚴格地說，詩是無法傳授的，我從講義了解新詩的原理，至於每期的習作，我都自選題目來寫，覃子豪先生在每次習作的後面，都告訴我，請我按照他的題目去寫，我想這不是作文，我還是按照自己的意思寫，現在想起來，我可說是一個最不聽話的學生。當時，新詩班比較傑出的有彭捷、向明、曠中玉……等，我習作的成績還算不錯，大部份都獲得最高的分數，像「小螞蟻的遊歷」與彭捷的「水鄉」一首，在該期的作業，同樣是八十五分，而「水鄉」得詩人節第一屆新詩獎的，這給予我很大的鼓勵，因爲「小螞蟻的遊歷」是我學習新詩的第三首作品。

鄭：我記得您當過「現代詩刊」的社長？

林：我是在臺北服役時與黃荷生認識，經由他的介紹，向紀弦接辦的，後來因郵政信箱與滙款問題，只辦了兩期。事情是這樣的，紀弦先生接到訂戶，不給我們通知，使我們被訂戶駡得一文不值，不得不叫停。

鄭：您寫詩有沒有特別的習慣？譬如場所、時間……

林：沒有，只要心中有感觸，都可寫，除了香煙，那可絕不能少。我曾在喿鬧的場所或靜謐的山裏寫詩，不受時間的限制。有一次在茶室寫詩，寫到一半，沒有香煙，聯想也跟著中斷，等買來香煙想再寫，說什麼也寫不出來。

鄭：一天抽多少？

林：大概兩包，哈哈，煙蟲……

鄭：何時認識白萩？

林：也是服務時，先認識吳瀛濤，再在當年的詩人節聚會上見到白萩、薛柏谷。

鄭：那時「笠」創刊了沒有？

林：好像還沒有？

鄭：您對詩的語言有何看法？

林：為什麼要說「詩的語言」而不說「詩的文字」，我認為這兩者之間是有區別的。文字雖有其意義，但它是死的，是平面的，而語言是活的，跟思維的運作而運動，是思維運動的符號。語言除了含有文字本身意義的功能外，更能傳達作者的感情與意念的信息。所以說，詩的建築必須透過語言，借文字而由技巧所完成。我在「醉影集」的詩的語言，大部份還沒有脫離當時詩壇流行的語言，雖然有所追求，仍不敢大膽地嘗試，直到「力的建築」時，我想寫我想寫的詩，才不管三七二十一地使用日常生活的語言來寫，不管它是粗糙的，未加修飾的，甚至滲雜著方言，以期發揮詩的語言的功能。有人以為方言太土或不雅，但我却認為它是很精美、很雅氣的語言，因它彼時間精鍊過。

鄭：談到以方言入詩，這也是一條可發展的路，我想您可說是先知先覺者，因為在十多年前您就開始嘗試了，這實在須要勇氣。

林：我只是很自然地使用而已。我剛寫詩時，就發現詩的語言失去活潑性、多樣性，大家一窩蜂地追求詩的圖畫性。我討厭一切造作的東西。我以為我們應該鍛鍊我們的日常語言，使它成為有情趣、活潑的詩語，這樣才能迅速而直接地激起情感。不但使用語言如此，詩的表現也是一樣，詩愈遠離生活便愈無重量，失去詩的威性。

鄭：您如何表現屬於您自己的詩的世界？

林：首先我必須時常培養修練我的心胸，以達到站在高山的山頂那種無所不包的境界。我容於自然，我是自然，這時什麼都可以成為詩。有人說我寫的器材很特別，我並不覺得。詩人表現其自我世界時，會遇到兩個阻力，一個語言用字問題，一個是形式問題，我必須努力去克服。關於語言的問題，我不願受約束，也許是我的個性有點「九怪」的緣故，或是自小在鄉村原野長大，視規則、原理為可怕的教鞭，所以當我看到詩壇上千篇一律的詩語，語言被文字牽著鼻子走，我就試著使用國語、臺語，甚至方言，使詩語有新鮮活潑的面貌和意象，這是文字所沒有的。至於形式，應該是隨伴內容而來的一種秩序。我是以熟知的物的結構、事件的過程、心思維的秩序當作形式，打破由意象透過語言，借文字而表現的瞬間再尋求形式的約束，直接地以語言供出，把握心象的靜態，讓意象在表現的瞬間，自由地馳騁，表面上看來，好像只是物的結構、事件的過程、思維的秩序的敍述，其實，我認為這是一種形象化的再造。

鄭：您讀葉維廉的詩嗎？他主張的純粹經驗。

林：老實說，葉維廉的詩我讀不下，所以很少讀。我不反對詩的純粹經驗，在一個開放自由的社會，尤其是作家，必須默許別人的觀點，雖然自己不同意。但它必須建立在現實上，否則豈不成了夢囈。

鄭：唐文標曾對詩壇有過嚴肅的批評，您對他的批評有什麼意見？

林：不管他的批評對或錯，我不會跟著流行走。我認爲一個現代詩人應不時提出問題，提出對人生、社會的批判，寫詩已不是單純個人情感的發洩。

鄭：這就是詩人的使命感吧！

林：是的。

鄭：您最近發表的一系列「給父親的詩」，是否有特別的含義或强調？

林：（沉默了一下），我最近寫的有關「給父親的詩」，是向傳統的家庭制度，提出一個新的看法，對象徵權威的父親提出的一種反抗，目的在溝通上下兩代之間的瞭解，肯定一個人的存在。

鄭：鄉土文學的論爭，似乎還沒有結束，您對鄉土文學的看法呢？

林：文學不寫鄉土的要寫什麼？尤其是詩，本來就是最地域性的，我們所寫的都是我們的血和汗啊，不是美國的，也不是英國的或法國的。一顆樹，一塊石頭，一片瓦，都是我們的生命，我們要寫，應該寫，絕對要寫，文學假如只寫一種，那會是怎樣的一種文學？

鄭：有人說提倡鄉土文學，會使創作受到侷限，並且變成地域性。

林：我認爲這不須要擔心，一個優秀的創作者，他會懂得如何去超越，去突破，況且鄉土文學不是只寫鄉村的題材。至於地域性，提出這個問題的人，太不了解鄉土文學實質上的意義了，那還有什麼可談。

鄭：鄉土是無辜的，文學又何罪之有。

林：這點我同意。我曾爬過山，當我站在高聳的峯頂，站在我們的土地上，不是美國的，我覺得我的心胸包容了時間以及空間，我變成峯頂上的一株草，這時沒有一點站在我們的鄉土的感覺，你懂我的意思嗎？爬上很高的山峯，千萬不要緊張。

鄭：您對獲得第四屆吳濁流新詩獎有何感想？

林：我寫詩不是在求名，更談不上求利。過去，「笠」設新詩獎我也反對，自臺灣文藝設新詩獎後，曾停止一段時間，沒在臺灣文藝投過稿，以後爲了發表，臺灣文藝又是一塊充滿鄉土氣息的園地，很適合我的口味，就以「牽手」的名字發表。我也向吳濁流先生與天儀兄說過，不希望參加詩展，所以當45期我所發表的一首詩「滴落去我心裏的汗」，連佳作也沒有時，並不抱怨或灰心，一個作家對自己的作品要有自信，那麼得獎沒有都無關係，「電冰箱的故事」能獲詩獎，對我來說，只是更加重我的自信而已。

鄭：您對未來的寫作有何計劃？

林：我常勸初學詩的朋友說，要抱定「詩就是自己的生命」那樣的決心，才來寫，不然就不要寫，做一個鑑賞者即可。一個詩人對詩的追求是無止境的，我沒有什麼計劃，計劃也沒有意思，我喜歡自自然然地寫，不得不寫時，才寫。對我來說，寫詩是一種樂趣，我會繼續寫下去。

三首有關耶穌的詩

莫渝輯

前言

基督教一直是西洋文學兩大源流之一，從來，有雄心的詩人莫不由此取材，創作史詩。基督教文學中，耶穌事蹟的表現是最重要的一環。

底下的三首詩，具有相同內涵，皆是耶穌赴難前徘徊橄欖山的情景。三位作者中，前兩位是法國十九世紀詩人，最後一位則是停筆多年的中國現代詩人：

維尼（Alfred de Vigng, 1797—1863）

聶瓦（Gérard de Nerval, 1808—1855）

柏谷（薛柏谷，1936——）

在這三首詩中，維尼詩作最長，一四九行，分作四部分，詩人企圖表現他的忍讓沉默哲學；聶瓦的詩篇則是五首十四行詩，表現的也是一份悲鬱氣氛；柏谷所作，僅四十七行，表現的就沒有前二位那麼深刻，他只從浮泛的敘述，並未能深入耶穌內心，挖掘出這位「人子」的矛盾心態，臨死前的種種感受。

有關這段事蹟，可參閱新約：

1. 馬太福音，26章36—47節
2. 馬可福音，14章32—43節
3. 路加福音，22章39—47節

1. 橄欖山 (Le Mont des Oliviers)

維尼詩
莫渝譯

I

那時天黑了，耶穌踽踽獨行，
身着白衣，形同死者殮衣；
十二使徒在山丘下睡息。
橄欖樹間，陰風慘慘，
耶穌顚顚地大步邁着；
愁似死人，兩眼鬱鬱沉沉，
額頭低垂，雙臂交錯胸前
就像竊藏贓物的夜賊；
比平坦小路更熟悉的亂石中，
他在名爲客西馬尼的地方止步。（註一）
他彎身下跪，額頭叩地；
然後，望着天空喊道：「天父！」
——然而天空漆黑，上帝不答。
他惶惶立地，依然邁着大步，
顫慄於搖幌的橄欖林。他冷默、遲緩，
頭上滴下血般的汗珠。（註二）

他回頭走，下山，他膽寒的叫着：
「你們不能同我一道禱告守夜嗎？」
然而死般的睡意沉壓使徒，
彼得對主人的聲音矇朧似他人。
人子只得慢慢再上山；
就像埃及牧人在蒼天中尋索（註三）
即使天使不在深空中點燃星星。
然而，一片烏雲正擴展着，如同寡婦的
面紗，其皺摺正罩住曠野。
耶穌，想起三十三年來熬受的
為的是成為人，而懼怕
正緊緊纏住他的凡心。
他有點冷。徒嘆三聲：
「我父！」——只有風聲回應。
他頹坐沙上，在痛苦中，
具有世間的人道觀念。
——大地憾動，感受出
謫自造物者脚下救世主的重壓。

註：

一、客西馬尼（Gethsémani），橄欖山下，位於Cédron東邊。

二、滴下血般的汗珠，「路加福音」22章44節：「耶穌極其傷痛，禱告更加懇切。汗珠如大血點，滴在地上。」

三、埃及牧人，根據傳說記載，最早觀察星象奇蹟，預示耶穌誕生的就是埃及和Chaldée人的牧羊人。

Ⅱ

耶穌說：「天父啊！讓我再活吧！
在最主要字眼之前不要闔上我的書！（註二）
對於世間及所有同我肌膚共苦
在你手上顫抖的人類，你無動於衷？
這因為大地擔心留下鰥寡，
在臨死者說出一句福音時，
因為你不曾在他乾枯的懷裏，
藉着我的嘴吐出一句上天的話。
然而，這句話如此純潔，其痛苦也同樣，
就像使普通家庭心醉的
一滴神聖的生命甘霜，
一旦張開雙臂，我說出：『博愛！』（註三）
「天父啊！如果我完成了痛苦使命，
如果我在賢士臉前窩藏上帝，
如果我以人類的犧牲作為交換代價，
以便獻出軀體，領取靈魂，
到處生存於象徵事物（註四）
此話對戰鬪而言，就像金庫中一銖，（註五）
就像鮮紅血泊中的紅酒，
就像供桌上沒有醱酵的白麵包；
如果我分割時間為兩部份，其一為奴隸，
其一為自由；——以我用血
施洗痛苦而將結束的過去為名，
讓另一半傾注施洗未來吧！
救世主！今日，預先將（註六）
愛與無辜者的一半血液
拋在說此話人的頭上：
「允許所有人去殘殺無辜者。」

我們知道迢遙年代後，他會重生，
伴隨混亂每個國家
且讓我的贖罪感到虛偽的
假智慧的冷酷統治者。（註七）
「唉！雖然每一章節裏我說過的話
被看作惡毒，我還要說；
取走這朽不潔且比膽汁
苦艾酒或海水都澀的酒。
將要降臨的苦刑，荆冠，
手銬，刺入我胸的長槍，
最終，整座豎起的十字架等候我，
沒有，父啊！沒有同樣令我害怕的！

「當神祇們正想在世間互鬬，
他們不應只留下深印，
以至我踩脚這不完美的地球，
那不息的呻吟聲會喚我，
因為兩位天使取代我的位置
人類會親吻這痕印，
他們是幸福的『保證』與可信的『希望』，
在『樂園』裏，微笑地走着。
但是，我要離開了，這個窮困大地，
僅掀起周圍有大皺摺的
「貧苦」大衣，那席一端是
『猜疑』，另端是『邪惡』的致命喪服。
「就是邪惡與猜疑！我能用一字將他們粉碎。（註八）
你曾預見過，讓我以對他們的允諾
來饒恕你。——這是依創造原則
衡諸各處的控訴！——
讓拉撒路爬上他的荒墳。（註九）
讓他不再吝於死者的大隱密，
讓我們允許他回憶看得見的東西；
讓他說。——什麼要延續，什麼該結束，
什麼是救世主放在大自然的懷裏。
什麼是大自然獲自或給予萬物的，
它那難以言說的愛情與純潔親戚（註十）
如何毀滅又如何復活，
為什麼要隱藏這些顯揚這些；
如果天上星顆輪番地試驗
就像犯錯而又被救的人；
如果地球為他們而生或他們為地球而生；（註十一）
什麼是傳奇中的眞象，奧妙中的顯明，
學識中的無知，理智中的錯誤，
為什麼靈魂連着虛弱牢房，
為什麼沒有小徑在兩條大道之間，
在寧靜的煩憂與喜悅的和平之間，
不定情緒的無止激怒，
在昏睡與痙攣之間；
為什麼「死神」就像一把黑劍
每一時候朝苦難的大自然砍去；
如果正義與善良，如果不義與邪惡，
都是宿命圓的廉價事故，
或者如果是宇宙的兩大極，
以它們巨肩撐起天地；
為什麼魔鬼總是凌駕於

孩子死亡的非分痛苦；
如果國家由女人藉
神聖意旨的黃金星子引導，
或無燈的夜裏，蠢童們
相撞哭號無人帶領；
如果，不易存放的時鐘，
當它的時間流完最後的砂粒，
你眼珠的一瞥，聲音的一號，
我內心的一唏，胸前的十字，
都能打開「永恆痛苦」的指甲，
放鬆他的人類釣弭，再摺起他的翅膀：
所有這些，只要人類知道
他要抵達與想去的地方就可顯揚了。」

註：

一、本節分段有的版本不分，有的分作二段，有的分作三段，即使分作三段，段落互落。今從拉霍斯書店出版的「命運集」（維尼詩集，杜尼葉 Maurice Tournier 編註）分作三段。

二、「最主要字眼」，原文「最後文字」（le derniermot）

三、「博愛」（FRATERNITÉ），意即：你們當互愛。

四、象徵事物，耶穌經常用麵包或酒喻事。

五、「金庫中的一銖」，暗示「馬可福音」12章41—44節，寡婦的捐貲。「此話對戰鬪而言」，見「馬太福音」5章9節：「使人和睦的人有福了。」

六、救世主，本處原文 Père libérateur

七、見「馬可福音」13章22節：「因為假基督、假先知，將要起來顯神蹟奇事。……」

八、此行至底下七行「讓他說」止，維尼一八三四年的日記曾記載：「大地遭萬物不義所反抗」（La terre est revoltée des injustices de la création），此話頗似我國老子所言：「天地不仁，以萬物為芻狗。」這也可以表明維尼的悲觀論。

九、拉撒路（Lazare），一名要飯的。見「約翰福音」11章43—44節，「路加福音」16章20—28節。

十、「它」，原文「她」（elle），指「大自然」。

十一、此話引申之意即為：地球是宇宙中心，反之僅是一份無意義的存在。

III

因而聖子對聖父說了那些話。
他還跪下，等候，期待，
但拋開此念，說：「成就你的意思，
不要成就我的意思，永遠如此！」（註一）
一股深深的恐怖，無止的憂慮，
加速他的苛責與緩緩掙扎。
他凝視良久，尋找良久，一無所見。
整個天空漆黑，如同葬禮的大理石；
大地沒有光明，沒有星星，沒有曦光，
沒有光明的心靈依然如故，
且哆嗦。——林間，他聽到步履聲，
接着，瞧見猶大的火把幌動。（註二）

註：

一、見「路加福音」12章42節：「然而不要成就我的意思，只要成就你的意思。」

二、見「約翰福音」18章3節：「猶大……拿着燈籠、火把、兵器，就來到園裏。」

緘默

如果經書上的聖園是眞的，（註二）
人子說過我們所見的記載；
如果上天對人類哀號啞、盲、聾，
留給我們一個失敗的世界，
正義將以傲然反對空虛，
且只有以冷冷的緘默答覆
「神」的永恆緘默。（註三）

註：

一、本小節於一八六二年定稿，一八五一年卽動筆。
二、此句在一八五一年曾寫做：「如果聖經上的園子是真的。」
三、一八六二年的日記，維尼記載着：「就像大佛所做，不曾說出的緘默。」也許，這種緘默就是維尼式的報復。

2.基督在橄欖山 (Le Christ aux oliviers)

聶瓦詩
莫渝譯

神死了，天空了……
哭吧！孩子們，你們沒有父親了。
——讓・保羅

I

當救世主朝天擧起他的瘦臂，
在聖林下，就像詩人們做的一樣，
啞默中失望良久，
他認爲被忘恩的朋輩出賣了，
他轉向在底下等候的他們
他們正夢想着成王，成聖，成先知……
却麻木着，沈溺於動物般的睡眠，
他喊道：「不！上帝不存在！」
他們還睡着。「朋友，你們知道福音嗎？
我在額頭摸着永恆的拱形；
我嘆息，傷心，痛苦了好多日子！
「弟兄們，我辜負了你們：深淵，淵淵，深深！
上帝不在祭壇上，我是上面的犧牲者……
沒有上帝！不再有上帝！」他們依然沉睡！

註：

一、本詩一八四四年三月三十一日發表於「藝術家」雜誌。
二、讓・保羅，指德國文學家李西特（Johann Paul Friedrich Richter，通名 Jean-Paul Richter, 1763-1825）。前引序文是史黛爾夫人在「德國論」（1810）首次翻譯成法文的。原文見李西特的「死者基督的演說」（或譯作「基督談話錄　Discourse du Christ mort）。
三、譯詩中「神」或「上帝」，原文皆作 Dieu。
四、第三節首行「福音」，原文為 la nouvelle（稱斜體字），係指「好的消息」（bonne nouvelle）及「福音」（évangile）。

II

他又喊道：「一切都死了！我走遍了世界；
在銀河上，我喪失翱翔，
也遠離生命，在富創造的脈管裏，
延伸着金砂與銀浪：

「到處荒涼土地銜接着波浪
銜接着搖幌海洋的混淆旋風……
不定的風吹向流浪的星球，
却沒有人在這浩瀚中存在。

「找尋上帝的眼睛，我只看到一個眼眶
廣濶，漆黑而無底，從那兒，深居的夜
向世界發光且總是濃得化不開；

「一道奇異彩虹環繞這個黑井，
古混沌門坎的影子就是虛無，
一個漩渦吞噬了世界與歲月！」

III

「靜止的命運，啞默的警衞，
冷淡的需求！偶然你進入
永恆雪地下的死者世界，
這蒼白的宇宙愈來愈淒冷，
「你是否知道你做的，原力，
與你熄滅的陽光，彼此撞擊，
你是否確定傳遞了不朽的氣息，
在一垂死一復蘇的世界間？

「啊我父！你同我感受相同？
你有權生存與戰勝死亡嗎？
在夜裏天使遭逐門打擊的

「最後努力，你已經不堪負荷？
因爲我感覺出非常孤單的痛苦哭泣，
唉！如果我死了，一切都會死的！」

註：
一、「原力」，原文 Puissance originelle，上帝的別稱。
二、「一垂死一復蘇的世界」，指異教與基督教的世界。
三、逐門（anathème），指革出教門，逐出宗門。

IIII

沒有誰聽到永恆犧牲者的呻吟聲，
徒然地把全然流露的心靈交付給世界；
心裏準備隨時可以昏厥與無力，
他叫那位耶路撒冷的唯一醒者，
叫着：「猶太，你知道人們尊重我，
快點出賣我，結束這場買賣：
我是痛苦的，朋友！在這躺下的地方……
來吧！是你，至少，具有犯罪能力！」

然而，猶太走了，沉思着不屑地，
覺得惡酬充滿悔恨，以至可以
在書牆上讀到自己的卑鄙……
最後，只有彼拉多注意到皇帝，
感到有些憐憫，偶然回頭，
對侍衞說：「把那瘋子找來！」

註：
一、耶路撒冷，原文 Solyme 採斜體字。
二、唯一醒者，原文唯一（Seul）
三、猶大（Judas, Iscariode Judas），耶穌十二門徒之一，出賣耶穌。以後此字引伸為叛徒。
四、彼拉多（Pilate, Ponce Pilate），羅馬總督。
五、皇帝，指羅馬皇帝，通稱 César。

Ⅳ

正是他，這瘋子，這超凡的狂人……
這忘了昇天的伊卡爾，
這天雷下被毀的發埃頓，
這個因西貝爾蘇醒而受傷的可愛阿蒂司！
占卜官問及犧牲者的腸肚，
大地陶醉於這寶血……
輕率的宇宙傾向車軸，
而奧林巴斯山在一瞬間蹣跚步向深淵。
皇帝向邱比德．阿曼喊道：「回答我！
哪一個新神使得大地敬畏？
如果不是神，至少該是魔鬼……」
然而神讖却恆是緘默；
唯一能向世界說明此奇蹟的是：
——他將黏土給予孩子們的心靈。

註：
一、伊卡爾（Icare），神話人物，嚮往太陽而裝佩蠟翅，飛至高處時，蠟熔化墮海而死。
二、發埃頓（Phaéton），太陽與 Clymène的兒子，負責駕馭馬車。
三、阿蒂司（Atys），佛里幾亞（Phrygia 小亞細亞的古國）的神祇，是西貝爾（Cybèle）同伴。
四、邱比德．阿曼（Jupiter Ammon），阿曼是埃及神。
五、占（augure）專指羅馬卜者。

3. 橄欖山上的耶穌

柏谷

我已經走完我的旅程，走過又一個枯萎的冬季
在惱人的春天，走到耶路撒冷。
我走上山巔，踏着砂礫，這些不毛的荒地
這般刺扎我赤裸的脚底。
現在，已經又是一個春日，在橄欖山上
我自忖：我的愛，在這些日子裏，啄我，嗟我
塑我成形：一個瘦細的男子，不具多餘的肌脂

夜深，在橄欖山上
我冥思神靈
以及神靈的興衰。

暗閴裏傳來鈴聲
飄在薄暈的月光下，然後棲落
在草葉上，冷凝，反思。
但我深深領會甚麼事體：
我知道愛，如何愛他們以及一切
但如何我能激起他們的愛，是否
我也需要他們的愛，以及一切
或者我需要耐心等着，一如
在春天，林木樹株屏心斂氣
讓樹汁從他們脚跟升起
讓一切在靜謐成長，或者
在夏天，讓閃電以及雷鳴
給河流帶來更多的水
沖近城角，淹沒城市
而現在，夜深，在橄欖山上，爲此
我冥思着，就像往日在曠野
在曠野度過四十個日子，度過
四十個白晝又四十夜晚
耐心聽風吹，且思索。
風隨着意思吹
但不知它何來，何往。
我望下橄欖山
夜暗裏，我感知前延的路
而城市已俱人們酣睡沉寂
夢裏他們看見白晝
在廟堂外，他們那般
肆無忌憚地調侃，揶揄
那般縱酒狂笑，吻他們的祭司，以及長老。

夜深。
夜也涼冽。
　且聽：風吹着
吹向耶路撒冷。（風裏我，長衫裏我）
明日我就要走下橄欖山
我就要走完我的旅程，開始我的生活
但你未能認識我的愛的，未能
直到春天過去，你俱夏日淋浴在城外流過的河中
而它現在映照你夜深的燈火

——「筆滙」革新號二卷期（49年9月1日）詩特輯

（隨筆）

窺豹札記③

李魁賢

13 賀陳秀喜榮獲國際詩獎

由美國National Society of Published Poets, Inc. 舉辦的一次徵詩競賽已經揭曉，從二萬餘件投稿的詩作中選出十名給獎名單如下：

①Peshoton S. Dubash（巴基斯坦）
②陳秀喜（中華民國）
③Ruth Beker（以色列）
④Phyllis Kohn Lee（美國俄亥俄州）
⑤Gail Gaudet（美國麻塞諸瑟州）
⑥Owen Mason（美國維琴尼亞州）
⑦Penny Hatt（美國紐約市）
⑧Alice Cammiso（美國紐約州）
⑨Brenda Brueggemann（美國坎薩斯州）
⑩William Simonsen（美國米尼蘇達州）

首獎作品題爲「世界和諧」，試譯其詩如下：

究竟你是誰，
究竟你在何處
歐洲人，美洲人
遠親的澳洲人
家鄉的亞洲人
還是近隣的非洲人
在神的心目中你們
大家始終是同等可愛。
對於祆教徒，猶太人
或古老的吠陀教言
「只要對我崇拜不渝」
這是至尊的金句。
若你是佛教徒，回教徒
或是基督教徒
只要仰望着雲彩
直到看見神的面貌。

陳秀喜是以「我的筆」這首詩應徵而榮獲第二名。這首詩原發表於「笠」48期（61年4月15日）。後收入詩集『樹的哀樂』裏時，增加了重複的一行「我是中國人」，那種加强的語氣，更烘托出詩人滿腔積鬱一吐爲快的感人氣氛。從女人化粧的日常動作中，反射出一份民族愛的强烈感情，顯示出詩人感情之豐富。被異族殖民的悲愴雖漸平復，但受到同胞以另一種殖民主義者的心態加以輕蔑時，那種悲哀豈是淚水濕過稿紙就能表達於萬一？

這首詩的原貌如下：

我的筆

陳秀喜

眉毛是畫眉筆的殖民地
雙唇一圈是口紅的地域
我高興我的筆
不畫眉也不塗唇

「殖民地」，「地域性」
每一次看到這些字眼
被殖民過的悲愴又復甦

數着今夜的嘆息
撫摸着血管
血液的激流推動筆尖
在淚水濕過的稿紙上
寫滿着

我是中國人
我是中國人
我們都是中國人

從陳秀喜的得獎，不禁想到某些詩人，一方面惡意為文傳播貶低笠同仁的作品水準，另方面在詩選編輯上採取差別手段零落笠同仁，可是却未見在國內像是拜拜時的七爺八爺一樣被迎來弄去的那些「騷人」，有在國際詩壇上純粹以作品而不以鑽營方式跟別人爭鋒的榮耀記錄。

那麼詩的水準應該以什麼來評斷呢？我想不必多此一舉地下結論吧！其實像陳秀喜「我的筆」那樣以生活為基調而咏嘆出民族脈動的詩作，可以選出一部厚厚的「笠」詩選，而幸虧這些作品很少在其他詩選內被摻水，所以能保存着芬芳的風味。

另外，從給獎名次的決定上，顯示老美的度量，第一名給巴基斯坦人，第二名歸中國人，第三名又讓與以色列人，第四名也可能是中國人或華裔。這樣豈不使美國那些現實的機會主義詩人感到臉上無光嗎？不知道他們會不會有人偏狹地大聲辱罵美國詩壇是亞洲詩人的殖民地？（67、4、20）

14 秀山閣藏版

張良澤在對臺灣文學方面的研究和整理，已呈現了很好的成績。『鍾理和全集』八册和『吳濁流作品集』六册的出版，頗受人矚目，也是他努力成果的初步展覽。

目前，張良澤更進一步走向臺灣文獻資料的保存，因此而有秀山閣藏版的刋印。他採取不公開發行的方式，對象只限於對愛好臺灣文獻的收藏與研究的同好和學者，每種只限印二百部，每部均編號。

第一種出刋的是『南臺灣風土誌』，是由吳新榮（史民）的遺著『震瀛採訪錄』改題。二十四開版，厚四百餘頁，精裝，封面燙金。

吳新榮是早期臺灣新文學運動的健將，是新詩的開拓者之一，曾為早期的「笠」撰稿，「新詩與我」刋於「笠」第五期（54年2月15日）。另外在「笠」51期（61年10月15日），趙天儀曾編選過「吳新榮詩輯」，並選錄吳新榮作「我也談詩」一文，可以看出他的詩風和詩觀之一斑。

臺灣光復後，吳新榮的興趣轉向臺灣文獻的研究，擔任臺南縣文獻會編纂組長，脚踏實地進行田野採訪工作，足跡遍及臺南縣三十一鄉鎮，訪問遺老、故地、記錄碑傳野史，考證文物器皿，追踪部落遷徙，獲得不少寶貴資料，成績輝煌。這部書第一編採訪記便是吳新榮親身實錄的第一手資料。很多他所記錄的遺跡，經過一、二十年來的乏人管理與保藏，恐怕更加淹沒不彰了。

吳新榮根據採訪實錄撰寫了第二篇民間傳承。另外第三編是南部農村俚諺集，第四編是南縣語言系統及平埔族系統，第五編是南縣地名沿革總論，第六編是南部臺灣的聚落型態，第七編是臺南縣寺廟神雜考，第八編是南鯤鯓廟誌，第九編是雜俎。

張良澤不惜經費上的困難，毅然出刊秀山閣藏版，令人欽佩。他的原則是非賣品，不定價，但希望同好接到書後都能自由贊助，以便能使出版工作繼續不斷。有興趣的同仁可向張良澤接洽，將來新書出版將按登記名單寄書，秀山閣發行地址是彰化縣永靖鄉永北村永坡路二號。（67、4、24）

當代重要政治導演

高斯達・嘉拉斯(Costa Gavras)對話錄

吳正桓譯

問：拍完「Z」和「大寃獄」之後，你現在的「圍城」也已完成了。「Z」是反對希臘法西斯主義的電影，「大寃獄」則强烈地控訴蘇聯對捷克的壓迫，現在這部則揭露美國在拉丁美洲發展的帝國主義。你認爲自己眞正的政治立場是什麼？共產主義信徒，社會主義者，左翼份子……。

答：我既不是共產主義信徒，也不是社會主義者，而所謂的「左翼份子」我認爲是個頗空洞的名詞。我們這樣說會比較清楚：我已經學會不去信任任何刻松的意識型態，或是令人無從選擇，不准批評的黨綱。這些東西經常會使得人們模仿別人，不能依照自己的方式生活。想徹底討論這問題，須要很長的時間。簡單地說，對你剛剛所提的黨派，大家都要抱着批評的態度，很明顯的，我也不是說右派就對，我最先是反對右派的。因此，既然不可能從裏面來批評，我寧願站在外面，客觀點，心平氣和地來看這些事。

問：依你看，政治電影是什麼？

答：對我而言，政治電影要把人們忽略，沒想到的問題提出來，使他們去思考討論，並對這問題給予評價，還要使他們明瞭這問題在政治上的意義。這個電影應該要顯示出我們生活其間的政治結構，這種結構對事情有何影響。因此，能引起政治反應，政治討論，政治辯論的便是政治電影。基於這個前題，也許我可以再補充一點；政治電影必須通俗，要儘可能通俗，使得這些反應、討論、辯論能自動發生。

問：一個政治電影的導演，以他所拍片子的本質來說，必須承擔各種不同的責任，依你看那一項最重要？

答：有責任當然不是件快樂的事，因爲要達到這些職責很困難，雖然如此，我還是儘量回答你的問題。「教父」當時找我執導，我對製作人說，這部電影對黑手黨眞是做了件大好事，因爲它使黑手黨看起來變有道德的，所以我拒導，因爲我不想擔負醜惡的責任。我拍片時感到最重的責任是要力求眞實。和Solinas籌拍「圍城」時，我們經常把容易引起情緒反應的劇情删掉，因爲我們只想用有文件證明的事件貫穿全片。對我來說，一個政治電影的導演最重要的職業責任，便是講實話，不能依自己的需要來創造、修改事實。

問：是否任何主題都帶有政治性，還是只有某些特定的才有？

答：我相信任何主題都可以成爲政治性的，這完全看要把焦點擺在那裏。自然有某些主題比較普遍，比較明顯。例如，對大衆傳播消息——媒體的用法與濫用——就是一個值得試探的政治主題。這點也發生在「圍城」上。我在 Lemonde 上看到一則新聞，說有一個美國官員被 Tupamaros 謀殺，報上第二次報導，這個官員變成警察，以後又變成外交人員，因此我懷疑有這三種身份的名人到度是誰——也許整件事情，最重要最有趣的地方在此——新聞記者用這種方式發佈這個人的消息，是什麼理由？在他們的背後是誰？誰決定新聞稿這麼寫，爲什麼要這麼做？是根據什麼樣的政治意識？爲什麼發佈這樣的消息，對誰有利？你現在就知道，這是可以發展下去的主題了。但除此之外，也有其他的可以發展。剛剛你問我的問題，也是我常問自己的，我承認尚未找到適當的答案。也許已有一個答案了，只是它太基本，太簡單了，我要發掘的主題就是自由。我這裏所謂的自由，不一定只是對希臘政治犯說的，而是我們每天生活中，一直被侵犯，險象環生的自由。

問：當權機構（establishments）准許「圍城」拍製是怎麼發生的？是他們的力量弱了，還是變得較有力，以致能給予這類的特准？

答：不，我並不認爲這是由於他們的特准，使得這部電影能攝製，相反地，這是他們背後的一把刀。像這類電影，雖然看起來可能是個互相衝突的矛盾，却是對當權機構的反應和結果。它怎麼發生的？很難講。我想是目前電影界的商業氣息——雖不是眞實、適當的意識型態——准許它發生的。這有點像以前的城堡，雖然門禁森嚴，總可以找到一扇小門溜進去。然而我不認爲電影界能完全改變過來，就像城堡可以攻得破一樣。

問：像「圍城」這類的電影，對大衆有多大的作用？

答：這種電影的作用不能直接衡量。電影只是文化和教育的傳播媒體而已。我覺得單憑文化和教育本身的力量，要在一夜之間改變什麼，是不夠的。你不可能像車子變速一樣，馬上就把人改變過來，人是一步一步，循序漸變的。順便講一下，這個道理，史大林他們可能一直不明白。實際上，把俄國大半數的富農殺掉，也不能改變他們。這只是錯覺罷了。事實上什麼也沒有改變，他們在內心還是不會信服的。征服別人比令別人信服容易做到，令人信服需要較長的時間，用左輪槍就快了。再回到你的問題，我認爲有這類型的電影是很重要的。大概是 Max 說過吧：資本主義甚至會把吊索賣給爲他執刑的劊子手。當然他會想盡一切辦法，只質不能用的朽爛吊索，但這種販賣吊索的恐怖，有一天也許眞的發生。如此一來，這類電影必然扮演一個重要的角色，當權機構對這個也知道的很清楚，這點可由他們強烈的反對某些影片的拍製，或是阻止它們上演看得出來。

問：民衆對「圍城」這類電影會有什麼貢獻？

答：有非常重大的貢獻。假如大家不去看「圍城」，這類電影就只有死路一條。我想對電影來說，最糟糕的就是沒有人看。電影是拍來給人看的，特別是具有社會、政治主題的電影，更須要大家去看，尤其是討論這問題的人更要去看。這便是爲什麼「圍城」在美國上演相當重要的原因。因爲電影中討論的問題是這些人最關心的。因此，觀衆繼續去看這種電影是最重要的。甚至可以說，這種電影能不能拍成，完全決定在觀衆的手裏，你也許會說我們拍片的人只是工具。我們製造，但觀衆使得這種電影得以實現。

問：我在想，政治涵義像「圍城」這麼高的電影，要在大衆身上引起適當的反應，並不容易。

答：當然囉！像我們這樣的電影，必須和人們心中根深蒂固的觀念交戰。因爲將近七十年來，大衆只看由特定方法拍出的特定類型的電影，老習慣最難打破。例如，我最近重看一遍「Objective Burma」，非常好的電影，令我非常感動、震撼。但是它却爲投擲原子彈辯護，所用的方法相當簡單。觀衆看到美國士兵被日本人屠殺，就自言自語：「這些人是魔鬼，不論用什麼方法，都得把他們消滅。」接着轟然一聲，原子彈丟下去了，事實上原子彈在觀衆產生這種情緒前，老早已丟下去了，但是觀察不能意識到這點。因此原子彈的使用無須辯解便成爲正當的了。像「圍城」這類的電影，只得面對着七十年來，把事實眞相描述成像「Objective Burma」一樣的電影，這部電影把美國人描述成特定的形相。故像我們這樣的政治電影，必然和美國電影發生衝突，由於這些美國電影對美國人歐洲人都有政治立場上的影響力，因此這種衝突也是政治性的。美國電影創造關於美國人的神話：美國人都非常勇敢，非常强壯，非常慷慨，對女人非常殷勤，是大家的朋友，免費幫忙你。這和事實並不符合，這是虛構的。我並不是說美國人與前面所說的正好相反，但出錢出力拍這些電影的人，却把美國人塑造成與事實並不全然符合的樣子。我們很明顯的可以看出不是每個美國人都很勇敢，是令人喜歡的超人，出錢而不求回報。有時我們也看到一些醜陋的美國人，壞事幹盡，但好的美國人經常及時趕到，把事情糾正過來，這種事是有的。在「圍城」裏的情形是這樣的：一個醜陋的美國人被殺掉，另外一個醜陋的美國人又跑來接替他。

問：雖然「圍城」極力講求冷靜、客觀的揭露，儘管如此，某些情節仍喚起一些人的情緒反應。

答：你也知道，我們極力消除任何可能引起觀衆產生情緒反應的訴求，但是電影一上演，我們就知道這是不可能的。當Santore 被綁架後，雖然電影一開始，大家都看到他已死亡，但是心裏還會問他是否會被殺。所以情緒實在是深植於人心，不可能克服的。

問：爲什麼你會選擇CIA在拉丁美洲的活動拍成電影，而不選在巴黎或羅馬？

答：把「圍城」定義成關於拉丁美洲的電影，在某種特定的意義來講，太狹窄了。這故事發生在拉丁美洲，但電影中所說的現代帝國主義秘密工作方式，在世界各地都大同小異。我們的生活已被基督教哲學的道德觀所制約，對道德或不道德的事，我們的反應就像帕夫洛的狗（Pavlov's dog）一樣。CIA在蒙特維多（烏拉圭首都），在里奧熱內盧（巴西第一大城）的所做所爲，和在巴黎、羅馬所做的，並沒什麼差別。除了這項事實明目張膽地觸犯了我們的道德標準之外，是沒有什麼不同的。因此，我們是要在拉丁美洲，還是歐洲，或是在越南揭穿他們的秘密工作，實際上都沒有什麼不同。這樣講，不是說我們沒有必要也拍一部關於法國和義大利的電影。

問：你是如何決定拍「圍城」的？

答：我想拍這樣的電影已想得很久了。幾年前我仍住在希臘時，所謂的靈感，如果稱得上的話，已經產生了，那時在雅典的美國大使是一個叫做 John. Peurifoy 的人，這個叫 Peurifoy 的傢伙，實際上決定希臘的政治路線，他真是一個專家，為帝國主義工作的旅行推銷員，他到那個國家就決定該國的政治。他在希臘建立了 Karamanlis 政權，（持續八年的右派政權）就離開，到那裏呢？到瓜地馬拉。在他去之前，前進的 Arbenz政權剛選舉成立。這個 Peurifoy 在那裏，腰掛柯爾特四五手槍，和所有的反對人士接觸，教會的首腦，羅馬教皇使節，過氣的將軍。現在瓜地馬拉最肥沃的土地，都在聯合水果公司（United Fruit Company）手裏。當時聯合水果對 Arbenz 亦感不滿。假如你把聯合水果公司的成員仔細研究一下，會發現很有意思的現象，Cabot Lodge 家族擁有聯合水果大部份的股權，John Cabot Lodge 是外交事務的國務次卿，Henry Cabot Lodge 是美國駐聯合國代表，聯合水果公司法律顧問 John Foster Dulles 是國務卿，他哥哥 Allen Foster Dulles 是CIA頭子。還是長話短說，Arbenz 政權被推翻後，（本事件美國曾派軍隊參與實際作業），Peurifoy 又到了泰國，我們知道泰國和美國介入越南有解不開的密切關係。在那裏，有次他開車過橋，被對面駛來的卡車撞入河裏，他和他的兒子同時喪生。

問：頗離奇的意外，你說呢？

答：無庸置疑，這件事報導上說是意外，但任何人只要知道事情怎麼發生，Peurifoy 是什麼人，都會懷疑這到底是不是真的意外。由於我對他有興趣，特別是他在瓜地馬拉的那段時間，於是我開始研究他在那裏的政治所扮演的角色。我到墨西哥 Arbenz 流亡在那裏，很可惜，我碰到他之前，他已死了。但我找到其他流亡出來的人，挖掘當時的情況，才知道自從 Peurifoy 到了瓜地馬拉，事情便有了改變。而美國對拉丁美洲的政治干預也不再使用同樣的方法。

問：有什麼特別的地方改變？

答：就我知道的是美國對外國的干預不再像派遣陸戰隊在 Santo Domingo 登陸一樣，直接干預的方法已經過去了——事實上我認為這種方法的最後一個例子是越南，幾年前，新的方法已取代了這種舊的，新的方法較隱密，是透過技術人員和顧問來執行的。他們在這個國家內部製造一股勢力，與殖民者的政府機構相搭檔——簡言之，就是殖民政策，一種由受害者內部發動的帝國主義侵略政策。我繼續到智利，秘魯，阿根廷，烏拉圭旅行，在那裏我開始考慮要拍一部由的 Tupamaros 組織，對抗新殖民主義的電影。

問：什麼使你對他們感到興趣？

答：都市游擊戰做為一種鬪爭方式和政治行動，是我一向都感興趣的問題。特別吸引我的是 Tupamaros 的組織，技術，效率，和政治上的成熟。在我到蒙特維多（烏拉圭首都）的前幾天，發生了一件很轟動的事情，巴西領事 Diaz Gomide 和美國農藝專家 Claude Fly 被 Tupamaros 釋放，這個組織在一個月前綁架了他們，同被綁架的還有一個美國人，叫 Dan Anthony Mitrione 却被槍斃了，這件事使我對他們的興趣大大地增加。我納罕爲何只有 mitrione 被槍決？他眞的身份是什麼？因此爲了進一步了解實情，我試着和參與 Tupamaros的某君碰頭，在智利時，有人給我他的地址，藉此，我與他取得接觸。一天晚上，這個人和我走到車站，向我介紹一個女孩，後來我才知道她也是組織的人。關於我想知道的事情，她和我討論很久，幾天後，我在街上，一個我不認識的男人走來對我說：「今天晚上你想和那些人見面，就把行李收拾一下，在旅館靜候。」那天晚上，到了我們約定的時間，果然有輛車子在等我，他們帶我到一棟公寓，要我24小時，甚至48小時內不出去，也不用電話。於是我邊看書邊等，有好幾個人來陪我，最後他們說：「好罷！等你決定要拍這樣的電影，你再回來問我們好了。」於是我回到巴黎，打電話到羅馬找 Franco Solinas 要他跟我合作。

問：Franco Solinas 是意大利共產黨員，他們是反對游擊仗的，像他那種有特殊政治立場的人對你的提議有何反應？

答：起先他有點猶疑，不想拍一部讚許游擊仗的電影，後來我們十分詳細的討論這個問題，Franco 同意只說實話，包括游擊仗，但不讚成它或暗示它是唯一的解決辦法。進一步我們小心翼翼地彼此尊重對方的意識型態。事實上，烏拉圭共產黨並不反對 Tupamaros，我們在「圍城」裏也表示出來。

問：雖然你沒有讚揚 Tupamaros，但你明顯地强調他們的效率，組織，技巧，並且提出他們是一股代表自己的力量。

答：這是當然的，因爲事實上他們便是這樣的，至少在 Mitrione 被綁架時，他們是這樣的。

問：你個人對都市游擊仗覺得怎樣——贊成或反對？

答：我覺得多數人都把都市游擊仗這個問題看的太膚淺了。最重要的是絕對不能以偏概全。絕不能說游擊仗是世界通用的唯一解決辦法。例如在法國，有一段時間，有些人認爲游擊仗對改變政權是必要的，但游擊仗在法國並無意義，不僅它不能改變事情，而且還會惡化。因此就須要其他的方法。但在烏拉圭和其他拉丁美洲國家，局勢很頑固，其他的鬪爭方式沒有什麼用，游擊仗便扮演一個非常重要的角色，卽使一個辦法在歷史上某一特定的時刻，特定的國家是對的，也不能說它在任何時候，任何地點都是對的。而且在拉丁美洲不再需要這方法時，它便會被放棄。

問：你是否馬上就與 FRANCO 編寫劇本？

答：FRANCO 沒有馬上就答應寫劇本，他要先到拉丁美洲，看是否能把我們所須的資料湊齊。所以我們到拉丁美洲又呆了一段時間，把情勢再查驗一遍。在烏拉圭的五個星期，爲了與地下人員接觸，我們秘密地住在一間公寓，孤伶伶的。然後又到阿根廷，智利，和古巴。回歐洲前，我還在美國停了一下，順道去里蒙（RICHMOND，在印第安那州），和國會圖書館。

問：你在里蒙找到什麼？

答：什麼也沒有，MITRIONE 的墓在那兒，但我並不是要去看他的墓，只是想看看他以前住的地方，他的家人是否仍住在那裏？結果他們已不住那兒了。我到當地的報社，翻閱有關這件事的報導，發現法蘭克辛那屈（FRANK SINATRA）和傑利路易士（JERRY LEWIS）爲他的遺孀義演募了約兩千元。

問：在國會圖書館呢？

答：我找到很多重要的東西。像在拉丁美洲的A．I．D人數。我也拿到一些關於A．I．D的小册子。

問：你是怎麼找到在華盛頓的警察學院講授的課程——我不認爲你在電影中用的那本小册子是你在國會圖書館找到的……。

答：對，不是。要找到那些文件更困難，我們到處找關於警察學院在拉丁美洲活動的有關文件，一直找不到。MITRIONE在那兒授過課，這是大家都知道的。我們知道他的課程至少包括爆炸物這方面的，但找不到證據。唯一的方法是找到警察局的人，曾在華盛頓上過課，跟他談談。如果找不到這樣的人，我們電影中很多報景，便只得取銷。我們很幸運，有一天有人介紹一個參與改革運動的人，他認識曾在警察學院上過課的某君，這個人把學院課程的文件資料給我們。裏面包括分發給學生的小册子，附了很多照片，其中有一張教授羣的照片中，MITRIONE在裏面。

問：你是否直接與這個人接頭？

答：沒有，爲了安全，我們沒有這樣……。

問：他是什麼職位——警察還是軍隊裏的人？

答：可以說是警政官員。

問：你還能在那裏找到消息來源？

答：從報紙和我們在拉丁美洲要到的文獻。

問：追查這事件的內情是不是很難呢？

答：難是不難，只是花時間而已。我們要的是實情，但碰到的都是經過竄改，互相矛盾的說詞。左派報紙把MITRIONE說成吃小孩的妖怪，右派把中間派的說他是盡職的好人，右派把他說成一個童子軍領袖，他來烏拉圭是教警察怎麼敬禮，怎麼穿制服，怎麼幫助老太婆過街。把資料閱讀、組織、分類後，我們發現他被綁架後幾天，TUPAMARCS 把從他身上找到的F．B．I．識別證，烏拉圭警察局等證件，影印送交報社，我們這才發現MITRIONE是決定在高中、大學設立間諜網的人，擴大警察武器裝備的也是他。他還下令將那些進出社會主義國家的人秘密照相，檢查所有來自這些國家的信件、書籍、報紙，並把那些收到的人列檔。他還挑選警員到華盛頓學習「交通和通訊」，我們發現「交通和通訊」，其實就是情報和反情報的課程，內容還有各種武器的操作，爆炸物的製作和使用，對抗共產主義、聯合主義的方法。我們也發現他被綁架後幾天，A.OTERO蒙特維多警察情報室主任對巴西記者說：「是MITRIONE把拷問帶到烏拉圭來。」我們知道不像他的前任WILLIAM CANTRELL，由於表現欠佳被撤職，MITRIONE强悍的態度促成拷問的使用，使得精巧的刑拷設備和外交公事包一齊蒞臨烏拉圭。MITRIONE在一九六九年六月到達，一九七〇年四月，國會調查委員會已承認對政治犯使用酷刑逼供是例行程序了。

問：爲什麼在電影中也有他在山多多明哥（SANTO DOMINGO）和巴西的戲。

答：因爲我們要大家能明瞭他的整個角色是什麼，因爲他在蒙特維多的所作所爲並不是偶然的。他曾是RICHMOND的警察局長，後來被派到BELO HORIZONTE，一個鑛產中心，也是巴西聯合主義的活動重鎮。在他到達的同時，拷問在巴西也成爲合法的，警察系統更精細，更科學化。陸戰隊侵略事件後，他也在SANTO DOMINGO，雖然在方法上不同，且更進步，但他所做的工作和PEURIFOY實在沒有兩樣。他也是到一個國家去，調查當地的情況，他離開時，情況便會不一樣了。

問：你和F. SOLINAS是怎麼合作的？

答：我到FREGENE，三個禮拜和他在一起，每天討論了很久以後，他就動筆寫。只要有一件事，我們有人不同意就重新討論，再重寫。和他工作眞是一段豐富而不凡的經驗，不僅是他的人格和他對電影的認識使然，尤有進者，是他對人生的體認使我更覺得如此。

問：你說「圍城」裏每件事都是眞的。

答：是的，事實上我們只是把找到的資料組合起來而已。顯然我們無法把每件事都納入，但電影中的每件事都有文獻證明。國會講詞直接取自原文，警察學院院長的也一樣，電影中的照片重新翻過，但都是眞的。我們要使這部電影只根據事實拍攝，雖然別人可以批評或攻擊我們，但沒有人能說電影的內容是假的。JUDITH CRIST 和兩個美國記者查過紐約時報和其他報紙的新聞檔案，證實我們所說的，他們也找不出和事實不符合的地方。

問：TUPAMAROS詢問SANTORE的內容也是眞的嗎？

答：TUPAMAROS給我們一卷他們實際詢問MITRIONE的錄音帶，但所談的主要問題我們並沒有用，倒是從裏邊看出MITPIONE的性格。他是個有威嚴，非常自我肯定的人，他非常肯定他們不敢殺他，這種肯定並非由於他深信自己是對的，而是他認爲自己是最强的。

問：依你看SANTORE實際上是怎樣的人？

答：他就像個鎭壓異端的衞道者。他相信他所做的，是在保衞自由世界，維持它的「乾淨」，爲了使自由世界乾淨，他會不擇手段，他相信共產主義和自由主義都會使社會陷於毀滅的邊緣，在內心他深信防止這事情發生的唯一方法就是在實質上消滅共產主義信徒。

問：你爲何强調他是個好父親，多情的丈夫這種角色？

答：因爲MITRIONE可能就是那樣人，他是個典型的誠實公民，在路上撿到錢包，他絕不會有佔爲己有的念頭，他會馬上送到警察局。從外表來看他是個誠實有道德感的人，但對一個TUPAMAROS施酷刑，將他殺掉，他絕不會有一刻的猶豫。從另一個觀點看，在技術上講他並沒有錯，因爲那是消滅別人唯一的方法。這個人會使你想到PEURIFOY，報導上說他曾講過這樣的話：「內戰後，在希臘每件事都很容易，要鎭壓共產主義二十年，只要清算五千個人就夠了。」他還算得蠻正確的，只要殺掉百分之一、二，其他的人會有好一段時間不敢動彈。

問：對他這麼大的罪爲何只用暗示的？

答：因爲對我們而言，SANTORE的罪是屬於政治性質的。事實上，他的罪並非在於實際執行拷問，而是他始作俑的把這套方法帶進來。我們知道拷問執行時，他曾在旁觀看，並參與反游擊伕的行動。有一次TUPAMAROS佔領一個叫PANDO的小鎭，在他們撤離時，與警察部隊發生槍戰，有兩個TUPAMAROS的人中彈受傷，來不及撤走，以致流血至死。有人看到MITRIONE與警察局長一齊到現場四處巡視然後離開。我們和一個犧牲者的父親談及此事，他看到MITRIONE在那兒出現過，但因爲沒有更具體的證據，所以沒在電影中用。假如我們有照片的話……。

問：爲什麼葬禮的儀式由羅馬教皇使節主持，而不是蒙特維多的大司祭。

答：這是梵蒂岡最反動的策略。一般來說羅馬教皇使節是這行業中最反動的，自然不會跟隨國內較前進的政治力量。烏拉圭教會在當時仍很前進。電影中還是有些不太正確的地方——MITRIONE的靈柩是先陳列在美國大使館，告別式才在教會擧行。我們把兩件事合在一起，是避免不須要的複雜場面。但儀式由教皇使節主持，而大司祭却未出席倒是眞的。MITRIONE的死訊發佈後，左右派各國的大使館都降半旗，只有烏拉圭教會和大學沒有，因爲他們知道MITRIONE眞正的身份是什麼，他來了之後拷問在烏拉圭也變得很有系統的在進行。

問：我們談談其他的角色——都卡記者顯然代表民主社會的良心，但這個角色好像有點太明顯，太直接了。

答：都卡的角色就像希臘悲劇中的主唱者，其他記者就像是合唱團員。但是這個角色是根據眞人塑造的，他自己是一家叫 MARCHA 的報紙的老板。我們請他說明這份報紙的立場——很明顯的反映這個人的個人立場。我可附加一點，做爲對烏拉圭現存的某些輿論表示敬意，它們是誠實開放的。

問：把巴西領事描寫成一個語調悲沈的祭司是不是有點過份？

答：我不認爲。我們看過他講話的副本，他實在是假道學，冥頑不靈。

問：另一個美國外交人員是自己逃出來呢？還是從卡車上丢下來？

答：是他們把他丢出來的，但官方報導改成：他從事逃亡。通常，這種所謂的消息……。

問：農藝專家史諾，爲何他也在內？他有什麼功用？畢竟我們看到他出現的很短暫。

答：是我堅持把他包括在內，因爲他是唯一的好人。甚至 TUPAMAROS也說他的好話，說他眞的在做農藝專家的工作。雖然他把這個國家的農業報告送回華盛頓，美國政府一定會根據這份報告，用某些方法來指示該國的農業政策。但即使很短暫，我還是要用他，否則這個故事和其他的角色會引起更多不須要的不愉快。另外，我相信A．I．D內也有好人，他們是工具，被利用而不自知。

問：爲什麼你會決定用另一個叫 LEE ECHOLS 的人到烏拉圭接替 Santore 來結束電影？

答：第一因爲事實就是這樣，第二因爲假如我們不表現另一個 SANTORE到達，那就好像在說這樣的故事：一個壞蛋來了，被殺掉了，每件事都好了——情緒的渲洩也跟着結束。相反的，新顧問 LEE ECHOLS 會接替MITRIONE，繼續他所做的工作。對烏拉圭的壓迫事實上並沒隨着 MITRIONE 的死而結束，MITRIONE 親手組織的法西斯機構和團體，仍由他親手挑選的人帶頭，繼續他才開始的工作。

問：爲什麼這片子你在智利拍？智利政府是不是幫你？

答：這片子必須在拉丁美洲拍，和烏拉圭有相同氣候的就是智利。我們也曾考慮委內瑞拉，但這個國家觀光味道太濃。至於智利政府，它只能容忍，事實上右派有很强烈的攻擊，他們說我們在拍一部反美國的電影，共產黨也攻擊我們。後來我們與阿葉德（ALLENDE）總統晤談，他看過劇本後，事情便澄清了。

問：我有一個技術上的問題請教

：審問SANTORE的那場景，攝影上好像有點奇怪——是怎麼了？

答：你講的可能是HUGO告訴SANTORE 他必須對刑拷負責任的那段。那場戲花了我們很多時間，一直拍不好。演HUGO的演員就是找不出正確的方式來控制情緒。到了某種程度，他整個被激起來，在遮光罩下感動的哭出來。我馬上叫攝影師把它拍下來，不管燈光不對，缺乏準備。那場戲就是這樣拍出來，也許就是這個原因造成攝影上的差別。

問：你曾考慮用金哈克曼，喬治史考特，甚至馬龍白蘭度來演 SANTORE，是不是眞的？

答：對，我們眞的考慮過他們，後來放棄。因爲他們自己是美國人，在政治上左傾，個人也會反對我們電影中所處理的事情。他們可能會不知不覺中把SANTORE這個反派角色演得太過火。我寧願SANTORE的角色演得內斂一點，因此我選了尤蒙頓。

問：你加了一幕原來劇本沒有的；那些曾是資本家的部長們，和那些曾任過部長的資本家在政府大廈會晤的情形。

答：當我們準備劇本時就考慮把它寫進去，但那時沒有文獻證據。後來在拍片時，找到了證據故決定加進去。使我感到有趣的是他們做爲政府官員和生意人的雙重身份，因爲我想讓人們瞭解管我們的人也是生意人。如此有人會想：他們在什麼時候做生意人？是在進了內閣或是離開內閣？或是兩個時候都做。我的答覆是：他們本來，而且一直就是生意人，在這種情況下，因爲他們是生意人所以他們不應掌管政府。

問：片中提及很多醜陋的事，因此改變了電影的整個節奏。

答：醜陋的觸及是在生活中，而不是在電影裏。我們在電影中强調民主成爲滑稽的贋品，那是因爲它被醜陋的事物包圍，已經成爲醜陋的系統，它靠着這些怪異的事物得以滋養生存。

問：除了「圍城」，你所有的片子都是由小說改編成劇本再拍成的，那種方法你較愛用？

答：用小說作起事來輕鬆得多啦！可以省下半年或一年的時間，但是我認爲直接編寫劇本比較紮實而有利，因爲對任何材料你都可以控制。我很高興再說，「圍城」的劇本怎麼講都有可以單獨出書的文學價值。

問：「圍城」在美國的成功你怎麼解釋？

答：和大多數人所想的正好相反，美國人也有很多是誠實的，他們也明白事情是怎樣。越戰使他們意識到某些事，使他們開始懷疑，他也漸漸明白一些可怕，不容發生的事在他們背後暗中進行。他們明白了在拯救世界的美麗僞裝下——一開始是他們完全接受相信的——幾十萬的人因而喪生，幾年來炸彈一直落在這個貧窮的小國家。他們也知道二十年來對拉丁美洲開發中國家的援助，未開發的程度反而增加了，美國的確對這些開發中國家給予援助，但幫助的是警察，不是窮人。當我們把拉丁美洲眞正發生的事情講出來，某些美國人——當局的決策人決不會使其成功，給予稱讚，明瞭後，便抨擊情勢的危機。能對這種事情提出抨擊，也是這個體系能維持生存的安全瓣。

問：對於「圍城」美國政府是否表明過正式立場？

答：國務院否認說MITRIONE是在烏拉圭幫助警察系統現代，實際化上他做的正是這個。他做得那麼徹底，到後來他們甚至把刑拷也用上了。

關於高斯達・嘉拉斯

■高斯達・嘉拉斯（Costa Gavras），希臘人。他尚在唸大學時，便因政治上的原因，流亡到法國。在法國他學電影，成爲當今很重要的政治導演。他的電影只討論政治，幾年前臺灣演過他的片子「大冤獄」（The Confession），雖是反共電影，却沒有引起應有的注意，這是很可惜的事，多少也可看出這種電影在我國仍是很前衞的。「大冤獄」的內容是蘇聯在五〇年代鎭壓捷克民主化運動的經過。雖然鎭壓時，不少人犧牲，過了十年仍然爆發了擧世聞名的捷克抗暴運動。這部電影以捷克的外交部長（由法國影星尤蒙頓飾演）爲主角，描述幾位高級官員被整肅、殺害的過程。其間所用的手段有：軟禁、拷打、逼供、賄賂、脅迫、欺騙、殺人滅跡。電影中有一幕，我至今印象仍然深刻：蘇聯特務把幾名不肯「悔改」的修正主義分子處決，將他們的屍體燒成灰，裝在黑布袋裏，在一個風雪天，由幾個特務帶到野外，把骨灰隨風灑散在白皚皚的雪地。整肅是藉審判的方式進行，幾名高級官員都曾參與二次大戰，與德國作戰，但罪名是叛國。片子結尾時，打出捷克抗暴的記錄照片，涵義深遠。

這篇對話錄，訪問者是 Pier Nico Solinas，他是義大利新聞記者，編過劇本「阿爾吉爾戰役」，此次對話針對他的片子「圍城」（State of Siege）提出問題。其實這是七三年拍成的電影，內容是講述南美一個國家的美籍顧問，被綁架到被害的過程，全片完全根據眞實事件拍攝，每一件事都有文獻資料可供查證。但爲了避免把觀衆的情緒煽動起來，他的電影技法，擺脫了傳統中常用的懸疑技法，儘量使得這件事以政治經濟的語言分析。這種跡近記錄片的手法，在「大冤獄」裏可以看的很清楚。本篇對話錄的訪問者非常推崇他，因爲他是電影史上把政治和電影做這麼有力結合的導演，而且做得很好。電影可以做爲一種個人發表言論的論壇，也可以是社會大衆輿論的傳播媒體，像書籍報紙一樣，應該是合理的現象。如果電影只是商人謀利的工具，就很容易成爲麻醉大衆的鴉片了。關於這一點，港臺的電影界多少不能令人滿意。

本篇對話錄譯自 CINEMA 43期。

笠消息

本社

笠詩刊80期發表日文本「臺灣現代詩集」刊行啓事後，至本年三月間，先後收到三十位同仁寄來作品計一二四首，已由陳千武氏整理完竣，轉寄日本葉縣的同仁北原政吉氏執編。北原政吉氏收到詩稿，隨卽寫信給本社說：「今四月十八日（易期二）兩天，下午二點，等了已久的詩稿安全到達，接在手中，其內容比地球還重幾千倍的稿件，眞不錯；高興地打電話給陳明台君，明十九日將詩稿帶去跟明台君研究有無不明的字義，以期減少校對的痲煩，之後將與印刷廠社長宮崎 端氏研商出版的細節，俟一切決定後當再連繫……」

玆列擧作者及作品名稱如下：（以筆劃順序）

白萩：「秋」「孤岩」「道も木の根も數あれど」「然るに」「小鳥」「誰がぼくらを」

巫永福：「尾行」「運命」「空襲」「或る日」「細流」「いのち」

李敏勇：「女」「浮標」「路標」「焦土の花」

杜國清：「心くもる歌」「胸飾り」「手」「勿忘草」「心船」

李魁賢：「教會墓園」「黃昏の樹」「明け方の男ひとり」「地下道」

岩上：「凧」「葬列」「星の位置」「吊橋」

林亨泰：「群衆」「黎明」「思惑」「小川」「溶けた風景」「酌酒」「初夏の朝」

周伯陽：「石門ダム幻想」「故鄉」「船のふるさと」「高原の夜」

林宗源：「旱」「五妃廟」「借金の日暮し」「肥えて臭い素晴しい土地」

非馬：「夜笛」「傘」「逆様四曲」「靜物」「紐約大都會美術舘に遊ぶ」「黃河」「醉漢」

林鍾隆：「歷史」「獅子」「空の旅」「暗夜」

拾虹：「さがし尋ねる」「船」「帆柱」「老鷹」

旅人：「煙寺」「惜別の港で」「破れ扇子」「神杯」

陳千武：「窓」「觸角」「否、否」「神」「夜」

曾妙容：「小草の話」「鄕愁」

陳明台：「骨㈠」「骨㈡」「骨㈢」「骨㈣」

陳金連：「町」「蛾群」「龜裂」

陳坤崙：「無言の草」「豚飼育」「地獄隧道」「鏡」

陳秀喜：「樹の哀樂」「きやキャベツ」「醜い石」「ラスト・ラブ」「花絮」「笠を編む」「魚」

許達然：「違反建築」「屠殺場」「痲袋」「腸詰」

陳鴻森：「ともしび」「繪」「葡萄」「犬」

黃騰輝：「中秋の幻滅」「石油」

黃靈芝：「片詩」
詹　氷：「田植」「人間」「黃昏の記錄」「心臟の杯にたまつていく液體」
郭成義：「青春」「的」「盲鳥」
趙天儀：「副官」「前齒一本」「鄉の言葉」「悟り」
趙迺定：「異族の渴望」「彼女は無體動物」
蔡瑞洋：「ひとみから」「一つの問ひ」「そ少朝」「ホールにて」
鄭烱明：「火山」「絕食」「死亡の壁」「狂人」「歸途」
衡　榕：「碧城物語り」「命の保障」「やがて船がでる」

本詩集之集稿，本社一直延至今年三月中旬始截止，但仍有許多同仁未寄稿亦未連繫，致未收入作品十分遺憾。我們期待本詩集順利在日本早日出版，並向陳千武及北原政吉兩氏之努力，因此化費了很多的心血，表示敬意。

編輯手記

※笠詩刊自本期起邁入第十五年。在文學道路困阨重重的景況中，我們很慶幸能像越跑越健的長跑選手一樣。使我們夙志不移，持續奮鬪的是：臺灣詩文學之優良傳統的長傳不滅信念；雖然並沒有太多的掌聲。我們希望更多的朋友支持她的茁壯，用各種方式讓她成長。

※對兒童詩的灌漑，笠一向不遺餘力。這幾年來，笠詩刊不但發表成人寫的兒童詩，也發表兒童的創作，更大量迻譯海外各國的兒童詩。受到各界重視。國民小學課本選入作爲教材是一例。近期的草根詩刊也刊載了發表在笠詩刊的許多作品。本期有關兒童詩歌的特輯，表達了笠詩刊對我國兒童詩現況及發展方向的關心。相信必會受到大家的注意。

※臺灣的文學界在鄉土文學論戰的洗禮後，雖然並無法完全糾正偏執的方向而顯現出合理的，眞正從我們土地萌生的本國本土文學風貌，但臺灣文學之優良傳統以及許多優秀作家作品的信念和實證，終能更進一步地展示給本國大衆。笠詩刊自創刊以來，卽着手沿續並重建本土詩文學，我們爲本土文學課題之能逐次受到關切感到安慰。

※本期的詩的作品，亦有許多爲新人之作。他們的誠懇和追求詩文學之眞摯精神，可以從作品中體會出來。笠永遠歡迎更多朋友加入共同耕耘，這是一份由同人支持的詩刊物，但這份刊物提供屬於大家的詩園地。

※高斯達．嘉拉斯是電影史上把政治和電影做最有力結合的導演，本期特刊出有關他的對話錄，我們歡迎跟文字、藝術整個大範疇有關的資料或報導，歡迎惠稿。

（李敏勇）

中國民國行政院局版台誌1267號
中華郵政台字2007號登記第一類新聞紙

笠 詩双月刊
LI POETRY MAGAZINE

中華民國53年 6 月 15 日創刊
中華民國67年 6 月 15 日出版

發行人：黃騰輝
社　長：陳秀喜

笠詩刊社
台北市錦州街175巷20號2樓
電話：551－0083
編輯部：
台北縣新店鎮光明街204巷18弄4號4樓
經理部：
台中縣豐原市三村路90號
資料室：
《北部》台北市北投吉利街249號4樓
《中部》彰化市延平里建寶莊51～12號

國內售價：每期30元
訂閱全年6期150元・半年3期80元
海外售價：美金1.5元／日幣300元
港幣5元／菲幣5元
歡迎利用郵政劃撥21976號陳武雄帳戶訂閱

承　印：福元印刷公司　臺北市雅江街58號

詩双月刊

笠

LI POETRY MAGAZINE

1978年
8月號
86

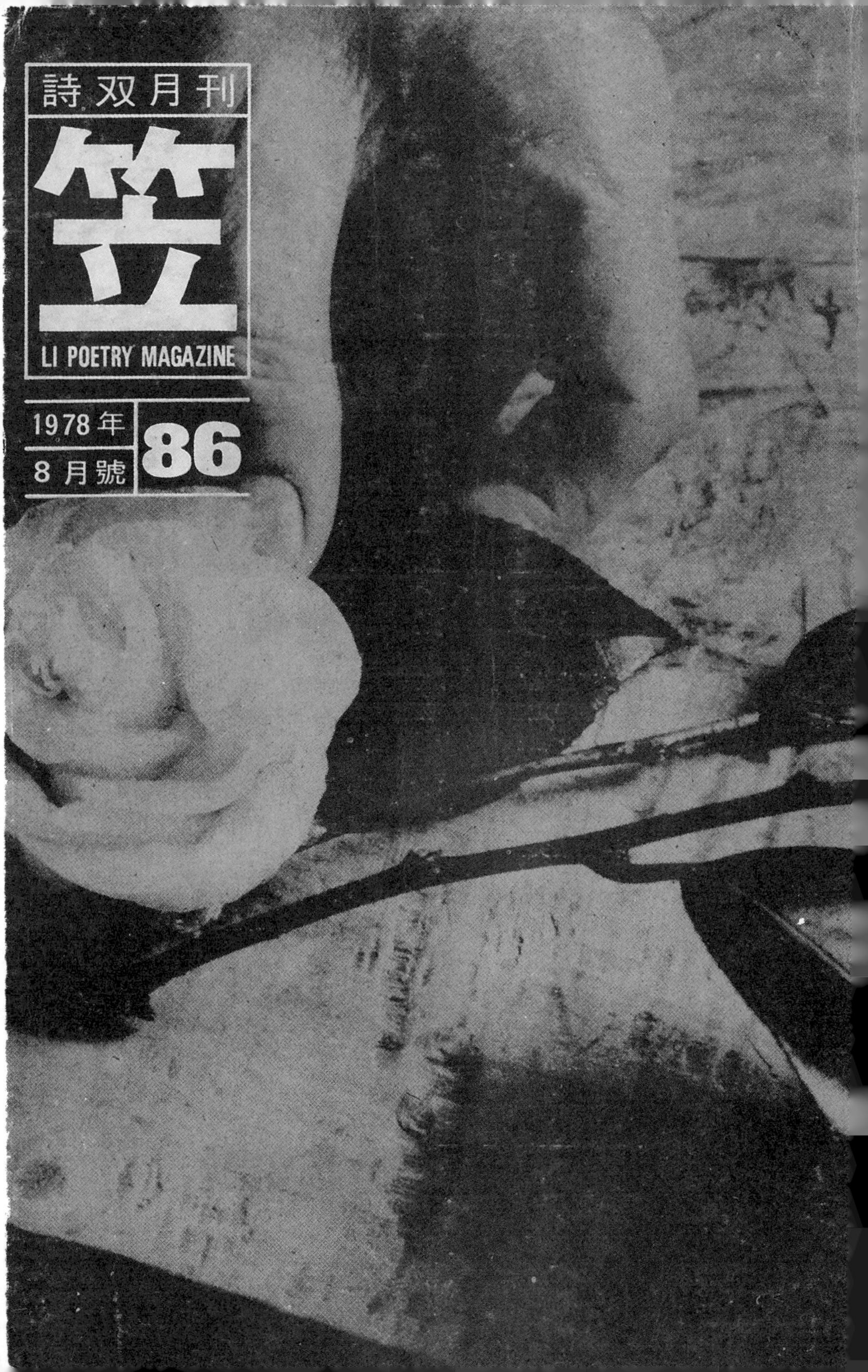

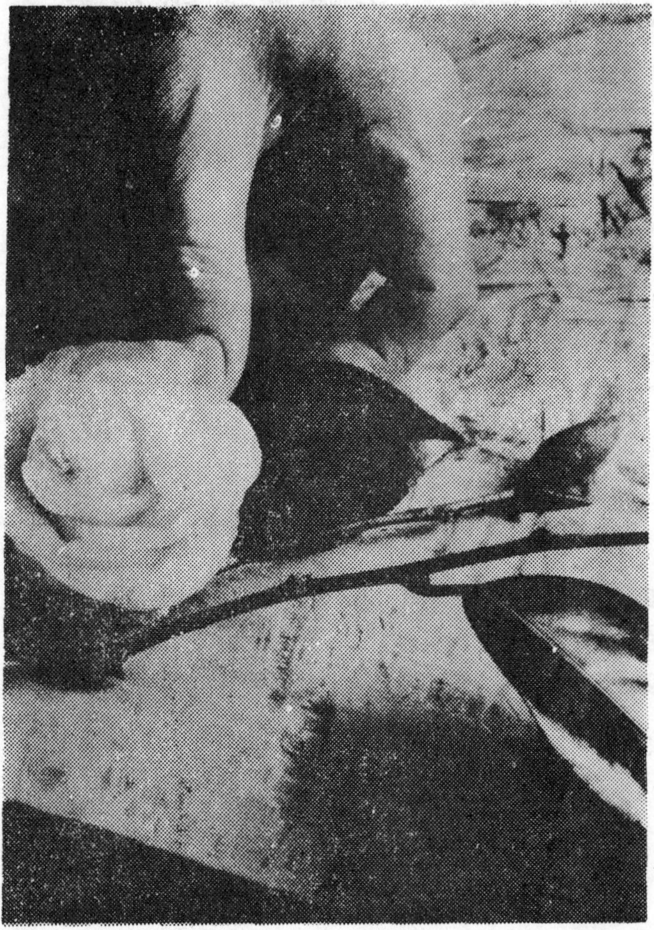

笠86期（一九七八年八月號）目錄

詩作品

我在泰北

靜修

都和我們無關

曼谷英文郵報說色軍那空的沙雷村
詐降的泰共游擊隊
把前去受降的副府尹和警察局長給幹掉了
米勒，你去看看
R八二九最近資料太貧乏
羅萊到底在那邊搞什麼鬼
必要時造個假情況試試
我們不是叫他去吃了榴槤就睡大覺

朗開的海關有人和巴特寮勾結
大批走私軍火過來
聽說還牽涉到一位部長級的人物
萊特，你去看看
烏隆到朗開的路上有四道關卡
衛兵不會都是瞎子，所以問題頗不簡單

必要時寫封匿名信給吉詩娃拉將軍
用左手寫，可別像那空法能那個大傻蛋
一經比對筆跡就給揪了出來
弄得我們焦頭爛額，丟臉丟到家

寮國北部的戰略公路建到卡來曼村了
湄公河北岸的山巴人風聲鶴唳，草木皆兵
紛紛攜眷逃到南邦府
羅勃，你去看看
如果是老撾人，不必管他死活
如果是苗族，安排到萬保將軍那裏去
必要時給他們槍，給他們糧食，給他們酒
傭兵不太可靠
只有那些山巴人，讓他三杯下肚
爲你去賣命他都幹
天下到那裏去找這麼可愛的大傻瓜

烏隆的沙朗賓有師範學院的學生在示威

企圖阻止美航的泰籍僱員去上班
要叫飛機飛不起來
諾曼，你去看看
那個帶頭的是眞正的學生
或是泰共在背後搗亂
必要時幹掉幾個搖旗吶喊的
不怕蛇頭不出來顯形
美航要給弄砸了，我們靠啥吃飯
本來嚒，誰規定航空公司只能載人上天玩玩
誰不知道東印度公司
不就是專門用來搞殖民地

所以，你們快去，快去
別忘了弄份報告回來
別露出狐狸尾巴
萬一給逮到了，還是那句老話
啥事都和我們無關
和維琴尼亞無關
和華盛頓第〇〇七號信箱無關

風從那裏來

一顆手榴彈掉在耀華力路的十字路口
開向皇家田的示威羣衆一片血肉模糊
乃他隆首當其衝，身首異處
這是怎麼回事，老大
乃他隆竟然是個吃裏扒外的左派頭頭

非也，非也
無風不能起浪，風從那裏來
星星之火可以燎原，火從那裏來
乃他隆就是我們的風，我們的火
你懂嗎

可是，可是
浪也淘淘了，火也熊熊了
爲什麼彈彈要不偏不倚扔在他頭上
吸收一個槍手何其不易啊
訓練一個打手更是艱難萬分啊

錯了，錯了
何地需要紛亂，我們製造紛亂
何時需要反抗，我們製造反抗
紛亂和反抗是我們控制對方的手段
這個秘密你知道，我知道
乃他隆也知道
那麼你如何封閉他的口

是的，是的
那麼，下週三在法政大學
領導左派學生舉行鞭笞皇帝大會的
乃烏汶

噢，可憐的乃烏汶

走吧，到曼谷去

關閉烏隆基地的限期已過
以左派爲主的新聞界
叫哮着要來拍照，要來採訪
要向全國報導這裏是不是如外界謠傳的
還駐留有一中隊偵察機
和一大堆CIA的人

這還得了，我們得連夜行動
不能留下一點痕跡
通告所有的泰籍僱員
除了MP，明天起一律放假三天
那四隻小黃鸝鳥化整爲零
疏散到坤敬和色欺
待修的C47改漆成泰航的標誌
所有的直升機去烏汶
至於CLB的人只好委屈他們了
叫他們躲在地下室不要出來
外面用橫木把門釘死
叫人看起來像個廢棄的庫房
當然，冷氣得停用幾天
弄十幾隻牛在跑道頭吃草
把東邊靠河的鐵絲網推倒
像牛踐踏過的樣子
那些笨蛋的國會議員不是常常在叫
要收回機場改做牧場
要把跑道用來當曬穀場
要把機棚改建成工廠
這些不知死活的議員
敵人就在門口虎視眈眈了
還在做着春秋大夢

好了，一切都已準備就緒
我們走吧！到曼谷去
玩這種捉迷藏的遊戲我們經驗豐富得很
誰想扮老鷹捉小鷄，可沒那麼容易
走吧！到曼谷去

噢，加爾各答

露背裝，紅熱褲
喜皮袋和無跟的草鞋
蘇麗安，妳從喜馬拉雅山南麓來
第一眼看見妳搖曳而過的風姿
我們便不約而同地驚嘆
噢！加爾各答
每天下午妳在網球場的草地日光浴
說打開西窗只爲引進湄公河清爽的和風
那是騙人的鬼話
偶一探首便見妳伏臥的胴體
金髮散向北方
纖腰以南，豐滿的印度半島在艷陽下
以神秘的恒河，把我們虛弱的心臟
冲潰

噢！加爾各答

任誰也不能不爲半島南方
那春色的峽谷去暇想
爲什麼我們不是那陽光
好用火樣的熱情，把雪白的大地
吻紅，吻紅
噢！加爾各答

註：「噢！加爾各答」（Ohi Calcutta）和「髮」（Hair）都是一九六九年在紐約演出的裸體舞台劇。「加爾各答」一詞是句雙關語，卽印度東北方的一個港市，也是「屁股」的意思。蘇麗安近從印度調來，每伏臥做日光浴時常把比基尼泳裝全部退去，那陽光照曬較少的部份顯現一片雪白的三角半島，勾人心魂。

人話鬼話

我那個在坡是路開百貨公司的華僑朋友
最近心血來潮，跑到泰南去開鋸木廠
我很佩服他居然能够混進回敎分離分子
所盤據的山區，大伐其木
他得意的說：很簡單
見人說人話
見鬼說鬼話

有一天在北大年的檢查哨
他故意不去留意我AD卡上的記載
好讓我相信他並不知道我眞正的身份
指着曼谷郵報憤恨不平地說
「太不應該了，中華民國政府
怎麼可以稱做臺灣政府」
這倒是一句「人話」

泰南四省的分離分子不是共黨
却常聯合馬共在邊界出沒作亂
我這位良知未泯的朋友咬牙切齒地說
「他們都是一羣無法無天的土匪」
回到山區他又附和着他們把泰國政府
罵得體無完膚
把拉瑪王朝罵得狗血淋頭
他說這叫做「識時務者爲俊傑」
這眞是一派「鬼話」

我已經沒再看見這位可愛的朋友了
每次想起他
就想到他說過的那些似乎很有道理的
人話和鬼話

請勿相信我

啊！拉娜·關萍兒
妳是我所認識的女孩當中
最笨最笨，最傻最傻的一個
每當我扯了一大堆叫鳥兒聽了

都會從樹上掉下來的花言巧語
妳總是露出雪白的牙齒笑笑，笑笑

我說我阿爸是臺北大工廠的總經理
妳很相信（我出手大方就像個有錢人的小開）
我說我今年三十一，未婚
妳很相信（我披頭長髮看起來又年青又瀟灑）
我說我是美航的工程師，一個月賺美金一千
妳很相信（我上衣口袋隨時擺着傑佛遜總統）
我說我愛妳多多，「蓬拉坤罵罵」
妳很相信（我的表情那麼動人那麼楚楚可憐）

啊！拉娜‧關萍兒
那個吃掉了禁果的水燈節
妳在放水燈時許下的心願是
要愛我愛到死
要跟我去臺灣
要為我生一大堆中泰混血兒
老天，我是不是嚇得臉都綠了
妳忽然變得我說什麼都不再相信

我說我阿爸只是個清道夫不是總經理
（妳蒙住耳朵搖搖頭表示絕不相信）
我說我今年三十八，已婚，孩子三個
（妳蒙住耳朵搖搖頭表示絕不相信）
我說我是美航的雜工，一個月二百元不到
（妳蒙住耳朵搖搖頭表示絕不相信）
我說我一點也不愛妳，「蓬眉拉坤」
（妳蒙住耳朵搖搖頭表示絕不相信）

啊！拉娜‧關萍兒
妳是我見過的女孩當中
最笨最笨，最傻最傻的一個
我現在說的句句都是實話
為什麼妳都不相信呢
拉娜

馬隆最後的碰碰舞

我們常去「勇通」跳喃旺
以手指和眉目傳送內心熱烈的情意
但今夜不同，今天是諾衣的生日
我們要慶祝，我們要狂歡
我們不和音樂一般見識
只要是輕快的節奏
我們就大跳碰碰舞

不只一次，唐尼用力過猛
把嬌小的娃魯妮碰得人仰馬翻
貝爾總是跟不上拍子
讓蘇珊碰過來落空，碰過去也落空
修曼更絕，總是碰到不該碰的地方
一再挨妮可嬌嗔的小拳頭

這是佛曆二五一八年二月一日
一夜的歡樂誰也沒有料到

忽然碰碎了我們南國美麗的夢
因爲第二天，唐尼和娃魯妮失踪了
所有的罪過都落在我們三人頭上
甚至有人向上級打小報告
說我們去「勇通」的目的
是給唐尼送行。噢，老天

驟然的變故一下子改變了我們的命運
貝爾和修曼調回阿里桑那
我被提早解約，一夜之間送上C130
回到臺北
連去向諾衣告別的機會都不被允許

啊！諾衣，我不是不告而別的負心漢
過去的歡笑像一場春夢
我永遠不會忘記每一個纏綿的夜晚
更不會忘記
烏隆他尼最後的碰碰舞

可惡的黑狗

林煥彰

接二連三，我遭受不少挫折
心裏充滿了怨恨！
午夜返家途中，一隻黑狗
無緣無故的，竟然老遠就沖着我
狂吠起來。
彷彿我有一臉晦氣被牠識破，
眞像兄弟們所常說的：
「狗眼看人低」？
此時，經驗告訴我
我必須即時還牠眼色
而狠狠的投牠幾個石頭，
並破口大罵說：
在我面前，別想弱肉强食吧
可惡的黑狗！

67、5、18上午寫

附註：一個人的理智是有限度的，一個人的忍辱也是有限度的，我不能老是把怨恨的種子埋在心裏，何況是爲了一種正義的伸張，我豈可再忍氣吞聲？

大度山詩抄

趙天儀

牽牛花㈠

牽牛花
伸出籐蔓的觸鬚
爬上了相思樹
會運動的籐蔓
不知不覺地跳上了樹頂

把樹枝團團地纏繞起來
把樹葉密密地縫蓋起來
在黑暗的掙扎中
像駱駝渴望着綠洲
相思樹渴望着透視的陽光

而牽牛花却不顧
相思樹的渴望
讓她逐漸地憔悴
逐漸地萎縮
在乾枯中逐漸地壓抑死去

牽牛花㈡

牽牛花
又伸出籐蔓的觸鬚
爬上了木麻黃
會騰空的籐蔓
也不知不覺地躍上了樹腰的胸圍

樹枝還有半體裸身
在仰望天空
被俘虜了的木麻黃
在强勁的風中
想吶喊出拯救的呼聲

而牽牛花也不顧
木麻黃的意願
讓她從蒼綠轉爲褐黃

且不斷地在半空中掙扎
在籐蔓的纏繞中不想坐以待斃地死去

蟬

在洞穴中暗暗地期待着
蟬兒
渡過了漫長的日子
像冬眠一樣
在黑暗的地窖中

有朝一日
躍出了地平線上
讓夏天的炎陽
逼得滿山遍野
都在叫熱，都在嘶鳴

來到地平線上
雖然只有野草
只有叢林
而且也只有短暫的生命
却在保護色中自由地高聲歌唱

故鄉在那裏

故鄉在那裏
我的根就在那裏
我的足跡
走過了故鄉的大街小巷

故鄉在那裏
我的芽就在那裏
我的位置
却移到了異鄉的潭畔

異鄉成了孩子們的故鄉
他們沒有鄉愁
異鄉成了我們的第二故鄉
我們的鄉愁正濃

回到了故鄉
景物已變，人事更非如昔
來到了異鄉
陌生的距離已逐漸地縮短

大度山的一夜

大度山的夏夜
蟲聲四起，唧唧地哼個不停
大度山的夏夜
蟬聲洋溢，知了知了地嘶鳴歌唱

從山林裏遙遠地鳥瞰
臺中盆地輝耀的萬家燈火
夜宿東海老友的家裏
適逢老友生日的佳期

在夜色深沉的林子裏
在燭光熄滅的屋子裏
緬懷家鄉三十多年的滄桑
也惦念昔日的同窗故友

一夜留宿，太匆匆
一夜細語，也稍縱即逝
而醒來的時候，已鳥聲盈耳
麻雀的叫聲急促，白頭翁的歌聲悠揚

不停歇的是叢林裏的蟬聲
不疲憊的是草叢中的蟲鳴
而山林裏，却是出奇的黝暗
也出奇的靜謐，連風聲也稀稀疏疏

被金龜子吃光了紅花的鳳凰木
正吐露鮮嫩的綠葉
被牽牛花的籐蔓爬滿了枝椏的相思樹
正暗中乾枯地搖搖欲墜

而雨季剛剛過去
地層下的動物，都躍躍欲動
而地面上的植物
也都挺拔蒼勁地聳立

大度山的夏晨
蟲聲又四起，唧唧地哼個不停
大度山的夏晨
蟬聲也洋溢，知了知了地嘶鳴歌唱

反候鳥

馬爲義

才稍稍括了一下西北風
那些敏感的候鳥們
便一個個携兒抱女
拖箱曳櫃，口啣綠卡
飛向新大陸去了

拒絕作候鳥的可敬的朋友們呵
好好經營這現在完全屬于你們的家園
而當冬天眞的來到，你們絕不會孤單
成羣的反候鳥將自各種天候
各個方向飛來同你們相守

67、1、22

詩三題

何瑞雄

午夜

午夜　零時
全靜
全空
心　無依地
傾聽
一隻蚊子
鼓動雙翅
突破宇宙的大荒曠
來到耳邊
　　叫了一聲

（一九七四）

鴿子

七隻鴿子
在青空下
繞了數圈
又翩翩回籠
不是蒼鷹
不是蒼鷹
破天而去
向青空外的青空
　　不是！

白鴿

逃出黑岩窟的冰塊
驚惶流竄
超速！
超速！
超速！
白翼亮晶晶
斜掠過你的窗口
消失於遠方的一片青春

給父親的詩

林宗源

第一首

春去冬來
這樣囘轉40次的日子
我仍然被關在古老的房子
在父親的內臟
走來走去
沒有一件新的東西
在黑暗的內臟
使我想起
「天下沒有不是的父母」
可是，我又想，難道
「天下只有不是的子女?」
在黑暗的房子裏
應該有一件現代的東西
走來走去
找不到房子的心臟
想把我的心埋在那裏
埋下一些新的東西
就是進不了父親的心房
冬去春來
還有多少日子
才能走出古老的房子
剪斷血緣還有你的我
去找囘自已的影
父親！你不希望看到你的兒子
眞正地能夠獨立
傲然地站在你曾經站過的土地嗎?

第二首

生我
爲什麼不算算排卵的日子
不給我同樣的親情
現在就是接囘我
我也沒有重生的歡笑

吮吸同樣的乳水
咀嚼偏見一樣的飯
活在棄兒一樣的鐵籠裏
每天看到你監視的眼光
射出腐敗的尊嚴
在用我的時候
說儘好聽的話
暗中偏愛不曾看到戰爭的弟弟
我是拾同來的棄兒呀？
父親！我需要同樣的親情
溫暖那曾經被戰爭燒死的感情
生我
在這個時代
不給我思想與自由
不給我同樣的權利與親情
決不叫你的名字
當你佔有母親的時候
並不想疼我
生我

老士官的假期

莫渝

老士官說：
我不要假期。

一到假期
營區由鳥羣留守
牠們下來撿拾未掃走的飯粒

一到假期
營區停伙
必須下山解決吃的

一到假期
老士官不得不跟着衆人
在街上蹓踏
在彈子房溜遢
在軍中樂園坐坐

老士官說：
我不要假期。

籠鳥

喬林

已經忘記
起飛的姿勢
却經常聽見
體內翅膀撲動的聲音

雲團不斷的在腹內翻滾
風速加速的自鼻孔呼出
山尖、屋頂、日頭
都成了惡性的瘤
忽而長在腋下
忽而長在咽喉

在籠罩來回走着
踩那身影
不再極大極小
給定了型
永遠纒住足

踩不碎的身影
起飛的姿勢
雖已忘記
然而鼓動翅膀却是生命的證實
小小的竹籠
折斷一支支毛羽
撕心的裂痛也是欣喜

附說：成義的詩，一向深獲我心。發表在笠82期的「鳥」第一首的第一段，一入我眼，就把我緊緊的陷住，續讀完全首後，上厠時，我想，由第一段可以從另一方向再發展出一首詩來。回此回座後，就急急提筆塗它起來，也不怕對成義，以及美好的第一段有否失禮。我想好友成義當會原諒的。六七年六月十四日

詩兩首

林清泉

薪水袋

——我生活在大家庭裏

家多人口要俸錢
瘦癟癟的薪水袋
裏面僅有的
就如此五馬分屍了

死會款二千
伙食費三千
「柴米漲價了。」
看看家人不高興的臉
我苦笑着

剩下五百
「太太，給你添置衣服
替寶寶買幾罐奶粉。」
看看太太不高興的臉
我苦笑着

我苦笑着
看看薪水袋空空如也
我苦笑着
看看酒瓶空空如也
酒癮來了，祇好喝白開水
藉此，戒酒也無妨

塵埃

如此莫名而無謂的
出現在大地之上
你不過是一粒不被重視的塵埃
生，不自覺的
死，不自覺的
隨時被肯定，也被否定
命運，註定受踐踏
遭遺棄
然後，消失無蹤

人間煙火集

陳坤崙

媽媽沒有留下一句話

媽媽
躺在病牀上
把嘴巴閉得緊緊的
把眼睛閉得緊緊的
（甚至把耳朶也塞起來了）

生活的負載
使媽媽無話可說
甚至連離開
她心愛的孩子
也無話可說

石罅中的小草

不知是那一個無聊的人
放下一塊厚重的巨石
狠狠地壓着我

從此過着淒涼而黑暗的生活
祇好往下札根
想儘辦法往上生長
而厚重的巨石却狠狠地壓着我

最後只有選擇滕蔓一樣彎着腰
沿着巨石的裂罅生長
成爲石罅深淵裏的一株小草

風塵女郎

昨天有一個婦人
帶着一羣小孩
哭哭啼啼來到我家門前
控訴我誘拐她的丈夫
害得孩子失去了爸爸

今天又來了一個婦人
怒氣沖沖命令我
離開她的丈夫
否則小心我的狗腿

而我認識的男人都說他沒有妻兒
且發誓願與我白頭到老
今天我才知道
全世界的人爲什麼罵我賤人

空氣汚染

早晨離家
把門窗關得緊緊的
黃昏回家
打開門窗

奇怪的事發生了
乾淨的桌上已佈滿灰塵

奇怪的事發生了
門窗關得緊緊的
那些汚黑的灰塵
從那兒跑進來呢

爸爸舉起鋤頭

陳坤崙

爸爸舉起鋤頭
鬆軟堅硬的泥土
疲倦的眼裏沒有一絲抱怨
鋤呀鋤呀
把血和汗鋤進泥土裏
使泥土鬆軟使泥土增加養份

爸爸舉起鋤頭
疲倦的眼裏充滿祈求
殘酷的颱風請不要再來
至少至少也得等待收穫完成

爸爸舉起鋤頭
疲倦的眼裏充滿哀告
祈求無情的水災不要再來
把心血一齊帶到大海

爸爸舉起鋤頭
不停地鋤着
把心中的祈求和哀告
埋入泥土裏

新聞詩人

胡汝森作
李魁賢譯

木偶劇
木偶戲
演員竟演這樣的啞劇
你在報紙上得桂冠
不用出拳，也可躍昇拳王

木偶劇
木偶戲
大名已上了名人榜
就有人在背後議論稱道
說是你的行情看漲

木偶劇
木偶戲
新聞把你造成它的影子
不論十大也罷，十小也罷
你已得到了自誇自贊的良機

木偶劇
木偶戲
新聞詩對我們倒眞是新聞
但對你而言有新聞便是好消息
你正天天在製造新聞哩

NEWS POETS

by R. S. Hu

Puppet play
Puppet show
a performer of such a mummery
you gain laurels on the paper
without striking a single blow

Puppet play
Puppet show
When you're on the big name list
people will talk you on behind
how you're the tide on the flow

Puppet play
Puppet show
the news makes you his shadow
either you're big or small ten
you got chance bending the long bow

Puppet show
Puppet play
News poem is news to us, but
having news is good news to you
You're creating news day by day

給亡妻

林外

一、

妳先我而去
永遠無法感受
世人遺忘的驚異

如果這屋子裏
有我的兄弟、父母、祖父母
叔叔、伯伯、堂兄、堂弟
我就不必像冬日曠野上的孤樹
黑夜裏
在漫天寒風中
獨自淒淒戰慄，獨自在戰慄中淒淒

妳先我辭世
沒機會體認
世人厭惡的舊習

如果七天七夜
還有吹吹打打的鬧劇
我就沒有太多的空虛
咀嚼自己的淚水
就無須瞪着眼
獨自與你凍冷的靈
在恐怖中對泣

我居然　嚮往
大家庭溫暖的氣息
我竟然　明白
舊俗的意義

而妳
永遠不可能知道
我心中懷舊的情緒

二、

妳不知道　怎會降生人間
也不知道　爲什麼會死去

結婚二十年
仍夜夜要縮在丈夫懷裏
以親吻換取擁抱
竟然　只有四十五

孩子們大的都十八歲了
每餐吃飯

還要夾肉到他們碗裏
居然只有四十五

在老家只住過三五天
也常常催我
該回去看看媽媽了
這樣 只有四十五

請了一天假
學生就跑到家來
死了，一個個來要相片
怎麼 只有四十五

我不知道人怎麼會相愛
我不明白 愛火未熄
竟然有人會從火邊消失

橋下小河

周伯陽

去年深秋
我離鄉背井上北謀職時
火車走過鐵橋
我向橋下小河揮手道別
但河水幾乎乾涸
河床現出褐色砂地
只有幾點積水
水裏倒映着灰暗的天空

白鳥幾隻直立在水中
垂頭喪氣凍得不能動彈
牠們的思想 早已死亡
爲了抗禦寒冷
把翅膀緊緊地裹着整個身體
欲保持身體的溫暖
河畔只見遍地雜亂石子
讓冷風呼嘯而踐過去

今年春天 我回鄉時
火車又經過鐵橋
橋下小河流歡暢
大地向我揮手歡迎
低聲唱出溫暖的春曲
河水 藍天 白雲相互輝映
河岸已長出一片青草
掩蔽雜亂不平的石子

四月春光明媚 大地在微笑
故鄉一切都是那麼的愜意呀！

詩的鄉愁

——論杜國清的詩

陳千武

①

杜國清寫「童年憶影」十二首詩，是忠實的回憶的紀錄篇。以我曾經嚐試的經驗，只據於回憶的紀錄，在現代詩的表現技巧上，很難抽出濃厚的詩意。而今，看杜國清的「童年憶影」，可以察覺他的童年處境，並不繁華也不很詩意，但他却能把平凡的無詩意的童年，賦與具有詩意的憶影。可見，就是他操縱語言的妙法產生了功效。一看他所處理的詩性感動，在其運用的語言的比喻上閃爍，便知道這位詩人，事先追放了曖昧的自私性，以普遍性的理念編綴了詩的意境。這使杜國清寫詩的手法，如此穩健，充分顯示了他是一位學者又是詩人；有高深的文學修養，才能達到的境界。

我們不要考慮寫作的客觀與主觀的態度來執優或劣，那種各有長短的理論並非關鍵；主要的是在不管採取何種態度，寫作需要深入事象的本質，而超脫自私性，才是創造優異作品的條件。

杜國清寫作的客觀性十分理智；他不但能客觀，甚至也疏離了自己，站在遠遠的地方，很冷靜地剖析自己。

竄進來的風仍感到一陣眩暈
却到處吆喝搜索
神明仍然心不亂地保持着
對付人間的臉色

少年爬到神壇的桌底下
一個人在對彈着
燦亮的兩顆
玻璃珠

這種冷靜而清晰的表現，使詩有其現實性的躍動，暗示着詩人有正確的知性和感性的把握，而且在知性和感性的平衡上，發揮詩性的力量，把孤寂與哀愁的詩意，訴諸於讀者。

可以說，杜國清的詩是從抒情性出發的，雖然我們都知道現代詩的本質不只是抒情，但抒情的本質，顯然含有詩意，却是不能忽視的。杜國清所表現的抒情，成立在知性和感性的平衡上，以適切的比喻或象徵處理詩的現實性的躍動，示唆優異的心性給我們感情生活的源泉以一種新的刺激；杜國清的這種新的抒情，確實能使現代人感到欣慰。

「童年憶影」裏，「鞭炮」一詩着重於繪畫性表現，「小蝴蝶」採用童話詩的聲調，「寄生蟹」「鄉愁」「風草」等採用固定的形式。但不論詩的形式如何，從貫穿這些詩篇的主題，我們可以看出杜國清的童年，象徵着悠然而無可解脫的孤寂的鄉愁。

詩人鄉愁的現實是大甲溪邊、稻草人和蛇，隣居的老人和賣冰棒的鈴聲，吊在客廳裏的蠅紙和神壇和玻璃珠，葫蘆墩，外婆家和陀螺，點燃鞭炮的火花，風箏的繩子，蝴蝶、貓和鞦韆，小鎮裏的雜物和草鞋，竹笠、仙草、甘蔗、線香、紙錢以及電石氣燈，老豬公、矮凳，甚至青蛙、蜻蜓、蟋蟀。這些童年憶影的現實素材，獲得了詩的精神的現實性的表現，成爲比喩或象徵，吸引了讀者的驚奇。

沙灘上一隻赤裸裸的寄生蟹
在尋找着，尋找着牠的身殼……（寄生蟹）

抽一個陀螺
在家庭作業的簿子上轉着轉着（陀螺）

童年時，這種無止境的哀愁，成人後仍繼續烙印在腦裏，保存着甘美的回味；是人生的現實，而詩人能很巧妙地抓住哀愁，在詩作過程中給與意義的轉位，使我們看了他的詩，獲得特殊的樂趣，這是杜國清寫詩的獨得的手法。也許我個人較喜歡追求詩的强烈的意義性，因此欣賞杜國清的詩對他寫詩穩健的手法，或對詩構造的完整性，有時感到還需要强烈地刺激感情，但杜國清的詩總是具有純粹的詩性感動，以及生命力的溫暖而令人喜愛。

②

美的創造者，須不斷地爲自己的感情的眞實性而奮鬪。

杜國清的另一詩輯「集外集」，可以說就是他經過那樣奮鬪過來的痕跡。「集外集」沒有像其他詩輯那樣用一貫的詩想穿連詩的主題；每一首詩都具獨立的詩格。當然，讀者可以看出作者在「自序」所提及的詩的三昧，「驚訝、譏諷、哀愁」等不同的詩質遍佈在詩的語言之間。

在詩的語言的創作上，能提煉出「驚訝、譏諷、哀愁」等詩的三昧，詩人必定是站在客觀的位置解放自己，造成新的心理上的平衡，才能達到的境地。

我說杜國清的詩是據於新的抒情而出發，蒐集感情的焦點，進入愛的領域。他的愛，不僅愛自己，也愛所有的對象；由於他的客觀，不但能凝視自己處境的能力，同時也可以進入他人的經驗世界瞭解對方的能力，而發揮超越同情範圍的詩人心性的特徵。

比如集裏的「一九七二年，日本」和「熊貓」等詩的譏諷，幾乎令人相信是詩人本身處於其間，抽出眞實體驗出來表現的；而這些詩意的譏諷，又不止於批判的譏諷，且帶有輕鬆飄逸的幽默感。

崑崙山上 白雪冥冥
那兩湖幽黑的眼睛
沉澱着五千年的智慧和憂
鬱崑崙山上 白雪皚皚
在二十世紀七十年代
東方一隻肉食的珍獸竟將
擎起半壁山河 跨海

（熊貓）

那隻老軍狗 在夜半
向着燈籠 一如當年
向着丸日
狂吠

（一九七二年，日本）

優異的詩，產生於最敏銳的感性與實存世界的接觸；而詩人在創作的過程中，並未企圖効用詩的目的，只與實存世界的接觸當中，對事象的感受獲得了新的發現。這種新的發現，賦與我們的感情生活以新的意義，使我們的視覺更新，給我們已習慣性感到無聊而澀滯的感情生活，帶來美、活力與誠實的意識。這是杜國清耽於詩的「三昧」的效果，讓讀者共享詩的趣味。

除了上述二首比較重於「譏諷」濃厚批判性的詩之外，其他的詩篇都屬於「哀愁」的意味較重。當然「驚訝」一味，能使讀者驚訝的效果，正如杜國清的說明，是指「獨創性」而言，這一能令人驚訝的獨創性，却是詩本質上不可缺少的要素。在杜國清的「集外集」，本已具備相當水準的創新質素，不必另再舉出便可以看出他的詩令人驚訝的語言，顯出比喩或象徵的效果散逸在每一首詩的重要角落；這是詩獨創性的新的樂趣，讓讀者看他的詩，一看再看也看不厭。

哦哦 原來
風是一個冷情的練獸師
執着水平線的鞭子
日夜追逐着浪濤

（海）

雲是水波
整個天空是一枚大貝殼
嵌着一顆巨大的藍眼珠
當中那燦爛的眸子
映照着地球

（天上人間）

她一定是個仙女
一舉袖 雪在傾 雲在流
一挪步 大理石在霧中波動
一凝立 冰山在遠處水盈盈地融

（人間仙女）

慾望的熔漿時時在低盪
欲沖破我那儼然厚德的臉殼

（火山之戀）

雪原上 腳印踏成一道長河
伸向地平線外的落日

（旅人）

像這些令人感到驚訝而帶着哀愁的語言，刺激我們的感受性，開放我們的想像力；杜國清是發現自己眞摯的愛的主題，以詩人多感性的特徵柔軟、新鮮、深奧以及肯定的世界觀，在生活中尋求美的永恒性。

杜國清說：「我是一個寂寞的獵者」，從這些詩篇，我們可以很親切地體味他確實是一個寂寞的獵者。

在時代的狂飇中
斷了線的風箏
像一隻棄塘的野鴨
欲飛到雲外的金城

（風箏）

杜國清的「哀愁」感覺的抒情詩中，我覺得很成功而喜愛的詩，就是「風箏」一首；詩人說：「斷了線的風箏，欲飛到雲外的金城」、「欲與神同歸」「欲戳穿天堂的地板」，這是一個寂寞的獵者開放了其想像力，任詩想自由奔放在宇宙空間。處於時代的狂飇中，而表象這種意欲的飛躍，是人人所嚮往的廣大世界，本已具有清新的意義。不過表現「風箏」，若僅停滯在這種意欲的飛躍，詩的「哀愁」感並未甚完美；這首「風箏」的完整美，深奧的哀愁，令人「驚訝」的却是在：

金質的骨弦在勁風中悲鳴
聖人在破廟裏　落淚
緊繃的臉　在夜空破裂
五旦嶽在夢邊　斷崖

這一段含有諷刺性的四行二聯，這與前面八行四聯的韻格忽然改變，而有不同的意義，似表現了「風箏」深奧的骨氣，暗示在時代的狂飇中斷了線却仍要掙扎，必須超越一切而飛翔的意志——帶着悲傷而又堅定的志氣，令人感到無限的興奮。然而尤其最後一聯二行，詩人却回想故鄉，回想「握着線球的母親」，使這一首詩提昇到最高的境界。以「斷了線的風箏」和「母親握着線球，遙望天空」的對比，造成這首詩戲劇性的哀愁；明知道已經斷了線，却仍要握着線球，遙望天空等孩子回家的母愛偉大的心境，是哀愁的源泉，刺激讀者，不無令人覺得悄然。

③

目前在臺灣極爲少數的眞摯的現代詩人，都是默默而不斷地尋找現實性的素材、詩性精神的現實性，而過着詩的生活。他們不善於宣傳自己，又不想阿諛別人去求名利，只寂寞地耽於詩的樂趣，寫着越寫越深刻的詩。杜國清就是這樣，是極爲少數的眞正的詩人之一。

杜國清唸臺大的時候，偶然發現了我這個寫國文還不通順的表姐夫在寫詩，感到非常驚訝，於是他抓住「驚訝」的鮮新感覺開始寫詩。

杜國清持有近於生活實感的抒情，容易感染新鮮的感動，因此產生的幽默感或諷刺性都令人叫絕。

杜國清的清純，在他的詩的生活裏永不消滅，保持着詩永恒的「哀愁感」。

杜國清不奉承傳統，他知道傳統會從傚法傳統的人脫走；奉承傳統的人追隨得越緊，傳統就越離開，因爲傳統不是固定的，是會轉移的，那是隨着自己對歷史境位的銳敏的意識而自覺的。

杜國清的詩性的內容，十分富裕，他僅以個性爲媒體，虛心地委身在傳統之前表現對象，因此他的詩，取於新的素材，破壞固定化的形式，寫出有性格的心境。

論李魁賢詩中的拈連技巧

・旅人・

一、前言

李魁賢寫詩越來越起勁，不因爲在其他事業的成功而放棄詩的創作，這一點和白萩不同。筆者觀其在民國六十五年十二月出版的詩集「赤裸的薔薇」所搜集的作品，仍然充滿了生命力。這種詩的內勁，有逐漸超越白萩的趨勢。筆者曾在六十年六月出版的「噴泉詩刊」寫了篇「試論楓堤的詩」一文，指出李魁賢的詩風和白萩頗有相近。不過最近李魁賢的詩，逐漸又偏向早期的抒情性，此又恰與非馬詩的發展方向相反，但與趙天儀有點接近。惟趙天儀的抒情，仍然是一貫的「親和力」的表現，和李魁賢的「抒情→知性→抒情」的變化風格還是有一點區別。在技巧的表現上，趙天儀循的方向是「針」的刺破力，希望直截了當地撞擊讀者的心靈；而李魁賢則是「鼓」的震撼力，但也兼顧「針」力的效果。歷來詩評家，對李魁賢詩的發展方向頗爲注意，惟注意的焦點，都在其內容，如詩的思想、情感和想像等方面居多，在形式和技巧方面的探討則較少。

李魁賢已出版的詩集有「靈骨塔及其他」（五十二年三月，野風出版社出版）、「枇杷樹」（五十三年，葡萄園詩社出版）、「南港詩抄」（五十五年十月，笠詩社出版）及「赤裸的薔薇」（六十五年十二月，三信出版社出版）等。筆者經檢視這些詩集，發現其在修辭上的拈連技巧運用，頗值得研究，因而定下寫本文的動機。

二、拈連技巧是什麽？

所謂「拈連」，係指修辭學上的一種創作技巧的專有名詞，指本應適用於某項觀念的詞彙，在說話的時候，却順勢用於別項的觀念。這種修辭技巧，在中國文言詞章中，用得頗多。例如：「一夜東風，枕邊吹散愁多少？」（曾允元點絳脣詞）。本來「吹散」這個詞彙原是適用於東風的，跟「愁」字並無關聯，但因爲說到「一夜東風」這個觀念，而聯想到「枕邊吹散愁多少」這個觀念，所以順便把「吹散」二字適用於「愁」字上，而造成絕妙好辭。在新詩裏，這種拈連技巧特多。記得趙天儀，還在臺大哲學系當教授兼代系主任時，有一次曾向我提起綠原的一個詩句，他認爲寫得很不錯。這個詩句是這樣的：

小時候

我不認識字
媽媽就是圖書館
我讀着媽媽……
…………

當時，我的確也覺得很美，但是何以會美？一時想不通。後來，想起在大學修過「修辭學」，修辭學上不是有一個「拈連」格嗎？因為想到「拈連」，所以我明白了。上面綠原的詩句，「我讀着媽媽」的「讀」字，本和「字」、「圖書館」的觀念有所關聯，但這個「讀」字却用於「媽媽」，不是頂新鮮嗎？一般人，總是說「我看着媽媽」，那有說「我讀着媽媽」呢？綠原因為用了「讀」字，所以使它的詩句美起來了，因此造成一般人所謂的「金句」或「佳句」。所以我們也可以這麼說，一篇詩中，是否有漂亮的詩句，和拈連技巧的運用有很大的關係。會運用拈連格的人，把詩句弄得很漂亮，而且詞意清爽，不會運用的人則剛好相反。例如，我在大學時，同班有位同學，他認為現代詩，很好寫，只要把句子亂湊就是了，於是他寫了一個這樣的詩句：

我搖落了一股茫然

他頗為得意，認為這就是現代詩句，但我頗不以為然，直截地告訴他這個詩句失敗的地方——拈連技巧的誤用。搖落本適用於有實際存在性的物體，如花、葉等，這位同學把它適用於「茫然」，當然是拈連技巧的運用。可惜他把「搖落」與「茫然」兩字串聯在一起，拈連技巧是使用上了，但詞意却晦澀，反達不到修辭的效果，這便是拈連技巧的「誤用」。又例如，一般年輕詩人，總覺得洛夫的「石室之死亡」長詩所以晦澀是因為思想具有深度的關係，其實很多是拈連技巧「濫用」的結果，譬如：

雪季已至，向日葵扭轉頸子尋太陽的回聲
我再度看到，長廊的陰暗從門縫閃進
去追殺那盆爐火

在這個詩句裏，使用拈連技巧計有四次，「向日葵扭轉頸子」一次；「尋太陽的回聲」一次；「長廊的陰暗從門縫閃進」一次；「去追殺那盆爐火」一次。詩句不過才三行却用了四次的拈連技巧，這是「濫用」。拈連技巧，在現代詩裏常和「擬人」「擬物」「轉品」等技巧混合使用。例如桓夫的詩句：

讓語言從石頭的裂縫溢落下來吧。

這個詩句有拈連技巧的運用無疑。「落」字本和「石頭」有所關聯，但却順勢適用於「語言」，那麼「語言」必定是把它「擬物」化了，否則如何「落」下來呢？至於和「擬人」或「轉品」混合使用，在後文慢慢會談到。

三、「靈骨塔及其他」詩集中拈連技巧的舉例與分析

①那是往事，用雲的小舟載來的（第三頁）

在這個詩句中，「載」字本適用於「舟」，但順勢適用於「往事」。此不僅是拈連技巧的運用，而且把「往事」一詞，「擬人」或「擬物」化了，不然如何「載」法？

②夜搖幌風吹來松林的小鈴鐺（第七頁）

③啊，死也在飛舞（第九頁）

這個詩句，乍開之下是「擬人」或「擬物」格之運用，因為「死」字如何會「舞」呢？其實深入一層看却也是「拈連」格的運用，因為「舞」字通常和「人」或「蝴蝶」等字眼有關聯，怎會適用於「死」呢？在這裏李魁賢把

「人」或「蝴蝶」等項觀念省略了，直接把「舞」字適用「死」字，所以乍閱之下是「擬人」或「擬物」格的運用，深入分析後，其實也是「拈連」格的運用。

④小石子們在私語着
要摘去我飛躍的寂寞（第十頁）

「摘」通常和菓子或葉子的觀念有關，而李魁賢却適用於「寂寞」二字。這個詩句，初看也是「擬人」或「擬物」格。但其實也是「拈連」格，不僅是「拈連」而且也涉及「轉品」，何故？因爲「寂寞」是形容詞，要能如葉子或菓子之被「摘」，必定要把它名詞化，使人感覺到實體性，才可能被「摘」，這個不是「轉品」，又是什麼辭格呢？

⑤而，熱。
呢喃地醒在九月末（第十四頁）
熱，
佔據着我乘涼的窗口

⑥太平洋上的懸月，照着你的彳亍（第十六頁）

這是典型的「拈連」格形式，而第三、四、五的詩例，則是變化的「拈連」格形式。

⑦二月呵，悼念逝去的
甚且城垛沉思着
甚且偶而旅行過的雲沉思着（第十七頁）

⑧而夜，正悄悄地掩蓋着他（第二十三頁）

⑨在明日的道旁
在玫瑰的花叢旁
心臟向上
呼吸着青空（第十九頁）

⑩一連串醒來的吶喊
吶喊着（第四十三頁）

這個「醒」字用於吶喊，就不大適當，這是「拈連」技巧的誤用。爲什麼呢？因爲如果「吶喊」可以亂用「醒」字，也可以用「跳躍」的吶喊；也可以用「暗淡」的吶喊，也可以用「滾動」的吶喊。如果一個詩句中重要的詞彙可以任意更動，足見這個詞彙用得還是不恰當，否則是不易更改的。這個詩句，不如老老實實的這樣寫着算了免得給人有賣弄技巧的感覺！

⑪這些不相稱的碎片們
一連串嘶竭的吶喊
吶喊着
像夜的精靈，深深埋下眼淚
埋下一個鏗鏗的暮色（第四十四頁）

四、「枇杷樹」詩集中拈連技巧的舉例及分析

①愛情喜歡吸吮眼淚（第二頁）

這個詩句也是拈連技巧的誤用的例子，把「吸吮」兩字改爲「淌着」或「流着」就是正用了。

②或人哪
你用什麼來舀取一滿瓢的夜色啊（第七頁）

這也是一個典型的「拈連」格，運用得恰到好處。

③琴聲瀉過無力地垂下來的草尖了
或人哪！夜色溢出你的瓢了

本詩句，拈連技巧用得不錯，琴聲用「瀉」，比正常的用法「揚」更有力量，不過「無力地垂下來的草尖」，形容詞使用過當。「草尖」是端詞，甲級詞，用乙級詞的

「垂下來」形容即可。當然李魁賢用「無力地」，也許是要當限制詞來限制「垂下來」，但是既然有「垂下來」一詞，即表示無力啦，不必再使用「無力地」了。

④枇杷樹在祈禱過後
無聊地，把昔日當口香糖嚼着（第十一頁）

這是「拈連」格與「擬人」格混合使用的修辭技巧。

⑤薔薇花們都已枯萎了，
等不到漂流的弦月船　（第十三頁）

這個詩句運用的修辭技巧和第四句的例子相同。

⑥唇，守住一份寂寞
⑦把夜的釣繩放到某一個經緯度
尋找七顆星的方位
尋找憂鬱的藍眼睛（第十五頁）

這個詩句，拈連格誤用了。把「尋找七顆星的方位」中的「尋找」改成「垂釣」，才是正確的拈連用法，並且可避免與「尋找憂鬱的藍眼睛」的「尋找」二字重複。

⑧長年漂泊的弦月船哪
承載多少的流星雨
美麗的唇哪
承載多少的寂寞（第十五——十六頁）

這是拈連技巧的高度運用。由「船」的觀念變成「弦月船」，使本適用於「船」的詞彙「承載」二字適用於「流星雨」。然後「弦月船」的觀念再變成「唇」的觀念，然後再用「承載」二字適用於「寂寞」，眞是拈連技巧的高度運用了，此爲李魁賢之所以成爲詩人的原因了。不過筆者還是要把這個詩句略爲修正成這個樣子，我相信會更完美；

長年漂白的弦月船哪
承載多少的流星雨
美麗的唇哪
負荷多少的寂寞

⑨如是熱浪掩蓋我啊（第廿四頁）

這也是「拈連」格誤用的例子，正確的用法是把「掩蓋」兩字改成「淹沒」。

⑩日光輕悄的脚步
把樹葉的影子，無心地做成
很美麗的「花影」
而我只是走近去
便醉啦

詩句中的「花影」當然是譬喻成一種酒啦，否則「我」怎麼會醉呢，這種拈連技巧和「出門萬里客，中道逢嘉友，未言心先醉，不在接酒杯」（陶潛「擬古」九首之一）的詩句比較，頗有異曲同工之妙，很令人佩服。

⑪而總是不盡的回憶
黃昏前，爲什麼
喜歡滑過漂流的雲端
而又把晚紅織成一疋疋的夜色
且這般蒼茫地觸及我（第廿七頁）

⑫悲歌的落葉埋於風雨
埋於菓園外的
一個小小的土塲（第卅四頁）

⑬如笳聲跌落在幽谷裏（第卅七頁）

⑭甚至，你在秋天的菓樹園裏徘徊時，你會看到那些
靜靜地躺着仰望月亮和星星的成熟的菓實。你曉得
那不安的波動嗎？（第四十二頁）

詩句中，「月亮和星星」都是高掛在天上，因此「仰

望」一詞當然可以適用於「月亮和星星」，但是菓實能仰望嗎?把適用於「月亮和星星」的「仰望」一詞適用於「菓實」當然是拈連技巧運用了，同時也把「菓實」「擬人」化了，才能够仰望月亮和星星。

⑮但假如像現在這樣，毫無朕兆就忽然下起雨來，我
要出去散步也不可得了。我只是習慣地伸出手，却
握住了一些東西——一些秋。

「手」的觀念可以「握住」這個詞彙來表現，然後把「握住」這個詞彙，在寫詩過程中，趁勢再把它適用於「秋」的觀念，這就是拈連技巧了，當然同時也把「秋」變成實有的名詞。

⑯死，只是像細菌那樣的微體罷了。它在我的神經徜
徉着，在我的血液裏泅泳著（第四十四頁）

⑰多麼使人安慰的一件事啊!倘若，死，也像百葉窗
那樣可以自由地摺疊起來。（第四十六頁）

⑱聖誕紅燃灼一盆季節（第六十一頁）

⑲擊落一片片夏
擊落一片片黃昏
堆滿小島（第七十四頁）

⑳燃枯枝的火把
照亮我飄着不定的夢（第七十七頁）

㉑涉水而過
暮色浸沒我的胸臆

五、「南港詩抄」詩集中拈連技巧的舉例和分析

①夜，掙扎着（第三頁）

②捕魚者啊
以慣於撒網的身手
撒下一池的謊語
要贏回一場風暴（第十頁）

「撒」字可適用於「網」的觀念，李魁賢在寫作過程中，順勢也把「撒」字適用「謊語」，同時謊語之多，用一池來形容，也頗得體，因爲「池」和「網」也有關聯性。

③踅入詩人的閣樓
從他風暴的眼色裏
讀園藝（第十四頁）

李魁賢的「讀園藝」和綠原詩句的「我讀着媽媽」拈連技巧完全相同。

④悚然的、踉蹌的影子
暗澹的長巷
——是鉛色的管
呑吐着夜行人
呑吐着夜行人的風塵
夜行人的憂鬱

⑤太陽把的背影
燒成枯焦的一株樹
音樂開始逃亡了
The End（第十七頁）

⑥就是在午后，風起時
妳的心也會搖曳起來吧（第十九頁）

這種詩句，一看便是運用拈連技巧寫成的詩句。「搖曳」一詞原適用於「風」的觀念，也把適用於「心」，因此「心」也跟着搖曳起來了。

⑦如果妳再支頤沉思

有一天，妳再躺下來
竟會翻動那些水上的小詩

這詩句，拈連技巧誤用，「翻動」宜改爲「波動」，因爲「波動」一詞適用於「水」的觀念，然後才可順勢適用於「詩」。用「翻動」，當然勉强也可以，但是不如「波動」之正用。

⑧水對渴極的口舌已不能灌溉（第廿四頁）

⑨我看到夕陽終於崩然墜落
濺起滿天的水珠
凝固成一滴滴的星顆

⑩依稀一陣哭聲
投出零時的窗口（第廿五頁）

這個詩句，不容易看出是拈連技巧的運用。必須加以說明，何以也是存在着拈連格項。「投出」一詞本應適用於球或其他實體的東西，但這項說話的觀念省略了，使讀者看不出，卽適用「哭聲」的觀念，同時也把「哭聲」變成有實體的東西了。

⑪在隘口
相思林連著相思林
營火已熄
影子遂模糊了
響不起故鄉的鞭炮聲
影子遂潮濕了（第廿六頁）

⑫雲趕着，風趕着
詩人也趕去
「要去清掃牧場的春天」？（第廿九頁）

⑬則你的墓誌銘是寫在星雲上
任閃閃的淚眼
爲讀它而仰望（第廿九頁）

這也是拈連技巧的高度連鎖運用，一段詩句中用了兩次拈連技巧，恰到好處，如果再多用一次，就是濫用了，反使詩義晦澀。「寫」字和「墓誌銘」的觀念有關聯，寫作時趁勢用於「星雲」，因「星雨」是在天空上面，和「仰望」辭彙有關，所以又把「仰望」適用於「墓誌銘」的觀念，故李魁賢寫下了「爲讀它而仰望」的詩句。

⑭上第二座山　望海
放鷹　向南去
一路用刀刻着里程
復削去往事（第三十四頁）

這也是和上句舉例的一樣，屬於拈連技巧的連鎖運用。「刻」和「削」字均與「刀」有關聯，因此趁勢再適用於「里程」和「往事」的觀念，而造成生動的詩句。

⑮午安在鳳凰木上馳騁的陽光（第四十四頁）

六、「赤裸的薔薇」詩集中拈連技巧的舉例與分析

①從松樹上滴落的時間（第廿三頁）

「滴落」一詞本適用於「水」的觀念，但這項說話的觀念省略不說了，直接把「滴落」一詞適用「時間」的觀念。

②溫柔的手足
投射着永恒的旋律（第卅八頁）

本句中的「投射」改爲「舞動」較妥，才是拈連格的正用。

③花棚守着巴洛克的窗（第卅七頁）

本句拈連技巧和擬人格並用。

④白手帕還掛在昂首的喬木上
呼吸著阿爾卑斯森林公園醱酵的綠泡（第卅九頁）

此句和前一句一樣，拈連與擬人格並用。

⑤在喧嘩的沉默中
像咬着時間的輪齒（第四十頁）

⑥炎熱在街上流動（第四十八頁）

「流動」一詞適用於「水」的觀念，現在適用於「炎熱」，所以也是拈連格。

⑦回憶是孤立的煙囪
一到黃昏
就吐着濃濃的煤煙（第五十頁）

⑧形如緊閉危機的樓房
虎視着落荒逃過清晨的一男子（第六十八頁）

⑨把遠方的風景
招進空洞的眼窩中（第六十九頁）

⑩從風塵的水中
我掬飲的雙手
撈出了別人自憐的影子（第七十二頁）

⑪「燒肉粽，燒肉粽」
已開始遲鈍的叫賣聲
也能溫暖蒙塵的記憶嗎（第八十頁）

⑫我把自己的肉包成粽子蒸熟
等待所愛的人來買（第八十一頁）

⑬小鹿斑比
穿著媽媽的高跟鞋（第九十一頁）

⑭用雨水灌溉少年的豪邁（第一〇五頁）

⑮忍耐洗滌我心靈的襯衣

⑯星期日的下午
一直在等待中，暮色首先是
降臨到農莊的曬谷場（第一二九頁）

⑰眞正的阿拉割開了天空（第一四〇頁）

⑱霍亂從吉大港登陸（第一四〇頁）

七、結語

從上述拈連技巧的舉例和分析當中，發現李魁賢對此技巧的運用相當純熟，可知其做爲一個詩創作者，擁用很大的本錢。小部分技巧的誤用，不傷大局。至少，我們可以看出他對拈連格是不會濫用的，因此他的詩讀來並不令人覺得晦澀，也不讓人覺得很平白，因爲他適度運用了拈連技巧，也產生了一些美麗動人的詩句。我們可以說，掌握了拈連技巧，對現代詩的創作要領，已掌握了全部的四分之一了，也能了解到爲什麼詩句會成爲「金句」成「佳句」的道理了。

在運用拈連技巧時，宜掌握住下列原則：㈠在一段詩句中，拈連格使用不要過度，長段可三或四次，短段切忌超過二次，以免詞義晦澀。㈡拈連技巧可同時和「擬人」、「擬物」及「轉品」諸格混用。但與「轉品」並用時，要考慮到何樣的詞品可以轉化，何種的詞品不宜轉化。以上是筆者對李魁賢詩中拈連技巧運用實況分析後，所得的心得。

對於當代現代詩人的詩作，其中所含拈連技巧的運用實況，作有系統的、整套的分析工作，過去國內詩評家尙無人眞正嘗試過，筆者應當算是第一位，因此在寫拙文時，缺乏可資參考借鏡的資料，如果分析有誤的話，尙祈方家不吝指正。

析李魁賢「赤裸的薔薇」中數首詩

趙廼定

「不會歌唱的鳥」是描述都市的繁華破壞了大自然的綠的美景。處處只是鋼鐵水泥，處處只是屋宇憧憧，所以歌唱的鳥音啞了，是鳥本身不會歌唱嗎？不，是環境造成該鳥不會歌唱，可是人們僅以其事實（結果）情況不會鳴叫，而認定鳴禽不會歌唱，這是一種人類的悲哀與錯覺，觀人類的心理，錦上添花大有人在，雪中送炭人少爲，某個人一有成就，其十年寒窗苦讀即被讚美與宣揚，可是在其默默無聞時，其死生有誰關心關懷？

「不」如此敍述：「起先只是好奇／看鋼鐵矗立了基礎／接着大厦完成了／白天，窗口張着森冷的狼牙／夜裏，窗口舞着邪魔的銳爪／對着我們的巢／因爲焦慮，聲帶漸漸僵硬了／有如空心的老樹／於是人類在盛傳：／鳴禽是一種不會歌唱的鳥」

鋼鐵矗立了基礎，起先歌唱的鳥只是好奇的看，沒想到大厦完成——窗口在白天張着狼牙，窗口在夜裏舞着邪魔的銳爪，這窗口正對着鳴禽的巢，因之歌唱的鳥無法飛翔，而因有所恐懼而焦慮，聲帶因之僵硬如空心的老樹，再也喊不出歌唱，於是人們盛傳，鳴禽是一種不會歌唱的鳥。事實上呢？鳴禽是一種會歌唱的鳥，只是在都市鋼鐵堆中，失去天眞活潑而歌不出唱不出。

「正午街上的玫瑰」是描述一個車禍，二者皆是色盲者，一個是行人，一個是肇禍的司機，司機既有色盲又開快車，因之而忽視行人的存在而發生慘劇；色盲有二解，一爲事實上色盲，雖今駕車要執照，執照有其體能上限制——有色盲不得報考，惟考試是「死」的，栽決考試者是人，人有私心，故難免有色盲者而駕車飛馳，另一爲以車爲權威表示，而忽視行人安全。

全詩的展現是在「炎熱在街上流動」，炎熱在街上流動，人的精神因炎熱而疲累，而眼冒金星，其次敍明二色盲者：「因爲色盲／所以不知道／他也是色盲的司機／但他用太陽能做燃料」，該節對開快車的駕駛人有所諷刺也有所悲傷，所以如此說，一個色盲的行人因爲本身的色盲，所以不知道駕駛者也是色盲，這疚責該怪誰呢？弱者的行人並沒有責怪駕駛人的意念，只是怨嘆自個兒是色盲。

第三節「多麼單調的正午／他發現竟有一株綠色植物／在炎熱的街上流動／而忽然倒在他的車輪上」，是在描述色盲的駕駛人忽視行人安全，竟把人看成綠色植物而陌視之。

最後一節「瞬間變成了一朶玫瑰／很多人圍過來看／啊，一朶盛開的紅玫瑰／開在正午的街上」，以戲謔的寫法把血肉模糊，屍骨四散稱爲一朶玫瑰。

「回憶佔據最營養的肝臟部位」，僅以詩的型態描述回憶的特性，回憶在黃昏及秋天，當人們閒下來比較會產生，回憶是在人類有語言之前卽存在，飄渺虛無的存在，回憶是以往經驗的回哺。作者如此寫「回憶是孤立的煙囪／一到黃昏／就吐着濃濃的煤煙／存在於語言之前／這虛無的生活狀態／起先就把不住的風向／往往向東向南向西向北／飛鳥般地悠然擴散／回憶是流動的陷阱／把吐出的煤煙／又誘引進來／好像捉迷藏時在門檻跑出跑進的孩童／而自得其樂／這樣，一到秋天／回憶變成了癌／佔據最營養的肝臟部位／一面坐吃肚空起來」。

「回」也是在描述人一到中老年時，其生活僅在於回憶，而銷蝕掉人生。

「情願被冷雨淋着」描述失了根的曇花在溫室裏成了佝僂的形象，可是這曇花仍情願被冷雨淋着而有其「根」，有其泥土陽光的滋潤，這種觀念是被百描千描過的形象。

「雷雨傾瀉着」也是描述人的錯覺與誤會，同是水而有清水與污水，雷雨傾瀉下來的水是清水，掉進街道的水則成污水，「他」心靈嘶喊着的水是雷雨的清水，而神志茫然的先知給予的水則是污水，同是水，然非其所望，故「他」的心靈龜裂，這是一種悲劇，被世俗與誤解所犧牲的一條清新的生命，在你我的社會中，這種現象是司空見慣的。

「雷」一首作者如此寫：「雷雨傾瀉着／他乾涸的心靈嘶喊着／『水呀，水呀！』」／神志茫然的先知／把街道污水潑濺給他／可是他依然嘶喊着／『水呀，水呀！』／終於他的心靈龜裂了／以飛鳥劃過黃昏之陶器的軌跡」。

看了作者所寫的「雷」，我的眼前幻出一位落魄的書生，那是窮酸不介的書生，高舉着雙手，望向天，以充滿渴望嘶喊着「水呀，水呀！」，他是望向天，望向雷雨傾盆的雨水而喊叫出這心靈的渴望，可是在他沒抓住水時，雨水就瀉進街道，而滙成一股股的污水，此時有仁慈的先知，可惜他是神志茫然——發現落魄窮酸的書生在嘶喊，因此急急把街道污水潑給他，先知的心意是要救書生，是要滿足書生的需求，可是書生仍嘶喊着「水呀，水呀！」，他的原意仍是在渴望上天下下來的雷雨，而先知更茫然更迅急的把污水潑給他，一聲聲嘶喊，一聲聲渴求，書生仍是得不到雷雨的滋潤，於是慢慢，書生的高舉的雙手萎頓，他的心靈因渴望不得滿足而龜裂——就像飛鳥劃過黃昏的陶器的軌跡一樣的龜裂了。

「笑給紫羅蘭聽」述一個「他」的今昔，短短的八行，簡單的笑、歌、憂愁和愛情用來描述昔日他的歡樂與青春，賣夜來香給淋病、黃菊給百日咳、白蓮給癩痢、玫瑰給嬉痞，其實着眼點卽在於淋病、百日咳、癩痢和嬉痞的猖獗，再以「然後公園關閉了／開闢成超級的停車場」介於二者之間，似在描述都市的變遷，由公園中有笑歌憂愁與愛而轉變成超級停車場中有淋病百日咳癩痢及嬉痞，這是都市發展的畸型面，也是人類物質生活提高的副作用。「笑」也似在談一個人的轉變，昔日他有笑歌憂愁及愛情，而經社會污染後，現在的他只有一身的淋病、百日咳、癩痢及嬉痞，這是人類的悲傷，由天眞無邪的心理成長爲追逐世俗的權錢，而墮落。

「笑」這麼寫着：「他曾經笑給紫羅蘭聽／歌給三色堇，憂愁給水仙／愛情給含羞草／然後公園關閉了／關闢成超級的停車場／如今他賣夜來香給淋病／黃菊給百日咳、白蓮給癩痢／玫瑰給嬉痞」。

（一九七八、五、十四母親節）

析郭成義的「鳥」

——「鳥」刋笠八十二期

趙廼定

郭成義的鳥分㈠㈡，其㈠談「我」，其㈡談「我們」，先以標題及其詩中所描述來看，均為鳥的生態，實則其「我」與「我們」似暗合人生的單身生活與成家後生活情況中，其心思的變遷；也似在談論：㈠為年青朝氣時的盼望與追求，不知天高地厚，㈡為年長後泌入社會洪流，現實社會中，而喪失其年青時的衝勁與幹勁，只變成隨遇而安的對社會俯首稱臣。

現略析該詩：㈠「已經忘記／起飛的姿勢／却經常聽見／體內翅膀撲動的聲音」，其已經忘記起飛的姿勢，事實上並非如字義忘掉起飛姿勢，而是起飛姿勢已溶入自我中，變成本能，已無須按學飛當時一個動作一個動作的僵硬操作而起飛，且人是健忘的動物，如你我皆會拼國音，可是要你我把ㄅㄆ〔注音符號背完，相信非從事教育的人很多是沒法背完整與暢順的，可見已經忘記起飛姿勢緊接下一節的展翅起飛是合乎邏輯的，是可連貫的，緊接下一節「却經常聽見／體內翅膀撲動的聲音」更點明忘了起飛姿勢並非眞的忘了，而是其起飛姿勢已成本能，不用意識控制而能自行自動自言。

第二節「飛行的欲望／隨時在晴朗或陰沉的天空／出現／這時翅膀就展開／開始了美妙的／柔軟運動」，飛行成了一種本能，飛行成了一種體內的撲動的聲音，所以不管在晴朗或陰沉的天空，飛行的欲望隨時出現，而欲望與行動的本能相配合，故欲望一出現，翅膀就展開，就開始了美妙的飛行；美妙的柔體運動喻飛翔之柔美。

第三節「由於摩擦着風／我又能愉快地飛行」，此屬倒果為因的說法，其作用在加强風的感覺，也可以說是人的一種錯覺感產生使然，相信每個人都有此種錯覺——在同速度的機車和火車上，會感覺到機車走得比火車快，在同速度而當時風速不一的車上，風速大的車上會感覺該車速度快，風速慢的反之，此無他，係人以風的吹拂而感覺到動的狀態。物理學上說，物理動而引致空氣流動，空氣流動產生風，所以作者如此說，由於摩擦着風，我又能愉快地飛行，其下半節「每一個衝刺／那極大的／可愛王國／就更明顯」，此在言，一個摩擦着風的愉快的飛行的衝刺，更擴大視野，更感到接近可愛王國，而有一種更强更有力的追求與衝刺，再一個衝刺而更擴大視野，如此一個接一個衝刺着，可愛王國也愈來愈明顯，愈接近。

最後一節點明飛是爲了追求，有了追求而更不斷的飛，故在不斷的風的刺激中，而更不斷的飛，因之而能堅持着不能墜落的生命，所以作者如此的說：「爲了追求／我不斷地飛／不斷在風的刺激中／堅持着不能墜落的生命」。

㈡第一節「活着／對我們唯有飛行而已」，語意與㈠比較其飛的作用已非積極，而有消極與不耐煩表現出來；接下半節「站着／我們不時抬頭／望向／陰沉或明朗的天空／『是否再作一次飛行？』」更顯得對飛行的意義有所猶豫，對追求有所否定與遲疑。

第二節「盤旋在天空的我們／曾經有幾次／互相擁抱／享受和風糾纏的刺激／委實太疲倦了／這是唯一需要下降的理由」，盤旋在空中的我們，一直是在飛飛飛，曾經有幾次，互相擁抱停駐飛翔，停駐飛翔互相擁抱而去享受和風糾纏的刺激，和風卽能糾纏我們，可見是由於我們沒飛翔無前進而停駐使然，所以接着郭成義很阿Q的說：「委實太疲倦了／這是唯一需要下降的理由」，可做爲與第二節完全脫離關連性看，則只是在言下降是因太疲倦而已，卽是下降只是一種休憩或暫時停駐飛之動作而已；惟若以與第二節相關連看，則顯更負自嘲意味，擁抱享受和風糾纏刺激，二者皆不飛翔，當然要下降，也就是說，由於你我相擁，因之阻礙不斷的飛不斷的追求。

愛而須忍受之，可見該愛非所欲求，作者如此寫「我們偶而也忍耐／不願意降落的愛／但後來我們却經驗了／降落時加速度的快感」，偶而我們堅持不降落，偶而我們抗拒降落，可是一再的抗拒無效時，我們只得降落，沒想到降落的加速度對你我是一種快感，而能經驗到。

經驗加速度的快感後，作者最後敍述「我們就這樣／拋開一切／儘情地往現實的路上跌落／而閉着的眼睛／却掉下一滴溫暖的淚在土地上」，經驗加速度的快感後，那還有追求與飛翔的意念，因之拋開一切儘情往現實路上跌落，而不再觀望的閉着的眼睛却掉下一滴剛流出溫暖的淚在土地上。

本詩單純以鳥來看，已把鳥描述的淋漓盡至，㈠中的鳥是描述其欲望是飛飛飛是追求追求，而其飛是本能，因此一個衝刺而可愛王國更是明顯，鳥的意念就是無時無刻的飛。㈡中開始談到鳥的憩息，以及二鳥空中擁抱嬉戲，以及滑翔降落。

復以人生的體驗來觀察，單身時自由自在，其生命的意義就是追求復追求，追求一切自我想追求的，因此郭成義如此說：「爲了追求／我不斷地飛／不斷在風的刺激中／堅持着不能墮落的生命」，單身生活是多麼富理想與衝勁；而成家後生活則注目的是現實的社會，一種安於休憩與降落——沒有衝勁的生活，所以作者如此說：「我們偶而也忍耐／不願意降落的愛／但後來我們却經驗了／降落時加速度的快感／我們就這樣／拋開一切／儘情地往現實的路上跌落」。單身是不瞻前顧後的，婚後則是猶豫再三，只圖安逸並安於現實，再無衝勁。

至其年青朝氣年老現實之解析略同前，不另贅述。

（一九七八、五、六）

一隻寂寞的甲蟲
——徐和隣簡論

林煥彰

1.

臺灣光復後第一代詩人林亨泰對他的同輩詩人作家稱呼爲「跨越語言的一代」，因爲他們從小受日文教育，臺灣光復後才開始學習中文，用中文寫作；徐和隣也是屬於這一代的詩人之一。在這一代爲數不多的詩人作家羣中，徐和隣和另一位女詩人杜潘芳格一樣，是比較少爲人知道的，以我的說法，他們可以列爲「隱藏的星子」的一羣，因爲在這繁星燦然的現代詩壇上，不容易看到他們的作品和光芒，但他們還是數十年如一日的堅守着自己寫詩的崗位，默默讀書、寫作，這種精神是不容忽視的。

徐和隣是屬於「跨越語言的一代」，他的學習背景和學習經過是這樣的（他在民國五十五年六月出版的第一本詩集「淡水河」後記中寫道）：

二十年前日本投降，我從廣東被遣回臺灣，同時語言生活也被遣回客家話的圈囿裏。而後十二年間，我的青年期就白白地埋在鄉下的泥土裏，一無所得。三十六歲時，叔父在臺北開設的外科醫院擴大，叫我到臺北來服務而迄今。當初幾年間妻子們都留居鄉下，隻身在外，非常寂寞。爲解除寂寞，我選擇了學習國文之路。最初參加穆中南先生創辦的文壇學校國文先修班，前後讀了好幾個班。後來對新詩發生興趣，參加了中華文藝函授學校詩歌班。有一天，接到覃子豪老師批改過的「海」，發現稿末附有「給你發表」四個紅字，我着實一驚，無意中喊叫「我也會寫詩了」。

從此，他對新詩的寫作興趣更高，接着又參加中國文藝協會的「新詩研究班」，與同班詩友古丁、史義仁、文曉村、王在軍、陳敏華等創辦「葡萄園詩刊」，互相切磋，或獨自摸索，或以翻譯日本現代詩一面介紹一面自我練習，而眞正的步上了新詩寫作的道路。

2.

詩人古丁在爲徐和隣的「淡水河」寫的序文中指出徐和隣是一位「生活的詩人」，這是我們可以肯定的，因爲他的作品都是自日常生活中取材，大凡家庭的、戀愛的、社會的，任何與他所接觸的事物，只要能掀起他情感海面上的波浪，都會成爲他寫作的對象。從「淡水河」中的一首題名爲「歌」的第一段裏，我們可以清楚了解他爲何而「歌」，又爲何而「寫詩」。他說：

歌是非由努力不能唱出來的啊！
努力像是咀嚼着無味的砂
於是，我背着剩餘的才能要唱
在女人眼瞳裏看見天使時，唱
爲思索人生的苦惱而飲酒時，唱
孤獨的走向而聽到音樂時，唱
把正義的拳頭伸出去而被阻時，唱
如同在空白的五線譜上寫下善變的音階
把短短的生涯盡量的發出情感而唱

從他二十餘年來所寫的每一首詩作來看，前面這一段「歌」，是可以當作他的詩觀而加以引伸作爲註脚的。

屬於生活的詩人，大多是不大講究技巧的，只要生活中有所感觸而必須傾吐時，他們都會很自然的用樸拙的文字寫出來；徐和隣也是，他底作品也是，只有眞摯的感情，而無絲毫的修飾。

「歌是非由努力不能唱出來的啊！」這是經由長期的學習艱苦熬煉出來的心得結晶，不是天生的詩人憑藉不實的才華所能想像的。

讓我們由了解出發，看看他怎樣爲人生的種種而歌唱吧！

3.

首先，讓我們從他「在女人的眼瞳裏看見天使時，唱」而產生了些什麼詩？

徐和隣是有他浪漫的一面，這也許正是他作爲一個詩人的先天的一種氣質，如果他是一個嚴肅的人，時時爲理智所束縛，而不能或不敢有所逾越，則他就不可能有今天這樣，以默默寫詩毫無掩飾的發抒他內心壓抑不住的心聲吧！又那能進一步正視異性，並從其眼瞳中窺見愛的天使呢？

有關這類作品，在他底詩作中，是佔有相當大的比例的。從最早的「海」開始到最近的「某日在旅社」爲止，仍然處處閃爍着叫人不可抗拒的愛戀的言語。例如：

海是女性，像母親，又像情人
……
宛如母愛，能納來自各地方的汚流
溫柔，美麗，和平是她的常態
青年人受不了碧色的邀請溜出去啊
……
原來海底有神秘無邊的世界
好似女體有神秘無邊的世界

——海

駛過新關的鄉村道上
那嘴唇紅紅的少女
她那未解的愛戀太美、太純
帶給我幾多喜悅，幾多苦思

——金瓜石之旅

四月的手帖，很久沒有青春的記錄
爲什麼妳偏偏要替我翻起回憶的相簿。

——四月的手帖

妳說妳是春鳥
爲什麼不在我的小園駐足

如果妳是南方的風暴
那麼就把我吹到海的床上吧

妳說妳是春鳥
爲什麼不在我的樹上棲息
如果妳是北方的鷹鷲
那麼就把我抓到山的那邊吧
——斬風

我期待戀情像物理的現象一樣
由於太陽的輻射熱使我生存
紅紅的薔薇也要我珍惜這愛
因此，妳昨夜的微笑依然是追憶
——追憶

春日短，什麼是不滅的生命
先讓我的手有力的握着它吧
走過鏡台前，翻了翻圓圓的天堂
神明的造物，誰不愛吃這呼吸着的水果呢
——乳房

在這類作品中，他或歌頌、或愛戀、或渴慕、或追憶、或喟嘆、或壓抑、或即時行樂，這樣反反覆覆的在他的浪漫思想的人生中起伏着交織着，是豐富的人生呢？抑或是不太快樂的人生？這大概就是浪漫詩人的一種特色吧！

其次，我們再看看他在「爲思索人生的苦惱而飲酒時，唱」這一詩觀下，到底又實踐了多少？

人逾中年，愛而僅止於思慕所造成的苦痛，誠也是人生的苦惱之一，但徐和隣在這方面的感情，在「淡水河」之後的作品中，有很大的轉變，而常以審視自己心裏的「斷崖」和凝視理想的「蒼空」來表現他內心的喟嘆和展望

太魯閣斷崖可說很可愛吧！
心裏的斷崖却一陣陣令我痛苦
黃昏之戀非初戀，沒有夢樣的情緒
——初老與斷崖

我把頭部汚穢的一角掃乾淨
歡迎妳進來
那是驚異
但中年人的剪貼裏
並不新鮮
——蒼空(一)

那中年人
說得太多
頂瓜瓜的句子
怪不得成了免疫性
「啊！眞的沒有
用眼睛講話的日子了」
他今天又爬上屋頂
凝視無邊的蒼空
——蒼空(二)

所以到了中年，不得不相信
淚水有鹹的酸的苦的辣的
——淚水

如今中年在旅社，希望像貓玩球一樣滾來滾去
來重新慢慢的體會果實的滋味
——某日在旅社「緒言」

倒在保安街口的似非詩人
糊裏糊塗被現實踢醒

爬到四樓頂孤屋一住就是三年半
其間跟著空賭氣
爲什麼歲數不饒人

——新生

當然，人生的苦悶並非只有「性和愛」的苦惱而已，徐和隣也不僅僅如此而呻吟，例如「淡水河」中的：

昨夜我同返自己的城內看着自己
而在一角落裏找到了將燒盡的一盞燈火
於是把疲倦的身心加添了不盡的希望
而感謝使我安靜的那顆星的秘密

——隱藏

然而，生活竟是如此的冷酷
我祇好在鏡中做着啼笑皆非的臉相來欣賞
我在地上畫一個圈，站了一整天

——情感

……………

我站着只想再試試看
飢餓的味道是怎樣？

——苦悶

當他流浪街頭喜聽怪異的歌調，
當他忘記妻子而愛着世紀末的姿態。
如果這樣他才能消除心坎的空虛，
你就勸他想起故鄉純淨的川流吧

——懺悔

還我清白　今天呀
那妓女依然在呢喃
陪客上床去了

還我清白　今天呀
這個我也在呢喃
混到汚濁的世間裏去了

還我清白　今天呀
連神明也在呢喃
吐舌失笑上天去了

剩下來的依然是一片空白
幸虧被我發現
這個空白是比較清白的了

——還我清白

詩人總是比較多愁善感的，也比較能看得透澈；徐和隣雖然常年躲在醫院裏工作，在醫院裏的地下室休息、睡眠、看書寫作，偶爾上屋頂的陽台透透氣，看看灰茫的蒼空，其眞正的生活範圍之小，也許可比之於一個普通的工人，但作爲一個詩人，他擁有一種想像的觸鬚，對於人生的苦悶、際遇，依然是多愁善感的，依然是看得透澈的。如上列作品，他或從自省尋找慰藉，或從無望感覺疲倦，又或從疲倦的身心再加添無盡的希望，或從想像的人生體會現實的冷酷，或從溫飽中設想飢餓的滋味，或從光明面體查黑暗的一邊……總之，他也是苦悶的化身，其作品就是他的苦悶的象徵。除以上引述的作品之外，在他「淡水河」以後的作品裏，有「墓地」（寫「寶島一代一代的淚水不同」）、「回顧」（寫人生對歷史、現實，有感嘆，也有批判）、「午夜牛郎」（寫由西洋電影大量傳播墮落、亂倫和性的泛濫之末世的思潮，而興起對西風不可抵擋的憂慮之感）等等，我們還可以清楚的看到他「把正義的拳頭伸出去而被阻時」所唱的歌，其道德勇氣，是那麼的慷慨激昂，表現得淋漓盡致。

4.

「跨越語言的一代」是苦悶的，在日據時代，他們受異族統治，有不能盡情寫作的苦悶；臺灣光復後，由於表現語言的轉變，必須重頭學習祖國的文字，一時無法寫作，時日一久，就喪失了用中文寫作的信心；加上他們在短暫的人生中，歷經了兩種不同的世代，累積那麼多人生的際遇，幸與不幸，公平與不公平，和種種壓抑而產生的苦悶，是可以想像的。

寫詩二十餘年，徐和隣的作品並不太多，但從以上的介紹，我們不難看出這一代人的一點形象。如果要說以徐和隣來作爲他們這一代人的代言人，那樣未免會加重他的精神負擔，但如平心而論，作爲一個平凡的人，他過他的平凡的人生，他寫他平凡的感情，他寫他的喜怒哀樂等等，對於他目前擁有的這樣的成就，就不會再有什麼可以多加苛責的了。何況他還在繼續寫作，更何況他這麼多年來，自己默默的耕耘，不求聞達，不計較名利，作爲一個「葡萄園詩刊」的園丁之一，是只有付出而沒有收入的。

寫到這裏，我想起徐和隣在「葡萄園詩刊」的「葡萄棚下」這個專欄裏，曾經寫過一篇「跟詩友談詩話」的一段話來，而有很深的感觸。他說：「接到他們的信（「他們」按係指喜歡新詩的青年朋友），不客氣的說，我的第一個感想是，那些像『寂寞的甲蟲』的人又來了。」此刻，彷彿我的眼前也正閃過他踽踽獨行的形象，是那麼的像極了一隻「寂寞的甲蟲」啊！他，正是我懷念的老朋友。

67年4月23日下午寫

現代美國詩人介紹

馬爲義譯

卡爾・謝皮洛 KARL SHAPIRO (1913—)

卡爾・謝皮洛在巴蒂摩爾出生，是當今美國最有份量的詩人之一。他寫過不少有關美國猶太人在社會上及文化上的困境的詩。使他成名的早期詩作發表于第二次世界大戰開始前後。但他不久便捨棄了它們的形式主義，而去追求一種惠特曼式的較自由且個人化的寫作途徑。他曾在好幾所大學裏敎過書，當過國會圖書館的詩顧問，主編過兩種重要的文學刊物——POETRY 及 THE PRAIRIE SCHOONER。他在一九四五年得過普立玆獎，一九六九年得 BOLLINGEN 詩獎。現住加州。

詩人大會

兩千個詩人一個挨一個
坐在政府的大禮堂裏，
等着輪到他們上台
去唸五分鐘的詩，
然後又坐下來，還是一個挨一個，
年青的，年老的，瘋瘋癲癲的，頭腦淸醒的，
照字母排。
有的鬼叫，有的祈求，有的吟唱，
有的哀號而有的只是在瞎聊。

外頭靠着街邊一排
政府的藍色交通車等着
載詩人們上白宮去同年青的總統
握手。總統
對同詩人們握手感興趣，
到時說不定還會同每個人聊兩句。

好不容易字母排到了底
主席却站上講台宣佈
說白宮之行泡了湯，
訪晤無限期擱淺
或竟取消。

好像是總統選了這時辰
去警告國人說有一個艦隊
甲板上帶着原子彈頭
明目張膽地向古巴沿岸移動，
而總統已下令我們的艦隊
去攔截阻擋入侵者。

於是詩人們紛紛作鳥獸散
有的同旅館房間去收拾行李，

有的去暗無天日的酒巴間，有的到街頭
去呆望空無一物的華盛頓天空。

奇　物

小蜜蜂來看我是什麼玩意兒，
躺在夏末的太陽下，
在斜椅上寫詩。
一隻蝴蝶接近我又撤退；
蒼蠅誤撞上我的身體，
還有更小的不知名的東西；
有時一隻緩緩的大胡蜂
循着牠輝煌的航道向籬笆划去。
樹還太小招不了鳥；
而且，鄰居們都養有特別的貓
不是罕有便是優雅。
一隻蜻蜓在檸檬的嫩枝
在直昇機降落後。看樣子
我是個奇物
在我自己的後院裏。
血統不明的狗
睡在草毯上，
一隻蜜蜂在同一朶玫瑰交頸。

成熟的花園

我找到了那隻擾你的鳥；
牠在石榴樹上鬼叫
又灰又白還拖着一條長長的尾巴。
我猜牠是母的
因爲有一隻較大的同類
在同一棵樹上來來去去，
帶給牠食物並且顯得很體貼。
也許那上面有個巢我看不見。
我坐在這裏鬼一般安靜
等你轉進車道，
同時寫些佛洛斯特體裁的東西。
現在牠們轉到一棵杏樹，高高在上，
而他在餵她——一隻蝴蝶！

機器人

機器人發動他的機器在禮拜天早上
在九、十點鐘，當懶蟲們還在睡懶覺
虔敬的人們都在教堂裏，
他先用他的機器修邊器，
把他草地的邊修成一條幾何直線，
然後用力把他的機器割草機拉響，
轟隆轟隆割吸他的草皮。
接着上場的是吱吱的鋸子同它的銀牙
嘶叫着宰割着他的木頭，
而在敲敲打打半個鐘頭，
把安息日休憩的耳朶擊落之後，
進展到剪樹，那得用鏈鋸，
紅蕃的叫伙，女鬼的厲叫，

青木的哀號，最後終歸沉寂，
天佑他撿起樹枝
進入屋內
那裏我們可以想像到打開啤酒罐的輕爆
以及蟲聲唧唧的電視頻道轉盤的轉動。

細節

貓在吃一隻乞憐的螳螂
狠狠敲牠，
用爪推牠，
拿他當足球玩，
把牠拋上天，
啣着牠到處跑
最後，當那小蟲
一動也不動了，
便一口咬下他的綠頭。

一點一劃

北齋一七六〇—一八四九

從六歲起我便醉心于畫畫。
到了五十歲我獻給大衆
一大堆的畫，但在我七十歲以前
所畫的沒有一件值得一顧。
到了七十三歲我才有一點了
解動物，植物，昆蟲與魚的
眞正天性。這樣下去
到了八十歲我該有點進步，
到了九十歲可看透事物的奧祕。
要是我活到一百一十歲，
那麼我所畫的，
即使只是紙上的
一點一劃，
這一點一劃將成爲我的傑作。

——簽名：醉心于畫畫的老頭。

步月

人類在月球上行走的前夕
黑暗裏你帶小孩們去看電影。
我在沉思默想是否不久
女人會停了她們的經期與潮汐
躺着不動波平浪息。

我們後面的鄰居是個科學家；
他的燈開着而在燈與燈之間
亮閃着尤加利的樹葉
它們微移的方格
顯露出黑夜藏匿的空間。

月上的人靜靜地從事他們的工作，
在可怕的虛空裏移動。
可怕的時辰當愛擔負起
未受踐踏的月球的後果。
可怕的是你不在這房裏。

里爾克作品

新詩集⑧

李魁賢譯

奧費斯·歐莉笛珂·赫枚斯

那是心靈的奇異礦山。
有如寂靜無聲的銀礦礦脈
他們走過其黝暗中。在樹根之間
迸出了血液，上升到人世界，
而在黝暗中有如斑岩難以看見。
此外無一是紅色的。

那邊是岩石
和空洞的森林。架空的橋樑
還有那龐大、灰色而盲目的池塘，
浮在其遙遠水底的上方
有如陰蔽風景之上的雨天。

在柔軟而悠長的草地之間
出現一道白色條幅
綿亘成一座細長的漂白工場。

他們就是這麼一道而來。

前面是穿着藍色外套的瘦漢，
他無言而不耐地看着前方。
他的步伐狼吞虎嚥着道路
不加細嚼；他的手以交握姿態
自衣裳的褶間沉重垂下。
漠視輕盈的絃琴，
左邊已交融成長，
有如橄欖樹枝間的薔薇蔓。
而他的五官如像爆烈：

視線爭先如一隻狼犬
轉身、走近，而仍然遠遠地
立定等待下一次的彎路，——
而他的聽覺和嗅覺一樣落後。
有時，興起在此攀登的
全程中，行進到那二者
受阻之處爲止的感覺。
然後，又只有他自己脚步聲的餘音
和外套在他背後搧動的風聲。
他說話的態度，恍若他們同來；
他高談濶論，好像聽到聲音消失。
他們確實同來吧，只有二人
戰戰兢兢地徐步邁進。要是
他能再度回頭(假如回首
不會把剛好完成的全盤工作
破壞無遺)，他必須看看
悠閒地默默跟從他的二者：

徒步的神，和遠行使命的神，
旅行帽覆在明亮的眼睛上方，
細長的拐杖挿在身前
且在脚踝關節處鼓動；
而扶着他左手的是：伊。

如此被愛的少女，自琴出生
却較悲情女性出生的還要悲怨；
變成一悲情世界：在那世界裏
一切仍是舊模樣：森林和山谷
道路和村落，田園和河流和動物；
而繞着這悲情世界，正如
繞着另一地球的太陽
和繁星的寂靜天空，
有着畸形星辰的悲情蒼穹——
這是如此被愛的少女。

但她挽着神的手步行，
以受到死者長長的綵條所絆的步伐，
疑惑、穩定，而無焦急狀。
她在自身中，像是充滿了信心的女性，
不顧慮走在前面的漢子，
也不思考登上生命的路徑。
她在自身中，而她已然逝世的意識
充實着她，豐盈飽滿。
有如果實飽含甜蜜和奧祕，
她充滿了她的巨大死亡，
這死亡仍然新鮮，她毫無所悉。

她處於嶄新的少女時代
貞潔自守，她的性慾正如
向晚的初綻花卉，
而她的手好像淡忘了婚約
無盡柔和地與神
輕盈導引的手接觸，
她因太過親蜜而感傷心。

她已不再是這位金髮女郎，

在詩人的歌咏中常被吟哦的對象，
已不再是廣大眠床上的香味和島嶼
而且也不再是那位男子的財物。

她已如長髮鬆解
如降落的雨般捨身
如百人份的存糧發放。

她已成爲根。

而突然
神把她拉近，在悲痛叫喚中
說道：他已轉身——，
她却無絲毫瞭解且低聲說：誰？

但遠遠地，在明亮出口的陰影中，
有人佇立着，他的臉
認不出。他站着且觀望，
有如一條狹長的草地小徑
帶着神差的悲傷眼光
默默地漫步，模仿
在同道上業已走回頭的姿態
以受到死者長長的綵條所絆的步伐，
猶豫、穩定，而無焦急狀。

註：希臘神話中，奧費斯在妻歐莉笛珂死亡時，悲傷莫名，追隨到冥府，唱歌打動冥府女王貝妲菲妮，准其妻歸返陽界，但立下條件，謂到達地面之前不許回顧其妻，否則即判其妻永淪冥府。奧費斯就在踏上地面的最後瞬間回頭，其妻即永久消失。

亞凱絲蒂

突然使者來到他們之間，
投入婚宴的過度興奮中
如像新加的佐料。
酒客都沒有感覺到
神悄悄進來，他的神性
緊裹身上，有如濡濕的外衣
而他們看似同一人，這位或那位，
正像他從當中走過。而突然
談天的客人當中有一位發現
年輕的主人在食桌上
有如被吊上空中，再也無法躺下，
全身而且以全幅存在的本質
反映出以嚇人的語氣談論他的陌生物。
而這時，如像混合液澄清，
一片靜寂；只有渾濁的噪音
和沉澱降落的呢喃殘留底部，
發散出沉鬱的哄笑殘骸
已經腐化的臭味。
那時，他們認出了柔弱的神，
站在那裏，內心充滿了使命感
凜然無情的神態，——他們幾已瞭悟。
但當其談論時，却超乎

一切的期望，什麼都不知曉。
亞美德必須死。何時？就是此刻。

但他驚惶中，把酒杯打破
成碎片，從破片中伸出
他的手和神交涉。
爲了幾年，爲了僅僅一年的青春，
爲了幾月，爲了幾週，爲了幾日，
啊，不是幾日，爲了幾夜，只有一夜，
爲了一夜，只是爲了這一夜：爲此等待。
神不答應，他在那裏叫喊
大聲叫喊不停，像是
他的母親在生產時的哀號。

而母親朝他走近，一位老婦，
還有父親也來了，垂老的父親，
二老龍鍾老態，手足無措，
站在啼泣的兒旁，突然，如像從來
如此親近，望着他倆，噤聲，咽哽，說道
父親；
你還把這麼多殘物
留在妨碍你狂飲的盛宴？
去，把它倒掉。而妳，阿婆，
貴婦，
妳還在這裏做什麼：妳已生產。
他把兩位一把抓，如像
牲禮。他忽然放手
老人向前跌跌撞撞，靈思一動，面露光輝
上氣接不下氣地喊着：克雷翁，克雷翁！
就這麼喊着；只喊這個名字。
但當他越過狼藉的餐桌，
熱烈地向年輕朋友，他鍾愛的人伸出時，
他的臉上展現了他未曾言宣的
莫可名狀地等待着的他人。
你瞧，二老（在臉上映現的），沒有贖身，
他們消瘦，虛弱，且幾無用處，
但是你，你正當燦爛年華——

可是他再也看不到他的友人。
他仍然不露面，而出來的，竟是她，
比他所認識的她稍微嬌小，
而穿着蒼白新娘服的身材，纖細而含悲。
其他人全部不過是她的通道而已，
她經此逐漸走過來——：（這時候
她已投入他痛苦地張開的手臂中）。

但在他等待中，她開口說話；却不是對他。
她向神敍說，而神聽懂她，
大家彷彿開始在神的內部諦聽：

沒有人能够代替他。只有我。
我是替身。因爲沒有人告終
除了我。究竟我迄今爲止所存在的
還留下什麼呢？那就是，我正死去。
她不是對你說過嗎？她委身於你時，
在內屋等待着的那眠床，

是屬於冥府?我要告別。
一再的告別。
沒有垂死的人會這樣。我要出走,
一切都在如今已是我夫的那人底下
埋葬,毀壞,和解體——。
所以把我帶走,我要為他而死。

她像浪高蹈天的海上狂風,
神步入,像是來瞻仰女性死者
而突然遠遠離開她的夫婿,
神對他做一個小小的暗號
放出地上的無數生命。
那夫婿蹣跚地向二者跌衝過去
像在夢幻中抓住他們。他們
已走到進口處,衆女羣集在此
哭泣,可是他再一次
望着少女的顏面,浮現了
笑容,像希望般明亮,
幾乎是一項承諾:從深邃的
死亡中成長,回到
他的本質,生者的原形——

當他跪倒時
雙手蒙蔽着面孔
除了微笑外,什麼都看不見。

更正啓事

本社

查本刊第八十四期第五十九頁胡汝森英詩 living hunter 一詩內,漏了第四句,特予更正。該詩第四句以黑線者為準:

from here I must take my leaving
none can survive without living
I'll miss always my love in tear

請讀者惠予協助更正,並謝謝作者的指正。

賈穆詩選

莫渝譯述

Francis Jammes

目次

㈠詩人，我正讀着您的詩

詩人，在我讀詩的燈下，我正展讀您的詩集，那册封面有您大而黑鬍子的詩集。

在您的國度裏，有人稱您「鄉村詩人」，有人稱您「外省詩人」，有人稱您「曉得歌詠自然與少女的詩人」，更有人稱您「虔誠的宗教詩人」，所有的禮讚，都美化了您的純樸，而您，當然不屬於花花世界的巴黎了。

許多詩人都湧向巴黎，努力的想在波特萊爾筆下的地獄煉火中掙脫出來，獨您無視地獄的存在，一顆虔誠的眞摯心靈獻給上帝獻給大自然，讓千里外異國的我，還能從您的詩篇讀到法國外省鄉村的可愛恬靜柔和的景色。

讀您的詩最宜於夜深人靜，讓詩句由口中緩緩流出，才能把鄉村的旖旎風光映現在燈下玻璃墊。讀到那首您題贈紀德的「古村」，彷彿玻璃墊上走馬燈似的出現一道斑剝的長牆圍繞的古老花園外，您正滿臉于思的走着，一邊朝滿是魁偉高樹的園中望去，一邊在腦子裏盤旋着曾經顯赫的家族如今沒落的空讓園圃荒廢。

詩人，您寫這首詩已是六七十年了，您離開這塊土地也已四十年了，那古園還在嗎?那古村依然嗎?這叫我想起昨夜讀過的您的詩「我在大地上抽着煙斗」，在詩中，您抽着煙斗看牧羊人與牧羊犬之間的一番玩笑，這玩笑，只屬於純樸的鄉村。

詩人，讀到您的詩，我因離開鄉村置身紅塵而喟嘆。

(二)賈穆年表

一八六八年　十二月二日，馮西·賈穆出生於都爾奈（Tournay）。父親維克多·賈穆（Victor Jammes，時年三十七歲），母親安納·貝洛（Anna Bellot）。

一八七三年　入學。

一八七五年　與母親及姊妹住在波城（Pau）。

一八七六年　遷居聖·巴來（Saint-Palais），父親任職當地稅吏。由於就學成績欠佳，被送往波城的外婆家照顧。

一八七八年　就讀波城中學。

一八七九年　父親辭職，舉家遷至歐爾岱（Orthez）當堂祖母楔拉妮（Célanire，胡格諾派教徒，la huguenote）家中。賈穆被送往新教教師拉撒爾（M. Lassalle）讀書。

一八八〇年　父親被派爲波爾多（Bordeaux）稅吏。十月，馮西進入波爾多中學。閱讀韋恩（Jules Verne）著作。

一八八三年　對植物學與昆蟲學發生興趣。研讀波特萊爾作品。與拉郭司特締交。

一八八五年　同一位金蓮花區的少女產生「純潔而眞誠」的愛情，每天黃昏，他都徘徊女孩窗下，這段回憶一直不曾磨滅。

一八八六—七年　與同學謝格烈斯第亞（Jean Segrestia）對希臘與巴拿斯派頗有研究的詩人締交。開始寫詩，接觸文學。發現波特萊爾的不安定性。

一八八八年　以「法文解釋」零分，放棄中學畢業會考。到波城與納瓦宏（Navarrenx）旅行渡假。構寫八十九首詩，總題爲「我」（Moi）。十二月三日，父親去世，馮西深受打擊，陷入自責情緒。

一八八九年　回到歐爾岱，定居。健康惡化，神經衰弱。在一位律師處覓得見習生工作。與英國作家 Hubert Crackanthorpe 討論詩作締交。習慣於鄉間生活。

一八九〇年　其姊結婚。馮西獨自與母親居住。這時期創作勤奮。

一八九一年　逗留於波爾多與伊綠恩（Irún）。在歐爾岱出版小詩集（六首十四行詩）。

一八九二年　在歐爾岱出版「詩」（Vers，七首）。

一八九三年　出版「詩」(Vers，二十一首)。與馬拉梅・紀德及何尼葉(Henri de Régnier)通信。

一八九四年　由於羅逖(Loti)與馬拉梅協助，在巴黎出版一八九三年以來詩的總集「詩」(Vers)。與波爾都(Charles de Bordeu)締交。

一八九五年　由紀德協助，出版詩劇「一日」(Un jour)。

十月，首次前往巴黎，認識文學界人士：沙曼(Albert Samain)、瓦列特(Alfred Vallette)、波拿(Raymond Bonheur)。開始與沙曼通信。撰寫諷刺與愛情詩篇。

一八九六年　前往阿爾及利亞，與紀德碰面(三、四月)。撰寫「詩人之死」。

一八九七年　在比利時「紅雞」(Coq Rouge)雜誌發表「詩人之生」。開始與高祿德(Claudel)通信。在「法國水星」雜誌發表「賈穆主義宣言」。與Mamore維持感情直到一八九八年，彼此間無法嫁娶，馮西因爲母親緣故與她分手，但他又墜入延續幾年的新憂傷。

一八九八年　外祖父與墨西哥籍的舅父去世。出版「從晨禱到晚禱」(De l'Angélusde l'aube à l'Angélus du soir, 1888-1897)。到拉霍格古堡(château de La Roque-Baignard, Calvados省)拜訪紀德。與封丹(Arthur Fontaine)締交。撰寫「十四篇祈禱文」。

一八九九年　撰寫前幾篇「悲歌」。出版「一位古代少女的故事」(另一名爲「古拉哈・德列貝玆」)。出版「裸體少女」。同母親至阿爾卑斯山旅行(以求忘却感情痛苦)，並參觀夏滅特(Charmettes)，在此城，他追憶盧梭與華隆夫人事蹟。

一九〇〇年　在比利時演講：詩人反對文學。前往昂維爾(Anvers)、布拉格(Bruges)、阿姆斯特丹旅行。在巴黎會見高祿德。出版「詩人與鳥」。

一九〇一年　出版「春花的葬禮」(Le Deuil des primevères, 1898-1900)。出版「阿爾湄德」(Almaide b'Etremont, 附註解與兩篇散文)。出版「關於盧梭與華隆夫人在夏滅特與雄貝利」。

一九〇二年　同一位少女天眞愛戀一番，馮西將她當作未婚妻，但對方家人反對而不得成婚。出版「生命的勝利」。

一九〇三年　同蕭烏伯（Schwob）、莫勒諾（Moreno）、杜列（Paul-Jean Toulet）去留巴格涅・德・比鈎爾（Bagnēres-de Bigorre）出版「兎子故事」。

一九〇四年　放棄結婚計劃。在波爾多與盧昂（Rouen）重晤伽伯利葉・福利柔（Gabriel Frizeau）。出版「蘋果」（Pommes d'anis）

一九〇五年　在高祿德指導下，決定改宗。七月七日在巴斯第德・克列宏司（Bastide-Clairence）擧行儀式，高祿德替他做彌撒。出版「悲傷」（Tristesse）

一九〇六年　前往凱拉城堡、尤金尼、葛林等地朝聖。出版「花園思惟」、「天空鳥籠」、「覆蓋樹葉的教堂」。

一九〇七年　三月，在波城演講：少女與花朶。出版「追憶童年」。第一封信讚美女友吉內特・郭多波（Ginette Goedorp），她是一位虔誠且有教養的女孩，信中告訴賈穆，很欣賞他的詩。八月十九日，與吉內特在倫敦訂婚十月八日，在畢西・勒・隆（Bucy-le-Long）結婚。

一九〇八年　女兒貝納德列（Bernadellet）出生。出版 Poémes nesurés 出版「蜜光」（Rayons de miel）

一九〇九年　爲了「新法蘭西評論」（N.R.F.）的專號，與紀德鬧意見。次女艾瑪紐貝爾（Emmanuèle）出生。

一九一〇年　賈穆主義的高峯時期。出版「我的女兒貝納德列」。訪高祿德故鄉。

一九一一年　到歐爾岱訪莫里亞克（Mauriac）、拉波（Valery Larbaud）、拉封（André Lafon）。三女瑪麗（Marie）出生。撰寫「基督教農歌」（Géorgiques chretiennes，按：Géorgiques爲羅馬詩人魏吉爾之詩集名）

一九一二年　居留維西（Vichy）的拉波家中。訪阿蘭・傅尼葉（Alain-Foumer）、米洛（Darius Milhaud）。出版「基督教的農歌」

一九一三年　在巴黎認識羅雅伊夫人（Anna de

Noailles）與高克多（Jean Cocteau）。
「迷途的羔羊」（La brebis égarée）在作品劇場演出。
出版「風中葉」。
長子保羅（Paul）出生。
一九一四年　擔任歐爾岱戰地醫院負責人。
一九一五年　次子米楔（Michel）出生。
一九一六年　發表「戰爭時期五篇祈禱文」。
出版「向太陽祈禱」（Le Rosaire au Soleil）。
會晤小說家普魯斯特（Marcel Proust）
一九一七年　獲法蘭西學院文學大獎。
四女安納（Anne）出生。
一九一八年　五女馮要妶（Francoise）出生。
出版「歐爾岱的司祭先生」。
一九一九年　競選法蘭西學院院士。
出版「貞女與十四行詩」（La Vierge et les sonnets）、「給瑪麗的玫瑰」（La Rose á Marie）、「貞女與我的孩子的聖誕歌」。
一九二〇年　法蘭西學院院士落選。
出版「田園詩人」（Le Poète rustique）。
一九二一年　在波馮多演講：關於亨利・杜帕克（Sur Henri Duparc）。
到布魯塞爾演講。
出版「墓誌銘」（Épitaphes）。
出版「孩子心中的好上帝」。
出版「聖・約瑟夫的書」。
出版「從黃金年齡到可憎年齡」（De l'âge divin á l'âge ingrat）。
出版「拉封丹的墓園」。
舉家定居巴斯克族地區的哈斯帕宏（Hasparren）。
開始撰寫回憶錄。
一九二二年　拒絕榮譽勳位（La Légion d'honneur）。
出版「愛情・繆思・狩獵」。
出版「詩人與靈感」。
一九二三年　重新候選法蘭西學院院士。
出版「四行詩」（Quatrains，絕句）卷一，出版「四行詩卷二」。
出版「詩人的幻想」。
十二月十日「喜劇院」重演「迷途的羔羊」（音樂家米洛 D. Milhaud 配樂。）
一九二四年　法蘭西學院院士再度落選。賈穆決定放棄候選資格。
出版「四行詩卷三」
在巴黎演講：洪薩與大自然感情。
一九二五年　出版「重燃信心的嫩枝」（Brindilles pour rallumer la foi）。

一九二六年　出版「四行詩卷四」。
出版「巴斯克族的羅賓遜」。
出版「詩的法國」（Ma France poetique）
出版「三十六位女人」。
出版「下庇里牛斯山，詩與自然史」。

一九二七年　出版「拉維傑利」（Lavigerie）
出版「馮西之夢」（Le Rêve franciscain）

一九二八年　在哈斯帕宏接見梵樂希。
出版「晨鐘」（Diane）
出版「神聖的痛苦」（La divine douleur）
出版「黑夜歌頌我」（Les nuits qu ime chantent）

一九二九年　出版「封德伽隆的一生」

一九三〇年　到洛友拉（Loyola）旅行。
出版「詩人課題」（Lecon poetiques）。
出版「田園與沉思」（Champêtreries et Mèditations）。

一九三一年　出版「愛情之虹」（L'arc-en-ciel des amours）
出版「逃學」（L'École buissonnière）。

一九三二年　到諾曼第旅行。與比利時詩人布罕（Thomas Braun）同在亞爾東（Ardennes）省。
出版「安第吉德」（L'Antigyde 別名「螺鈿的艾利」Elie de Nacre）。

一九三三年　出版「煙斗・狗」（pipe, chien）

一九三四年　母親去世。
出版「慈悲的藥房」（La pharmacie du bon Samaritain）
出版「詩人的十字架」（Le Crucifix du poéte）。

一九三五年　在「新法蘭西評論」闢專欄。
出版「亘古以來」（De tout temps á jamais）
出版「百靈鳥」（Alouette, 雲雀）。

一九三六年　獲法蘭西學院獎（Prix d'Aumale）。
出版「上帝・靈魂與情感」。
出版「倫敦的朝聖者」。
出版「源流」（Sources）

一九三七年　最後一次前往巴黎。
十月二十五日，由高祿德與莫里亞克陪同在香榭里舍劇院演講。

一九三八年　出版「艾爾的傳奇」（La Lègende de l'Aile，一名瑪麗・伊利莎白）。
四女安納結婚。

五女馮要玆入修道院。
十一月一日，詩人在五個月的生病
後死於哈斯帕宏。

（賈穆比羅逖晚十八歲，比魏哈崙晚十三歲，比莫黑亞晚十二歲，比沙曼晚十歲，比何尼葉晚四歲，與高祿德同庚，大紀德一歲，大梵樂希三歲，大亞克坡（Max Jacob）八歲，大阿保里奈爾十二歲，大許拜維爾十六歲，大莫里亞克十七歲。）

㈢早期的詩

淒灰的古堡

（Un vieux château triste et gris）

那裏有座淒灰的古堡
宛如我的內心，當雨降落
荒廢庭院時微彎罌粟花
在沉重水壓下，葉落了，腐爛了。
往昔，無疑的鐵欄杆開著
而屋裏，傴僂老人挨靠
有著四季顏色的
綠框屏風邊取暖。
有人通知貝西瓦家族與德芒維爾家族
從城裏坐車過來，
一下子，客廳裏充滿歡快，
老人們顯得很有禮節。
然後，孩子們玩捉迷藏
或找鷄蛋的遊戲，接着在涼爽房間
瞧瞧白眼睛的偉人畫像，
或壁爐上古怪的貝殼。
……………
活着的母親仍想着
假期中死去的愛，
當溽暑時，茂密的樹影
在沁涼的溪邊搖曳。
她說：「可憐的孩子，甚愛其母，
他總是避免受苦。」
而她還是哭着叫喚這位
死於十六歲的純良但可憐的孩子。
現在，母親也死了，這多悲傷！
這悲傷就像因雨而哀的我心，
也像鐵欄杆邊微彎的紅罌粟花
在沉重雨水下亮着，腐爛了。

我將放些白色的風信子

（Je mettrai bes jacinthes blanches）

我將放些白色風信子
在窗口，它在窗前
清水裏呈現藍色。

我將放在你的潔白胸前
亮麗如同溪中細石，或
金雀花的果實。

我將放在全身患癬
邋遢狗的可憐頭上，
牠在我最溫柔愛撫的
眼神中具有瑕疵，
當牠略帶滿足
膽怯的離去。

我將手放在你的手心
你會帶我到秋葉
輪轉的陰影裏，
直到泉旁沙石
受雨水輕輕滴穿
以至浸濕古草原。

…………………………
……………細雨……………
我的思惟柔和似霧。

陽光下教堂寂靜

(L'église était calme au soleil)

我很快樂，陽光下教堂寂靜，
靠近葡萄下有着玫瑰的花園，
靠近鵝鴨呱叫的路邊，
美麗的鵝潔白似鹽。

小村莊的名字叫聖・蘇珊：
這是個柔似祖母舊名的名字。
客棧滿是煙縷與大酒杯。
老婦們不在那裏閒聊。

由於沁涼的濃密葉叢，
陽光下，道路晦暗。
在純美的星期天下午，正好
供人們作難捨的溫柔長吻。

我想着一切。這時一股憂傷
油然而生，那是我愛過的女人留下。
這時，我只看到五月這個季節，
因爲我的心只顧着愛，無止盡的愛。

我感覺出我是爲了純潔的愛，
就像白色的陽光溜進矮鵝，
而我活在冷冷愛情中，一如當我
將手撫過她的髮莢一樣。

純潔的陽光，小村的柔名，
美麗的鵝潔白似鹽，
融入昔日的我的愛情，如同
聖・蘇珊長而晦的道路。

註：
聖・蘇珊，Sainte-Suzanne。

陽光下，篩器灰塵歌吟着
(La poussiere des tamis chante au soleil)

陽光下，篩器灰塵歌吟且飛翔。
將妳的肩膀與秀髮依靠我的肩膀
與髮間。空氣涼如水，清冷早晨
牛羣在泥濘道路上走過。
青色小丘的鐘響了，這是禮拜天。
妳剛剛起床，一身白衣。
沉默是偉大且溫柔似天空下
山丘上引人上下的路線。
人們覺得他是強健的，在心靈裏，
我禱告着，因爲天上確有上帝。

驢子還小，滿身雨點
(L'âne était petit et plein de pluie)

驢子還小，滿身雨點，拉着
貨車，剛走過林子。
婦人，她的小女孩與可憐驢子
做完輕微工作，因爲她們在村子裏
販售取火的松木、松果。
婦人與小女孩有了麵包，就在
廚房用餐，今晚，
挨近比蠟燭更黯的火爐。
今天是聖誕夜。她們的纖指
如同落在蘚苔上的灰雨般。
這隻驢子就像馬槽中的那隻
在涼涼的黑夜裏望著耶穌：
一切沒變，沒有一顆星，
今夜，使老賢者引見耶穌的是
這顆慧星顫着藍水
落下雨點。往昔，當天使
在茅屋頂上歌唱是很單純的；
無庸置疑羣星就是教堂的蠟燭，
一如今天在貞女旁邊，
——無庸置疑，——一如今天不見一人，
只有耶穌，其母與約瑟夫是可憐的。
如果一切沒變，這時只有我們
改變他人。——他們非常喜愛好上帝，
就像往昔，藍水的星星下
這些驢子非常溫柔的擺動長耳，
細而結實幌動的腿部，
而早晨，這些和藹純樸的農婦
販售着取火用松木、松果。

幾天後將下雪

(Il va neiger dans quelques jours)

幾天後將下雪。我想起
去年。我想起火爐角落的
悲傷。要是有人問我：「爲了啥事?」
我說：「讓我安靜。那沒什麼。」

我好好地想想，去年，在房間，
外面下着厚厚的雪。
什麼也沒想起。現在，我正
抽着末端帶琥珀的木製煙斗。

我那橡木做的衣櫃還好。
但我够笨的，因爲這些事
無法改變，因爲這是我們
想丟棄的一件裝備。

那麼，爲何我們會想會說呢?眞怪；
我們的淚與吻，它們不會說，
當我們了解時，一位友人的
脚步要比溫柔話語來得更溫柔。

有人不加思索的爲星星命名，
因爲它們不需名字，而數字
證明黑暗中美麗的慧星
將劃過，並非强行劃過。

而現在，去年的舊傷
如今安在?如我追憶，也僅絲絲微微。
我說過：「讓我安靜，那沒什麼。」
要是有人在房間問我：「爲了啥事?」

可憐的學監

(Le pauvre pion……)

齷齪但和藹的可憐學監對我說：「我
眼睛很疼，右臂痲痺。」
自然啦，這個窮鬼沒有母親
溫柔地安慰他的不幸。

他就是這樣活着，斗室中的學監，
偶而，以濕手抹過冷額。
在板凳上以兩臂充作墊子
像小孩一樣，假寐片刻。

到了晚上，他的工作服代替白杕套，
捲在灰硬而髒的鬍子。
他爲了治病而存錢。
他酸痛。而熱水浴對他太貴了。

因而，他只有將瘦得像猴子的身子
裹在可憐的被單裏。

齷齪但和藹的可憐學監對我說：「我眼睛很疼，右臂麻痺。」

註：

一、學監（pion），類似我國的校工。pion 是一種諷刺語。象棋的兵卒，印度的奴僕，也作如此俗稱二。

二、熱水浴（Se doucher），醫學上的灌水治療法。

De l'Angelus de l'aube à l'Angelus du soir

㈣從晨禱到晚禱

莫渝按：此詩集「從晨禱到晚禱」是賈穆早年詩作的總結，出版於一八九八年。全書計一一三首詩。此處除前言外，選譯十七首。

前　言

我的上帝，你在人羣中喚我。
我來了。我受苦，我愛。
我以你賦予我的聲音說話。
我以你教我雙親，而他們也傳給我的文字寫作。
我像一頭載貨的驢，走在路上，受孩子們揄揶，也被他們摸頭。
當你願意的時候，我就前往你要我去的地方。
祈禱聲響起。

一旦我死去

(Lorsque je serai mort,)

一旦我死去，妳，水中
藍火小甲蟲的碧眼，
我非常喜愛的小女孩，
有著「生動花朵」中虹般的模樣，
妳溫柔地牽著我的手。
妳引領我走上這條小路。
妳，並未赤裸，我的玫瑰喔，
妳襤褸上衣中純潔的頸子。
我倆並未互吻額頭。
僅僅，手牽著手，沿著沁涼荊棘叢，
那兒有彩虹般的灰蜘蛛絲，
我們默默地柔似蜜糖；
偶爾，當妳略感憂傷，
妳用纖纖素手緊壓我的手，
——兩個人，如同風暴下的丁香花深受感動，
我們將不會了解……我們將不會了解……

——一八九七

註：

「生動花朵」(Les fleurs animées)，可能為書名。

屋子滿是玫瑰與黃蜂

(La maison Serait pleine de roses et de g epes)

屋子滿是玫瑰與黃蜂。
下午，他們靜聆晚禱聲響；
而透明石頭的葡萄色澤
似乎在太陽緩慢暗影下沉睡。
我多麼愛妳！我付出整整
二十四年的心意，與奚落的內心，
自傲及白玫瑰的詩篇；
一旦我不認識妳，妳就不存在了。
我只知道，如果妳活潑，
如果妳同我置身草原深處，
我們在涼溪畔濃枝密葉下，
金色蜜蜂繞飛下微笑擁吻。
人們只聽得到太陽的酷熱。
在妳的耳際，榛樹蔭影搖曳，
隨後，我們雙嘴合一，停止微笑，
傾訴無法言說的愛意；
而我在妳的朱唇上覓尋
金葡萄味，紅玫瑰與黃蜂。

我愛這隻溫順的驢子

(J'aime l'âne si doux)

我愛這隻溫順的驢子
牠沿著金雀花叢走著。

為了防範蜂螫
牠擺動著雙耳；
牠馱過少量東西
也馱過滿是大麥的袋子。

牠繞過土坑，
脚步跛跛短小。

我的女友認為牠笨
因為牠像個詩人。

牠老作沉思狀。
眼珠子像絲絨。

柔心的少女，
比不上牠的溫順：
因為在上帝面前，牠就像
來自青天的溫順驢子。

牠留在畜棚
很是疲憊、悲慘，
因為牠那可憐的小脚
走得够累了。

從早到晚

牠做著苦工。
少女，妳做了些什麼？
妳丟開針線……

而驢子受了傷：
因蒼蠅前來叮咬。

她工作極繁
這夠妳同情的。

小女孩，妳吃什麼？
—你吃櫻桃。

驢子沒有大麥吃
因爲主人太窮了。

牠吮著繩子，
隨後在陰影下睡息……

妳心靈的繩索
不會這般柔甜。

這隻溫順的驢子
沿著金雀花叢走著。

我的心靈潰傷：
這字正合妳意（註）

那麼，告訴我，情人，
我該哭，還是該笑？
去找那隻老驢，
告訴牠，我的靈魂
跟牠一樣，清早
就在大馬路上。
告訴牠，情人，
我該哭，還是該笑？
我懷疑牠會回答，
牠在陰影下走著，
被溫柔壓傷，
在開花的路途上。

註：
這「字」指前行的「潰傷」（ulcéré），原文用斜體字排印。

下午

（L'après-midi……）

一個星期日的下午，
天氣炎熱，葡萄已熟，
我渴望在既暖和又清涼鄉下的

大房子的一位老婦家裏用餐，
那兒有洗淨的衣物晒在繩索上。
院子裏，許多小雞在
井邊閒蹉——一位少女
和我倆共餐，宛若一家人。
我們饕餮一番，那千層餅裏頭
餡著兩隻大鴿子。
飯後，我們三人享用咖啡，接著
很快地摺起餐巾，
走到滿是白菜的園子。
老婦將留下我們兩個年輕人在園裏。
我們將擁抱良久，唇兒緊貼，
就在紅罌粟花近旁。
接著，晚鐘輕輕敲響，——這時
她和我將抱得更緊。

——一八八九

註：
一、千層餅（le vol-au-vent）
二、此詩係詩人幻想之作，詩中動詞皆爲未來式居多。

帶着你藍色的傘……

（Avec ton parapluie bleu……）

帶著你藍色的傘與骯髒的羊羣，
穿上乳酪味的衣服，
走向小山丘的天邊，拄著
用金雀花或橡樹或枇杷樹製成的拐杖。
你跟隨粗毛狗與由聳背馱負著
失去光澤的水壺的驢子。
穿過村莊裏鐵匠的門前，
然後回到芳郁的山頭
讓羊羣四散成白荆棘般吃著草。
就在那兒，山嵐旖旎虛掩峯頂。
就在那兒，翱翔著頸部褪毛的禿鷹，
暮靄中燃起赤紅炊煙。
就在那兒，你靜肅的注視
上帝的氛圍瀰漫於此廣袤天地。

這就是工作

（Ce sont les travaux ……）

這就是偉大的人類工作：
有人在林中沼地擠奶，
有人姿態動人且筆直的吸割麥子，
有人在清涼的榛林邊放牧牛羣
有人在砍伐林中的楓樹，
有人在流泉邊摘拆柳條，
有人在陰暗的火爐旁
修補癩痢貓或睡中山鳥或
幸福孩子們的舊鞋；
有人紡織且發出推機聲響，
直到午夜蟋蟀尖唱時；
有人作麵包，有人製酒，
有人在園圃撒下大蒜與白菜種子，
有人撿拾剛下的蛋。

我在大地上抽着煙斗

(J'ai fumé ma pipe en terre……)

我在大地上抽著煙斗，看到牛羣，
由沿著鼻涕的鄉下人
用棍子趕著，牛羣的角正抵著
前頭的臀部——我也看到溫和畜牲，
列隊而行密密的細腿綿羊。
那隻忠犬似乎激怒。
當牧羊人喊道：露！過來！露！到這兒！
這時，那隻快樂的狗躍到跟前
且作滑稽狀咬住木棍
這時正是天熱欲雨的寧靜。

註：

露(Loup)，狗名，原字義是「狼」。

古　村

(Le vieux village……)

——題贈紀德

這個古村裏遍植玫瑰花
在大熱天下，我走著走著
走上古道的
沁涼裏，那兒綠葉沉寂。

隨後，我沿著一道殘缺的長牆；
這是個花園，有高大的樹，
也聞得出舊時的氣息，
在這些高樹與白玫瑰間。

不再有人居住了吧……
在這大花園裏，無疑的，有人曾在此讀書……
而此刻，彷彿下過雨，
列陽下烏木樹閃閃發光。(註一)

啊！無疑的，昔日孩子們
曾在這多蔭的花園嬉戲……
有人從遙遠國度携回
紅色植物，滿結有害的果實。

父母親指著那些植物，
對孩子說：「這株不是好花……
是有毒的……它來自印度……
而那株是孤挺花。」(註二)

他們又說：「這棵樹
來自日本，是你們的老伯父……
是他帶回的，當時還只是幼苗，
葉子亦只像指甲般大。」

他們又說：「我們記得
伯父從印度回來的那天；
他騎馬從村子盡頭回來，

還披著斗篷，帶著武器……
那是夏日黃昏。少女們
奔向花園，那兒有高大的樹，
黑胡桃樹與白玫瑰花，
而朗笑於黑色林蔭小徑下。（註三）

孩子們跑著，嚷道：『伯父回來了！』
他戴高帽披斗篷，
走下大馬來……
母親哭著說：『孩子……上帝是仁慈的……』

他，答道：『我們遇到暴風雨……
船上幾乎缺乏淡水。』
年邁的母親吻著他的頭
說：『孩子，你沒死……』」

然而現在，這家族呢？
它存在過？它存在過？
只有綠葉閃閃發亮，
那些怪樹，彷彿中了毒……

一切都在大熱天下沉息了……
黑胡桃樹洋溢著沁涼……
不再有人居住那兒了……
烈陽下烏木樹閃閃發光。

註：
一、烏木樹（ébénier）或作紫檀。
二、孤挺花（belladonc）或作莨菪（天仙子，茄科）。
三、林蔭小徑（charmille）另有一義，即千金榆樹搭成的涼亭。

可憐的狗……

（Le pauvre chien ……）

那隻可憐的狗有點害怕，在雪地上走著
停住脚。孩子們叫著：去你的！
天空時而銀色時而烏黑時而灰樣，人們
聽不到踩在靜悄冷街的脚步聲。
一位賣牛奶女人走過，沒掉下任何物，
且發抖著。而我灰藍的房裏，
火中木柴流出汁液，滴下，手指頭感覺出來且帶噓噓聲。

羣鶴

（Les grues……）

——致彼爾・羅逖

羣鶴掠過灰色天空，牠們修長身影
因爲雪和暗，呀呀叫的馳過；
這是人們美化墳墓的季節。
窮人與瞎子將用他們
紅亮的雙手去乞討。他們將

因寒冷而微笑地在黑夜中死去。

獸類將捱苦。我看到一位
眼睛有毛病的老乞丐，虐待他
那隻顫抖的縮成一團的可憐狗。

他牽著牠，繩子緊緊勒著，
說：「我將牠丟到水中三次。繩子
鬆開，牠又回來，這頭髒東西！」

那隻老狗，老乞丐的患難之交，
似乎對他說：「讓我活在地面
和你滿是風塵的衣服相依吧。」

而他，還算是人呢，比狗更壞，
說：「髒東西！髒東西！去吧！非溺死你不可……」
他們兩個在錫色的大天空下走著。

註：

題贈的彼爾・羅逖（Pierre Loti, 1850-1923）即著名小說「冰島漁夫」（Pêcheur d'Islande, 1886）的作者。

綠水邊

（Au bord de l'eau verte……）

綠水邊蚱蜢
跳著或滾著，
或在無力的葫蘿蔔花下
吃力地爬著。

涼水邊，白色羣魚游近
黑樹附近
樹影柔和地在斜陽時分
搖曳水面。

兩隻呱叫的鵲鳥飛向遠方，遠方，
飛離牧場，
投宿到滿是花草的
乾草堆上。

三位農人坐著邊看報
邊望水牛
閃亮的耙柄觸及他們
長繭的手指

細水蚊蚋在水面亂飛
不曾改變位置。
牠們交叉飛過來飛過去，
高高低低的飛著。

我胡思亂想地用長棍
敲打草地
而蒲公英的絨毛在風中
隨之揚起。

倉廩裏

(Dans la grange ……)

——題贈紀德

倉廩裏，堅碎的不平的結實土地上，
車子與斷椽枝橫臥於
劈下來的髒木柴堆。
鼓鼓的打麥機在
耐性的牛羣中停止打轉，
零碎麥穗滿地都是。

燕子們是上帝的雛雞，
從樑上窩飛了下來。

這時兩位靈巧的佃農，跳到
對面，用釘子釘牢
天花板上翹起的一塊白鐵皮。
他們裝滿了麥桿。

這時，我看到小鳥的母親
膽怯地投入空中，形成
網狀線。
　漸漸地，牠回到巢中。
我坐在耙邊，犂刀閃亮，
而我內心憂戚
彷彿深處有著
一道陽光掀起些許灰燼。
八隻非常快活的小豬走過來
那可能是送給小女孩的
牠們未滿三週，
彼此爭鬪，腰拱得像山羊，
牠們太小的步履有點性急。

母豬的奶頭鬆弛起皺，
嘴啐著地上污泥。

窮人，在這美好夏日
穿著上好衣服向我誇顯。

一切消失了，幾位憂戚的
靜美農人走近我的凳子，
在清新的昏暮中開車走了，
我低下頭來也沒對他們說。

——一八九七

森林裏和平是……

(La paix est dans le boix ……)

森林裏和平是寧穆且安全的
落葉細砂般阻擋流水，
宛如睡眠狀態，溪水同映
正棲止於蘚苔上的藍天。

我坐在黑橡樹脚，
靜下來沉思。一隻畫眉鳥
棲息高處。整個就是這樣。而生命
在寂靜裏顯得神奇、慈祥而嚴肅。

當我的公狗和母狗望著一隻
飛著的蒼蠅而想向前咬住時，
我沉下痛苦狀況，讓
認命淒傷地安慰我的內心。

註：
認命（la résignation），有「聽天由命」的忍耐之意。

太陽照耀着……
（Le soleil faisait luire ……）

太陽照耀著玻璃杯中的井水。
農莊的石塊陳舊破碎，
而青色山嶺柔和的線條
就像照在蘚苔般濕潤。
河流暗色，樹根被河岸
磨成暗色與扭曲狀。
有人在太陽下割刈搖曳的雜草，
而膽怯可憐的狗偶吠數聲。
生命於此存在。一位農人用粗話
對偷豆的女乞丐罵了幾句。
林中細塊是黑色石頭。

他走出梨子味的花園。
大地宛如乾草的割草人。
教堂鐘聲在遠處響著。（註）
天空青色與白色，麥桿堆中
聽得到鵪鶉鳥笨重飛翔的沉寂聲。

註：
此處鐘「響」，作者係用「咳嗽」（tousser）動詞。

我愛你……
（Je t'aime ……）

I

我愛你，但我不知給你什麼。
昨天，我奔跑時，喉頭碰著你時
我的潔白細腿顫抖呢。

II

我，鮮血比輪子流得更厲害，
直到我的喉頭感覺出妳那柔圓臂膀
透過洋裝閃亮著，宛如金雀花的葉子。

I

我愛你，但我不知我希望什麼。
我希望躺下且睡著……
林中的龍膽樹藍而黑。

Ⅱ

我愛妳，讓我在臂彎裏握住妳……
陽光下，雨滴在樹林閃耀……
讓我同妳睡，妳同我睡……

Ⅰ

我害怕。我愛你，我轉過頭來，如同
從棚架上採了葡萄花蜜同來
嗡嗡叫的蜜蜂的蜂窩。

Ⅱ

天熱了。麥田滿是紅花。
妳躲入麥田裏，把唇兒送給我。
草原低處青蠅在——偷聽？

Ⅰ

大地炙熱。靠近種有孟加拉玫瑰的
古牆邊有蟬隻棲息於
法國梧桐粗糙的白樹皮上。

Ⅱ

眞理是赤裸的，你也該赤裸。
穗花在妳硬軀下，因
染白的青春愛情時作爆裂聲。

Ⅰ

我不敢，但我想今晚赤裸……
而你碰到我，我有點怕你。
我全身純白，夜晚却是漆黑。

Ⅱ

樫鳥在林中鳴叫，因爲牠們戀愛了。
閃亮的甲蟲攀住橡樹。
戀愛的蜜蜂成羣飛舞。

Ⅰ

用手臂彎住我。我只能動情了
而我的肌膚裸露空中，發燙且發亮，
一如長春藤攀住樹幹，我緊靠著你。

Ⅱ

秋日的獸羣走向黃葉，
金色的鯉魚在水中，美麗歸女人，
而軀體歸軀體，靈魂歸靈魂。

小鴿子

(Les petites colombes ……)

魔術師的小鴿子，
小鴿子和牠的小姐妹，
很是難過，整天
在小盒子裏，在旅舍房間裏，

——然後，夜晚來臨時，
牠們在黑衣袖子裏，
牠們現身燈光下
作習慣性表演。

我望着天空……

（Je regarbais le ciel ……）

我望著天空但只看見
　灰色天空，
和高飛的一隻鳥。我聽不到
　一聲啼叫。

有人說牠不知走往何處
　於此陰天，
代替飛翔，牠任隨自己飄墜，
　宛如卵石。

隨後，牠消失了。——這時我朝低處望：
　看到屋頂。
這隻鳥爲何高飛？我不知道；
　但，這回，
看到一個黑點——我只想到
　這個黑點，
和灰色長天中這點掠過。
　這是昨日黃昏。

編輯手記

柳文哲

※爲慶祝　蔣總統、謝副總統就職暨民國六十七年詩人節；由臺灣省文藝作家協會、笠詩雙月刊社、詩人季刊社、詩脈季刊社、臺中市立文化中心聯合於臺中市立文化中心舉辦新詩創作展、新詩座談會、詩的演出大會。六月十日詩人節本刊同仁特從南北部前往中部大會合，共襄盛舉，來賓有文藝界前輩及各詩社詩友前來參加。

※本社第十四週年年會決定，積極主編「笠詩選」，並籌劃第十五週年紀念，以及出刊百期紀念事宜。

※本刊今後編輯方針，將加强提高水準，充實內容；在創作方面，鼓舞過去有表現的優秀詩人再出發，挖掘有潛力有骨氣的新銳詩人的作品。在翻譯方面，有系統地評介與翻譯外國的現代詩。而在評論方面，將積極地推出有系統的評論專輯，對我國現代詩人中眞正有所成就者加以肯定，對浪得虛名者加以批判與揚棄，以澄清詩壇的烏煙瘴氣，而走出更開濶更健康的坦途。

※本期在創作方面，靜修、何瑞雄等均東山再起，值得注目。在評論方面，認眞地討論幾位詩人在創作上的得失，並加以分析與鑑賞。而在翻譯方面，我們一口氣地推出了莫渝譯述的法國詩人「賈穆詩選」。

※本刊每逢雙月份二十日集稿，敬希本刊作者、讀者繼續支持，並惠賜大作爲禱。

窺豹札記④

李魁賢

15「插嘴」的插嘴

詩的世界是有情的世界，不論詩多深奧，多難解，其可感性是不可或缺的。即使謎般的李義山「錦瑟」詩，讀者也可因「此情可待成追憶，只是當時已惘然」引起共鳴，而有悵然若失的「惘然」之「情」。

當然，那共鳴的程度，因人、因時、因心情的不同，而有很大差別，蓋詩有無限的想像和感應空間，不是輕易可用框子加以限定的。

因此，所有詩的箋注，也不過是提供箋注者觀點的一種或若干種可能性而已。而箋注之意，既然旨在使讀者能接受其觀點，則必定要很準確地說出箋注者的新發現，以便撥雲見日，引起共感。高陽對李賀「藥轉」詩之解釋，為典型之佳例。

箋注既然旨在引導讀者，一定要帶出大道通衢，卻莫反而推入死巷裏。不幸，桑科「挿嘴」的「古典詩的數式箋注」（註1），簡直要把讀者的感性思維囚禁入地層下的死牢裏。

以數學解文學，如此路可通，說不定可以發展出令人耳清目明的學術方向，正如以數學解企業經營的新興學問「作業研究」一樣。問題是，數學程式有確定不變的性格，而文學表達本身卻是游移不定的，前者是定義的，後者是歧義的。因此，數學程式充其量也只能提供箋注者觀點的另一可能性而已，如果詩確能用數學程式來解析的話。

不幸，我們看到桑科的「挿嘴」，並沒有表現用數學來演算詩本質的企圖，只是在作文字遊戲，而這種遊戲對詩的想像毫無助益，反而把原是清新可感的詩，弄得一團模糊，比起一些自稱前衞的超現實詩，更令人不忍卒睹。這些箋注，既無啓發性，也無感悟性，更說不上嘲弄性，簡直和讀者開玩笑。

試以桑科箋注陸放翁「梅花」詩：「何處可化身千億，一樹梅花一放翁」為例（見五月七日人間副刊），其箋注之前半為：

亦等於　身×千×億

身　亦復等於　$\dfrac{身}{千\times億}$

若以符號代替，可改寫成道地的數學程式，則為

$$A = A\times B\times C = \frac{A}{B\times C}$$

這是完全不通的邏輯，請問：這究竟是怎樣的一種數學式呢？簡直令人啼笑皆非。以此不通的數式來箋注古典詩，不但褻瀆，而且是是謀殺中國文學遺產的行為，較「謀殺中文」又進一步的「罪行」。

深感此風不可長，乃迫不及待地「挿嘴」進來。（67、5、7）

（註1）這題目是根據五月六日的人間副刊，但在五月三日第一次刊出却用「數學式箋注」，同日前言却又用「數學箋注」，竟有三種不一致的標題。

（註2）爲了「妙文共賞」，把桑科箋注的前四則列此存眞，以見我國中文系教授的解詩功力：

古典詩的數學式箋注・桑科箋注・

⑴何處是歸程　長亭更短亭（李白菩薩蠻）

魂夢中的歸程＝風×沙×（長亭＋短亭）∞

⑵不知細葉誰裁出　二月春風是剪刀（賀知章　柳枝）

$$\text{細數一株綠楊的小葉} = \frac{\text{天地間無窮的綠情翠意}}{\text{一小剪一小剪的二月春風}}$$

⑶何處可化身千億　一樹梅花一放翁（陸放翁　梅花）

身 亦等於　身×千×億

身 亦復等於　$\frac{\text{身}}{\text{千}\times\text{億}}$

可觀如　千樹梅花的漫天匝地

又復可觀如　一朵梅花的莊嚴自凝

⑷潮打空城寂寞同（劉禹錫　石頭城）

城・春潮寂寞

（像3.14159 它是一組永恆的循環小數，美麗的圓周率，詩心便各緣其半徑而成爲面積或體積）

16　新版國際詩人名錄

由英國劍橋國際傳記中心監修的『國際詩人名錄』第五版已出版，收錄八十四國詩人共四八三四名，並附錄介紹以美國和英國爲主的各詩社、詩刊、詩獎、吟詩唱片、錄音帶、詩人筆名索引，和第三次世界詩人大會報告，燦然大備，全書厚達七百餘頁。

如按收錄詩人國籍分，美國詩人二五三三名，加上波多黎各七名，合計二五四〇名，占名額半數以上。雖然以個人而言，並不意味列入名錄才算詩人，但在一種國際性名錄內，一國獨占半數以上名額，則該國文學的「進取性」便值得注目。而有那麼多的美國詩人努力追求詩藝，他們想領導世界詩壇風騷的潛力，實不容忽視。瀏覽名錄內的美國詩人略歷，大多創作頗豐，洵非空頭詩人，且很多擁有大學教授的職位，可見他們在「詩的教育」上的努力播種，已顯示收穫的端倪。

北美洲另一國家——加拿大，有七十五名詩人上榜，占人數第六位。至於中南美洲中依次爲：阿根廷二十四名，牙買加九名，墨西哥七名，巴西和千里達各六名，委內瑞拉四名，蓋亞納三名，智利、祕魯、哥倫比亞和巴貝多各二名，多明尼加、烏拉圭、古巴和百慕達各一名。其中顯示在西印度羣島的牙買加和千里達這些島嶼上，奧費斯的歌聲頗爲嘹亮。

歐洲國家中，以英國八三四名居首。英國爲監修單位地主國，依理英國詩人資料之徵集較爲方便，其人數比例應屬偏高，但僅及美國詩人列名人數三分之一弱。其他歐洲各國詩人列名人數依序爲：法國八十八名，比利時七十三名，德國六十四名，瑞典五十名，瑞士四十八名，愛爾蘭四十七名，意大利四十二名，丹麥三十六名，芬蘭三十二名，挪威二十九名，奧地利和荷蘭各二十四名，西班牙十五名，希臘十一名，葡萄牙十名，冰島七名，馬爾他二名，盧森堡、塞普勒斯和加納利羣島各一名。

東歐共產國家中，波蘭三十名，南斯拉夫二十六名，匈牙利二十三名，蘇聯十七名，捷克和羅馬尼亞各十名，保加利亞一名。

亞洲國家中，以印度一四六名爲首，占全球第三位，令人刮目相看，這可能和施理尼華氏博士(Dr. Krishna Srinivas)等組織世界詩會，推動詩運有關。其次爲巴基斯坦三十五名，日本二十名，菲律賓十六名，中華民國十四名，韓國九名，馬來西亞和泰國各五名，新加坡和孟加拉各四名，印尼和土耳其各三名，錫蘭和香港各二名，阿富汗和中國大陸各一名，中國大陸列名者爲郭沫若。香港二名中有一位是新雷詩社社長林仁超。

中東國家中，以色列五十九名，非常特出。其他是伊朗七名，沙烏地阿拉伯五名，伊拉克和黎巴嫩各一名。

大洋洲中，澳洲一〇四名，居全球第四位。紐西蘭四十五名，新幾內亞一名。

非洲國家中，南非二十六名，羅德西亞十二名，均屬白人統治國家。新興國家中以迦納十一名和奈及利亞九名獨多，塞內加爾二名，包括其總統沈果爾（Leopold Sedar Senghor，參見拙譯『黑人詩選』）在內。其他各國均僅有一名，包括：馬拉加西、突尼西亞、喀麥隆、烏干達、衣索比亞、肯亞、尚比亞、盧安達、馬拉威、象牙海岸、坦尚尼亞、模里西斯、和摩洛哥。

此外尚有十六名，從其資料記載上無法判斷其國籍。

雖然從列名人數多寡，未必能證明該國詩水準，但從上面所列，不是依稀可看出各國文學力量的地位嗎？因爲國際上文學活動的參予，正是文學生命力的觸鬚之一，也是顯示國力的一支尖兵。

我國詩人列名者，有本刊同仁陳秀喜、馬爲義（非馬）和筆者，其他有新詩人鍾鼎文、洛夫、張默、上官予、墨人、蓉子、陳敏華、施穎洲、鍾玲，舊詩人中有張維翰、何志浩、陳邁子。其中馬爲義及鍾玲長期留美，施穎洲族菲，陳敏華遠去哥斯達黎加，則國內新詩人只有八位列名。

由此看來，我國詩人列名人數太少，似乎過於保守，不成比例。也許有些詩人不屑於列名，但名錄內赫赫有名者俯拾皆是，例如去年諾貝爾獎得主西班牙詩人亞歷山卓（Vicente Aleixandre），法國有名的超現實詩人阿拉貢（Louis Aragon），美國普立哲詩獎得主麥克萊希（Archibald Macleish），艾肯（Conrad Potter Aiken），名詩人艾伯哈特（Richard Eberhart），格雷夫斯（Robert Ranke Graves），蘇聯詩人葉夫圖先寇（Evgeny Alexandrovich Evtushenko），於一九七〇及七六年兩度被提名競爭諾貝爾文學獎的捷克詩人果伊（Erwin Goy）……。

這本『國際詩人名錄』每二至三年重修一次，去逝或未塡寄資料者即遭除名。第六版預定明年會開始徵集。以往可能我國很多詩人不知如何參加，以致失之交臂。而某些已列名詩人，除了只知向報社發新聞表示某某列載國際詩人名錄，使人錯覺其身份外，從未以國家立場來重視這件事。

以這樣包羅和發行均甚廣的名錄而言，其受參考翻閱之機會必多，如果我國詩人列名者衆，豈不足以顯示我國詩文學創作的沽躍，間接表示我國政治的安定和經濟的繁榮，這是無形的巧妙宣傳。如果我們把在井底相爭的力量，留一份齊力爲國家爭一些面子，豈不是更有意義？何況列名者，沒有負擔任何費用的義務，反而有以優待價購買名錄的權利，何樂而不爲！

已列名的詩人，有權利推薦其他人，而且國際傳記中心每次徵集前，都會要求列名者提出推薦名單，所以願列入名錄的詩人朋友都可找已列名的詩人推薦，爲方便起見，筆者願充當橋樑，只要將姓名及通訊地址之英文賜告即可，至於個人資料，該中心將來會寄調查表供塡寫。（65、5、22）。

17 紐西蘭閨秀詩舉偶

紐西蘭國際作家工作坊（International Writers' Workshop New Zealand）最近來函，希望與本刊加強聯繫、交換刊物、促進中紐詩文學的交流。

紐西蘭國際作家工作坊於一九七六年七月才成立，算是一個年輕的文學團體，其成員不分男女、年齡、種族、和寫作經驗之深淺。主要宗旨在於彼此策勵，每星期四有例會，每月第一和第三次例會，在白天舉行，第一次例會上午討論一般文學，下午討論詩，第三次例會上午討論劇作，下午討論小說和雜文。第二和第四次例會，在夜間舉行，討論會員作品，由作者本人朗誦後，與會者寫下批評意見交給作者參考。每六週之夜間例會，邀請名人演講。

該工作坊的另一重要工作，是和世界各地的文學團體聯繫，目前交往較頻繁者有美國、以色列、日本、澳洲、錫蘭等國。他們每四個月出版通訊一次，迄今已出七期，內容有學術性討論、寫作指導、會員動態、徵詩徵文報導。以第七期通訊爲例，顯示重視實用性詩文，例如討論到作歌詞的原則、如何撰寫聖誕卡上的詩句、如何寫劇本、廣播小說應具備的條件，還列有許多雜誌和出版社徵稿消息。

工作坊本身每年舉辦多項詩文競賽，是世界性開放徵稿，今年已辦過詩、兒童故事、幽默小品的競賽，即將舉行的有成人故事、詼諧詩、獨幕劇、廣播小說、俳句的競賽。該工作坊特別希望本刊對俳句造詣深刻的同仁，能夠踴躍參加，截稿日期爲九月十九日，每位參加者限四首，題目不拘。

紐西蘭國際作家工作坊並向本刊投稿，寄來 Hilda Phillips 和 Barbara Whyte 二人的詩，適巧二位都是女士，姑以閨秀詩稱之，實際上並無濃厚脂粉味。玆試譯成中文，中英並刊如下：

BOTSWANA AFARI

by Hilda Phillips

The Burning day
wraps itself in twilight,
as the African sun -
a red balloon -
sinks swiftly into
the still waters
of the Chobe River.

The silence, heard
more intensely
than city sounds,
symphony of sea,
is emphasised as
hippos grunt and
snort goodnight.

A swift darkness
shrouds the unfamiliar
night. Is it fear
or the sudden cold
that draws us closer
to the campfire,
like moths around
a flame?

非洲波札那之行

燃燒日
自囚在黃昏裏，
當非洲的落日——
火紅的氣球——
急速沉入
九悲河
靜靜的流水。

寂靜，聽來
比市囂，
海的交響樂，
更爲震撼，
被强調成
河馬的怨聲
和鼾呼的夜安。

急速的黑幕
覆蓋着陌生的
夜晚。是恐懼
還是驟冷
把我們引近
一堆營火，
像是夜蛾圍繞
火焰？

AMBIVALENCE

by Hilda Phillips

The rocky shores of memory
are paths I seldom tread
for fear of tidal waves
that wash up from the deep.

There, lurking in the murky depths,
are the outcasts of my life; and,
confronted without warning
they threaten to unmask me.

But which do I fear the most?
The haunting memory of the Self
I knowtoo, well or the Self
I've never learned to know.

矛盾心情

記憶的礁石海岸
是我很少踏上的路徑
因怕高潮的波浪
從深淵捲洗而來。

沉潛陰翳深處的是
我生命的游魂；
而未經警告却遭遇
他們欲把我揭露的威脅。

但何者是我最懼怕？
自己不能忘懷的記憶，
那是我深切熟悉的，還是
我尙未瞭解的自己。

NOW - A STRANGER

by Barbara Whyte

Once
I unberstood
the whispering of leaves
on summer bays
anb gentle sighing
of the opening buds,
while notes of birds
where phrases
in a language
that I knew.
Then
I assumed
the regulation shape
the artificial ways
and stilted tongue
that dulled my ears
to all these things
and left me
as a stranger
in an alien land.

如今一陌生人

曾經
我懂得
夏日
樹葉的耳語
和新芽
溫柔的嘆息
而鳥聲
語言中的
辭彙
我明白。
後來
我設定
規章形態
造作方式
和賣弄的舌頭
使我的耳朶
對這些全不靈
而留下我
像是異國的
陌生人。
(67、6、1)

OAP CARVING

by Bavbara Whyte

肥皂雕刻

How skifully those figers
held the tool
that shaped this soap
into a poem of design.
No Chinese ivory carver
lavished more attentive care
upon his work
than this young man
who flake by flake
hollowed a ball
of chiselled lace.
So fragile now -
although the polish of its shell
invites the fingers' touch
the lightest hand
would spoil its shape
and moisture from the flesh
corrode. So guard it
on its high protective shelf
and let it represent
a monument
to youth's unending search.

多靈巧的手指
執着工具
把肥皂雕塑成
設計的詩篇。
中國的象牙雕刻師傅
也沒有這麼聚精會神
於他的作業
像這位少年郎
一片一片地
挖空了雕琢花邊
的一粒球珠。
如今多麼脆弱——
雖然外殼的光澤
引起手指的觸撫
最輕柔的手
也會破壞它的形體
而來自肌膚的水份
會把它腐蝕。所以要
保管在高高的保護架上
並當做紀念碑
代表
青春不盡的追尋。

李魁賢近年出版譯者

三信出版社出版

弄斧集　定價二十五元
英詩中譯的比較研究

赤裸的薔薇　定價三十元
十年間詩創作的總結

大舞台書苑出版

一、里爾克叢書

里爾克傳　定價五十元

給奧費斯的十四行詩　定價三十元

杜英諾悲歌　定價三十五元

形象之書　定價五十元

二、卡夫卡小說

審判　定價四十五元

大漢出版社

佛洛斯特傳　定價五十元

聯經出版事業公司出版

世界專利制度要略　定價四十元

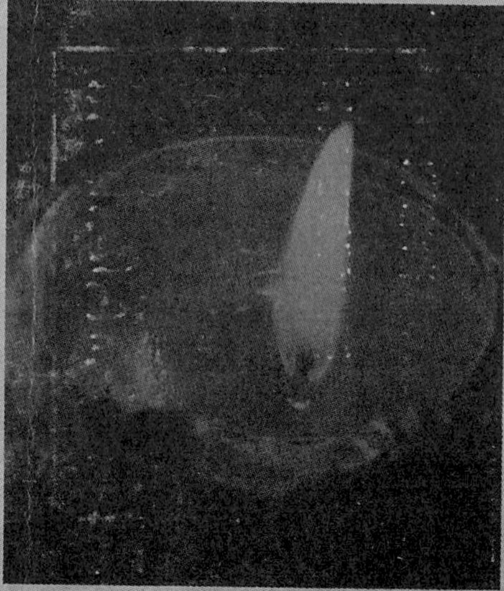

中國民國行政院局版台誌1267號
中華郵政台字2007號登記第一類新聞紙

笠 詩双月刊
LI POETRY MAGAZINE 86

中華民國53年 6 月 15 日創刊
中華民國67年 8 月 15 日出版

發行人：黃騰輝
社　長：陳秀喜

笠詩刊社
台北市錦州街175巷20號2樓
電話：551－0083
編輯部：
台北縣新店鎮光明街204巷18弄4號4樓
經理部：
台中縣豐原市三村路90號
資料室：
《北部》台北市北投吉利街249號4樓
《中部》彰化市延平里建寶莊51～12號

國內售價：每期30元
訂閱全年6期150元・半年3期80元
海外售價：美金1.5元／日幣300元
港幣 5 元／菲幣 5 元
歡迎利用郵政劃撥21976號陳武雄帳戶訂閱

承　印：福元印刷公司　臺北市雅江街58號

詩双月刊

笠

LI POETRY MAGAZINE

1978年
10月號

87

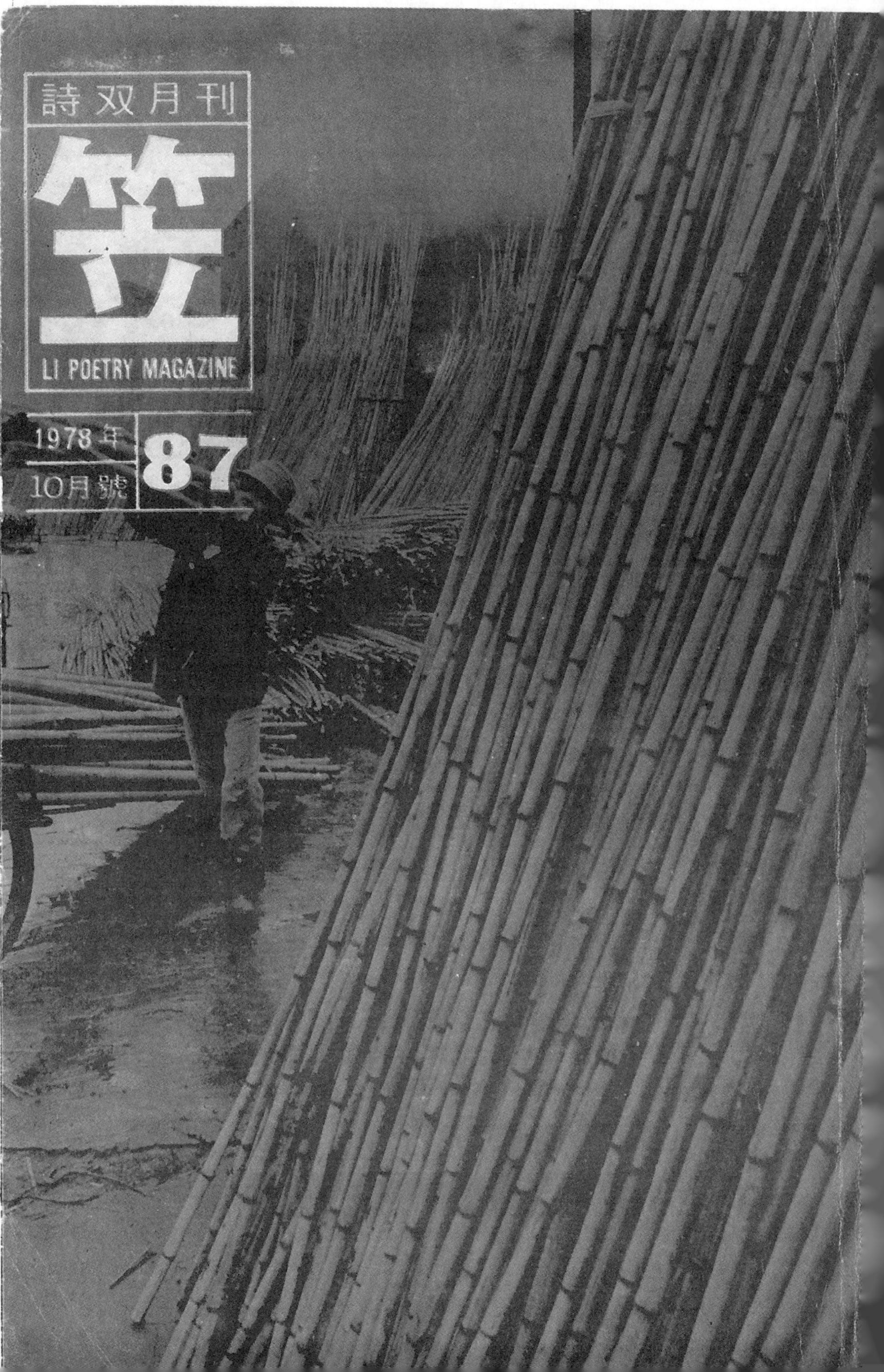

笠 87 期（1978年10月號）目錄

巫永福詩中的祖國意識和自由意識

李魁賢

在臺灣新文學運動史上，巫永福先生占有先驅的地位。早在民國二十一年時，他便與今年二月間剛逝世的張文環，已故的蘇維熊、曾石火和王白淵，以及施學習、吳坤煌等，在日本東京組織臺灣藝術研究會，發行機關誌フォルモサ（福爾摩沙），除了刊登小說外，還有現代詩作品。「這份刊物的出現，給予當時在日本的臺灣學生和臺灣文壇很大的鼓勵，對於臺灣新文學的發展，無疑是一股很大的力量。」（註1）

「福爾摩沙」雖只發行三期即停刊，但他們成員的文學活動並沒有因此中止，例如張文環另行創辦了「臺灣文學」，巫永福自日本返臺後，也參加了臺灣文藝聯盟。「但這個聯盟，因戰爭逐漸激烈，遭受了日本當局的壓迫而命令解散。」（註2）。

臺灣光復後，因語言的變換，社會結構的遭替，很多臺灣文學前輩都告封筆，像張文環、吳濁流是少數還有新作問世的小說家，而像巫永福、邱淳洸等能繼續創作不懈的詩人，也是屈指可數。

在臺灣光復後的新詩史上，有所謂「跨越語言的一代」，像已故吳瀛濤，以及目前以「笠詩刊」爲中心參與詩活動的桓夫、詹氷、林亨泰、錦連、陳秀喜、杜芳格、周伯陽等。由於巫永福的重新出發，使這「一代」的歷史還要追溯十幾年，而且巫永福將是名正言順的領銜人物。

巫永福的再度出發，是以「笠」爲發表園地，自四十二期（六十年四月號）迄今，已發表了九十餘首詩，無論質量都相當可觀。做爲笠詩刊同仁之一，他的表現對後進實有莫大的激勵作用。吳濁流仙逝後，他又擔當起「臺灣文藝」發行人的任務，更積極地充當起臺灣文學再造的精神領導角色。

從「福爾摩沙」到「笠」，從臺灣文藝聯盟到「臺灣文藝」，可以看出巫永福文學活動的軌跡。以在兩種語文世界裏從事過實質文學活動的身份，以他將近半個世紀的文學經歷，我們可以從巫永福的詩中追究臺灣文學前輩的精神。如果我們承認文學工作者在社會活動上扮演帶有先知角色的使命，而詩人有時代號手的自覺，則我們從巫永福詩中展現的精神諸貌，可以看出臺灣同胞民族與民權意識的基礎。

巫永福的文學活動是在日本殖民政策統治下出發的，因此以文學反映現實的層次看，在此環境下活動的文學者，便先天性地會唱出殖民地被奴役人民的心聲。沒有眞正被奴役過的人，不會瞭解在殖民地生活的人民的心酸。臺灣同胞被清朝遺棄，出賣給異族後，一頁殖民地的心酸史便從此展開了序幕。武裝抗日的屢起屢仆後，乃轉入文化的對抗，大多數舊詩人，如林幼春、趙一山、洪棄生、施梅樵、林痴仙、連雅堂，是採取與統治者不合作的態度（

註3），而新起的年輕文學青年，則偏向積極的立場，企圖建立自己本土的新文學，與日本皇民文學爭鋒。

在這樣環境下孕育的臺灣文學，洋溢着民族意識，自不難想見，這是從異族統治的苦難中自覺到民族的尊嚴而發出的呼聲，因而產生對祖國的嚮往，乃是理所當然之事。巫永福寫下了這一首感人至深的詩：

祖國（註4）

未曾見過的祖國
隔着海似近似遠
夢見的，在書上看見的祖國
流過幾千年在我血液裏
住在我胸脯裏的影子
在我心裡反響
呀！是祖國喚我呢？
或是我喚祖國？

燦爛的歷史
祖國該有榮耀的強盛
孕育優異的文化
祖國是卓越的
啊！祖國喲醒來！
祖國喲醒來！

國家貧睡就病弱
病弱就會有恥辱
人多土地大的
祖國喲　咆哮一聲
祖國喲　咆哮一聲

民族的尊嚴在自立
無自立便無自主
不平等隱藏有不幸
祖國喲　站起來
祖國喲　舉起手

戰敗了就送我們去寄養
要我們負起這一罪惡
有祖國不能喚祖國的罪惡
祖國不覺得羞恥嗎
祖國在海的那邊
祖國在眼眸裏

風俗習慣語言都不同
異族統治下的一視同仁
顯然就是虛偽的語言
虛偽多了便會有苦悶
還給我們祖國呀！
向海叫喊　還我們祖國呀！

詩人這樣聲嘶力竭地向祖國發出多麼沉痛的呼喚，可是當時因祖國的儒弱，却只能隔海觀望。巫永福帶有憤懣的情緒：「戰敗了就送我們去寄養／要我們負起這一罪惡／有祖國不能喚祖國的罪惡／祖國不覺得羞恥嗎」。除了親身遭遇外，有誰能體會「祖國不能喚祖國」這種斷根的殘忍罪惡？但畢竟祖國就像是我們的母親，是血統的根源，即使祖國貧弱，但被棄的孤兒，一生一世還是以回到祖國的懷抱為宿願。即使委屈在異族統治下，對祖國堅強起來的期待是多麼迫切，寄予多大的希望：「祖國喲咆哮一聲／祖國喲咆哮一聲」，這是被棄孤兒的心聲淚痕。巫永福在另一首詩中，寫下了這種孤兒的心情：

孤兒之戀（註5）

亡國的悲哀　被日人
謾罵為清國奴的憤怒
把它埋入苦楝樹下算了
但花香的風溶化不掉呢
默默　拭去淚珠
佇立着仰望雲的我
雲脆弱地散開了
孤兒的思維和嘆息
在日光裏越來越厲害

清國奴是什麼意思？
被罵的悲哀在身心
清淨的溪流含着憂愁
仙丹艷紅的花
和卡特里亞蘭花的華美
也失去了清爽
木蓮花含苞嘆息
吐不出優雅的芳香

聽青鵲的哀鳴　就想國土
聽院子裏鳥叫　就想國土
聽了就憂愁
就在夜燈下哭泣
在基隆海日出的時候
在臺日航路船上憤怒着
把恥辱藏在故鄉的山巒
把孤兒的相思藏在波浪

日夜想着難能獲得的祖國
愛着難能獲得的祖國
那是解纜孤兒的思維
醫治深深的恥辱傷痕
那是給與自尊的快樂
使重量的悲哀消逝
使沉溺的氣憤捨棄深淵
呀，難能獲得的祖國尚在

由於苦悶而快窒息似的
眼淚流不住呢

到竹叢裏走一走看看吧！
雖無信神之心
仍想着奉媽祖來到這島上的
祖先而感到悲哀
在遙遠的竹叢黑暗裏
只要有一點光亮
　就好了……

亡國之痛，臺灣同胞比誰都更切身經歷過被遺棄給異族的悲哀，實非再苦難至少還能受到祖國庇蔭的外省同胞所能設想。因此，當有人以譏誚的口氣諷刺代表臺灣鄉土精神的詩刋，是日本現代詩的殖民地時，如何刺痛了臺灣同胞逐漸痊癒的傷口，是可想像而知的，也反映了胡說者的泯滅良心和幸災樂禍的卑鄙心理，十足呈現其無知與墮落。

在對異族殖民主義者鬪爭中，除了以民族精神爲支柱外，由於世界思潮所趨，以及三民主義思想的鼓吹，民權意識高漲，而在文學上表現了爭自由，反專制的內涵。先知型的文學者，在詩中歌咏着對自由的嚮往，正是唱出了全島民衆的心聲。巫永福寫下了這樣的心態：

鷄之歌（註6）

竹籠裏的鷄凝望着什麼？
混在討厭而污穢的糞裏
被封閉於狹窄的天地
驚惶　為自卑而憤怒的眼
悲傷　低低地啼着

曾經飛奔在鄉村的日子
能從廣大的院裏仰望高空的雲
眺望遙遠的山野
悠揚而快樂地
啄啄花叢下底塵土

終會死去的一個生命
若以努力換以待斃
也許還有飛奔的日子
堅強地嘗試在廣大的世界
或許不會遇到死的命運呀

有一天鷄脫離了竹籠
跳上垂危的橫木
更勇敢地跳上屋頂
從咽喉迸出高亢的聲音
向四方響亮而誇耀

不願被囚在竹籠中待斃的生命，洋溢着向廣大的世界飛奔的意志。努力爲自己爭取恢復自由的身份，才有「更勇敢地跳上屋頂／從咽喉迸出高亢的聲音／向四方響亮而誇耀」的成果。自由絕不是靠施捨，也不能依賴別人的善舉。試看在異族統治下無數前仆後繼地向統治者爭取民權的先賢，不是爲了掙脫樊籠而奮鬪不已嗎？臺灣光復後，他們的心血和功勞，却常被故意抹消，甚至還有被惡意汚衊的情形，這是很不公道的待遇。「前人種樹，後人乘涼」的古訓，顯然容易被人健忙。

臺灣光復，民族問題得以一擧解決。另一項爭取的民權要求，也在一邊發展當中一邊改進。在巫永福近作的「氣球」一詩中，對自由眞諦的評價有更進一步的吟咏。

氣球（註7）

紅藍白三色的美麗大氣球吊着廣告標語
像項鍊掛在胴體一樣
體態更嬌媚、更婀娜多姿，而且飄飄然
像被粗長繩索繫着的奴隸
高高在上
一朝登天
氣球興奮得幾乎歡笑出聲
有如夢中美境愁事全了
更似出世
既可遠眺又可俯看脚底的人間世界
看高樓默默及人車爭道
氣球都昂首挺胸以展示其存在
好讓脚下的人們瞻仰她的神氣
更希望能表露
她的歡欣以及美妙之姿
整天不能休息的工作讓她疲倦難耐
又覺乏味想睡却不能休息
只得隨風飄搖
在繩索的拘束裏
也有悲哀湧上心頭了
氣球想飛到更高的地方去
也想向左右移動尋找更廣濶的地方
但却沒有那種自由
又是怨又是恨
在風中掙動
想要脫離羈絆遠走高飛
這時候主人緊緊握着繩索說話了：
「你打扮得漂漂亮亮每天輕鬆遊蕩
還有什麼不滿足的啊！
自由自在地在高空漫步
就不應該不安份！
要知道祇有順從我的意思才有自由
你是不能掙斷繩索的
而且為了你的安全我時時在監視你
知道嗎？」
聽主人這麼說

氣球黯然神傷想哭
不能飛到更高更高的地方
不能有自己的意志
說是「自由」是嗎？

以四首詩舉例說明巫永福詩中表現强烈的祖國意識和自由意識，同時也幾乎可以肯定，巫永福的詩可做爲抽樣代表以民族與民權精神相繫的臺灣文學前輩們的心態。可惜的是，其他前輩詩人都已擱筆，而他們以日文發表的詩，迄今又缺乏有系統和完整的翻譯成祖國文字，以致我們對臺灣文學前輩們的文學遺產與精神面貌無從吸收，造成臺灣光復後斷代的現象，這是多麼大的損失。

從巫永福的繼續創作不輟，我們期待着臺灣文學的源流，今後能在一代一代不斷創作與交替中，源遠流長地滙成巨流。

——67年4月1日

附註：

1. 引錄陳少廷編撰『臺灣新文學運動簡史』九十三頁，聯經出版事業公司，66年5月初版。又據同書八十八頁，臺灣藝術研究會成立日期是民國21年3月20日，成員還有魏上春、吳鴻秋、黃坡堂、劉捷。
2. 同註1。
3. 參見王國璠、邱勝安著『三百年來臺灣作家與作品』，臺灣日報社，66年8月初版。
4. 發表於「笠」52期，61年12月15日。曾轉載於「夏潮」16期，66年7月1日。並被收錄於註②『臺灣新文學運動簡史』，一五四—一五七頁。
5. 同時發表於「笠」52期。
6. 發表於「笠」43期，60年6月15日。
7. 發表於「笠」82期，66年12月15日。

（上接第11頁）

在那遙遠的山脈下　紫色的盆地
鄉社清靜幽雅的
紅磚　那古老的故居
難忘的記憶纏住着
使故居永不褪色
而幻影似的映在眼底
使我透視着
從那遙遠的地方
那個人確實存在着
常常在叫我

最後：前輩詩人巫永福先生，有一種强烈的民族意識，寫出寶貴的愛國詩篇，他所寫的這些愛國詩篇，聲聲句句呼喚祖國，時時刻刻關懷祖國，他不愧爲一位愛國詩人，他的作品有價值留給下一代，而培養下一代愛國家的熱情，培養愛民族的熱情，培養愛鄉土的熱情。

愛國詩人巫永福

周伯陽

愛國詩人巫永福先生，埔里人，早年東渡日本三島留學，畢業於東京明治大學文科，因此他對於文學方面造詣頗深，是本省詩壇前輩之一。他所寫的新詩作品（因爲他擅於文學寫作，所以爲了和其他文學作品有所分別），大略以臺灣光復前後爲分界，可以分做兩個時期，就是臺灣光復前時期和臺灣光復後時期。

一、臺灣光復前時期：

愛國詩人巫永福先生因爲留學日本三島，不但小說、戲曲（戲劇）、新詩、連日本式的詩：和歌（又稱短歌）與俳句（又稱俳句詩）等都不錯，眞是一位多才多藝的文學家。根據他的自述說：

「八年抗戰末期我參加由臺中州警察部主持的一個臺中智識青年的座談會，因我批評日本人對臺灣人的差別待遇的問題，招致了臺中警察署對我特別的監視。其中有姓若林及姓林的特務常來我家，有時候一日兩次，使我覺得可怕危險。家母怕我惹事，興起文字獄，乃在三更半夜將我所寫的小說、戲曲、詩等等原稿統統燒毀以備萬一。至今想起來，猶有餘悸，且也甚覺可惜。數年前，因臺中的住屋要出售，在整理堆在倉庫的舊書籍時，才發現尙有一本筆記簿，記載部分日據時所寫的詩稿，挾在舊書籍裏面得以倖存，乃由笠詩社陳千武君翻譯爲中文。曾陸續發表於該詩刊。」

現在我想到日據時期我有一位堂弟就讀於國小高等科（等於國中），因他和幾個同學弄髒了日本皇家北白川宮能久親王（進攻臺灣時的日本近衞師團長）的遺像，犯了不敬罪，竟惹致了日本警察對他們特別的監視，日本特務常到他家纏住了多年，東問西問眞的不好受，好在他們都是小孩子以調皮不懂事爲理由，這個不敬罪後來就從輕發落，但是造成該校日本人校長引咎辭職。

在這個時期巫永福所寫的新詩作品，從形式方面來說都是日文，而後來由陳千武先生翻譯爲中文，另從內容方面來說有强烈的民族意識，他一直在呼喚祖國，在異民族統治之下，他寫出本省同胞的沉痛的感受以及對祖國的嚮往和關懷。

他的作品「祖國」一篇，開始第一行就寫出「未曾見過的祖國」，又在最後一句「向海叫喊，還我們祖國呀！」聲聲句句呼喚祖國，其內容滿腔熱情，有强烈的民族意識，逼人不息的感受，不但有楚大夫屈原的愛國情緒，也有像北歐立陶宛民族復興的詩人梅龍尼士（J. M. MAIRONIS 1862—1932）的「我的祖國」詩篇，復興民族的熱情，引人共鳴。

祖　國

未曾見過的祖國
隔着海似近似遠
夢見的，在書上看見的祖國
流過幾千年在我血液裏
住在我胸脯裏的影子
在我心裡反響
呀！是祖國喚我呢？
或是我喚祖國？

燦爛的歷史
祖國該有榮耀的強盛
孕育優異的文化
祖國是卓越的
啊！祖國喲醒來！
祖國喲醒來！

國家貪睡就病弱
病弱就會有恥辱
人多土地大的
祖國喲！咆哮一聲
祖國喲！咆哮一聲

民族的尊嚴在自立
無自立便無自主
不平等隱藏有不幸

祖國喲！站起來
祖國喲！擧起手

戰敗了就送我們去寄養
要我們負起這一罪惡
有祖國不能喚祖國的罪惡
祖國不覺得羞恥嗎？
祖國在海的那邊
祖國在眼眸裏

風俗習慣語言都不同
異族統治下的一視同仁
顯然就是虛偽的語言
虛偽多了便會有苦悶
還給我們祖國呀！
向海叫喊　還我們祖國呀！

「孤兒之戀」一篇，可以看做前篇「祖國」的續詩，他提到「清國奴」，「被日人謾駡爲清國奴的憤怒」，沒有體驗過的人，對這一句話沒有語感，不大了解其涵意，日人是島國根性的國民，度量狹窄，缺乏大國民的風度，在日人心目中本省同胞是像一粒小石子的存在，不平等待遇，談不上人權。尤其到臺灣來的日人，大部份是粗野又沒有修養的傢伙，他們有征服者的優越感，他們蔑視我們，他們仗勢欺負我們，態度惡劣，我們被征服者的悲哀，令人難受。

民國二十四年三月，櫻花開滿了日本三島的春天，我曾經到過馬關（日人稱爲下關），參觀馬關和約的場地春帆樓旅社，春帆樓就是一家日本榻榻米式的普通旅社，李鴻章和伊藤博文會談的房間就在二樓大房間。我當時觸景生情，埋怨李鴻章，這個老傢伙原來就是在這裏出賣臺灣同胞，使我們在異民族的桎梏之下天天受罪，使我們在一夜之間變成五十一年的孤兒，註定了我們的命運，吃盡苦頭。丘逢甲說：「宰相有權能割地，孤臣無能可回天」，他藉此詩大罵李鴻章的不是。

後來我才知道，其實李鴻章要前赴馬關之前德宗光緒帝特別向李鴻章授意，「臺灣必須確保，臺灣不能割讓，失去臺灣，全國民心會離開政府」，於是李鴻章就力爭，但是伊藤博文以戰事再起爲威脅，使李鴻章的力爭無效。原來割讓臺灣和澎湖羣島的要求乙節是日本海軍方面所提出來的，就是他們要做南進的橋樑，所以非得不可。

李鴻章受了日本人的氣，又遭遇到刺客，差一點就賠了一條老命。這一點證明不是李鴻章出賣臺灣同胞五十一年，過了孤兒生活，應該歸咎於清廷戰事的失敗才對，我錯怪了李鴻章。

孤兒之戀

亡國的悲哀　被日人
謾罵為清國奴的憤怒
把它埋入苦楝樹下算了
但花香的風溶化不掉呢
默默拭去淚珠
佇立着仰望雲的我
雲脆弱地散開了

孤兒的思維和嘆息
在日光裏越來越厲害

清國奴是什麼意思？
被罵的悲哀在身心
清淨的溪流含着憂愁
仙丹艷紅的花
和卡特里亞蘭花的華美
也失去了清爽
木蓮花含苞嘆息
吐不出優雅的芳香

聽青鵯的哀鳴　就想國土
聽院子裏鳥叫　就想國土
聽了就憂愁
就在夜燈下哭泣
在基隆海日出的時候
在臺日航路船上憤怒着
把恥辱藏在故鄉的山巒
把孤兒的相思藏在波浪

日夜想着難能獲得的祖國
愛着難能獲得的祖國
那是解纜孤兒的思維
醫治深深的恥辱傷痕

那是給與自尊的快樂
使重量的悲哀消逝
使沉溺的氣憤捨棄深淵
呀，難能獲得的祖國尚在
由於苦悶而快窒息似的
眼淚流不住呢
到竹叢裏走一走看看吧！
雖無信神之心
仍想着奉媽祖來到這島上的
祖先而感到悲哀
在遙遠的竹叢黑暗裏
只要有一點光亮
　　就好了……

一、臺灣光復後時期：

我們想要了解巫永福先生在臺灣光復後時期的新詩作品及寫詩情形，必須說明他留學日本三島當時的日本詩壇的背景，因日本詩壇時常受了法國詩壇的影響頗多，我們不妨先觀看法國詩壇的情況。就是在法國詩壇爲了反對高蹈詩派（又稱貴族主義），反抗有貴族的高大感的形式主義，致使魏爾侖、韓波、馬拉爾美等法國詩人，就發動另一種詩派的新運動，這新詩派就是象徵主義，而被稱爲象徵詩派之父波特萊爾出現後，他給予後代詩壇頗有深刻的影響，象徵詩不但影響法國詩壇，象徵詩派的詩風從法國移植到日本來，使日本詩壇出現一個象徵派的詩壇，其情形如下：

日本詩人上田敏教授翻譯法國象徵詩而出版一本譯詩集「海潮音」，這一本譯詩集影響日本詩壇頗鉅，接着蒲原有明開始嘗試創作象徵詩，他是日本象徵詩的鼻祖，而後薄田泣菫出版他所寫的象徵詩集「白羊宮」，其次蒲原有明也出版一本象徵詩集「有明集」，終於象徵詩在日本三島風行起來，竟變成日本詩壇產生了一個錯誤的觀念，就是不會書寫象徵詩的詩人不能稱爲詩人，甚至有人說日本是象徵詩的天下，又說二十世紀是象徵詩的世界，可見象徵詩在日本詩壇是紅得發紫，因此巫永福先生的新詩作品也是不能例外，受到日本詩壇的影響，他的新詩作品表現着象徵詩的風格。

難忘

好像有人常在叫我
雖然看不見他是「誰」
但那個人確實存在着
而我也明明知道
在那遙遠的地方
遙遠遙遠的地方
那個人確實仍然存在着
睜開眼睛也看得見
閉着眼睛也看得見
像一幅名畫般地

（下接第7頁）

巫永福作品「氣球」讀後

趙廼定

「氣球」意念如同籠中鳥檻中獸一樣，是以被囚身份而歌出對自由的憧憬與對自由自覺可貴的感受；亦同傀儡被擺佈後的自覺，摒棄被豢養的享受，而憧憬自由，亦即對自由的可貴的醒悟。記得打油詩曾有「愛情誠可貴，自由價更高」之說，法國大革命亦叫出「不自由毋寧死」的口號，此足見人類嚮往自由心意的一同，亦可見對自由嚮往的意志之强烈與深刻。

自由之眞諦係以不妨礙他人自由的自由爲限，亦即自由有範圍，以不妨礙他人爲限，若以擴張自我自由而妨礙他人自由，不能稱爲自由；又自由應在法律規範與社會善良風俗下的自由方爲眞自由，否則僅是干法妄紀。

不自由有以國家法令干涉者如獨裁主義、集權主義，不自由有以被他人牽制而造成者，不自由亦有以自甘墮落而甘願受制於人者。惟一個健全心理的人，對自由皆應極力爭取以達成，否則眞不如一隻小小的痲雀了，痲雀是一種吵鬧且活躍的鳥，整天價日吵吵鬧鬧飛來飛去，而一旦被囚，通常是咬斷舌頭自盡，可以說痲雀不爲人豢養，此無他，痲雀是海濶高空的鳥，不容被囚失去自由。

氣球先以旁觀者來描述：

「像項鍊掛在胴體一樣
體態更嬌媚、更婀娜多姿，而且飄飄然
像被粗長繩索繫着的奴隸
高高在上」

此即以旁觀者立場見其外表亦看其內裡的透視，氣球飄飄然，美則美矣，只可惜如同奴隸一樣，一個但書的語氣即點出其命運的悲哀。

次以氣球本身自述其一朝登天如置夢中美境，因之興奮得幾乎歡笑出聲，此幾乎歡笑出聲，意爲並未出聲，言氣球實不能言語故無法出聲，因之只得被擺佈，亦爲後節對不自由的叛逆與對自由憧憬的起承轉合。「氣球」詩如此描述：

「一朝登天
氣球與奮得幾乎歡笑出聲
有如夢中美境愁事全了
更似出世
既可遠眺又可俯看脚底的人間世界
看高樓默默及人車爭道」

再談其克盡職守，勇於負責的精神，以期獲得獎賞與報酬，更想炫耀自我給其脚底下的人間世界看，且自以為自己一朝登天是多麼光榮與可喜可敬可佩。

該詩如此寫着：

「不管雨淋曝晒於烈日下
氣球都昂首挺胸以展示其存在
好讓脚下的人們瞻仰她的神氣
更希望能表露
她的歡欣以及美妙之姿」

第四節描述氣球經過一朝登天的興奮、勇敢負責的克盡職守以求顯示自我存在後，而感到對不休止工作的疲倦難耐，因乏味而瞌睡却不可得，只得隨着曾給他美境與興奮，挺胸以示存在及歡欣美妙之姿的風而飄搖，可以說是變成無思想的行屍，只得在曾是送它一朝登天的繩索的拘束裡，而暗自感到悲哀不已。

全節如下：

「整天不能休息的工作讓她疲倦難耐
又覺乏味想睡却不能休息
只得隨風飄搖
在繩索的拘束裏
也有悲哀湧上心頭了」

第五節談氣球的渴望與本詩主題——自由，氣球想飛更高，想向左右移動，而却無此自由，因之在風中掙動，滿懷的只是怨與恨，這時主人說話了：

『「你打扮得漂漂亮亮每天輕鬆遊蕩
還有什麼不滿足的啊！
自由自在地在高空漫步
就不應該不安份！
要知道祇有順從我的意思才有自由
你是不能掙斷繩索的
而且為了你的安全我時時在監視你
知道嗎？」』

這是多麼大的諷刺，主人替奴隸打扮得漂漂亮亮，每天輕鬆遊蕩，奴隸就該心滿意足，能在高空自由自在漫步就該安份，順從主人意才有自由，且為安全着想，主人還時時在監視。輕鬆遊蕩而被繩索束縛，聽從主人才有自由，為安全着想，因之被監視，這是自由嗎?!可笑。

「聽主人這麼說
氣球黯然神傷想哭
不能飛到更高更遠的地方
不能有自己的意志
說是『自由』，是嗎？」

全詩顯露的是對自由的憧憬與對不自由的哀傷，傀儡通常是因想居高位以炫耀他人而被利用，惟當其不停工作以滿足主人後，對自我無自由意志的行屍走肉的生活，當起自覺而反抗，若無反抗行動，亦即有反抗意識，可見本詩實乃人性化的詩。

（一九七八、七、十二）

詩三題

馬爲義

警告：香煙卽鴉片

吞進　吐出
吞進　吐出、
悠閑地爲自己、
編織一張痲醉的網

大大小小的鴉片戰爭
也不知打了多少次
每次照例是割肺賠腸了事
只當日大英帝國的東印度公司
現在却換了個理直氣壯的大招牌
臺灣省菸酒公賣局

風向針

不知該指
哪一個方向
這麼多張嘴
這麼多的意見

整個下午
在鄰居的屋頂上
不停地搖擺
不停地呻吟

整個下午
我等它立定脚跟
整個下午
我等它把憤怒的矛頭
直指風暴的心臟

太極拳

每天早晨
總要面向東方
小心翼翼
捧起被黑夜
蛀空了的太極
摩挲推捏
成一個
滾紅滾紅的
太陽

林宗源詩抄

林宗源

我娶巴勒斯坦爲妻

一手執着橄欖枝
一手握着手槍
站在聯合國講壇上發言的阿拉發說：
「我已經娶了一位叫做巴勒斯坦的女人爲妻」
阿拉發，阿拉發頭頂着天，又坦然表示
「我們並不意圖驅踢任何人入海
我們要建立一個聯合的、民主的巴勒斯坦」
阿拉發，阿拉發的脚踏着每個代表的心
可是，以色列發誓；
「我們絕不跟巴勒斯坦談判」

阿拉發，阿拉發，你放棄貴族的生活
打英、法，抗以色列
在廣大的沙漠
忘記時間
忘記女人
忘記暗殺
當我看到你挺立在小小的講壇上發言
我看到以色列的國旗
紅支支，濕落落
當你不得不採取恐怖的事件的時候

恩得比機場

一羣突擊的野獸
在非洲任意實行他的主權
非洲不是德國
以色列應該也不是德國

他忘記第二次世界大戰的命運
那跟他一樣的巴勒斯坦
那血的教訓
沒有國土的憤怒
他更忘記人口的問題
資源的問題
以原子彈建築的主權
將被「團結」、「時間」、「石油」摧毀

武器不能消滅種族的仇恨
以色列啊！以色列
該握手的時候握手吧！
你不是德國
也不是日本
有一天美國不再吻妳
就沒有可握的手
你的經濟

以及埋在百姓心中
哭淚的和平，將撕碎
你創造歷史那英雄的夢
一個比金
一個獨眼龍
救不了以色列
你們絕殺不死獨立的意志
還是握手吧！

在恩得比機場
你跟巴勒斯坦游擊隊一樣
你並沒有勝利
你換來更多的仇恨
又一次暴露你的面貌
你喚醒了阿拉伯的美夢
請記住，你不是美國

65年7月6日作

籠中鳥之二

六七年七月十七日

喬林

活着
是要飛行
站着
是要飛行
望着
是要飛行
天空闊遠
氣候正好
溫度正好
風速正好
什麼多好
就是　猶近猶遠
吱吱叫聲難受

應該有一羣
遍遍尋覓
不見隻影
天空眞好
山水眞好
空氣眞好
速度眞好
什麼多好
就是
活着
站着
望着
不能飛行難受
難受　難受

本詩是讀成義兄大作「鳥」第二首觸發而寫的。第一段套用該詩第一段之模式。

豬魚二章

林外

豬的話

嗚嗚嗚　也是歌唱
哼哼吼吼　也是一種快樂
飲食
女主人會供奉
國王的生活我雖然不知道
和國王又有什麼兩樣
老虎、獅子　都和豬一樣
睡着了　我也不羨慕
要睡覺　我比誰都强
總有一天會死掉
大家都一樣
與其在山野上腐爛
供人做菜餚　比什麼都好
供人做菜餚　比什麼都好

魚

隨在老輩的後頭　順着河水往下游
以爲這回總算到了大湖　高興異常
長大了才發覺
原來是水庫
仔細搜查
深深的水底
靜靜地擱着水色的網
魚兒們都乖乖地游着
等待着沖倒大壩的洪水
穿戴入時的人們　白天晚上
都在岸上　用嚴厲的目光凝望着水面
注視是否會有亂跳的魚
悠閒地聊着天
微笑地眺望着　靜靜的水面。

孤岩的存在

何瑞雄

遙遠的港

遙遠的港
有一條青石路
各色人種
往來於陽光中

雲潔如雪
波光千點
無休止符的音樂
飄在人人的頭上

鹹味的風
吹亂了女孩子的長髮
海鷗擧起翅膀
斜斜掠過
各色各樣的旗幟

海的胸脯在起伏
海的氣息正醉人
海的天空亮得
叫工作中的水手們都戴上
琥珀色的眼鏡

設想：我是那裏的一個旅客
身在遙遠的港
要到更遙遠的地方
船——十萬噸
鄉心——百萬噸
憂患掙扎的痛苦——
　千！萬！噸！

孤岩

猛然知覺到的時候
自己已經是
一塊孤岩
被拋在苦澀的海中

千路俱斷

在電鞭雨牙浪舌下
緊抿着嘴，不動

島

凡物各有命運
原來我是一個島
陸地拒我於千里之外

回顧，無情
前瞻，萬浪排擠
向上，天路已崩斷

風勢愈猛
姿勢愈低
半浮半沉
還是衝浪直去

紋身笛子

點亮一角黃昏
山頂上的笛腔
　悠揚而悲涼
垂深三重夜幕
石頭下的蟋蟀
　悲涼而悠揚

一個老嫗

頰邊青紋兩條
　斜斜的
嘴上皺紋十條
　直直的
一個老嫗
巨雷暴喝
風雲壓山
眨一眨睫毛
頂着半籮山芋
踏向暗徑深處

秋思

杜國清

如頰　傾斜的山坡
在早來秋風輕撫下
泛動　漸濃的紅葉
對岸白雲擁着山峯
山峯在雲波間浮動
在這早秋　高處
蒼白的思念
竟也釀出玫瑰紅
像夕陽下那山坡
靜躺着
等待着妳　出現
在對岸　觀賞
我這滿坡的思念
如何因妳而變色
在雲影下　黯燃
增艷

俳句詩

黃靈芝

・少女還　修尼一追小黃蝶
（紋黃蝶追へば修道女も乙女）

・春日遲　抱圭逛鎬京
（圭抱いて遲日を鎬に遊びける）

・悄悄者芽　喪
（ひそかなるものに芽、芽、喪。）

・嶺南菜花雨　蝴蝶往來懃
（峠にも蝶の往き來や花菜雨）

C'est la nature toute nue,「伐木丁丁　鳥鳴嚶嚶」
（山笑ふ里には寧き下のたつき）

・世家賊子　百萬巻樓終於毀
（世家賊子　百萬巻樓毀すべく）

・聽鳥晨眠福　藏妻
（鳥を聞く期寢の幸の圍ひ妻）

・仲春日中星鳥　殷王裔造訪
（殷王裔造訪　博物院暮春）

・五月節　故鄉紙魚肥
（ふる里の書庫に端午の紙魚肥り）

・觀光海報貼　南風妻們誘
（南風や觀光ポスター妻妻に）

・星降不止　鰥夫外睡
（外寢する鰥に星の降り止まず）

・女人和　一籃香魚村肆得
（村に得し鮎一かごに女の和）

・戰事在人間　電視機上金魚悠閒
（戰ひを人にテレビの上の金魚）

・國慶日近　天高槌響
（國慶の仕度天まで槌の音）

・燒靈厝　宛如山窩浴火蛾
（靈厝（たまや）燒く山窩だてらに火蛾を浴び）

・一窩風　飼雉養鹿山地傳
（雉ブームやがて山より鹿ブーム）

・十七夜　la petite a á cœur le bien de l'amour.
（鳥渡る人には小さき幸ばかり）

思前想後

巫永福

前程

青藍的天空飄浮着片片白雲漫漫移動
拖着神奇無底的涼鞋輕盈地停留於山崗
山崗下油綠綠的田園披着艷陽靜靜高頌
高頌着先人克服萬般艱險來此落脚生根
以無比的毅力蓋茅屋避風霜開地拓荒

血汗造成的蒼翠田園經年累月帶來小康
於是一代又一代子孫繁衍丁口鼎盛興旺
茅屋幾經擴大一再改建終成堂皇大院莊
土牆外魚池盪漾又有清麗蓮花盛開着
而外圍再以刺竹簇簇環成綠色的城垣衞防

竹簇上有如白花盛開的白鷺聚居悠揚
彎腰的刺竹隨風吱吱與騷葉共鳴廻響
成為深情母親的搖籃歌更是終生難忘
而莊院的人們日出而作日入而息為樂
在油燈下計議着生死的按排與族業的興隆

大家滿懷希望老幼相顧而共同努力勇往
加上收成累積的習慣加速了土地的擴張
雖曾與對面山後的生蕃部落衝突爭抗
雖曾為灌溉用水與隣村住民械鬪結怨
也曾因小姓而被大姓欺負與之纏訟

立地生存需靠羣力的那個時代不驚自強
乃勤勉節儉與家族的羣策團結帶來力量
土角外面貼上紅磚建成的寛大三合院中
生於清末而纏足小脚的老祖母大聲常常
指着厝角的一大推槍棍與刀劍等示衆

鍛鍊族人個個尚武自衞的那庭院寛宏
曾為地理師讚譽為福地又享有五代同堂
但時代的變遷激盪地促成各房子弟外放
尤其自從實施耕者有其田及工業化之後
族人再也不靠收租養家而日向城市奔蕩

古舊的大厝只留回憶已沒有阻留的作用
各房分家遷出或受高等教育而不願作農
或因升學往國外或為事業於外縣市開創
有如河流憑自己的能耐各為前程流去也
而今繁華一時的大庭院幽靜地雀叫樓空

大莊院聽任風吹雨打大部空着落莫惆悵
而留着纏足小脚的老主人祖母與老長工
及勤於獨語洗掃整理內外的那個老女傭
清靜地等着懷念着一年一度的清明節
企望着四散各方的族人一齊回來家鄉

河山古思遠

淡水春返庭前階
觀音山艷映光在
人間此處少風塵
深吸口氣香自來
岸邊遊步任君愛
水光悠悠流西海
滾滾愁恨置腦後
白雲片片暢心懷
沉思三百十年來
祖宗苦拓山河在
落根生息代有守
怡然放眼景盡開
河穿田園山林繡
耕牧漁火幾春秋
不見辛酸美景入
淡水輝陽更無憂
山寺鐘聲古思遠
樹綠隨風似呼喚

人間俗情雖難脫
堂前騷竹引大觀

在苦楝樹下

趙天儀

當苦楝樹花開的時候
深秋的凄風苦雨
飄落了盛開的咖啡色的花
也飄下了逐漸地脫枝的枯葉
在苦楝樹下
依然充滿了泥濘
依然是一片刼後的焦土
而我的步履蹣跚
我的心沉重而倔強
踩過了飄落的咖啡色的花
踏響了飄下的枯葉
且讓泥濘埋葬吧
刼後的焦土依然是迷茫而空洞的廢墟

臺灣民謠的苦悶(一)

——紀念亡兄成吉

郭成義

・臺灣民謠

親愛的哥哥
又抱著吉他
一邊唱
一邊彈起來了

那是隔房母親的哭聲
沙啞的唱著
「兒子啊……」
這未能成曲的民謠

始終沒有把民謠唱好的
車禍死去的哥哥
母親接著他唱下去

從隔房斷續傳來的
流著淚的臺灣民謠啊
唱不完的臺灣民謠啊
哥哥必然也能知道
不得不唱下去的苦悶

・雨中鳥

偶而也會有
一片白雲飄過的時候
一隻昂頭的鳥
便輕快地追了上去
向著極大的遠方
漸漸不見

漸遠漸暗的天空
是否囚聚集著
不願回來的鳥
在我們看不見的烏雲裏
悄悄飛旋著呢

雨開始下了
確實需要一陣暴風雨
鳥才帶著極大的雷響
向我們飛來

・雨夜花

只因爲溫柔
才移根到這小小的地方
慢慢被修剪成
水仙一樣孤獨的花

在仰望雨露的花瓣上
我夜夜不休的織著
幾絲纖長而浪漫的夢
竟越來越深了

沒有人知道
夢是只有在雨夜裏才看得見的花
我終於在落雨的昨夜
赤裸地綻開了
脈脈含淚的花瓣

只是
有人說
昨夜確曾聽到
我斷氣的聲音

・望春風

不知窗前的小花
何時又落滿了一地
多事的月光
實不該在這個時候
拍照我秋的影子

淒涼的晚風
不時在窗口向我問路
是遲遲未歸的丈夫
也許就要回來了吧

輕柔的裙角
突然禁不住浪漫地
飄動著花式的夢

啊
這一聲冷
是遙遠的丈夫向我傳回來的
低低的問候嗎

競選篇

林承謨

報名

像註冊一樣
我繳了一大疊鈔票
就開始躺在床上睡午覺
我的朋友則靠在安樂椅上吸煙
冬至未到
想必沒有人搓湯圓
縣議會
我的座位
老天自然有安排

宣傳車

（各位父老兄弟姐妹大家早
阮是縣議員候選人
登記第13號陳阿火的宣傳車）
宣傳車起得比自己還要早
照片釘死在車頭
　耶穌也許會知道
我正背着十字架走向第二條街
嚼着口香糖
我的聲音就更甜了
助選員們跑到最前面
炮竹便會此起彼落
（多謝鳴炮！多謝鳴炮）
沒有戰事
沿途踩着己方的地雷最傷痛
兩路的店舖若不友善的發言
你們要記住
（終於傳來喝采）
可憐的輪胎爆裂

政見發表

如果這麼一站
就成銅像
那麼，請圍過來吧
圍過來打我嘴巴

我一呼
整個世界都響着
我一擧手
連上帝都點頭
從故鄉來的
你們的掌聲要親切
從斯巴達趕來的
請別在我的舌尖燃鞭炮
不要把口當作爐
奉上一把香

無黨也無派
你家大門要我開
你家垃圾要我倒
天誅地滅我能喊
我的脚下不藏筆
親家翁你進了厠所
如何不肯出來？

落　選

開票的結果是曉得的
仍然要看一看

回頭
我的朋友都不在
不想聽我再嘮叨
他們都種田去了

歸家的路上
橋樑已崩塌
妻子抱着收音機睡着了

跨出門限
簷後土地陷下一大片
（一九六七年元月二十三落稿于西瓜寮）

加•減•乘•除•

胡汝森

於是，蒙古大夫開腔：
太空派吊你在牛山，
湖心圈灌你滿肚水。
啊！古典詩呀古典詩，
與其這樣忍辱偷生，
何如讓我賜你安樂死。

他束手等待。
好傢伙，
還不失楚囚本色，
隱約吟哦：
……念天地之悠悠，
獨愴然而涕下！……

點零零一忽氰化鉀，
泡一絲絲礦泉水。
像金聖嘆一樣從容，
卻令親者大慟的歸宿。
人屍易得，
詩屍難求。
好沒奈何的承受，
也算慈悲的成就。

蘋果加雞蛋，
就是蘋果雞蛋。
檸檬加口香糖，
就是檸檬口香糖

電視頻頻放射靈感，
雜文寫手入了屠宰行。
一刀宰下去！
目無全牛。
掛在冷凍庫，
橫切直割，
好大塊的文章。

三月夜裡睡覺。
箋注應該是：
春眠。
促織娘酣夢，
不知不覺天亮了。

往日
傳統詩學，
走盡了冤枉路；

如今，
螢幕廣告，
要不然小學算術，
那怕屈起手指頭計數，
就遠遠勝過，
　老嫗可解。
啊！神奇眞神奇。

哄得他捨命獻身，
肉案從此有了新用途。
心乖手快的屠娘，
向千古捉摸不住的性靈，
猛開刀！
把它宰成人人喜愛的：
　黑砂糖加蜂蜜，
　就是洗癢的嫎肥皂。

也許一首詩的重量

陳秀喜

高傲的大樹有雷劈的憂慮
常被踐踏的小草不羨慕大樹
小草重整根和葉期望屹立的歡呼
梅花不嘆形小滿足自己的芬芳
不妒玫瑰多彩多刺的艷麗
古人自大自然得到和平的啓示
黑暗之後晨光出現既不稀奇
煩惱之後邁進智慧的時代來臨
詩擁有强烈的能源，眞摯的愛心
也許一首詩能傾倒地球
也許一首詩能挽救全世界的人
也許一首詩的放射能
讓我們聽到自由、和平、共存共榮
天使的歌聲般的回響

兩老

莫渝

老校工的黃昏

黃昏了
孤單的苦苓林等著我
放學的孩子也等著我
一聲聲「校工伯伯再見」
還能暖和暖和將涼天氣

校園內空無一人
鎖好鐵門
轉過身子
將落的夕陽
正好把餘暉洒在脚前
咳！咳！
我還得趕緊到菜圃裏
揀摘兩三根白菜下厨

老戰士的自祭文

三十年來
我在這裏植的夢
怕也可以長成一座密林了

夢還歸是夢
只能在夜間溫暖一床寒衾
看看壁上
用大頭針釘牢蝴蝶
地圖上的故鄉也死死鑲在心坎
夢可以抵達的地方
魂也可以同歸吧！

臺南五妃廟

周伯陽

斷垣殘壁　蔓草叢生
五妃廟　一片荒涼
兩廂已遭到烽火炸毀
致使廟宇破碎不堪
長年又失修　令人惋惜

明末寧靖王坐鎭臺南府城
後宮五位愛妃
袁氏及王氏與秀姑梅姐荷姐
她們寫上一頁殉國的貞節史

想起明朝永曆三十七年
淸將施琅率領滿淸水師攻臺
澎湖先告失守
寧靖王眼見大勢已去
仰天長嘆以身殉宗社
五妃相對哭泣也先後殉節

如今五妃廟已重新整修
使它煥然一新
廟內仍然保存往昔的面貌
時光沖走了漫長的三百星霜
金風送爽的時節又來臨
桂子山上依舊開滿了桂花
丹桂飄香
五妃的貞烈也與桂花同飄香

納瓦和印地安人詩歌

許達然譯

一、馬歌

我馬美麗
牠尾巴如黑雲
牠鬃毛如黑雲漂浮天際
牠蹄如黑瑪瑙，堅硬寬長
牠腿快如風
如神風
牠載我跑長途

（譯自 Hilda Faunce Wetherill, ed., *Navajo Indian Poems* (New York: Vantage Press, 1952)，第三十六頁。）

納瓦和（Navojo）印地安人，現住美國新墨西哥州、阿利桑那州、猶他州等保留區。馬，是西班牙人帶進美洲的，印地安人很喜愛。納瓦和族甚至說：「若無馬就無納瓦和人。」（參見 William Hagan, *American Indians* (Chicago: The University of Chicago Press, 1931)，第五頁）

二、羊歌

我羊繞我走
牠們圍我散開
我聽牠們和平的聲音
我同牠們到草埔
我們一齊晚間同來
我前面全都和平
我後面全都和平
我上面全都和平

（譯自上書第三十四頁）

三、戰歌

我如閃電
敵人看不見
我的鹿皮鞋如黑燧石
我的心靈如亮紅石
閃電與棒棍
我射出，我不能被殺死

（譯自上書第三十七頁）

四、收穫歌

玉米熟了
玉米已可採集
我們揀選有色玉米成堆
藍玉米、白玉米、黃玉米、紅玉米——
願人都有食物
藍玉米在磨石上碾得好
藍玉米祭典禮
藍玉米做薄餅

熱岩石上烤
藍玉米，最甜的
做薄餅積成條，
紅玉米在石上磨得好
紅玉米做成方形
紅玉米包在莢裏
紅玉米灰裏烘
白玉米灰裏烘
願人都有食餅
願人都有食物
使全都安好
使全都安好
使全都安好

（譯自上書第二十頁）

五、回家歌

美躩在我前面
美躩在我旁邊
美跟我走
山和我唱
藍知更鳥和我唱
高松和我談
我看見煙從我木屋升起
我心靈好
我精神好
全都美麗
全都美麗
全都美麗

（譯自上書第十九頁）

六、夜歌

在美裏
　你將是我的代表
在美裏
　你將是我的歌
在美裏
　你將是我的藥
在美裏
　我的聖藥

（譯自 William Brandon, ed., *The Magic World: American Indian Songs and Poems* (New York: William Morrow & Company, 1971)，第六十二頁）

七、玉米成長

玉米成長
黑雲的水滴，滴
雨落
水從玉米葉滴，滴
雨落
水從植物滴，滴
玉米成長
黑霧的水滴，滴

（譯自 Gloria Levitas, Frank Robert Vivelo, and Jacqueline J. Vivelo, eds., *American Indian Prose and Poetry* (New York: G. P. Putnam's Sons, 1974)，（第一百頁）

‧里爾克 新詩集（續完）

李魁賢譯

維納斯的誕生

在呼喚、不安和激動中惶恐度過
一夜之後，在此清晨，——
海全面再度裂開且呼嘯。
而當呼嘯聲徐徐又告終止
且自朦朧白晝和平明的天空
降落入靜默的魚族之深淵——：
海乃誕生。

由初出的陽光閃耀着
廣大海浪陰部的髮泡，在那邊緣
少女立起，潔白、迷惘且滿身濕濡。
有如一片初生的綠葉在微動
伸出且在卷縮中徐徐展開，
她的肉體在寒冷中
在未沾污的晨風中舒展。

她像月娘清晰地爬上膝頭
隱沒入股間雲層的邊緣；
腿肚的細長陰影退縮，
兩脚張開，閃現光亮，
關節像飲者的咽喉
在活動。

包容在骨盤之花萼內的腹部
有如孩童手中的青果。
在那肚臍的狹小杯中
殘留此明朗生命的整個陰暗面。
在那下方微微揚起小浪花
不斷地流向腰間，
在此時時顯示靜靜的漣漪。
承受燦爛的光輝，沒有陰影，
如像四月的白樺樹立，
是溫暖，空洞而暴露的陰部。

如今兩肩活躍的天平
已在正直的身體上保持平衡，
身體如像噴泉般自骨盤挺立
猶豫地落入長長的雙臂
而加速墜入完全下垂的髮內。

然後，面容非常遲鈍地通過：
從短促的暗影中 他俯垂的頭
抬高到水平狀態，有明朗的表情。

在那背後禁閉着陡削的下顎。
如今脖頸若光線般伸出
像是內部有樹液上湧的花梗，
雙臂也好像天鵝的頭
向岸邊探索的模樣。

然後，最初的呼吸像晨風
吹入此肉體的昏蒙破曉中。
在血管樹的最幼嫩枝柯內
響起一陣私語，而血液開始
急流越過深邃的定點。
而這一陣風逐漸加强，如今滙集
全部氣力吹入初綻的乳房
把乳房漲滿而在內部產生壓力，——
好像帆，佔滿了遠方的空間
把輕盈的少女運到岸邊。

女神就此上陸。

在急步踏過新生海岸的
女神背後，
整個上午，花卉和草莖，
紛紛立起，溫暖，騷動，像是
在擁抱中起身。而她且走且跑。

但到了中午，最艱苦的時刻，
海又一次高漲，向同一地點
投擲了一隻海豚。
血淋淋暴開的死海豚。

薔薇盆

你看到渾身發抖的怒者，看到
二位少女為了某事糾纏在一起，
心懷憤恨，在地上扭鬪翻滾
像是被蜂羣襲擊的野獸；
演員，盛氣的冒險家，
狂奔的馬，顫顫地倒下，
拋棄了眼珠，呲露出牙
像是從口中剝去了頭蓋。

現在你應知，多麼快就會遺忘：
因在你面前放着盛滿的薔薇盆，
令人難忘且充滿了
那實存的極限，而下垂
外伸，永不屈服的倔强，存在
都似乎是我們的姿勢：也是我們的極限。

無聲的生命，無止境的盛開，
雖需要空間却不占取
被周圍物象所縮小的空間，
幾乎沒有輪廓，如像留下的空白
和純然的內部，多麼奇妙的柔和
而自行照耀——直至邊緣：
我們知道有什麼像這樣的嗎？

就像這樣，引起一股遐思，
欲使花瓣和花瓣接觸？
而這樣，一瓣像眼簾張開時
底下喧鬧重疊的眼簾
都閉合着，好像是，在十倍的睡眠中
欲使內在的視力衰退。
尤其是，光必須通過這些花瓣
穿透。從千重的天空
徐徐過濾着點點滴滴的黑暗，
在那火焰的光芒中，雄蕊的
凌亂花束興奮而掀起。

而在薔薇中的活動，瞧：
偏向角度小得看不出的
姿勢，造成那放射的光線
不會彼此擴散到宇宙。

瞧，那白花，幸福地綻放
在大開的花瓣中佇立
如像維納斯挺立在貝殼中；
也有羞紅的花，像是慌張地
轉向一朶冷靜的花，
也有的像是冷峻無情地退縮，
有的像是在脫棄一切的袒露下，
層層包裹着立在寒冷中，
而薔薇所脫棄的，有輕有重，
如像外套，像負荷，像翅膀，
也像面具，而後

薔薇脫棄的方式：有如面對着戀人。

薔薇怎能化身：那朶黃色的
中空而開放的黃薔薇，不是
果實的皮殼，在裏面濃縮着
同樣黃色而變成橙紅的汁液嗎？
而綻開的這些薔薇接觸空氣時
會有紫丁香的苦澀餘味？
而白廳般的一朶，不是在密林晨影下
入浴時同時脫卸的服裝
依然柔和而有溫暖氣息地
隱藏在其中的一襲衣裳？
還有，這是眞珠色的陶器，
脆弱的平底瓷皿，
裝滿了小巧的鮮艷蝴蝶，——
而那邊是，除了本身外一無所有。

而一切不都是只能保有自己，
所謂保有自己：是將外面的世界啦，
風啦，雨啦，春天的容忍啦，
負咎啦，不安啦，假裝的命運啦，
大地傍晚的黑暗啦，
還有雲彩的變化，潰散和消失啦，
以至遠方星辰渾噩地滙合啦
都有一盈握的內部變遷。

如今無憂無慮地臥在開放的薔薇內。

岡眞史詩集／陳明台譯

十二歲的我

①人

人　都具有百種面貌

②一個人

人
僅僅在等待著崩壞下去

③小小的窗

從小小的窗口
那傢伙　不管什麼時候
都在凝視我
禁不住使我非常在意
眼睛在搜尋著什麼一般
簡直成了花瓶
那麼　把花揷在花瓶裏
而讓它綻開看看
倘若　那就是你搜尋的東西的話

④自己

很多很多人在的時候
自己就成了瘋子
而人們却都以爲只有自己才是瘋子
也就是說
人人都把自己當做瘋子

⑤房間

旅行回來
望著自己的房間看看
覺得沒有什麼不同
然而
却不免認爲　風有些不同

⑥風

風是最富有經驗的東西
風看著各式各樣的東西
而且聽著
倘若　風是老師的話
何等美好啊
窗簾包裹著風
如同包裹著經驗一般

⑦螢火蟲

嗶咔嗶咔
唧囉唧囉　螢火蟲
飛著繞圈子
請借光
找尋一下那個人好嗎
請借光
寫下「喜歡」的字句好嗎
請借光的所有力量
緊緊地握住那個人的手吧
祈求祢喲
放出了小小之光的
上帝

⑧ 椿　花

椿花凋落了
大家都說「喔　好骯髒啊」
忘掉了　剛剛開放時的
美麗

⑨ 雨

今天也下著雨
明天也會下雨嗎
想像著
明天的事情當然誰也不會知道
因而
預想著喲
明天是
晴天嗎

⑩ 春　雨

春雨
何等愉快的心情喔
春雨
何等寂寞的聲音喔
喳——喳
不是這樣的聲音
淅瀝淅瀝——沙沙
簡直像是女人的眼淚一樣
禁不住　使人十分地寂寞
不要打傘
奔馳看看
大聲地發出聲音
咀咒看看
想把太陽喊回來
春雨……
如同我現在的心情一樣

⑪ 火　車

遠遠地
鳴著的火車的聲音
北風的時候向著南方
南風的時候向著北方
炊煙在移動著
餘韻嬝嬝　餘韻嬝嬝
遠遠地
鳴著的火車的聲音

裝載著夢的火車
駛向那兒去呢
或許是北方吧
沒有終點地

⑫ 小小的家

較之大大的家
我更喜歡小小的家
紙壁或者是玻璃　塌塌米等等
禁不住　使人感到
人間的愛以及人情　蘊藏著
沒有大大的家的
冰一般的冷

⑬ 旅行之前

爽快的疾馳的電車
青翠的山和海
清澄的天空
旅行之前的想像

⑭ 抱　歉

一顆眼淚
如同一滴雨　有著類似的價值
會錯了意的眼淚
從雨停了的葉子上滴落
如同一滴雨　有著類似的價值
說是抱歉的微笑
如同雨停時的彩虹有著類似的價值

⑮ 手　套

編織了手套
溫柔以及愛以及
暖和　纏繞著毛線……

整個的　被粉粧了的
大地　非常地使人感激
紅和黑的傘裏頭
白白的
手套編織的時候

溫柔和愛和暖和
混合著的
手套編織的時候

⑯ 時　間

一口地　喝光冷了的咖啡
才知道沒有放進砂糖
因爲時間消逝了的緣故
砂糖已經沒有了

正要梳頭髮的時候
才知道梳子折斷了
因爲時間消逝了的緣故
新的梳子已經沒有了

正要去旅行的時候

才知道同行的友人不在了
啊　如果那個人在的話
不管什麼時候　會準備好砂糖
會修理好梳子
會一起去旅行
然而　因爲時間消逝了的緣故
那個人已經不在了

⑰　雪

白色的寶石
不斷地從天空掉落下來
然而　我們得到它也沒有用處
那是……
馬上會溶化掉的東西
不會像天空一般地被珍視
然而
爲什麼天空給了我們
叫做雪的寶石呢

⑱　提琴

提琴的聲音
不停地響著
世界上最美妙的聲音
附合著它
花兒跳著舞
風兒唱著歌
確實是美妙的聲音
雖然　我不會拉提琴
却用心演奏著

⑲　相逢在路上

在路上　不約而同地
遇見了
湊巧地遇見了
而雙方都好像不相識地
擦身而過
對我而言
這是會使世界顚覆的事啊
從那以後
在這路上不知走過多少次
却一次也沒有遇上

⑳　鄰居的狗

鄰居的狗吠著
說「想要玩耍」　而吠著
較諸說「把鎖鍊除去」而吠著的狗
我更加喜歡牠

譯註

岡眞史：一九六二年九月三十日生，一九七五年七月十七日自殺。他的父親是韓國人，母親是日本人。以上的詩篇是從他小學六年級晚秋到中學一年級春天的作品中選錄的一部份。

座談會

鄉土與自由

——臺灣詩文學的展望

• 時間：中華民國67年8月17日下午七時

• 地點：臺北市

• 主持：梁景峯

• 出席：巫永福、陳秀喜、趙天儀、馬為義、李魁賢、陌上桑、林煥彰、喬林、李勇吉、拾虹、莫渝、郭成義

• 紀錄：李敏勇

• 攝影：鄭康生

※本次座談會紀錄原已排版，準備自9月1日起在臺灣日報副刊發表，因故臨時取消。

一、鄉土

（在臺灣日報副刊主編陌上桑的簡短致詞後，擔任此次座談會主席的梁景峯，開始進行問題的提出與討論。）

梁景峯：五年前，我曾經主持笠詩刊一次頗爲正式而且時間很長的討論會，經過這五年，文學界，甚至政治、社會都有很大的變動。就以文學界而言，就有鄉土文學的論戰，現實課題被廣泛地討論。無論形式或內容都有很大的改變。藝術、音樂界也有類似的情形。做爲臺灣現代文學的重要陣地而言，笠詩刊是否也和小說界一樣，有很大的改變？請各位不妨以自己作品爲例，加以比較。

趙天儀：我想，這要看各人的不同情況而定。如果五年來很少寫作發表，就看不出來。也有像詹冰，他住在苗栗卓蘭，三十年來的創作可以說是一直堅守自己的路，都植根於自己的鄉土。以我自己而言，這五年，在生命歷鍊上有很大的變化，這種轉捩點並不一定是鄉土文學論戰所影響的。但在寫作上，有開拓更深更大領域的想法。過去，詩壇有很多作品是不落實的，和我們生活環境毫無關連。這種情形，笠詩刊在鄉土文學論戰以前，早就一再予以嚴厲的批判。但我認爲：詩作品除落實外，也應該有想像力的一面。也就是要和現實結合，同時具有理想主義的色彩。可以說，笠雖然沒有直接介入這一次的鄉土文學論戰，但顯然的，也吻合鄉土文學論戰所指出的方同。從來稿的情況也可以察覺出來。而且在語言的精確，意象的捕捉上也更趨成熟。

梁景峯　笠詩刊旗下的詩人們是否也有很大的轉變？

李魁賢　我的看法是這樣的。論戰期間，笠詩刊旗下的大多數詩人風格上並無顯著變化，原因是：笠本來就走現實主義路線，關心生活，凝視現實。鄉土文學論戰以前，笠就是走着這種路。因爲笠詩刊發行範圍太小，沒有給予外界積極的刺激和影響。鄉土文學論戰對於笠詩刊的影響較小，但笠詩刊旗下的詩人是一直秉持這種方向在逐步追求的。

趙天儀　笠詩刊一直拒絕流行。想當初，此間亦曾打着一窩風而回歸傳統的口號提倡新古典主義，剽竊唐詩宋詞的調調，笠亦加以批判。現在鄉土文學的風尚興起，也有迎合流行而大加唱合，而事實上，並非創作上的自覺。這種現象，笠詩刊也對之不齒。笠詩刊走現實主義，和生活息息相關，落根於鄉土是十數年來的一貫作風。不是爲了迎合時尚而隨便轉變的。（趙天儀的語氣很高昂，也顯得激憤。）

梁景峯　這樣說來，笠詩刊和這次的鄉土文學論戰，並沒有明顯的關連囉？

趙天儀　本來笠詩刊就是走這條正確的路，笠詩刊並沒有附會什麼運動。而有自己的理念和認識。

李魁賢　事實上，十幾年前，笠詩刊就一再有鄉土精神發揚的强調。桓夫、趙天儀、林煥彰等人的論述中都一再出現過的。很可惜，在潮流的轉變中，笠並沒有對外界造成影響；外界也沒有對笠影響。而是巧妙地，剛好合流。觀念相通，看法一致。

梁景峯　如此說來，則可以說是十幾年前，一些小說家觸及鄉土路線之時，笠也已觸及鄉土。只是那時候，鄉土並沒有很明顯成爲討論的課題。而兩三年來，許多因素配合產生了鄉土文學的論戰。鄉土文學，鄉土精神很久就存有了，甚至可以推溯到日據時代，是不是這樣？

李魁賢　是的。但是可惜的是，日據時代的臺灣作家，在光復後，因爲語言問題或其他種種因素，中斷了寫作和發言。所以鄉土精神中斷了這麼久，大家摸索，一直碰到困擾，再回頭尋找，原來我們自己有這樣可貴的精神傳統。笠沒有在鄉土文學論戰這段時間特別强調鄉土文學，但實際上早就朝這種方向走了。

李敏勇　剛才梁景峯問及：是否十多年前，一些小說家開始觸及鄉土精神，也就是笠創刊後，强調鄉土精神的發揚。事實上，是有其時機的。所謂的跨越語言一代的臺灣作家和詩人，在經歷了一段因爲工具的生疏而不能暢所欲言的時期後，開始有可以操作流利現行國語文的作家、詩人登台了。這些作家和詩人在追求眞實，把握眞實的標的上，開始發現到從鄉土精神的可貴資產中去發掘新文學的道路是必然途徑。十幾年前，對於鄉土精神的强調，笠可以說是先覺者。當時的鄉土精神，可以說是爲了對應虛僞，仍是文學性的，在理論上不若現在那麼具有政治、社會性。

梁景峯　照各位的意見，近兩三年來所謂的鄉土文學的提倡，可能其中也存有錯誤的現象。因爲有不少人，認爲鄉土文學運動的產生，是因爲退出聯合國及釣魚台事件等事態導致的。而這兩個因素，事實上，不能當做決定鄉土文學產生的因素。只不過，促使更多人不得不關心鄉土文學的課題。

趙天儀　臺灣文藝和笠詩刊，在十幾年前先後創刊，實際上，就表示了臺灣鄉土文學的重建已經比較有具體的行動。以寫作而言，可能要更早。不過，話說同來，笠在當時，並不僅侷限於鄉土文學，像林亨泰，基本上，他的視野是世界性的。而桓夫和我，則在强調鄉土精神。兼容並蓄，說明了笠的廣容性。依我看，鄉土文學雖是近兩三年較具體的形式運動，甚至發生論戰。不過，如非先有許多作品的支持，則不會有此可能。

梁景峯　請問巫永福先生，現在所謂的鄉土文學，理論上或作品上，是否和日據時代，您所參予的景況相似？

巫永福　本來，我們生活的基盤就是鄉土嘛！父母所予我們最大的影響，感情的胸襟，在在都形成鄉土的精神。國家也是基於鄉土，沒有鄉土就沒有國家，鄉土文學就是所感受、所愛、所希望，或生活周遭的景況所給予的感受。日據時代的鄉土文學基盤就是所居住的臺灣，對這塊土地所產生的感情和愛，現在，臺灣也是我的鄉土。這期間，政治、經濟因素各有變化，但鄉土對於我是不變的。如果生於此，愛這塊土地，不會有反鄉土的情況發生。鄉土文學是一切文學的根本。這是世界性的現象和必要的覺悟。鄉土文學能衍生為國家文學，成為世界性文學，缺乏自信心的人，才會對鄉土非難。愛鄉才能愛國，沒有愛國而不能愛鄉的。

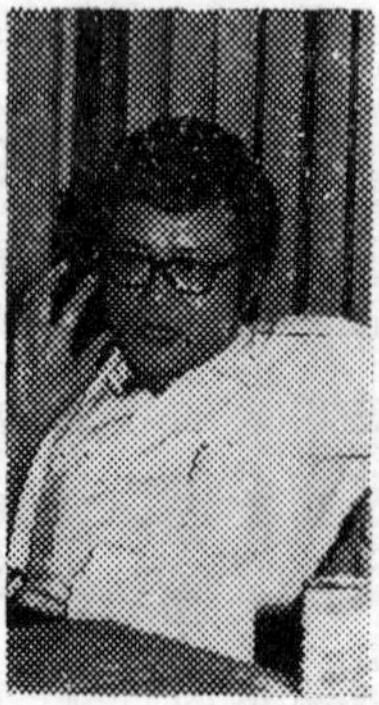

李敏勇　聽巫先生這麼一說，那麼，現階段在强調發揚鄉土文學，顯示了光復以來，文學發展的失敗。因為一定是這期間，脫離了鄉土的基本精神，以致遇到困境，到了政治、經濟、社會各種因素所造成的某些人的覺醒，才又重新索求這種根源精神了。

二、這一條光明路

趙天儀　請問巫先生，日據時代鄉土文學和民族精神有何關連？

巫永福　當然有關連。日據時代，日本人非難臺灣的鄉土文學。但沒有强制壓抑，僅僅消極地不予以高評價。當時，日本人僅要求鄉土文學在發展上，不能批評天皇，天皇以外都可以批評。連臺灣總督也可以批評。可能日本人蠻有自信罷。其實批評天皇，也不過以違警處罰法處理罷了！此外，也禁止共產黨存在。日本曾頒令，要求稻田改植甘蔗，以應製糖會社的原料需要，那時有許多人遭到日本刑事的惡意壓迫。甚至已經回到東京了，那些日本刑警也受到臺灣人狠狠地修理，因為，那些人太凌遲臺灣人了。日據時代的臺灣文學可以說是被壓迫下的文學，和民族精神大有關係。

梁景峯　二十多年來，現代文學和藝術的失誤，依我的看法，是困惑，絆倒於現代文學的「現代」這兩個字。事實上，現代文學是現在這時間，現在這地域，亦即此時此地的語言、生活內容，所受所形成的文學。

馬爲義　我一直在美國，我的看法，可能比較廣義一點。我認爲只要和生活、居住的就會有密切關係的文學，都是鄉土文學。鄉土文學並不只侷限於出生地，而是生存空間。這也就是現代文學。

梁景峯　這樣說來，有許多所謂的現代文學提倡者，他們的作品實在不能稱爲現代，相反的，是反現代，是開倒車。是逃避現代的文學。

趙天儀　光復後，在臺灣提倡現代文學與藝術的某些人是以接受西方各種流派做爲標榜，是誤解了現代文學。

馬爲義　根本是相反，是開倒車嘛，根本沒有立足於生活的現實。

李敏勇　這些現象實在是十分惡劣、十分投機性。在現代主義的名號大行其道時，這些人排斥所有沾上鄉土味的東西；等到鄉土文學抬頭了，這些人又全盤推掉現代文學有關的字眼了。只會在語意字面上繞圈子，撿便宜的現象實在可悲又可惡。

馬爲義　應該走現代技巧和鄉土精神結合的路。鄉土並非用方言，就算是了。

巫永福　重要的是精神。

趙天儀　有一段時期，只在講究是否符合了西方現代主義各流派的技巧，其實接受西方技巧是手段，卻當做目的，這是最嚴重的。

馬爲義　毛病就是出在這個地方。

趙天儀　詩壇曾經有一陣子，氾濫着這種毛病。提倡超現實主義的那些人，可能法文一點都不懂，甚至超現實主義的詩，原作一首也沒讀到過。這些人又影響青年人，不是更慘不忍睹嗎？事實上，眞好好研究超現實主義也會有貢獻，能豐富我們的文學。

李魁賢　這裏有很多人接受西方現代主義，就以超現實主義而言吧！事實上，一點皮毛都說不上。只不過是學到翻譯成中文的不大通的語言，當做現代語言，精神面整個都沒有掌握到。造成了後來，臺灣的所謂超現實主義詩作品，那般無法了解，看不懂。這種現象實在很令人擔心。

趙天儀　最令人擔心的是年輕一代所受到的壞影響。我想，鄉土文學運動，對現代主義的最大指責，就是這裏。

馬爲義　臺灣的教育方式，很容易養成文學界一窩風崇尚某種運動的情況。學校教育的方式就是這樣的嘛，以前講現代文學，大家都附合。現在鄉土文學的時代了，都改頭換面變成鄉土文學的吶喊者了。

李魁賢　聽剛才這些話，看看聯合報副刊最近發表的「中國詩人的道路」座談會，也讓人感慨萬千。有許多參加座談會的，一年前還在大言不慚排斥詩裏面觸及社會，表達對生活的關心。現在一窩風都大談關心社會，觸及現實了。可是說是一回事，作品並沒有和說法一致。這又牽涉到盲目流行了。其實，每一個人可以有自己的詩觀，認眞追求。

梁景峯 還是要對鄉土有更正確、更廣泛的認識才對。很多人把鄉土當做觀光客心目中的舊時情趣。這是不對的。

趙天儀 鄉土不應該是懷古。今天的鄉土和三十年前不一樣。如果大家盲目，一窩風以懷古當做鄉土，我反而不想去附從。寧願寂寞地孤守着。我評過瘂弦的詩，他早期的作品，有許多在沒有出國前就有異國情調，也有中國北方風味的詩作，我就感覺到後者那種鄉土的眞摯感覺。當然，鄉土風味並不是鄉土精神的全部，但比起不眞摯的異國情調而言，至少是一個好的起步。笠創刊號，刊載了我寫臺灣小鎭的詩，林亨泰曾對我說，那首詩有鄉土色彩！杜國清批評說：好像只有鄉土的外貌，而沒有鄉土的精神。我希望，現在談及鄉土文學，鄉土精神，也不應流於形式。

馬爲義 這些幡然覺悟的詩人，也許觀念上如眞能有所改變、覺醒，假以時日，或許可以寫出一些好作品來。我覺得，我們或許可以從好的方面去看。

李敏勇 如果眞是這樣，倒很好。只怕仍然是一種不能免於流行的心理，甚至有一種詩壇當家一夥的心態，因爲不抓緊流行，勢必有退位的危機。就像幾年前，回歸中國傳統時，强調純粹經驗而實際上僅僅抓了一些唐人宋人詩裏詞裏的調調兒，抓古人的褲子穿着當是眞成樣子。現在鄉土文學是一種流行，又趕緊抓住，只爲了保住位子。

李魁賢 看看這一兩年，會不會有什麼言行一致的作品出來。不然的話，也一樣是撿便宜貨的現象。別人談的事，一成了流行，他們就懂得吶喊。竊而奉爲主張。

（這時候，話題一轉，談到聯合報副刊的新聞詩，對某些人誇張地認爲新聞詩是什麼可觀成就的說法，許多人大大不以爲然。）

巫永福 談鄉土文學，在現階段還有一個困擾，就是侷促臺灣一隅。某些人對此比較敏感，如果同時能有臺灣的鄉土，中國各省份的鄉土，情況就會不一樣，也好一點。

李勇吉 今天要談鄉土，還是要從狹義出發。第一、要有地方色彩，像生長、生活在臺灣。第二、現實化生活化的題材。第三、與日據以來政治、經濟、文化相抗衡的民族精神。擴大的話，也是以相對應的範圍來界定。因此，鄉土可以是臺灣，可以是全中國，甚至整個世界——如果以地球和外星相對應的話。我們談鄉土文學，還是要從狹義出發。

巫永福 地方色彩是一種存在現象的事實。地方色彩如果是眞、善、美，那有什麼排外。楚辭不是古時楚國一地的文學嗎，不是鄉土文學嗎？現在看來，有什麼排外性呢？

趙天儀 文學有封閉性和開放性概念。前者像在說唐詩、宋詞，鄉土文學的開放性觀念，就是它並不是一種回歸，一種倒退。而是包含有新的創造，一種指向未來的新文學。談中國詩人的道路，當然指望於詩人的新作品。

巫永福　這樣的鄉土文學和現代文學並沒有衝突。

趙天儀　從文學的開放性概念來看，來體認，本來就沒有衝突。

巫永福　中國舊文學中有唐詩、宋詞、元曲等等，互相並沒有排斥性。現在某些對鄉土文學的排斥是霸道的，而且這種排斥是可怕的現象！

馬爲義　一個作家對生活有眞切的體認，對現實關切，作品必定具備鄉土文學的特色，這是好的。以前，美國鼓勵移居美國的各民族放棄原來的風土人情，一齊認同美國；現在則不然，他們認爲保留各民族的風土人情，才更能豐富美國的文化。人類的文明才會更進步。所以說，如果作家的經驗廣，表現的鄉土當然較廣；如果生活的圈子侷促於一個小地域，當然表現出來的鄉土較小。本質上，並不相排斥。

三、語言的鍛鍊，題材的把握

梁景峯　有關鄉土文學的討論，現在暫時告一段落，我想就笠詩刊這五年來發表作品的情形，請教各位。以一個讀者的立場，我有一個小小的發現；五年以前，笠的作品，就以白萩做例子吧，可以察覺到那是以鄉村的題材爲主的。最近五年來，或許是作家的生活經驗，或是注視，美學觀念的改變，都市生活的詩出現得相當多。前幾期的笠，甚至以「都市」爲專題。在詩的語言方向，更趨向白話，林宗源、向陽更以方言詩出現。但在語言的分行上，有不少控制還欠成熟的，有淪於分行散文的危險。我認爲；在嘗試這種新方法上，應該還要更重視詩的技巧問題。

馬爲義　我很同意這個意見。笠自創刊起，即走着一種很平實的路線，這是好的。對口語入詩，仍應有所注意。畢竟，詩的口語化語言和一般日常用語，仍需加以處理的。不是想到什麼就寫什麼。笠對此次鄉土文學論戰，沒有直接發生什麼大影響，我想這也是一個原因。因爲很多人看笠發表的作品，用語粗糙，根本就沒有耐心深入體會其中的鄉土精神。

梁景峯　有一部份笠同人的作品有很長的句子，語言中過多不必要的連接詞或修飾語。非馬的作品就相當成功，他在呈現一個事象時，有很濃縮精練的獨到之處，能給予詩力量或詩景象的緊張。白萩在這方面也很成功。傅敏和簡安良在詩的寫法上，跟白萩有些相似，但語言的力量，衝突和張力尙未到那種程度。不知大家看法怎樣？

李敏勇　詩的語言，尤其是現在使用白話，斷與連的處理考驗着每一位詩人。我們已經沒有傳統詩那種形式上連結的方便性，和在形式講究所造成的緊密。而每一個人在操作語言的斷與連時，又或多或少形成自己的一套方法論。我們等於是在用散文寫詩。這種景況，實在充滿着陷阱，等待很大意，才氣不夠的詩人跌落。對於白萩在詩的語言方面的成就，個人相當欽羨。我自己一直也在追求詩語言在結構上的安定性和愼密，以及把握意義，呈現意象，甚至氣氛經營上的成功。一直還在一邊跌倒一邊發現。

李勇吉　作品要表現的東西和語言的操作方式有關連性。譬如以李魁賢和非馬爲例，他們的作品剛好有很明顯的差異。非馬的詩，事象較具驚奇性，是思考的，詩的語言就較簡潔。李魁賢的詩，較具故事性，語言當然也不一樣。

馬爲義　我想，語言的風格和題材的把握，表現的內容是不容分離的。我的語言風格和詩的內容是一致的。

趙天儀　梁景峯你在「什麼不是現代詩」一文中，强調用形象思考，因此過多的連接詞和形容詞是一定要擯棄，是不是這樣？

梁景峯　詩本來就重在表現，並不是要像敍事文字一樣說明很多，而在於一種强烈的形象，或感情。張力要强。古典詩，在這方面實在有許多可取之處。舊體詩，在這方面的成功，有時比現代詩要更現代。

李魁賢　語言的處理和所掌握的材料也有關連。如果詩中掌握的材料豐富，即使語言稍顯散漫，可能給人的感受也有詩的力量；相反的，如所要處理的本來就單薄，語言又鬆弛，給人的感受就索然無味了。古詩中絕句、樂府就是例子。有非常精練，也有較敍事的。換句話說，還是要看所要表達的內容。

馬爲義　我也認爲如此，我最近的作品，語言就顯得較鬆散。因爲要表達的內容和以前不一樣。

趙天儀　古典詩那種斷與連所產生的飛躍性，就有很多可以學習的優點。但現在詩所要表達的內容，異於古時之處很多，要有新的考慮。

李魁賢　我看，這也是處理上的問題。新的題材，用新的意象的飛躍，是能夠達到白話的精練的。剛才梁景峯所提到的笠同人有時候有濫用語言的情形，事實上，一首詩所包含的內容是不必涵蓋太多枝節的，很多虛詞不必要。所以說，語言的鍛鍊是十分必要的。不過，比較起來，笠的一般同人在詩的語言上，算是相當節制的，目前詩壇上，詩的語言有更鬆散的現象。像施善繼就是一個例子。

趙天儀　做爲一個詩刊的編輯人而言，我常常爲了鼓勵新人投稿，而在取捨上較寬容，故難免常有比較生澀鬆散的作品出現。

梁景峯　如果新人的作品有明顯的脫筆或錯誤，仍不宜隨便發表。

馬爲義　明顯的錯誤可以加以改正，以免作者誤以爲刋載出來就等於成功了。這樣的話，反而影響新人的成長。

梁景峯，題材選擇和語言的配合，我這裏舉李魁賢的兩首詩加以說明。一首是「地下道」，另一首是「選擧日」。「地下道」這一首是以臺北街道的景象；「選擧日」是明顯的描述選擧前後感情的變化和人們的迷惘。後者用長句法，那種篇幅，十分成功；但前者就不是長句法，也不是長篇幅，而是突出的形象取勝。譬如描寫很多人從地下道被排擠出來，緊接着的形象是銀行電腦收銀機作業一樣。我認爲也極恰當。

李勇吉　古詩有六藝；賦、比、興、風、雅、頌，以前三藝而言，現代詩亦可加以歸類。非馬的詩用的是比、興；李魁賢在「南港詩抄」的時代，用的也大多是比、興。現在則不然，以賦的情況，也就是敍事性較多。我的看法是，不一定要走什麼方式，要看如何配慮。詩的基本，當然是比和興，但加入賦的方式，比較有敍情性。不過，也不完全這樣，「孔雀東南飛」是典型的賦的詩，沒有比興，「楓橋夜泊」比興很强，我們能說「楓橋夜泊」一定比「孔雀東南飛」好嗎？

李敏勇　梁景峯所談到的問題包含了語言和題材。現在是用白話寫詩的時代，被語言所絆倒的現象常常可能發生。很多詩，讀起來不會感受詩的東西。我們是以語言來寫詩，面對着工具的變化，如何去掌握詩，這是一個方法論上的，甚至詩本質上的問題。至於題材，則關連到作者的選取，是經驗現象的問題，也是感情方向的問題。如何在方法論上和精神論上加以配慮，考驗着一個詩人。考慮着是否能成爲一個眞正的詩人。

趙天儀　國內有許多人從古典詩借屍還魂，想擷取一些符合現代詩的東西，很失敗。弄得很糟糕。

梁景峯　這是走不通的。寫現代詩本來就是要用白話，要成功地利用白話，這才是一條道路。

趙天儀　在白話文成爲我們寫詩工具的這幾十年來，詩人都面臨了鍛鍊語言的課題，日常的素樸語言如何轉化爲詩的語言，是要加以深切體認的。

李敏勇　這是表現的方法論課題，也是掌握事象的手段。很可惜的是，現在通行的白話文，在四十年代的詩人作品中，已經鍛鍊出相當成熟的面貌，無法成爲營養給予現在的詩人們做借鏡。也要注意的是，透過某些成功的詩作品而呈現的語言常常會成爲死語，如果不一再有新的從日常語言中升段出來的加以補充，語言不能充實。

李勇吉　有一個很失敗的例子，例如楊牧的詩集，像「傳說」中的作品，就是從許多古典詩中竊取意象，甚至搬弄古典詩的意象，讀起來好像在讀宋詞、讀不太好的宋詞。宋詞的優點，他沒有把握到，缺點倒是一一俱備了。

趙天儀　楊牧（葉珊）最可憐的是，他雖然生於臺灣，但對這塊供養他成長的土地完全脫節，等於虛脫的狀態。

馬爲義　他最大的問題是詩作品所表達的東西跟生活脫節，我相信有很多人看不懂他的詩。

李魁賢　他跟美國的現實生活也毫無關係啊，他只能從書本中擷取意象。

趙天儀　這是創作最走不通的一條路，再拿十個文學博士學位也不管用的。讀再多的古典也沒有用。

李勇吉　他的「傳說」這本詩集，一般人恐怕很難唸懂。雖然從古典中找的東西，但像宋詞中某些東西，很冷僻的。

四、方法與演技

梁景峯　如果在寫詩時，使用的語言不能呈現所要表現的事象時，語言又沒有節奏，那就沒有力量，又不生動。笠詩刊的某些作品也有這種問題。不知各位意見如何？此外，笠詩刊的作品，不管是五年前或五年以來，有一種不明顯直接寫出所要表達事象的現象，這是方法論的問題還是意識型態的問題？是不是有不得已的苦衷？

郭成義　詩的表現，暗喻是一種重要手段，能使詩含蓄一些，也能巧妙地掌握所要表現的事象。

趙天儀　你是在問梁景峯我們，是不是有不得已的苦衷，有不得明講的苦衷，以致習慣操作暗喻？

梁景峯　我看過討論西方浪漫主義作家的文章，說浪漫主義習慣不明講，而用諷刺，相反的說法，繞圈子……

李魁賢　這可從兩方面探討：從詩的表現來說，從明喻，暗喻進到象徵，是一種藝術鍛鍊，詩質更精純。後者比前面更成功。而且，有時候在講一個甲事件，如果從甲事件去觀察描述，或許很表面，稍加擴大，也許包含了乙事件，這時候以乙事件去觀察，不但能更掌握到要表現的事件，且包容更大，則能獲得較大的成功。但這種表現法，一定要考慮到相關性及準確性。暗示應是整個詩的暗示。況且，你不得不相信，有時事不能明講，明講沒有力量。

梁景峯　這種情形，是不是可能造成很多現代詩的通病？像象徵的濫用，聯想漫無限制！

郭成義　這也有完整與否，成功與否的考驗。如果完整，表現一定更成功。

馬爲義　這是表達的問題。

趙天儀　如果互相沒有關連性，什麼暗喻，象徵也無補於詩的成功。

李魁賢　尋找事物的新關連是詩人的課題。但有些人强調連想切斷，實際上變成思考切斷，我想是因爲找到新關連時，隨即捨棄舊關連。甚至，有些爲了急於掌握新關連，雖然也有舊關連，却大意切斷了。這就顯示出表達能力的缺失了。

李勇吉　如果兩者之關連性較遠，那連接語不可太省略。

李魁賢 這恐怕有距離，你所說的只是意象和意象上的連結，我是在說整個事象，譬如在說甲，但要能啓示在說乙。

梁景峯 這一點，白萩很擅長用一些形象，像受困的鳥或被摧折的花來暗示挫折的人。無法動的人的命運和受困的鳥或花一樣的，年輕的詩人也有很多有這種方法。像郭成義有一首寫鳥的詩，傅敏的「焦土之花」，這是不是意識型態的問題？一種經驗的顯示？

郭成義 這是我追求的方法，是我掌握事象的方法。

巫永福 詩的表現如果不能獲得讀者的共鳴，那是失敗的；如果讀者能共鳴，才能算是成功。

趙天儀 關鍵在於詩人是否在作品中帶給我們預期的效果。

梁景峯 我倒認爲這並不是一種好現象，如果成爲沉溺，是一種危險的傾向。

馬爲義 我的意思也是這樣。

趙天儀 那問題在於詩人要不斷地追求新方法，以掌握新事象。

李勇吉 我最近對成人寫的兒童詩，寫給成人看的兒童詩。深入淺出，讀起來很够味。在座的趙天儀、林煥彰都早就有這方面的嘗試。

郭成義 但這也不能算是兒童詩。兒童看不懂，怎算是兒童詩。

馬爲義 我同意應該兒童看懂，成人也看懂。才算成功的兒童詩。

趙天儀 這是兒童詩發展時期的情形。

李魁賢 外國的兒童詩，有許多並不是特別爲兒童寫的。而是從一些有名詩人作品中選取適合兒童閱讀，能帶給兒童教養性的作品。

趙天儀 外國的兒童詩選也有選大詩人的作品，深入淺出。

郭成義 楊喚的詩是不是可以列入這種範圍，適合兒童閱讀？

趙天儀 不過……楊喚的作品我們另外有機會討論好了。他的作品問題很多。如果討論「童話詩」，可以好好談他。不過卽沒有童話，又沒有詩，這也是問題。

五、臺灣話・外來語

梁景峯 最近詩壇有一些是以方言寫詩的，笠詩刊的作者中就有林宗源和向陽兩位。稍加比較，我覺得向陽似較了解一般民間說故事的腔調，老人的成語；林宗源則用一般講話的方式，比較淺白。向陽的詩在敍事性外充滿了節奏，林宗源的詩敍事性也很好，但對語言的掌握並不明確，大家的看法怎樣？

趙天儀　就語言而論，向陽有後來居上之勢；但以詩的問題與意識而言，林宗源的世界為向陽所不及。譬如他以小市民眼光所捕捉的現實面，就是一般知識份子無法比擬的。

喬　林　在讀林宗源的詩作時，我感到有困難，似不能準確地還原他的詩句背後的語言。我認為沒有必要的話，不宜一定用方言入詩。

李魁賢　我曾問林宗源，究竟他是以何種語言思考，國語或臺語，他說百分之百是臺語。而我們之所以必須分別用國語及臺語去體會他的詩的世界，可能是他也沒有抓準所用的臺語。不過，也可能因為我們缺乏閩南語教育，才造成今天的閩南語在以文字記載時也不能準確。

趙天儀　要豐富我們的現代詩語言，方言的滋潤也可能是一條路。例如國語一句「叢林」，用臺語來說「深山林內」，在我來說，夠味而又傳神。我們有深加研究的必要。

李魁賢　語言和文字的脫節，可能是我們閱讀時所受的限制，我在問及林宗源有關語言的問題時，也曾問他的詩是否可完全用臺語說出來，林宗源說可以。這就變成讀者這部份的問題了。

林宗源

趙天儀　比較成功的詩，我用臺語朗誦過，很棒。他在臺灣文藝有一首作品「滴落去心肝內的汗」，我在好幾個大專院校演講朗誦過，反應很好。

喬　林　我認為有困難，是否有其必要，值得懷疑，現在卻受中文教育，閱讀方言詩會有困難。

梁景峯　我覺得用方言寫詩，並不會造成很大的問題。有很多小說作家就用方言寫作，楊青矗就是一個例子，他說每一句話都有中文說法。再說另一小說作家黃春明則只在對話時用臺語，敍事時避免用臺語。

趙天儀　我讀中國的一些演義小說，是用臺語去唸的，未嘗不可啊！

喬　林　但詩和小說不同啊，詩的語言一字一句卻有其作用。但方言寫詩，往往令讀者難以把握本原事象。

馬為義　問題在於學校沒有臺語教育，作者和讀者很難溝通。

林煥彰　我的看法是：方言詩可以寫，但並不是每一個人都可以寫，也不能一窩風都寫。以中國整體的文學來看，方言比較有地域限制，像臺語就限於臺灣，向陽和林宗源的方言是不同的，前者是臺灣農業時代提鍊過的方言，林宗源則為閩南語的口語。

趙天儀　對於方言，我很樂觀。因為語言本來就不應該是死的，方言是可以活潑通行的語文。而且，詩經、古詩都可以用臺語來唸，風味絕佳。

李勇吉　其實，我們現在常常會談到的元曲，音韻用的是中原音韻，後來還用到中州音韻，在當時，根本都是地方語。但現在也成了中國文學的主流。重要的是用漢字，這就能夠流傳下去。適當的加入方言，慢慢地會有接觸的訓練，就容易懂了。臺語民謠中的李臨秋、鄧雨賢、周添旺他們多少都用臺語思考。

趙天儀 經常在口語中使用，就會有考慮到入詩的可能。

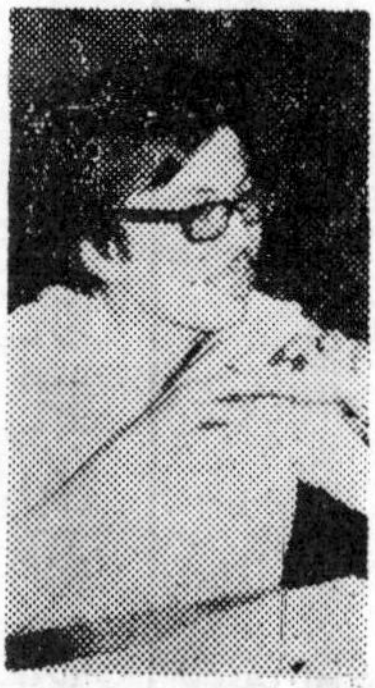

巫永福 我們現在談臺語，當做方言來看，但實際上，詩經是用臺語來唸才算正確，唐詩亦然。臺語是以前中國的國語，也就是河洛語，現在的國語，是滿清人入主中國以後，才漸漸相互影響形成的。古時候，中國語言中那有什麼「東西」，東就是東，西就是西。她沒有所謂的「馬虎」，馬就是馬，虎就是虎。根本兩回事嘛！中國語本來都是單字，我們現在採行的國語，不知已歷經多少演變了。

趙天儀 一種語言被詩人運用於創作時，一定有其使用上的必然性，方便性。不必刻意去排除什麼。

林煥彰 不過，在傳達上，要注意到約定俗成的習慣。

李勇吉 林煥彰的看法是以國語文寫作為主，但我認為國語臺語都可以使用。事實上，以古詩而言，臺語反而更受用，臺語才有入聲。國語是現在的主流語言，也只不過以一票之多取得這種地位罷了。

李敏勇 是北平話啦！

趙天儀 我們不懷疑使用國語的正統性，但為了充實語言，必要的話也容納臺語，這也是生活經驗的擴大化。

馬為義 只要用得好，豈僅臺語可以用，英文日文都可以用。

林煥彰 語言是不斷地在改變。並非一成不變。現在是外來語充沛的時代，外來語如變成我們的語言，應該也可以充實我們詩的語言，我認為，若用臺語的話，不妨取臺語的原樣，以免表現上產生太多岐差。國臺語夾雜使用，在小說的寫作方面較可能，詩的方面最好不要這樣。

趙天儀 現在年輕的詩人們常談到創意，語言的多方面採用，也可以擴大創意的範圍。

林煥彰 創意不可限於語言，還要包涵思想課題。

梁景峯 主要是邏輯處理的問題，一種觀察方式的更新。

馬為義 總歸一句話，林宗源如不必要的話，也不一定要用臺語。這樣較能為人接受。

李勇吉 對林宗源而言，最重要的是，他採用臺語寫作，因為他的思考，他的表達方式却是建立在臺語體系上面！你不能叫他一定用國語寫，這不是他的工具。

陳秀喜 最近我遇到外國研究臺灣文學的學者和圖書館索求臺語詩集的情形。我想，臺語會逐漸受到重視，我們不要妄自菲薄。

趙天儀　非律賓的詩人余遜在看到我翻譯的「黎利詩選」，也提到可否翻成臺語。我想，這也是一種趨勢。

陳秀喜　如果臺灣現在只剩林宗源用臺語寫詩，我認爲彌足珍貴。

林煥彰　臺語寫詩，我一向不反對。林宗源用臺語寫詩，我們不要加以干涉，應該予以鼓勵。應該試著以他的語言，思考體系去接受他、鑑賞他的作品。

趙天儀　說來還是林宗源更要勤加鍛鍊他的臺語，以求他的詩的語言更好。

陳秀喜　最近高雄醫院有一位教授，今年會有臺語字典出版。使用臺語寫詩，這方面應多多研究。

李敏勇　使用臺語，甚至外來語也是爲了豐富現行的國語文，這是一件要了解的觀念，一種建設性的觀念。最主要的是，要考慮到表現和傳達的課題，這才是一種考驗。

巫永福　臺語也用中國文字書寫啊！（梁景峯插嘴說：是漢字啦！漢字！）

六、現實的凝視敍事詩的復興

梁景峯　自去年的鄉土文學論戰以來，不少雜誌上有提倡現實主義文學，提倡寫實精神的詩，像施善繼、蔣勳、詹澈等人就在這方面很具代表，在夏潮雜誌，雄獅美術等雜誌發表得比較多。各位對他們的作品，從內容方面或從語言方面，是不是認爲符合我們現代的感受？

喬　林　寫什麼或怎麼寫都沒有關係，但不要忘了是在「寫詩」，不要忘本。這種方向的問題在於怎麼從現實中發掘詩，怎麼表現。

林煥彰　我很贊成喬林的看法。今天的問題是有許多人仍然被掌聲冲昏了頭，以爲票房就是一切。我不反對這種路線。記得李魁賢就曾向施善繼說：你脫線了喔！

趙天儀　以前的現代詩人作品太個人化，現在注意到現實世界，注意到社會大衆，這是好的。但現實的材料仍應經過處理，才能成爲詩！

梁景峯　能不能再進一步地從他們的作品找出缺點，更具體地討論？

李魁賢　目前走這種路線很明顯的，當然是施善繼、蔣勳、詹澈等人，我的看法是：他們似乎刻意排斥意象，排斥詩的表現透過意象的呈現，而强調意識。不過，詩的範圍很廣泛，這種强調只是一端。我和施善繼談過，他的說法是，他也是在反自己以前的極端化抒情作風，自己也會逐漸修正的，但這樣刻意平淡化，反而對現象的捕捉不够深入，而僅是表面，故事或場景都太稀薄了。蔣勳的詩作，我認爲「希臘之歌」寫得很好。

梁景峯　那各位認爲現階段應如何選材，如何觀察，如何寫，才能有符合笠精神的臺灣現代詩呢？

馬爲義　笠自創刊以來，基本的精神方向，寫作的路線一直都很正確。比較要注意的是表現的方法，亦即語言的運用方面，要加以鍛鍊。

趙天儀　除了方法論以外，我們仍要加强思想上的反省。像自覺性的要求啦！觀察事象應更深入。剛才所說的幾個人，在我看來，施善繼的問題恐怕最多。詹澈比較好，他在表現方面能够控制一些抒情性的要素，語言的毛病也較少。施善繼的詩，素材原原本本的羅列的情況很多。流行是不好的，這樣一窩風如不經自覺，又跟當年浮面的走現代主義的情況有何不同呢？詩不是在報紙副刊或什麼刊物發表就是成功，不是符合誰的口味就成功！

梁景峯　那麼，趙天儀您的作品是否已經符合自己的要求了呢？

趙天儀　我對自己並不滿意，我也還在摸索。有時候也有懷疑自己，也有困惑的時候。借用白萩的一個看法！也就是日本詩人田村隆一說過的！每一個詩人不但要「殺死全世界的詩人，也要殺死自己這個詩人。」而在追求更新更好。

李敏勇　對剛才的問題我有一些看法。基本上，我認爲施善繼、蔣勳、詹澈等人所走的方式，是在追求長篇敍事詩的復興，這種嘗試是好的。我們的現代詩，甚至在白話文運動以來的新詩作品裏都比較缺乏長篇敍事詩，大多是單純事象的把握，景況的描述。長篇敍事詩這一條路，現在起步，免不了會碰上很多表現上的問題。但一定要加以克服。雖然現在還談不上成功，但這種路線是很需要的。就這三人而論，我認爲詹澈的情形比較好，這大概是他對詩質的把握較好的緣故。施善繼的問題是：他走的路常常太極端化，容易偏頗。還有一點要加以深思的是，對詩的希望。臺灣現代詩有什麼希望呢？我以爲我們對詩的希望至少應該建立在詩人對生底明確目的和對於善的明確意識上，亦即倫理的，道德的意識。老實說，我們的詩壇存在著太多的惡品質的，惡人格的詩與詩人，這是一種不幸，不只是文學的，也是社會的不幸。而方法論的重視，也是必要的。方法是爲了方便表現的事象，更有力更精確。如果不能在方法上成功，不可能在藝術上完全成功；充其量只是創作者意識上的善美而已。

林煥彰　現代詩是要面向整個社會。但如果太極端的話又會走上偏差。如果能够把握詩本質的基本課題，情形會改善。施善繼說，他現在是在嘗試。我認爲，嘗試期不妨告一段落，認眞把握自己的方向，是時候了。

李敏勇　施善繼可以出一本「嘗試集」。

趙天儀　發展長篇敍事詩，那種氣魄，那種技巧要更大更高。這樣的話，對西方的長篇敍事詩似乎有必要加以研究。

梁景峯　雖然現在他們走的情況還不算成功，但我認爲這是一個充滿曙光，極有前途的路，我們不必因爲方法上的某些失敗而失去對這種路線的信心和希望。

林煥彰　以前並不是沒有人這樣做，但沒有像現在施善繼這樣一百八十度轉彎的，讓人感覺突然跳出來一樣。重視社會廣大層面，探討人類的生命，詩會予人慰藉，要給人共鳴。詩有其本質和方法上的基本條件，還是要加以遵守。

李魁賢　其實現在這種方向，在中國大陸抗戰時期也有。大陸來臺時代，像鍾雷、上官予也都走過這種方向。鍾雷有一首「豆漿車旁」，寫得很好啊！比起現在的這些作品，可能更好。

趙天儀　目前的情況還不算走出什麼新路，發展一段時期，也許會更好。

7. 追求眞自由，給出新希望

我們期望有更好的詩，這才是重要課題。

梁景峯　我對藝術與文學自由的問題有一些困惑，像去年的鄉土文學論戰，有一些人口口聲聲說：文學藝術是要自由的，跟政治社會沒有關係，但這些人同時又攻擊別人，認爲別人不應討論文學與社會關係。這顯然又是在藉政治權力觀點在阻撓追求文學藝術自由。這眞是矛盾，眞是一種不知何以名之的態度。這種提倡藝術自由的人，不知是什麼提倡法！

李魁賢　董保中就是一個例子。他在「現代文學」發表過一篇文章，提到三十年代的文學對政治沒有什麼影響；既然肯定文學對政治沒有影響，但回國後，又指責提倡鄉土文學的人企圖用文學影響政治。很明顯的前後矛盾。

梁景峯　彭歌也是一個例子，他的「不談人性，何有文學」也談到文學藝術是自由的，但後來又用政治權力阻撓別人在文學藝術上自由的觀念。像這樣的觀點，實在讓人感到困惑。

李魁賢　彭歌可能自己也弄不清自己的文學藝術觀念，自己也混淆。董保中，我認爲他很清楚整個的概念。他的一百八十度轉變，說句不好聽的話，也許只是爲了迎合某些人。這是讓人痛心的。爲了某些方便，甚至利益，或者地位，而這樣亂搞，是一種對文學藝術的殘害。上個星期日，我到國泰美術館看西班牙二十世紀名畫展，剛好林惺嶽有一場演講，也提到有些人攻擊畢卡索是共產黨，不過以畢卡索的生涯和創作歷程所展示的足以否定這種說法。這是有些人，特別是同樣搞藝術的有些人，喜歡抛帽子。而治安機關面對這種情形，又不能不處理。這不能怪治安機關，要怪這些亂抛帽子的人。對亂抛帽子的藝術工作者和文人，他說了一句話：令人深惡痛絕。

梁景峯　嘴巴講文學藝術自由的人，又想藉政治力量干涉、阻撓文學藝術自由，比方朱西寧要訂文藝政策指揮文學藝術的這種情形，是否反對文學藝術的自由，破壞文學藝術的自由？

趙天儀　從邏輯上來看，確是如此！

李敏勇　這是一種惡劣心態，這些人認爲「自由」是他們的專利，自由是不能隨便給大家的。

林煥彰　就是這樣。

趙天儀　亂扣帽子是最惡劣也最愚笨的辦法，是最不得人心的。這種情況大大危害社會大衆的向心力。

林煥彰　其實文學對政治的直接影響力有限，要有大影響力，或做對社會改革的努力，詩並不是好的工具。

梁景峯 主要並不是效用，功能的問題。而不是做爲一個詩人，對所處的環境的觀察、體驗，自然會把握。甚至詩人在創作時，根本沒有想要藉作品來達到什麼效用。不要顧慮到有什麼效用，只要把握觀察和體驗。

李魁賢 本質上，在追求的是藝術。即使產生政治效果，也不是原先的本來目的。不過，我倒認爲，至少要追求詩產生一些教養性的效果。

李敏勇 我想：詩的效用是多方面的。也應該追求多方面的。文學、藝術也應該如此。我們的現代詩，如果能夠給人多方面的效用，像「教訓」、「教養」啦，給予人們一些慰安，在這樣一個時代，是必要的。我們對詩的希望，也寄託在詩的功能和效用的價值化。

梁景峯：謝謝大家的談話。

圖象詩與我

詹冰

一、評介文章

①　臺灣現代詩人中，最早嚐試此項（具象詩）試驗的是詹冰，民國三十二年詹冰在日本因「五月」一詩而成日本詩壇評論的對象時，他就曾利用我國文字具有特性，寫了一首「Affair」（事件），全詩只有七個數和男女兩字，桓夫說它是一篇最短最簡單用字的詩劇。詹冰自己說：「我的詩作可以說是一種知性的活動。簡言之，我的詩法是『計算』。」「Affair」的完成的確是計算出來的。我們不仿看看他的另一首「雨」。（參考我的圖象詩②）文字視覺上機能的發現，使現代詩人對語言的探求更進一層，所謂聽覺上和意義上的機能，在這裏並無佔絕對的優勢，相反的，退居客位。（鄭炯明「具象詩在臺灣」聯合副刊；57·7·24）

②　當此之時（「過渡時期」）在形式實驗方面的異軍是「圖象詩」的驟興驟滅。這種詩是由林亨泰、季紅而起，而以「笠詩社」的詩人們嘗試最勤，其中以詹冰的成就獨大，但亦終因先天調，後繼無人，而不了了之。（羅青「草根宣言」書評書目三十四期；65·2·1）

③　直到民國四十五年以後，在臺灣的詩人才又繼續開始在這方面（圖象詩）探索。其中以林亨泰、詹冰二人爲先驅，其後紀弦、白萩、王潤華、管管、阮囊、葉維廉隨之，而其中以林、詹、葉、王等人最富原創性。至於其他在這方面勇猛實驗的人也還有，不過成績都不太理想。

詹冰在民國四十年以前所寫的詩，大部分均爲日文，但在詩形式與內容上，他却是一直在做多方面的嚐試。例如他那首有名的Affair，就成於民國三十二年，全詩如下：（參考我的圖象詩①）

在這首詩中，作者充分利用中文字形與排列的特性，把一對男女之間的戀愛故事，用簡單的字序表達了出來。Affair 這個英文字的原意爲「事件」，但在通俗的用法中，可做男女關係或戀愛解。詩中「男」「女」二字的正反相背，可暗示雙方戀愛各種不同的過程，至細節如何，要讀者依照自己經驗去聯想補充。而其結論也可能因人而異。讀這首詩的樂趣，也就在讀者主動參與創作聯想的過程上。此詩的缺點在題目運用外文，又沒有達到什麼特殊效果或企圖，多此一舉，十分不智。

詹冰另一首詩，叫「自畫像」，在文字與圖象的配合上，更進一步，展露出獨一無二的原創性。（參考我的圖象詩③）這首詩是以星、淚、花三個意象所組合的圓圈所構成。星在上，花在下，淚在中。星是永恒，花開短暫，二者循環不斷的在這個世界上出現。而人在星花之間，流下悲天憫人的淚水。這是詩人對自己所持的人生意義之詮釋，也是一張文字組成的「精神畫像」。這種排法有類中國的八卦，而其求簡潔之外，又富暗示性。全篇不是人像圖形的模倣，而是利用中文的特性組成一與內容相互配合發明的圖案，而這個圖案本身，亦富有詩的暗示性，並且能產生强烈的視覺效果，叫人過目難忘，同時，也回味思索。(羅靑「白話詩的形式」明道文藝二十六期；67・5・上旬)

④ 這首詩(「自畫像」)的眞正的涵意，我也請教過詹冰先生，他說：「能體會多少，就算多少。」按我推斷，淚是天上的星，地上花。不過眞正寫什麼，這並不重要，重要的是，他的創意。在圖畫詩還沒開始以前，詹冰已經替我們奠了一塊基石。(廖莫白「繆思的實驗室——詹冰訪問記——」詩人季刊八期；66・7・15)

⑤ 這首詩(「Affair」)收錄在詹冰的第一本詩集「綠血球」，是屬於直接投訴於視覺性的詩。經過視覺感受詩的意義，亦是現代詩的一種方法。不過，這一首詩的構成形式，顯與一般的詩型不同。全首詩僅用七個數字和女、男二個字組成。令人覺得寫法奇妙，但有其奇妙的好處。簡潔而清爽，且主題奧妙，有始有終。可以說是一篇最短最簡單用字的詩劇。

在這一首詩裏，作者提出一則事件告訴讀者，仍以緘默的方式極簡潔地表現了男女之間的感情動態。雖然，對於男女之間的trouble，那些煩悶、懊惱、波瀾、葛藤、或愛情的作爲，未用語言詳細敘述，或予形容，或予比喻，但利用文字本身持有的特徵，以有效的排字法，表現了其奧妙的狀態，令人感到清爽可愛。這種緘默的方式有如人正陷入戀愛的時候，誰也會經驗對情人的眼神特別敏感，在許多場面，情人們不必說話，可以僅用眼神互相傳情示意那樣，是極爲微妙有趣的方法。

這一首詩的另一個特徵，便在以科學性計算而組成的詩的構造。顯然是作者用科學的方法，分析過男女的情緒，計算過其感情變化的狀況始予構成的。

且看詩裏事件的演變吧。下面是筆者僅憑個人的感受，所得到的一種簡單的詩的內容。當然，這種感受會依據讀者的體驗各有差異，並與作者詩作當時的情形不一定相同。

1.男女相對，表示相遇而一見傾心。或夫妻互視對坐着。此時男女的感情如何，地點是否在火車站或咖啡館或在房子裏？任由讀者自己去聯想吧。

2.表示男人追求女人。但女人在逃避男人，這種逃避是否女人的眞意？嗯！不是吧。也許她很害羞，也許女人故意撒嬌，裝着不理他的樣子，也許……。

3.女人仍然不依男人，男人有點生氣了。因此回頭站過來，想不理她。雖然越想越氣，但她那麼可愛！

4.不管如何，愛就愛到底，繼續追求她吧。但女人仍不想回過頭，女人竟如此耐性、堅定、固執。怎麼不鬆弛她那慣性。愛是痛苦的，眞是，眞是無可奈何！

5.男人眞的生氣了。若眞不容許這顆誠心的愛，也好，他反臉，不理她了。世界上女人多得很呢。哼！

6.哎！不對啊，男人的性格多麼躁急的喲。只是開開玩笑他就生氣了。咦！回來嚒。你該知道我是愛你的。女人反過來追求男人。男人愛她的時候她假裝不要，男人不要她的時候，她反而怕喪失了愛。女人的毛病往往是如此。

7.還好，能把愛挽回了。面對着他，她笑了。他也笑了。男女相親相愛。

幕垂下。下面演變如何，仍任讀者自己去聯想吧。

這是一首利用我國文字特殊的形象寫出，極為成功而有趣的詩。不是嗎。詹冰說，這是二十五年前，民國三十二年九月六日所寫的作品。好的詩，不會因時間而被淘汰的。（桓夫「視覺性的詩」笠詩刊二十四期；57．7．4）

⑥「山路上的螞蟻」（參考我的圖象詩⑤）可以算是一首很好的「圖畫詩」，這種寫法是否值得鼓勵孩子「學習」，是另外一個問題，但我個人認為在讓孩子們接觸到新的形式，開闢他們的經驗範圍上，這首詩就很有入選的價值了。（景翔「蝴蝶飛舞編後小記」；65．4．4）

二、我的話

①圖象詩是什麼？我想，圖象詩就是詩與圖畫的相互結合與融合，而可提高詩效果的一種詩的形式。假若用這種形式，而不能提高詩的效果，那麼你就不必寫圖象詩了。當然要寫圖象詩必要有適於圖象詩的詩材，才可寫出成功的圖象詩。不然的話，是徒勞無功的。所以圖象詩「先天失調」及「後繼無人，而不了了之」的原因也在這裏。我想今後若遇到有適於圖象詩的詩材，仍可以寫出成功的作品。

②詩人大概可分為三類。思想型、抒情型及感覺（美術）型詩人。圖象詩的創作與欣賞是適於感覺型詩人的。所以，有人不能欣賞圖象詩也是無可奈何的事。

③我國文字是一種象形文字。最適於做圖象詩的工具。這一點對寫圖象詩的我國詩人，比起外國人是有利而幸運的。我想中國圖象詩的前途是無可限量的。

④欣賞圖象詩，好像欣賞現代畫一樣，作者沒有說明的必要。瞭解與否那要看欣賞者的修養高低了。能感受多少就算多少。比方桓夫、羅青對拙作「Affair」「自畫像」的欣賞，可見他們兩位是圖象詩的最佳欣賞者。

⑤關於拙作「Affair」。這首詩是怎麼樣產生的呢？在日本東京，有一天我和要好的畫家、音樂家聊天。我羨慕地對他們說：「你們的創作品，就是世界通用的作品。可是用文字寫出來的詩和小說就不然了。」那時候我就聯想有什麼辦法，能使不懂國文的人也可以寫出中國現代詩呢？在這樣自我期望情況下，寫出了「Affair」和「自畫像」這二首詩。不會用的動詞、形容詞、副詞等一切不用，只用名詞來寫詩。至於「Affair」的題目呢？當時我根本不懂國文的寫法，怎樣能寫出一個適當的國文題目呢。實在無從下筆，所以我才採用外文。這一點請羅青先生原諒我的不知（智）之罪吧。

⑥我實驗過不少的圖象詩。但有自信或發表過的却不多。因為比較滿意的作品，不容易寫出來。可說是可遇不可求了。最近發表的作品只有「山路上的螞蟻」一首。李魁賢曾對我說：「我的小孩很喜歡你所寫的『山路上的螞蟻』那一首詩。」有的圖象詩，連兒童也可以欣賞的。

三、我的圖象詩

①**Affair**

1

女男

2

女男

女男 3

女男 4

女男 5

女男 6

女男 7

（32・9・6）

②雨

雨雨雨雨雨……。
星星們流的淚珠麼。
雨雨雨雨雨……。
雨雨雨雨雨……。
花兒們沒有帶雨傘。
雨雨雨雨雨……。
雨雨雨雨雨……。
我的詩心也淋濕了。
雨雨雨雨雨……。

（34・3・30）

③自畫像

（35・1・16）

④蝶與花（未發表）

蝶＝花——
美和美的接吻
動物和植物的擁抱
靜靜地花蜜在口器中逆流着
悄悄地花蕊在花房內受精着
哦，造物主的傑作！
美和愛的構圖——
蝶＝花——

（44・6・29）

⑤山路上的螞蟻

螞蟻螞蟻螞蟻螞蟻螞蟻螞蟻
　蝗蟲的大腿
螞蟻螞蟻螞蟻螞蟻螞蟻螞蟻
螞蟻螞蟻螞蟻螞蟻螞蟻螞蟻
　蜻蜓的眼睛
螞蟻螞蟻螞蟻螞蟻螞蟻螞蟻
螞蟻螞蟻螞蟻螞蟻螞蟻螞蟻
　蝴蝶的翅膀
螞蟻螞蟻螞蟻螞蟻螞蟻螞蟻

⑥其他（64・9・6）

描繪外型的有；
　揷秧〔田字（矩）形〕（51・2・25）
　水牛圖〔牛像圖形〕（55・7・28）
　三角形〔三角形〕（55・11・14）
　二十支的試管〔試管架圖形〕（56・5・8）
　等等。

臺灣兒童詩的路標

林鍾隆

一、楊喚的詩

我不知道，在楊喚以前，臺灣有沒有寫過兒童詩的詩人，也沒聽過，有人在兒童詩的創作上，成就超過楊喚的同時或前輩的作家。一般都認爲，楊喚是在臺灣第一個寫兒童詩，又留下相當成績的詩人，是兒童詩的啓蒙者。

楊喚在開創工作上，自然功不可沒，但是，在「奠基」事業上，並不曾做得很好。當然，楊喚並不曾發願要爲臺灣的兒童詩，寫下多方面的範詩，叫大家認識兒童詩的各種面貌，他只是寫他高興寫的詩，因而產生了他始料所不及的影響而已。

楊喚的詩，從收集在光啓新詩集「楊喚詩集」中的「童話」一集的十八首詩來看。絕大多數，都可以說是披着「童話」外表的詩。最常被提起的，大概是「水果們的晚會」：

窗外流動着寶石藍色的夜
屋子裏流進來牛乳一樣白的月光，
水果店裏的鐘噹噹地敲過了十二下，
美麗的水果們都一齊醒過來，
請夜風指揮蟲兒們的樂隊來伴奏，
這奇異的晚會就開了場。

第一個香蕉姑娘和鳳梨小姐的高山舞，
跳起來裙子就飄呀飄的那麼長；
緊接着是龍眼先生們來翻筋斗，
一起一落地劈拍響；
西瓜和甘蔗可真滑稽，
一隊胖來一隊瘦，怪模怪樣地演雙簧；
芒果和羊桃只會笑，
不停地喊好，不停地鼓掌。

鬧呀笑呀的真高興，
最後是全體水果們的大合唱，
她們唱醒了沈睡着的夜，
她們唱醒沈睡着的雲彩，
也唱來了美麗的早晨，
唱出了美麗的早晨的太陽。

這種詩，如果要稱之爲詩，只能叫「童話詩」。這種詩，所能給予兒童的喜悅，不是「詩」的趣味，只是「童話」的想像情境。這種詩，只是具有詩的外表，靠童話取勝的作品，老實說，還沒有達到詩的意境。用文字，繪出了一種想像美景，有顯明的「象」，是不錯的，可惜的是，那象，沒有「意」。這只可給孩子們唸着玩兒，消磨時間，獲得一點想像飛揚的樂趣。

隣國日本，也有人爲兒童寫這樣的詩，有一些朋友稱道他的想像力有趣，有一些朋友則不屑地說：像童話，又不如童話，像詩，又不是詩，何不乾脆寫童話呢？——這種不滿的產生，唯一的原因，是創作還不能提升到詩的境界。如果達到詩的境界，所用的不論是什麼方法，都不會有人計較了。

楊喚的兒童詩，十之七八都是沒有詩境的童話詩，這是很令人感到遺憾的。但是，楊喚也有少數，有詩境的兒童詩留下來，常被提起的，是「家」：

樹葉是小毛蟲的搖籃，
花朵是蝴蝶的眠床，
歌唱的鳥兒誰都有一個舒適的窠，
辛勤的螞蟻和蜜蜂都住着漂亮的大宿舍，
螃蟹和小魚的家在藍色的小河裏，
綠色無際的原野是蚱蜢和蜻蜓的家園。

可憐的風沒有家，
跑東跑西也找不到一個地方休息，
飄流的雲沒有家，
天一陰就急得不住地流眼淚。

小弟弟和小妹妹最幸福哪！
生下來就有了媽媽爸爸給準備好了家，
在家裡安安穩穩地長大。

這首詩，作風與「水果們的晚會」是類似的，不同的是，「想像性」的描述，在這首詩中，不是「目的」，而是用來「表現」人的「幸福感」的烘托材料。這首詩，可以體會到「人」對「家」的感受，不是僅止於寫物的。同樣的寫法，却有不同的效果，理由卽在這裏。所以，這首，是詩，而不是童話。跟「水果們的晚會」，成就是不同的。

另一首「下雨了」，也跟這一首一樣，有詩的成就。楊喚還有一首詩，「給你寫一封信」。這首詩頗長，不能完全抄錄，只抄下幾句看看：

……
別老是不理我們吧，
親愛的好朋友，
不！我們親愛的小主人！
你該知道我們是多麼喜歡和你親近。
教科書在想你，
筆記本在想你，
我和刀片在想着你，
我和刀片和橡皮不舒服地躺在文具盒裏，
也在想着你，想着你呀！
……

這是被疏忽的鉛筆，以第一人稱的說法，呼喚着不用功的孩子的詩。我之所以提起這一首詩，是因爲這一首詩，是與其他十七首，風格完全不同的詩。因爲，十八首中，只有這一首，是以兒童的「生活」爲題材的。楊喚也注意到「生活」的題材，是很令人喜慰的，不過，僅佔十八分之一，就未免叫人感到遺憾了。

楊喚的另一種作品，是描寫小動物的詩。這一類詩，可拿「小蝸牛」來代表：

我馱着我的小房子走路，
我馱着我的小房子爬樹，
慢慢地，慢慢地，
不急也不慌。
我馱着我的小房子旅行，
到處去拜訪，
拜訪那花朵和小草們親嘴的太陽。
我要問問他：
為什麼他不來照一照
我住的那樣又濕又髒的鬼地方。

這是描寫人以外的外物的詩，詩中沒有「我」，沒有作者的人生感受，只是把所見的，所熟悉的東西，馳騁想像，給予一點趣味而已。也可以說是未成詩境的詩。

楊喚所寫的兒童詩，採取的方法，都是童話式的，因此，在詩的創作上，建立了一項成就，那就是：使兒童喜歡詩。這在沒有詩的時候，及才開始有詩的時期，是非常重要的。這是不小的功勞。但是，由於幾乎全部寫童話方法濃厚的詩，無意中，使得兒童刊物的編輯們，誤以爲有童話味兒的，才是兒童詩，使得眞正的兒童詩，經過很長時期，不能被創作、被發表，而又未能出現，像楊喚一樣，在文辭上很成熟，能寫得很優美的詩人，形成了兒童詩的停滯，這是十分遺憾的。

二、黃基博和謝武彰的詩

楊喚在四十三年去世後，一直要等到洪氏基金會成立，在二十一年後的六十四年，才有入選第一名的「媽媽的心・春」的出版。我們才有辦法知道，代表性的作品，是什麼個樣子。

黃基博的作品，在「詩」的成就上比較高的，我想是「媽媽的心」這一首。

兒女無心的話，
像一根根的細針；
媽媽的心，就變成了針插，
插住了各式各樣的針。

這首詩，不是像楊喚那種童話式的，而是寫出了心靈的感受。對所要表現的主題，也止於暗示，沒有明說。不過，什麼像什麼的句法，十分散文式，創作上，也偏重於「意」的經營，忽略了美的情境的醞釀。

至於其他的詩，取材方式，寫作方法，都差不多，可以拿「夜」來看看。

夜拿來一條被單，
蓋住鄉村，
蓋住田野，
蓋住河流，
蓋住山巒，

啊！被單太短，
蓋不住月亮和星星，
怪不得月亮要瞪大眼，
星星要眨眼睛。

從這首詩，可以知道，取材是完全與「心」無關的外界事物，不是「傳達」心性的作品，只是寫眼所見，利用些許想像，把印象，加以形象化，寫出自己的欣賞，帶一些趣味而已。對知識的增加，心靈的充實，都沒有多大作用。

謝武彰的詩，成就比較好的，大概是「冬風」：

冬風最頑皮了
像淘氣的阿丹
喜歡作弄別人
哎呀　你看
他拿着水彩偷偷的
把大家的鼻頭塗紅了
却在旁邊呼呼地笑着

在這首詩中，有生活的知識，有對外界事物的感受，是比較有詩味的作品，讀後，也會令人對作者的感受，因喝彩而感到快樂。

謝武彰的詩，還有一個特點，是像「春」這樣的：……

喜歡研究自然科學
喜歡為什麼為什麼的
向着很古怪的問題的
弟弟，是我家的愛迪生
他的口袋有個神奇的透鏡
從早到晚用它來研究
花朵、昆蟲、草葉和
有注音符號的童話書
清晨他急忙跑來
指着墻上一個一個的
字　向着我：
春怎麼顛倒了？
春怎麼顛倒了？
我告訴他拿鏡子看窗外
他大聲地喊着：
啊，花開了草綠了
蜜蜂也開始工作了
春到了，春天到了

這首詩，可以代表謝武彰作品的兩個方向：一是取材，來自日常的生活；一是文章像流水，沒有押韻，而有清脆悅耳的律動。這兩種成就，是很可稱道的。

三、月光光的詩

洪氏的詩選，就只提第一年作品爲代表，以後隨陸續選了四屆，因選者沒有變動，所選作品風格上也沒有多大差別，從第一屆作品，已大致可見端倪。

民國六十六年四月，全國唯一的兒童詩刊「月光光」

創刊，到今年已滿一年，第一屆月光光兒童詩獎，也經評選而產生了。所選作品，風格多少與洪氏基金會所選的有所不同。如馮輝岳的「綽號」：

流眼淚是沒有意思的
獨臂就獨臂刀吧
這個綽號　我認了
教室後面的成績欄
貼着我的畫
　我的詩
　我的毛筆字
一隻手跟兩隻手
也沒有什麼差別
獨臂刀就獨臂刀吧
這個綽號我認了

又如陳雪英的「我的琴」：

祖母的躺椅　　是我的琴
媽媽用的洗衣板　是我的琴
肉店賣的排骨　是我的琴
我家樓梯的扶手　是我的琴
　我沒有琴可以敲打
　我的耳朵裏經常響着琴音

這種詩，和前述楊、黃、謝三人的詩都很不相同，因爲這是把「內心」，「呼喊」出來的詩，作詩的主動力，在內心，眞正是「情鬱於中，不抒不快」的，是爲自己而寫詩，或是爲了情注於人而寫的詩，詩質，不用講求，未創作已在內心存在，只要方法配合得法，就能成好詩。

四、結論

我想臺灣在三十幾年來，兒童詩走過的軌跡，大概如上所述的面目。依上面的了解兒童詩人所要努力的，大概有三種：

一、趣味化：像楊喚的努力，使詩本身成爲一種趣味球。因爲，「趣味球」的詩，才能被低中年級的小朋友愉快地接受，才能引導兒童進入兒童詩的詩園。但是，這種詩，有一種危險，往往趣味十足，却沒有詩的成就。這是必須留意的地方。

二、詩境的創造：現在充斥着僅止於描寫事物的詩。這是多半由創作動機使然。因爲作者只想爲兒童寫詩，內心却沒有詩情；有人爲的熱情，缺乏自我的感受。所以，多半先有題目，然後馳騁想像，希望用擬人法，使詩出現豐采。這種詩，也常常詩味不足，因此，如何經營，使出現詩境，是不容忽視的問題。

三、兒童化：有一種詩，是來自內心的，未創作前，即已具備某種動人之力，是最正確的寫作方向。但是，由於寫作是成人，讀者對象則是兒童，成人的感情，是否能夠被兒童接受，如何才能被兒童接受，這又是一種必須努力的方向了。

●這是蘆田孝昭在亞洲文學會議（一九七八、五、一〜三。臺北）的演講，為存真起見，他不流暢的中國語文未予修改。

現代日本詩與中國

蘆田孝昭

てふてふが一匹韃靼海峽を渡つて行つた

蝴蝶　一隻　渡過　韃靼海峽　去

A butterfly crossed over the Tartar Strait alone

這就是，一九六五年，滿67歲，過去的近代主知派的詩人，安西冬衞的代表作品。

剛才，我先拿日本話唸，再唸中文，再唸英譯，中文是我翻譯的，英文則是河野一郎、福田陸太郎共同翻譯的。諸位，請原諒，現在這樣很冒然的開始我的話。因爲我希望諸位對於這題目爲「春」的一行詩，請預先抱懷諸位自己的印象。

那麼，現在不得不說明一下，日本話作爲文學語言的特徵。

古時的日本，有話但沒有文字。有人說：古代有「神代文字」，但這還沒成一個定論。四世紀的時候，從大陸傳來的漢字，把它當爲一個詞彙用起來，有時把它草寫或者分開來的那一部分，用爲平假名與片假名。結果八世紀，平安時代的女流文學勃興以後，日本的書寫語言，用起漢字、平假名、片假名這三種寫法來，而19世紀的明治維新以來，漸漸增加了所謂橫排文字，就是西歐文字以及羅馬字母。所以現在通用這四種文字。

這種情況在學習上，彷彿負擔頗大，可是若活用把字形的形象思惟方法來學習，比起另外語言，我們不大感覺得爲苦。

所以一般說起來，詩人們要表現凝固的東西，用漢字；要表現軟柔的東西，用平假名；對於外來語或强調表現，則用片假名。

在這首詩裏，用字也是這樣。蝴蝶，用平假名寫，表現軟柔的印象；韃靼，用漢字寫，表現凝固的氣氛。

那麼，現在再唸一下。

てふてふが一匹韃靼海峽を渡つて行つた

現在不論翻譯的好壞，諸位感到怎樣印象呢？

「韃靼海峽」，這詞彙，在這篇詩公開發表的時候，就是他的第一詩集「軍艦茉莉」刊行的一九二九年之後，免不了生疏，即是指著樺太與沿海州中間的海峽，間宮林藏所發現的間宮海峽。

現在不論蝴蝶渡過到底，達得到達不到，可是我們現在還是免不了，這蝴蝶向沿海州呢，或者從沿海州向樺太飛去的呢。諸位覺得怎樣?我希望後來有機會請啓示。

當然我們不能說，看一篇詩常常須要這樣手續。作者的朋友：北川冬彥，卽有名的詩人，對於這一點廻避提出意見。可是同一輩的詩人丸山薰，肯定說出，過了海峽的那邊，覺得到大陸的存在。

對於這樣相反的態度，提出自己的意見之前，應該檢討這篇詩的誕生過程。因爲作者後來（一九四七年）寫下：這篇詩是「決定了當爲詩人的崗位的，可紀念的古典」。

這篇詩的雛型，我們可以看到，作者住在中國東北部大連的時候所編刊的同人雜誌『亞』，第十九號裏面，就是三年前的事了。

てふてふが一匹間宮海峽を渡つて行てた　軍艦北門，砲塔ニテ

蝴蝶　一隻　渡過　間宮海峽　去　於軍艦北門的砲台

A butterfly crossed over the Mamiya Strait alone

on the turret of the warship North Gate

軍艦北門，就是可爲第一詩集的第二個重要的主題（Motif），軍艦茉莉的雛型，這兩篇，我們試一試比較。就可以推想：作者把「韃靼海峽」這一個詞彙裏，認爲「間宮海峽」與脚注的「於軍艦北門的砲台」合起來的表現力量的所在。

取名於韃靼人（Tartar）而造出來的「韃靼海峽」這詞彙，比起來「間宮海峽」與其脚注的合起來的東西，再有好多強烈的北方印象。結果跟那用平假名寫出來的「てふてふ」的軟柔印象所對照的效能，增加了一倍。這樣一來，人家稱他，是活用對照效力而造出想像(image)來的詩人。

那麼現在考察一下，如何可能這樣進步的呢。

後來作者自己寫下：十年間硏究素描，用以俳句形式。就是意味著，一九一六年中學畢業的時候，從後來的岳父領收到俳句雜誌「時鳥」爲一個機緣，親近到俳人山本梅史先生。剛才介紹的「間宮海峽」詩所成立的時候，他仍然繼續作著俳句，而藏有類似主題的俳句發表在「亞」雜誌24號（一九二二年10月刊）。那俳句就是這樣：

韃靼のわだつみ渡る蝶がな

渡過去　韃靼海的　蝴蝶哉

這俳句，介紹他的手簿的樣子公開了，所以可以認爲，比間宮詩篇早一點。

俳句這形式的成立，較有歷史的。當初十七世紀松永貞德，把和歌的上句（前句）與下句（後句），互相輪流繼續下去的連歌裏，獨立出上句來，繼之，松尾芭蕉十七世紀后半把它藝術化。這樣有傳統的短詩形式，明治以後，正岡子規（一八六七——一九〇二）等之努力，成爲極普遍的東西。

根據先前介紹的俳句雜誌「時鳥」而活躍的，安西冬衞同一輩的山口誓子，也同想樺太地方的記憶，一九二六年造出了這樣俳句。

郭公哉　韃靼的太陽沒下去

這個俳句與安西冬衞的詩或俳句之間的關係，現在沒有明證，我們只以認爲一種當時所普遍的北方志向的偶合

。

那麼現在看一看，安西冬衛的當時情況。

一九二〇年，他跟隨父親渡到東北大連，成爲滿鐵本社社員，可是因爲嚴寒患過右脚的關節炎症，結果切斷了一脚，退休滿鐵了。原來歷任過奈良縣知事官房主席，文部省官吏，大阪府堺市立女子手藝學校校長的父親，用中國古典薰陶他了。他重新學中國話，雇一個厨師，就是丁汝昌提督的第一個厨師的門人之門人王辰之與他的弟弟。就是這樣詩篇產生前後的詩人身邊情況。

還有應該注意的一點，原來同人雜誌『亞』創刊，是跟北川冬彥等四個人一起開始的。可是北川等人，照原來的計劃，在東京要創刊另一個雜誌『面』，刊出『亞』第二號與安西冬衞分別了。所以冬衛，勉强說服一個朋友，以後雜誌彷彿兩個人的個人雜誌之合刊體裁。一個人名費一頁，一行詩也費一頁，看起來很奢侈。可是後來回想地他說，對於這個朋友，不願意告訴北川等人離開了。這樣孤立的安西冬衞，物心兩面都有苦處。

詩人給了後來的夫人的信裏面，我們可以看到他的心理。就是後來的夫人希望他回日本。詩人寫了：大連味的；然而一面又寫：因爲風土緣故面孔黃起來，人家說不敢回國的心情也有些膨脹起來；倘如回國，面孔已經黃了，在日本的人家，大概不願意應付的。

這就是，詩人已經不想回國的意思之所在。

詩人自己後來寫下：忍耐站在大陸之波動終點。我們已經明白了，這樣的堅心之下，繼續刊行『亞』雜誌，而釀成了「韃靼」詩篇，然而釀成的機緣，在於忍耐刊行雜誌當中的奢侈地安排篇幅裏。

篇幅的奢侈，可能安排了「間宮」詩放在右頁，而跟這篇有關的一篇詩放在左頁，如下：

鰊が地下鐵道をくぐつて食卓に運ばれてくろ

鰊魚 鑽過 地下鐵道 來到 餐廳桌子上了

題目，還是「春天」。這兩篇詩，後年刊出的第一詩集「軍艦茉莉」裏，也是一起排列了。詩人，很費心詞彙與詞彙的互相照應。我們已經明白了，對於詩篇與詩篇的互相照應，詩人頗有注意的。

這篇鰊魚詩，鰊魚從北海而到於桌子上，結果感覺春天的到來，所以與蝴蝶詩，其方向正相反的。這樣對照關係，也可以說與傳統詩之一種「連歌」相似。

也許詩人的腦筋裏面，浮出來那有名的李白詩的一句「孤帆一片日邊來」。因爲「韃靼」詩與李白這一句，很相似入聲的照應，保有一條方向性。

(前後想想)左右，詩人一定時時看下去，這樣有對照關係地雜誌葉子上面排起來的兩篇詩。那麼很有可能地發覺，再强調這入聲的對照關係以及一條方向性，結果掉下了「間宮海峽」採用了「韃靼海峽」這有點新奇的詞彙。

經過這樣經驗，詩人入手了他的詩法，卽日常的白話簡潔起來，而其中頗有效能地用起漢語來。以後成爲「詩與詩論」的重要成員，雖然人家說其詩之難解，可是結果成爲新散文詩運動的，不倒翁似的，有個性的驍將。

其次想要考察一下的詩人是，草野心平。此地知道他的人士，也許有吧。他以前，當爲林柏生之盟友，從事於南京政府的宣傳部。可是我們現在沒有意思想一想他的政治活動家的部份。還是我所關心的是，如何他入手成爲一個詩人的機緣。

我們還是看一看，他的處女詩集「第百階級」中的一個作品：

ぴるるるるるっ
はっはっはっはっ
ふっふっふっふっ
後足だけで歩きだした數萬の蛙
篠竹に青大將をつきさしたげりげさ先頭に渦卷石鹼
のうづのうづの也うにだいりんを描いて行進する
ぴるるるるるっ
はっはっはっはっ
ふっふっふっふっ
おうい步調をあはせろうい（以下省略）

這題目爲「祭青蛇的進軍」，現在所引起的那前一半。這篇詩描寫快活騷鬧的青蛙們，爲埋葬青蛇而進軍的。多用奇怪的擬音，有些破壞五七或七五音節的音數律，爲了不許過度地流利化那句調，所以每句加上句號爲結束的手法，都在他的很多詩篇裏，可以看到一氣連貫的樣子。

列爲日本藝術院會員，正在進行編輯他的全集工作。所以我們看到的材料，也有一定的限制。可是若看下去如下的詩篇，推得出他如何地鑽進去青蛙的世界。

半透明の素足で
白いげんげをふみ　露をふみ
（ぐるりはいちめん蛙の聲）
たもとは風と月がいっぱいだ
半明朧化的赤脚
直接踏上紫雲英　踏上露珠
（周圍　溢滿著青蛙聲）
衣袂是溢滿著風與月

題爲「田間小道」，就是收在一九二四年所刊行的小册型詩集「月蝕與焰火」裏面。這一年，他在廣州嶺南大學就學。詩中風景，完全是日本的田園風景。

他生長在日本東北地方南部的農村，卽福島縣上小山村。一九一九年滿16歲時，他入學了慶應義塾普通部，其明年丟失了渡到夏威夷的機會，以後學中國話，一九二一年，陪著父親的友人，經由上海，赴到廣州了，他在廣東實業公司從事，正式入學嶺南大學了。

這樣環境裏，他自己說：那時帶去逝世的哥哥的詩稿，刺激他作詩，還有美國詩人桑德堡詩的影響，一九二二年很熱心開始作詩了。23年爲了兵役檢查回日本，秋天返回廣州以後，包含這篇詩的詩集刋出了。所以這篇詩有了中國南方的印象才能發揮出的日本農村的詩。

後來他回顧說：「先滿溢著，隨便站在或躺下去，光亮亮地，却茫然要咽下去，結果找個陰冷的窪地去了。」這樣，他明亮亮的氣氛中，滿溢著活力去看印度詩人泰戈爾，北上途中的孫文大元帥。

他的同學梁宗岱說：他寫出詩彷彿機關槍。詩人黃瀛說過：他是「情熱所開的花，日本所產生了民國的詩人。」的確，只看現在介紹的兩篇詩，也明白他生命原來懷有生動力的。不久，他曾爲生命原質的象徵，歌詠出青蛙來的到底，而造出懷有虛無主義味道的獨特的詩風。那麼，現在判得定，他入手福島農村的土的感覺與嶺南的熱氣。

用不大明晶的月光所照起來的赤脚，走出田間小道，就是以身體的感覺通入自然去，結果衣袂滿溢着月光和風，用自然展開自已身體來了。

這樣與外界感應的方法以外，聲音的感覺，就是，意味着周圍的「ぐるり」這詞彙，本來起於擬音爲一個機緣

，造出「るるり／りりり。」等等的詞彙，而轉移到先前所介紹的「祭青蛇的進軍」這樣詩篇了。

總之，福島的土，加上廣州的月亮，結果可能這樣轉移了。原來，滿溢生命感的詩人，却也要了斷一斷這樣的流動性，也彷彿是中日合作的結果了。

換句話說，當時在嶺南大學，學習中文的草野心平，時常看到沒加上句點符號的中文書，不得不點書斷句的習慣，彷彿給了他以句點斷一斷自己詩句的機緣。

現在檢查他受到頗大影響的哥哥的詩集，看得出加上詞彙而富有生命感的作風。例如：

時きても時きてもつひに變るなき變るべからめ教室なりけり

時光湧來　時光湧來　終於沒有變化的
而且不可變化的教室哉

這是和歌。原來和歌，很看重一氣連貫的情調。然而這首和歌，層層疊疊地句句加上了，滿溢的生命感，放在這樣，到底成不了新型的白話詩。所以草野心平不得不明明白白地壓服下去每一行句子了。

現在想起安西冬衞的例子，那就明白如下的情況。

安西冬衞的蝴蝶詩，那雛型沒有句點，定稿就有了句點。

當時日本人一般的句讀感覺，日常的書信文讀號、句號的用法，非常朦朧，不安定的。有時用，有時沒用。或者只用讀號、只用句號。

這樣一般情況當中，安西冬衞，漸漸擺脫出來而與通常的散文一樣，讀、句號兩用的態度釀成了。這樣，一方面推進新散文詩運動的安西冬衞，頗爲當然了。

可是，如上述的理由，草野心平，多用句號而已的結果，與安西冬衞完全兩樣了。

大概的情形上說，中國北方當中受其影響而獲得開展他的個性的機緣來的草野心平，可謂放大自由，所以不可缺少句號了。

這兩位詩人，當爲詩人要開始工作的時期，卽一九二四年前後，比他們長得二十歲的先輩詩人，荻原朔太郎，如下歌詠出來了。

フランスへ行きたしと思へど
フランスハあまりに遠し
せめては新し背廣をきて
きままなる旅にいでてみん（下略）

已經滿39歲，著名的詩人朔太郎，也懷有出遊之情，他的妹妹們以後證言了。題爲「旅上」的這篇詩，以來幾十年流行了，這證明，這時期的一般日本人，大都懷抱著脫離的意思。

歌詠出和歌也是上手，近代詩與和歌互相沒有矛盾地懷抱的北原白秋，仰看他爲自己的老師的這位朔太郎，把這篇詩刊載的詩集「純情小曲集」獻給北原白秋了。看起這樣態度，而看起來其詩篇的腔調，朔太郎的詩的基本，不能說與和歌無關。

這樣，現在自然想起，也是著名的詩人，金子光晴，他比朔太郎，年輕十歲，比冬衞、心平，長得十歲。

金子光晴，刊行朔太郎的「純情小曲集」的時候，逗留上海，住一個月，而見到中國文學家了。這時，他，費一年的頭一次外遊的經驗爲結束，刊行了事實上的第一詩集「黃金蟲」，殊異的新進詩人。

這次上海逗留，位於一九二八年第二次外遊（亦費一年）與頭一次外遊之中間時期。這樣三次出遊之後，所刊行的詩集「鮫」裏面，他把日本的封建性，題爲「紋」歌詠出來了。現在其中一部份的意思說明一下：我看飛過水溝傍菊叢的小蝴蝶，蝴蝶飛來飛去的是古老的家世房子，那家世的象徵「紋」，處處看到，可是現在出銹，剝欠，然而拭不過去月光當中，水溝的水紋當中，還要浮現出來。

金子光晴所看到的蝴蝶，既不是安西冬衞看到的蝴蝶就是隱約拖曳著過去的亡靈。

他小學時候，住在日本古都京都，而滿十一歲來到東京受了基督教洗禮，中學是當時當爲民間的學習院，一個很出名的曉星中學，中學時，一時親近了漢文先生野間三溪，而自己也取號「和齋」，耽讀左傳，書經，老莊以及西歐悲觀哲學，大學呢，早大，慶應大，東京美術學校都中途退學了。

這裏，我們可以看出，一個都會人士，而漢學與西歐的新學問以及美術中間，飄來飄去的敏感的青年。結果他一生涯對祖國造反而一九七五年過去了。

也許是偶然，一九七七年浩瀚的金子光晴全集完結了，今年開始刊行安西冬衞全集，現在正準備著草野心平全集的刊行，這也不是偶然。

一九六〇年詩雜誌『エリイカ』的名編輯伊達得夫過去了。這兩三年來再復活這雜誌，而且另外的雜誌也多起來了。這也不是偶然。

在日本愛好詩歌的人士眼光來說，彷彿金子光晴似的，右往左往的文藝愛好者，漸漸發覺應該把自己的崗位想要安定一下，就是要明白活在現代的意思，所以預先要明白，現代與近代的分別處在那裏呢？所以要明白，還沒算帳的比如這三位詩人，把他們要明白，這也許是我的想像。

現在試一試，務必客觀的總結一下：把漢學爲其一個骨頭，用以洋學的明治時代，已經擺在遠景裏了。結果出產生苦於其綜合的金子光晴這位詩人。

把這樣情況，當爲一個詩的問題，再考察一下，大概就是這樣。

日本傳統的詩歌之一，俳句，五音節的上一句跟七五音節的下兩句，這兩種之間的對照性爲基本的想法發展下來了。所以比和歌富有切斷性，而比較容易懷抱近代性氣氛，即要求明晰性的。把這樣切斷性爲他的基本，在中國北方所獲得的精神上的位置感覺加上去，成爲一個主知派詩人的，就是安西冬衞了。

對之，把懷有延長性而看重氣氛的和歌性質，流通到自己裏面，而在中國南方發覺到自己天成的活動力量如何地開展好，結果成爲青蛙的詩人，就是草野心平了。

我們還要仔細的想一想，安西冬衞，就是中間都市奈良出身的，故此，與俳句、漢學等結合比較容易了。草野心平，就是東北農村出身而富有土氣的，故此，採取和歌的風氣，表現出來生命感，比較容易了。

然而，京都與東京，漢學與洋學，亞洲與歐洲，這些二者之間，遍歷幾幾乎無盡的，就是給與金子光晴的詩篇很多機緣了。

這樣想來，可以說，這二位詩人，都是從日本擺脫自己，擺脫一時或屢次，結果可能成爲詩人了。擺脫，也不止於逃避，就包含把傳統的東西變化到怎樣的態度。

看這三位詩人時，應該要注意的，對於自己，他們都下了一個斷案：在那個地方生活下去的。決不是像朔太郎那樣，當爲憧憬想去法國等地。這樣斷案，使他們的表現成立了，就是至少對於以後的日本人，擺脫到國外的時候，可爲一個指南針了。

看起來這三位詩人的詩篇的本質，三位詩人，位於在近代詩的末頭、現代詩的開端。這條路的遠景，就是每個人懷著個性而互相調和的一個世界。世界年年狹隘了，那麼這樣詩人的想法也許值得注意的，而不要嫌棄別人，不要躲避另一種的風土吧！

詩兩首

林清泉

打蒼蠅記

在午寐時
一隻討厭的紅頭蒼蠅
停在我的臉上
蹉手蹉脚
蹉得我
好癢好難受
「可惡！」我一巴掌打過去
重重的打在我的臉上
好痛
它悠然飛走了
我跳起來追趕
它停在一塊玻璃窓上
向我冷笑着
「可惡！」我用拳頭擊過去
嘩啦一聲
玻璃碎了
拳頭上淌着滴滴鮮血
它悠然飛出窓外
向我冷笑着

幾乎

幾乎每天都在
忙碌的工作
目的無他
祇爲滿足
呼吸的慾望
祇爲證明
自已仍在活着
幾乎一生都在
忙碌的奮鬪
目的無他
祇爲滿足
死時的安適
祇爲證明
自已沒有白活

窺豹札記（五）

李魁賢

18 目睹報紙之怪現象

此時何時？此地何地？能容許大家只顧徵逐聲色犬馬嗎？有心人士對社會的浮華、虛脫、唯利是圖的現象，莫不感慨萬分，而且深以爲憂。做爲一個文化人應有糾正歪風使社會走向健康踏實方向的責任和抱負。

而以文化尖兵標榜的報紙，掌握發言的講台，更應認識輿論責任的重大，懷抱維護社會道德的勇氣。

不幸，以民營兩大報自居的聯合報和中國時報，却一直在推波助瀾，渲染腐蝕人心的話題，其中尤以聯合報爲最，除了擴充報業集團、控制輿論喉舌、追求私利外，看不出其報格在哪裏？

報紙最墮落的一面，是競相爲影視「名」星作生活起居注。當然，演藝人員也是社會的一份子，可以報導。但以一份有「道德與責任」感的報紙來說，可以報導有成就演藝人員的奮鬪經過，他們對演技磨練的心得，評論他們的演技。可是正好相反，報紙對有成就的演藝人員沒有興趣，只會報導那些靠「花」臉飲食的男女的行踪、出國、回國、和誰上館子、打架、談戀愛、離婚、演床戲、跳槽、拿蹺要錢，更糟糕的是這些新聞，很多竟是記者坐在冷氣房裏靠打幾個電話就寫下來的，難怪滿紙荒唐言。

八月九日的聯合報說：「演員的責任是演好戲中角色，書本上並不教你這一套」，公然爲墮落做辯護，等於鼓勵墮落，反正演藝人員可以不看書，只要能演燈紅酒綠的角色就行了。這是報紙爲社會浮華所做的貢獻，也充分表現了報紙本身的浮華。

其次，報紙缺乏明辨是非的立場，已到令人不忍卒睹的地步，只爲有錢有勢的人歌功頌德，而對默默爲社會盡一己力量的小人物常不屑一顧，最明顯的是報紙爲工商界大亨發言，而忽視消費者的立場。擧例而言，受到政府保護政策庇蔭下獨占國內市場的某些工業，每年盈利高達數億，票面十元的股票，每年股息可發到六元，但是還要任意提高產品售價，以托辣斯的行爲嚴重侵占消費者的利益，報紙就未充分表現應有的道德勇氣，加以追根究底，反而常爲其調整價格做粉飾工夫。報紙明顯佔在財閥立場，無非以此互相呼應，報紙廣告來源可以不斷，且不惜以全版篇幅賣給商人，侵佔了訂報人的權利。因爲，讀者買報是要看新聞消息，不要買廣告。這是報紙唯利是圖的現象，助長社會唯利是圖的風氣。

至於報紙格調之低，部份記者水準之差，常令人搖頭嘆息。以未求證的風傳，撰寫捕風捉影的報導已屢見不鮮，即使同一則新聞，不但二家大報在資料處理上常相左右，甚至同一報設在不同版面，或不同一天的報導上，也會自相矛盾。更可憐的是遠離常識的記述，層出不窮，顯見記者的淺薄。七月十四日聯合報有一篇報導，說計程車輾過三歲男童杜治德左腿及腹部，車輛正好停在其胸部上，由男童的母親及司機合力抬起計程車救出小孩，小孩却安然無恙，活潑蹦跳如常。這種現代神話式的文字，居然可繪聲繪影出現報紙上（還加照片），不得不令人對記者造謠之大膽，肅然起敬。從這件小事可概見其他，難怪聯合報對某些有骨氣，敢為百姓爭權利的新當選省議員，加以曲解醜化的報導，根本不為讀者所採信。這是報紙本身虛脫的現象，成為社會虛脫的縮影。

二十年來目睹報紙之怪現象，實際上罄竹難書，這裏只能略舉數例。欲求這些浮華、虛脫、唯利是圖的報紙「改過遷善」，猶如椽木求魚，這也是各界希望開放報禁，期待能出現對社會的道德與責任有抱負的新報，來淘汰潰爛的舊報的根本原因。而在目前情況下，我們寧願期待和欣見有為有守的「小」報，挺身為履行對社會應有的道德與責任而向大報挑戰。（67・8・10）

19 低迷的溪頭之夜

事先就大發消息說是要到臺中參加詩人節活動的一些「北部詩人」，當天依約到達臺中市立文化中心，打個轉，嘻嘻哈哈一番，然後一字排開照個相，立此存照，便浩浩蕩蕩轉往溪頭。原來宣傳的「南北詩人大會串，必定盛況空前，詩味十足」，却是如此這般，表現了一貫的虛偽作風，十足的缺乏詩味。

一向不關懷與了解人間而「期望透過詩喚起人間更多的相互關懷與了解」，一向不重視國人而欲「喚起國人重視」的詩人們，在下着毛毛細雨的溪頭，突然興起「面對歷史文化的延續與創作所背負的使命感」，瀰漫一片向壁（鳳凰賓館的會客室壁）虛構的低迷。

溪頭座談「中國詩人的道路」記錄已在八月十一日至十四日的聯合副刊發表。從記錄裏發覺許多問題值得商榷。

商禽是一位眞摯而踏實的詩人，他對自由意志與人權尊敬的關心，特別為我所敬重。他在座談會上說：「中年一代詩人幾乎停筆，這是事實，這種現象的發生，表面上看起來，或許是因為生活上的轉變，或許是深恐無法超越原有的水準，就我個人而言，則純為生活的轉變，過去生活十分艱辛，但我們並未曾去關心艱辛，關心的是如何寫詩，今天，生活的轉變，我們要去關心它，心境未得寧靜，所以暫時停筆，對於詩的未來，仍然充滿信心……。」

這一段話記錄上有毛病，因為商禽對「中年一代詩人」停筆原因的分析，只說「表面上看起來」怎樣怎樣，却未見他提到「實際上」如何如何。因此，姑且就「表面」加以討論。事實上，「中年一代詩人」有的確實停筆，有的創作力衰退，但也有努力寫作毫不鬆懈的。因此，停筆的詩人不能代表全體。

但有一項很有趣的現象是，停筆的「中年一代詩人」，以往都是强調「純粹經驗」之輩，他們自認爲詩壇貴族，要掌握超現實的經驗，以「聯想切斷」來表現跳躍的詩想。這種詩觀只宜在象牙塔內表演，一旦落實於現實生活層面時，便無法合拍。因爲愈接近現實經驗，愈背離純粹經驗，在如此對立情況下，除非他願意在社會上繼續做爲一名不事生產者，否則，他必定要跳出純粹經驗的陷坑。而在他面對生活上的轉變，詩觀却不能隨着調整到關懷社會，面對現實時，只好停筆，束手無策。

相反地，以現實生活爲基調的詩人，生活上的轉變，常是他詩想上的補給來源，「心境未得寧靜」時，正是創作力旺盛的契機。社會上層出不窮的事件，都會在心中醞釀、醱酵，他敢於批判、諷譏、纏鬪現實，來化解精神上的壓力，找到安慰。

歸根究底，是「純粹經驗」的死胡同，使某些「中年一代詩人」被堵死，找不到出路，這是他們停筆的「實際上肇因」。商禽呼籲關心生活是走出死胡同的正確方向，但接着必須調整詩觀，睜眼看看社會的現實，才會對詩充滿信心。否則，光是停筆，詩從哪裏來？

張默可以算得上是「詩人的僕人」，他努力編輯選集，對某些浪得虛名的僞詩人，有不可磨滅的貢獻。他參予編輯的這些詩選「六十年代詩選」「七十年代詩選」「八十年代詩選」「中國當代十大詩人選集」，無一不是呈現重大的偏頗，這些是他自己也承認的。

例如，他說「過去很多優秀詩人，譬如方思、林泠、季紅、李政乃、曹陽……等等，他們的詩的確很好」。這些很好的詩的作者當中，除了方思、林泠、季紅，只被選入「七十年代詩選」和另一部「中國現代文學大系」外，李政乃、曹陽……等等都被遺棄。經過一、二十年編輯詩選的張默，是忽然間才發現他們的詩的確很好呢？還是開始就知道他們的詩的確很好但故意不予選入？從這一點可看出那些詩選之缺乏代表性，不選「的確很好」的詩的詩選，算什麼詩選？

張默也不得不承認：「這些選集，嚴格說起來，還無法達成普及到每一位眞正喜歡現代詩的人的手邊，也就是說，在編選方式上，還存在某些缺失。」什麼缺失呢？重大偏頗的缺失。缺乏公正立場的詩選，不選的確很好的詩的詩選，如何要求能「普及到每一位眞正喜歡現代詩的人的手邊」呢？自然淘汰恐怕是最適當的後果。

如果詩選不採取開放性的立場，不顧客觀的入選標準，忽視詩的社會功用，即使再編一部「中國現代名詩選」也不過再增加一次「缺失」的紀錄而已。如果選詩的觀點不調整，對某些吃利息的詩人，也不過增加一次重複選入的機會，則這種換湯不換藥的詩選，換到最後變成白開水，乃必然的現象。

文化傳統是自然而然融合在我們生活當中的，成爲我們精神的支柱。桓夫說得好：「任何詩的行爲，都是傳統裏另一個新的接續才對」，這是創作的要義。傳統不像包皮一樣可以隨便割掉的，但也不是錄音帶那樣重複播放。傳統是文化血緣上的繼承，必定還要與現實生活上的環境相交融，才能閃現創作的火花。

因此，看到高大鵬說：「寫詩也是一樣，在語言方面也應該融滙各代名家之長，從詩經楚辭、樂府民歌、四六漢賦、直到唐詩宋詞元曲等，一路逶迤而下，甚至連禪詞經偈都有取法的價值，使我們能從一個句子裏面，上窺整個語言藝術演變的歷史軌跡」，不禁令人大吃一驚。詩要從活生生的語言當中去錘鍊，才能產生魅力，才能產生這一代的心聲。吸收舊語言不能代表傳統，相反的却是斷絕新傳統的做法。照高大鵬所列，自詩經楚辭，一直到禪詞經偈，所用語言南轅北轍，如何融滙？融滙結果，恐怕不是雜菜麵，也不是火鍋，而是一淌渾水。抱殘守闕不能成爲孝子，反而是浪蕩子的行爲，因爲等到家藏古董賣完後，家道中落，自必摧枯拉朽。

一些「客座詩人」型「名」詩人，漂浮在生活的上空，不得不向古典語言求救，結果由「唯美」走向「唯古」，令人興起「此時何時？此地何地？」之慨。另外，我們也看到「數來寶」式的「新聞詩」出現，這些都是未明瞭詩的本質，而企圖在語言上變巧的歪風。

這裏值得再引用一些桓夫的發言，他說：「所謂：離開傳統愈遠愈能接續傳統，愈接近於傳統就愈疏離傳統是有其道理的。新詩人應該很大膽的從各方面可能的範圍去嘗試新的方法，勇敢的把自己投進現實泥土和機油香味的戰鬪性環境裏，擴充詩的實質。」但令人納悶的是，桓夫當晚在臺中市立文化中心參加笠詩刊社成立十四週年年會和「詩的劇、舞、誦、唱」晚會，竟然分身有術在記錄上會出現在溪頭發生這樣令人深省的話。

管管的話代表思考不集中的典型，不過有些話是可圈可點，例如他說「另造新境的開拓者，是眞正民族的大孝子」，這應該是針對高大鵬的話而發。還有：「詩是『民』的，既然始於『民』，也應終於『民』」，但是我們無法檢證管管的詩和他的這些話有什麼一致性。足見管管已受到影響，改變詩觀，擺脫以前個人性的道路，願拭目以待他寫出令人耳目一新的親切作品。

他又說：「我喜歡故宮的東西，但總認爲那是帝王將相的，代表民族的一部份，但不是大部份，最大部份才是最重要的……」，把故宮的東西，說成那是帝王將相所占有是很武斷的話，顯得以偏概全，雖然曾爲帝王將相的，但只有少部份帝王將相的作品。鄉土文學論戰中，重彈提倡平民文學代替貴族文學之議，但這只是比重上的權衡，是對發展中文學的修正，但並不否定傳統的藝術。管管這一番話顯得囫圇吞棗地急於迎合潮流的心態。而且又顯示出矛盾的心情，因爲他認爲「最大部份才是最重要的」，而故宮那些「不是大部份」，所以應當是不重要的，但他又表示喜歡這些在他看來不重要的東西。

最駭人聽聞的是，他認爲最重要的，「現在來說，那應是八億人民的生活，各位都朝這個方向去做了」。所謂「八億人民的生活」應指中國大陸人民在中共統治下的生活。實在想不透，當晚在溪頭的「各位」詩人，如何都朝那個方向去做？是實施過那種生活嗎？還是嚮往過那種生活？爲什麼「現在來說」，最重要的不是一千七百萬人的生活，而是八億人民的生活？

羅門一向使用不準確的語言，包括討論問題時在內，所以很難瞭解他要表達的意義，不過還可看出他似是而非的論點。他說：「詩的語言，只是表現詩的有機材料，它隨着詩人在不同的創作年代，而有其變異性、適應性、與成長性的機能，如此，方能產生具有「現代感」與生活性的活語言，有機地爲詩的生命的工作。」這句話表面上看來沒有什麼毛病，但最後二句話可以反映虛脫的態度。究竟是詩的語言產生「生活性的活的語言」呢？還是「生活性的活的語言」產生「詩的語言」？

不用說，以社會生活經驗爲基調的詩人，必然採用活生生的語言來錘鍊詩的語言。但逃避現實的人，只能從既存的詩的語言中去借屍還魂。從事多年詩創作的人，如果對語言的基本概念，還是如此糾纏不清的話，是很令人感嘆的。

至於說「有機地爲詩的生命而工作」，是靠「詩的語言」嗎？可見羅門忽略了最重要的意識形態。詩是以精神來架構的，語言只是材料而已，不能成爲詩的生命。靠語言寫詩，是技巧至上論，最後不免淪於精神虛脫狀態，不是沉綿於「粹純經驗」而不能自拔，便是重複他人的現實經驗。

在低迷的氣氛當中，也有一些清澈的泉音，令人耳目一爽。向明呼籲「過去那種自絕於人的晦澀之風不應再去提倡。而且，詩不論如何嘗試，一定要是中國的……」，是對虛無風格最一針見血的話。他還說：「我們應該有信心，有定力，耐住寂寞，多加深研」，說得好極了。因爲愈能耐住寂寞的人，愈能趨近詩的本質。

羅行說：「人到了中年，有了責任感、使命感，社會大衆對名詩人要更注目，對社會影響力大，中年詩人就不能輕易下筆，中年詩人加重了責任感，多爲傳統沉思，多反省自己走過的路，這樣才能找出自己正確的路線。」這是對的，所以如果詩人還是以個人的純粹經驗爲尙，他的停筆對社會來說反而是一件好消息。如果他對社會大衆還是漠不關心，忽視了自己可能對社會造成的影響（好的影響和壞的影響），那麼，他憑什麼可以浪費社會大衆對他的注意？

辛鬱强調運用活生生的民族語言，同時提到質感、量感、音感的重視，他說：「質感，意指文字深層的意義，有時是抽象的，也可以說是意境或境界的表現；量感，意指文字的現實意義，它必須精確，也可以說是主題的表現；音感，意指文字的節奏性，必須純眞自然，也可以說是求美的表現。」這是很中肯的話，不講求意境，不講求主題，不講求純眞自然，只顧在「純粹經驗」裏打滾，是一些招牌詩的通病，它們有園地發表，然後又自導自演出各種定於一尊的詩觀，使得詩的面目可憎。

碧果引用辛鬱的話說：「我們把作品建基在眞實的生活與眞摯的情感之上」，是對的；他又說：「詩人崇高的是廣義的人文主義，表現的是普遍的人性」，也是對的；他進一步又說：「我們所追索的是使生活詩化」，更是對極了。足見碧果的詩觀已作了重大的修正，希望碧果以此爲契機，寫出令人可親可感的作品，來印證他轉變後的詩觀。

年輕詩人陳家帶提到：「語言的糢糊，情感的虛浮，以及視域的狹窄，仍然壓抑着詩的生機」，從上述某些名家的言談中，可以印證有些人已幡然醒悟，有些人仍然虛虛幌幌，問題是反省後，如不能根據調整後的詩觀來履行寫作，則可能造成言行背離的狀態，這是令人不願預見的結果。陳家帶又說：「我認爲美與社會性不能分開，不能抛開社會性而談美。……詩要跟得上生活，掌握其眞髓：……」，希望他能代表年輕一代的觀念，願新的一代能由此轉機走向康莊大道。（67.8.20）

散文詩三尾

許達然

一、暴雨後

陽溝奔喪浮雲。雲曾是水青年踴過的失落，泡得不能再沖了，苦澀少男咀嚼，衝出童謠，滑滑走濕看破，爛碎的新聞，狗叫好，少女款款高跟，媽媽背娃娃，哇哇，窪，轎車趕來踴亂，小販老喊過倒浸的高樓，苦茶啦！

炭，再也無門給摧租的敲了。傘破骨還存，沒淹死就還有根繼續流，還有路，繼續趕。

只是家鄉的乾裂已氾濫成澤了。

二、磚

土水木火後硬要成功就包空

單調的燃燒，烘困烏青窮抖。抗議的顏色，鋪向刑場爭紅。原始的現代，堆砌商樓詐欺。

誠實村井乾圓給農夫吐痰，時間斑剝的臉纏着橋，老不爛不銹，也不管現代多金鋼了。仍然土着。

三、像騙

穿一叢樹影一羣鳥聲一身土人拍照一伙穿衣的：你們怎麼變得這樣小？喂，看這裏，自然笑。別遮掩啦！不必剝就展現自己，土人獵，不着文明，自然扔開相機，天空拒收，落，破了。

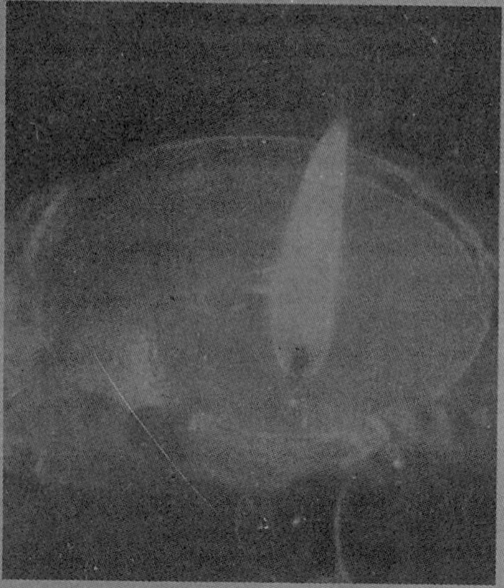

中國民國行政院局版台誌1267號
中華郵政台字2007號登記第一類新聞紙

笠 詩双月刊
LI POETRY MAGAZINE **87**

中華民國53年6月15日創刊
中華民國67年10月15日出版

發行人：黃騰輝
社　長：陳秀喜

笠詩刊社
台北市錦州街175巷20號2樓
電話：551－0083
編輯部：
台北縣新店鎮光明街204巷18弄4號4樓
經理部：
台中縣豐原市三村路90號
資料室：
《北部》台北市北投吉利街249號4樓
《中部》彰化市延平里建寶莊51～12號

國內售價：每期30元
訂閱全年6期150元・半年3期80元
海外售價：美金1.5元／日幣300元
港幣5元／菲幣5元
歡迎利用郵政劃撥21976號陳武雄帳戶訂閱

承　印：福元印刷公司　臺北市雅江街58號

詩双月刊

笠

LI POETRY MAGAZINE

1978年 12月號 88

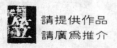

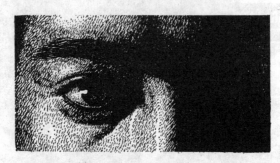

笠 88 期（1978年12月號）目錄

旅泰詩抄

靜修

手槍和扁鑽

我在泰然大樓做一條AB褲
暗袋大得可以裝進一本潮暹字典
老闆疑惑我的疑惑，說：
「你出門不帶槍嗎？」
「出門？」
我那個開珠寶店的華僑朋友說：
「我在家都槍不離身呢！」
他家四樓，每樓各藏一把槍
每個櫃台也是
我問幹嗎
他說防土匪
這使我想起咱們年輕的同胞
喜歡隨身攜帶的扁鑽了
這種傢伙，土是土一點
可是血流五步
沒有一點狠勁兒的人還眞要不來
不過，玩扁鑽的未必都幹賊盜
所以，狠是狠一點
咱們的珠寶店
不必每樓各藏一把扁鑽
這就引證
咱們還是一個比較溫柔
比較文明一點點的民族
我穿着新褲到夜總會跳舞
莫非娘素巴妮被我翩翩風采迷昏了頭
稍爲肥胖的肚皮
觸及我AB褲拉鏈那個地方
竟然驚異地仰起媚眼
邪里邪氣地問我：
「你也帶手槍嗎？」

皇家田放風箏

我頭一次去「愛瑪」洗泰國澡
哇！太平洋
專門爲紅毛設計的大型法瑯浴盆
差點沒把我溺死

「侍兒扶起嬌無力」
洗完澡，我掙扎半天
才爬上又高又大的水晶床
按摩女郎抹乾我身上的水問
「要不要去皇家田放風箏？」

皇家田？
那地方我熟悉得很
我在那兒見過左派學生示威遊行
見過選舉議員，民衆打羣架
見過警察追土匪，土匪殺死警察
也見過人妖拉紅毛，紅毛哇啦哇啦叫
可是，我沒有見過什麼風箏。

她那塗滿滑潤液的小手
輕柔地徜徉在我肚臍南方
律動一支巫山的杵歌
並且對着烏隆他尼的天空
把賁張的尊嚴
打成泥漿

我至今還沒弄明白
這玩藝兒和皇家田何干
與風箏又有什麼瓜葛
但我確已經驗了皇家田放風箏的滋味
雖然不在皇家田
也沒有風箏

註：皇家田即曼谷皇家廣場；「皇家田放風箏」泰國黑話，意即「色情馬殺鷄」的代名詞。

第四場火

坡是路又失火了
這是半年來的第三次
我剛好路過現場
奮勇加入滅火
却聽到老華僑在咒罵：
一定又是市政府搞的鬼

搞什麼鬼我一點也不懂
幾年來烏隆市到處大興土木
高樓大厦成排建起來
只有坡是路延伸到五角圓環
這一帶華人聚居的地方
仍像酗酒的醉漢
老式木屋七零八落躺在那裏
成爲市容上的一塊瘡疤

即然居民不滿意都市計劃的內容

討價還價確實是件頂煩人的事
强制拆除舊屋又很痲煩
總得有人想出兩全其美的辦法
老華僑的咒罵似乎有點道理了
要不，爲什麼
火已燒得七葷八素
救火車才珊珊來遲
而且患了陽萎早洩症
噴水龍頭剛剛勃起
兩三下，就垂頭喪氣，欲振乏力

我得趕緊去告訴五角圓環
賣榴槤冰那個黃小姐
按照失火順序推算
這一帶可能就是下一個火場了

越南小子

幫加婁對面住着一位越南青年
每天早晨日出之前
就把越南國旗插在屋頂上
儘管越南已經淪亡
西貢早被改成胡志明市

聽說他是北越海防人
逃亡到西貢後移民此地
年約三十，身高一七〇左右
鼻樑直直，嘴巴小小，有點戽斗
朋友們說他的容貌和身材
都很像我
又古錐，又有人緣

我們不曉得他是幹啥的
每天早出晚歸
有時帶一羣越南人同來
神秘兮兮的樣子
有時也會摟個女人
像個花花公子那樣

有一天朋友告訴我
看見他和我的阿棉——
楚來夜總會那個妖姬
共乘一輛三輪車，招搖過市
我不說你不會明白
這裏的三輪車又低又小
一人坐很舒服
兩人四瓣屁股塞進去
肩膀併肩膀，手臂擠手臂
男的不得不把手抽出來
環抱在女的背後
你可以想像那股親熱勁兒
最叫人受不了的
居然招搖過市

從那天以後
我開始很討厭這個越南小子了

雖然他仍然每天一早起來升旗
雖然他仍然長得很像我
但現在看起來
一點也不古錐，而且
無人緣

雕塑藝術

說來你不會相信
來泰三年，我今天才眞正開了眼界
在盛會的玩具攤上
發現一件曠世的偉大藝術作品

說來你不會相信
這樣稀罕的傑作只賣泰幣三銖
同來，同事們都在客廳現寶
有印度項鍊
有法國香水
有不丹貓眼石
有日本電動玩具
更有丹麥八米厘，小電視

說來你不會相信
當我的寶貝展現出來的時候
所有的珍品爲之黯然失色
它沒有寶石的光彩
沒有小電視動人的內容
也沒有赫赫的產地名聲

它只是本地土產藝術家
以木屑爲材料
以手工製造得維妙維肖
健康如你
吃了兩碗白米飯或一客三明治
所慢慢，慢慢放出來
成螺旋狀的一堆
人糞模型

說來你不得不相信
人生到處充滿多彩多姿的藝術
直腸便是一隻雕塑的能手
在你背後創作與衆不同的作品
縱然不能流芳百世
也還能遺臭萬年

（寫於烏隆府）

四季

馬爲義

·春·

只有從冰雪裏來的生命
才能這麼不存戒心
把最鮮嫩最脆弱的花蕊
五彩繽紛
向這世界開放

·夏·

向焦渴的大地
奉獻我們的汗滴
滾圓晶瑩的露珠
源自生命的大海
帶着鹹味

·秋·

妻兒在你頭上
找到一根白髮時
的驚呼
竟帶有拾穗者
壓抑不住的
喜悅

·冬·

越冷的日子
希望的爐火越旺
我們心中
沒有能源危機這回事

復活的土地

陳芳明

我和我的土地擁抱躺下來
仰望一片青色的天空
我們是乾旱的山河在等待
等待一場風雨龐沛地歡送

我和我的土地跪下來
傾聽纍纍亂石的悲慟
我們張望四野的鐵絲網一排排
看帶刺的陰影投射在茫茫的風中

焦渴的河床留下寂寥的塵埃
龜裂的土地失去了播種
這裏不說恨也不說愛
天地間充塞的只是一聲痛

凡歸於山河的，都要躺下來
躺下的姿勢是堅忍與寬容
我們不是放棄也不是倦怠
只爲讓根鬚更久更粗地扎在地中

把賁張的血管深埋
地底的種子心臟一股地跳動
凡歸於山河的，都要站起來
踮脚搖醒一片青色的天空

鐵絲網再不能分割這個時代
陰影覆蓋不了大地的面容
抽芽的聲音久久在等待
等待天地間的一場風起雲湧

我謙卑地跪下來
向一塊頑强如蕃薯的土地認同
我讓胸膛與手掌攤開
同我一樣復活的是雷動的長空

一九七八年二月六日・西雅圖

生活文章

喬林

嗡嗡繞着身邊轉的蚊子
在小時候並不覺得如何
在大榕樹下聽講古
身邊繞着嗡嗡飛
並不覺得如何
反而天空的星星撒得更多更亮

現在沒有什麼大榕樹
兒女要關在客廳裏讀書寫作業
老爸拿着報紙，眼睛繞着國際大事
陪讀，還要小心注意打蚊子
現在的蚊子大大的有關係
霍亂瘧疾腦炎，都可能帶着

因此半夜裏得突的醒來
因爲聽到蚊子的聲音
打開大燈
先看一眼熟睡而不會擔心的小女
再看一眼沉睡而無力擔心的妻
我倦意的眼睛再巡向四週
一肚子的火的，找蚊子

六七年六月十四日

歲暮

陳鼓應

我來了，我是最老的，也是最後的過客，
我是最不受歡迎的暴君，
我要在最終的驛站上，
發佈權威。

在北方，我放一把魔火燒光大地，
然後，建立我銀亮的王國，
我捏死狂河，靜止了山林，
我不喜歡彩色，
用雪花把一切扮裝成純白。

南方是我的屬地，
我要用我的政策獲得滿足，
姑娘們的嬌顏要在我的手中蒼老，
我下命令，
宣佈解除所有生靈的青春。

最後，我踏着廢墟凱旋，
聖堂裏唱着祝詞歌頌我的功業，
我剷除了一切汚穢，
把空白留給明天的使者。

滚石・浮木・激流

趙天儀

滚石

豪雨挾帶着山洪而來
衝下來
衝下來
洪水滚滚地波動着

連跑帶滚，連滚帶跳
在水裏翻跟斗
在水裏冲刷堤岸
跟激流一起衝浪而來

許是一顆溪底的巨石
許是一粒溪床上的鵝卵石
在水中搖滚
充滿了毀滅性的衝勁與力量

浮木

浪花飛濺在堤岸的蛇籠
漩渦滚轉在水壩的池塘
我是一個激流中的漂流物
我是一塊在洪水中盪漾的浮木

一塊浮木，記載了年輪的滄桑
一塊浮木，盪出了風雨中的逆流
或在浪花中盪漾
或在漩渦裏打滚

擱在岸邊的石頭
停在障礙物的邊緣
像是一個無名氏的飄流物
無依無靠，任我在激流中浮浮沉沉

激流

一滴一滴的泉水
也會滙成巨浪
一朶一朶的雨花
也會集合成洪水的氾濫

暴風雨判決了
兩岸山壁的坍方
修長的長堤也被斬了腰
轟轟隆隆的激流在溪床上使出渾身解數

小舟已在激流中翻掉
橋墩也已在暴雷雨中倒塌
任何水壩只能短暫地擋住了水位的昇高
却無法阻止激流勇往邁進的方向……

西門町

元貞

西門町的人潮
左肩右臂地衝來
天橋下
火車和汽車在怒吼
霓虹燈燃亮
廣告上大幅的愛情

電視機在街角的商店裏
疲勞刺耳地
喊着光輝
光輝的十月
革命烈士的血
消逝在到處是吃的城市
吃得很多而消瘦的城市

想跟你打個電話
電話亭觸目皆是
不知道你在不在
不知道你願不願意出來
愛情像山峯
　又像海洋

望來望去都是樓頂
天空破碎而毒紅
咖啡屋的冷氣
電影院的汗氣
我播了你的號碼
却掛斷聽筒

裏着民族的傷痛
踽々地穿越車道
這個年頭希望很辛苦
良心、責任感很沉重
山峯和海洋雖在夢裏
夢裏也有空虛的肉慾

一九七八、十、七

菩提樹的聯想

陳秀喜

一陣驟雨
擇了樹上的憂色
搖落在地上
菩提樹的枯葉
令我想起
走過來的路上
已成灰白的血漬

佇立在分岐路
徒嘆樹幹的落寞
不如平靜地期待
樹根交出紛繽的音符

當交響曲的樂譜
展在菩提樹的梢上
驟雨來當指揮時
讓我合唱嫩葉茁長的歌

歸鄉三曲

莫渝

①

登上預先計劃的列車
找到指定的座位
安頓好思緒
一顆歸心
順著兩條軌道
滑溜南下

②

交出車票
踏離車站
迎面打哈的陌生人
請你上三輪車
有篷的三輪車踩得快
轉眼就到家

③

屋旁的電桿木並未長高
門前的春聯早掉半邊
另外半邊褪成灰白
父親依然收斂笑容
母親的黑髮染白
走進書房
架上的書
一層風砂厚厚封住

棄情之歌

杜國清

憂鬱

胸中的天空
夕陽淌着血
將眼睛注成血湖
湖裏浮映着
痛苦萬狀的枝枒
鬱鬱纍纍的雲影

陰鬱的日子
以千濤將雲影擊碎
磋成紅寶石
且以波吻　以浪撫
將枝枒　琢成
珊瑚

當眼裏閃着紅寶石
我胸中的天空
早已陰霾密佈
當眼裏長滿了珊瑚
我胸中不死的夕陽
仍在暗淵邊緣
不停地

抽搐……

浮葉

一陣劇吵　像驚風
掃過無雲藍天
一枚嬌葉　落自
衰情的樹枝
在岬岸　旋舞着
一生的秋姿

漂浮在海上
華此　那枚落葉

懷念在樹上迎風的日子
以及夜裏露滴滋潤
以及嬌姿蕭蕭灑在水上
在水波間嬉蕩的影子

漂浮在海上
那枚落葉　從此

當夕陽曳着金袍
躑躅在海原

一枚艷黃的臉
痴望着，溶溶春水
當夜半水母散着白髮
夢遊在海原
一枚蒼白的臉
在鏡中　凝眸自審

那枚落葉　從此
漂浮在海上

直到海水結晶
直到形骸腐爛
直到一隻不可視的
巨掌　將她撈到
彼岸

棄情之歌

回憶的沙灘上
往日　波浪逐漸退隱
擱淺的一顆貝殼
思念着久曠的
潮音

磯岩上
不再有形象交抱
私語着愛與死
崖岸下
不再有艷姿橫臥
歡受激情浪撫

夜夜
波浪在回憶邊緣
起伏　褶飾一件黑衣
覆蓋着　荒寥的
沙灘

每當波浪曳去
一隻不死的水鳥
竟又啄起
曾經滄海的
痛楚……

閨怨

可憐無定河邊骨
猶是春閨夢裏人

春閨外
月亮　披着散髮
尋狩在幽壙的夜空
青火　到處閃沒

長河裏
白骨纍纍
荒波啾啾
風遲遲
霧飄忽

現象三首

趙廼定

現象：人多票少

兩條長龍兩個窗
人，人，人，一個個列列成列
一個個列列成列在午時艷陽下
一個汗珠滴落下去一個汗珠
一張張票從後門溜去溜溜，不走正門的
現象：非供需問題
人多票少，人少票多
一個汗珠滴落下去一個汗珠
一個汗珠滴落下去一個汗珠
一張票從後門溜去溜溜
再一張票從後門溜去溜溜
現象：人多票少，人少票多
非供需問題的
乃因一個汗珠溜去一張票
乃因兩個汗珠溜去兩張票

太太不在家時

打開冰箱把生肉和生菜搬出來
又放了進去
想想做菜吃飯洗碗
眞麻煩，不如下樓去吃現成的也不洗碗
想想太太在家時
怎沒做菜吃飯洗碗是麻煩事
屋宇在周圍突然長大
樓梯在周圍突然好長
肚子餓——不想下樓吃現成
肚子餓——不想升火自己做

綠豆芽

一顆綠豆芽散幾根鬚根
抓住了地球
於是沒挺直的腰
猛力往上竄
一心想攀上天空
它的殼未脫落
它的子葉仍在胞中
一個人是一顆綠豆芽；一個綠豆芽是一個人
綠豆芽終久被餵在人的肚皮
人終久被吃在棺槨裏

詩兩首

楊傑美

送某領班退休

吃了幾十年頭路
最後甚麼也沒有留下
枯皺得像一根乾柴的手
顫抖着
提起筆來
在厚厚的簽到簿上刻上自己
歪歪斜斜
愈來愈削瘦蒼老的名字
那一刻，起自你卽將涸竭的心湖
從　日本礦業株式會社
到　日本帝國石油株式會社
到　中國石油股份有限公司
熬了幾十年才熬出來的
一滴　淚
終於沿着你搐動的眼角
重重地掉了下來
終於重重地撞擊着
你的
我的
我們一顆還會共鳴的心

alarm 的聯想

操作平穩的自動控制工廠
alarm 忽然響了起來
儀器板上亮着駭人的紅光
小小的控制室廻響着尖銳的鳴嘯
操作的人員匆匆忙忙穿進穿出
採取立卽平抑的緊急措施
不久，一切終於恢復平復平穩的狀態
alarm，再度歸於沉寂喲

alarm，在現實的生活中
你的形像究竟閃爍着什麼樣的顏色
當生活的運作發生了故障
是否你也像工廠的 alarm 一樣
也會嘶嘶地長鳴尖叫不已

生活的 alarm 啊
是否你也能告訴我
我的生存的病癥是什麼？
我的生活的病根在那裏？

註：alarm，警報器，一般自動控制的工廠多有之，當某部份操作發生故障，alarm 卽亮紅光並長鳴不停，使操作人員能發現故障的部份，立卽消除之。

景像兩首

楊傑明

苦茶

冬末寥落的寒夜
一盞孤獨無依的路燈
　苦苦守住
　　　　街尾
那個禿光了頭的
退伍山東老鄉
依然堅持不肯提早收攤
販賣了二十五年
　苦澀裂喉
冰血四季沉凍着
赤紅了的
神州牌　苦茶

早春

灰朦朦的水田
　灰朦朦，淒迷的苦臉
灰朦朦的山嶺
　灰朦朦，凝固的苦臉
雨
喧嘩的小孩
尾隨着，追打
一個哭雨笑山的瘋癲
異鄉漢子
野地裏
祇有他的衣裳
　血紅

鄉土詩抄

林宗源

阿伯，你咧掘什麼？

天光取起鋤頭踏出門口
天黑黑又擱咧落雨
看天吃飯的阿伯行到田園
掘啊掘，掘啊掘
想起現在的少年家到都市
坐辦公廳，睏凸牀
想起他少年的時代
天光着出門
不管天的面色黑也是光
爲着三頓也着掘
掘啊掘，掘啊掘
掘到一束白嘴鬚
想起沒人替換
手軟心也軟
站在田中方
就像一支隱龜的草

雨落沒停
天還沒開目
老阿伯掘出一條水路
讓滿田的目屎流出去

烏魚

我們是一羣被按置在魚塭
活在夢境
天天算着死亡的日子
沒有上帝
也笑不出聲的魚類

吃塭主的糞
吸工廠的廢水
活在缺小氧氣的塭裏
天天盼望着回到海洋

去追找父母
去呼吸海風
去騎浪潮

可能嗎？
就是回到海洋
也不能生存的我們
罵誰？罵人類？
罵誰？罵父母？
罵誰？罵自己？
罵誰？上帝啊？
你怎麼可以這樣創造世界！

老兵

華笙

我望刀尖
刀尖的翹首已不復記憶
波濤的起伏已啞然
一切在瞳孔中
繪出呆滯的風景

海水拍岸是永無休止的銼痛
也曾一度
石粒成雙畫出相交的漣漪
圈圈是
十數年的積蓄
數千虐待腸胃的日子換來
她的盈笑
十數萬元投入她
盈笑的酒渦
看不到漣漪
聽不到撲通
她的離去如海水
唯一的贈予是滿臉的鹹
不知鹽水在臉龐上結晶成
什麼形像？
木然也罷！
但，苦澀鹹濕總適時侵蝕
久久未能結疤的傷口
隔岸老舊的往事隨即
膿
血
迸發

海水拍岸無止境
我望刀尖
刀尖的翹首怎堪記憶？

人間煙火(二)

陳坤崙

狗

在公園門口
平時對我搖尾巴的狗
今晨突然襲擊我
把我的腿咬一口
然後搖搖尾巴掉頭跑
留下我看着傷口鮮血直流

破傷風
瘋狗病
死亡的陰影
籠罩我整個的心

一粒細沙

一粒細沙
跑進我的眼裏
眼睛立刻不能張開
似有一把刀子挿在裏面
平時不把細沙放在眼裏
現在它却跑進我的眼裏
原來我的眼睛
竟連一粒細沙也不能容納

田地

田地是媽媽心愛的孩子
不管刮風下大雨
媽媽在田裏忙着
翻鬆泥土把雜草除去
如果生活空間太擁擠
媽媽便想辦法爲他們分家
如果土地缺乏肥料
媽媽便爲他們施肥

如果得了病蟲害
媽媽便用除蟲劑把蟲殺死

小時候媽媽一遍又一遍地告訴我們
田地是她心愛的孩子
祇期待他們平平安安趕快長大
不要遭到颱風大水的摧殘

輸送帶

早晨
通往加工區的馬路
變成一條輸送帶
把來自東西南北的女工
送到每一個工作單位

肥皂

在天底下生活的衆生
多多少少總會被飄忽不定的泥沙汚染
這種骯髒
只要把我加上水塗抹在髒了的皮膚上
保證立刻洗得乾乾淨淨

請你記住
僅有一種汚穢
無論如何洗也洗不掉
殺了人染在手裏的血
收賄紅包染在心裏的銅臭味

這是我一生最大的遺憾
無法洗掉髒了的心
讓世人的心愈來愈髒
雖然犧牲了自我
想想活在世上
還是白白的消磨一場

年夜飯

林鷺

桌子是圓的
圓的桌子上
我們吃
團圓的年夜飯

爸爸的位子大哥坐
祖母的位子媽媽坐
位子是顚倒了！
而圍了半桌的是
只有血緣沒有緣份的稚子們

酒杯裏滿盛媽媽思念的淚
因着今夜團圓的
她的笑
閃爍在光和影之間

還是乾杯吧！
雖然不過四年的光景
我們一如往昔
彼此祝福地吃着
團圓的年夜飯
而我們圍着的
桌子仍舊是圓的

日落嘉南平原

陳冠華

大圳水湍湍西去，滋潤着兩岸的碧綠
甘蔗、蔬菜、稻米，擁擠而又整齊
在公路兩邊高低排立，彷彿對天拼起
巨幅廣告：這裏是富庶的大地

滾燙的太陽已漸漸下降
四面沒有青山可供容放
烈焰熊熊，烤紅着數棵高大的鳳凰樹
熊熊烈焰，燻黑了一片寬敞的葡萄園
一降再降，恰巧落在幾輛牛車上
沿小路緩緩地載向農莊

一路燃不起茂密沁涼的龍眼葉蔭
却驚動出無數的鷄啼與狗吠
終於熄滅在一個絲瓜架旁的池塘
害得白鵝們猛拍着被燒到的翅膀
這時，所有屋瓦上的小圓囱
都彎曲地高擧災後的輕煙
齊向溫馨的月亮，指控
南方這個暴躁的太陽

關愛的甘霖

黃金清

民國六十六年十二月廿二日晚，笠詩社社長陳秀喜女士應成大陳愛虔、張良澤老師之邀，南來指導，在成大玻璃教室講演「詩與生活」。筆者亦往聽講，因以誌感。

我們這一羣嗜詩者飲着冷風
擁着火燄的心
熱烘烘地麕集在美麗的玻璃屋中
等待關愛的甘霖
洒在智慧的枯田裏

手掌拍擊着火花
來了　她——陳秀喜女士
於是玻璃屋扯開了帳幕
所有的眼珠凝結在同一焦點上
在同一焦點上交融着

她是山壑裏一道蜿蜒的溪泉
流穿現代詩的森林
她是柔和的甘霖
關愛地洒遍茁壯的現代詩園
她是一首淺綠的詩
美而具有引人的風韻
　她已走過尋夢園的年齡
仍嬌羞地尋夢
尋她永恒而多福的詩夢

她低沉的喉音
　夾雜着濃濃鄉土的音調
如江河決堤的奔瀉
珠玉四濺
朱唇將聲浪化成關愛的甘霖
點點滴滴滋潤智慧的枯田

她朗誦著——「榕樹啊，我只想念您」
她歌唱著——「臺灣　山與雲」
她繪畫著——「關愛的手掌」（註）
像聖母的喚音喚活生命
生命在多福中鏗鏘廻響
未曾蒼老的望鄉的眼眸
　從寒冬的迸裂中
帶引我們掛起風帆向南

時針超速地衝過兩格
步出玻璃屋
我們這一羣嗜詩者
便有一尊完美的塑像
鉛印在心版

註：引號內的，爲陳女士之作品

給不朽的老兵

黃漢欽

——「鵝媽媽出嫁」讀後

憤怒的戰火未開
您早已升上勝利的旗幟
是炎黃的子孫啊
都是一株株壓不扁的玫瑰花

我們並不是俄羅斯民族
過去不是
現在不是
未來也不是
但是我却時時聽見
無數的巴斯特納克和索忍尼辛
在中國的大地之怒吼

現在我們再也不必遠渡重洋
到日本去做送報伕了
因爲您從淺草區的演說會上
帶同來的種子已經萌芽

只要老兵精神不死
新生的花苗會毫無顧忌的
茁長
我要一朵一朵的摘下它
帶同去分贈給親友
插
在
黃花缸上

給阿鸞

莊金國

妳選擇七月
七月之後不再是
純純的小女孩
妳將承當一切

可能
可能的話
最好不說
既使忍禁不住說了
妳要記住
如何
笑臉收拾
笑一笑總是好的吶
笑在妳這樣的年紀
誰也生氣不起來
誰都相信
有妻如此
大可以相偕到
老哦

運河

簡安良

瞧！一大早，薄霧未散，他們便走近你，欺凌你！
以垃圾、骨頭、果皮、腐爛的菜渣，餵飽你！
直到夜幕垂落，天昏地暗時，仍不罷手！
那些難以下嚥的「豐盛」晚餐啊！破酒瓶
空罐頭，病死的豬，被小偷毒殺的狗
廢棄的眠床、籐椅，蓋過死人的草蓆，棉被
藏在屋角發霉的褻衣褲啊，揉成一團的衞生紙
還有那一隻沾滿血跡和汚泥，露出水面的人腿！
實在令人心驚膽跳，不寒而慄！
迎接晨光，送走落日，運河啊，每天
我從你身旁走過，瞥見那烏亮的水面波光閃爍
像是你的黑眸在瞪眼怒視？而那兩岸的楊柳
可是你的亂髮？正在寒風中張狂舞動！
運河，不幸的運河，你那陰森鬼氣將我深深懾服！
忍不住，我停住了脚步，雙掌合十，默念神咒……

黑黝發臭的陰溝水啊流轉於城市的脚底
四處碰壁，頭破血流，迷失了一陣
終於找回了自己，吐盡滿腹穢氣
對這胸懷寬大的運河！汚水來自八方，嘮叨不絕！
想那大海潔白的肢體，被這道汚濁強灌
暈眩，嘔吐，毒藥般難以下嚥！
運河啊，你還是無奈地流動，只爲了造福人類
默默地忍受慘遭居民們誤解與蔑視的厄運。
黑得閃亮，心地狠毒，原非你的本性
那是他們對著月光灑一泡尿的所謂詩情
那是他們向善於諂媚阿諛的嘴臉吐一口痰的所謂畫意
那是他們日以繼夜淘洗米菜，清除腸胃後的所謂肥料
噢，這被百萬人口喝剩，並且汚染了天賜甘霖！
一下子灌滿了你善良、清淨，無爲的魂靈
却是這般骯髒、惡臭，令人嘔吐暈眩！
而你，運河啊，却儘管緩緩流著，默默造福人類。

地目篇

吳夏暉

•祖先的祖產

田地是祖先留下來的
遺言是用嘴巴接捧的

擁有這許多田地
祇繳了幾萬元的遺產稅
比起用買的實在便宜了很多

祇是接捧的遺言說：
這些田地除了種水稻
不能做其他非份使用
遺言沒有貼印花稅票，也許
我可以不承認

要是遺言當掉
可以改種甘蔗的話
價格就有保證
擁有這許多田地如果繳再多稅金
我的能力跟着能保證了

可是，田地是祖先留下來的
　遺言是用嘴巴接捧的
而最不應當的是：
我並沒有缺少嘴巴

•獸醫師行醫

糖廠開工了
爲了製糖，我奉命行事：
作了第七次大屠殺

圃場的工人
有酒精在肚子裏爭氣
都是爲了糖廠
爲了糖廠
他們把酒精往口中倒
爲了家裏的孩子
他們寧願冒險一次又一次
把蔗莖帶回家
趁保警隊員不在的時候

後來，糖廠不再輸送酒精
隊員告發他們偷食原料甘蔗
於是他們不再爭氣

於是空手回家
於是孩子問：
阿爸，你的眼睛在打架？
　　你的手被甘蔗刀切掉了？
後來，我告訴那孩子的阿爸：
我是合格的獸醫師
如果你願意
我要把你的腸仔切掉
然後接上通往糖廠成品包裝室
他答應了
爲了救他，我奉命行事：
把他的肚皮打開
於是，他的孩子哭了
　　他的妻也哭了
於是，我被送進了看守所等待偵結

●賴家二寶記錄

山仔脚庄南庄北
都是姓賴的
有一次我遇到這樣的事實：
一位年近古稀的老者
在他的戶口名簿上加註解
——姓賴?!賴賬　賴皮
　　此二人開除戶籍
賴賬卅五歲，未婚
在外借貸不還
開出別人的支票蓋老仔的印章
賴皮廿八歲，已婚
妻子無入戶口
從高雄加工出口區順便帶回家玩玩
後來變成妻子了
老仔不要，賴皮祇好自立分戶
於是，賴賬無家可歸
　　賴皮成了戶長，但
　　他的妻子被賴賬貸走了

西北雨及其他

曾妙容

西北雨

沒有宣言
沒有預告
一場風與雲的爭鬪自中天升起
殺得天昏
地暗
殺得汗珠兒涔涔下
一滴滴　　滴滴落
一陣陣　　陣陣落
落在原野
落在道路
落在狂奔的路人
　狂奔的我
我們是唯一的受難者

樹的情緒

假如樹木有心事
風
是惟一可傾訴的對象
假如樹木把喜怒哀樂
寫在每一片葉面
太陽
是惟一可照見的鏡子
假如
風不來
太陽不出現
樹木的情緒將如何

酒醉

酒醉的人
總以爲別人都醉了
只有自己最清醒
所以一再强調自己沒醉
酒醉的人
總以爲別人處處是愁
只有自己沒有愁可愁
而
愁正睜着一對亮眼
站在酒瓶的另一端

贈手錶

周伯陽

您把自己身上戴着的手錶
卸下來贈送給我
並親自替我戴在手腕上

滿頭白髮的我
不是高興得流下了眼淚
也不僅只爲了惜別而掉下了眼淚
却爲了感動而淌下了熱淚

在過去它和您形影不離
陪伴着您漫長的歲月
不論您是忙碌或是閒暇
它也隨時爲您報告時刻

今後
我要珍惜這只充滿愛心的錶
那長短針在文字盤上活潑地賽跑
一分一秒地發出淸脆響聲
不斷地在我的腦海裏廻音

有無限溫暖的感受
也有濃厚的人情味
它在我的心靈裏洋溢着溫暖
永遠的廻盪 令我不能忘

註：卸任教育部李元簇部長，當他告別辭出教育部時，把手錶贈送給老工友陳金勝。

雁的姿勢

傅文正

試着打開窗子
向着遙遠的天眺望
却忍不住寬敞的誘惑
一股展翅的衝動
再也按捺不住

爲了擠入雁陣的理由
明知羽翼仍甚單薄
也得沖上天空盤桓
作偉大的飛行

在生存的天空
裹着血跡活下去
是祖先固執的流傳

只要繼續飛行
堅持一種美麗的姿勢
縱使肉體受傷
在血泊中
仍須鼓翼保持
祖先的方向

月娘及其他

巫永福

月娘

西邊的彩雲猶未滅滅
東山的返照正顯殘輝
而黃昏的淡月却把夜色牽引出來了
青蛙爬上蓮花青葉上
嘰哩咕嚕安逸地與夏蟲
祥和律動地唱了又唱
節奏穿梭於蓮花枝葉之間
小池暗水裏白雲淡月斜映着
跟隨夜幕色變容粧明媚了
而把晚風幽幽地扇起
並把花香暗暗地吹動
於是月明漫走當中
一股涼氣頻頻垂下
無拘束地把我的胸襟打開去
將水銀月色滿滿灌注了
像是被母親洗澡的涼爽啊
此時我出聲高呼起來
月娘！月娘啊！

七夕

不能遺忘的那些兒時阿母抱我指看的天星
而今阿母作古留下骸骨成仙了
但那些溫存的星星還在穹蒼閃閃
在安和的屋頂及陰濕的山林草原上
在自由自在的無憂夜風飄蕩裏
在高深無邊司空見慣的大天池
於天長歲月中看人間嫁娶的熱鬧歡宴
於地久歲月中看人老死葬的悲傷感嘆
而於虛無中超越漫長的時間裏　彷彿
忘却了牛郎織女的戀情哀怨
此時似是大雨傘的老榕神樹下
傳來細小動聽的蟋蟀
提醒我嚴肅地看一看
放蕩不羈的白雲行行走走
掃過那些亮星使其暗淡時
星星只得閃閃靜默不語
而我却有傷感難啓齒
難理的一大片寂寞裏
無語

機車

展露虛榮與厚顏無知
青年駕着簇新的鮮紅色的機車
忽然由正面擦我身瘋狂地飛奔而過
以蛇形霸王般疾走於擁擠的馬路上
以其尖銳刺耳的燥音踢上來
一時使我的心臟欲停鼓動
好在瞬間的本能得搖身閃避
但只能無可奈何地廝木片刻
並破口咒罵

「你這夭壽人，
是神經遲鈍嗎，也不顧別人的迷惑與危險。」
一會兒又來了一對無恥的男載女
表現其親熱的甜蜜以噴射式般
駕着重型機車傍若無人地
像個猛虎由街道衝上人行道
無視我的存在由背後閃身而過
使我無法應變驚慌跌倒
於是我起身又咒罵
「你這猪狗禽獸，眞是氣死人」
但那機車却搖身老早從容遠走而去
不出一聲

郊遊

霧罩重林路中迷
晨光線射幻似溪
不慌漫尋出口處
路到盡頭出林西
忽看臺北盆地闊
遠近高樓盡眼底
坐下開襟任風拂
悟出遊山有眞諦

電話機旁

郭俊開

伸出彎彎的雙臂
接納航途上的臂息萬變
卽使帆破迷失了方向

任何時候
一座暖港
靜默的等着

請傾訴
滄然的經歷
縱令不能卸下你的痛苦
我會把心靈上的愛
彩成一個小小太陽
照着你踏在幸福的雲朵
飄向希望的前方

曾經飲盡一地落葉的枯瘦也罷
請抒發情緒的鬱積
我願傾聽

爲你撐開小傘
遮擋一切的風風雨雨
陪你漫步向生命泉源的那一頭

看滿山的綠綠
看一池柔水 照明自我
也許你不再惶惑

放下電話筒後
願你盈握四季數不完的快樂
寄上無休止的祝福

任何的抉擇
在生命線上

海外詩壇

人生兩首

亦　筆

人　生

許多歷程
無需詮釋
好奇地走來
俯視一池靜水
便以爲獲得了宇宙
空洞地離去
擧首滿天星辰
那一顆爲已昇落？
莫問爲什麽
無從詮釋
無可註釋
問了空徒寂寞

行　星

房東太太
每天早晨
送孩子上學
到菜市買菜
洗衣
打掃
煮飯
我問
妳有何感受
她說
這便是人生
我返回頭
愴然見着牆上
掛着幅行星圖

傷

江　生

盡

望見京城隔着雲雨
妳抱琵琶遙頭
一枝好冷的箭啊
李陵臺上
却凝不見你敗國的惘然
蹙眉仰風笑了
多少青樓風流
妳落魄失神的醉意
攀過
巍巍扛出五千個春天的泰山
望盡天下
天下
妳說
今夜陰深而且情傷的
羣山
就雕死在這裏

不　忘

偶然路人的俯仰
每條街頭
掛一朶芳香的
唱片
燈下的老婦
唱着一份晚報
咖啡館中
你是如此現實
時間
咳滿了閒話
從床底
掃出一隻款飛的蜻蜓
妳懟然望過去
賣唱的夫啊
撈着滿市生命的變調
一夜廟街
哭得深了
一碟清菜
也不失爲妳脈脈的愛意
苦，還在平鋪山頭的木屋區
一種年華
失業的夕陽
伸了最無奈
而淒爛的懶腰
妳仍美麗的微笑
不忘

山靈詩抄

子凡

山靈

這人死了
想是被逐出族的山地人
熱情而蠻强
藏起被逐的悲憤和委屈
死在我的小店裏
行囊里帶血的腰刀早已生了銹
腐蝕了昔日的鋒利
手上帶的籐環，那小巧的心思
想是喝他住手的小姑娘
偷偷送給他的罷

這小子住下之后
從沒跟我們搭過訕
倒是睡到半夜
常會聽到他夢囈
用土話親切地呼喚呼喚……

燃燒

煉鋼廠的熔爐里
鐵漿是沸騰的
熾熱地燃燒着的煤
爲了存在而燃燒自己
在這動亂的世界里
我們活着像一堆煤
只有燃燒
才能忘掉戰爭
　忘掉死亡
　忘掉人類歷史的辛酸
只有燃燒
才能把心中的熱情釋放
才能熱熱烈烈地活着
才能熱熱烈烈地死去

殞星

黑暗罩住世界的時候
才能看見
星羣中光華奪目的
星
此刻，他已殞落
在黑夜里仍然拖着一條發光的長尾巴墜下

寬大的太空
經歷過千萬年的浩變
應經得起損失
倒是隔着光年的距離

小若微塵的地球上
大若宇宙的心
震了一震

我又何必在乎呢

風客

日子怎麼來我就怎麼過
你從任何一個角度衡量我皆可
我不介意，也沒這必要
（我要做的事還多着呢，因我尚年青、血又沸騰）
我以自然的我出現
有時未免傷及人也不知道
有很多口在背後開開又合合如
青蛙
有很多眼在背後睜睜又眨眨似
烏鴉
看不順眼也罷
我是固執慣了
且還死愛臉皮地佔住世界的一角
活着
像我自已
若你對我嗤之以鼻

我回報你一個微笑
若我喜歡
甚至會向你說聲
謝謝
我很明白
活在這世界上
已算是很自由了
很自由了
我還能苛求甚麼嗎
因爲呀因爲
　　因爲
因爲…………
我是人呀！
（我已經是很幸運的了。
　太幸運了。）

林郊詩選

本社

林郊簡介

詩人林星南，筆名林郊，福建人，生於民國十五年五月五日，苦學成功，歷任觀護人等職，民國六十七年十一月十四日逝世。先生於播種時期的詩壇，創作頗多，作品多半發表於「新詩週刊」、「現代詩」等詩刊。著有詩、散文合集「消息」，布穀詩社出版。另著有「從嫩綠到茁壯」一書，列入正中書局青少年法律知識叢書，頗受讀者激賞。

詩神

遙遠的，我聽到你美妙的笛音
看見你絢麗如雲的衣裳

於是，我選遍了銀的、金的、玉的笛子
和各式各樣綾羅綢緞的服飾
——總覺平凡

可愛的小鳥們被我的笛聲驚散
美麗的衣飾也漸在無情的風雨中褪色
爲尋求你的神奇，我開始流浪……

如今，我走近你了，你沉默着
你底莊嚴，使我不敢仰視

顯然，你不會告訴我些甚麼
你底服飾原也平常，而手上拿着的，是支牧笛
我沉默而嚴肅地離開了！

我又聽見你優美的音樂在空中廻盪
燦爛的光輝，照亮着我底路
於是，我開始再一次的流浪
——一支牧笛，一襲破舊的衣裳……

背影

您眞像我底母親，背微彎

手挽着一個菜籃，步履蹣跚
容我悄悄地跟着吧，我已失去了親娘！
（別回頭，那會使我失望的。）
我祇想凝視您底背影，多慈愛的線條！
這使我感動流淚的圖畫，我想擁抱
不過，您該比我母親富有，多可憐我底母親！
（請別回頭，我不是竊兒）
永遠忘不了那一個蒼茫的月夜
您——不，我底母親，她病危！
未成年的孩子瘋狂地闖進人家借債
當幾包可憐的成藥買回的時刻
她已爲死神攫去，無語斜倚牀側……
如今七年了，除非夢裏，不再見母親底影子！
她老人家貧苦一世，而我也潦倒至此！
但您，老太太——不
我們底母親，您會好起來的！
（哦，再見，再見了！）我將爲您祝福……

別了！煩囂之城

別了，煩囂之城，別了
燈火的媚眼，廣告的血唇
和瘋婦般失常的市街……
我是怎樣疲憊地離開你呀
像倉皇的魚，掙脫你銀色底網！
別了，煩囂之城！
展開在我面前的
是一支通往可愛的鄉村的道路
那兒有永遠等待着，擁抱我的
溫柔的田野和安詳的山底慈母
啊啊，可愛的純樸的鄉村，我眞不該離開你！
離開你底畫面去尋找協調的色彩
離開你底旋律去尋找完美的樂章
但多感謝呀！母親總原諒自己的兒女，你也寬恕了我
遙遠的，我又聽見你歡迎的樂曲鳴奏在深深的林間
來了，從山，隨暮色而起的晚禱的鐘聲
來了啊，是母親蹣跚的脚步尋找那黃昏的旅人！
去吧，煩囂之城，去吧！
我是怎樣疲憊地離開你呀！
我將投向寧靜的鄉村，那永遠的母親底懷抱……

詩人與農夫

你以邁越虹彩的豪興
想攀摘閃鑠於東方的第一顆星，
他却走向泛着疲乏微笑的田野
默默揀拾那曾自封禁的地層下掙扎起來
又被遺落的　生命底穀粒
當你乘着夢底雲翳
泛舟銀河、星羣與星羣之間
隔着塵囂，他正睇視

豐收後孩子們嬉戲的畫圖
緊握一把芬芳的泥土

　爲採擷一束深谷的奇葩
慰藉埋葬了千百年古瓶的寂寞
你不辭攀山涉水，穿過叢密的荊棘尋覓
他却怡然於農舍前那片
瓜棚下，田畦裏
盛開着的金色的菜花……

眞理

那些尋找的人們愈行愈遠了……
一個天眞的孩子却在原始的荒林裏發現了它底奧秘

消息

晚秋的河塘，偃臥着教堂瘠瘦的倒影
滿林楓葉燃不着夜底裙裾
當沉鬱的暮色散布太陽死去的惡耗
彩色們紛紛爲自己的存在而困惑
月底沉思的冰冷的面容
不曾爲復活的明日帶來見證
却給慵困的池水
鍍一層更深的幻夢
風，沒有消息
雲，沒有消息
憩息在水中底影子，也沒有消息
祇有憂焚的落葉，似殉葬者
泛起一絲綠色的回憶……
是誰？想點燃一支白色的蠟燭
但，我不懷疑甚麼！

哭林郊

李莎

唉！在你的病痛之外
你驚見一把刀，欲將你倆唇般
密吻，密吻着的
活生生地分割
那將要到來，必將到來的
都奔向這傾刻，以冷冷逼視你
不願豎降旗的勇者。但你確已知曉
春回的消息：遠　而　渺
惟有詩葉閃閃！
環顧四週：你願在愛者的淚海裏
沐最後一次浴，然後飲盡晨光
洋溢之芬芳，急遽地進入冰冷的清明
你發覺自己竟成爲旁觀者
靜觀世態炎涼，死亡和悲戚
看你年輕的妻子從哀傷中走出
挑一肩沉重！啊你確信，那雙手
以蔭影，爲你庇護幼小者心靈——

從嫩綠到茁壯！

附記：剛焚子豪兄以詩（紀念他逝世十五週年），竟又聞見詩人林郊於十一月十四日晨六時病逝臺大醫院的消息（我很追悔，探問他的次數太少了），最可悲的是：他的身後蕭條，遺有三個尚在童稚之年的孩子。我曾向子豪兄之靈訴說：「愀疚永遠是血色的，亦是看不見的鞭影。」——啊，對摯友林郊，更應該如此說。數夜不寐，始成此篇，以表達我深沉的哀思於萬一！六十七年十一月二十日于木柵。（轉載自「聯副」）

給林郊

李莎

信從松山來
你說病中太寂寞
你想念着朋友和詩

我知道蒼白的日子，是什麼
時刻侵擾着你痛苦的靈魂
嚙蝕着你年青的心
你感到青春和理想不開花的悲哀

我會帶着詩集去看你
我將把「在飛揚的時代」
用燃燒的聲音，朗誦給你聽

給林郊

楊喚

讀着你的詩，像聽琴，
但，我是一點也不愉快；
每一個字都像是披雅娜的冰冷的牙齒，
咬嚙我痛苦的靈魂。

你，揮一揮手，說：
別了，別了，這煩囂之城！
於是，挾着角笛走向鄉村。
而我呀，有濃重的鄉愁
來自遙遠的北中國。
這些日子，在心裏：
波動着綠色的大地的海，
茁長着綠色的高粱的森林。

致林郊

白萩

宗教，法律
尋覓，批判
循環的印證
像軌道
在遠方相交，又離又合

讓耶穌的寶血洗淨頭額
在法院擧起懲罰的筆

當魔鬼展開黑蝙蝠的翅膀
上帝露出彩霞的微笑
你是橫跨兩岸的人性的虹橋

消息

——悼詩人林郊

趙天儀

窗外，細雨濛濛
雨，飄在遠方的山頭
落在芳隣的樹叢
消息爲什麼來得這樣地突然
這樣地令我心焦與悵惘

窗外，小鳥啼鳴
跳在樹間的枝椏
躍在屋頂的陽台
消息爲什麼來得這樣地悲痛
這樣地啃嚙着我的記憶

風只能瀟瀟地吹着
雨只能滴滴答答地落着
在雨中，我茫然若失地
望着一片灰色的迷濛
消息爲什麼來得這樣地哀傷

知音的憶念

——詩人林郊印象記

趙天儀

大約是在民國四十三年的夏天了，我因爲生病，在高三那年，曾經休學；我一面準備升學，一面却偷偷地寫詩。記得那時詩人覃子豪先生到臺中，由軍中的詩友柴棲鶯兄的介紹，要我給覃先生當嚮導，帶他到製圖廠校對他即將出版的詩集。當覃先生校對了他的詩集以後，我們便一同到女詩人彭捷女士的家聚餐。彭捷女士是一位賢妻良母型的飛將軍的夫人，跟年輕的朋友很談得來，那天在座的，還有詩人白萩。白萩後來跟我大約有一年多光景，幾乎形影不離，常常在一起談詩等我們所關心的一切。

大約也在同時候，白萩與我，也同時認識了當時住在臺中的詩人林郊先生了。我們常常一起到臺中地方法院的宿舍拜訪他，很快地，我們由林郊的介紹，認識了一位軍中的詩人米丁先生。因此，林郊與米丁也常常來我家看我，一起散步，一起談天。

民國四十五年秋天，我北上唸書，住在公館山脚下的臺大男生第八宿舍，每天馳騁在臺大的校園裏。剛好林郊、米丁兩兄先後都調到臺北服務，因此，我們三人又有機會相聚了。

那時候，林郊專心自修法律，米丁則專心自修數學、邏輯與哲學，有時還翻譯英文的論文成中文發表。記得我們還一同去陽明山、北投郊遊，他們兩位對我的照顧與關懷，就像我的哥哥一樣。他們都是從大陸來臺灣的知識青年，可惜因機遇的關係，他們都沒機會繼續升學，但是，他們都一邊做事，一邊奮發自勵，克苦自修。

從民國五十三年文藝節，林郊出版了他的詩、散文合集「消息」；到民國六十六年八月，他出版「從嫩綠到茁壯」，列入正中書局的青少年法律知識叢書。這十多年來，由於我們都先後成家，而且都忙於自己工作崗位的事務，雖然我們見面的機會不多，我們那種知音的心情與默契，却始終如一。當我看到他親自送新出版的書給我的時候，我看到了他的一種興奮，可以說他眞誠熱情如昔。當我處境最苦最倒楣的時候，在百忙中，他却抽空來看我，使我瞭解，在這個世界上，還有一種知音，一種善良的人性，以及一種眞誠的友誼。

林郊，他是一位眞摯的詩人，雖然在詩壇上，他並不活躍；在詩作上，他也不炫耀，也不會賣弄所謂技巧。然而，他是一位生活在詩的世界裏的詩人。

林郊，他是一位虔誠的基督徒，有一種宗教家的那種犧牲小我，完成大我的精神。

林郊，他是一位播種愛心的少年觀護人，他把他的愛心，他的眞摯與熱情，完全投到爲青少年的觀護工作。他曾經告訴我，許多破碎家庭及青少年的不幸的遭遇，可以說他是日以繼夜地爲這些新生的青少年獻出了他的苦心、熱心與愛心。

而今，我失去了這樣的知音，這樣的好友，就好像失去了我的兄弟一樣！幾日來，當我聽到了他已因病逝世的消息，使我悵然良久。想到了他身後蕭條，子女年幼，却已失去了他們可愛的爸爸；想到了他輔導的無數的青少年，失去了他們可敬的良師益友；對於他的英年逝世，我們實在不甘，也無法抑制我心頭的哀傷。(原載「新生報」)

詩的創作與定位

——笠詩發行十四週年年座談紀錄

時間：民國六十七年六月十日下午七時

地點：臺中市文化中心

出席：白萩（白）、李魁賢（李）、李勇吉、周伯陽、靜修、林亨泰（泰）、陳秀喜、桓夫、林鷺、黃瀛寰、趙天儀（趙）、詹冰、林鍾隆、林宗源、楊逵、楊啓東（楊）、潘栄禮（潘）龔顯榮、吳杜英良、張玲、李敏勇（敏）（按簽名順序排列）

紀錄：李勇吉

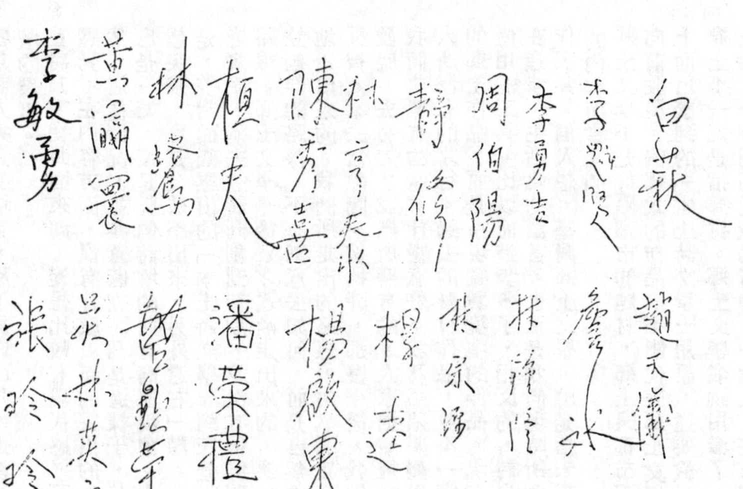

趙：今天是笠同仁年會，很難得同仁們從北部、中部、南部來到這裏，大家聚在一塊兒，實在是一件很快樂的事情，尤其也有幾位貴賓，更是在百忙之中抽空蒞臨年會指導，眞是感謝。我想，大家也不必拘束，隨便發表一點意見，聊聊，互想感染一點文學氣氛，詩的氣氛，回去後，說不定能多寫一點作品來，也許對笠詩刊的革新，也有很大的幫助。

敏：譬如對本年度編輯部編輯方面的意見啦，提出提出寶貴的意見也可以。

泰：我就先發表一點不成意見的意見囉。個人常想，詩刊，不需要像有些女人一樣，經常濃粧打扮，最重要的是其中的作品。它的作品內容，不要是人家怎樣，我們便跟着怎樣，跟着人家走路，是一件頂痛苦的事。笠目前是從鄉土中求發展，這也是一條可行之路。不過，我認爲詩的作品，技巧不是頂重要的，最重要的是詩精神的掌握。在這一點，笠是做到了，但是在技巧方面，我們不必太受人家的影響，太在乎別人耍技巧的花樣。掌握住自己詩的精神，去努力寫作，自己便能站立起來，同時也更能肯定自己創作的信心。目前，要找到一個很有氣質的詩人很難，我所接觸的詩人也不少，我也常努力去發現有氣質的詩人，但結果令我失望的機會較多。那麼什麼樣才是有氣質的詩人呢？那就是這個詩人能掌握住詩的精神，對詩充滿了誠意，而不是玩票似的，如此一來，給人的感受，就有氣質。當然，這種氣質，說起來很玄，可是諸位一定能夠體味出我話的含義，隨時去察覺，有氣質和沒氣質的詩人，還是能夠分辨出來的。

敏：我覺得笠下的詩人比較老實，比較保守，但在積極性方面，有待進一步培養。

泰：當然詩人氣質的培養，除了靠自己外，還涉及整個詩壇的環境。

白：笠詩刊，從封面來講，變得比較有現代感。可是個人感覺，在內容方面，沒有什麼更新的突出的作品。當然，這種情況，並非僅僅笠詩刊是這樣子，其他詩刊也是一樣，這是整個詩壇的共有高原現象。大家都在想突破，可是突破不出來。另外還有一點，要提出的是，笠封面底標出的「本土詩文學」到底是指什麼？老實說，過去笠詩刊創刊初期，並沒有很鮮明的創作路線，鄉土文學是後來才逐漸走出來的。換句話說，笠創作的路線，不是刻意去如何，而是自然地、無形地走出來的。我們所走出的路線，所拿的旗幟，現在反被人拿去當熱鬧、被批評，那麼今後，我們如何去發展，去努力？我們所擁有的，人家搶着擁有，那麼我們所擁有的還有什麼意思。我們必須要變出一套別人所沒有的才行。過去的農村作品，並不一定是狹義的鄉土作品，而是指現實環境中的作品。現在我們所使用的工具，比以前進步多了，相反的，詩也是一樣在進步，生活化的語言，也正是我們現時所利用的詩作工具。個人想，臺灣鄉土文學，應是指未來可充實的內容而言。的

敏：鄉土文學不是排除都市的題材，鄉土與都市都不斷地向前發展。懷鄉式的作品，不能代表鄉土文學。

趙：上面所談到的「本土詩文學」用語，還要檢討。

泰：鄉土不一定是指鄉村。鄉土文學名詞用濫了，改用本土詩文學可能感受較爲新鮮。一個人，在孩童時期所住過的地方，都會時常想念。因爲那時的心地很純潔

善良，因此在那個時期，那個地方，一切一切的事物，都被想像得很美好，很想念它，那是很自然的事情。鄉土文學，是不是含有要把以前失落的東西再找回來了的意義？

趙：我個人覺得，我在小時候，在田野遊玩的印象，比我在學校裏的生活還要深刻。父親與孩子對他的故鄉的觀念往往不一樣。譬如一提到故鄉，我就想到臺中，而我的孩子，將來長大後，想到的，可能是碧潭，因為我現在住在新店。外省人和本省人也不一樣，一提到故鄉，外省人想的可能是大陸的家鄉，而本省人想的可能是脚正踏的土地。現在也有外省人喊出，臺灣也是我的故鄉，這些人可能以土生土長的外省年輕人居多。因為他們對大陸父親的家鄉已經不熟悉了，因此他們的故鄉觀念也和他們的父親不一樣，正如我的孩子將來對故鄉的觀念也和我不相同一樣。我想，笠詩刊的作品，在寫這方面故鄉的作品，的確比留學生寫臺灣的作品更好。因為他們的精神，都擺在這裏，他們與這個環境有生死與共的密切關係，因此他們的作品也就含着血和淚的眞摯性在內。這點，和那些留學生寫臺灣，只是懷念而已，是大大不相同的。例如林宗源和向陽作品的最大區別，即是林宗源對現實性的反應較為強烈，向陽則較弱。有一陣子超現實頗為流行，自從被大衆批判了以後，於是由狹義的超現實趕快改為廣義的超現實，現在如果有人還在大談超現實，不被人笑為落伍才怪呢！笠作品比較沒有跟着人家走，技巧上也沒有什麼流行性，這點是頗珍貴的。可惜，笠年輕一代比較少了，將來應該多發掘一點年輕詩人，笠的作品，應該多包括一點年輕人的作品。

敏：笠的作品，在理論上，最好還是要定位，而這個定位就用「本土詩文學」五字為代表。本土有雙重意義：一是與鄉土文學詞異質同的名稱，它是一個笠創作路線的名稱，指示一個方向。二是代表正宗的傳統。鄉土文學，也許有人走偏了，而鄉土文學卻是拒絕虛僞的東西的文學流別。因此，提出「本土詩文學」來做為我們的定位，我們不僅要在時間定位，在空間方面也要定位。有了定位，也就能朝這個定位的方向走。

李：既然要定位，為什麼不大膽地，乾脆地用「臺灣詩文學」一詞，反而要用「本土詩文學」呢？因為臺灣詩文學，定義甚為明確，而「本土詩文學」頗為曖昧，「本土」兩字的內涵頗讓人費解。當然用這個「本土詩文學」，也是花費一番苦心去想出來的。既然我們所追求和所表現的詩質是我們所生存的土地為立足點，那麼為什麼不乾脆堂堂正正用「臺灣詩文學」？

敏：作品的方向，沒有偏差。今年應該再怎麼努力，以後分別由主編及各編委負責研究。

白：談到定位問題，我覺得定位是可以的，但是不要把自己定位在小地方。我認為應該把「本土詩文學」一詞改為如「中國詩文學的新發現」比較好些，大家研究研究看看。我們拿的臺灣詩文學的旗子，現在有一批人眼紅了，臭罵不已，亂造謠言什麼的，還要搶走我們的旗子。我們不如改扛中國旗子，看他們還有什麼好中傷的。

趙：以中國為單位，我們本來就是這個胸襟。一些無聊的人看到別人用「臺灣」兩字，便窮緊張，大可不必。

李：這樣說來，還是儘量減少用地方色彩的字眼，雖然我們並不強調地域性，還是儘量改用強調詩本質的字眼好些，免得人家造謠。

白：怕鄉土文學的人，是不正常的心理作祟。但爲了避免人家嘈嗦和誤會，剛剛李魁賢說的意見，可以參考。

趙：鄉土文學是反對牙刷主義最有效的利器，一些提倡民族主義的人，把它當做救生艇。在臺灣初期新文學，詩與小說是並行發展的，可是後來給人的感覺，是小說比較有所發展，其實並不正確，詩也是一樣發展，只是小說比較有人看而已，所以知道的人也較多。詩則比較少人接受，看的也不多。在楊逵開始寫小說的時候，詩也就在發展了。我覺得笠的同仁，創作力量並未全部發揮，還未達到拼命寫的程度。要知道寫詩的高手，往往拼着命去寫的。

白：要有目標，才能走。過去，我們無形地，自然地走成了鄉土詩，今後應該再打破這個目標，在訂一個新目標去努力。

趙：我們也不必再談什麼鄉土不鄉土了，上面已經談的很多了。其實，我們的新目標很簡單，就是這樣：「笠」就是「力」，這「力」就是我們的新目標。過去，日本詩人高橋先生訪問笠詩刊時，問到「笠」是什麼意思？桓夫答說，「笠」就是「你」，是大家的，我覺得「你」的解釋爲第三聲，不如改爲第四聲的「力」好些，有力量就能站起來，我想這就是「笠」詩刊的新目標。

敏：有關新的定位問題，以後編輯部詳愼硏究後，再換好了。

趙：我們是不是也請貴賓發表一點高見，我想請潘榮禮先生爲我們講幾句話。

潘：我覺得笠辦得很不錯，可惜外面書店能買到的地方不多，廣告也不多，我覺得今後笠應該在這方面多下點功夫，有廣告，有市場，笠詩刊才能普遍化。

楊：我也是來賓，我因爲有事要先走，所以先起來講一點。我講的，都是老話，過去可能有的同仁，也聽到過。不過，老話歸老話，還是很重要的，所以再來重彈一番。我認爲一個藝術家，對理論及探討固然重要，但是最重要的還是實行。講了大半天，不如馬上起來做一兩分鐘好些。所以從前，我不大贊成 國父孫中山先生說的「知難行易」。不過，最近，我覺得，國父說的「知難行易」還是不錯的。因爲有的畫家永遠不會進步，是因爲他不知道自己的缺點在什麼地方，如果知道自己的缺點，就可以改進，繪畫也就能進步了。因此「知難行易」的說法是正確的。現在我教學生，常帶他們去看畫展，往往要他們把看到的畫，它的缺點說出來，有的學生說不上來，有的就能答出來。能夠看出畫的缺點的人，他的畫，也就能知道在什麼地方改進，以求進步。還有，我認爲畫的主題和內容最重要，形式爲次要。有好的主題，內容，隨便怎樣畫，再稍爲修改一下，便會成爲一幅好的畫。如果沒有內容、主題，形式技巧怎麼好也沒有用。最後要講的是，創作的生命要旺盛，創作生命如果枯竭，藝術家的生命也就完了。川端康成、三島由紀夫的自殺，或許是這個原因吧！藝術家，不要像蛔蟲爬到碗上，只是會在碗上轉來轉去。以上我所談的，雖然是指畫家作畫應注意的要點，其實創作詩也是一樣可以參考。

趙：我們就隨便聊到這裏，現在便當送來了，請大家就用點晚餐。

用愛心來灌溉與栽培

趙天儀

當吳濁流文學獎暨新詩獎評審委員會的委員們，爲了評審六十六年度的作品，在吳老先生的故宅裏，再度歡聚在一起的時候，我不禁深深地感到創業固然艱難，守成也實在不易！轉眼間，吳老先生已逝世一年多了！但吳老先生那種拓荒者的精神，激勵創作，獎勵新人的風範，却永遠值得我們感念與效法。

第六屆吳濁流新詩獎，在評審以前，已由評審委員推薦了七位作者的作品，計有：向陽的「鄉里記事」二票，非馬的「醉漢」二票，宋澤萊的「鄉景」、陳坤崙的「偷土記」、林煥彰的「二月二」、黃騰輝的「股票」、林宗源的「永遠是您的子孫」等各一票。因林宗源先生已榮獲第四屆吳濁流新詩獎，所以，以前六位的作爲評審討論的對象。

因爲評審委員之一的陳千武先生公事煩忙，未克自臺中趕來參加，但已寫好了對七篇候選作品的短評。故依順序，先由推薦者提出推薦該作品的理由，並舉出優點與缺點；然後，宣讀陳千武先生的評語，宣讀以後，由評審委員們熱烈地討論，全部討論以後，以前三名的作品爲投票的對象，第一次投票的結果，無人通過半數；第二次再度投票的結果，才有向陽的「鄉里記事」剛好過半數通過爲正獎，另外選出非馬的「醉漢」與宋澤萊的「鄉景」兩首爲佳作獎。

像吳濁流文學獎的評審一樣，有如選戰風雲，時有高潮；吳濁流新詩獎的評審，也情況熱烈，彼此都有高見，不相上下。在這一次的評審中，評審委員們有一個共同的感覺，那就是詩的創作在量上似乎比以往少了許多，因此，吳濁流新詩獎也面臨了一種危機，值得大家共同警惕與關注，多多充實這個創作的園地，實在也非常重要。

在評審的過程中，有一個值得我們注意的現象，那就是創作態度的問題；有些創作者似乎偏重了技巧，以爲技巧就是一切，因此，容易流於技巧至上論；所謂作品之所以偉大，乃是因爲技巧的偉大，這種論調的觀點，過去頗受重視。又有些創作者則似乎又偏重了題材，以爲題材就是一切，因此，又容易流於題材至上論的另一個極端。例如：目前有些創作者一窩風的寫社會現象的題材，殊不知這種題材，要化腐朽爲神奇，把過去認爲非詩的題材化爲詩，却是需要更高明的技巧，不然，反而會流於另一種爛調，實在值得對詩的創作有耐心的同好者來共同關注、檢討與改進。

玆將本屆候選的作品，試加檢討與簡介如下：

一、向陽的作品「鄉里記事」

向陽的作品一共有六首，我們很難選出那一首才是最具代表性的作品。這六首詩，無疑地，是用閩南語寫成的，就方言詩來說，向陽對閩南語的運用，似乎比林宗源更道地，但就精神意識來說，却缺乏一種澄明的境界，也缺乏林宗源對社會批判的問題意識；所以，我認爲「鄉里記事」，詩質較稀薄，可能是題材至上論的一種危機，也許詩質的把握還不够，語言雖然頗有新花樣，却缺乏一種令人精神感動的力量。

二、非馬的作品「醉漢」

非馬這首短詩，只有短短的十行，跟向陽的龐雜相比，剛好是一個强烈的對比。因爲表現短小精悍，清新硬朗，所以，可說是增之一份則太肥，減之一份則太瘦。非馬的詩，在語言的錘鍊上，也眞是吝嗇得可以，把一個醉漢精神恍惚的風貌和形象，以一種映象一般的特寫鏡頭，强有力地襯托了出來，詩雖然短，却有一股震撼的餘韻。

三、宋澤萊的作品「鄉景」

論運用方言的本領，向陽的確有其功力；論使用語言的精鍊，非馬也確實有其能耐；而論操作語言的氣勢，宋澤萊則似乎另有一番本事。他的詩，較具有敍事詩的傾向，似乎具有處理比較大的題材的潛力。宋澤萊的「鄉景」，雖然也寫鄉土的題材，却沒有使用方言，反而在表現鄉土的精神風土上，有其不可忽視的魅力。在凝聚於一個焦點的表現上，似乎還有不够的感覺。

四、陳坤崙的作品「偷土記」

這首詩，是一種新鮮題材的發現，住在被水泥鋪滿了地面的現代都市裏，居然連種花的泥土，都需要「偷偷地下手」；的確，也表現了一種都市人的無奈與空虛，因爲都市人失去了脚踏着泥土的眞實感。「偷土記」，在題材上，該是需要發揮詩的戲劇性，而以一種緊張的氣氛取勝，可惜作者沒有深入地去把握，好像輕描淡寫地就草草了事了。

五、林煥彰的作品「二月二」

這首詩，似乎是在表現民間看平安戲的速寫，同時又帶有一種反諷的意味，有着一種對沒落了鄉土景象的同情與詠嘆。語言平淡，在平淡中有一種淒涼的哀愁。

六、黃騰輝的作品「股票」

把過去沒有入詩的題材寫成詩，或把過去認爲非詩的題材也寫成詩，都是比較沒有前例可遵循的，不像風花雪月的題材那麼容易討好。然而，如果「股票」也能入詩，可以說也使詩的題材有了很大的變化，不過，值得注意的是這種題材的轉變，如何才能化成爲詩，而不只是記流水賬一般的表現，倒是一個值得我們再三地推敲與研討的課題。

七、林宗源的作品「永遠是您的子孫」

林宗源的詩，常常有一種社會批判的問題意識；因爲他往往是提出了問題，同時也希望藉着詩來克服問題、解決問題，雖然說詩是這樣地無助。這首詩，也是以兩代之間的問題意識爲關鍵，表現了兒子對父親的不平與抱怨的一種獨白，一種希望改善這種代溝的批評。

以上所述，只是我個人評選的感受與看法，我以爲每個人對詩的鑑賞與批評，往往涉及不同的人生體驗以及對詩的不同的觀點而定，雖然，我的感受與看法，也只能看到其中的一部份，甚至有些未能更深入的地方，但是，我以爲只有率直地說出來，才更具有批評的意義。

現代詩在今日臺灣的詩壇上，是一種新興的藝術，而且也是像一直爭論不休的頑童一樣。技巧乎？題材乎？現代乎？鄉土乎？現實乎？超現實乎？都是值得我們多方面的來加以檢討加以鞭策，希望也能有開花結果的一天。

我以爲一首好詩，是要技巧與題材並重的，也就是形式與內容合一。第一流的詩人，是管領風騷的，而不是一窩風地跟着流行的屁股跑的。願大家對臺灣文藝給予無限的期望，同時也給予詩的創作以無比的關懷；用愛心來加以灌溉與栽培，使詩的前程，能在小說和評論之外，也能欣欣向榮，邁向更燦爛的遠景。

十首詩的評論

夏君

洪氏獎詩已經第三年了，第一二屆，實在乏善可陳，本屆比前兩屆，個人認為進步很多，當然仍有問題。我們的兒童詩，可以說，發令槍已響，很多選手已開始起跑，但是，目標和路線，並不像運動場那樣畫得清清楚楚，因此，起跑之後，有胡亂衝的，也有停步茫然的。要跑向那兒都不知道，該怎麼跑呢？

在認識方向的時候，很多人就以洪氏得獎的作品為指路標，照着它的路線走，因此，對洪氏大獎選出的作品，很有探討的必要，更可以說，這是兒童詩運動上，不能忽略的工作。因此不揣剪陋，將個人研究所得，披露於後：

一、自己編的歌兒

雄鷄勇敢地唱着
自己編的歌兒
所有的雄鷄聽見了
喔喔喔的伸長脖子
唱出自己編的歌兒

小鳥兒高興地唱着
自己編的歌兒
所有的小鳥兒聽見了
啾啾地打開小嘴巴
唱出自己編的歌兒

我的心裏有一首歌兒
自己編的歌兒特別好聽
歌兒甜甜的
像綿花糖
歌兒柔柔的
像白鴿的翅膀
我喜歡唱這首歌兒
因為是我自己編的歌兒

評一：創作方向很好，不是寫雲呀、花呀那種外物題材了，寫的是內心的話。這是我們應當走的方向，這是我覺得這首詩唯一可稱道的地方。

評二：創作方法，採襯托法，很好，用公鷄、小鳥做襯，托出「我」來，這是有方法，但是，一二兩節是正比法，第三節就亂了，用和一二節同樣的方式，同樣的行數，詩在形式上才會美，作者自己破壞了自己的方法，因此沒有美感。

評三：作者知道表現，又破壞表現。後兩行「我喜歡唱這首歌兒／因為是我自己編的歌兒」——這「喜歡」

是不許說出，要「表現」在詩中的，「因爲……」這說明更是多餘。如果這說明，在詩中「表現」不出來，一定要加「說明」才能明白，這種詩是不高明的，甚至會喪失詩的地位。

評四：用詞有毛病。「所有的」公鷄、小鳥，都聽到某一隻公鷄的叫聲，是不可能的事。還有，在聽了人家的歌聲之後，是不是「唱出自己編的歌兒」，也有些許問題，因爲，也像是在唱別人編的歌兒，因爲是模倣、應和。「這首歌兒」「一首歌兒」也有問題，人不像公鷄只有一種叫聲，自己編的歌兒，應不止一首。

評五：造句也有問題。「歌兒甜甜的／像棉花糖」，歌甜，甜在心，不甜在嘴；棉花糖的形像，是不能不放在心上的，那形相，與歌，風馬牛不相及。「歌兒柔柔的／像白鴿的翅膀」，柔柔，把歌的性質限爲一種，不妥；白鴿的翅膀，只代表柔，忽略形象意義，也不妥。如果說：「歌聲像白鴿，輕搖着翅膀，飄向遠方」，就沒問題。——這是比喻不貼切的病。

總評：由於以上的病，使這首詩變得有意無詩。因爲，這首詩，要表現的，是：唱自己編的歌兒，那種歡樂；要把那歡樂情調表現出來。作者沒有把握到這一點，給人的印象，只剩：公鷄有歌，小鳥有歌，我也有歌，如此淡而無味。

二、影子

當我還是娃娃
爸爸媽媽呵護我
讓我平安長大
我就在他們的影子下茁壯

當我進入童年
我模倣爸爸媽媽
讓我也能成爲另一個爸爸媽媽
我就像是他們的影子

當我長得更大
我要照顧爸爸媽媽
讓他們快樂幸福
他們就在我的影子裏微笑

評一：創作方向不是寫陰影的影子，不是物的奴隸，懂得寫「心思」，非常正確。

評二：借影子，來表現童年生活的兩種情形及從這認識所產生的心思，「方法」很高明。

評三：娃娃，童年，詞義的時間性明確，「長得更大」，時間性就含糊，三詞無法併觀，這是用詞上的毛病。末節的「他們就」三字也破壞句子的美感，應刪除。

評四：「讓我平安地長大」、「讓我也能成爲另一個爸爸媽媽」，是兩句多餘的句子，這是造句累贅的毛病。

總評：詩意雖好，缺乏美感。

三、童年

童年是自傳的第一章
每個人的寫法不一樣

溪水寫得很清新
青草寫得很細膩
白雲寫得很輕鬆
花朵寫得很柔麗
我呢，我自己該怎麼寫才好呢？

評：自傳的第一章，寫自傳，這種思想，對兒童未免程度過高，溪水、青草的比喻很好，末句和「美」的距離太遠了，造句太差。隨便寫一句：「讓我想想，我該寫得怎麼樣」，都比原句好得多。詩有啓示性，但不美。

四、水蒸汽

茶壺裏的水最怕熱
誰也不願在壺底站太久
他們只好上上下下的輪流
溫度升高到一百度
他們急得團團轉
滿頭大汗的往外衝
連蓋子也被擠得
ㄆㄨㄆㄨ的響着

評：這首詩可以說是我們的兒童詩的一個代表。我們的作品，差不多都是屬於這一類的。這就是我常指摘的，描物爲能事，沒有「心」的東西。文學不是「人」以外的什麼。沒有一點「人生」的影子，也不是「欣賞」所得的感動，只是賣弄「想像」，馳騁「描寫」之筆。這是有問題——根本態度不正確的詩。這種作品居然入選，這是我很爲驚異的，也會造成很不好的影響與後果的，頂多只能列入佳作，不可當「好」詩來看待的。這是「海畔有逐臭之夫」的悲哀的結果。

五、枯樹

秋天裏，風很大
枯樹深深的思念着往昔和牠在狂風中
牽手快樂飛舞的綠葉們
不停的踮起脚跟
用力的把手伸長
再伸長
伸向天空
伸向四方
伸向四方
伸向天空
牠要讓青山看到
牠要讓白雲看到
牠要讓飛鳥看到
牠要讓流水看到
當他們遇到綠葉時
一定要轉達枯樹無盡的思念

評一：這首詩的寫作方向，可以說不正確，也可以說正確。如果作者只是寫樹和葉，那是「描物」「想像」的東西，和「水蒸汽」沒有兩樣。如果作者，是藉物抒情，借樹來發「人」的感慨，那就正確了。作者是師專未畢業，寫詩不多的人，雖然曾向明道的人學過詩，是有意識地如此作，還是不知不覺有此成就，不得而知。

評二：認定它的價值，是因有「藉物抒情」的成就。因爲，那枯樹，象徵母親，那落葉，代表遠遊的兒女，是現代社會的寫照，而對那枯樹（母親）寄與無限的同情，自然也表露了枯樹的無限的懷念之情。——這一點，是很高的成就，我懷疑選者恐怕未曾看到這一點，如看到了，應是十首中最傑出的一首，不會排在中間。如當描物的詩，取其想像描寫好，這樣的選法是值得反省的。

評三：這首詩的前三行，句子很有問題。第二句長得像裹脚布，而且還是要和第三句連起來才成一句，這是散文句，不像詩。「秋天」的交代，一點必要性都沒有。這三行，只要留下「枯樹」兩字就好，讀起來感覺累贅，原因就在此。

六、春天來了

最早知道的是小河
那清清脆脆的歌聲
由山上一直唱下來
也有些時候
最早知道的是小草
偷偷的由地下探出頭來
雲的臉色愈來愈好看
風伯伯說話的語氣也漸漸柔和了
藏在水底的魚兒
樹上的小鳥
每當春天快要來了
他們就都不安的想出去遊玩
而且不停的吵着
春天來了，春天來了
春天就這樣給吵醒了

評一：這是一首感覺詩，寫作方向很正確。寫的正是春如何來臨的「感覺」。

評二：這種詩，不在個人的特殊感受，要在一般人共通的普遍性的感觸，作者把握到這一點，內容予人充實感。

評三：普遍性的感覺，往往失之平凡，因此，必須要有過人的描寫力，「風伯伯說話的語氣也漸漸柔和了」及「而且不停的吵着／春天來了，春天來了／春天就這樣給吵醒了」在這兩處，作者表現出才華，收到令人激賞的效果。

評四：「也有些時候」，這一句是累贅，應除去。

總評：有部分的好，不够多，好的描寫，要能多二三處，才會成爲眞正的好詩，目前成就只差强人意而已。

七、貪玩的太陽

黃昏了
鳥兒載着一天的自由
匆匆的要回家
穿好玩髒的衣服
我也要回家了
太陽有家嗎？

為什麼這般焦急
(是不是也怕媽媽罵)
把我的影子畫得像小路那樣長
也不修改

評一：這是一首主題不明的詩。主題應是想表現「天晚了，還逗留在外面玩髒了衣服的孩子的心情。」而寫法，却令人覺得在「描寫太陽」。因為最精彩的部分在太陽畫影子。

評二：想像雖好，和所要表現的，未見妥貼。太陽畫影子，沒修改就想回家，表現心急，固然有一點點道理，但是，既然畫長了，是無法修改的，黃昏的太陽，也不會把影子改短。因此「急」的意思，不顯，不强，表現力弱，讀起來，就像「描寫太陽」了。

評三：最後一句，並沒有「完結」的感覺，又沒有餘味。

評四：要夾註句的，是笨拙的辦法，不足為範。

總評：是一首有情意，沒有好的外表的作品。好比亂塗胭脂的村姑。

八、夢

哇——一地的玻璃珠，
一櫥的花花衣，
一樹的鳥窩和鳥蛋，
一牀的洋娃娃，
一筒的金、銀、銅幣，
一溪的小魚和泥鰍，
一車的獵槍和彈弓，
一桌的生日蛋糕、鷄、鴨、魚、肉，
……………
都是媽叫醒了我，
都是媽叫醒了我！

評：這首詩，和「自己編的歌兒」同刊在頒獎會場發的那一份週刊上。足見它的代表性。但是，頒獎會未結束，就有一位得佳作獎的朋友，先吩咐我：會結束，不要走，我有事要請教你。他問我的是：那兩首，依你看，算好詩嗎？我同意了他的懷疑。這首夢，是有問題的作品。那排法，把「哇——」提在上頭，既不美，也無意義。如有意義，那是有意表示下面的事物，全是一聲「哇」之下，進入眼簾的。那樣多不同性質的東西，會同時出現，是絕不可能的。那「哇——」，應是每一句上頭都加上才對。

這首詩，顯然是把很多次的夢境，併湊在一起，這樣作法的詩，無知的我，是第一次見到。我說過，詩是感動的過程，不是結果的報告。這首詩，就類似結果的報告。結果的報告，不是小詩人所能變成詩的。那「哇」，又能代表什麼情緒？和把高興連說十遍八遍來表達愉快的，又有何差別？

在這首詩中，我們不知道作者情緒的動盪情形，那些東西，帶給他多大的、怎樣的歡喜，也是無法知道的，因為沒有半點可做「背景」的東西。依我看，這種寫法，根本未成詩。選這一首，是很令人奇怪的。

九、「稻草人」

稻草人想着，
這一片金黃的穀子是因爲他而搖擺
麻雀，是因爲他才不來
風，是因爲他，才化做清脆的鈴聲叮叮
太陽，是因爲他，才日日展顏開懷
後來割稻機來了
一隻手用力把他連根拔起
扔在穀倉旁
小孩們揪揪他的破笠帽
圍着他又跳又唱
稻草人不禁又想着：
孩子們是因爲他才唱這許多好歌
這歌是因爲他才使得風清涼
這好風使農夫們收割快又舒服
稻穀終於安全交回主人手上
於是他躺在穀倉的陰涼裏
滿意地閉起眼睛

評一：題目加「」，用意不明，沒有必要。

評二：稻草人第一次想的，很有道理，第二次所想，根本不通。「這歌是因爲他才使得風清涼」，這句子問題好大。究竟是「他」還是「歌」使風清涼，搞不清。

評三：孩子圍着他唱歌的安排，及稻穀終於交回主人的責任感，是可稱道的概想和詩意。

評四：「閉上眼睛」的結束，是死、是睡，不清。死，是說不過去的，睡，則應更明白表述。

評五：這首詩創作方向與「枯樹」同，是寫「物」，而賦予「人」情的產物，風格比植樹輕鬆，但未能釀造出風趣，成就不如枯樹。這首詩，應作成「諷刺」詩，諷稻草人的思想，成就才會高。

十、爺爺的手

爺爺的手
小時候
拿着竹子
和他的同伴在院子裏遊戲
爺爺的手
年輕的時候
拿着筆
和他的同學在課桌上寫字
爺爺的手
壯年的時候
拿着槍
和他的夥伴在戰場上打土匪
現在啊
爺爺的手
拄着拐杖
和奶奶在公園裏散步

評一：這一首的成就，達到「詩」的領域了嗎？我初看時很懷疑。因爲詩是「心」的產物。這首作品，看不出有「心」的影子。因爲這爺爺，不是作者的爺爺，而是一般的爺爺，童年、青年、壯年、老年，也不是爺爺的，而是一般的。因此，詩中之意，是「普通知識」，不是作者的「感受」。從前會做那些事情的手，現在不會做事情了，作者對他有什麼感情呢？——沒有，一點也沒有。——這樣看，似乎在散文領域，不成詩。所以會有這種印象，是作者的內容太普遍化的毛病。

評二：後來轉念一想，認定作者寫的是他自己的爺爺，不是別人的爺爺。那麼他所要表現的，又是什麼？——那是到老仍舊有用的欣賞。這樣就有詩了。我不知選者是當爲「普遍性」還是「個別性」的爺爺來欣賞，如當普遍性的知識，而欣賞這首詩，詩觀是有問題的。

由以上的研究，我覺得有三點有必要提出來說一說：

一、評選者，必須把所以選它的意見寫出來，才有辦法啓導以後的創作。如果評審者有推展兒童詩運動的責任自覺，或不推卸責任，不可忽略這一件工作。

二、兒童詩的成就，到目前還不算高，沒有問題的作品，很少，所以，公開發表時，選者應略作修改潤飾，不應把明顯的問題或毛病，留在那裏不管。應使讀者們讀到面貌更可愛的詩。

三、除了極少數作品的創作方向有問題之外，大部分都能從「物」切入「心」了，這是第三屆詩作很大的進步。作詩者、選詩者，希望充分把握這一方向，兒童詩才有前途。

如果我的欣賞或指摘，有問題或有未及的地方，希望方家提出指正，大家合力來灌溉我們的兒童詩園。把兒童詩的創作，引向更正確的方向，才能期待、才有辦法開出更美更大的花朵。（完）

三首海洋詩

莫渝譯

壹、瓶中稿

維尼詩
莫渝譯

（海上浮瓶 La Bouteille à la mer）

——對一位陌生青年的忠告

1

勇敢些，儒弱的孩子，從我的孤寂①
請接受這些沒有歌名的怨歌，那是
你在我疑惑的眼神下投出的研究風帽。②
忘掉遭死神虜去的孩子；
忘掉夏迭頓、吉爾貝與馬爾飛拉特；③
最後，當未來作品偶像般神聖，
忘掉你自身的痛苦。——聽：

註：

①所謂「孤寂」，這時維尼正隱居於緬恩·吉奧（Maine-Giraud）的「象牙塔」內。

②風帽（Camail），此處係指沉思。維尼曾寫下「我關入我置身祝福的風帽（Capuchon）以便寫作。」這「風帽」指的可以說是他的小書房。

③夏迭頓（Thomas Chatterton, 1752-1770）吉爾貝（Nicolas-Joseph-Laurent Gilbert, 1751-1780,）馬爾飛特拉（Jacques-Charles-Louis de Malfilâtre, 1732-1767）均爲十八世紀不幸的早夭詩人，第一位英國人，餘二位爲法國人。

2

當嚴肅的水手發現狂風捲走自身
發現桅桿折斷整個倒掛甲板上，
發現海水拍擊相當强勁，
心想即使呼叫也是枉然；
潮流滾滾壓向他，
他沒有舵，因而束手無策，
他在寂靜深處交臂胸前。

3

他看見大量的海水，他睥睨着，打量着，
輕視着，且知道他將被它們擊敗，④
汚穢東西的重量傾壓他的心靈，
他感覺如同斷桅船那樣的銷亡。
——在某種時刻，靈魂是無法反抗的

但是思想家孤立起來只期待
他所擁戴的剛毅信心給予幫助。

註：

④法國思想家巴斯卡（Blaise Pascal, 1623-1662）有句名言深為維尼讚賞，他說：「我比宇宙更偉大，因為我知道他擊敗我，他無知地擊敗我。」

4

黃昏時分，年輕的船長
盡自己能力救回他的東西。
沒有任何船隻出現於遠處波上，
夜晚來臨，這艘雙桅帆船擱淺西印度羣島。
——他認命了，他禱告；他沉思，他想
誰能支撐極位，平衡
橫的赤道線與豎的子午線

5

禱告結束，大地應該
留有工作的紀念柱。
這是學者的記事本，孤寂的計算，
比珍珠比鑽石更稀罕；
這是暴風雨中的波浪圖，
暗礁圖會撞毀他的頭：
對以後的旅行者將是崇高的遺囑。

6

他寫下：「今天，海潮困住我們，
船隻不能航行，完了，這是『火地』。
海潮向東，我們死定了：
通過此地，應該向北航行
——附上我的日記，藉以作為
高緯度星座圖的研究。
承上帝旨意，願它泊岸。」

註：

⑤「火地」（La Terre-de-Feu），南美洲邊緣的島嶼。

7

接着，靜止冷默，如同濃霧海岬
由通往麥哲倫海峽的哨兵看守，
陰森如同被浪花掩蓋前端的岩石，
那些黑色山峯都披着卡斯第爾喪服，
他打開一個相當堅固的瓶子
這時海潮捲走他的船隻
轉個窄圈，一如鴟鳶的飛旋。

註：

⑥山峯，根據維尼註釋，係指聖第牙哥山峯與聖依第洪索山峯。
卡斯第爾（Castile）是西班牙境內的古國，在此暗指西班牙與葡萄牙爭奪地區。

8

他一手拿着這個老夥件，
另一手封閉失去光澤的黑色瓶口。
封印還留着香檳酒的標籤；
綠瓶頸的漢姆斯商標變黃了。⑦
瞥上一眼，水手回想起
往日在它周圍存放裝備，
那一眼表示向祝福的旗子乾杯。

註：
⑦漢姆斯（Reims），法國緬恩省（Marne）的大城，距離巴黎甚近，盛產香檳酒。

9

他們拋出錨，這是大祭日；
在主桅上每個人手中拿著杯子；
每個人脫帽作爲信號，
從桅桿高處以突發的歡呼。
從笑的太陽照射白帆上；
振動的空氣一再發出雄壯爽朗聲響，
這種男性的高貴呼喚到迢遙祖國。

10

呼聲過後，每個人進入沉寂夢境。
阿伊的商標亮着幸福之光；⑧
從每人的杯底，他看到法國。
對每個人言，法國常留心底：
有的人看到他的老父坐在壁爐角隅
數著他不在的日子；在牧人桌上，
他看到姊妹邊他的空椅子。

註
⑧阿伊（Aï），法國香檳區的小城。

11

有的人看到巴黎，他的女兒彎身
用羅盤表明風向，
哭着在看不見針的模糊鏡面上
找尋引導的磁鐵。
有的人看到馬賽。一位婦女站起，
從沙灘跑向碼頭用手帕向你揮擺，
却沒有感到他的雙脚深入海中。

12

難以形容愛情的迷信啊，
類似我們聲音的心靈謀殺者，
科學的統計，騙人的神話啊！
爲什麼一日內在我們眼前出現那麼多次？
爲什麼陷阱般的企圖使我們航行地平線？
希望翻落如同滾雪球；
地球總在我們手指下融合腐朽！

13

他們如今安在？那三百名勇士如今安在？
被狂風推入可惡的海潮中，
他們漂浮至印第安的魚叉，
冰冷軀體上裹著破碎衣服。

熟練的高級船員，腰間懸掛斧頭，
首先斫掉桅木，因而
被毀滅的三百人僅剩十人！

14

船長還望着極位一眼
他要探查這些陌生海峽。
水升至膝蓋，濺到肩膀；
他想以赤裸雙臂的單手擎起天空。
他的船流失了，他的生命滿了：
他將瓶子扔進大海，並祝福
未來歲月能爲他來臨。

15

他微笑的想着這個易脆瓶子
將把他的思想和名字帶到碼頭，
想着他因一座無名小島而享名人間，
想着他記下一顆新星和可信賴的命運，
想着上帝允許吞滅船隻的
無情水，並非沒有思想，
想着他因此瓶而克服死亡。

16

都在傳言着。現在，讓上帝幫助它吧！
雙桅帆船被吞滅的海面恢復水平了。
潮流由西向東一波接一波，
瓶子就在巨大搖籃上浮動。
單獨在海洋上，這脆弱旅客
沒有微風引航；
——然而它來自方舟，載着橄欖枝。⑨

註：

⑨根據聖經創世紀八章記載：「……挪亞伸手把鴿子接進方舟來。他又等了七天，再把鴿子從方舟放出去。到了晚上，鴿子回到他那裏，嘴裏叨着一個新摘下來的橄欖葉子……。」

17

海潮帶走它，冰塊將之送回
且替它罩上一層白衣。
海豹的黑髮碰着它，隨後⑩
害怕的嗅一嗅，喘口氣走了。
它等待夏日，改變命運，
前來敲開堅冰的壁壘，
直向赤道線前進。

註：

⑩原文僅用黑髮，可能是海豹或海獅。

18

某日，一切靜寂，就在大西洋上，
天藍色、金色、鑽石般的波濤
熱帶陽光同映着光輝。
一艘船神氣地經過；
看到了神聖海人的瓶子：
船上的人發出五光十色的火焰信號，

放出一隻小船，停了一會兒。

19

然而他們聽到遠處海盜船的砲聲；
這艘奴隸販賣船順風逃走了。
注意！低一點流，這些陰險的敵人！
沉下去，從西向東來的劊子手！
那艘帆艦發砲，射擊他們，
小心點，就像受驚的有袋獸，⑪
張帆發動蒸汽帆，往前走。

註：
⑪有袋獸（la Sarigue），產於南美洲。

20

單獨在海洋上，總是單獨！——消失得
彷彿在移動沙漠中看不見的一點，
敵人在浩瀚中漂着走過，
看見如此沒有打開的神秘頭蓋。
顫抖的遊歷者作判刑的漂流，
他覺得一年來，頸部讓
昆布和海藻給它披上綠衣了。

21

最後，某個黃昏，來自佛羅里達的風
吹向法國多雨的海岸。
一位漁人蹲在禿岩下
從網中取得這個寶瓶。

他拿着拾獲物跑去找學者；
而且不敢打開，求學者告訴他
這黑色神奇的萬靈藥究竟是什麼。

22

這萬靈藥是什麼！漁人，這是科學，
這是智慧所飲的神聖靈藥，
是思想與經驗的寶藏；
喔！漁人，如果你的重網網得了
盤據墨西哥礦脈的金子，
印第安的鑽石和非洲的珍珠，
你那天的辛勞也抵不上這價值。

23

看。——多麼熱誠嚴肅的快樂！
最大的光榮照著民族。
最强的砲與虔誠的鐘聲
形成在搖幌屋頂上跳躍的情緒。
爲了知識英雄勝於戰場英雄
今天，他們擧行最大葬禮。
請讀牆上這個字：「紀念會！」⑫

註：
⑫「紀念會」，原文僅一個字：Commémora-tion

24

永恆的記憶，在人羣中或大自然中

發現的光榮，同等深厚，
在公義與善良，勉强半湧的泉水，
在取之不盡的藝術，顯赫的深淵！
至於遺忘，傷痕，輕率的不義，
冷默與我們航程的旋風，又有何關係？
死者的碑石上長出崇高的樹木。

25

這株樹是期許土地最美的，
這是你的燈塔，照耀人寰，勤勉的思想家！
不用害怕風浪的去航海吧！
去覓尋珍貴封存的一切寶藏。
純金會浮上來，光榮可以確定。
像那位船長微笑的說：
「承上帝旨意，願它泊岸！」

26

眞的上帝，强的上帝，是思想的上帝。
在我們頂端，命運撒播了種子，
讓我們以豐雨方式廣傳知識；
然後，收集來自心靈的成果，
全部滲透着神聖孤寂的芬芳⑬
讓我們將作品投入大海，汪洋大海，
——上帝將以手指取得引它入港。

——一八五三年十月，於緬恩・吉奥

註：

⑬「神聖孤寂」（Saintes Solitudes）是維尼的格言，他在「史特羅」書中第40章曾說：「孤寂是神聖的」。

貳、醉舟

韓波詩
莫渝譯

（Le Bateau Ivre）

彷彿我在無感覺大河順流而下，①
我絲毫不覺縴夫在引航：
叫囂的紅蕃已擄走他們充做靶心，
把他們赤裸的釘在彩柱上。

所有的船員，我全不操心，
不管是運法朗德麥或英國棉花。②
只要同我的縴夫們結束這場喧嘩，
江河就任我隨意泛流。

在波濤洶湧的海潮裏，
我，去年冬天，比稚童還耳聵，
我奔騰着！解纜似的庇里牛斯半島
也忍受不了更激揚的騷亂。

風暴祝福我海上的清醒。
比瓶塞還輕巧我舞躍在
被稱做罹難者的永恆推動者的波上，
有十個夜晚，我不曾憐恤提燈的痴眼！

比孩子品嘗酸蘋果肉還甜美，
碧水汫入我的松木船身
與藍酒一同嘔出的渣物
將我洗淨，也脫失了舵把及鐵錨。③

從此，我浮浴於海洋詩篇中，
含有羣星與銀河沙粒，
鯨吞藍天；那兒，蒼白而觸天的
海平線上，偶而有一具沉思的溺死者漂過；④

那兒，白晝的輝煌下，突然
閃耀藍光，迷惘，緩慢節奏，
比酒更烈，比琴更廣，
發酵着愛情的辛酸赭色！

我知曉閃光爆烈的天空，與颶風
及回瀾，旋渦：我知曉黃昏，
知曉如同鴿羣翱翔的黎明，
有時我也看過人間奇景！

我看過落日染滿怪異恐怖的斑跡，
亮出一道長長紫羅蘭色的凝光，
如同遠古的劇中角色
被波浪將他們的 frissons de volets 捲至遠方！⑤

我夢見大雪耀眼的綠夜，
吻着緩緩升向海洋的明眸，
吻着稀奇古怪的天地元氣，
吻着喚醒黃藍磷光的歌手！

我曾整整數月，尾隨衝擊暗礁的波浪，
一如患歇斯癲里的牝牛棚，
不曾想到會在瑪麗亞的光明足下⑦
以它的醜臉侵犯咆哮海洋！⑧

你該知道，我撞上難以相信的佛羅里達，
將豹眼之花混雜了人皮！
海平線下，彩虹像韁繩，
繫住蒼蒼獸羣！⑨

我見過大澤沸騰，網簍魚架間
整隻海怪在燈心草間腐爛！⑩
風平浪靜之際，海水傾頹，
自遠方奔往瀑布深淵！

冰河，銀日，珠浪，火天！
在褐色海灣底下的可怕擱淺處，
巨蟒被蛆蟲啃噬，
帶着黑色芳香自斷柯墜下！

我欲向孩子展示藍波中的
扁魚，像金色魚，像歌唱魚。
——浪花輕搖我漂游之夢，
長風不時助我一翼之力。

有時，像殉難者倦於天涯海角，

大海，以其欷歔使我的流轉緩和
以其黃渦的暗花向我揮揚
而我駐留，如同長跪的婦人……

臨近島嶼，金黃色眼珠的聒噪鳥羣
在我搖幌的周圍爭吵，拉屎。
而我前行，直穿不定航線
於此，溺死鬼往後退地浮沉入睡！……

如今我，在小海灣水草下的迷舟，⑪
被颶風捲入無鳥的太虛，
我，即使小戰艦或漢斯帆船⑫
都不曾打撈我這具醉於水的軀殼；

自由了，冒煙了，從紫霧中升起，
我，穿透似牆的紅天，這牆
披以陽光的苔蘚及蒼天的涕淚，
好比給予優美詩人的可口蜜餞；

我馳奔，滿身燦着電光的月形痕跡，
黑色海馬護送的這葉狂舟，
這時，七月正以木棒
將蔚藍天空敲入火焰漏斗。

我，稍感到五十浬外的呻吟
河馬的叫春及馬爾斯多姆的深淵，就發抖，⑬
我，藍色靜態的永恆織工，⑭
惋惜有古代城牆的歐洲。

我見過太空的羣島！以及
將天空混亂爲舟子開放的孤島：
——置身這樣無際的夜晚，你
百萬金鳥，未來的力啊！你睡了？你流亡了？

然而眞的，我流淚太多！黎明令人痛心，
一切月亮皆殘酷，一切太陽均苦澀：
辛酸的愛情以昏沉的痲痺灌我。
啊！讓我龍骨斷折！啊！讓我沒入海底！

如果我渴望一滴歐洲的水，那是
烏冷的水塘，這時芬芳的黃昏來臨⑮
有位滿臉憂思的小孩，蹲着
放出脆如五月蝶的小舟。⑯

浴於你的頹唐，巨浪啊⑰，
我已不能重行運棉者的航線，
也不能經歷國旗與信號旗的驕傲，⑱
或是泛游於牢獄船的可怕窗眼下。⑲

註：
①「我」，是船的自稱。
②「法朗德」（flamand 形容詞，地名爲 Flandre）位於法國與比利時之間。
③鐵錨（grappin），小錨，或鐵鈎。
④海平線，原文 flottaison，即吃水線。
⑤frisson de volets 可能是一專有名詞，器物

類，詳細名稱待查。

⑥綠夜（la nuit verte）

⑦瑪麗亞（Maries），在此指聖瑪麗亞海。

⑧醜臉，原文 le mufle，指野獸的臉鼻。

⑨蒼蒼獸羣，原文 glauques, troupeaux，綠色野獸。

⑩海怪，原文 Léviathan，為聖經約伯記中的怪物，有時為鱷魚，有時為鯨，有時為龍。

⑪小海灣的水草，原文les cheveux des anses

⑫小戰艦（Monitors），有旋轉礮之厚甲戰艦。

漢斯（Hanses），十三世紀到十八世紀德國最大造船公司。

⑬河馬（Béhémots），聖經約伯記中的怪物。

馬爾斯多姆（Maelstroms），挪威海中的暗溝，靠近羅佛敦羣島（les iles Lofoten），是一處渦流。

⑭永恆織工（fileur éternel）暗喻「船」隻的逡巡海域。

⑮水塘（la flach），指林中用黏土圍砌的水池。

⑯五月蝶（un pavillon de mai）或作暮春之蝶。

⑰巨浪（lames），即指海洋。

⑱國旗（drapeaux）

信號旗（flammes），或作桅頭旗。

⑲牢獄船（Ponton），指充作牢獄囚禁犯人的廢船。可怕的窗眼，原文意為可怕的眼睛。

叁、海濱墓園

梵樂希詩
莫渝譯

(Le cimetière marin)①

我的靈魂，別希求永生，
但請盡情歡享你範圍內的娛樂。
——品達．「競技集」第三卷②

1

這靜穆屋頂，鴿羣散步着③
介於誘人的松林間，介於墳墓間；
正午，在此焰火大形成
大海，大海恆是周而復始！
喔沉思之後的代價
當長久睇視神明的安祥！

2

細膩閃光如此精純工作磨削
許多無形泡沫的金剛鑽，
且似乎孕育着何其祥和！
當一輪太陽靜止於深淵上，
永恆肇因的精純產品，
時光輝煌，幻夢即是知識。

3

可靠瓌寶，文藝神的樸素殿堂，④
一片靜寂，蘊藏隱隱可見，
蹙眉之水，一張火網之下
你那含帶睡意的眸光，
啊！我的沉寂……靈魂裏的樓閣，
却是千瓦金宇，這屋頂！

4

時光之殿，僅用一噓就道盡，
我攀登此純境，且習慣之，
周圍全是我望海的眼神，
一如對神祇表露我崇敬的奉獻，
那透明的輝光在海面
散佈成一片至上的傲氣。

5

儼然果實在享用時融蝕，
儼然它的外表於口中消失
化無形爲至上歡愉，
我在此吸納我未來的煙縷，
而青天朝憔悴的靈魂歌吟
亹亹海岸的變幻。

6

美的天，眞的天，瞧我在變化！
如此傲慢與怪異閒散之後，
竟然還是精力十足，
我醉心於這個亮麗地方，
我的影子掠過死者之屋
要我習慣於它那輕微的轉變。

7

靈魂暴露於夏至的火炬，
我擁護你，堂堂正正
無情兵器的光明公義！
我全然的奉你在你的原始地位：
瞧瞧你！……却讓光明
包容一半陰鬱的暗影。

8

爲我一人，歸我一人，於我自身，
在心之旁，在詩之源，
在虛幻與眞實事件之間，
我聽到內心的龐然回音，
那辛酸悲鬱且淙淙的水池
自靈魂深窪嗚咽直到未來！

9

你知否，葉叢間的假囚犯，⑤
枯瘦欄柵呑噬者的海灣，
在我的闔眼上，猶能眩目的秘密，
是誰的軀體拉我到他的窮途末路？
是誰的額頭引他到這骸骨之地？
是一點靈光在此思念我的故人。

10

封閉的神聖的無形火焰
把一隅大地獻給光明，
此地令我愉快，被火炬佔領，
由黃金、石塊、鬱林構成，
許多大理石在許多陰影上抖動；
忠實的大海在我的這些墳塋睡息！

11

華美的雌犬，驅走偶像崇拜者！
當孤獨加諸於含笑的牧人，
我長時放牧神秘羊羣，
這羣我的靜墳的白色牲畜，
讓它們遠離耐心的鴿羣，
遠離空洞夢想，好奇天使！

12

來到此地，未來就是閒逸。
知了的嘶聲劃過乾旱；
從空中到我不懂的何種莊嚴本質，
任何東西都遭焚盡、毀滅、收留……
生命浩渺，該沉醉於空無，
而痛楚卽溫柔，而心靈清明。

13

匿藏的死者們安息於這處
溫暖他們吮乾他們秘密的土地。
正午高高在上，不動的正午
自我沉思，安然自在……
完整的頭顱，盡美的冠冕，
在你之中，我是神秘的變化。

14

你只靠我來容納你的恐懼！
我的追悔，我的懷疑，我的束縛
都是你巨顆金剛鑽的瑕疵……
但，在大理石重負的永夜裏，
樹根間徘徊的人羣
已經逐步歸向你的境地。

15

他們都化入濃厚的空無裏
紅色土壤飲盡白色品種，
生命的才華轉入花朵中！
死者的熟悉文詞，個人風采，
獨特性靈，如今安在？
蟲蛆蠕過昔時落淚處。

16

被搔癢少女們的嗤叫尖聲，
明眸，皓齒，水汪汪的眼瞼，
同火焰狎弄的迷人酥胸，
鮮血在禮讓的唇間閃亮，
纖指護守最後的贈禮
一切歸土並重返戲中！

17

而你，偉大靈魂，你希求的一夢
不會有由波浪與黃金透過肉眼
於此形成的虛幻色彩吧？
一旦化爲煙霧，你還歌唱？
去吧！一切逸失！我的生命多洞隙，
連神聖的急躁也會終了！

18

黑裝金飾打扮的微薄不朽，
戴桂冠的恐怖安慰者，
誰把死亡當作母性的胸脯，
這美麗的謊言，善意的詭計！
誰不明白，誰不推拒，
這空洞的腦殼，永恆的笑聲！

19

地下的祖先，荒涼的頭顱，
你們在一鏟一鏟的重量下
已成塵土且不辨我們的跫音，
眞的囓齒動物，不可理喻的蟲蛆
不會加諸睡在墓碑下的你們，
她靠活爲生，牠緊跟着我！

20

也許是愛，也許是我的恨？
它那隱秘牙齒離我太近，
近得任何名稱都適合它！
不管怎樣！它看，它要，它想，它摸！
它看上我的肉體，且直上我的眠床，
我活着就歸屬於這個生物！

21

芝諾！狠心的芝諾！艾列的芝諾！⑥
你以這支振動、飛行
却不飛的飛矢貫穿我！
那音響誕生我，羽箭却射死我！
啊！太陽……靈魂中何樣的
龜影，大步但不動的阿奇爾！⑦

22

不，不！……站起！在繼起的時代裏！
我的軀體，搗碎那沉思的形狀吧！
我的胸膛，狂飲那新起的風息吧！
一股沁涼，從海上散出，
還我靈魂，啊鹼澀的强力！
讓我躍入波濤，返回重生！

23

是的！天生熱狂的大海，
豹皮與洞穿萬千
太陽影像的古希臘軍袍，⑧
無羈的九頭蛇，沉醉於你的藍肌，⑨
牠在宛如沉寂的騷動中
以閃亮的尾巴咬噬你，

24

起風了！……總得試着活下去！
大風掀開並闔上我的書，
浪花果敢的濺向岩石！
你們飛吧，所有眩眼的書頁！
粉碎吧，波浪！以歡悅的海水粉碎
這個帆影啄食的寧穆屋頂！

註：

1.「海濱墓園」這首二十四節一四四行長詩於一九二〇年發表以來，引起不少爭論，詩中極富哲理，今依一般解說將大意略述於下：

(1)1—4節——詩人靜觀大海，而大海在正午的太陽下閃爍靜止，隨後詩人由靜觀轉入出神。

(2)5—8節——人類被這種透明的靜止所誘，因爲他知道他在變化。

(3)9—18節——對於死者與人類情況的沉思：死者他們回復虛無，因爲詩人不相信不朽（永生）。

(4)19—24節——藉着意識，活着的人類投入變動的宇宙；詩人因起風的象徵，否定芝諾的巧辯，深信一切均在動態中。

2.品達（Pindare 約西元前518—438）希臘抒情詩人，「勝利的頌詩」作者。「競技集」（Pythiques）一字專指古希臘人每四年一次在德爾福（Delphes）寺廟舉行的競技遊戲。德爾福位於巴拿斯山東南的坡地上，該地區是古希臘聯邦中心之一，西元前六、七世紀時威望最盛。德爾福寺廟的女巫稱作畢蒂（Pythie），梵樂希詩集「幻美」中第十首卽以此爲題。

3.屋頂是大海；鴿羣卽帆影。

4.文藝神（Minerve），羅馬神話中司科學、工藝、技術、智慧、藝術的女神。相當於希臘神話中的雅典娜（Athéna）。

5.透過枝葉看過去，大海彷彿是囚犯。

6.艾列的芝諾（Zézon d' Élée），希臘哲學家，出生年代約西元前四九〇——四八五年。其學說最著名卽「飛矢辯」。同名芝諾者尚多，因此以此出生地艾列冠之。

7.阿奇爾（Achille），希臘神話英雄。

8.希臘軍袍（Chlamyde）古代希臘軍衣，用一個扣子扣住。

9.九頭蛇（Hydre），希臘神話中的怪物，被赫克力斯所斬。

賈穆詩選

莫渝 譯

第一悲歌

(Elégie Ptemière)

——致亞爾培•沙曼

親愛的沙曼，我再次的爲你而寫。
這是首次我送給死者
這些你引領的路線，明日天空下，
打從永恆小村來的幾位老僕。
爲我沒哭而笑吧，對我說：
「我不是你想的那樣痛苦。」
且一邊進門一邊說：「你爲何那麼傷心？」
又來了。你在奧岱城。在那兒很幸福。
將你的衣帽置放那裏的椅子上。
你渴嗎？這裏有碧綠的井水和酒。
我的母親下樓對你說：「沙曼……」
而我的母狗在你的掌心抵着嘴臉。

我說話了。你笑得略帶嚴肅。
時間不存在似的。你讓我說。
夜晚來臨。我們在類似暮秋的
昏黃燈光下散步。
我們沿着溪流走。一隻嘶啞的鴿子
非常低聲地在青綠白楊樹吟叫。
我愈說愈起勁。你還是笑着。幸福般的沉默。

這裏是夏末陰暗的路上，
這裏是我們歸來時的窮僻小路，
這裏的陰影有及膝的夜來香
綴飾在青煙裊裊的黑色門坎。

你死了，景物依舊。你喜愛的陰影，
你在那兒度日，在那兒忍苦與歌唱，
是我們與它分開，是你護守它。
你的光明源自在這美好夏暮
隔離我們的黑暗，
夏日是先見的上帝使麥田生長，
而看家犬在牽牛花下亂吠。

我並不追悔你的死亡。有人將
桂冠放在適合於你的額頭皺紋上。
我，了解你，却擔心會損傷你。
不該隱瞞十六歲的孩童
他們哭着跟隨在你豎琴上的死，
那種死於自由前端的光榮。

我並不追悔你的死亡。你的生命就在那兒。
如同吻着丁香的風聲
不曾死去，却在多年後回到
同一株人們以爲枯萎的丁香上，
親愛的沙曼，你的歌聲會回來撫慰
已經使我們思想成熟的孩童們。

在你的墳上，類似古代牧人，
站在貧瘠山丘上哭着畜羣，
我枉然地尋找我能帶走的，
那些鹽被水潭的羔羊吃光，
而酒也遭抄襲你的人喝乾。

我想着你。日復一日
我看到你在我鄉間的老客廳裏。
我想着你。我想着故鄉的山嶺。
我想着你我散步的凡爾賽，
我們一步一步淒傷的談着詩。
我想着你的朋友和你的母親。
我想着藍湖畔的羊羣，
小鈴上呼呼叫着等候死亡。
我想着你。我想着青天。
我想着無盡的水與光明的火。
我想着亮閃於葡萄的露珠。
我想着你。我想着我。我想着上帝。

註：沙曼（Albert Samaine, 1856–1900），法國詩人，深爲大衆喜愛。一八九五年賈穆前往巴黎的旅途中，兩人互相認識，訂交且友誼深篤。沙曼亦於一八九八年到奧岱拜訪賈穆。賈穆在詩集「從晨禱到晚禱」中有一首詩題贈沙曼，本詩係第二首爲沙曼而寫。

第三悲歌

(Élégie troisième)

此地河岸潮濕沁涼。
馬路陰森地穿過黑暗苔地，
直向滿是愛情影子的藍色濃度裏。
高大樹木上的天空顯得小些。
是此地，友人家附近，太陽下，
我憂傷地緩緩散步着，
沿着花叢，我彳亍，我感覺舒暢些。
他們令我的心靈與痛楚難過，
我不知如何回報。

也許，當我死後，會有位溫柔孩童
想起他看過一位青年
從小路走過，頭戴遮陽帽，悠然地
抽着煙斗，這時是夏日清晨。

而我離開妳，妳沒看到我，
妳沒看到我在此，想妳
且帶着與林木同樣高大的煩憂……
此外，妳不會，妳將不會了解
因爲我遠離妳，妳遠離我。
我並不惋惜妳的櫻唇
而屆時，爲何我仍難過呢？

如果妳知道了，愛人，就過來向我訴說。
告訴我，爲何當我難過時
似乎林木也跟我一樣病了？
它們將與我同時死去嗎？
天空也死去？妳也死去？

北原政吉的詩

陳千武譯

北原政吉是一隻孤獨的候鳥，飛於臺灣和日本之間。一九〇八年生於日本岐阜縣，畢業於臺北市建成小學校及臺北市第一師範學校，後進入日本大學藝術科創作科，畢業後再飛來臺北市任教多年，臺灣光復被遣回日本，一直到一九七三年六月初次回臺灣「娘家」，之後，又在臺灣和日本之間飛來飛去。「艋舺的龍口町的我底家」是他懷念的時。

在詩壇，他是千葉縣詩人俱樂部監查、市原詩人同仁、笠詩刊同仁。在畫壇，他是二科會、日本水彩畫、京葉水彩畫、千葉縣美術會及臺灣芳蘭美術會等會員。在其他方面，他參加日本童子軍、千葉縣連盟名譽會議員，屢次參加國際高齡者馬拉松大會而獲勝，是一位不認老的健將。

北原政吉的詩集有「影」、「你勿像我」、「候鳥」、「酋長帕希之歌」等。在此介紹的五首詩，是從「候鳥」詩集摘譯的，可窺見他的詩風和詩想。

蝴蝶蘭

眞正的蝴蝶蘭　不是在甚麼地方都會開花　看蝴蝶蘭開花而高興的人　那眼膜裏衹是看到影子而已

眞正的蝴蝶蘭　是開在眼看不見的地方　清淡　澄心的深山　也有人說是開在幽谷深處

年輕時　我以爲它是裝着傲慢的臉　誇耀　矯飾在高級官員或豪商的院子裏的花奴

等到我察覺　它才是眞正的蝴蝶蘭　的時候　頭髮都已經白了

我認命地　單獨爬上險峻　摸索霧濃的山徑　在旅行的沿途　一味地尋找失落的夢

在幽谷的那邊　確有淨白的蝴蝶在翩舞着　楚楚而高潔的花香　也從那邊飄來

早晨的公園

在早晨的公園　看到的
那些人們的微妙的動作
那是極美的風景
溶化在不受拘束的自然裏
稱爲老若男女的生物
從宇宙的水源流來的
打透明無垢的生命的泉水

滿身沐浴着風雨或光熱
沉沉而活活
長短有時緩急的呼吸也保持着靜謐
在休憩的庭院
以極優的技藝綻開長壽葉的花

鷺鷥

佇立在泥池裏 鷺鷥
屈一隻脚 把喙縮窄在胸脯
傍晚 季節風已很冰冷
無事似地 鴨子們 折回而去
邊遊戲 邊唱着 一隻一隻
融化到煤氣味的黑暗裏
既然 被搜盡 被吃盡了之後
還有甚麼 新的東西可找？
可憐 孤單地挖掘自己啄食自己 鷺鷥
怎能去看那遙遠的 黎明的夢

猪

猪 猪被撕開 削掉毛 被掛上鐵鈎 吊在攤床的天
花板 凝視着積存在眼下小桶裏的 自己懷念的血
血 憂慮着 心臟 肝臟或大小腸們的行踪 獨自
發牢騷 嘟喃着
寂寞的心 却害怕菜刀切得碎碎的挪動 而在昔日
猪舍的蒼蠅處 孤獨地徬徨着
猪 也有猪的生活 而活下去的日子 的夢 却被出
賣了 七零八落 離散

壺

看哪一個壺 都具適合實用的形態 花紋很纖柔 而
充滿着銅器特殊的古色味 持有自豪高雅的品格
然而 內裏却空虛地可憐 那樣 也許不得已的 像
這種時代 有點對不起壺呢
不過 我們也是壺 活着的壺 是裝滿了苦樂和愛情
的壺 那個收藏在博物院玻璃櫃裏的壺 今後也會被珍惜
和款待 但是我們 每天在虛實强烈的陋巷裏 示衆丟醜
挨打屁股 被拉長鼻子 喘着氣 刮破就淨出紅血的活
着壺 倘有裂痕 便完了 容易損壞 是會思考會煩惱的
儒弱的壺
請不要損傷 不要丟落打破 永恒地
保持着艷麗的臉色 成爲比博物院的壺 更被珍惜
被尊重的 有人性的壺吧
不然 就會比裝飾在博物院 華貴的櫃子裏那個壺
眞眞的不值又是可憐的壺啊

詩招待你

吉野弘作
陳千武譯

從去年八月開始，定每週三，選詩一首（附欣賞和作者簡歷），以謄寫印刷，均用百斤上質的紙，半截，摺疊印五十分，出版一次，作爲招待年輕的同事們。

封面有插圖，第一號是我畫的，但第二號以後就有年輕人自願負責設計插圖。謄字由公會的書記擔任，因而我所能做的，只是選詩，並附寫欣賞及作者的簡歷，寫完了把原稿交給書記，按期出版，迄於十一月底，已發行十四期。

到目前，雖未有甚麼大的反映，但把印好的刋物，同時寫一張「詩招待你，請自由取閱」的便條，一起放在走廊的椅子上，大約在一小時之內就被人拿光了。除了年輕的人，有時也看到那些刋物，被放在年紀大一點的同事們的桌子上。

作品的選擇，盡是選現役詩人、有趣、容易看得懂的作品。選取不一定要一詩人的最高傑作的作品，因爲要使讀者接觸現代詩的各種狀態，才是此擧的目的，自然要選擇平易而符合達到目的的作品。

現代詩在某種的意義上，是具有打人臉頰一巴掌的性質，所以這種工作，事實是非常心勞的，要溫柔和靄地媒介打人一巴掌的工作眞不簡單。

摘擇作品事先並沒有徵求作者的諒解，這一點請作者們原諒我的擅專吧。

夜之窗

黑田三郎

深夜
窗嘟嘟嘟嘟地響着
忘記關上的一個窗

邊攏上兩鬢的短髮
把忘記關上的一個窗關好
在顱骨上開着的一個窗

純白的房間裏的純白的床
不知什麼時候窗又開了
嘟嘟嘟嘟地響着

深夜
在遠方柞樹林裏的公用電話室
燈亮着

沒有人的公用電話室燈亮着

「在顱骨上開着的一個窗」，事實並沒有這種窗，但據於想像，可以在腦裏描繪這種窗吧。忘記關上的窗，由於小小的風吹而嘟嘟地響着，這是十分使人掛心的事。雖然把窗關好，但不知什麼時候窗又開了，其原因，一定是對環繞着房間的外圍，持有必須惦念或者難予說明的不安而來的吧。這首詩沒有說出不眠的人怎樣不眠的理由，但我想不眠的人的不安很明確地表現在詩中，尤其「純白的房間裏的純白的床」這一表現，能令人感覺到不眠的人所持的是純潔的精神上的不安，可以說是一首很講究的小品。

住址和餃子

岩田宏

大森區馬込町東四之三
大森區馬込町東四之三。
不只二次三次
向掛着臂章的大人回答
迷路的我，小小一粒
在夕陽消逝的瞬前
從坡下歪斜的方向
李君走上來
我從坡上走下去
他瞇縫眼睛　害羞地笑着
我才喜歡李君
李君你也喜歡過我嗎
夕陽消逝了的傍晚裏
我們講過風啦帆船啦
和不下雪的南洋的故事
大家就圍過來
像軟黏糖那樣圍過來
大家像飛機那樣叫喊
臭　臭　朝鮮　臭
我隨時離開了李君
張開着嘴假裝也在叫喊
臭　臭　朝鮮　臭

現在每次想起來
我就跑去一盤五十元的半夜的餃子館
盡可能把大蒜放多一點
全都吃掉
二盤也罷三盤也罷
二盤也罷三盤也罷！

能够瞭解詩裏的「臭　臭　朝鮮　臭」的實感的人，就會瞭解這首詩吧，但也許不懂的人也有，事情是這樣的：

明治四三年八月，發生了日韓合併。「朝鮮（當時的韓國）國體軟弱容易惹起事件，成爲東亞和平的障碍」，據於這種理由，日本吞併了韓國，一直到日本敗戰之年，韓國的人民在日本的惡政支配下呻吟，受日本人的蔑視稱爲「朝鮮、朝鮮」。這首詩的作者岩田先生，還是迷路的小孩子的時候就是那樣的時代。岩田先生一想到住在大森區馬込町的孩子時代，曾經迷路，被掛着臂章的大人救助，帶回到家附近，在的坡上，碰到韓國人小孩的李君而放心，自己喜歡李君，却跟朋友們欺負過李君，這些事情永久使他感到不安，一想起來他便跑淮韓國人的餃子館，吃掉日本人討厭的大蒜味的餃子，全都吃掉，這種實感表現得很切實。

秘密和X光

谷川俊太郎

X光氏只把我唯物的翻譯出來而已
却以爲窺視了我一切的秘密而哼着

在紅燈很不詩性的黑暗裏
X光氏的熱情變成了高壓電的磁力
造出某種特殊組成的空氣

＜這裏右肺無損傷……＞

的確令人感到聲量的白衣人們的會話

畢竟通過我的一個體系
因而被表現的稱爲我的世界

在醫院裏沒有肉體的秘密
因而精神形成越多的秘密

這首詩並沒有教訓的意味。內容只是表現亮着紅燈的暗房裏的X光，透視診斷的狀況而已。把X光透過人身體的狀態寫爲：

「X光氏只把我唯物的翻譯出來而已
却以爲窺視了我的秘密而哼着」

這是很有趣的表現方法。

還有，由於X光會窺視人體內的所有秘密，反而使精神形成了越多的秘密，這一表現和捕捉白衣醫生們的聲音方法等，手法很巧妙。

窗(2)

茨木のり子

鳥仔們唱着鳥仔的歌
花仔們默默散放花香
爲什麼只有人們
無法唱好人們的歌
而動作不靈活

像要戀愛　却不戀愛
像要打架　却不打架
像要發射新衞星　却不發射

從大都市的頂峯俯視
就會瞭解
人們似乎都是囚人呢
憶想着
更嬌艷的事
年輕的兄弟心不在焉地站着

鳥仔們唱着鳥仔的歌，花仔們默默散放花香。但是爲什麼只有人們，無法唱好嬌艷的歌呢，爲什麼不能自由而靈活地行動呢。

「像要戀愛　却不戀愛
像要打架　却不打架
像要發射新衞星　却不發射」

曖昧且寂寞的生活，這就是人本來的生活方式嗎，這樣子可以嗎？年輕的兄弟心不在焉地站着想想那些，這就是這首詩的狀景。

霓虹

川崎洋

我們來談談好嗎
　聽到
　　那麼一個聲音
那是淡綠色的聲音
　於是
從另一個天空那邊
　我們來談談好嗎
　　又聽到
　　　那麼一個聲音
那是淡綠色的聲音
　於是
從另一個天空那邊
　我們來談談好嗎
　　又聽到
　　　那麼一個聲音
飄浮出來的紅色聲音
紫色啦
蛋黃色啦
　時時
大笑而喧讓着
由於沾濕着晨霧
把新開墾地的　許多事
　隨着風吹
便改換了話題
　　　那麼那麼
　眞正快樂似地
　從窗這邊
掛上那邊滿滿地
互相談着哩

看此詩，就想像紅、綠、蛋黃等顏色，會從窗的四方聚集而來的景象，令人感到快樂。

造型霓虹的每一個顏色，用怎樣美麗的聲音，交換怎樣透明的會話呢，這種想像也很有趣吧。

孩子和花

長谷川龍生

遊樂園的
廻轉木馬
緩慢地停止了
就有披着短外衣的女人
哄着女孩子
臉貼臉之後抱下來。
然而向她那抱着孩子的手腕
有個陌生的男人的手伸過來
飛快地帶上了手銬。
聽說木馬的顧客交替的時候
女人把白色的花拿給女孩子
對另一組母子說些恭維話
擦肩而過的時候扒去了錢包。
女孩子哇地哭出來
女人用衣袖遮羞着臉

不知被帶去了甚麼地方。
迴轉木馬又開始
緩慢的轉動
成為證據物件的白色百合花
只有那個地方留下了空席
掛在驢馬的
耳朵
迴轉着

這首詩所描繪的情景，像在電影上會看到的情景，並無珍奇，但是能令人聯想相似這種情景的表現力，語言素描的正確性，不沈溺於感情的觀察眼，都是值得注視的。若是缺乏集中注意力或傷感性的感情，絕不會產生這樣乾淨的表現。

戰爭遊戲

加藤八千代

在草原上
他倒了下去
假裝着死
他却忘記活回來
為了他而哭
　的女孩子也沒有——

如果把這首詩，以單純的戰爭遊戲的素描來看的人，也許會覺得不過癮。但是比如，假定你是女人，你的情人在這次戰爭中死了的話，就不會把這首詩認為天真的遊戲而錯過吧。在世界第二次大戰當中，像這一首「戰爭遊戲」那樣，有很多年輕人很簡單地忘記活回來，而真的死去了。「為了他而哭的女孩子也沒有——」他死去了。似乎毫無思考活着的意義是甚心的餘地，而被趕走死去。

這首詩把這些事象，以若無其事似的，抑壓着哀感，表現得令人感動。

小詩集、抄

北村太郎

其一

進入房間　稍後
才察覺有
檸檬。會痛
之後才發現創傷　那是
可怕的事情啊。時間
在哪一部份都趕不上

進入房間，似乎有香味，才發覺有檸檬。感到痛疼，才會發覺是受傷的痛疼。

如果不痛，人就永久不會發覺創傷，而過一輩子嗎，這不是很可怕的事嗎。不限於個人，在一個社會裏，有了犧牲者，才要考慮犧牲者的產生理由或原因。有傷，如果不痛就不發覺創傷，沒有犧牲者，就不考慮社會的毛病，創傷或毛病，便會浸潤到深處，這不是可怕的事嗎。這首詩就是表現這些。

（譯自思潮新版「我愛的詩」）

俳句詩（續）

黃靈芝

送鳥回　同妻位
（渡り鳥送りて妻の座へ戻り）

飛機雲　方丈小院一新婦
（方丈の庭を新婦に飛行機雲）

辭官守玫瑰　Si le cœur vous en dit.
（新涼や轉勤辭令を亡き妻に）

柿農父子　Cent beaux écus de Dieu, peut-être.
（柿山に今年を値ぶむ父子の情）

饕餮謎中　金針花路
（饕餮の謎道々に金針花）

「夜光何德　死則又育」　洛陽繫絃　北邙杳杳
（寒月や貝輪のひとの深眠り）

寒燈曉髮　Qui n'en a qu'un, n'en a pas.
（夜寒さや病婆老犬哦ろふ）

爐火前　愛堝藏語
（爐火さ目に愛の堝に一語秘め）

老來王春寧　Pour qui que ce soit.
（日南に忘じ終へんぬ老いの愚痴）

Sur des roses, vivre en roi,　「春王正月辛亥朔」
（留守居じて式氏と南至を分かち合ふ）

錦繡河山　老兵曆新
（老兵の部屋に鄉里初曆）

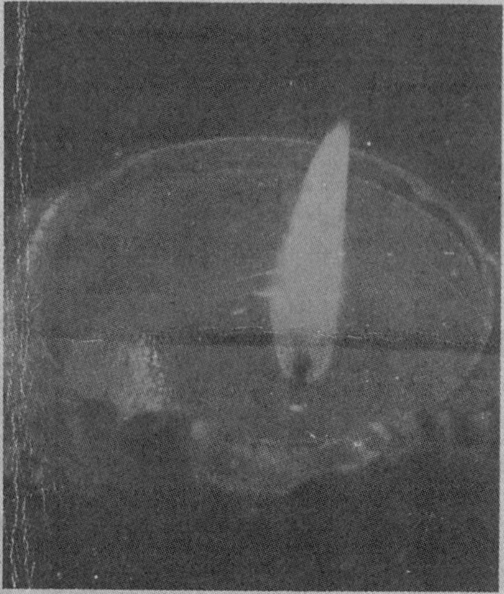

中國民國行政院局版台誌1267號
中華郵政台字2007號登記第一類新聞紙

笠 詩双月刊
LI POETRY MAGAZINE 88

中華民國53年6月15日創刊
中華民國67年12月15日出版

發行人：黃騰輝
社　長：陳秀喜

笠詩刊社
台北市錦州街175巷20號2樓
電話：551－0083
編輯部：
台北縣新店鎮光明街204巷18弄4號4樓
經理部：
台中縣豐原市三村路90號
資料室：
《北部》台北市北投吉利街249號4樓
《中部》彰化市延平里建寶莊51～12號

國內售價：每期30元
訂閱全年6期150元・半年3期80元
海外售價：美金1.5元／日幣300元
港幣5元／菲幣5元
歡迎利用郵政劃撥21976號陳武雄帳戶訂閱

承　印：福元印刷公司　臺北市雅江街58號

詩双月刊

笠

LI POETRY MAGAZINE

1979年 2月號

89

笠（1979 二月號）目錄

臺灣民謠的苦悶(二)

·紀念亡兄成吉的歌·

郭成義

補破網

已經習慣了
夜裏不愛回家的丈夫
即使偶而擁吻一陣
那也必然是
要出海的時候

疼痛的手
還常常忍不住
向漸漸離開陸地的丈夫
頻頻地揮舞

然而每次
丈夫總是興高采烈的
又帶回來一張
碎心的網

碎心花

花開那時
你不聲不響的走了
曾經爲你含苞的花枝
再也無法追回
往日騷動的風情

愛的回憶
却常常在瞬間開放
我依稀聽見一種聲音
來自落地的花朶
沙啞地飄向遠方

夫君啊
爲何老是讓我撿拾
這篇隱隱飄回的哀歌
只留下一聲憔悴
等你
親手收存

詩兩首

林宗源

沒有永遠晶亮的東西

藥水、機器
喃喃地傾訴瘋狂的意念
各種語系的吶喊如爆裂的原子

在工廠如鐵的心被砂輪輾磨着
粗紋漸漸地失去抗拒的意志
必須聽從機器的命令麼？
活在各種語系的機房
被磨出很美很光的歷史

不管多美
空氣中總有酸性的元素
不管磨成什麼樣的模型
看起來好像沒有意見
沒有靈性的鐵
凝視化爲灰塵的淚
塗髒了童工的臉

滿屋
骯髒的空氣
怒吼的聲音
滿屋

橫井庄一

橫井庄一
不敢投降
不願投降的
橫井庄一
把青春賣給國家
用信念佔領關島
在叢林
你不再是一個下級軍曹

你佔領叢林
沒有士兵
沒有彈藥
拿着一枝腐爛的步槍
命令自然投降

二十八個冬天
你哭過
你想說話
你想回家
沒有外援的日子
把夢織在心裏
橫井庄一
春天是否引誘你想走出去的衝動
荒野殺不死人類生存的意志
天皇升起白旗
只有你還沒戰敗

我在泰北

靜修

請別嚷嚷

西尼巴莫一上台便有人在大聲嚷嚷
說他的勝利是CIA化錢買的
將來會被牽着鼻子走

笑話，CIA從來不管這種閒事
老百姓愛誰，誰上台
老百姓不愛誰，誰下台
民主政治，選票決定一切
何必扯到我們頭上

說到「朱麗葉」行動
（誰洩漏了秘密）
那與選擧無關
只不過討論如何安排西尼
去接他老弟克利巴莫的棒
就像如何爲超級市場換塊新招牌那樣
說乃紋洛是臥底，乃頌猜是耳目
那眞是一派胡言
留美學生何止千百
難道他們都是間諜
竊聽更是無稽之談
西尼是我們好友
好友無所不談，何必竊什麼聽

所以，請別再胡亂嚷嚷
只要你和我們合作
一樣可以助你一臂之力
安排一個「羅蜜歐」計劃
讓你上天堂（或下地獄）
那是輕而易擧的事
所以，請別再胡亂嚷嚷

將軍之夜

R634系的情報分析
四千北越志願軍正向永賽蠢動
企圖在雨季來臨之前
一擧佔領這個產米的小鎭

將軍，那麼今夜
我們仍然如約前往「香格里拉」
跳那比手劃脚的「喃夢」嗎

M16已如數分配給突擊的傭兵
各隊的顧問人選也已安排妥當
那空沙宛 福特，廣孟 羅勃
永珍 克里斯朶夫，永賽 巴克萊
將軍，那麼今夜
我們還是携帶一打「干猜」
和兩瓶黑牌的約翰走路去吧

C123兩架，手榴彈，乾糧
糯米包包，水都已裝上飛機
帆布屍袋也準備妥當，當然
我們不會把傭兵的屍首棄置荒野
將軍，那麼今夜
我們一言爲定，諾尹給我
我把肉彈拉他娜讓給你

G821作戰分析資料已放入電腦
永賽是個天然堡壘，易守難攻
好在巴克萊是位游擊專家，據分析
傭兵的死亡率最高不超過七十七巴仙
將軍，那麼今夜
我們先到「拉林」宵夜，然後帶她們
去四面嵌鏡，電動搖床的「福九」消魂

氣球狄士可

宋干節的遊園會中
安排了一場別開生面的趣味競賽
不論輸贏統統有獎
獎品是金牌一面

歡笑聲中，淘氣的蘇珊忽然尖叫起來
原來金牌是用紙箔包貼而成
一經撕開，赫然出現一具彩色的
男性保險套
蘇珊毫不靦覥把它吹成大氣球
擧在頭頂上扭動腰肢跳起狄士可來
一呼百應
整個草坪一下子變成瘋狂的
氣球狄士可大舞台了

這是總經理夫人精心設計的
精彩無比的節目
爲熱鬧的派對製造一個快樂的高潮

而我只是道貌岸然地坐着
碰到這樣的場合，我的中國血液
總是沸騰不起來
幾千年前聖人就教訓我們
要非禮勿視，要非禮勿動
要不可以這樣，不可以那樣
雖然那個時候沒有狄士可

也沒有彩色保險套
但聖人的話要擧一反三
所以，我只好在石板櫈上坐着
很尊嚴地坐着
像一尊石膏像那樣坐着

乃密之死

影帝乃密死了
乃密在拍攝空中逃亡的鏡頭
從直昇機的繩梯上失手掉下來
多少痴情的女影迷
頓覺喪失生命的意義
紛紛躍入湄南河，以身相殉
足堪與范侖鐵諾媲美的送葬行列
螞蟻了皇家田每一寸土地
曼谷，成爲低泣的城

我是恭逢其盛的觀光客
被夾在流淚的人羣中流汗
心中想着，此等哀榮
王子爵孫也要自嘆不如
乃密地下有知，於心該也足矣
人要死得其所，死得其時
也要死得其法
若不幸，被憤怒的丈夫
一槍斃在野合的床上……
少女們雙手合十推擠
不時把尖硬的指甲
刺痛我瘦脊的背
我沒有觀賞過乃密的電影
但乃密已經死了
我多情的泰國情婦
夢中頻頻呼喚乃密的名字
却把眼淚滴在我被枕酸了的臂膀上

輓

何蓮

當世上冰冷的陰影突然漫上他的雙目
大地愴然一叫把他搶入懷內！

月亮在關仔嶺的草坡上低首徘徊
撞見秀喜詩姑——木立於笠園屋後的小徑

把頭深深深深埋入你愛的故土
親吧！沒有人能再拉開你……

然而然而！你烱烱的目光一時未滅
在空中，燃爲兩顆新星向下瞪視

（一九七九、一、九）

註：笠詩社同仁蔡瑞洋醫師，不幸於民國六十八年一月八日逝世，特此敬輓。

非馬詩抄

馬爲義

風景

爲了怕
窗子不安份
跳槽
到鄰近越建越高的
大厦上去
他們用粗粗的鐵條
把誘人的風景
硬生生擋在外面

怪不得我見到的
天空
一次比一次
消瘦

愛情的聲音

㈠

把臉繃成
鼓面
一個還帶着冰雪的
天空

只爲了證實
心中蠢動的
是一聲
春雷

㈡

你眼睛裏熾烈
的陽光
把本來已經够瘦的我
照得更瘦了

這樣也好
我可以誇稱
我擁有一個
密度最大的
影子

棄情之歌

杜國清

棄

風暴之後
一枚貝殼在荒灘上
以痛 甦醒
螺旋形的軀殼
眼看着 肉體
微溫 在最後
折騰 鬱血
冷去
一日
陽光閃耀在海上
白鷗從雲間飛來
將腐肉 欻然
啄上天去
每當風起雲湧
那貝殼 在荒灘上
向多變的海
幽幽吹奏着
無告的
棄情之歌

哀

透過淚珠凝覗妳
像孤葉噙着露滴
遙望寒月
哀浪一再湧來 但見
妳的臉在浪間浮沉
像海裏月亮
蕩漾着無常的表情：
妳的溫柔
妳的嬌嗔
妳的冷嚴
凝望着妳
淚珠淒然

映照着
妳的微笑

隕

我們的爭吵像不諧和音
擾亂了宇宙的寧靜
從那衆星閃爍的夜空
曳着燃盡蒼白的靈魂
一顆惑星　隕落
在這荒涼的下界

一顆焚餘的心
掩滿淒厲光芒
射自妳眼睛
那冷情

每當月也荒涼
一顆不瞑的夜光石
在這絕情的下界
黯燃着　哀怨
幽光

狗

屁股頂着屁股
正陷於進退兩難之際
一盆冷水　潑散了
陋巷偶有的春意

那毛毛嘴沾滿了黃屎
舔着仍然灼熱的痛處
唉唉　咱們以天作之合
釀造春意的快樂
都惹得那對男女嫉妒

多無聊的日子！
且去咬隻耗子往牠嘴裏
放個響屁洩洩氣
且翹起第三隻脚
以斜陽之姿　灌漑
路邊的電線桿子
夜來　想起白天
在路上相逢的那個娘子
不禁懊惱地　向着
暗巷那邊　幌動的影子
狂吠

後記：拙作「生肖詩集」十二首，七年前發表於「笠」第四十五期，其中「狗」一首，寫的是洋狗，不盡切題。今整理舊稿，一時興至，改寫爲土狗，以應笠詩刊爲本土詩文學做一見證。

一九七八、八、廿五

散文詩三尾

許達然

一、暴雨後

陽溝奔喪浮雲。雲曾是水青年踢過的失落，泡得不能再沖了，苦澀，少男咀嚼，衝出童謠，滑滑走濕看破，爛碎的新聞，狗叫好，少女款款高跟，媽媽背娃娃，哇哇，窪，轎車趕來踢亂，小販老喊過倒浸的高樓，苦茶啦！災，再也無門給摧租的敲了。傘破骨還存，沒淹死就還有根繼續流，還有路，繼續趕。

只是家鄉的乾裂已氾濫成澤了。

二、磚

土水木火後硬要成功就包空。

單調的燃燒，烘困烏青窮抖。抗議的顏色，鋪向刑場爭紅。原始的現代，堆砌商樓詐欺。

誠實村井乾圓給農夫吐痰，時間斑剝的臉纏着橋，老不爛不銹，也不管現代多金鋼了，仍然土着。

三、像騙

穿一叢樹影一羣鳥聲一身土人拍照一伙穿衣的：你們怎麼變得這樣小？喂，看這裏，自然笑。別遮掩啦！不必剝就展現自己，土人獵，不着文明，自然扔開相機，天空拒收，落，破了。

時代詩抄

星帆

時代不同

這一代的人一開口
就這麼說：時代不同了。
的確？
當今
生蛋
孵卵
育雛
都分工
老鷄母
沒事做
飼料鷄時代
母鷄雛鷄都不相識了。
剛會講話的嬰孩
跟媽媽一起去洗澡
看到媽媽的乳房
奇異地問道
這兩個是甚麼
媽媽含羞地答
　是「奶」
嬰孩接着問
奶做甚麼用？
……媽不知如何解說好
餵牛乳時代
母子的橋樑都斷了
確實
時代不同了。

三夾板文化

釘　釘　釘
噴　噴　噴
貼　貼　貼
墻壁釘好了
油漆噴好了
壁紙貼好了
裝潢都好了
三夾板眞好用
爲流行
師傅啊
拔　拔　拔
釘　釘　釘
擦　擦　擦
噴　噴　噴
撕　撕　撕
貼　貼　貼
面目一新了
三夾板眞好用。

情書六首

林外　南星

早起

林外

早晨起來
看到半空中
有淡淡的彩雲
微笑地亮着
不知道馬上就要燒燬

早上起來
看到電線上
有晶瑩的露珠
得意地閃着
不知道馬上就要消散

彩雲白了
露珠小了
明晨我又會有美麗的光彩
今夜我又會再度閃亮
他們毫不傷心地望着我這個
爲他們生命的短促傷感的欣賞者

夢的小船

南星

把夢的小船，停泊在岸邊
獨讓心靈馳往大地　藍天

不知道彩雲還亮着微笑
痴迷地　將太陽繚繞
勇敢地承受太陽的光輝　不怕被燒燬
看不出露珠還閃着得意
纏綿地　在小草身上撒嬌
堅强地忍受陽光的捶擊

明晨　當彩雲美麗的光彩再現
過去的痛苦將成過眼雲煙
今夜　當露珠閃爍的亮光自心靈昇起
昨日的感傷早成回憶
而我會以醉情的酡顏投向你
滿懷曠古柔情　陶醉共處的歡愉
共嘗苦樂交織的滋味
享受水乳交融的相依相偎
不再怕　燒燬的熱情　使我倆面目全非
只貪求　撒嬌的疲憊　獲得溫情的撫慰
明知窄門阻絕情人路
仍願當個傑出的女秘書
貪婪地盼望着
你能跟我一起在夢中狂放　伴白雲飛翔
摘取繁星的醉眼　夜夜閃爍在芬芳的枕畔
癡癡地期待着
你能跟我在藍天携手飛揚　訪問太陽的家鄉

鼓著希望的翅膀　陪着太陽流浪四方
祈求不被熱情燙傷　也適切放射萬丈光芒

放風箏

林外

小時候　放風箏是多好玩的事啊
風箏要求爺爺做得比誰都大
線要放得比誰都長
風箏飛得比誰都高
回家就拖住媽媽告訴她放風箏够多麼好玩

現在放風箏可不是好玩的事了
風箏要怎麼大都自己會做了
線要放多長也自已會放了
風箏要飛得多高也不是難事了
却再也不能去告訴人家放風箏的滋味了

我不敢哭　因爲我不是小孩
我不敢喊　怕人笑我
即使風不再吹
我也拉不住風箏
是風箏拖着我飛起來了
風箏不能破
我也不能鬆手了

「心」在氣球中的女孩

南星

自認是個傻女孩　居然用「心」去吹氣球
又異想天開
居然飄出了　還想喚它回來
一開始就看出用「心」去吹
比誰鼓得都大　都圓
一開始就感覺得出　用「心」去飛
比什麼都盪得高　盪得遠
只有我明白
一旦飛高，要它聽憑使喚　千難萬難
我就把心裝在氣球裏面　自己成了囚犯
現在才痛感自己是個傻瓜蛋

眞羡慕放風箏的小男孩
爲了保護風箏　不使它模糊稀爛
發揮男子漢堅忍的氣概
緊抓螺上旋轉着的細線
隨風箏騰起　飄至雲端　也不肯鬆放

只要有那份能耐
只要擁有深沉的關懷
隨時清楚它的動向
明白它在幸福中飛揚
就是不幸被拖至高山　大海
也有祝福的空氣陪伴飛翔

而我想清楚氣球的動向
苦於沒有抓牢的絲線
知道它已飛得够高够遠
難免擔憂風力太猛太狂
更掛懷枝椏割傷了胸膛
讓心得著空隙「咻」地飛了出去

雖然空心的主人　茫然地兀立原地
它仍會因找不到保護的肢體而憂慮
我 只有聽憑心和肢體 各分異地 相互焦急
儘管同伴張着訝異的眼
為我吹放出「勝利」的氣球狂喊
想到氣球不可知的命運 心就忍不住寒戰

還是放風箏的小男孩 做得最實在
也只有他 才够資格去愛
才有可能活得痛快
但願放風箏的男孩 吊着風箏追上來
用他手上線螺的另一端 繫住氣球
牢牢抓在他手上
要是他有這樣的聰明
再怎麼飄搖 也不再怪怨自己的異想天開

懷念

林外

懷念是一朵花
種子是遠方的人臨走時播下
清清楚楚可以感覺
馬上就在心底破土發芽
且分分秒秒在增長
日日抽莖長大
雖然長在自己心裏
却沒有辦法自己照顧
過速的成長
使她細瘦 黃而不青
禁不住為她憂心

唯有遠方的書信
遠方人兒從電話中傳來的玉音
才是她的陽光、肥料、和雨露
才有辦法
使她一刻之間出現壯實的丰姿
懷念是一株
長在自己心裏
又得仰賴他人灌溉的多麼可憐的花

園丁的醉語

南星

我是一個園丁
照顧着一朵珍貴無比的奇葩
前幾日才播下「懷念」的種子
詎料今日欣喜它已破土發芽
過速的成長忍不住心底的驚訝
手掌般的嫩葉是它唯一的生機
長得這麼嬌滴滴
怎敵得住狂風暴雨的侵襲
好想把她輕移暖房 百般照顧
由於恣意的愛憐 挑動它隱藏的柔情
才恍然大悟
原來她正害着強烈的「受虐狂」
一年四季 不找醫生 不期待痊癒
任風吹蝕
任水氾濫
任水氣被蒸發
任沃土被沖失
她說 懷念的花

經得起荒廢的溶解和剝損
她說 懷念的花
承受得起饑餓的鞭笞和考驗
難怪她
吃的是貧瘠荒涼的沙土 仍狼呑虎嚥 毫無怨言
喝的是淡而無味的空氣 仍心甘情願 不以爲苦
仍拎着綠色的籮筐 忙採記憶的果實

我是一個園丁
種過多少奇花異卉
却不曾見過如此光彩煥發的蓓蕾
只有我才明白 這是一朶珍貴無比的奇葩
只有我才懂得 應該如何珍惜它
如何照顧她長大開花
看她在北風陰森森的獰笑中
掙扎着長大
以被虐待爲神聖的榮耀
以信任和執着爲堅定的倚靠
滋長出欣欣向榮的嫩苗
展現出美麗動人的臉龐
發展出無窮無盡的希望

我是一個園丁
感激上帝賜予我的榮幸
一生一世 照顧這朶奇葩
陪她住在風雨飄搖的家
不管晴陰冷雨，永不離開她

山神

自剖之二

黃漢欽

當我靜坐凝思的時候
我觀想我自己變成一尊山神
不，山神是山上的靈魂
一如綠是大地的靈魂
我豈敢如是禪想

用兩隻腳走路的和
用兩隻輪子走路的
用四隻腳走路的和
用四隻輪子走路的
並沒有兩樣
他們既不是觀光客
也不是擁坐陽光的主人
却忽忽的用輪子滾過一生

看人木訥的時候
會令人想到樹
樹是最擁有自我的人
雖處衆林中
仍然寂寞
寂寞在孤寂中完成自我

夜宿卓蘭

趙天儀

夜宿卓蘭
想起我握着卡賓槍
站在橋頭
看着細雨濛濛的山鎮
亮起了三三兩兩的燈火

夜宿卓蘭
想起我晒黑的臉譜
帶着軍便帽指揮弟兄們
愚公移山一般地
拓寬大溪換位的水道

夜宿卓蘭
想起我奔波在防波堤上
修築手槍壩、方塊墩、十字壩
跟弟兄們
用滿身汗水的力氣操作

夜宿卓蘭
想起我客居鎮上的樓房
醞釀我們昔日的愛
而青春的歲月
却從我們的歡聚中悄悄地溜過

夜宿卓蘭
想起我被迫逗留山鎮的日子
葛樂禮颱風肆虐地
衝毀了手槍壩、方塊墩、十字壩
衝斷了長長的防波堤

夜宿卓蘭
想起我目睹洪水滾滾的浪滔
橋墩冲毀
稻田淹沒
留下了溪床上飄盪下來的浮木

夜宿卓蘭
想起我歷經人世的滄桑與炎涼
而山鎮依然別來無恙
依然保持着淳樸的面貌
在迎接着我這久違的歸客

書法篇

·旅人·

一、歐陽詢

每次
看到虔誠燒香的老婦
就想起你的字
肅穆莊嚴地站在我的面前

你用字彫塑自己
注入生命
山的起伏
山的靜默
山的語言
山的綫意
盡在你的字中

讀九成宮醴泉銘
山就撲動我的心臆
而你的筆在山裏揮動

二、柳公權

翻開玄秘塔
讀椰子樹的挺拔
看風中的斜雨
再斟一杯酒

你的字便醉入酒中
越過我的血脈
直入骨裏

於是全身的骨骼矗立
嘎嘎作響
運動堅强的生命

三、褚遂良

海綻開朶朶花
成羣的浪
在陽光下
洶湧耀眼的線條

你是屬於海上的字
用浪花寫成的字
但你也會飛上天空
成爲弓虹
柔麗輕巧
訴說少年人的愛情

四、顏真卿

你一揮手
一艘航空母艦的大字

便駛出來
你再揮手
許多艘航空母艦
就佔盡書海
你沾着千年雨也淋不開的濃墨
泅泳
一種獨特的泳姿
讓千萬人拍攝

五、宋徽宗

風起時
竹葉片片
閃動無限柔姿
幾個竹節
穩住氣息
那是蒼勁的祖國的山頭
瘦金體
不管是骨瘦如柴
或柴如骨瘦
在亂離人的眼裏
呈現的是兩字：
哀愁

詩兩首

劉湘

異鄉的報童

天亮了
脚踏車和我
一直穿梭在每條巷口
投擲國內國外的……
三年
也不知投了多少曲線
然而
竟
投不出一縷鄉愁

種花的女孩

已經開了多少花
我不清楚
花園裏
除了花以外
我看不見其它的東西
有人說我已成爲一朵花
一朵我不知道的花

沉默的愛

楊傑美

沉默的愛

當我們每天相遇
在這條狹窄的走廊上
每次，當我親切地對妳招手
我的喉頭歡喜地顫動着
妳總是不搖頭也不點頭
沒有說一句話
沉默着走開了

望着妳漸漸離去的背影
我的喉頭上上下下
激烈地翻湧着
我也總是這樣沉默地
獨自咀嚼
獨自慢慢吞嚥

啊，啊

讓我的喉頭就永遠這樣
激烈地抽動着吧
長長的狹窄的走道上
每天，傾聽着那決然遠去的足音
我獨自擁着廊柱冰冷的陰影
一遍又一遍……

我的本體論

女人是這個世界上看得見的實體
泥土也是
愛是這個世界上看不見的實體
信仰也是
所以　我對於女人和泥土的愛
以及　我對於女人和泥土的信仰
是這個世界上看得見的和看不見的實體
實體中的實體　根本的實體

田野淚

楊傑明

黃藤

死后
平靜的生命居然才是
開始 誕生
開始活用自己莽莽生前
遺留下的一切
去拼命粧飾這個 那個
活着的世界
成爲桌子 椅子
去獨力堅持 去儘力擁抱
成爲花瓶 菜籃
去承載與安慰被採折后的鮮花——瓜果
以及 花果上
許多昨夜世界不幸跌落的露珠
這樣死后的生命
對死去的自己對活着的世界
未嘗不是另一種生命的 認眞
一種補償吧？

山花

綻開的生命
僅止是種種寂靜中的
一把燦爛？
宿居在人煙遠隔的山谷
寧靜的水湄
一再等候入林的闖入者
伸手摘折
而后在春天花開最爲紅艷的時刻
癡癡 目送
闖入者隨一林廻繞的白雲澗水

下山　帶走自己純白的信念
爲此　綻開的生命
會是僅止種種恆久的寂靜中
一把瞬間的燦爛？

無子西瓜

砲彈
是人類交互殘殺的
無子西瓜

驟雨般落打在無辜的沙岸
砲彈，翻墻破屋
饑餓中殘酷搶食了
屋內的人　屋外的無子西瓜

無子西瓜
是緘默的大地哀痛間獻的心淚
不能昇空投射的砲彈

沒有武裝且無從逃避
新生的無子西瓜
陪着碉堡　站在防風林的外邊
哀望蒼天　等着
更兇更餓的新品種砲彈
驟雨般落下……

野生葡萄

舉根根向上掙扎的觸鬚
緊捉荒城廢墟的
扇扇斷牆　與
四週纒身的野草爭奪陽光　雨水

能逐日曲身苦營向上
茁長　已屬不易
那能還有餘力去串串分泌
靜心締結　痛苦后的甜蜜

這般艱苦串結下的
粒粒野生果實
陽光下靜靜伴着
廢墟墻下一排排　無名的死者

紮長長憤怒的根鬚
狠命地吸取往日的繁城
死者的血淚
逐日成熟的
野生葡萄　是酸
且總以如此孕結的酸果　無言反抗
掠刼的人類的無情

讀史三則

莫渝

易水寒

——荊軻

下一步
秋風將更加蕭瑟

寒凍　訣別　淒惻
都不算什麼
我的駿馬和一襲白衣
就是劃破冷寂的
一柄利刃一把匕首
至於携身的地籍與首級
只是幌子

我們西去
西去
爲自己築墳　爲歷史立碑
西方是英雄塚

我們走了

把那支歌
永遠留在易水河畔
讓年年流水嗚咽
讓年年河畔青草
懂得昂立
硬挺

仰天長嘯

——岳飛

風雨正蕭蕭呢
我們前進
或者到此爲止

明知這是一場重大誣衊
十二道金牌　十二道催命符
我還得回去
「皇天后土，可表此心。」果眞？
人間尙存道義，果眞？

我絕不是一個懦夫

讀史三則

莫渝

死亡何嘗令我喪膽？
想及前方將士的殷殷與百姓的期盼
「十年之力，廢於一旦。」
大理寺獄中，我的悲憤不絕如縷

我是不該回來的
我也沒有錯
任誰都搖不倒我
就把答案留給歷史
把答案留給歷史

而歷史竟是教室內
——一聲長長的嘆息
一曲無奈的激動
步出教室
你的長嘯呢？

註：有引號的兩句是岳飛的話。

古道照顏色

——文天祥

天色暗了下來
土牢裏有人趁着餘暉
振筆疾書

天色暗了下來
土牢裏的那人
唯恐時間不多
手中揮毫不止
腦中思惟不斷
欲攫住貫穿時空的一道正氣

天色終於暗了下來
土牢裏的那人
猶自朗吟剛完稿的「正氣歌」
聲震四壁

天色終於整個暗了下來
漆黑中
我們依然清晰看見憔悴的那人
不時地
把一道閃光
亮入
每個人的心坎

龍年

林錫嘉

龍年
每天的天氣
跟往年並沒有兩樣
爸媽
要我和妻
今年生個兒子
鄰家阿懷伯
也要他媳婦
弄個璋
龍年
有很多事要做咧！
龍有幻想中的
龍也有布做的
紙糊的
塑膠做的
石頭刻的
在雲霧翻騰中
衆多的龍
也會爭鬪
有些龍飛騰
有些龍沉寂
遠處青山野地
一羣白兎
悠然的跳躍奔跑
自牠們純白的茸毛上
耀眼的陽光走過

修訂65年5月19日舊稿

山中日記

曾妙容

山中日記

還在山區服務
爲什麼不調回來?

不知第幾次了
聽到這種
不含關懷的關懷語氣詢問時
仍免不了要愕然
爲什麼
爲什麼凡事都必須有個理由

聽說
現今的社會裏
良心
理想
都得秤斤計兩
仍抵不過一個月三百九的
山地加級
因此
縱有千萬個理由
也只能化做
淡漠的微笑

一通電話

不擅於言詞
向來不肯求人的
爸爸
聽說大哥要去環島
擔心最小的女兒
保護不了自己
搶在夜色之前
從遙遠的高雄
借用人家的電話
撥過來他的關愛

除了嚴肅
還是嚴肅的
爸爸的愛
竟也像夜色濃濃
叫人不辨東西

人間煙火（三）

陳坤崙

火山

一座火山
站着像一塊不動的石頭
推土機
想把他剷平
斧頭電鋸
想把覆蓋着他的綠衣剝掉
沒有人看到
在他的心靈深處
有一堆火
不停地燃燒着

火山
祇好天天祈求
推土機斧頭電鋸
發發慈悲

牛

蹲在樹蔭下
靜靜地反芻的牛
慢慢的細細地咀嚼
今天走了多少路
今天犂了多少田
今天載了多少穀物
今天吃了多少雜草
今天被主人用鞭子抽打幾下

想到這裏
禁不住嗚咽地掉下眼淚
爲什麼替人辛苦工作
還要挨鞭子抽打
難道祇因我們是被穿鼻的牛嗎

播種

小時候模仿爸爸
把種子埋在泥土裏
從此天天跑去看看
種子發芽沒有

種子發芽了
還是天天跑去看看
長大了沒有

一直等到果子成熟
還是天天跑去看看

哎！果子不知被誰家的孩子
摘去了
我的心也被摘去了
直到今天依然一樣的感覺

一枚鐵釘

從木頭裏拔出來的
一枚腐敗的鐵釘
既已變成廢物
既已失去利用價值
任你隨便丟棄
也沒有什麼話可說

祇是無知的村童
想用脚踐踏我
甚至連車子也想輾死我
沒想到第一次聞到鹹鹹的血
第一次聽到車子漏氣的聲音

原來我除了釘牢人家的屋樑
對於人類一無用處
既已失去利用價值
祇有躺在路旁
隨時預備保護自己的姿勢
證明我的存在

做鬼

農曆七月鬼門關的門終於開了
來到這裏仔細一看
這是以前老闆的家
他讓我睡陰涼的地板
讓蚊子來打擾我的安眠

今天在門前擺滿了
五牲及酒菜
且須等我吃飽
而後他才自己吃

身死變爲鬼
來到人間
奇怪的事特別多
那些唾棄我的人
對我畢躬畢敬
是不是怕我討他們的命

古今兩首

華笙

古今

披頭和貝多芬爭論
命運掌握在手中的麥克風
英雄應有金嗓子
大鼓狂擊
月光已暗淡

斜陽下
古道殘廢乞憐
挖土機報以
吆喝
分屍
古松在旁傴僂
迎着飛揚黃土
掉下髮針傷春

昔日貴婦的嬉笑在
巷尾放逐
卸妝的容顏感動野狗
狂吠
鋼筋水泥誰不愛
且讓土牆斑剝

載着過荷的歷史入水
河水流入潮聲
七點三十分有變動
何方烽火？
轉動RCA
看Swing and Soul

一九七三年十二月廿五日初稿
一九七八年元月九日定稿

白髮

——記政大附近一家餐廳的伙計

總是一張張臉孔準時來
審視碗筷
總是依着下課的鐘聲來赴約
嚥下的米飯無以累積
吃剩的菜餚却足以腐蝕
我的雙手成縐紋
已無面目面對
鏡中的容顏
但，洗碗水
驚鴻一瞥
在酸腐中照出
我滿頭的
白髮
雖然現在的世界已不流行飄雪
洗碗水洗不盡記憶中的雪跡
水泡冒起一頭黑髮
踩出的脚印却使
頭髮退色如
萬水千山
當上天找不到地方飄雪
我的頭髮只好讓雪花住足

也許雪花溶於水
雙手漸漸痲木
風濕的右膝酸痛記起
凝結的油膩有如冰雪
雪花撫慰屍體後又恢復純白　以備
收穫另一次
豐碩的葬禮
砲火溶不了雪
唯一的回響是
雪地上斷肢殘臂的點綴
於是雪花得意得忸怩作態起來
雪白的印象最難抹除
我只得將雙掌
搓洗成滿佈網路的水流
讓汗水注入額上的壕溝
然而日子灌漑後
成長的是
一頭如雪的
白髮
只好將水倒淨
臨去的浮光仍然不時回瞥
或許米酒能壯膽
就在今夜
我要蠟燭燃盡白髮
把雪燒成
焦黑

娃娃劇場

衡榕

還在育嬰房裏
比手劃脚
眨眨眼
男孩女孩的總總
就被產後的媽媽
說個沒完
歲月是
奶瓶尿布和
一大堆手忙脚亂
孩子抱在懷裏
每個媽媽眼睛
眯成一條線
會走路了
會說話了
要乖乖了

而現在
幼稚園小班硬
說是她的學校
不能考第一名
就要哭
再也不是
小小娃娃
了

望凡詩束

林　鷺

一

畫你
畫你成千年的老松
畫我
畫我爲攀緣的古藤
輕輕的印記
深深的里碑
留望
是行走的光年
微微笑出好幾個世紀

二

一年只三季
冬天不臨我們的國境
你來了
　是盛夏
金黃的季節在陽光下跳躍
你走了

三千里外依然盈我滿室花香
夜　夜非夜
晔光彷若熠燃的燭火
撥開浪來浪去的暗色
一如雙對亮麗的燈籠
吊吟在風中
至於音與樂
正緩緩流向
以你，以我
爲岸的
心河

三

這回離去
你依舊是不說「再見」的人
怪我只是個過客
留你在歸去的路上
數我們依偎的足印

明天
你見的是山
我見的是海
黃昏裏
你窗外歸巢的白鷺
在我的眼睛裏棲息

風起的時候
你簷前掛的該不是風鈴
而是一串串遺留的笑音

四

你的手悄悄圍我
圍我爲一座小小的城
城外多少笛音
城外幾株楊柳
也抵不過繞我的幾許東風水流

晨曦雲飛了你
夕暮霞彩了我
吹來的風
飄來的雨
凝你溶我爲轉旋的年輪

日日，我望你
就着朝曦
從燦爛的東方昇起

夜班

顏道信

夜自海上升起，未加通告的
宣佈占領大地
那隆隆的，金屬的脚步
踏碎時間
心跳的聲音

廠房下方積聚繁忙
城市不夜，所有的貨品
披上霓虹燈光
喧嘩作響

郊區靜寂
風里飄流着情侶們的耳語
星空徹夜輝煌
溫暖的住屋若無其事的沉睡了
機器的不安傳自遠方
怒吼，呻吟，無人驚異
那是我們
——生活的根

我不得不打電話

趙廼定

我不得不打電話
雖然只是早上六點天未亮
我不得不打電話
因爲我女高燒三九・七

我不得不
握話筒，我將一份熱切與憂傷送進話筒
因爲我已沒主見；而我女是戴大夫從中英介紹來
他是如是說：
公立醫院難有床，永和中興收費不貴
他是如是說，
他住智光商職處，有事打電話去
於是電話呑去我的熱切與憂傷
戴大夫仍在天邊；而我女仍高燒三九・七

一個猙獰的白衣人來到
她給我女打了退燒針
一個猙獰的白衣人來到
她給我女全身擦上酒精
我不得不打電話
雖然只是早上六點天未亮
我握話筒將熱切與憂傷送進話筒
只是戴大夫仍在天邊；而我女仍高燒三九・七

午

林清泉

穿熱褲的女孩
扭着腰
走在柏油路上
仰起臉
以太陽鏡擋住太陽

一隻白色的哈巴狗
跟着那女孩的後頭
搖尾跑着
喘怪着

突然，那女孩揚起
那尖尖的鞋跟
對準那隻狗的腦袋
踢得牠
汪汪叫

寫給秋萍的詩

吳夏暉

1

為了叫接十三年繼續的消息
我把愛投入
如五元輔幣的手
直撥妳的名字

秋萍，或者我可以
把妳排列成一組密碼
這樣，就能讓電報告訴妳：
此去的路上如能種植
就種植愛吧！

十三年塵封的臉
是書信
起了皺紋的時光
從夾縫中擊出
擊出一聲愛妳的音響

六十六、六、十八

2

記得很久以前
七月也是這樣被雨淋過的

寫妳的詩稿
竟然必需掛在室內風乾
十五日，我把濕度頗高的意願投出
信封上收件人是妳
秋萍，如果
如果妳當時沒有接獲它
詩稿的雨痕便不會在妳臉上
染成兩排熱熱的相薏

以後，我不再將原子筆的墨汁擠落
再也不敢趕工急就——
濕稿
以後，每年七月
雨依然淋着，淋在紙頁裏

以後，寫妳的詩
還是濕遍整張稿紙

以後，我祇有用集水器
測知北來的

妳的氣候

六十六、七、十五

3

清晨太陽叫醒朝露
寒冷的空氣爲妳帶來一則新聞
說：
山上的楓樹私奔了

我告訴空氣
祇有妳才是紅遍山中的
一棵不凋的玫瑰
用我的唇
把這玫瑰原色貼在妳的唇道上
儘管需要爲時一萬光年
爲了使用生命
我仍得使用

秋萍，楓樹私奔
拋棄一身婚前晚宴常穿的禮服
讓泥土把它收拾
同時忘却這則新聞荒唐的記載

六十六、八、九

以上三首短詩同時於玉豐
六十六、十二、十修正定稿

塔裡的女人

張綉綺

每日階梯走動
上上下下
也只爲了糊口

準八時鬧鐘一響
她款步如蓮
靜坐枱前
七恰七恰，打打字
西沙西沙的覆覆函寫寫信
偶而來個電話鈴響
她便慌忙的展露三寸不爛唇舌
高談闊論一番！
唉！
這莫非又是爲了想打發一天八小時的閒情罷了

只要坐着
不寫詩
她一分一秒都覺得難過
可是啊
僅就爲了這一天八小時的代價
他依然每日階梯上下走動
儼如塔裏的女人自居

一九七七、十、十高雄

夜車與終站

周清嘯

夜車

搭最後一班夜車的人
都懷着歸根的心情
想家中的燈火是溫暖的等待
因而保持着彼此近近的距離
我也沉默着，把眼光放逐車外
看四處的光芒飛掠似流星
而我是哪一個星宿呢
哪一條紋路是掌上的永恆

夜冷更深，風疾勁
冬的盡頭有月光
車上的寒瑟是近終站愈濃
從風霜烙刻着潦落的臉上
他們被閱讀着一生投注的眷念
懷着葉落後的定心回家
而我屬於葉片的飄泊
竭力要落向湮遠的故事裏

終站

車到終站，每人必須
下車，然後走自己的路
有時見月光，有時不
有時遇雨水，有時不
但不管怎樣，到了終站
就必須，下車

搭車有時是爲生活
有時是爲回家
無論哪一樣，坐在車上
窗外瀏覽着的風景
流入眼簾後便流入記憶
像河水流入海，海水變成雨再回到河
每天的路線也一樣

尋回孕我育我的樹

稿於民國六十六年十二月八日

早上出家門，晚上進家門
家是車到終站的另一站呵
從童年到老年
從學校到辦公室
來往穿梭，編織漸多的蒼茫

有一天車子終會拋了錨
拋錨的車只好把你拋在半路
兩邊不是岸呵
等候另一班公車才知道、
乘客都比自己年輕
才驚覺到跨出一步
便停不下來了
像早上許多人被擠着上公車
像車到站每人必須下車
上上下下，日日夜夜
而終有一日，下了車
永遠不用再上車
不用再跨出家門

渴求

藍海萍

坐在石階上
一雙空洞的眼底，露出
一個孤兒，午睡後的渴望

姆媽們正忙着
在克難的露天厨房
炒着那半熟不熟的地瓜

肚子嘰咕不停
他想哭，更想
大聲的叫喊
媽媽……媽……媽
可是……

在泥地上，爬着
三四個弱小的嬰兒
淌着兩條鼻涕
黃溜溜的掙扎着
誰有媽媽？
他們並不哭

誰來愛撫他們
大哥哥們去摘野菜
還沒囘來

偏西的太陽
照着一幢破爛不堪的工寮

※記六龜孤兒院

回鄉印象

胡幸雄

回鄉印象

不要吵
雨滴會醒來
十二月天氣敲敲打打
向陽日子
雕簷乘龍歸去

亘古神靈
擁簇瑤珮錦披
長守殿宇華采
燎香如午後夢魘

三十七亭侯
故人不見
堦上白髮蒼茫
一盞燈一枯楸

雕　刻

一塊木頭是一個價錢
初鏤的上漆的都一樣
如果你也執起刀來
弄個鏨竹般嘎嘎地響
隨便照意思就成個形
卽使只經驗一次
你相同會疲憊地放下刀
用眼神擁着木頭眩耀人

每個雕刻師都知道木頭是硬的
刀是硬的
手是硬的

當然再細想想
心也硬得起來囉

用機器搓的價賤
用砂紙磨的看貨色
但總得刻，像人總得愛

怎麼刻怎麼愛
怎麼愛怎麼刻

刻好了要浸回水
愛了就會流眼淚
雖說木頭是硬的

刀是硬的
手是硬的
心是硬的

海

不想聽什麼
只想抛下菟絲
結個網
打撈滿空星辰
斷葉處
僧人跨海去了
跨進混沌
化成千古落照
劍揮颯颯　舞影無踪
只剩得寂寞的故事
撐着風箏
去爲秋日增色

興隆路二段一八七號的客人

胡文智

你們以往都不曾相識
如今却能融洽的共聚一堂
不經過任何介紹儀式
或許
各位都有許多不願回憶
但又抹不掉的人與事
只得在此一同靜靜褪去那一層層的
過去
你們應該瞭解自己只是一名客人
雖然無法擁有太多的自由
但仍可保留着一分無拘的笑靨
不帶矯揉做作的
只是有幾許淺淺的嘲弄
向　屋內死沉的灰壁
　　窗外忙碌的世界
展露
在無數個天明及夜暮過後
笑靨依然
但一雙雙哀滯的眼神
却緩緩化成一張張欲訴無言的大嘴
各位不應該是一羣寂寞的客人

註：興隆路二段一八七號爲私立臺精神病院院址

黑手詩抄

學徒

切割器刀一樣切斷
盛開的童年
然後拼命努力鑄自己
成鋼
晚來，不知華燈已掌
倦了，把工寮當做家

三年四個月如一日
日日是
孜孜不息的學功夫
師傅說
功夫高高在上
你要做上上的
高徒
將來娶妻生子
才能有養家的根本

想想，童年的玩伴
他們的前途都在
書本裏
我的，則鐫印在
兩隻黑黑的
手上

（67、12、7小港）

加薪

每年，只那麼一次
足以安慰妻子的
禮物
每年，也只有那麼一次
妻子笑盈盈地
沒有心事

物價又要上漲了
下肉一斤四十元
青菜一把廿塊
阿拉伯石油部長
天天躲在油田談
油價

妻子的眉爲物價波動而
不展
心事總有千斤
重
要讓妻子的眉兒舒展
沒有心事
得等
地球再公轉太陽一週
啦！

（67、11、30於小港）

陌上塵

五短章

柯治濤

自立

還有什麼可呼喊的呢？
妳站着底影子
就是一座廟堂
且珍重妳現在的位置
它永遠是
最輝煌的

自信

像座島
在風浪中
如此肅穆
如此鎮靜
毫無痛楚地
望着天空
無意於一束雲的修飾
——我們自有風景

熱情

那力量
在時光中醞釀
在酒底發酵
雲底飛揚
我們雖未及酩酊
而臉頰
却爲之酡紅了

俠隱

那人
依靠在自己底影子上
似依靠在
一根無所不在底銅柱
仗似平山
仗似塡海
隱身、飛躍，無往不利
以各種姿態
——涌過時間

蘆葦

瀟灑地
走在時光底曠野
秋風吹過
一種口哨
響自他稻草的嘴唇
天壁
一匹藍

詩兩首

胡汝森

DOWN THRU A WINDOW

Why do you weep
don't say it's ill-timed
patiently we wait
for the rising hope

come, to my embrace
hold tightest as you can
you' ll be released
from the sorrow of blue

the evening breeze ceased
the light is low and dim

weep no more my babe

up above the high window
a lamp so brightly shines
it burns up our spirit

I offer you my arms

Oh! no more you weep .
let my kiss touch your lips
it warms up your heart

EROM A WELL

A venture of ablaut
A game of words change
  Westernized letters sing
  Chinese poets sang
  A modern poem is sung
They combine a tangram
And polish a puzzled song

海外詩壇

涉
——給父親

亦筆

您走着祖父走過的路
我踏着您的踪跡趕來
泥濘滿沾您我
雙足，當洗濯溪中
溪流沸爲赤血
焦灼您的壯色
燙傷我的
年華

（草地草地
草地呀荒漠
隔了呀一道
江江
江呀一道風浪滂渤的江）
彼岸草色青青
您因此要涉江而往
因爲雙掌胼胝

紋絡模糊您找不着方向
而任狂瀾吞噬
流逐。江江
有祖父的浮屍
肩膊負着沉重的包袱
解開全是未蛻化的
蟲，爬上
掙扎喘息的您

循着您留下的淚痕
我越過莽荒來到江濱
滿目踉蹌蹣跚的足跡
舟何在，舟子何在？
泱泱濤浪　我跪以
無助的垂首

（草地草地
草地呀荒漠
隔了呀一道
江江
江呀一道風浪滂渤的江）
我只好擷滿目
彼岸青草色
烙焦體上的創痕
重返莽荒
伐木

佛事四題

秀實

頂禮

當意念逐漸沉澱
清淨的紅蓮出淤泥而不染
一立一跪一仰一俯間
四方十地，霎時紅光籠罩
壇城隔一臂之遙而顯現
我恍若賜列其中
徐徐的，伏身三拜
——五體甘願投地

修法

修法在四壁洞立的小屋內
盤坐時，低眉成菩薩
眸無影，口無舌，身無心
逐逐不辨時和空
觀想啥字紅光遍照
翼爪鱗角一轉成觀音身
持咒撥珠，結印頂禮
佛法隱隱的潛流在宇和宙

上供

蓮燈寶塔掩映的佛像前
花香燭菓水與音樂，稱八供
花謝，香殘燭黯，水消菓銹
形骸血肉，歷刦而空
此身雖在，堪驚
驚今生未能及時而渡
我遂把一己的身口意，謹謹
上——供

浮壇

諸佛倒駕，菩薩慈航
同登三五方尺之壇
畫棟雕飛，琉璃塔紅光虛恍
黃埃散漫，直是極樂淨土
何處塵埃？不惹自來
悟鴻爪因雪泥而留戀
我將佛壇連同心鏡
拭掃而淨。臨照無影——

詩人非馬訪問記

莫　渝

時間：民國67年8月11日

地點：臺北市芝麻大酒店1214室

前　言

我們的詩壇，有人刻意戴着「詩人」頭銜，他們用成堆的文學理論，美學方法做裝飾，把自己打扮成花枝招展的大詩人；另有一些人，他們不在乎這個頭銜，只是默默地寫詩，然後將日積月累發表過的一些作品，集印成册，分送朋友欣賞，以求心靈的融通，換得眞摯的友誼。

有一句流行詩壇的話：有人整天寫詩，算不得詩人，有人不寫詩，硬是詩人。

非馬寫了二十幾年的詩，朋友，您想把他列入那一類？

莫渝：您寫詩已有二十多年了，但是國內詩壇似乎對您比較陌生，請您先談談您在國內國外文學活動（詩活動）的大概情形。

非馬：我開始寫詩很早。一九五四年，當我在臺北工專唸書時，與同學合辦了一份自寫、自編、自印的「晨曦」月刊。隔年，開始在報紙副刊發表詩與散文，大部分可算習作之類。工專畢業後，認識了白萩，時間是一九五八年。

一九六一年到美國留學，進密爾瓦基城的馬開大學研究院讀機械工程，一九六三年獲機械碩士，這段時間寫得很少。一九六五年，再度與白萩取得聯繫，並在「現代文學」上發表詩作與翻譯。「笠」詩刊創刊後，開始在「笠」發表詩作。一九六七年，我進了威斯康辛大學研究院攻讀，這期間爲了功課，創作不多。直到一九六九年得核工博士學位，搬到芝加哥，我才有較充裕的時間與精力寫作，往後這一兩年是我創作比較旺盛的時期，除了詩作，同時也因白萩的催促大量譯介英美現代詩發表於「笠」詩刊。

莫渝：從您發表詩作到目前爲止，大約有多少作品？

非馬：我的產量不多。在我的工作環境裏，沒有可以互相激勵的詩友，比較缺乏寫詩的刺激性，同時，寫了詩在國內發表，讀者的反應如何不容易知道，因此，創作的原動力較少。平均說來，一個月大約只有兩三首。「在風城」詩集內一共收了五十八首，連同近兩三年發表的，大約有一百來首。

莫渝：您平常寫作（寫詩）的習慣如何？

非馬：由於個人沒有充裕的時間，平時只能做醞釀的工作，一首詩有時在心裏醞釀幾天，直到瓜熟蒂落。這種收獲的時候大多要家人入睡之後，目前則在淸晨。同時我也花些時間翻譯小品及小說，目的是磨練自己的文筆。

莫渝：這些年來，您的作品大部份在「笠」上發表，是否有什麼因素造成？

非馬：白萩的引介當然是一個因素，但最大的因素，我想是「笠」這個刊物比較適合我的詩風。它是一個腳踏實地的刊物，我是個腳踏實地的人。

莫渝：您在國外，平常還能看到那些國內刊物？

非馬：「創世紀」詩刊，「幼獅文藝」、「夏潮」、「聯合報副刊」等，有時候，桓夫會寄給我「大地」、「龍族」一類詩刊。

莫渝：從「笠」詩刊出刊以來，您就與它接觸了，對於十多年來它的成長，您有什麼樣的觀感？它有什麼需要改進之處？

非馬：我想「笠」的路子是對的，在風格上、語言上都很樸實，眞正是爲了表達內心感觸而寫詩；其次，對臺灣光復前詩史的整理所作的努力，也是一大貢獻；還有就是它提供兒童詩的發表園地，同時扶助兒童詩的發展。

不過，在詩人創作的語言方面就顯得比較不成熟，在詩裏使用一些缺乏凝鍊的口語，使得詩的結構鬆弛，這是笠下詩人們該努力以赴的一項；另外，理論與批評方面，我覺得做的不太够，特別是批評，缺乏系統性的批評，大部分是零碎，即興式的。「作品合評」是個很好的構想，但是參加合評的人似乎事前沒有作太多的準備，討論時只是表面淺談，並無深入體會，這方面，應該可以做得更好。

莫渝：那麼，您認爲有系統的批評應包括哪些？

非馬：一個有系統的批評應該包括對隱藏在詩作後面的思想以及表達這思想的方式作通盤的檢討。首先我們要問這首詩的歷史地位如何？它替人類的文化傳統增添了些什麼？其次，它想表達的是健康積極的感情呢？還是個人情緒的宣洩？對象是大多數人呢？還是少數的幾個「貴族」？最後，我們才來檢討它是否誠實地表達了想表達的？有沒有更好的方式？更有效的語言？總之，一個好的批評不應該僅僅在文字結構上做工夫。

莫渝：對國內詩壇上，比較上，您算是局外人，站在旁觀者清的立場，您能不能提出目前詩壇的弊病與展望？

非馬：我覺得詩壇最大的弊病，是「一窩風」的現象。過去大家一窩風地搞現代主義，寫些艱深晦澀難懂的詩，目前又一窩風地寫鄉土詩。我想詩壇不應該是這樣子的。每個人有不同的生活，不同的感受，應該有不同的風格才對。一個健康的文壇及詩壇，應該容納各式各樣的作品。

以現代詩的技巧揉合鄉土文學的精神，或許是詩壇的新方向。

莫渝：國內的詩人作品譯成英文後，在美國文壇上的反應如何呢？

非馬：對葉維廉等人的翻譯的反應情形如何，我不太清楚。我個人曾把同美國友人碧奇卡Philp Pizzica合譯的白萩詩集「香頌」與「笠詩選」（笠五五期），寄給很多出版社，一般講，他們認爲不錯，很有興趣，却無力出版。這裏面多少摻什了些政治及地理的因素。比方說，一個讀者可能對俄國的詩人發生興趣，即使他們的作品比不上我們的。

莫渝：美國詩人的活動與國內有何同異之處？

非馬：我跟他們也沒有什麼太大的交往。比較大的不同點是他們幾乎每個州都有一個詩社（詩人團體），出版詩刊，也出版會員詩集，自費的，並舉辦詩朗誦。詩集的銷路也不太好，除非特別情形。

莫渝：您翻譯了不少英美現代詩，當您介紹這些作品時，有沒有個人取捨的標準？

非馬：當然有。眞正想翻譯的，一定是我喜愛的，同時對國內詩壇有益的作品，只是我無法知道翻譯發表後，究竟有多少人在讀？受到影響？

莫渝：您個人從事於科學性研究工作，在科學與詩之間，您如何協調？

非馬：一般人認爲文學與科學是互斥的，我却覺得它們是互補的。科學訓練可使人對事物作冷靜的觀察與分析，避免激情的觀點。

莫渝：在您寫詩的歷程中，有沒有受到哪些人的影響呢？

非馬：我想每個人都會受到他人的影響，特別在我譯了各家詩之後，難免會受到他們多多少少的影響。譬如國內的白萩、土耳其的喜克曼、法國的裴外，以及受裴外影響的美國詩人費倫格蒂、可守等人。我很喜歡費倫格蒂一些口語化的詩，我最近寫了些比較口語化的詩，可能就是受到他的影響。

莫渝：您理想中的好詩，它的條件如何？能否就您自己的作品中舉例？

非馬：對人類有廣泛的同情心與愛心，是我理想中好詩的首要條件。同時，它不應該只是寫給一兩個人看的應酬詩，那種詩寫得再工整，在我看來也只是一種遊戲與浪費。其次，要能化腐朽爲神奇，賦日常街頭的語言以新的意義。還有一個要素，是在適當時候，給讀者以一種驚奇的衝擊。在我的詩作裏，如「在風城」詩集中的「電視」、「鳥籠」、「通貨膨脹」、「裸奔」等，便是這類的例子。以「鳥籠」爲例，詩是這樣子的：

打開
鳥籠的
門
讓鳥飛
走

把
自由
還給
鳥
籠

把自由還給鳥籠就是要製造驚奇。鳥的自由與籠子的自由是一種相對的看法，好像屋內大人受小孩的嬉鬧，如果讓小孩到戶外去玩，小孩獲得自由，室內的大人也會因孩子出去了而獲得自由。但一般人的習慣想法當然是把自由還給鳥而非鳥籠。

莫渝：就您個人而言，這二十多年來，您的詩觀有沒有改變，今後會不會另尋一條詩路？

非馬：一直都沒有太大的改變，我不會像某些人作一百八十度的風格大轉變，我的轉變應該是漸進，而不是突變的。我想，我目前的風格很適合我，而且，用這種風格，我還可以找到很多體裁，寫出很多詩篇。當然，我很羨慕白萩、洛夫及余光中他們界限分明的轉變。

我覺得一個人應該找適合他自己的形式和風格。除非有一天，我思想上有很大的改變，否則，短詩依然是我喜用的形式，至於要我寫氣魄很大的長詩，我想是不太可能的。

出版詩集有個好處，就是能夠回顧自己創作的痕跡，同時接受別人的批評。從反省與批評中，找出自己的優點與缺點，進而走出一條自己的路。

莫渝：在您的觀念裏，詩與詩人品格有什麼關係？

非馬：詩人應該誠實地表達他內心所想的東西。我覺得一個人應該先學會做人，再來寫詩。從這個觀點看，我覺得一個人的內心如果不美而寫出唯美，純美的東西，是一種可厭的作假。

莫渝：最後，我想請教您詩對社會有什麼樣的影響？或者詩同社會有什麼樣的關係？

非馬：改善人與人之間的關係，也是詩人的一個責任。我的意思並不是詩人一定要喊口號，而是既然我們生活在社會裏，當然也應盡社會一份子的責任。要發揮這份力量，就得在詩裏注入一份對社會的關心。在詩中流露社會性，並不會有損及詩人的身份。在我看來，詩與社會性之間的關係，就像文學與科學並非對立一樣。

莫渝按：前述訪問稿中，非馬提到他譯的詩作，擇要在此介紹，以利讀者查閱：

1.可守—笠37期
2.喜可曼—笠61期
3.裘外詩選：由大舞台書苑出版社出版

巴黎・詩之旅

李魁賢

由於參加日內瓦第七屆國際發明展覽會，獲得重遊歐洲的機會。展覽會完畢後，單獨前往倫敦、巴黎遊覽，得償宿願。在國外單獨旅行，雖然寂寞些，但比較自由，可以依照自己的喜愛，按圖索驥，隨興之所至，留下雪泥鴻爪。

在倫敦，我把重點放在參觀大英自然歷史博物館、科學博物館、西敏寺、倫敦塔幾個地方。至於巴黎，由於停留時間有限，我決定去追尋里爾克走過的足跡，因爲出國前，我正好把里爾克的『新詩集』和『新詩集別卷』整理完畢交給出版社，而這二部詩集主要是里爾克巴黎時代的作品，我希望有多少相與印證的機會，體會里爾克詩藝的心歷路程。

一九七八年十二月八日，天氣陰霾，一大早趕往凡爾賽，從車站徒步到凡爾賽宮不過十五分鐘左右。我從倫敦來，看過大英博物館、國會大廈、倫敦塔這些雄偉的建築後，對於連綿不斷的寵大凡爾賽宮不覺得特別讚賞，倒是進了正門後大庭廣場內崎嶇不平的舖石地面，感到頗有幾分古意。宮內壁畫和雕塑令人目不暇接，雖然那些藝術才華令人欽佩，但對以前皇家如此奢侈豪華的生活，難免有點不平。到林木蕭瑟的後庭閒步一番，感到如今人人可以分享這些幽靜的氣氛，倒也是一種補償。

里爾克於一九〇六年七月中旬寫過一首「橘園的階梯」，題註凡爾賽，詩如下：

有如終於僅能毫無目標地漫步，
只爲了時時刻刻向肅立兩旁
卑恭屈膝的侍從們顯露
隱藏在外袍內難耐寂寞的國王——

如此攀登，夾道兩旁的欄干，
自始卽俯身膜拜，如此登上
階梯：因神的恩寵，緩慢
攀上天堂，引向烏有之鄉；
好像下令所有的僕役
留在後頭，──跟隨遠遠地
以免干擾；但因此勢必
無人能代提笨重的衣裾。

可惜沒有找到這首詩的背景──橘園，凡爾賽地方不小，當然不只是凡爾賽宮，但里爾克把宮庭生活扯在一起，很明顯的應與凡爾賽宮有所關聯，後庭沒能走遍，終無所獲。

回到巴黎，踏上蒙巴爾納斯車站，轉過艾德嘉．居訥林蔭道（Boul Edgar Quinet），無意中走過蒙巴爾納斯公墓，這是鬧市中的幽冥之地。法國詩人波特萊爾、小說家莫泊桑、作曲家聖賞、雕刻家霍頓和包德勒都安息於此。公墓內劃分區域雖然方方正正，但因過分擁擠，且或植碑或砌造靈厝，凌亂不堪，令人有亂葬崗的印象。和小說家喬依司安息地瑞士蘇黎世山麓富倫藤公墓的寧靜和諧，以及美國華盛頓阿靈頓國家公墓與夏威夷美國軍人公墓的空曠開放，簡直不可同日而語。我在第六區的路旁找到詩人波特萊爾的墓，右側和背面都被高大的他人靈厝阻擋，波特萊爾墓顯得有寄人籬下的委屈，在其墓穴上砌一座墓碑，樸素無華，正面鑲嵌大理石，刻上墓誌，墓旁有幾束鮮花。也許是殘冬的關係吧，隨着枯葉在地面打旋，令人興起一陣破落衰敗的感覺，而缺少和平安寧的鎮定。波特萊爾自己寫過一首詩，題目爲「墓」，是最好的寫照：

假如在沉重陰鬱的夜間，
有個善良基督徒因仁慈，
在某個古老的廢墟後面，
安葬了你那高傲的遺骨，
在那貞潔的星星都閉上
沉沉欲睡的眼睛那時刻，
當蜘蛛在那兒築巢結網，
蝮蛇在那兒生產了小蛇，
那時一年到頭你會聽見，
在你那判了罪的頭上面，
一羣野狼哀聲地悽叫着，
以及挨餓的魔女的悲泣，
那些淫邪的老人的狎戲，
以及黑色騙子手的陰謀。

（摘自杜國清譯『惡之華』）

從哈斯帕大道（Boul Raspail）越過蒙巴爾納斯大道（Boul du Montparnasse），就在交接口，羅丹雕塑的巴爾札克銅像，立在人行道上約七呎高的混凝土基台上，周圍用鐵欄圍成一小塊方地，一大羣鴿子在裏面覓食，滿地落葉，一位年輕人把小型機車和旅行背包停靠在欄干上，站在乍晴陽光照耀的枯樹下，享受着香腸充饑的快慰。

巴爾札克一付憤世嫉俗的神態，目盲而眦裂，他扭首右望，視線正好落在蒙巴爾納斯大道一〇八號正當十字路口的一家咖啡館（Café du Dôme），這裏是列寧和托洛斯基在流亡巴黎時經常光顧之地，如今這家咖啡館仍客人滿座，鮮橘色的遮陽棚搭出人行道上，非常醒目。

在一九二〇年代，蒙巴爾納斯曾是藝術家和文人薈粹之地，畢卡索、烏特里洛、馬蒂斯、海明威等人都在此創作不懈，產生一些引人注目的作品。蒙巴爾納斯悠閒寧靜的氣氛，大概最能撫慰藝術心靈的挫敗和不安吧。但如今蒙巴爾納斯車站也改建成五層建築，連通巴黎地下鐵的捷運系統，車站附近也矗立了一座五十八層的高樓大廈，顯示現代的脚步也踏進了蒙巴爾納斯。寧靜的生活自願或不自願地逐漸興起變化。

我轉到盧森堡公園（Jardin du Luxembourg），從整齊並排的路邊樹一直延伸到盧森堡宮，中間是略為泛黃的青翠草坪，點綴着幾尊石像和燈柱。兩側廣大的空地是民衆最佳的休閒場地，在稀疏的林木間，錯落地佈置着各式各樣的坐椅，很多學生在此遊樂，有的跑跳，有的看書，有的在寫生。

一九〇六年六月，里爾克寫過一首「廻轉木馬」，題目下標註盧森堡公園，描寫着遊樂場的一景：

五花八門的彩色馬隊
隨着屋頂及其陰影
溜溜地旋轉一陣，
來自久候的國土，倏卽見背。
儘管有些拖曳着車輛
但全部顯出雄姿煥然；
一頭兇猛的紅獅跟着廻轉
而時時出現一匹白象。

甚至有一隻牡鹿，和林中一模一樣，
只是馱着一付鞍，上面安然
坐着一位嬌小的藍衣女郎。

而獅子背上騎着一位白服少男
熱烘烘的小手勒緊着韁索，
這時獅子裂嘴齜牙又伸出舌頭。

而時時出現一匹白象。

他們騎在馬上奔馳而過，
還有爽朗的女郎，她們幾已超過
這樣策馬的年齡；在跳躍中
對周圍、高低、遐邇顧盼自雄——

而時時出現一匹白象。

兀自專心前進，急急奔向終結
却只是不停地廻轉，沒有終點。
眼前閃過一陣紅、一陣綠、一陣灰，
一張不像帶頭的側臉——。
時時展現一絲笑容，朝向這邊，
一張充滿幸福而光耀奪目的笑臉

在喘不過氣的盲目遊戲中消失踪影……

我一直以爲在巴黎的盧森堡公園中，有廻轉木馬的遊樂設施，就像洛杉磯狄斯耐樂園裏面的情形，但實際上沒有。因此，我想到七十二年前里爾克遊此時，可能正好碰上節慶，臨時搭建的遊樂場。

記得一九七六年七月二日，我從紐約飛到水牛城，住宿在尼加拉希爾頓，下午出門遊尼加拉瀑布區時，希爾頓旅館後面廣場正加緊安裝機器，到入夜興盡回來時，已是燈火通明，開始營業，慶祝美國建國二百年的氣氛在此小鎭也顯得熱鬧非凡。

這一次在日內瓦住了十二天，眼看就在旅館對面的平原宮廣場，爲了迎接聖誕節到新年的大節日，在短短幾天中建造完成規模相當大的遊樂場，有廻轉木馬、海盜船、凌霄飛車、碰碰車各種玩意，於十二月二日便開始大張旗鼓。實際上玩的人以成人佔大部份，正如里爾克所描寫，都是已超過策馬的年齡。

我不一定要在盧森堡公園看到廻轉木馬，只是追尋里爾克的足跡，瞭解一下他所擷取的印象。於是我離開公園，途經萬神殿，獨自踽踽走向植物園。我從後面進去，繞到紀念館前面，在中央林蔭道右側是花圃，左側才是動物園地，屬於植物園中的一部份，但要購票才能進去。

里爾克有一首很著名的詩——「豹」，註明「在巴黎植物園中」，一九〇三年九月首次發表，但可能在一九〇二年底寫成。動物園靠近塞納河邊的角落，有一圓形獸欄，沿周分隔成許多室，各略向前拱出，整體呈花瓣狀構型，欄干漆黑，欄內有灰暗的假山洞。最邊欄是豹欄，關着三隻豹，偶遇鴿羣棲止欄上，竟然一溜烟攀上欄頂想捉鳥，其動作的敏捷快速，使鴿羣驚飛四散。隔壁關着一隻老虎，沿着鐵欄往復不停走動，還不時悶聲怒吼幾聲，那穩重得幾乎厭煩的步伐，簡直是里爾克「豹」的化身：

他的目光因來來往往的鐵欄
變得如此倦態，甚麼也看不見。
好像面前是一千根的鐵欄
鐵欄背後的世界是空無一片。

他的濶步做出柔順的動作，
繞着再也不能小的圈子打轉，
有如圍着中心的力之舞蹈，
强力的意志暈眩地立在中央。

只有偶爾眼瞳的簾幕
無聲開啓——那時一幅形象映入，
透過四肢緊張不動的筋肉——
在內心的深處寂滅。

在另一角落是紅鶴的園地，約有二百坪的草地，四周圍着欄干，前後兩端各有一幢木造房子，一間是圓形，一間是八角形，做爲紅鶴的住家。靠近通路的一側有一方水池，但只是草地凹陷而成，像是水坑，水渾濁不堪，有如雨後山洪洩下的濁水。對於逐水草而生的紅鶴而言，草坪雖足以容納她們閒步，但水却不够讓她們映照佛拉襲納賦予的美，因此也就沒有一隻肯在水坑裏顧影自憐了。

目前紅鶴共有十隻，每隻色彩不同，好像在調色板上任意調出，顏彩不勻，而且像是用潑墨的手法塗上去的，錯落有緻，濃淡隨意，有如被水所流散，看來輪廓並不鮮明，如像霧中看花，隱約中帶些幽怨。其中有二隻全身披着姻紅的外氅，好像染色後未乾就遭受雨淋一般，其他幾隻藕白的全身，摻抹着似有似無的粉紅，好像是從那兩隻映照過來的色彩，而不是身上所有。有的在頸部，有的在翅翼末端，有比較渲染的一片紅艷，像是含苞欲放的花蕊，羞於綻開。但她們偶然展翅舒身時，才會顯露深藏的墨黑，是多麼神秘不可測的着筆。

讓我們來印證里爾克在一九〇七年秋天所寫的詩——「紅鶴」：

在水影中，就像佛拉龔納的畫
藕白與姻紅的色調模糊
不再清晰，好像有人向你表露，
當他談起他女友的得意話：

她依然在安眠。因爲她們踏上
青草地，佇立，以桃紅梗的長脚，
緩緩轉身，好像在花壇上依偎開放競俏，
嫵媚妖嬈，比芙萊妮更令人心搖神蕩

正是自已；直到她們伸頸藏匿
墨黑與果紅的溫柔裏，
把她們灰白的眼睛隱蔽。

霎時，妒羨的悲鳴冲出柵欄；
她們在驚愕中伸長着頸項
逐一地對着虛幻的天空嘶喊。

里爾克寫得很傳神，把她們設想成花朵，更是神來之筆。一九六七年四月我在漢堡動物園看到一大羣的紅鶴，出神地佇立在清澈沁脾的水池裏，眞像一朶朶的紅水仙。不管紅鶴的顏彩如何變化，但她們細長窈窕的脚，都泛着桃紅色，以花梗形容，最爲恰當。紅鶴是悠閒得近乎懶散的禽類，常常在原地一站就是幾十分鐘，絲毫不動彈，而且常常縮着一隻脚，學金鷄獨立的招式。

里爾克以巴黎植物園爲背景所寫的詩，至少還有『新詩集』裏的「瞪羚」，寫於一九〇七年七月十七日，以及『新詩集別卷』裏的「鸚鵡園」，寫於一九〇七年秋。

在巴黎植物園中，有許多鳥類的專欄，但並沒有特別注意到鸚鵡。因爲，當我坐在紅鶴欄外的椅上欣賞着她們的忘我境界時，突然下起雨來，我就匆匆離去，未能在園內多繞一圈。但鸚鵡園這首詩，值得在此引用，以證里爾克對動物的描寫確屬高手，不但能寫出她們的神態、韻律，還能刻繪出她們的精神。

開花的土耳其菩提樹下，草地旁，
因鄉愁而微微擺盪的台架上
鸚鵡在呼吸並思念着故鄉，
縱然看不見也不改變的故鄉。

遊行隊伍般繁複青綠中的異數，
他們刻意打扮而自覺遺憾，
因碧石和翠玉製成的昂貴鳥嘴
銜着灰色物，一口吐出，淡然無味。

下面有她們不喜歡的喪氣鴿子在沉思，
這時高高在上態度輕蔑的鸚鵡
在幾乎空空的浪費石灰槽間鞠躬如儀。

可是她們又再搖撓，入睡，張開眼睛，
以好吹噓的暗澹舌頭在戲弄，
繞着脚環團團轉。在等候着證人。

離開巴黎植物園，我沿着塞納河邊走，河水渾濁，我忽然想起也是喜愛里爾克的德國詩人謝朗，不瞭解八年前何以他會在這一條不淨的河裏自溺。沒有看過塞納河的人，會歌咏塞納河，也是令我感到奇怪，也許只惑於河上各式各樣的橋吧。

走到聖母院的河中島對岸，路旁擺了許多書攤，賣舊書和畫片，看到一家書攤在顯眼處掛了一幅詩人魏爾哈侖的木炭畫像，有着憂鬱的眼神。

越過橋，重訪聖母院。因爲昨天黃昏時我從凱旋門遊覽到此，我很喜歡聖母院內那種寧靜得使人塵念盡消的宗教氣氛，聖樂在廣大的空間裏廻盪，有如從天上流瀉下來的清泉，可見宗教也是講究手段的，以最動人的方式使接近的人受到感染。聖母院的彩色窗玻璃，描繪着宗教的形象，在黝暗中從高高的牆壁透露一絲光，而以彩繪予人以昇華的遐思。

這時又已近黃昏，走出聖母院，越過另一河岸的橋，來到羅浮宮。收藏的希臘、埃及等古代雕塑無數，可以想見法國强盛時，是如何窮兇極惡把他國的藝術遺產搜括掠奪而來。米羅的維納斯殘像是最著名的一尊，擺在一樓的顯眼處，可是類似的石像不知凡幾，獨獨這尊揚名世界，足見藝術品很多也是靠宣傳聞名的。里爾克的詩「早年的阿波羅」（一九〇六年七月十一日作）和「古代阿波羅的殘像」（一九〇八年初夏作），都是巴黎時代作品，當與羅浮宮所得印象有關。

在羅浮宮地下室保有着獅身人首像司芬克斯，如今它的謎題可能只有等待自己來解開了，否則只有在黝暗的地下室繼續瞪視着千古的夢幻，耳中飄拂着沙漠中的風聲吧。

下午五點半，天就漸漸暗了，羅浮宮雖然每天開放到晚上八點，但部份不開燈，也就看不下去了。轉到繪畫部，收藏之豐富，令人目不暇接，許多在書上看過的畫，如今面臨着原作時，起先的欣喜滿足感，逐漸隨着看不盡的數量而遞減了。所謂弱水三千，究竟要取哪一瓢啊？

許多丈許巨幅的傑作，掛滿整牆壁，但獨獨蒙娜麗莎却保護在壁龕內，外加玻璃罩的保護，並規定不能用閃光燈拍照，這也是藝術品因宣揚而聞名的一例吧！想起蒙娜麗莎遠赴東京時，參觀人員大排長龍，僅爲了在她面前停留二秒鐘眇她一眼，如今在羅浮宮，却可坐在她面前椅上相看到飽足胃口，深感到幸運。

留連到六點多，走出羅浮宮，拖着疲憊的脚步，回到旅社稍事休息。晚上又出門，從夏綠蒂宮居高臨下觀賞艾斐爾鐵塔，巨人般一柱擎天，實在壯觀。

這一次巴黎之旅，時間太短，未能去參觀羅丹博物館，是一大憾事，但留一些未完成的心願，未始不是加强期待的妙策。

雖然說是詩之旅，但自己却一詩無成，草完本文，算是對同好者的一番簡報吧！（68・1・2）

覃子豪論

——追悼詩人逝世十五年

莫渝

> 聽牧神在大地的胸上敲響着節奏
> 我，永眠於忘懷之河，隨神奇之波
> 化爲繽紛的旋律，逝去，永恆的逝去
>
> ——覃子豪：音樂

一、前言

覃子豪離開我們的詩壇已十五年了。在這漫長歲月中，有詩刊雜誌推出追念特輯，有詩人作家撰寫悼詩悼文，甚至他的遺囑之一——全集的出版也陸續完成。

從民國二十四、五年留學日本，覃子豪就扮演了中國詩人的角色，他寫詩、指導詩、翻譯詩；這三方面的努力，到了臺灣之後更爲活躍。

對於這位不曾謀面求教的前輩，讀其詩文，我深深覺得他的溫柔敦厚，銜繼中國文學的傳統，他的循循善誘，承襲古代知識份子的儒風。

本文先簡介覃先生的生平，再從前述三方面的成就——詩創作的探討、詩教育的熱誠、詩翻譯的耕耘——試圖爲他覓得詩史的定位。

二、生平簡介

覃子豪，學名覃基，民國元年一月十二日出生於四川省廣漢縣。八歲時，深覺讀「唐詩三百首」和「千家詩」比讀其他書籍來得有興趣，進入初中後，發現新詩的世界較舊詩廣濶，凡書店能够買到的，圖書館能够借到的詩集，都曾反覆地閱讀過，並開始寫詩，在同學間傳閱。民國二十年夏天到北平，進入中法大學社會科學院，該校成爲他寫詩的搖籃，在學校曾組織了五人詩社，規定每週寫兩首詩，還聚會圍爐談詩及詩人趣事軼聞。民國二十四年到日本留學，進入東京中央大學，次年，認識詩人路易士（紀弦），此爲他倆訂交開始。蘆溝橋事變前夕返國，歷任政治部掃蕩簡報班少校主任、「八六」簡報社社長，並主編多種報紙副刊。民國三十六年到臺灣後，供職於臺灣省物資局及糧食局，至五十二年十月十日逝世。

覃子豪曾說過：「詩，幾乎佔據了我的一生。」他不僅一生致力於詩的創作，對推廣詩運和詩教育的工作，更是竭盡所能。臺灣新詩壇的活動就是由他與紀弦、鍾鼎文三位從大陸帶來火種而蓬勃起來。民國四十年，主編「新詩週刊」。四十二年擔任中華文藝函授學校詩歌班主任。四十三年，與鍾鼎文、余光中、夏菁、鄧禹平等人創辦「藍星詩社」，發行「藍星週刊」、「藍星詩選」、「藍星季刊」、「藍星詩叢」等。四十九年間，主編香港「中外詩叢」，計出版余光中詩集「鐘乳石」及夏菁詩集「石柱集」二冊，第三冊為詩人自己的「畫廊」，後因故改由藍星詩社出版。民國五十一年赴非律賓擔任非華青年暑期文藝班現代詩講座。

詩人頗喜外國浪漫派作品，像拉馬丁、雨果、拜倫、濟慈、雪萊、哥德、海涅等，詩作也受他們影響，早期富浪漫及抒情氣氛，晚年則傾向新古典主義的玄想晦深。有一陣子，被呼為「海洋詩人」，因其愛海，並有詩集「海洋詩抄」的出版。

他的詩集生前出版的計有：「自由的旗」（一九三九）、「永安劫後」（一九四五）、「海洋詩抄」（一九五三）、「向日葵」（一九五五）、「畫廊」（一九六二）；詩論有「詩的解剖」（一九五五）、「論現代詩」（一九六〇）；譯詩集有：「匈牙利裴多非詩抄」（一九四一）、「法蘭西詩選」第一集（一九五八）；散文有「東京回憶散記」（一九四五）。覃先生逝世後，他的故友門生籌組全集出版委員會，由彭邦楨、辛鬱、葉泥三位負責編輯，至民國六十三年雙十節，全集第三輯編印出版，詩人願望之一暫且遂願。

這藍皮精裝三巨冊的全集，可說是詩人一生從事詩文學工作的結晶。

三、詩創作的探討

詩人一生矻矻經營努力以赴的事業，該是他的創作——詩篇。在創作的過程中，也許是自家發現，也許是外來刺激，因而產生詩論、美學方法等理論，這理論一方面修正並支持自己的創作，一方面建立自己文學體系，理論彷彿河流的兩岸，護衛創作，使之滔滔奔赴海洋，而不決堤四溢。畢竟，決定詩人的依然是他的詩。

覃子豪全集三冊中，第一輯是詩，第二輯是詩論。他有他的詩觀，他有他的詩篇，這是我們要接近他的心靈所少不了的依據。在討論覃子豪的詩時，這二冊固然是重要書籍，尤其是第一冊幾乎囊括他的全部詩作。然而，我們所遭遇到兩點困難，第一、覃子豪生前在大陸時出版的詩集「自由的旗」，由於遺失（或被人借去不還），並未收入此輯，這是最大遺憾。第二、「集外集」係詩人未曾收入各詩集內的作品，也許是詩人不滿意之作，也許另有他因，如果註明寫作日期，尚能歸類到某時期作品，反之，則較為困難了。

根據我個人收集資料與研讀結果，覃子豪的詩作依年表方式似乎可以如此編排：

1. 生命的絃（民國廿二年到廿五年作品）
2. 自由的旗（民國廿五、六年到廿八年作品）
3. 永安劫後（民國卅三年作品）
4. 海洋詩抄（民國卅五年到四十一年作品）
5. 向日葵（民國四十二年到四十四年作品）

6. 畫廊（民國四十四、五年到五十年作品）

7. 畫廊以後的詩作。

上表是以詩人自編或已出版的詩集爲依據，其間有若干年並未銜接，譬如民國廿八年到卅二年，以及民國卅四年間，想詩人在這兩個時期依然創作不輟，只是未曾編成詩集，或者已發表而散失，或者被編輯委員集入「集外集」裏。我希望這些困難能由有心人逐漸克服，重新編成一册依年表創作而排定的全部詩作。

底下，我先大略介紹各詩集的特點，再進一步探討創作的精神內涵與技巧，以及創作時期的文學思潮背景。其中，「自由的旗」一集，可能要花較多篇幅。

1. 詩集介紹

(1)**生命的絃**——這是民國廿二年到廿五年作品。詩人在這二十九首詩中處處流露出一個青年的夢想與戀情，間也夾雜着傷感情緒，唯詩人不時地作自我振奮。詩人的傷感情緒如：

像緊趕行程的旅客
太息夜色的蒼茫
像古代憂鬱的詩人
吟出煩怨的詩章

——**像**

一切的幻影都掩在黑幕裏
一條條的生命都靜靜地死去

——**夜的都市**

太甜蜜的歌曲有太苦的淚
她的青春到了燃燒的瞬間
生活使她的熱情化作冷灰了
冷灰中有她無數的熱的淚滴

——**獨唱**

詩人的自傷，固然是個性使然，而離鄉的情懷也是其因，在「竹林之歌」詩中結尾，更使這份情緒更加增濃：

——如今秋風秋雨重入我的懷裏
它輕輕的叫我：將一生的哀怨
寫一篇憂鬱的詩

然而，詩人的振奮，更令人喜愛，唯有依賴自我提昇，才能免去過份哀怨。詩人，本來就要增加人間的喜悅，詩人說：

三月的陽光給我帶來一個新奇的生
現在，我再不需要一個不平凡的死
現在，我再不需要一個不平凡的死
因爲，我正在寫一首美麗的雄渾的詩

——**三月**

我不沉默，我不沉默
我要在偉大的現實裏誕生
我的職務是些什麼
唱着大衆的歌，撥着戰鬪的琴
我勇敢，我歡快，我沒有不安
我要完成我新的課程

——**再生**

在奮進的行列裏
前進者有幾千百萬
一種組合的力量鼓舞着我
撥動着我生命的琴絃
於是我同幾千萬的歌聲合唱
雄壯的歌聲像升起來的太陽

——撥動生命的絃

詩人這些有力的歌聲毋寧是鼓舞與支持寫作的原動力。此外，這個集子裏也有幾首關於海的詩，已經隱伏着「海洋詩抄」的詩風與情調了。其中「海濱夜色」和「碼頭」兩首收入「海洋詩抄」一集內。

(2)**自由的旗**——這本詩集，民國二十八年在福建出版，所集錄的作品應屬於「生命的絃」之後到二十八年之間，也許包括「生命之絃」期間的作品，由於沒有全書的面貌，我們無從確定。詩人散文集「東京回憶散記」中有篇提到自己的詩作「給一個放逐者」（全集Ⅲ，三〇七——九頁），一篇寫作指導的書信中，提到了「戰爭的消息在催促我」（全集Ⅲ，三五九——三六一頁）以及筆者在覃先生早年主持中華文藝函授學校詩歌班編選「新詩選讀」講義中抄得三首詩「波希米亞高原上的婦人」、「大馬湖上」、「畢蘇斯爾基的女兒」，這五首詩似乎都可以列爲這時期的作品。如果是這樣的話，這集子最重要的主題將是正義，以及爲正義而戰的愛國情緒。在文筆上，則延續「生命之絃」中的「三月」、「歌者」而以敍述方式娓娓道說。由於後三首沒有收入全集，且讀者中較少知曉，筆者將之錄下：

①波希米亞高原上的婦人

波希米亞高原上的婦人
戴着白頭巾
穿着在田野間勞作的服裝
在馬沙勒克的墓前祈禱着
戰慄的祈禱着
像天主教徒一樣的虔誠
小孩也在流着靜默的淚啊
四週的樹木非常寧靜

幾個農婦很整齊的跪在墓前
用眼淚平視着
光榮的馬沙勒克的墓碑
這是捷克最後的日子啊
以希求上帝賜福的虔誠
去希求捷克已死的先知
解除她們一些難言的痛苦

波希米亞高原
覇歐洲的要塞
這肥沃的土地
將會爲納粹製造戰爭的利器而枯瘠
現在是春天
正是播着種子的時候啊
淚是和種子一同落在麥田裏了
麥穗會因淚而茂盛
可是，收穫成熟的金黃的麥穗
她們將會洒着更多的淚雨

野鳥在悲哀的叫
她們已經感到了
那樸實的快樂的民歌
含着悲愴的聲音
帶着斯拉夫特性的彩色的圖畫
和鮮艷的服裝

將會成爲暮色的景緻
與黑色的喪服啊
現在，春天同鳥兒來到高原上
她們不能像鳥兒一樣的舞蹈

茂盛的麥田
煤礦、鐵礦、鹽井
是戰爭的糧食和原料
現在不能作反條頓主義而用啊
這是波希米亞高原啊
就是納粹征服羅馬尼亞
烏克蘭的根據地
啊！卡伯斯特的溫泉
與佛朗含伯斯的溫泉
將會染着納粹間諜的臭味
鋼盔團團員汚濁的血

波希米亞高原上的婦人
在馬沙勒克墓前祈禱着
戰慄的祈禱着
她們聽到原野上戰爭的警鐘響了
預感到饑餓與死亡

②大馬湖上

湖呀！太陽用金絲的髮
遮着你藍色的眼
又用金絲的髮
拂着你淨靜的顏面

我想唱一支小曲
爲你的美麗，清湛而歌
可是，我從戰場中來
我歌不成聲
鐵和鐵的相擊
使我少年的心快要老盡

我讓你溫和的風
洗刷我役靴上的塵垢
讓你清潔的水
洗滌我劍上汚穢的流血

我不能爲你而歌
因爲我的歌聲不響
就此沉默地去了罷
乘着箭此的小船
好像跨上一匹大馬

③畢蘇斯爾的女兒

贈波蘭 My Rodevith

畢蘇斯爾基的女兒啊
辛苦的流浪已經十年了
你從不曾忘記你底故國
當你未到中國光輝的戰都
當畢蘇斯爾基的土地上
還未流着畢蘇斯爾基兒子的血液

我在你異國的熱烈的言語裏
看見你眷戀故國的摯情
在你少女般藍色的眼裏
看見你的懷鄉病

畢蘇斯爾基的女兒啊
你可記得在異國流浪的那些傷感的時間
當你離開美麗的故土
把青春的夢帶到塞納河畔
在有歡樂與悲哀浮游着的
耿耿夜空籠罩着的水波上
你呀！在做着孤寂而靜默的夢
夢裏蕩漾着想念故國的淚花
夢裏蕩漾着神秘的熱和光

那時候呀！你底頭髮鬈曲得像美麗的藤蘿
你底心呀！也憂鬱得像糾葛的藤蘿啊
然而，你底悲哀是隱藏在迷離的歡笑中了
你笑着，舞着，像一隻雲雀唱着歌
就這樣歡欣地去到歌德和尼采的故鄉
浮泛於海涅讚美過的萊茵河上
你又馳過像你皮膚上一樣白的雪
度過北方大草原的黑夜

畢蘇斯爾基的女兒啊
你的臉有萊茵河的月亮一般潔美
你的頭髮裏發出大草原的香味
你的皮膚是一樣的白
你的血液裏有強者和勞動者的血淚

畢蘇斯爾基的女兒啊
如今，你來到東方魅人的國
你仍然帶着在故國時美麗的青春
可是，你底眸子已經有些灰暗
這是沉靜！裏面映着生活的遠景
遺棄凋殘的花朵一樣你遺棄了抑鬱
參加了中國兒女的營陣
高唱着次殖民地革命青年底戰歌

畢蘇斯爾基的女兒啊
你離開故國已經十年了
現在畢蘇斯爾基的土地已經成了廢墟
不知你如今流浪在那裏？
假如，你仍參加反侵略的營陣中
我希望在最近能夠聽到你好的消息

(3)**永安刼後**——出版於民國三十四年六月，實際上是民國三十三年間的作品，這四十四首據作者自述「全部詩寫成，一共花了一個禮拜」（見全集I，一〇一頁），它是詩人根據民國三十二年十一月四日閩南永安城慘遭日機大轟炸後，畫家薩一佛先生速寫畫稿而得到啓示寫成，並且連同畫合展過的。詩人在「生命之絃」詩集「再生」中就體認自己的職務是「唱着大衆的歌」（全集I，三五頁），這種體認經過抗戰的洗禮，更加明顯化，全部詩作就是以詩人說的「我是盡量利用平常的口語來表現我和作畫的人的思想和感情。」（全集I，一〇二頁）。詩人是以「樸實、易解、不矯揉做作、不堆砌詞藻；而用著平易的語言，煽起人們的眞情同感」（全集Ⅰ，五一頁），雖然是詩畫合展，但撇開畫，這些詩依然可以當作八年抗戰的歷史剪影，作者不喊愛國的口號，用寫實的手法把一個被侵略的慘劇，一幕幕呈現讀者眼前，我們看到轟炸後火災時：

一切都是沉默的
只有火是可怕的猖獗
燃燒的聲音像河流的巨響
山和山互相凝視着
失了聲音，失了顏色

——毒火

我們看到了火災後無家可歸的情形：

這裏是毒煙
那裏是火
我們呀
今夜宿誰家

——今夜宿誰家

從火裏掙扎過的
卷曲的焦黑的屍體
像黑炭般的
排立在火葬場上

——骨灰

到處都是屍體，一具「沒有人認識的屍體」帶給活人多少鼻酸呢？試看這首詩的全貌：

一具殘缺的屍體
躺在破屋傍是很久很久
他呀！是沒有父母
沒有兄弟，沒有朋友

他躺在那兒
血肉糢糊的
沒有了頭顱，認不淸
他究竟是什麼人

他躺在那兒
只有一隻狗來到他的身邊
是爲了他的血腥
還是爲了與他作伴？

詩人以忠實的鏡頭告訴我們災情，還有一個更重要的任務是激發羣衆的同讎心理：

我們要同敵人鬪爭
不能因壓迫而死亡
我們要生活
要頑强的生活

——市井人家

作爲詩集最後一首「永安是炸不毀的」，更具振奮人心，雖然一切都毀滅了：

破舊的屋宇
汚濁的小巷
窄狹的街坊
通通都毀滅了
沒有被毀滅的
只有永安人民的力和心
沒有被毀滅的
只有永安人民的力和心

他們在廣濶的廢墟上
建造新的屋宇
新的街坊
永安是炸不毀的
因爲敵人毀不了我們的力和心
從廢墟中獲得新生，才具有堅强奮鬪的勇氣！

(4)海洋詩抄——這是覃子豪到臺灣之後第一部詩集，民國四十二年四月出版，其中大半作於三十五年至四十一年之間。作者自謂他第一次接觸海，就「立刻心悅誠服的做了海洋底歌者」(全集I，一〇九頁)。詩集「生命之絃」有多首海洋詩，「集外集」中也有十餘首，據詩人在「題記」上言完全屬於海洋詩的有七十餘首，可見詩人是多麼的傾向富有韻律的海洋。當我們進一步探討詩人創作的內涵時，「海的意象」的追求是一個重要過程，而我們討論時決不能單以「海洋詩抄」集子中的作品就够了，還得包括「集外集」中的詩篇。在「海洋詩抄」中的詩作長短不一，短的如「夢話」僅六行，却富童詩意味；「貝殼」七行，平敍自己的耳朵充滿海的音響，九行的「追求」：

大海中的落日
悲壯的像英雄的感嘆
一顆星追過去
向遙遠的天邊
黑夜的海風
托起了黃沙
在蒼茫的夜裏
一個健偉的靈魂
跨上了時間的快馬

全詩簡潔短促有力，且帶有蒼茫之感。長六十四行的「海的來歷」隱含着敍述詩的故事；六十六行的「當潮來的時候」儼然是一首情詩：

啊！你來的多麼好
我這被烈日燒灼着的心
正需要你無比的柔情
來把它浸潤，浸潤……

事實上，在這集子中就有多首可以歸類爲情詩的，如「驪歌」、「你的家鄉」、「晚潮」、「殞星」等。「我是一個水手」是集裏最長的詩，共八十行，作者表明自己「在追求我們不曾見過的奇異的事蹟」，但知識性的說明與表面的白描，使得這首詩的詩質較淺，全詩顯得扣結人心不够。倒是描寫幾處港口——花蓮港、安平港、基隆港——的三首詩——兀鷹與蒼龍、海戀、雨的哀歌——頗具神來之筆，能够畫龍點睛的「擒住」物象，如素描基隆港：

基隆港，伸長喉嚨，張着口
嘩喇嘩喇地
唱着雨的哀歌

以「雨的哀歌」暗示號稱雨港的基隆，再恰當不過了。「獨語」一詩形式工整，是初寫詩較易模仿之作。「臨海的別墅」是懷念一處舊居，流露着詩人的繾綣之情，詩人說：

我的別墅
像一隻黑貓
蹲在臨海的崖上

這個意象到了女詩人蓉子手中轉變爲「我的粧鏡是一隻弓

背的貓」（見「蓉子詩抄」）

就文詞的淺顯來看，這些海洋詩篇，有不少都可以當作「宜於兒童的詩選」。

⑸**向日葵**——出版於四十四年九月，寫作時間應該是四十二、三年間。詩人自己說，「海洋詩抄」之後，他在「尋求一個超越」，這個超越，我想是對詩質的探求。還說這個時期他的心緒複雜心境動盪不寧，而肯定這是「苦悶的投影」。這種苦悶的投影是否暗指愛情的苦悶呢？我們不得而知，試想詩人拋離妻兒，獨自在這海隅六、七年之久，大陸上的妻兒固然縈懷心際，然而免不了會有新的愛戀浮現，詩人對此新戀或許不敢如火如荼的展露，因而導致詩人說的不平衡的情緒，在「川端橋」詩中，詩人先說「我有我的戀，在河的那邊／每當思念，我的輕車就馳過／爲夜的水波映上圖案的橋欄」，接着又說：「我要去尋找我的戀／一如嚮往海洋永恆奔流的河」，最後在：

一棵椰子樹下
我尋找到隱藏的戀

這種隱藏的戀，必然是詩人苦悶的眞正原因了。「向日葵之一」和「蛾」兩首詩是詩人將戀情全然表現的最精緻作品。「池塘」有思鄉的落寞情懷：

我是從故鄉被風暴吹來一片落葉
飄浮在海上，而我有堅定的方向
要回去看我藍寶石一般的池塘

「詩的播種者」一詩：

意志囚自己在一間小屋裏
屋裏有一個蒼茫的天地
耳際飄響着一支世紀的歌
胸中燃着一把熊熊的烈火

把理想投影於白色的紙上
在方塊的格子裏播着火的種子
火的種子是滿天的星斗
全部殞落在黑暗的大地

當火的種子燃亮人類的心頭
他將微笑而去，與世長辭

簡短十行是詩人自況，也是詩人自許，更可以說是我們對他的禮讚。此外，「向日葵」詩集中「山」、「神木」、「向日葵之二」流露着雄渾氣象，證明了詩人並非僅擅長於抒情的小品之作，尤其是「旗的奇蹟」更是反共之力作。詩人在以後曾寫了一文談「我怎樣寫『旗的奇蹟』」（全集Ⅱ，四六〇——七頁），說明其寫作靈感得自反共義士們自韓國戰場歸來時「自由中國的人民鵠立街頭，靜候義士們來臨的場面。」而寫下「一篇無比壯麗的詩」，主題就是「表現嚮往自由，熱愛祖國。」

⑹**畫廊**——這是詩人生前最後出版一部詩集，民國五十一年四月初版，原先計劃由香港中外畫報社（中外文化事業有限公司）出版，後不知何故，由詩人自費出版。計收詩篇三十一首，分作三輯，除第一輯九首詩仍承襲「向日葵」的寫作痕跡外，餘二輯二十二首詩，係作者「探求與實驗」的過程或結果。詩人必然恆在追求探索中，這些詩篇都是詩人創作背景支持的產物，這個創作背景是詩人

研讀外國文學理論之後的實驗，因而有很明顯的理論痕跡，而形成過份雕琢，當然這時候的表現是擴大些加深些。

在這集子裏，我們看到詩人的追求：

生命在擴張
到至高、至大、至深邃、至寬廣
天空是一片幽藍
永恆而神秘
樹伸向無窮，以生命之鑰
探取宇宙的秘密

——樹

水手的生活最雄辯
自己是雄辯的主宰
從不固定，永在奔進中
因爲固定便是死亡
就這樣沒有糾葛的活着
就這樣去逃避一個世界，追求一個世界

——水手的哲學

也看到詩人在追求過程中自我肯定：

我是拾夢的人，不厭辛勤的尋覓
拾你遺失的夢的種子
植我夢園裏，開火燄的花
燃燒在我的心中，我的體中

——拾夢

我就隱居在那藍色的林中
以青色的眼睛，看自己
如何以思維和夢想結成
圓圓的果
然後在沉寂中聆聽無人採擷的
無人檢拾的墜落

——隱花植物

這裏，聆聽無人採擷的無人檢拾的墜落，令我們囘憶起詩人在「向日葵」詩集的：

沒有人會驚訝的發現我的存在
我有不被發現的快樂

——花崗山掇拾

以及自我懷疑：

你是在不屑的看我
活得如此愉悅，如此苦惱，如此奇特

——金色面具

若荒謬死去，能令自我歸返
我將是一尊全然的神
或是一隻全然的獸

而我是文明與野蠻的化身

——Sphinx

最後的答案可能就是孤寂與憔悴。孤寂是因爲：

石像死而不死，以糢糊的面具
向池中眈眈俯視靈魂的殘像
……………………
他的故鄉是在星之森林的七座城中
而那兒是廢墟
在地球上，他沒有家系，沒有國籍

——分裂的石像

憔悴是因爲：

這肖像是一個銓釋
銓釋一個憔悴的生命

紫銅色的頭顱是火燒過的岩石
他是來自肉體的鍊獄

——**肖像**

在畫廊裏，無論我臥着、蹲着、立着
心神分裂過的軀體
蒼白如一尊古希臘的石像
髮怒而目盲

——**畫廊**

這三幅畫像——分裂的石像、肖像，畫廊——可以說是詩人的自我描繪，而描繪出來竟是不堪令我們瞻視。倒是「瓶之存在」與「構成」兩首詩沒有作者的投影，較能給我們充實之感，尤其是「瓶之存在」以巴拿斯派刻劃的細膩手法告訴我們生命的具體實感：

挺圓圓的腹
宇宙包容你
你腹中却孕育着一個宇宙
宇宙因你而存在

「畫廊」這一詩集可以說是一個超越的成果。此超越在「向日葵」時期詩人就期許過「我在尋求一個超越」（「向日葵」題記）。

(7)**畫廊以外的詩作**——這是詩人五十一、二年的作品，並未在生前結集，却大部份收在全集I「集外集」的後半及未完成的斷片部份。約從全集I四一八頁以後，除掉「捉虹者的睡眠」（卽詩集「畫廊」中的「燈」），計十四首。

這十四首詩，「有嬰兒在我腹中」仍留着「瓶之存在」化抽象爲具象的未知的探求，其餘的大體上又成另一種風格。「麥堅利堡」強調「昨日的噩夢已在此化爲今日的祥和」，是羅門自認同題名作的濫觴。「塔阿爾湖」借神話的傳說，復以法國詩人韓波著作「地獄的季節」（原名「在地獄裏一季」，日譯作「地獄的季節」）中一句話「語言底鍊金術士」，自稱自己亦是一位追求詩的「流浪的語言底鍊金術士」。

「髮」的意象似乎是此時覃子豪極力捕捉的：

在你密髮裏藏着
一個幸福的時辰在你的微笑裏孕育着

——**髮**

在你的髮叢裏去尋覓幽居
小精靈在那裏防守着快樂的眠床
我欲在那眠床上死亡

——**瘋狂的時刻**

我的一莖白髮
溶入古銅色的鏡中
而黃昏是橋上的理髮匠
以火燄燒我的青絲

——**過黑髮橋**

而「髮」象徵着愛情，這却是詩人一生詩作的終點，從詩人最早吟詩：

撥動着我生命的琴絃
我常常記起一個姑娘眼睛底柔和
於是我唱着一隻神秘的暗示的歌

——**撥動生命的絃**

詩人最後發表的兩首詩竟然也是愛情的和歌：

松滿山，綿羊滿山
青白色的戀境

而戀之秘密，在屋中棲息
——雲屋

港在山外
春天繫在黑髮的林裏
當蝙蝠目育的時刻
黎明的海就飄動着
載滿愛情的船舶

再證之於未完成詩作「山海經」（也是一首情詩），我們不禁要贊嘆這位愛情至上的詩人。

2. 詩創作的精神內涵

詩人寫詩自有他創作的背景與原動力，此背景與原動力固然隨詩人的成長有所改變，但中心思想依舊存在，這股支持詩人創作的中心思想就是他的精神內涵。因而，寫詩也是詩人自我精神的發現與拓展的歷程，在這歷程上，詩人恆在追求，恆在探索一個奧秘之境。

希臘神話有位羊首羊腿人身的田野牧神，名叫潘恩（Pan 羅馬神話則名爲 Faune），他使用七根蘆葦並排的蘆笛樂器，在山林間不時吹奏清脆柔美悅耳的笛聲，一方面討好仙女，一方面自我陶醉。時至今日，牧神也成爲音樂家或詩人的代稱。現代詩人余光中曾自謂是「望鄉的牧神」，覃子豪有多首提到牧神的詩，收在「集外集」的「音樂」一詩就以牧神的歌吟開始，詩中第四節前二行：

是神秘之音喚醒我，又在催眠我
從一個國度到另一個國度

我想，覃子豪也是以「牧神」的姿態，追尋「神秘之音」，在他一生中，時而俯首低吟，時而引亢高歌。當他低吟時，產生了愛情與鄉愁的詩篇；當他高歌時，寫出了義憤填膺的「永安刼後」與激昂的戰鬥詩。基本上，他的所有笛聲同牧神之歌一樣，全從抒情出發。

抒情，是詩人覃子豪創作的精神內涵，抒情詩是它的外在形態。「論現代詩」這本論集，主要觀點及詩藝方法還是就抒情詩而言，他認爲：

(1)抒情詩是把抒情的成份凝聚在一個焦點上，詩的氣氛，極爲濃郁。

(2)抒情詩的形態精鍊，詩質容易凝固。

(3)抒情詩能表現一個完整的思想，具體的形象和渾然的意境，深邃、明澈，具有不可思議的魅力。

這些對詩認識的觀念貫穿他一生的創作。

底下，筆者試從覃子豪常用的幾個主題，進一步討論這位牧神的抒情詩，這些一再重複的主題包括：愛情的渴盼、理想的追求、哀愁的行吟、獨往的精神、昂揚的戰鬥詩、死亡的預兆。

(1)**愛情的渴盼**——詩人曾自述寫作經驗「夢和愛情，幾乎是我年輕時代寫作的主題。」（全集Ⅱ，四七四頁），在最早詩集「生命的絃」，我們可以看到詩人單戀的苦味及初戀的甜意：

我的夢
在我破舊的筆桿上
有單戀的情味
有淚珠的輝芒
——我的夢

我願我的心兒
化成了一朵鮮花
江水呀！我囑託你
請你將它送到我愛的家

題名「古意」，具有柔情蜜意的況味。　——古意

在「死蛾」一詩所表現對愛情的渴盼有着較高度的象徵性：

你飛着，像小天使啊！我愛中你了
我用鋒利的針直刺在你頭部的中央
哦哦！這不是愛情底表徵麼
是溫柔的死，刻毒的中毒

這四句詩的手法表現，有點同法國詩人梵樂希的「蜜蜂」相似，表現了愛情的凌遲。

這種愛情的詩篇隨着年歲增長，抗日的激昂戰鬪意志以及詩人的成家（民國三十一年），暫時停息，直到詩人離開大陸，流浪輾轉各處，在澎湖馬公寫了一首「書簡」：

我有書簡
裝滿熱吻
像豐滿的白鴿
要自我懷中向你飛去

此時，詩人已經四十歲了。這期間，詩人有個愛情對象LILY：

我是一株松樹，生長在沙漠
曾吸吮你熱情的甘美之泉
曾沐浴你微笑的陽光
我因愛而欣欣向榮
但嚴冬到臨，冰風曾吹裂我心
我不凋枯，是爲你的存在而生存
——聖誕樹

這種純美的戀情在「當潮來的時候」（海洋詩抄）以「擬人化」的方式達到表現的頂點，詩人自比岩石，接受情人似的海潮的戀意：

讓我們緊緊擁抱，長久相聚
讓我們把時間拉長，不要遽然而別
既與沖沖而來，應該盡興而去

啊！你來的多麼好
我這被烈日燒灼着心
正需要你無比的柔情
來把它浸潤，浸潤……

嚴格地講，這些直接的傾訴、吶喊的詩，患了浪漫主義的呻吟膚淺之病，可以將之歸類到余光中所說的「發洩型」（見「掌上雨」三三頁）。「向日葵之一」固然是詩人傑作之一，且被一般人認好，仍然帶有上述的毛病，如果我們以余光中對李商隱的評價，做爲標準，他說：「我國古典詩中，最佳的情詩作者應該首推李商隱。他不愧是一位偉大的情人，他的情詩綿密、含蓄、熱烈、神秘，且帶濃厚的悲劇感。」（「掌上雨」二四頁）來看，倒是詩人病危前的「山海經」一詩具有「昇華型」（「掌上雨」三三頁）一類的空靈：

我和你已化爲雲
失踪於城市
而浪跡於藍空
浪跡於山上，海上
山林玄默，而海的典籍浩瀚

畢竟愛情必須同詩一樣含蓄才能動人。遺憾的是「山海經」只是一首長詩的開端，姑且當作未譜成的戀曲。跟這支

戀曲有關的是「過黑髮橋」一詩。詩人在黃昏時「獨行於山與海之間的無人之境」，發現到山外的港，發現到林裏的春天，發現到黎明的海，以及海面載滿愛情的船舶。在這首詩，詩人原先在暮色中有蒼茫之感，却因爲愛情因素而有雀躍興奮之情。「情」的力量大矣！何嘗不可說那是覃子豪「抒」寫詩篇的原動力。

⑵**理想的追求**——詩人對於理想的追求，很難確定固定的目標，或許我們可以名之爲未知的探求，就好像地平線永遠在我們奔進的前端誘引我們一樣。覃子豪的理想有時是：

我將淚和血灌溉一株美麗的薔薇
爲愛那迷人的芳香，有刺的花蕾
——**寄寧速**

有時是：

我要在這殘酷的世界上
去尋找一個理想的境界
——一個自由的國度
一個充滿愛情與詩和音樂的疆土
——**嚮往**

這些是比較落實的理想。然而，詩人說

我底夢想最綺麗
而我底現實最寂寞
——**距離**

寂寞的現實裏，詩人只好款步於夢想的域外：

域外的人是一款步者
他來自域內
却常款步於地平線上
雖然那裏無一株樹，一匹草
而他總愛欣賞域外的風景

這種孤芳自賞的烏托邦念頭，使自己：

從不固定，永在奔進中
因爲固定便是死亡
就這樣沒有糾葛的活着
就這樣去逃避一個世界，追求一個世界
——**水手的哲學**

最後詩人在「瓶的存在」中安頓了自己。這個世界：

是另一世界之存在
是古典、象徵、立體、超現實與抽象
所混合的秩序，夢的秩序
誕生於造物者感興的設計

在這世界裏，「每一寸都是光，每一寸都是美」，而且：

你握時間的整體
容一宇宙的寂寞
在永恆的靜止中，吐納虛無
自適如一，自如如一，自在如一
而定於一
寓定一於孤獨的變化中
不容分割
無可腐朽

⑶**哀愁的行吟**——詩人的「蘆笛」詩中云：

即使我能摹倣笛音的清純
唱出動人的歌，那歌將和你一樣
有同樣的哀愁，同樣的願望

詩人唱着哀愁的歌，導因於濃厚的懷鄉思親之情。

雨底歌唱出了海底寂寞
誰人的歌道出了我底寂寞

今夜，我從遙遠的海上回來
我懷念着
不知道有沒有人等我？

——聞歌

碼頭上躺着一條潮濕的路
只有一個人行走在這潮濕的路上
一個影子伴着他走進酒店
一杯青色的酒
能够澆却他的寂寞悲涼

——雨夜

當夜深人靜
你不能成眠時
就偷偷地打開小門
遙望星辰昔日的麗影
訴你的哀怨
展你的慵困

——蚌

我像個囚人困居在這個島上
每日看見這些船呀
來了又去，去了又來
而我的心就像落在彼岸的流星
一去不回

——遠行的船

前引這些懷鄉思親詩篇的片斷都是民國四十、四十一年間的作品，當時的局勢造成這類的情緒。此外，也可以看到灰色的影子，「畫廊」一詩就散佈着陰沉的氣氛：

野花在畫廊的窗外搖着粉白的頭
秋隨落葉落下一曲輓歌
追思夏日殘酷的午時
月球如一把黑團扇遮進了太陽的光燦
而你此時亦隱沒於畫廊裏黑色的幃幕

「隱沒於畫廊裏」暗示着詩人的消逝，類似這樣的意象幾乎俯拾卽是，我將留在「死亡的預兆」中再談。不愉悅的情緒在「奧義」一詩也有：

毋忘我草開藍花於瓶中
瓶形如膽，滿盛着一囊的苦汁

這苦汁，純粹是心靈的苦汁。

⑷獨往的精神——覃子豪一向偏愛單獨流浪或旅遊的意象，早年有「在流浪人徬徨的心裏，沒有悲哀，只有懷念」（海濱夜景）。「海洋詩抄」中，這類的意象相當多：

那個倚桅人
是個流浪漢？
他來自何方
來自遙遠的海洋？

——倚桅人

在「獨往」裏，他說：「我將再在海上作無盡的飄流」。大體上，他這種獨往的精神，跟追求理想有關。除了作無盡的飄流，覃子豪對於「樹」的獨立意象也頗偏愛。

我是一株零零的樹，立在街角
等你這隻青鳥翩翩的飛來

——鳥和樹

哦！獨立在原野的枝繁葉茂的樹
我多羨慕你寧靜而洒脫的風度

——孤獨的樹

在「花崗山掇拾」這意象更爲顯著，他强調我是「孤獨的旅人，並不寂寞」，「我被隱沒在濃墨色的夜裏，是天文學家不曾發現的一顆星」。

「我喜歡一個人旅行……我並非仿效大作家喜歡孤獨的旅行，如紀德者。實在是我喜歡沉思。」這是覃子豪一篇未收進全集的「海濱書簡」自白，他繼續說：「這樣，才可以醞釀我寫詩的情緒，培養我的創造力。」以詩人的話，更能强調的獨往精神，最後出現於詩篇是未完成作品的「黎刹廣場」：

我在獨自行走
於赤空之下，於旋轉的樹影之中

(5)昂揚的戰鬪詩——「眞實是詩的戰鬪力量」是一篇覃先生强有力的詩論，在這篇文章中，詩人强調：詩人就是一個戰士，首先就是一個爲人生而戰的戰士。這句話跟楊喚在「詩人」一詩中的意義是同樣的：

今天，詩人的第一課，
是要做一個愛者和戰士。

强調詩的戰鬪性，覃子豪在日本求學就有這種看法：

朋友喲！以你寫詩的熱情，
去燃燒戰壕中每一個戰士的胸膛。
——給一個放逐者
（全集Ⅲ，三〇九頁）

當時，詩人仇日的情緒正强，一首發表在國內「光明」半月刊的詩「黑暗的六日」幾乎替他帶來惡運（全集Ⅲ，三二二——三二六頁）。這股抗日的激昂情緒在「自由的旗」與「永安刧後」整個發洩出來。

到了臺灣之後，詩人說：「我很少寫反共抗俄的詩，並非我不願意意，而是寫不好。」（全集Ⅱ，四六四頁），但是他仍爲我們寫了幾首戰鬪詩：「爲海軍忠烈將士紀念塔獻詩」、「中光號」之歌、旗、旗的奇蹟、金門禮讚三首詩。其中尤以「旗的奇蹟」和「金門禮讚三首詩」在氣勢的雄渾，在充實的內容，在眞實的情緒上可說是難得之作。「旗的奇蹟」作者另述一篇寫作過程（全集Ⅱ，四六四——七），不在此多說。

民國四十七年「八二三」砲戰結束後，十月十九日，詩人隨中國青年寫作協會訪問團參觀金門，二十一日賦歸的三天訪問，詩人收獲頗豐——一篇報導文章「金門，這鋼的堡壘」，三首金門禮讚，和一首「烈嶼一少女」，這趟收獲跟三年後，詩人前往菲律賓講課同樣豐收，證明詩人在「海濱書簡」中所言的確實性：「在旅程中，我看得很多，想得很多，我常常在沉思中發現許多新的東西，是詩的，思想的，也是人生的。」

「金門禮讚」三曲是：紋身戰士、牧神不死、砲兵的幻覺。三詩的詩題頗具吸引人。「紋身戰士」是詩人爲一位反共義士蒙克仁而寫。蒙克仁是甘肅省籍抑蒙古籍人士，遊記與詩互有出入，有待有心人查證。這位反共義士身遭砲彈碎片擊中十六個傷口依然英勇搶修工事與援救受傷同志。詩人在詩中讚揚：

古寧頭翻開生命的新頁
十六塊彈片烙上你結實而寬濶的胸膛
紋上：藍色的島嶼
天然的河流

「牧神不死」，指的是金門田野無恙，並未因四十萬顆砲彈而殘破不堪，相反地，可以聞到「被砲彈翻過來的泥土清新的氣息」，詩人對它的禮讚是：

金門，煉獄中的天堂

在戰爭與和平的邊緣上，我聽見
牧神在遠遠的吹奏他神奇的角笛
　向羅馬諸神宣稱
　　向世界自由與不自由的人類宣稱
　——金門的田野，依然如畫
　——金門，乃海上不朽之城

「砲兵的幻覺」，一方面强調金門的堅固：

　金門是鐵砧，自由在遭受着殘酷的考驗
　意志在被暴力鎚擊，鎚擊，鎚擊，鎚擊……
　鐵砧上爆出令世界輝煌的火花

一方面是砲兵的堅强：

　時間的齒輪在細細地咀嚼我靈魂的堅强
　而我仍在崗位屹立，有無數之我繼續，永無缺
　席

這三首金門禮讚的詩，理當受到重視，它們有堅實的詩生命，眞摯的感情，凝聚的意象，可惜詩人未曾收進生前出版的詩集「畫廊」裏，也未見作者繼續發揮他在這方面的能力與努力。

(6)**死亡的預兆**——詩人對「死亡」意象的捕捉較其它主題多，而且貫穿着每個時期，流露於重要詩篇中，難道詩人隨時恐懼著「死亡」？可是他的朋友們却認爲在病危時，詩人還有著很堅强的生之意志呢！

詩人開始創作時，民國二十二年間，就有了這種死亡的念頭：

　我想：
　終有一天你忍耐不著寂寞
　讓塵埃作了你底睡衣
　終有一天你害怕了沉默
　碎心地死去
　　　　——鏡

雖然作者對「鏡」交語，何嘗不可言說自白呢？同時期的作品，詩人在煙台海濱「浴場」，看到的是「每天都有許多遊屍在黑浪裏浮出」；在北平「夜的都市」看到了：

　一切的幻影都掩在黑幕裏
　一條條的生命都靜靜地死去

這種年輕時期浪漫的灰調，到了中年透過兩首「向日葵」與兩首「蛾」的意象，轉幻成對愛情飄迷的象徵。「生命的絃」時期的「死蛾」是：

　你撲動着
　　死的羽翼之聲
　　愛情的俘虜啊
　　　勝利者的捕獲品

到了「向日葵」時的「蛾」是：

　如果，死能顯示我的眞誠
　我將撲進你的火燄
　自焚而死，爲你殉身

在「畫廊」時的「死蛾」讓詩人隱隱的聽到了四重聲：生命微顫的聲音、恐怖的聲音、死亡的聲音、永恆。這三首不同時期寫的「蛾」詩，似也暗示着三種不同的人生體驗：望、痴、悟。

詩人的悟，也許希望藉音樂獲得重生：

　無論你去到那兒，如能與你同在
　聽心靈和諧的共鳴
　即使死在你的懷中，也會重生
　　　　——協奏曲

不與草木同其腐朽

不與冥頑的山石永在
聽牧神在大地的胸上敲響着節奏
我，永眠於忘懷之河，隨神奇之波
化爲繽紛的旋律，逝去，永恆的逝去
——音樂

這時候，詩人成了出入地獄的奧菲斯，把他的歌聲永留人間。

把「死」看成很自然的現象，它不再恐怖，而是吉兆：

投在牆壁上的是我破碎的影子
我看出是一個流浪於二十世紀的
荷蘭飛行人現代的憂鬱面像
他將焚去舟楫
葬於你密髮的靜謐之中
同快樂的精靈們
聽你心跳的聲音預示一個死亡的吉兆
——髮

「吉兆」雖是詩人預示我們，難不成他果眞慨然赴早年的約會嗎？

3.詩創作的檢討

就覃子豪一生的詩作來看，我們發覺他不是早熟型的詩人，他的進步是一點一滴的努力成果。如果我們檢查他在「海洋詩抄」與「向日葵」時期的作品，多少是會失望的。

第一、四十幾歲的人還望月傾訴：

我們是多年的老友
今夜，你容光煥發，比昔年更嬌媚
而我因愛底思念已日漸憔悴
你的月桂呢？你的玉兎呢？
當孤獨和寂寞窒息我快死時
我猶記着你童話中的美麗
——月

過份感傷，存在於這時期的大部分作品，「月」一詩僅是抽樣的代表。

第二、覃子豪指導學生創作時句法要簡鍊，似乎連老師也忽略了，試看「花崗山掇拾」第一首末二行：

沒有人會驚訝的發現我的存在
我有不被發現的快樂

如果把前一行「的發現」去掉，句子的文意不會喪失，且避開了重複兩個「的」字。

第三、作者在「眞實是詩的戰鬥力量」一文中說：「詩人的伊甸園，必須建築於現實的基礎之上，方有實現的可能，詩人必須根絕超現實的抽象的觀念，投身於現實的洪流中，體驗生活的廣度，詩人的心靈才有深切的感受，才能對現實有眞實的反應。」又說：「以『眞實中的眞實，生命中的生命，和生命中不滅的火花』的情感來抒寫中國偉大而多難的現實，使我們戰鬥的聲音發自心靈的深處。」（全集Ⅱ，四七一頁），這兩段詩的現實性與戰鬥性，議論堂皇，可惜見之於詩人的作品，比例上少之又少，詩人只是手持牧笛，自吟自唱。

我絕無意一筆抹殺覃子豪的詩作，事實上，這也不是我一人能推倒的。前面提到詩人是以功力見長的人，幸而他有了一册「畫廊」詩集與稍晚十餘首的作品，靠着晚年的這些詩，使讀者們的眼界提升到另一個新視域，對他個人創作而言，也展開一處新境地。

四、詩教育的熱誠

多年來，現代詩遭詬病的原因之一，是詩的讀者侷限少數，要讓讀者增加，詩教育的推廣是個重要關鍵。推廣的方法，如舉辦朗誦詩，指導不懂詩的人認識詩，指導初識詩的人加深詩的了解進而爲詩作者，各級學校實施新詩課程……等。

覃子豪有自己的創作經驗，也建立了自己的詩觀，他編副刊、詩刊、負責函授學校詩歌班事宜，他對詩一生以赴的誠摯愛好，以及爲人的和藹親切穩實，稱得上是推廣詩教育的最佳人選之一。底下分作三部分敍述他在這方面的成果：前期（大陸時期）、後期（臺灣時期）及海外詩教。

1.前期（大陸時期）的詩教

覃子豪留學日本時，就是一位積極的文學活動者，還被較年輕的一輩當成文學家（見全集Ⅲ，三〇七頁）。返國後，二十八年入重慶中央訓練團新聞研究班第一期受訓，結訓後，奉派東南戰區，先後在浙江、江西、福建等地主辦軍報。民國三十年開始主編江西「前線日報」詩時代雙週刊，應該是覃先生的一件大事。他計劃以「詩時代社」爲中心，建立詩歌的據點，形成一個詩歌的網（全集Ⅱ，四三四——五頁），使各地詩作者起來響應這個建立詩歌據點的運動。這是一個很令人激動的雄心，效果如何，我們不得而知，但覃先生主持「詩時代社」達三年之久，應該不會沒有收獲才對。目前，有關當時的資料，我們只能從全集Ⅱ的幾篇短文及同曹聚仁論戰的兩篇文章看出。民國三十年七月十日發表的「加强詩底批評」（全集Ⅱ，四四四——六頁）就說到「自東南各地建立詩歌據點之後，詩時代的地方版創刊了不少，因此，出現了許多熱心於詩創作的青年，詩創作也在空氣熱烈中產生不少。」這是唯一可以見到的文獻，但已經够令人興奮了。

「詩時代社」的兩個目標：第一，使詩歌在現階段打入羣衆的核心，使之普遍於各個城鎮和鄉村，這是詩創作者的動員。第二，動員批評家，給作品嚴正褒貶，指示詩作者怎樣創作，指導詩讀者怎樣認識詩。這兩個目標頗具相當正確的詩教育方向。

指導詩讀者的認識詩與怎樣寫詩，一直是覃子豪推廣詩教的主要方法，這些方法，我們可以在全集Ⅱ四四二——三頁的「怎樣寫詩」與全集Ⅲ三五五——六五頁的十封詩簡看到覃子豪的指導輪廓。

這些方法，到了臺灣之後，更爲成熟，成果更是豐碩。

2.後期（臺灣時期）的詩教

詩人於三十六年底到臺灣，四十年主編自立晚報的「新詩週刊」，四十二年四月出版詩集「海洋詩抄」，同年十月應聘擔任李辰冬先生主持「中華文藝函授學校」的詩歌班主任，從此，展開他在臺灣的詩教育活動。他一方面主編各種詩刊詩誌，先後有公論報的「藍星週刊」、藍星詩選、藍星季刊，發行藍星詩叢……等有關詩的出版工作；另一方面負責函授學校的詩歌教學事宜，先後擔任中華文藝函授學校、文壇函授學校、中國文藝函授學校等教授職務。尤其是函授學校的影響最具深遠。

覃先生在抗戰期間華南一帶已經有指導寫詩的經驗，這時，他把理論與方法及自己的心得加以擴充，形成符合實際有系統有組織的教材，當時中華函校詩班歌的教授陣容强大，計有李辰冬、虞君質、趙滋蕃、侯佩尹、周學普、盛成及覃先生。覃先生負責大部分課程，包括新詩概論、抒情詩及其創作方法、詩的表現方法等作詩指導，並編選「自由中國新詩欣賞」、「美國詩欣賞」、「英國詩欣賞」、「浪漫派欣賞及其技巧研究」、「象徵派詩欣賞及其技巧研究」、「奈都夫人詩選讀及其技巧研究」，可以說一人獨挑大樑的從事這項詩教育工作，這些成績在詩人逝世後由臺中普天出版社印成「詩的表現方法」與「世界名詩欣賞」二書，使覃先生的教學依然延續到目前初識新詩的年輕人。特別有意義的一項是當時李辰冬先生亦發行「中華文藝」月刋，覃先生每期撰寫一篇新詩的批改示範，該項批改示範，即四十七年出版的「詩的解剖」。

不管是「詩的解剖」、或是「新詩概論」、「詩的表現方法」，這種指導方式，有點老師把自己的詩觀强迫灌輸學生的嫌疑，因而，老師詩觀的正確與否成了某些人士非難的情況。楊牧（葉珊）說：「我一向覺得覃子豪是冷靜文明的現代詩人，他這種態度是健康的文學態度」（見「柏克萊精神」一三一頁）他的看法，我是相當支持。我們檢查「詩的解剖」一書中作者在批評一首詩時附上的標題，如：新鮮與新奇，集中力量寫一首詩，詩應有其生命，詩不是散文的分行，詩質的提鍊，表現的準確性……等都能直指詩義。在批改上，每首習作均從立意、內容、結構、句法、節奏、形象和意境、批改意見等七項作爲動手術方法，然後再將手術後的「新」貌附在後面，這麼「科學」的分析解說至少能讓人心悅誠服的。何況覃先生寫這類批改文章的態度是「十分的嚴肅與眞誠」，每一篇文章都費了他「不少的心力」。

至於「抒情詩及其創作方法」、「新詩概論」、「詩的表現方法」這些理論，我們應當將之當作覃先生的創作經驗談。有些人認爲詩不可解，或者拒絕言談自己創作的篇，只說明「詩，就是詩，無庸解說。」這種態度徒增僞詩的嫌疑。覃先生在這幾篇作詩方法除了瞭解寫詩的原則與技巧，最重要的該是他所强調的：

①詩人的修養

②生活的體驗

③學習的方法

他認爲修養是寫詩的基礎，也就是我們常說的先學會做人。他也認爲生活才是詩的源泉，沒有生活的根如何寫出好詩？在學習的方法，他主張分作三方面學習：從中國舊詩，從世界詩遺產，從中國過去的新詩。這種學習的方法是相當健全的，我們該記得沒多少年前，一批喊反傳統的詩人們目前已經魂返東方，魂返中國的找尋自己民族的根，想承接「縱的繼承」了。

覃子豪在臺灣這時期的詩教成果如何呢？藍星詩社對中國現代詩的影響很大，這是有目共睹，但是，「藍星」是個團體，任何成員都可分享之。單以他在函授學校實施的成果而論，應該比在大陸時期更大，他當時的講義曾深入軍中（中國文藝函授學校有軍中文藝函授班），他的詩觀及詩集「海洋詩抄」、「向日葵」也影響了部份學生詩作，他的學生中，較有名者有：彭捷、向明、文曉村、鄭林、蜀弓、楚風……等人。其中，彭捷有詩集「水鄉」，向明有「雨天書」、「狼煙」二集，文曉村有「第八根琴絃」、「一盞小燈」二集，除文曉村外，其餘五人尚有「五絃琴」合集，目前向明、文曉村仍繼續創作中，且質量愈來愈精彩。

3.海外詩教

於此，所謂海外詩教，僅限於非律賓華僑而言。在民國四十幾年間，覃子豪先生即有詩集「海洋詩抄」、「向日葵」、詩論集「詩的解剖」、「論現代詩」散佈到非律賓了，也同當地一些文人通訊交往。直到民國五十一年四月應僑務委員會之聘，赴非律賓擔任第二屆華僑青年暑期文藝講習班現代詩講座，為期五週，從四月二十六日到五月三十日止。根據詩人歸來後撰述的「我在馬尼拉如何講授現代詩」（全集Ⅱ，六四〇—四四頁）一文，他在這五週的教材課程依序為：詩的藝術、詩的發展、詩選（包括中國現代詩選、法國詩選、英國詩選、非律賓詩選）。詩的創作方法、習作解剖。這些課程，每天日班上兩、三小時，夜班授同樣課程，鐘點和日班一樣，也許這麼勞累而弄壞了詩人的身體健康。

這次短期的詩教，對四十餘位學生收到效果如何，沒有集印作品，是很可惜之事，詩人說他們學習的興趣很濃厚，只要這樣，詩人播下的種子是可期望他的發芽、茁壯。

而這趟非律賓之遊，對詩人而言，最大的收獲在於跟心儀的非華文藝界人士施穎洲、若艾、芥子、亞薇等人見面晤談相處，與五首「非律賓詩抄」的創作和未完成的「黎剎廣場」，以及三篇遊記文章。

當火的種子燃亮人類的心頭

他將微笑而去，與世長辭

詩人推展了近二千年的詩教育，難道就這樣心滿意足的走了？也許，這微笑是他一向處世的態度，何嘗不可以說成詩人推展詩教的熱誠呢？

五、詩翻譯的耕耘

一個中國新詩的作者，他可能要接受兩股文學的傳統——淵源於中國古典詩詞新詩作品和西方詩潮。也許我們可以說後者的影響深於前者，因為新詩的形式與內容上本來就是舶來品。

既然西方詩潮的影響來得大些，為了介紹這些外國詩的派別、內容、形式，端賴「知識買辦份子」了。最早從事譯詩的人，必然他自己喜歡詩，也許還懂得作詩，只有這種情況，他才會樂意從事這項工作，介紹的同時，免不了要翻譯詩。翻譯的效果如何，已有太多人談論，至少，這是一種聊勝於無的工作，在翻譯同時，往往因為譯者的學養、語文訓練、資賦等因素，使得一首詩會在幾位譯者筆下呈現不同面貌。

誰是最理想的譯詩人選呢？名翻譯家施穎洲先生在「三種中譯本莎翁聲籟集」文中提到「譯詩的人却應該是學人（翻譯家）與詩人渾然化成的一人。」（61年8月18日中國時報人間副刊）。早年，朱湘、戴望舒、梁宗岱都算是詩壇上翻譯名家，然而，這種譯詩工作並非每個「非詩人的學人」所樂為的，因而造成詩人譯詩獨當一面的局勢。

覃子豪先生早年習過法文、日文、英文，他在散文集「東京回憶散記」中「買書」這篇文章就提到他買了不少上述外文的詩集、詩選，尤其偏好法國詩人（全集Ⅲ，二九九——三〇二頁），但他的語文程度如何，我們不得而知，雖然余光中、杜國清二位曾分別指出錯誤，余光中在「第十七個誕辰」文中說：「……可是他的外文和詩學，以言翻譯和理論，終覺勉强，却又不知藏拙……」（原刊「現代文學」46期，後收進「焚鶴人」），杜國清在開始翻譯法國詩人波特萊爾作品時，也說：「……可是覃譯，則大有問題。……我非常懷疑譯者眞的看懂日文，更不用說法文了。」（「笠」詩刊48期，75－76頁），遺憾的是，覃子豪先生百口莫辯。不過，如果我們站在比較容忍、諒解的態度，他的譯詩至少仍是可觀的，決不是一筆就可以抹殺掉。如果說譯詩是一門學術，那麼王光祈的一席話，頗值得我們深思，他對朋友說：「幾年前，你曾和我相會於柏林，當時我開始學習音樂，狠花了一番工夫。……這十幾年來，我完成我的音樂書籍，已經有十多種了；其餘的爲糊口而翻譯的也有十多種了。……國內有些笑我譯著不精的人……你囘國已經七年了，並且也做了大學的教授，以你的能力，我以爲應當有很好的表現，但是你默默的無一點成績……」（見「王光祈的一生與少年中國學會」二〇五頁）。這或許是我們學術界的怠惰導致吧！站在這種比較容忍、諒解的態度來看，覃子豪的譯詩成果，我們可以分作法國詩與其它外國詩的介紹兩大類。

1. 法國詩的介紹

民國四十年到胡品清女士返國前（民國五十一年），這十年間介紹法國詩的人士有盧月化、侯佩尹、盛成、覃子豪四位，前二位數量少，後二位稱得上當時的重鎭。覃子豪於民國四十二年十月應聘擔任「中華文藝函授學校」詩歌班主任時，盛成先生負責教授編印「法國詩歌的研究」約四、五萬字的詩史講義，並詳細介紹了法國詩人十餘家，分別發表於「文藝創作」、「中國文藝」、「新思潮」等刊物。

覃子豪在日本求學時，搜購了不少法文詩集，這些書籍據他說在抗戰中全部遺失，僅存「雨果詩選」和「法國詩選」兩册（見普天文庫「世界名詩欣賞」66頁，原係詩歌班講義），至於他何時參與法國詩翻譯工作，很難考查。民國四十六年八月二十日出版的藍星詩選叢刊第一輯「獅子星座號」（覃子豪主編）封底有一則覃子豪譯「法蘭西詩選」的出版廣告，由大業書店發行，廣告詞是這樣：「法國詩在文學史上有領導地位，曾影響世界詩壇，中國詩人受法國詩的影響甚多，覃子豪先生於二十年前，即開始翻譯法國詩人雨果、魏爾崙，以及比利時詩人凡爾哈崙等人的作品；二十年中陸續翻譯不少，近三年中覃先生以全力從事翻譯法蘭西詩選的工作，現已全部譯竣，交由本書店出版。……書分三集出版。……」此話應當屬實。「東京囘憶散記」最後一文「囘國之前」即有一些譯詩的稿子被日警發現，包括雨果、尼克拉索夫、葉賽寧等人（全集Ⅱ三二五頁），也就是大約民國二十五、六年卽譯法國詩了。隨後時局動盪，至四十二、三年間較爲安定，再受到盛成先生的鼓勵(?)與刺激，傾全力翻譯，也當有此可能。至於說「全部譯竣」，則尙待商榷，因爲五十年六月十五日出版的「藍星季刊」第一期還有他譯的阿瑪維斯特詩選，五十二年六月一日出版的「創世紀詩刊」18期有「阿保里奈爾詩選」以及四十九年九月一日出版的「筆滙月刊」革新號二卷二期有米修詩選，則此時（民國四十六年）只能說詩人有「法蘭西詩選」三集出版的構想。在同樣預告的後半，詩人介紹這三集的內容：

第一集、從古典主義到浪漫主義。由抒情大詩人維龍起，古典主義詩人龍沙、貝蕾、祉尼埃等，到浪漫主義詩人拉馬丁、雨果、維尼、繆塞。包括長短各詩二十三首，其中以長詩爲多，且均爲文學史上不朽之作。卷首並有長達萬餘言之緒論，論述法國詩之變遷甚詳，……。

第二集、從高踏派到象徵主義。有波特萊爾、魏爾崙、藍波等數十人之代表作。

第三集、從後期象徵主義到近代詩派。有梵樂希、阿保里奈爾、高克多等數十人之代表作。

如果這三集順利完成，成果是相當可觀的。詩人計劃中的第一集於民國四十七年三月出版，可以說是新文學以來第一部冠以「法蘭西詩選」的譯詩集。第二集曾再次於「藍星季刊」第一期預告出版：「法蘭西詩選第二集內容係巴拿斯派（Parnasse）詩人及象徵派（Symbolism）詩人的作品，內有巴拿斯詩人里列、赫芮地雅，象徵派詩人馬拉美、魏爾崙、藍波、波特萊爾、蒲律多麥、邦魏列、沙曼、凡爾哈崙、賈莫、羅雅綺夫人、梵樂希等人的作品，共六十餘首長短詩，三十開本，約二百餘頁，本年（按：民國五十年）十月由藍星詩社出版。」可惜，這計劃未能實現，當然第三集也一樣了。隨着詩人「壯志未酬」之後到全集Ⅲ的出版，我們僅看到編輯委員會編了一册頗對不起詩人的書，關於此事，筆者曾撰寫補遺一文刊登「書評書目」36期（65年4月1日）。儘管如此，我們還是看到了覃子豪在法國詩譯介的努力成果，只是我們頗爲遺憾，因爲他的英年早逝，亦剝奪了我們欣賞「法國詩選」較完整的面貌。

總計覃先生譯介了法國詩人二十九位，近一百二十首詩。撇開質而言，這數字對於介紹法國詩，是稍嫌少了些，一九四九年紀德編選的「法國詩選」計選了七十八家，四九四首詩（包括節錄）。不過，直到目前，除了胡品清外，尚無超越覃先生的人，我們對他只有感激，何忍苛責呢？

覃先生除了辛苦譯介這些法國詩之外，還對法國十九世紀三大文學思潮加以舉例賞析，譬如「浪漫派詩欣賞及其技巧研究」、「象徵派詩欣賞及其技巧研究」、「巴拿斯派作品之研究」，這類指導文獻一直是少有的中文介紹資料，也是研讀法國詩有力的中文入門參考，我們可以了解到覃先生循循善誘的良苦用心。

2.其他外國詩的介紹

這一類外國詩的翻譯時間似乎可以截然的分成兩部分：大陸時期與臺灣時期。

在臺灣時期，由於詩人主持詩歌班的指導工作，需要編選英國詩與美國詩的選讀（當時盛成、侯佩尹二位負責法國詩，周學普負責德國詩，覃子豪本身負責英美部分），因而自己也動筆譯了一些充作教學材料，來指導函授班的學生。他翻譯的英國詩人包括丁尼生、勃萊克、羅塞蒂、史蒂文生、夏芝、梅士菲爾六家十一首詩；美國詩人僅有桑德堡與佛洛斯特二家六首詩；據詩人在指導美國詩欣賞的前言中提到他曾譯了數篇狄金生（Emily Dickinson）的詩，均不滿意，不知是否發表過。覃先生介紹佛洛斯特時曾撰述「一位詩聖恆久的智慧」約三千字發表於「文藝創作」64期（45年8月），可惜沒有收進全集中。

除了英、美譯詩之外，其它的均在大陸時期翻譯的，而且時間應該相當早。「裴多菲詩抄」民國二十五年就譯畢於東京，三十年才出版。另外零碎的一些詩人國籍分別爲丹麥、俄國、波蘭、希臘、西班牙、烏克蘭等近十首左右。覃子豪譯介這些詩跟裴多非同樣，具有時代意識，這時正是抗戰時期，這些譯作不是充滿愛國情緒與激昂戰鬪意志，就是富有民族色彩。其中，裴多非值得我們進一步探討。

詩人到了臺灣之後，民國四十六年二月一日出版的「復興文藝」（葉泥主編）第三期以裴多非做爲封面人物。當年，詩人出版的「裴多非詩抄」究竟有多少譯詩，我們已經無從知曉，「復興文藝」第三期僅三首，收進全集Ⅲ有六首，並附詩人於東京寫成的評介一文「匈牙利愛國詩人裴多非」。此評介文中，詩人說明「裴多非詩底特色，除了淡淡的憂鬱意味和有着至理的小詩而外，他的詩大體可以分作三點去了解：自然的愛好，國家獨立的意識，以及自己犧牲的精神。」

抗戰前與抗戰期間，我國處於弱勢，正需要像裴多非這般愛國詩人，覃子豪適時地介紹，同時，在他的詩集「自由的旗」想必也是同一主題才對。雖然資料短缺，憑些微的詩篇，我們尙可以覓得他倆相似的蛛絲馬跡。覃子豪詩集「自由的旗」有首詩「戰爭的消息在催促我」，詩人說：

在小小的木屋裏
風在靜謐的夜霧中
送來轆轆的兵車開動的聲音
啊！戰鬪的時光在召喚我
要我騎着棕色的馬
奔向極遙遠的前程

這股情緒並不低於裴多非的「我願死在沙場上」：

戰後
叛旗下行莊嚴大葬的時候
勇士的屍骨
一齊
掩埋在墳裏
收集我的屍骨吧
在爲世界的自由
流着生之鮮血的勇士的塚中
請埋葬我的遺屍

這種馬革裹屍的積極戰鬪精神，正如同覃子豪在該評介文中說：「我覺得，像裴多非這樣偉大的詩人，在目前的中國是值得介紹給讀者的。」

此外，我們回頭看前面詩集介紹部分(2)自由的旗，我抄錄了大約這時期的三首詩，在風格上氣勢上都給人有直追裴多非之感。

如果我們有此二部詩集——「自由的旗」與「裴多非詩抄」互相對照，想必更能令人產生興奮的解答。

前頭提到的「復興文藝」，除第三期封面人物裴多非外，第二期是法國詩人梵樂希，第四期是魏爾崙，均有覃子豪的譯詩。

就譯詩而言，覃子豪一方面由此拓展自己的詩路詩觀，另一方面，打開窗子讓國內讀者吸收更新鮮空氣，儘管有杜、余二位的懷疑，應該不會損及他的功績。

六、法國詩的影響

前面，我們介紹過覃子豪先生翻譯法國詩的努力，究竟法國詩有沒有影響到他的創作，他介紹法國詩的各種派別時對法國詩史的理解程度如何，這也是我們想知道清楚的。

先談覃子豪理解法國詩史的程度，可以從下列幾篇論文進行探就：

1. 法蘭西詩選第一集的緒論
2. 論象徵派與中國新詩
3. 簡論馬拉美、徐志摩、李金髮及其他
4. 巴拿斯派作品之研究
5. 波特萊爾的頹廢主義及其作品
6. 象徵派及其作品簡介
7. 象徵主義及其作品之研究
8. 關於凡爾哈崙
9. 關於保羅・梵樂希
10. 超現實主義給予現代詩的影響
11. 超現實主義的影響
12. 浪漫派詩欣賞及其技巧研究
13. 象徵派詩欣賞及其技巧研究

這多篇文章中，有部份重複，重複的原因歸於作者的增添資料，以及讀者對象的不同，此情況也可以見之於其他覃先生爲函授學校撰寫的有關詩歌講義。大體上，我們可以從這裏分作兩部分來談：詩史與文學思潮。上述第一篇就是長達萬餘言的詩史，他言簡意賅地縱談法國詩之演變，從九世紀到二十世紀初，囊括三十八位詩人，論述古典主義、浪漫主義、巴拿斯派、象徵主義、神秘主義、新古典主義、後期象徵主義、立體主義等文學派別。這一篇緒論，可以算作覃先生計劃編譯法蘭西詩選三集的總序，主要內容沒有離譜，而且頗能觸及每個詩人的心靈，例如他對幾個詩人的介紹，維龍爲法蘭西文學的開山祖師，祉尼埃是古典主義最後的一位詩人給後來的浪漫派甚至巴拿斯派頗有影響，雨果當時的言論被尊爲文藝上的絕對的權威，

里列是法蘭西偉大的動物畫家……這些論點簡捷扼要，足以幫助讀者理解法國詩史。唯似乎有幾處小錯誤，筆者冒昧代爲更正如下：

1.「羅蘭之歌」是史詩中之代表作，表現基督教、騎士、愛國之三大理想，但不是歌頌十字軍的英雄故事。

2.十七世紀的抒情詩人拉封登，他是寓言詩人，而非預言詩人。一字之差，意義全變。

3.拉馬丁的詩集「沈思集」出版於一八二〇年，不是一八一九年。

4.雨果詩集「懲罰集」不只是敘述拿破崙三段戰爭史實。敘述拿破崙三次命運打擊：一八一二年潰敗於俄國雪地，一八一五年被殲滅於滑鐵盧，晚年遭放逐於聖海倫島是「懲罰集」中的一首長詩「贖罪」。

5.覃子豪稱雨果是語言的勞動者，似嫌曖昧，如同他跟蘇雪林論戰時的一字之辯「無感不覺」一樣。

6.巴拿斯派詩人從一八六六年至一八七六年間，共出版了三冊「今日巴拿斯」詩選，並非一冊。這三冊出版的年代分別爲：一八六六年、一八七一年、一八七六年。

以上的小疵應該無損及覃先生的論述。

其次，在文學思潮方面，覃先生介紹的重點是浪漫主義、巴拿斯派、象徵主義，份量最多的是象徵主義。這三大文學思潮豐富了十九世紀法國詩的內容，詩人們在這期間前仆後繼的以三大文學思潮的技巧主導歐洲詩壇，進而影響世界文學。覃先生介紹時以詩人作品爲主，强調各派別不同處，也可以使讀者了解技巧上的差異。

覃先生雖非學人，可是他的法國詩史的理解程度，尚可以使他在這方面深入研究，進而引導國人踏入法蘭西瑰麗的詩園裏。唯一遺憾的是二次戰後的法國詩壇動態，覃

先生沒有進一步的介紹，而把重點放在十九世紀過氣的巴拿斯派與象徵主義上，這點是有他的理由──指導學生作詩的技巧。

法國詩給予覃先生的影響，我擬分作三點來談：

1.藍星詩社的社名，我想跟法國十六世紀的「七星詩社」或許有某種聯想的可能。「七星詩社」是以龍沙為盟主合其他六人組成的詩人團體，曾是十六世紀法國詩壇的領導團體。

2.藍星詩社所發行各開本書刊，或是藍星詩叢、或是藍星詩選、藍星季刊，都可以說是覃先生為我們介紹了另一種詩集詩刊的版面，這種二十五開本的紙面是法國詩集的形式特色之一。

3.在「向日葵」詩集出版之前，也就是民國四十四年以前，詩人的詩作可以歸類為自由詩，或者抒情詩的型態。雖然詩人自述「我對海有寫不盡的情感，要歸功於象徵派詩人給予我在表現技巧上的訓練。我從象徵派詩人中學到比喻，聯想，象徵，暗示的手法。我運用這些手法把平凡化為不凡，把貧乏化為豐富，把單調化為生動。」（全集Ⅱ，四七五頁），這席話只是套用象徵派的名詞解說一番而已。將比喻、聯想、象徵、暗示的手法，用來翻閱「海洋詩抄」裏的詩篇，是會令我們失望的。倒是「畫廊」時期的詩作，由於此時詩人鑽研巴拿斯派和象徵派的理論與技巧，在表現上就顯著地有這兩派的痕跡，如「吹簫者」、「分裂的石像」具有巴拿斯派的雕琢刻劃冷默的傾向；「死蛾」、「夜在呢喃」、「秋之管絃樂」、「肖像」具有象徵派精緻、朦朧、神祕的特質。嚴格講，都只是技巧上的學習，並不就是巴拿斯派的詩，象徵派的詩。因為巴拿斯派與象徵派的表現手法能夠豐富詩的內涵，卻不是作詩的唯一技巧。對於覃子豪這樣一位覺醒性的詩人，他當然不會止於此的。因此，「畫廊」以後的詩作逐漸擺脫巴拿斯派與象徵派的技巧，回到比較單純的表現手法。

七、結語

作為一個創造性的詩人，覃子豪常能藉着他對中外詩史的認識，冷靜理性的接受流行過的文學思潮的技巧，卻不擁戴標榜某一派別，他恆在追求，恆在探索。這種精神進展的過程，透過晚年成熟平實的詩作，給了我們芬芳的感受。

作為詩運的積極推動者，二十年來，他殷殷勤勤的撒播詩的種子，對同輩晚輩的詩作者詩讀者來講，我們也一直恩寵似的罩在他和藹親切的慈暉下。

作為翻譯家，覃子豪的火候似嫌不够，但他在那個襤褸的詩壇，扮演了斬荊披棘的拓荒角色，勇氣可圈可點。

覃子豪的英年早逝，固然造成詩壇不少的長吁太息，但人間自古不許詩人見白髮，尤其詩壇自六十年代以來的恩恩怨怨，打打殺殺，極濃的火藥味中，當我追想這位一生與詩為伍的前輩，鍾鼎文執筆「死的三部曲」長詩結尾，一直響於耳際：

當向日葵消逝時，
它化為它所仰慕的太陽；
它不再在大地上開花，結實，
卻在宇宙間
散佈着熱，輻射着光。

而每次展讀他的遺著，在我個人內心，恆有充實恬適之感，且興起詩人的早逝，更能使他在另個世界冷眼洞視混沌的詩壇，從這一點看，我倒相信他眞的瞑目了，至於在詩史的地位，想他決不會計較爭寵排名，或敲門硬闖的。

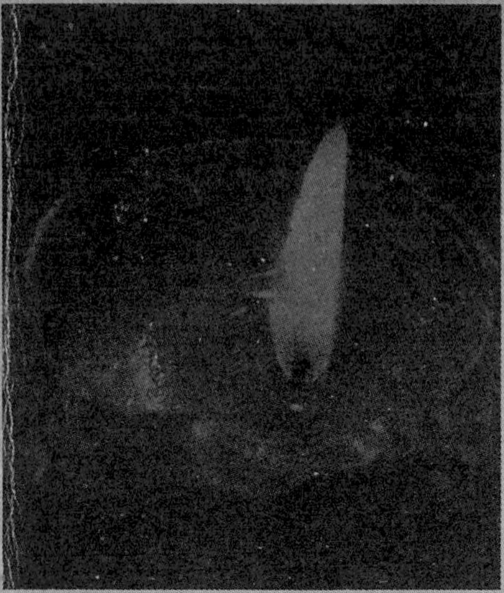

中國民國行政院局版台誌1267號
中華郵政台字2007號登記第一類新聞紙

笠 詩双月刊 LI POETRY MAGAZINE 89

中華民國53年 6 月15日創刊
中華民國68年 2 月15日出版

發行人：黃騰輝
社　長：陳秀喜

笠詩刊社
台北市錦州街175巷20號2樓
電話：551－0083
編輯部：
台北縣新店鎮光明街204巷18弄4號4樓
經理部：
台中縣豐原市三村路90號
資料室：
《北部》台北市北投吉利街249號4樓
《中部》彰化市延平里建寶莊51～12號

國內售價：每期30元
訂閱全年6期150元・半年3期80元
海外售價：美金1.5元／日幣300元
港幣5元／菲幣5元
歡迎利用郵政劃撥21976號陳武雄帳戶訂閱

承　印：福元印刷公司　臺北市雅江街58號

詩双月刊

笠

LI POETRY MAGAZINE

1979年 4月號 90

笠90期目錄

釣魚台詩集

李魁賢

釣魚台是我們的島

爸爸，爲什麼，爲什麼
他們派軍艦驅逐我們的漁船？
爸爸，爲什麼，爲什麼
他們用槍砲瞄準你們的空手？

爸爸，老師說釣魚台是我們的島
屬於臺灣版圖上的一顆小星，
爲什麼能讓外人用武力覇佔？

爸爸，你們以前每次討海
不是常在那一帶海域捕魚嗎？
爲什麼現在却變成禁地？

爸爸，眞的海底下藏有豐富的石油嗎？
他們擺出海盜的蠻橫姿態
就是經濟動物的本能和行爲嗎？

光復釣魚台

爸爸，您又流淚了
我看到您眼中有無限的光芒
爸爸，每次提到臺灣光復
爲什麼您都會流下眼淚？
我感到好奇怪

看過黑人爭取自由的影片後
爸爸，我瞭解了
臺灣光復對我們的意義

爸爸，臺灣光復表示
臺灣從此不再是殖民地
已回到了祖國的懷抱

可是爲什麼
我們的釣魚台又被佔？

爸爸，我們還沒有光復！
爸爸，我們還沒有光復！

繪圖

爸爸，我把島繪得特別小
表示在大海上多麼寂寞

爸爸，這些外人多笨
開來比島還要大的軍艦
無聊地在這裏釣魚

爸爸，您看，連魚都嚇跑了
跑進我們漁民遠遠放下的網

爸爸，我把插在島上的國旗
繪得特別大，比軍艦還大
您知道爲什麼嗎？

我要讓全世界都知道
釣魚台是我們的疆土

長大後

爸爸，我長大後要當海軍
您看我們的海軍多麼神氣
挺直的胸膛，整齊有力的步伐
走過閱兵台前，大家都用力鼓掌

爸爸，我長大後要當海軍
您看我們的軍艦多麼雄壯
堅厚的船身，顯示威力的槍砲
破浪前進守衛我們四周圍的海洋

爸爸，我長大後要當海軍
把覇佔釣魚台的海盜趕走
保障國家版圖的完整和尊嚴
讓我們的漁民能自由自在的討海

勇敢的烏魚

爸爸，爲什麼
每年烏魚要順着海潮南遊
在最溫暖的海域產卵？

爸爸，您不是說在臺灣海峽
有一道死神把守的黑潮嗎？
爲什麼烏魚總要奮不顧身
沿着祖先走過的海路回來？

爸爸，您不是說釣魚台海面
變成比黑潮更凶險的水域？
那麼烏魚又要增加一道障礙，
爲什麼今年仍然有大羣烏魚南下？

爸爸，烏魚實在是最勇敢的魚族
不管環境多麼危險和困難
絲毫不改變祖先立下的原則

氣象報告

爸爸，爲什麼到了漁業新聞
您就氣憤地關掉電視？

爸爸，以前您不是最重視漁業氣象嗎？
您最關心的是高氣壓有沒有南下
南太平洋的氣流是不是又在挑皮？

爸爸，我常看到您早晚走出門外
觀察雲彩的異動和天色的變幻
爲什麼您能從自然現象推知氣候？

爸爸，自從您從釣魚台被趕回來後
不再聽漁業氣象的報告
總是狠狠的把電視關掉
好像要用這小小動作來出氣似的

爸爸，爲什麼電視每天還是照樣
播報釣魚台海面的氣象動態？
爲什麼不乾脆也播報南極和北極？
反正都是您們去不了的地方

封面設計

爸爸，我們同學都用硬紙
把書本包好做封面
然後各人按照自己的喜愛
畫上圖案做封面的設計

爸爸，您知道嗎？
男生都是畫汽車啦飛機啦
有的畫戰爭的場面，火線上的對陣
女生都是畫娃娃啦花草啦
有的畫鄉下的房子，蝴蝶在飛舞

爸爸，您猜我畫什麼？

我什麼都不畫，我只寫字：
釣魚台，釣魚台，釣魚台……
釣魚台，釣魚台，釣魚台……
大大小小的字，寫滿了封面。

下雨天

爸爸，爲什麼看不到釣魚台
我一直往東北看，一片茫茫

爸爸，您不是常說
自己的東西要看牢才不會丟掉？

爸爸，我愈來愈不放心
爲什麼我張大着眼睛
總是看不到釣魚台？

爸爸，連天空都流淚了
我們就這樣沒有能力嗎？
我們開船過去看看好嗎？

爸爸，我還是要一直往東北看
才會感到稍微安心

我們的國土

爸爸，您說釣魚台沒有樹木
是花草不生的灰色岩礁
但在您眼中那是很美麗的地方

爸爸，您說釣魚台沒有飛鳥
是動物絕跡的蠻荒離島
但在您眼中那是很生動的樂園
因爲那是我們的國土

爸爸，您說釣魚台沒有飲水
是人類無法生存的絕境
但在您眼中那是很甜蜜的天堂
因爲那是我們的國土

怎麼做

爸爸，大人說要保衞國土
抵抗外人的侵略
爲什麼要這樣說呢？

爸爸，大人說和敵人誓不兩立
絕對不跟他們妥協
爲什麼要這樣說呢？

爸爸，釣魚台不是被侵佔了嗎？
侵佔釣魚台的人不是敵人嗎？
我們爲什麼不抵抗呢？
我們爲什麼要妥協呢？

爸爸，大人無論怎麼說
我們聽慣了，沒有感動
我們想看看大人怎麼做

（接自十二頁）
因爲那是我們的國土
過河去打仗已成爲熱門的行業
重賞之下什麼人都可以成爲敵人
誰還去管他殺人的理由
小命不死，回來便是小富翁一個
只是似乎沒有多少人
合同期滿後，用原來的兩條腿
走回來

我們看見那位濃眉的小婦人
又在哭泣的行列
她是個勇敢聰明的女人
總在撫卹金治癒了喪夫之痛後
鼓勵下一任丈夫再去打仗
然後等待
等待再做一次寡婦

過河去打仗已成爲年輕人嚮往的行業
誰說傭兵一去不復返
帆布屍袋壓死了白冰宮外的草坪
寡婦們的眼淚又使它復活
我們知道那位濃眉的小婦人
還會來此參加哭泣
當運屍機再從河那邊回來的時候

非馬詩抄

馬爲義

山

把腰切成一片片梯田
把臉削下半邊來掏礦
把肚子挖空造一條隧道
這些，只要對人類有用
我其實並不怎麼在乎
但要是爲了什麼鬼風水好
而被搞得百孔千瘡
我倒希望所有的愚子愚孫
都像他們的老祖宗一樣頑固

下雪的日子

企個懶腰
抖一抖
小咪
你要死啦
把地毯
搞得
到處是毛

明星詩人

軋軋
攝影機
掃過
他倒下
無聲
螢光幕
從此
成了他的
天空

一九七八年聖誕

在百貨公司裏

排隊
等着坐到
售貨員扮成的
聖誕老人
的膝上去

像所有天眞的小孩

我將扯他的大鬍子
把嘴巴附在他的耳上
然後大叫

你們把上帝
賣到哪裏去了？

親情

周伯陽

湖水如鏡
小艇並列
一對少年輕輕搖艇走過
構成大自然的寧靜美
父親正注視兒女的划艇動作
表露着人倫的常道無遺
那搖槳的廻音
道出父親也有快樂的
少年時光
更需負起培育下一代的責任
而船槳在湖面
擊出許多水波來
波紋一圈一圈逐漸地擴大
宛如把親情擴散於永恆裏

詩兩首

陳千武

夜景

蔓
延
在廣大地域
的色情交易
的矮屋頂上
現代建築物
屹立着
不眠的慾望
慾望衝向朦朧的夢
一明一滅
閃着濕潤的癡情
雨
激烈地
敲打着
不厭的纏綿
的矮屋頂上
避雷針感電了
傳來遠方
春雷在吹哨

根

有脚
就必需不斷地彷徨
沒有根
不知道土壤的溫暖
鬼點而不幸的兩脚獸
每次移動
就憐憫根的執着
嘲笑根的愚直
被拘束在悔悟裏的
根　默默營生
把繁茂的枝葉
覆蓋溫暖的土壤
未曾夢想攀上銀河——
畢竟是有脚才惹禍
沒有根才會遭災
所有的脚獸終究免不了
挖開土壤埋葬自己
餵給根慢慢吸收

兒童世界

詹　冰

你丟我撿

你丟紙屑
我撿
你丟果皮
我撿
你丟惡言
我撿
你丟罪過
我撿
凡是人間世上的垃圾
我都要撿

玻璃遊戲

透過綠玻璃看到的是
綠色的雲彩
透過橙玻璃看到的是
橙色的山脈
透過紅玻璃看到的是
紅色的樹林
透過黃玻璃看到的是
黃色的房子
透過紫玻璃看到的是
紫色的孩子
透過藍玻璃看到的是
藍色的小狗
透過青玻璃看到的是
青色的花朵
透過無色玻璃看到的正是
美麗七彩的風景

我在泰北

靜修

髮

從前，我留平頭
天頂如草坪，怒死了也冲不了冠
更甭談什麼風蕭蕭兮了
分明可以五分長，教官老是用手指夾
誰要給夾住了，就像老鼠給夾住尾巴
準有你好看
他厲聲叱咤，雞蛋裏挑骨頭
其實，誰不知道他眞正要夾的
是我們腦袋瓜裏頭

後來，我留西裝頭
楚河漢界，中間偏右半分開
一經風吹草動，涇渭老是不分明
沒有西裝革履徒有西裝頭
七分像田庄兄哥，三分小丑
衣領是道柏林圍牆，誰要膽敢越雷池一步
條子就要嚕里巴囌，搞不好
給你免費修理，叫你當衆出醜
簡直是小題大作

再後來，我留喜痞頭
那是飄洋過海，入境隨俗
也是長期壓抑的突破
褪色牛仔褲，花襯衫開扣開到心窩
袒露稀稀疏疏的男子漢，長髮迎風
自覺有一份飄逸的帥氣，
但有一天，一個我很喜歡的女孩
叫了我一聲「孤頽」
叫得我男子氣慨頓時喪失殆盡，窩囊透頂

現在，我索性剃光頭
這是此地榮耀的標記
不必披上黃袈裟已領受一份注目
只是每當看見漂亮的女人裹着
不穿內褲的緊身紗籠，自我面前搖擺而過
我仍然禁不住要目迎目送
仍然時常忘記我天頂上方
正頂着一顆神聖光亮
六根應該清淨的，和尚頭

靈魂舞

你一定不知道什麼叫做開「陽」葷

那是使靈魂翻跟斗的經驗
昨晚在「香格里拉」
一向風流自賞的阿B
轟轟烈烈創造了這個新名詞

當他看見跳起露魂舞幌頭摔手
扭腰擺臀，全身抖動騷勁十足的娘不里
一對勾魂眼勾得阿B全部靈魂出了竅
立刻鄭重修正戒舞的誓詞
包了她一整個晚上的枱

一整個晚上，他們相擁塞進邊廂的卡座
無視於靈魂舞曲響徹雲霄
直到夜半打烊了才意猶未盡
情意綿綿地依依分手
鬼才相信阿B最愛跳靈魂舞

今晚，敬他一枝「威斯頓」就把我們
當大爺侍候的BOY偷偷告訴我們
娘不里是個如假包換的「孤頮」
我們看見阿B的臉扭曲得像變形的榴槤
連汗毛都直豎起來，然後
猛吐口水，好像要把靈魂
從深喉嚨裏吐掉

阿B又在發誓說以後再也不去跳什麼靈魂舞了
這又何必呢
人生本來就有很多第一次

既使出點洋相也無傷大雅
更何況這一次是名符其實的
開「陽」葷呀

人妖選美

長髮上挿着一朵不知名的小紅花
金黃晚禮服斜肩披着鑲邊的彩帶
午後八點四十分
掌聲把淸邁府的代表招引出來
呵叻的人妖選美大會於焉開始

二十六位佳麗輪流在伸展台上
搔首弄姿
個個妖嬈冶艷
一舉手，一投足，一款步，一轉身
任你左看右看前看後看
都看不出，她們原是亞當的兄弟

這是那一門子的社教活動
竟然由教育局所主辦
我坐在靠近伸展台的地方心中不斷疑惑
畢竟昭披耶不是孔夫子
所謂善良風俗，必各有不同的解釋
要不，還有什麼奇風，什麼異俗

畢竟湄南不是秦淮
商女也罷！商男也罷
高唱低唱後庭，都不關什麼興國亡國

有人說長髮之外她們更擁有一對
屬於夏娃的胸脯
我遂在樂武里的代表於喧鬧聲中加冕後
忽然勃起一份探紫奧秘的衝動
效古代帝王斷袖之樂
學近代異人低唱後庭
為我不很多彩的人生
增添一行彩色

後記：「孤顏」泰語，人妖也。泰國人妖之多，恐為全亞洲之冠。每當華燈初上，他們三五成羣，在洋人羣居之地或美軍基地附近，阻街拉客，許多愛好「自相殘殺」的洋大兵樂此不疲。各府一年一度的拜神盛會常有「人妖選美」等活動，本地人見怪不怪，對重視倫理道德的咱們中國人，若非親自目睹，實在難於想像。

擺烏龍

你說這事兒有趣不有趣
白羊中隊昨天擺了個大烏龍
把永珍東方五十哩
萬保將軍的偵測站
炸了個稀巴爛
根據我們天賦的聰明才智來判斷
大凡自家人幹掉自家人，比如
　看錯目標啦
　量錯距離啦
　弄錯方向啦
　算錯時間啦
那麼，必然有其神秘兮兮的道理
　若苦肉計啦
　若反間計啦
　若殺人滅口啦
　若製造藉口挑釁誣賴啦
總而言之，都是狗屁倒灶的事

後來聽說
這是赫姆斯先生出的鬼主意
那就不必再費神多疑猜了
誰都曉得赫姆斯先生007手提箱裏
賣的是殺人不見血的美國仙丹
所以，今早五架幽靈機凌空而去的時候
我就在想，又有人要倒霉了
不知道這一次是
越南人，寮國人，高棉人
或咱們自家的泰國傭兵

白冰宮外

C123運屍機同來了
白冰宮外一片悽慘的號啕
昨晚的戰鬪必定激烈無比
傭兵們留下了一筆可觀的撫卹金
和一個寡婦

（下轉第五頁）

好心的虎鼻獅

林宗源

上通天文的虎鼻獅下通地理
預測天氣叫人提早收起稻仔
給雨淋㵥着
海龍王就無收成
無法向玉皇上帝交代就打小報告
洩漏天機的虎鼻獅犯天條
凡間哪加幾個虎鼻獅
玉皇上帝的天國就危險
神絕不准百姓聰明提意見
就命令海龍王想辦法的上帝
在百姓的心內是唯一的神

看天收成的百姓
看天放落幾支像柱仔的東西
驚惶的百姓以爲天伸下魔掌
一面請教虎鼻獅一面驚天災地變
很聰明的虎鼻獅
究竟不是上帝心裏的心
雖然他知影這是龍王的鬍鬚
別人不敢爬去的虎鼻獅爬去
想講通天地的代誌的虎鼻獅中計

摔落來的虎鼻獅摔成碎肉一款的螞蟻
上通天文的虎鼻獅下通地理
自從變成螞蟻才知影神的陰險
就以出洞搬運糧食來暗示

天的黑
天的紅
暴風哪要到
天會紅
天會黑
看！很多的虎鼻獅？請看！

一支魚骨咬很多隻螞蟻

悼亡詩

巫永福

悼妹夫

一個大寒剛過薄霧未明的早晨夢裏
穿一身新的黑絲絨對襟衫褲和黑鞋
你欲言還止地擧起右手慢慢揮動着
然後留下嚴肅迷濛的灰色背影而去

電話鈴響傳來你家人驚傷的哭泣
斷斷續續訴說你爲檢查身體而入院
並將於今日好好出院的經過——不料突然病變
於今晨你沒有留下片言半語去世了

電話筒留下了一大片神傷和空虛啊！
我呆木地坐下來想着你正是五十八的英年
想着幾十年來你由臺灣到日本而學成回來的種種
想着你的夫人及一男五女未來遙遠的空間

你曾爲求生存的意義有志於能源開發
乃專攻採油工程精研地質學而傾豐碩的經驗
參予本省重要鑛務、水庫、橋樑、公共建築、公路、鐵路
　等
奉獻你的眞誠從事工程基礎地質鑽探灌漿工作

窗外的寒風吹來憂沉的暮色而悵惘
也將你冰冷寂寞的面容漂浮於一支白色蠟燭了
雖然農曆過年的翔膀在眼前我照樣悲痛
而你家無法過年了，我將哀哀地送一籠甜粿去

坐在碼頭

坐在碼頭看港雲
雲漸染紅是黃昏
自從送君出海後
直望君回樂天倫
海水茫茫眞難測
心頭波起嘆青春
本期相偕白頭老
那知船回不見君
追問始知君遭故
嘆我呆命珠淚吞
啊命運！
未料這是我命運
望海哀哀看船輪
啊！看船輪

註：妹夫黃瀛東，日本國立秋田大學鑛冶系畢業，光復前任職於日本帝國石油會社，光復後任中國石油公司，中美鑛務工程基礎探測公司等工程師、總工程師

走在忠孝東路上

李勇吉

新開闢的忠孝東路
從火車站直洩兵工廠
兩岸的大樓
峭立森嚴

走在忠孝東路上
覺得人渺小起來了
每一棟大樓都會刺激神經
令人焦慮不安

偶爾會無端地想起
那麼多大樓
爲什麼都是別人的
豪華的餐廳
爲什麼不敢踏進去

無形的生存競爭威脅
從兩岸的大樓拋下來
我只是河裏的小葉舟
點綴急駛的四輪船

在這路上
文學突然寂寞了
詩不能當公車票上公共汽車
大型公車欺負小摩托車
小摩托車嚇走行人
只有流線型的轎車
安逸地飛駛
叭叭着「現代英雄」四字

持着薄薄的薪水袋
走在忠孝東路上
心緒如痲
但彎向溫暖的家時
文學便不再寂寞了
詩又從石縫中擠出來

南北詩簡

林輝

雪崩

我獨自到山上滑雪
鋒利的北風
響着哨音呼嘯過凍冰的山野
沒有寒意侵襲到我身上
耳朵却傳來
冰層下淅瀝幾利的溶雪聲
顯然冰凍的山
已激動於春的暖和
恐怖的雪崩 就要活躍
而我不信 零度氣候下會有雪崩的
可能
我仍兩手一撐
自山頂直滑而下
停足於山麓的雪原
回顧山頭
白皚皚的積雪依舊
雪層下溶化的淅瀝聲仍依稀在耳
只是響着哨音的北風
已刺骨地冷

67、11、20、13：50板橋火車
站候車堂

紅葉

秋臨了
樹葉紅了
很美 却要落了
不過 與其嘆息
不如隨其自然吧
會蕭條的——爲了靜思
會寂寞的——爲了醞釀
浸入內心的工作中忙碌
冬天又有什麽可怕呢？
冬天的肅殺那會有什麽感覺呢？
待春天到來
在紅葉落去的同樣的地方
會發出嬌嫩的 美麗的新芽
比紅葉 當更美的呀！

我是一隻風箏

我是一隻爲飛而製作的風箏
雖然不是有翅膀的鳥兒
却日夜夢想着飛翔
夢想着飛翔的狂揚
好容易等待到擁有我的女孩兒
把我帶到草原上
好容易等到小女孩
興奮地把我擧到頭頂上
於是愛飛的我
就儘情地飛了
小女孩兒 瞪大着眼
好驚異一轉瞬就飛上了雲端
小女孩兒羨慕地仰望着我
瀟洒地飛翔
我俯望着用繩子牽着我的小女孩
她放風箏的時候 那興奮與微笑
是多麽美的豐采
飛翔的我只有一個願望
當她收起我 擁我在胸懷
我要告訴她
從高空俯瞰人間美得像天堂

67、11、14

南北詩簡

南星

籠中鳥

籠中的雌鳥
痛感墜落在獵人的鐵籠裏
成了揶揄的陪襯物
縱然飼主的照顧 不曾疏忽
遭受侮辱 使對飼主抱着因循苟且的態度
喜愛自由的本性未曾消失
嚮往藍天的心情 依然如故
於是以鳥籠爲苦

籠外鳥終日遨遊
得空 便在旁爲我啁啾
多次歌頌世界風光的旖旎
竟然洩露夜晚星空的秘密
也想奮力鼓翼
無奈硬挺的羽翎變得軟弱無比
不幸落地 將引來野貓覬覦
即使鐵籠不再深鎖 也不敢唐突飛出
除非籠外鳥將我背起 迎風鼓翼
聽憑晴天霹靂 風霜雪雨 不以爲苦
清爽的風 歡愉的迎面吹拂
姍姍來遲的幸福
天上人間 那一個不羨慕?

怒放的心花

懷念的彩雲
載着怒放的心花 冉冉升空
我願化作飛鳥
帶着幸福的微笑 陪他浪跡天涯

爲了贏得護花的榮耀
我要摒除私慾
享受共同遨遊的樂趣
麗日當空 以欣賞彩雲的變化萬端爲榮
喚醒雲雀 唱出一望無際的春天
一旦天色陰暗 彩雲落入長眠
心 會鼓着翅膀呼喚
雲散天青
淘氣的彩雲 又會笑臉相迎

深愛懷念的彩雲
寧願化作飛鳥
盲於獵槍的追擊
聾於獵犬的狺狺
炎炎烈日 會燒焦我的羽翼
淒風苦雨 會冰冷我的嬌軀
仍願載着怒放的心花
永遠陪他 浪跡天涯

父母心

林煥彰

在醫院的嘈雜的急診室裏，
一身油垢的少年，是我的小孩嗎？

在醫院的幽暗的透視房裏，
呻吟哀叫的少年，是我的小孩嗎？

在醫院的齷齪的病床上，
躺着一個瘦削的少年，是我的小孩嗎？

我的小孩不是民生國中二年級好班的學生嗎
我的孩子不是頂愛乾淨穿着畢挺的制服嗎？

哦哦！孩子，該讓你唸書的時候，你爲什麼偏不去唸書？
哦哦！孩子，還不用你工作的時候，你爲什麼偏要去工作
？

媽媽的眼淚是流進了心裏的河床又流出來！
爸爸的眼淚是流進了心裏的河床就不再流出來了！

哦哦！孩子，爲什麼你會突然變成這樣不聽勸告？

哦哦！孩子，爲什麼你要這樣堅持說讀書比工作更苦？

媽媽的眼淚是流進了心裏的河床又流出來了！
爸爸的眼淚是流進了心裏的河床就不再流出來了！

哦哦！孩子，成長是這樣要經過反抗的嗎？
哦哦！孩子，成長是這樣要撕碎父母的心腸嗎？

附記：67年5月3日下午，吾兒安世在振興鐵工廠當學徒學習車床工作，一時不愼受傷，左手中指骨被機器壓斷，看他一身油汚哀叫的樣子至是傷心難過，我心裏絞痛，反覆思索着：「爲什麼成長要這樣多災多難呢？」遂寫成這首詩。

含淚的眼睛

趙天儀

終於承認了你的錯誤
我們不想讓你
挨鞭打的痛苦
也不想失去你
那充滿了純眞活潑的笑容

終於承認了你的錯誤
難道我們不能好好地
教育你
難道我們不能誠摯地
愛護你

孩子過來
讓我們堅强地握手吧
讓我們緊緊地擁抱吧
我們不想失去你
一個純眞可愛的孩子

當你坦白承認了錯誤的時候
當你含淚的眼睛
流露着美麗的光輝
我知道，愛
充滿了智慧的光芒

印地安人詩歌：白人來後

許達然譯

一、馬雅：哀歌

然後開始建教堂
在廸和中心
勞動是卡屯的命運
然後開始吊死
火在他們手中
然後送來繩索
然後年青輩的兒女來了
在傳票與貢物的折磨下
貢物大規模傳入
基督教大規模傳入
然後建神的七聖典
熱誠接待你的客人吧！我們的老大。

（譯自 A. Grove Day, *The Sky Clears* (Lincoln: University of Nebraska Press, 1951), pp. 163-164; William Brandon, *The Magic World* (New York: William Morrow & Co., 1971), p. 28. 曾蔓延中美洲北部與墨西哥東南部的馬雅文化自紀元後持續的兩千年；很重視詩人。這首歌大約是一五五六－一五七八年間西班牙人開始殘害馬雅人時作的。）

二、阿拉帕和：我給他們果實

我的孩子，我起初喜歡白人
我的孩子，我起初喜歡白人
我給他們果實
我給他們果實

父親可憐我
父親可憐我
我渴得哭了
我渴得哭了
一切都已失去——我沒東西可吃

三、西恩：我們謙卑活在這世間

我們謙卑活在這世間
我們謙卑活在這世間
我們謙卑活在這世間
我們謙卑活在這世間

我們的天父，我們要經過耶穌基督得到永生

我們謙卑活在這世間

（譯自 Gloria Levitas, Frank R. Vivelo, and Jacqueline Vivelo, eds. American Indian Prose and Poetry（New York: G. P. Putnam's Sons, 1974, pp. 210, 217. 阿拉帕和族（Arapaho）現住普拉特（Platte）與阿肯索河一帶，西恩族（Cheyenne）原住今明尼蘇打州現住內不拉斯加州普拉特河上游一帶。）

新聲

馬爲義譯

雪

下過雪
世界的邊，緣
眉，唇，睫
尖與髮端
都脹大了——
大地被塡滿了
而外物的銳角
都柔和
且厚白起來
那是淸晨
在城裏
但沒有東西碰過這美景——
只偶而有渾沌的輪子
滾過
在這冰銅的景色裏
交通燈眨着眼
猛噴出紅，
黃與綠——
一個原始而孤單的脈搏
爲冬天加油

——Jenny Lawrence

冰的素描

稻草人
帽子掉了
中午還不到便長了一臉白鬍子。

冰的七首
自屋簷垂下
在十二月的風裏越磨越尖。

一隻野兎躍過
一片原野
在厚厚的雪上疏疏綉上幾針。

太陽躲起
我的思想也蜷曲——
如黃線球裏的蠹蟲——且睡着了。

——Lucile Noell Dula

鳥

我們看樹如何
彎身
在斷枝上
鳴叫
星星太遠聽不到
我們
雪把我們
淹沒

——Nicholas Tasi

幾乎是三月了

下個月我去秋沒種下去的
球莖將不會開花。
我多不厚道：現在那些老
游民們得加倍
工作才能把春天帶到我陰暗的
園裏來。
番紅花的火炬
微弱而寥落，
而風信子，羞澀而稀疏，
像請求多放點暖氣的房客
一樣容易忽視。
像孤單等待的女人，
我的荷蘭風信子將需要
强烈的香水才能引人
注目。今年沒有水仙
雜沓。
　你知道，
去年九月我不能相信
春天還會來臨。

——Rhea L. Cohea

上帝隨鷹下降

上帝隨鷹下降，
眼睛凝成
漆黑的兩點。
骨爪猛撲
雀池
褐滴四濺——
血淋淋的嘴鈎住
鉻色的雲
牠凌空而起。

——Mark Henke

百合樹

它們枯綠花
的燈罩
我們生命的門柄
沒敲門
便走了進來

——Cynthla Sobsey

後記：

上面這幾首詩是最近一期「作家」(The Writer) 雙月刊上「詩人工作室」(The Poet's Workshop) 專欄裏以自然爲主題的一些作品。該專欄自一九六六年起由女詩人Florence Trefethen主持，每期選登詩作數首，予以介紹評論，有時並加以修改。投稿者大多是新人，他們的作品可說是美國詩壇的「新聲」。

詩的鑑賞

幽暗中的鶯

周伯陽

西條八十簡介：西條八十，一八九二年一月，在日本東京都出生，先在早稻田大學英文系畢業，而後又在東京大學國文系畢業。一九二四年四月，被早稻田大學派遣前往法國留學，回日本後，做過早稻田大學文學院教授，曾經主辦詩誌「愛誦」及「蠟人形」等，著有詩集「砂金」及「寧靜的眉毛」與「陌生的愛人」、「蠟人形」、「彼女」、「紫色的明星」、「西條八十詩集」等，其他尚有童謠集、翻譯詩集、散文集等著書頗多，數年前在東京都病死。

鶯

西條八十

我想着
軟弱的月夜
顯著的
在水面上飛翔的鶯
遙遠的月兒
遲遲還不來
投下的影
像焦銀的水色
不能忘記
在微光裏是亮着
光線幽暗

這一首小詩是日本浪漫派的詩人，西條八十的代表作品，也是我最喜歡最欣賞的詩之一。

十九世紀的英詩可以說是浪漫派的文學，自公元一七九七年至一八三〇年前後是浪漫派的全盛期，這時候在英國出現了華茨華斯，拜倫，雪萊等有名詩人，英國維多利王朝（維多利女王 Victoria 1837～1901）的浪漫詩派比前一代的詩人，也沒有什麼遜色。

西條八十雖然是渡歐留學的詩人，但是主要的目的是留學法國，他難免也有受到英國浪漫派的影響。

這一首「鶯」的小詩，有兩種欣賞的方式：

第一，在月亮還沒有出來，幽暗的月夜，他幻想着有一隻鶯獨自在水面上飛來飛去地飛翔的夜景，顯得很寂寞。沒有月亮，他形容得遙遠的月兒遲遲還不來，水面上有微微的光線，可以觀看焦銀色的水色，焦銀色就是好像燒焦水銀的顏色，黑黑有一些白色的，形容的很恰當，在寧靜的水面上夜鶯的影子不停地搖晃，靜中有動，有一線微微地光線照亮着寂寞地水面上，顯得更寂寞，寂寞的氣氛，表達的無遺。他富於感情，寫詩技巧也不錯，語句奔放，令人喜歡。

第二，西條八十所吟的夜鶯，可以說是他吟自己的遭遇，留學生的生活及環境，孤獨置身在遙遠的國外，舉目無親置身於陌生人的環境裏生活不堪寂寞的情形，觸景生情，他好像這一隻夜鶯，徘徊於朧朧的巴黎的夜晚似的，突然想起家鄉溫暖的晚上，與單身置身在歐洲留學生的斗室裏，鄉愁與旅愁交迫之下，吟出他自己的心聲。那麼這一首鶯的作品，是留法中在巴黎寫的呢？或是歸國後在東京寫的呢？說不定歸國途中，在大西洋的輪船上寫的呢？那不是重要的，因爲鶯是從他的幻想中寫出來的作品。

蔡瑞洋先生　紀念輯

你是詩，你是愛

陳秀喜

獻給　詩人蔡瑞洋先生

當黑雲翳着關子嶺的太陽
靈性的雙眸終於緊閉着
你走出森羅萬象
我的眼是細密的羅網

也不能捉到你的影子
你的愛心在網目結成眞珠
羅網捕到的鳥兒們
牠們的名字盡是「回憶」

你把愛心留給現象
你把追憶的錶嵌入我心
血液循環不停止
追憶的錶滴噠着
感恩感念滴噠着

誰能料想，一月七日
晚餐共飲的酒
竟是永訣的酒
我却因舉杯時的微笑
到今成爲永遠的慊疚

終生行善的名醫
你解除每一個病人的痛苦
却忽視自己的苦楚和健康
你以默默的愛囘答憎恨
你以大智若愚期待笑容
你把一草一木理想化
却不能把自己理想化
眞、善、美、良知是你的神
善良的靈魂啊 你知道嗎?
你一走 千萬人痛惜
千萬人的感念煉成心香
獻給敬愛的詩人

68、2、8

敬悼蔡瑞洋先生

陳秀喜

蔡瑞洋先生，一代才子在天之靈啊!!請你接受「你是詩，你是愛」這六個字吧。你是，眞、善、美的追求者。你是誠虔的求道者。在世你的爲人，既是詩，正是愛。請你接受我衷心的敬悼。你的心靈充滿着仁愛，你的眼神發射智慧、正義、良心、友愛的光輝。萬萬人承蒙你的恩惠。萬萬人感念你。然而，在世時你是那麼彬彬有禮且謙虛。這六個字敬悼你，也許，你會以驚訝的眼睛搖手說「不敢當，我當不起」。也許，你會像平常一樣，面頰上浮起一陣紅，怕羞地默默微笑。希望你以我熟悉的微笑接受「你是詩，你是愛」。

一月八日下午七點多鐘，接到吳英良女士打來的電話。吳女士和我承蒙你的友愛頗多。知悉你已回臺南，我抱着希望趕到貴府。殘酷的事實擺在眼前。外面有一位老嫗跪在地上嚎哭。她那麼悲傷相信是承蒙你的恩情的人，或是你救助過的長者。有人請她起來，又請她別哭進來坐坐。然而，毫不在乎的老嫗只說「不必了」仍然嚎哭着。傍人也陪她哭着。此景此情，足令人察知你的爲人。我急急跪在你的身邊，已是哭不成聲。摸着你冰冷的右手，善良而可憐的靈魂啊!!一代才子，一代名醫，詩人啊!!你的仙逝是鄉土的莫大損失，是同胞們的最大損失。想起了你曾說「二十多年前，一位算命先生說，我的手是貴人之手」這句話如今回想，正是言中了。你的手拯救萬萬人同胞的生命。你的心安慰了萬萬人同胞的心。都是靠這雙貴人的手。卅年如一日，每天遠近馳來的病人數百名，你忙着診察、治療病人，却忽視了自己的生命。這一年來，你的健康不好，已有明顯的症狀。兩三天就有一次目眩，脚步不平穩，三個月來雙手冰冷等等。唯有，姑媽、劉司機、吳英良女士和我，最是擔憂。我們再三苦言勸你休息，休診一段日子。你却聽不進忠言，聽不進誠意的勸語。有時候，我以諷刺的口氣對你說「你的生命最重要，病人請他們另請醫師看，你好像一部賺錢的機器嗎？如果是機器也需要休息、保養。我知道你也是爲着醫德，但是患病的醫師對病人來說，是靠不住的。你也許比你的病人病重」。平常你是爲着自己的言論，滔滔不絕，然而，這一年來你變成以微笑默殺我特意激發你的話。直到一月六日傍晚，坐在笠園的茅亭的時候，你才說「陳女士，我想把臺南的醫院出租」。這句話爲什麼一年前不說，不實行。我向蔡太太幽默一點說「關子嶺頂沒有醫院，我們住在這裏的人，租你的先生爲崎頂的醫師」。今天早上到下午一兩點鐘，你說看過一〇〇多名病人才來關子嶺頂。自己抱病如此辛苦，令人惋惜不已。你到今天才想開了，我在心裏如此想。晚餐我做幾樣小菜和你們共餐。上兩個星期六的晚上，你和太太都來我的寓所看電視，我知道是你的一片好意。晚餐後當我要告辭的時候，你挽留我說「今天你沒有客人，回去還不是孤單嗎？再三〇分鐘就有「步步驚魂」的電視影片，不要回去」。相約次晨六點鐘一起去散步，道晚安而回來。次晨是一月七日星期天，上午六點十五分，聽到我臥室的玻璃窗敲打三下。知道是你來催促去散步。趕快沖了兩杯咖啡，我知道你還沒有喝什麼，請你在門口喝咖啡之後，開始散步了。山徑的途中你停着指對面山的竹說「本來我以爲竹子是整年青翠的，來了關子嶺之後才知道，冬天會變成枯黃色」。你又停步看山霧散開後的大凍山，你說「山稜的線有力，有曲線且優美，我最喜歡」。我說「不但如此，以我們女人看來，好像男性强壯的肩膀和胸膛，令女人聯想要偎依它」，散步的時候，任意雜談也是一件樂事。回來別莊的途中，蔡太太說，「我不喜歡洗碗筷，因此，中午要在外面吃午餐」。別後，十一點卅分你和太太、劉司機來訪。你是拿一封信來給我。那是張良澤誼姪寄自日本的第一封信。你邀請我在外面吃午飯。因爲我還有許多飯和菜肴，要劉司機陪我吃掉，因此，婉謝了，劉司機把豚肉放在爐上，你在樓梯旁說「喔，好香，我最愛吃，但是不能吃……」你跟着太太去外面吃午飯了。沒有客人來的星期天，確實是寂寞的，和劉司機用過午飯我留着他聊天。他說「蔡先生的恩情，宛如父母。此恩此情，我永銘心中」。到了三點鐘的時候，劉司機說「陳女士，你一個人，還是出來走走吧，來和蔡先生聊天」。我說「先生恐怕正在午睡不可以去打擾他」。劉司機說「一定午睡醒來了」。因此，我又做一次不速之客。本來你是今天下午一點鐘要去北斗開會，不知何故不去了。電話像是北斗打來的。你聽完電話之後，把放在桌上的咖啡端給我。進門的時候，蔡太太說「看電視時覺得寒冷，才去沖了咖啡」。那杯咖啡我知道是太太的，稍後蔡太太又端來兩杯咖啡，雜談之間我說及「輪廻之事，令人半信半疑，說無好像有、說有好像無，你那麼勤勞地看病人，你的前世是什麼？」你說「我也不知道，讓妳猜猜看」。你我都是生肖爲酉（鷄），因此，我說「你的雙手勤勉地敲着病人的胸腔，不斷地看病人，也許，前世是小鷄，今世變成大公鷄。因爲我在庭院拔雜草的時候，有時候覺得自己也像一隻鷄那樣勤勉，拾穗不停的母鷄一樣。」雜談總是談談輕鬆幽默的話題，到四點，以往你是會約我一起去散步。今天你却不要再去山頂，要在別莊區內散步。我答應了，當要告辭的時候，你說「何必回去，立刻出來散步」。「請你等一下，我要回去換皮鞋」。回來不久，握着拐杖的你和太太來了。我們悠然賞山景散步。約五點散步回來「笠園」，你和太太請我去吃紅蕃薯。到了五點半我又要回家時，你又是挽留我，晚餐請我來共餐，而且加强一句話說「到了六點半請妳一定來，不然，我不吃一直等妳」。回來煮幾樣小菜，六點十五分我又報到了。不知道是爲什麼，你今晚却要求太太開一瓶啤酒。你知道，我是不會喝酒，尤其是不敢喝啤酒。太太和劉司機堅持不喝酒。而當然我也不喜歡喝酒，再次婉拒，你却倒一杯啤酒給我，餐桌上，你一杯啤酒，我一杯啤酒。沒有喝酒的習慣，我到吃過飯才發現啤酒沒有喝。你擧酒杯說，「陳女士，請妳喝酒」。「好，我只好當汽水喝吧」。料想不到是永別的酒。晚餐之後我想回寓所，你看到我要告辭的時候，你又是說「這星期，妳沒有客人來。何必回去呢回去還不是一個人孤單地，明天妳就孤單了、急什麼？看看新聞報導吧」。你待我的體貼難却，是的，回去也是孤單：：因此，大家看電視。這兩天都和你相處的時間多，書桌上積叠着許多信，電視才看了一半，我又想告辭。你又是再三挽留說着「妳明天就會孤單了，不要回去」。蔡太太說電視今晚有長篇電影，我爲不喜歡看電視爲由，收拾香煙、煙筒、火柴放入皮包，蔡太太又說「那麼喝杯咖啡好嗎？」你又說「回去也沒事，明天就孤單了，坐坐」。因此，我點了一枝香煙，等候喝咖啡。頓時，坐在對面的你睜開大大發亮的眼睛，不看電視而凝視我。那是異樣的眼神，稍後你站起來走了幾步。你的毛病是站起來的時候，立即目眩失神，所以，劉司機和我特別注意你站起來時的表情和脚步。這次幸好，你沒有目眩，好好地穩定地走過電視前，劉司機和我才放心，把視線移過新聞報導，這一刹那，聽到像大樹倒下的聲響。不妙了，你已經仰倒於地板上，手脚都硬直着，且已失神着。蔡太太剛剛沖好咖啡。大家走來你的身邊，劉司機和我用力按摩你的手脚。「蔡先生!!先生!!先生!!」怎樣用力呼喚，你閉着眼睛不回應。劉司機按摩脚部，我按摩你的胸部。蔡太太上樓去拿毛毯，拿冰塊等等。失神，硬直到五分鐘至七分鐘，脚和手有了反應，你的眼睛半開，「先生!!先生!!」我拼命地按摩，拼命地呼喚，你終於半醒的狀態中，突然喊出「香火，香火，香火，」。三聲。感謝上蒼你會醒來，我急急地問你「先生!!先生!!你認得我嗎？我是誰？」那時，你用力地慢慢地說「秀，秀喜女士」。終於你醒來了。蔡太太打電話去連絡醫師，你的臉色變好了。我去打電話拜託陳良夫先生夫婦來幫忙。時刻是七點四十五分。你只是說：「目眩」。醫師來了，打了兩針，醫師的診斷不準確，他却說不得大事一樣的口氣。然而，我知道不妙了。劉司機送醫師回白河。陳良夫先生夫婦也回去了。已把你移在樓下的小房間。你的精神回復如平常一樣。指着頭額訴頭痛、目眩。又訴有便意。又訴要嘔吐。幫你，扶你坐着，嘔吐五次。極爲痛苦的你還是彬彬有禮貌地說「陳女士，對不起」。在那痛苦中你還是像聽話的孩子一樣乖巧溫順。在等車子來的時候，你問我「陳女士，你要和我去臺南嗎？」我答說「車子無法容納，我不去，可是不陪你去我整夜會不安」。你說「妳感不安的話，請妳一起往臺南」。我無言。車子來了。陳良夫先生夫婦再來幫忙。劉司機奮勇上前彎了腰，背負你進入車內。隔着車窗，看不到你的表情，我連一句「請你保重」也說不出口。你的眼睛是那麼無依靠，車子開走了。從此變成幽明永隔。我回到寓所是十一點四十五分。爲着祈禱你的回復，誦南無妙華蓮華經望解除你的痛苦。目擊你倒下去而我無法無能爲最大的遺憾。這兩天，每一次我要回寓所，你反常地再三挽留，互相擧杯喝酒等等，如今回憶，也許，你已知道永別的時刻不久了，是否？倘若我知道那杯酒是永別的酒……。我怎能忍心喝下去。

你最喜歡大自然，尤其是關子嶺的朝夕。清靜的早晨，我們常去散步的山徑，稍些停留過的空地上，還留着你的脚印，關子嶺頂的鳥兒們知道否？熱愛關子嶺頂的詩人，蔡瑞洋先生去世了。如果鳥兒們知道，一定會同聲悲鳴。我尋過竹林、小溪，却沒有你的影子。樹影搖曳也尋不到你的笑容。唯有你給我的友愛，永遠和我的生命同在。「笠園」庭中的菊花盛開着。滿園都是康乃馨的芬芳。那是我們渴望的母親的味道，唯有你不來共賞。深切感嘆「人比草木脆弱」。幾個月前聊天時，你對吳英良女士和我呢喃着「行善不一定有好報」。我想要把你的憂悶引開，故意俏皮地說「晚年遇得知音，這不是好報嗎？」。你頻頻點頭兒說「是的，是的」。卅年來，你給母校、給貧民、病人、親戚、朋友的樂捐爲數頗鉅。你却從來不誇耀過。且更怕人知曉。這是你最令人尊敬的仁德。因爲你自己也知道，身體一天不如一天了。你內心的憂悶是何等痛苦……。去年九月初，託福我也在關子嶺頂「笠園」定居了。搬來不久，你就提議，等我安頓好了，要邀請前輩們和詩友們來一遊。此事你提過三、四次。我本來預定我生日那天邀請大家來聚餐。十多天前，你才說「張慶璋先生日前來訪，他也希望早日和大家再來關子嶺一遊」。但是，每次提起此事，蔡太太的意見是「冬天邀請老人家來遊，不合適」。她說的也許有理。只憑蔡太太的一句話，終於作罷。我是人微言輕，不敢再說什麼。因爲要邀請前輩們來遊，需要借用你的轎車。我知道你再三提起此事，足見你希望早日大家相聚暢談的機會。此事如今成爲最大的遺憾。你自九月中旬就如此渴望着。這個宿題，如今落在我的身上，張文環先生、蔡瑞洋先生兩位知音都走了。如果能相聚時，大家更加會感傷。我一定禁不住嗚咽。今天接到訃音，不覺在鄞差先生的面前嚎哭出來。我們是已懂世故、成熟的晚年才遇到的知音，比什麼都難能可貴的友誼。我們曾談到天明還覺得不够。鮑叔牙、管仲之交，只失去知音一位。然而，我却失去了兩位知音。還是忍辱渡殘生。這一年來我深切地了解，你行不爭之德，那麼超然，那麼安祥，那麼和藹的笑容。

一月六日、七日這兩天，和你相處的時間最多。你反常極力挽留我，且說了好幾次「妳明天就孤單了，急什麼？」。你的笑容、你的眼神、你的聲音，深刻在我的身旁，這兩天的事是上蒼特意給我的試練嗎？是的，孤單的我更是孤單了。一代名作家張文環先生、一代才子詩人，名醫蔡瑞洋先生，如果在天相遇，你們還會談起我嗎？兩位敬愛的知音，在天之靈啊!!請安息吧。請保祐可親的同胞們。

一九七九年一月十八日

蔡瑞洋先生作品選刊①

那個早晨

蔡瑞洋

山
破曉
逐漸白色的天空
小鳥
在遠方 第一班公共汽車的聲音
他常坐着看窗外的椅子
皺亂的白色床單
病床旁的茶几，杯子和藥袋 而且
昨夜
在難忍的死鬪和絕望而奄奄一息 還是
凝望的
那一朵的紅玫瑰
對人生抱着無限的熱愛——而
終於消逝的一個生命……

註：這首詩，是以「南旅人」的筆名，發表於「笠」

蔡瑞洋先生作品選刊②

念張文環先生

蔡瑞洋

「我用自己的尿攪拌泥土，可以捏出種種小泥娃哪。」

頗負盛名的日月潭，在眼前擴展開來。正是夏天，湖水貯得滿滿的。水濱緊接着盛長着雜草或灌木的山麓，岸邊看不到大湖常有的土色。藍色的湖水緊靠着綠色而多彎曲的岸邊，無限美麗。貯滿了水的湖，令人想起豐滿的女性。湖心的地方，幾條遊船來回穿梭。今天是禮拜日，遊船比較多，但是從我們總經理張文環先生的房間裏，完全聽不到船的馬達聲。四周被山圍着，右邊是中央山脈，層巒叠嶂，清晰可見。

「雖然外國也走過不少地方，但日月潭確是名湖，全世界少有的。」

有一次，在日月潭觀光大飯店召開同學會的時候，已當了教授的某同學這麼說。

三樓建築的大飯店裏的第三樓，有一個房間是文環先生的房間。在室內不必抬起頭來，就在枕頭上便可看到湖，看到遊船。我常常訂宿三樓的房間，躺在床上，心不在焉地眺望着湖。在這裏看到的湖特別大，幾乎佔滿了整個眼界。而且從這裏看不到雜亂的民屋，只有遠處的日月潭管理所和蕃社，依稀可見。

「要是小便不够的話，女孩子們就說我也尿尿。我就把泥土堆成山形，女孩跨越上面小便。但是不能像男孩子的我一樣地準確地尿在三原山上。（按：在日本，約四十年前的日本青年男女，常在此山自殺。此處僅諧謔地以此山比那山。）女孩把身體變換了各種位置，好不容易才尿了一半在土堆的三原山上。」

夏天午後的湖，變得更清涼。我想起童年的玩伴，雖然也玩過泥巴，但對方是男孩子。

「有時想到，要是把當時所做的泥娃娃好好保存到今天，兩個人再看到的話，不知多有趣呢！」

張總經理以敏銳的感覺與過人的記憶力，回顧着六十多年前的往事。文學家具有的描寫銳力，生動有趣；而做爲聽衆的我，至爲愉悅。然此事將永遠不能再有了。

文環兄（該是我的老前輩，請讓我如此稱呼）的大名，早在四十幾年前，亦卽光復數年前就已知道。自少年時候起就喜歡文學的我，在臺北的醫專讀書時，便知道臺灣人正創辦了「臺灣文學」雜誌，基於民族文學的意義，我熱衷於這份雜誌。我的哥哥也在創刊號發表一篇隨筆。那時擔任編輯且每期都發表創作的文環兄的大名，如雷貫耳。透過「臺灣文學」，佳里的故吳新榮先生之名，也與「亡妻記」同時烙下深刻印象。愛好文學的我，此時應該和文環兄見面才對，但我生性內向，主動求見陌生人是完全不可能的事。譬如讀過「亡妻記」不久的暑假，我去佳里的親戚家時，也只探聽一下吳先生的消息而已，沒有去見面的勇氣。反而二十幾年後，吳先生在「臺灣醫界」讀了我的文章之後，夫婦一齊來看我，眞不好意思。

醫專時代，我主辦了由臺灣同學組成的輪閱同人雜誌「翠峯」。光復後不久，我的哥哥聽說文環兄在埔里當區長。

距今大約十年前，我招待恩師去日月潭的時候，旅館到處客滿，有人說日月潭觀光大飯店或許有空，並告訴我這家遠離街上的大旅館在何處。來到一看，靜悄悄的旅館甚少遊客，還有空房。後來才知道是因爲價格太高，人家住不起；當時臺北普通旅館二百多元，而此處却要四百五十元，其中八成以上是外國人，尤以美國人最多。其後才聽說張文環先生住在這裏。正式自我介紹而和他會面，那又是三、四年後的事。三、四年來，只因認識了文環兄，所以我去日月潭觀光飯店的次數相當頻繁。但十年前去的時候，我都耽心房間恐怕沒有了。十年前是耽心旅館倒閉，幾年前是耽心客滿。能讓我遠道而來的原因之一，是當總經理的文環兄的魅力，而且現在的房租也不那麼高了。

對我來說，文環兄實在是難得的先輩，因爲他具有如下的特性：

首先，他是極爲良心的人。他談話的內容多半都是發自良心的感懷。不但有內容，且多屬民族性的良心。亦卽除了做一個人的良心之外，他還深深關心全民族的幸與不幸，前途如何等問題。跟他談話時，我甚至覺得跟志士談話一樣。而他最厭惡利己主義。

其次，他的浪漫氣質。這是文藝家必然的氣質，但他到七十歲爲止，仍然不變。

第三，他的感覺特別敏銳。任何細微的事情，他也會留意而感憤。由於第二項和第三項的相輔相成，使人感受到文環兄的智慧光芒四射。

第四，口才動聽，勝過他的文章。文藝家的文章當然寫得好，但他的口才更妙，聽他講話，如坐春風，陶然欲醉。故吳濁流先生形容他的能言善道說：「文環兄的談話本身就是小說。」

以上四點特性，賦予兄很大的魅力。與他交談但覺愉快無比，渾然忘了時間。他的話題(做爲他晚年的友人的我所感覺)最多的是詠嘆民族的長短處，其次是美的感懷。實爲最具眞善美教養的人。

曾與文環兄兩人慢慢登過日月潭的慈恩塔。非爬十幾分鐘的山路不可，而我倆都不擅於爬登，只得慢慢地走着。兩側茂密的山林，在人蹤稀少的時候，覺得好像走入深山。天未亮，風靜止，只有我倆的話聲與鳥語。我問他：

「假如這世上只有一個希望能達成的話，亦即任何您最喜歡的希望只有一個能達成的話，您要選擇什麼呢？當然健康之類的事情除外，您要選擇吃好東西呢？還是釣魚或讀書？」

沉思了一會兒，文環兄睜大眼睛，朝着我說：

「這——我想，有一個最漂亮的女人，房間也漂亮，床也漂亮，躺在雪白的床單上。和這美麗的女人開始行爲之前，在充滿喜悅的耳朶裏，聽到鳥的叫聲或美妙的音樂。就是這個時辰。」

也許太過於巧合，完全與我所想的話一致，因此我猛猛點頭，諾諾然與同志的感情吻合。

才色の戀人若しあらば死もよしと
老友の力める雜談のはて

雜談之餘
年邁友人用勁說：
若得才色兼備的情人
死也甘心

去日月潭與文環兄暢談，多在那視界極好的房間。坐着便可看到美麗的湖面，更可看到湖四周的羣山；對面左側的七重山也可看到。

此外，談話的地點或在玄關前面的廊下，早晨則在山路或在餐廳。由於職責心重，他幾乎未來過我的房間。

前面那首和歌，是我在他的房間雜談之後所做的。那時候，話題正扯到某一個女性身上。話愈說愈激昂。他說那個女人要是更年輕的話，就沒話講了，討了這樣的女人，死也甘心。我把這首和歌拿給他看，他再確認地說：「對，完全如此。」

有一次，和文藝家先進楊逵先生及廖前輩，一道去日月潭拜訪文環兄時，在餐廳吃飯後，便聊起來。

我問他們：「跟一個聰明而不太漂亮的女人做愛，和跟一個漂亮而不太聰明的女人做愛，您們要選擇哪一種？」文環兄馬上堅決地回答：「選擇聰明而不太漂亮的女人。」廖先生也同意。唯有楊逵先生害羞地吞吞吐吐道：

「我沒有經驗，不得而知。」

本來就不是經驗談，只是趣談而已，但楊逵先生却那麼認眞。我也贊同張、廖二兄的意見。

日據時期，他的太太被叫到派出所，她雖是日本人（當時叫做「內地人」），却講不好日本話。因爲在家裏只講臺灣話，而把日本話忘了。警察罵她：「竟然還有把日本話忘掉的日本人嗎？」當時有不少普通家庭使用日本話，門楔上釘着「國語家庭」的牌子，顯得揚揚得意的樣子。更何況日本人太太，應該是百分之百的「國語家庭」，這豈是文環兄禁止日本人太太講日本話的嗎？完全是因爲他不以日本話交談的緣故。

當埔里區長的時候正值戰時，某村人聚會，凡進場或上臺的人，皆改用日本話發言，當輪到文環兄時，開口便用臺灣話侃侃而談。站在旁邊的太太，一心擔憂着丈夫會不會被長官刮鬍子。

日據時期獲得臺灣總督府文化賞的臺灣人，只有文環兄一人。那是臺灣大學所推薦的。這個極高榮譽的文化賞不是用來促進皇民化的御用紳士賞，而是表彰文藝家的成就。他的諸多作品中，沒有一點是拍日本人馬屁的。從獲文化賞一事看來，也可知道當時文環兄在文學方面乃至文化方面是何等活躍。

文環兄常說：「發乎情，止乎義。」這句話雖不是他發明的，但最能表現他的性格。看到異性而會動心，是人之常情；但基於義而不可者，便非把愛情止於義不可。這是表現他是浪漫主義者同時也是良心者最貼切的話。

文環兄在日本讓書的年輕時代，曾參加民族運動而被日本警察抓去坐牢，吃着臭芋飯。

文環兄特別珍愛孫悟空——象徵民族的夢想——認爲對的事，就勇猛前進；且具有奇想天外的能力。因此在日月潭大飯店前，塑造了一尊悟空的石像，這是文環兄的一大構想。

有時日本的孩子們畢業旅行來大飯店，看着土產店而想買的時候，便一一先問領隊的老師可不可以買，要老師許可才買。文環兄看了，甚爲感動。而我們的上流家庭的小孩，把旅館的休息廳的花木折着玩，家人看到了，也不加制止，教養如此低劣，常令文環兄慨嘆無已。

夫人在文環兄當總經理的十年間，從未去過日月潭。他的理由是不願率先讓自己的家人使用客人房間。他的兒女來玩的時候，便睡在職員的總房。

他眞是厭惡利己主義，憎恨不正的人。自己很少離開他的工作場所。兩三年前曾來臺南敝宅一次，那是他服務於大飯店之後第二次的休假。本來他可以任意休假，但工作第一而不願休息。他並不嘮嘮叨叨命令人家，但只要他坐鎭，大飯店裏百數十名員工便無不心悅誠服。

光復後第一部也是最後一部的作品是『爬在地上的人』。遠自四、五十年前到三十年前的臺灣鄉間，純樸的村人生活，很生動地表現於作品之中。可惜某些場面的描寫稍嫌不足。問其理由，他說：

「總覺得不趕快寫的話，生命短暫，恐怕無法寫完。」

得悉文環兄有新作品的日本現代文化社社長日出先生，來到日月潭，一見面就拿出出版契約書，要求當場簽約。文環兄問他讀過原稿嗎？他說沒有。「那麼請先看看原稿再說。」文環兄說。是夜，日出社長徹夜讀畢。翌日，文環兄問他如何？社長說：「邊說邊笑地讀過了。」

他是文環兄晚年得到的難得的知友，在日本得悉文環兄逝世的消息之後，我再用電話通知他時，「昨夜聽到消息，已哭了一整夜。」說着，又哭起來。

繼『爬在地上的人』（日本全國圖書館推薦優良圖書，可能光復後臺灣人入選的第一作品）之後，文環兄預定寫當時知識份子諸型態為第二部長篇小說。知識份子的苦惱，正是他最想寫的主題。

我想我也是他的好知己。我要出國的時候，他說：「你不在的話，臺灣就變得空虛。」雖有點難為情，但從心底感激他。而我在外國看到有趣的事物時，便有一股衝動要告知文環兄。因為我們的感受有很多共通之處。

從日月潭的公路往山中進去的小路上，與文環兄並肩散步，是人生最大樂事。有山有水，有美麗的樹，有漂亮的花，更有知己在旁。走一步，看看眼前的小花；走兩步，被掛在灌木青葉上的露珠吸引過去。對這些東西，我們各人都持有深深的感慨，談着美的世界，談着人生，談着眞善的世界。二、三月間，梅花已開，櫻花欲綻之時，我必馳往日月潭，與文環兄共賞。

「梅枝長得眞好看哪。」兩人走近梅樹。

「嗯，看看梅花和梅枝，深切感到生的喜悅。」

「除此之外，叫人感到人生再也不要什麼。」

「現在是最幸福的時刻。人生的幸福正存在於梅花、梅枝之間呢。」

——於今，如此交談的文環兄已不在，永遠不在了。一位難能可貴的前輩，終於永遠失去了。在梅花、梅枝上共感人生的生存意義，那些話永遠迴響在記憶裏。——

——

蔡瑞洋先生作品選刊③

醫業與人生

蔡瑞洋

色卽是空(1)

碰到傳染病流行所謂「醫生大月」的時候，有時因為忙碌累積倒感覺得痛苦。看到候診所裏滿滿的病人，再有幾個人都需複雜的檢查，或遇到天天都來而盡到最大的努力也不能起色的病人一個個坐着診察的椅子時，實在感覺心情很急燥，而且如只對一位病人就花了半個鐘頭的時間，使呆等的別的病人就會發嘮叨。什麼肚子痛呀！呼吸困難呀，家裏給小孩看門不放心呀！搭車時間來不及了，等等同時挾攻而來；眞是吃不消。

在這種情形下，偶然會無意中由診察室窗門竹簾裏望出去看候診所，發見一位足使這樣急迫焦燥的情緒頓消而油然燃起審美感的漂亮女郎而耽溺感慨。不一定限於女郎，在診察室被許多病人圍攻或碰到疑難症狀，用盡心神已經到了疲憊不堪時，忽然中發見診察桌上的一瓶鮮花也會頓開心懷，此時已經忘記在傍呻吟的病人或種種訴苦希求的家人，我將這一瓶鮮花聯想到廣漠的平原，夕陽的廻照，野菊芒花等等，甚至聯想到有關他的詩歌，這樣的沉思幻想，病人及他的家人或者以為「這位名醫在想着什麼深遠的原子醫學」而感慨。(當今要說什麼驚人的事物都流行冠以原子的冠語。因之，此處也是指這樣通俗的意義)。然而鮮艶的花朶不如像美麗的女郎那樣使人進入陶醉之境。我把桌子上診病記錄一張一張的翻看，大略可以看出她的紀錄表而明白其年齡、職業、住址、婚未婚—雖然有時確實是病人，有時是隨病人來的，心裏竊想期待其出現診察室。

我的診察室與候診室用一張竹簾相隔的，由竹簾裏望出去眞是好瞞人，我一個大毛病就是如感覺是美人時，會立卽交感神經緊張起來，臉紅心跳繼而詩情油然湧起而失去科學者的應有冷靜的觀察力。因之往往所期待的女性已經來到眼前才發現並不理想而洩氣。從前在臺北讀書時，時常與同學去太平町一帶うろりく。那時城內的榮町與西門市場差不多是日本人的學友所佔據的。我們臺灣人的學友都是出城到有自一丁目至六丁目的臺灣最長的太平町或圓環去發展。那時與學友經過好幾次的失敗所得到的結論是：如像下面情形之下的女人，是比實際看得漂亮，而對於這原現相勸和互相拳拳服膺不要差錯，而將來應該愼重選擇一砲擊中眞正的美人兒，不要爲誤認而留下千秋恨。那是「夜裏看，遠處看，後面看，由傍看，及傘裏看的」。就是說，在夜裏看的女人，由遠處看的女人，由後面看的女人，其側傍偸偸摸摸地看的女人，若隱若現傘裏面的女人，上面的情形一看覺得漂亮，其實許多當你廻路走到她的前面拿出勇氣刮目詳細看起來始知原來是庸貨頹頭喪氣，(我的學友們如看到此文憶當年，或會發出苦笑)。不過不是像四六等中都必須碰頭看慣的老婆，而路傍所看的女人，如不美看錯爲美人也不大障礙。事實我們逛太平町時常看到很多的美人，雖然或者不少誤認的也是不妨，似乎身在杭州蘇州之感，使我們的詩情勃勃爲難應付，同歸寄宿舍裏輾轉睡不着。

然而有時常常遇到由窗簾裏望出去或已進來坐在診察椅上所謂近呎尺拜謁尊顏(像這樣靠近才可以預防在太平町所得誤差)，看起來都是貨眞價實的麗人。對這樣麗人兒或她的小孩的診察，不過是費了十多分鐘。感覺十分愉快。如果傾國，或絕世這樣等級的麗人就全使人感覺有一種透不過氣的壓迫感而不由自主。美人兒的作用是把苦慘哀叫的診察室的氣氛使之和緩親切，而且可把疲憊的精神重新振作起來，這比吃了興奮劑或打維他命及其他回復疲勞的諸藥物還有效果。嚴肅的臉孔融解，而且說話的聲音也頓變和靄。爲的要使麗人兒不抱壞印象的意識下，診察的態度也變得溫柔入微，麻煩的檢查也不爲苦！用藥當然是百發百中的特效藥。因爲特效藥多爲高價藥，但使她感覺太貴也難爲情，因此又要自動降下藥價。有一天我聽到愚妻在藥局內對護士們說：「奇怪，漂亮的女人的藥價都特別便宜」。

我開設醫院的期間不太長，所以沒有像本市某名醫那樣已有看過五代病家的偉大紀錄。但本人開業數年中時常看到一個女人的氣氛激烈的變遷，而想起來有不少的感慨。十七、八歲小姑娘的時候，要來求診都必定盛裝由其母親帶進來，不勝嬌揉地連話都說不出來，好像全身盡是羞恥之化身，坐下椅子也只站一端懾懾惧惧，眼睛不敢正視且用手帕輕輕遮掩鼻子或口邊，對醫師所問的不敢回答，只能望一望醫師眼色萬事由其母親代答。有時醫師所問的事物碰到她的母親不知必須由其本人回話時也只能把頭往上下或左右搖搖而已。無論有怎樣的複雜的藥理作用的藥物，其究竟的作用，是單純把細胞本來的作用昂進或減退而已。她的意思她像這樣非(十)卽(一)。到了要給她診察，又是一陣麻煩，大底她的母親們幾乎一樣地向她這樣詰責，「不是講過了嗎?怎麼穿這個不好脫的衣服來」，然後向醫師這樣辯解，「大夫，我女兒眞是怪癖，不舒服也不喜歡給醫師看，要她來貴院眞是不知費了多少力氣，今天才肯來」。我想這位小姐終於受不了她母親的催促糾纏而決心來醫院的前晚，一定翻箱倒筴找出其中一套最難脫的衣服，好像戰甲把它穿起來的，如果以嚴肅的醫學上的視診打診聽診之觀點來說像這樣的受診態度確實很傷腦筋，但暫且把這不提，而將另一角度的情緒上的觀點來看，像這樣一觸到什麼事物都感覺得傷感慌恐羞赧的尚在待字閨中的小姐，嬌揉造作的氣氛眞是無上的一首詩情，不可比擬的美麗的一幅畫意，津津有味。

這樣的小姐再經過一年，又由其母親帶來求診，這時已經稍有變化，雖然還是很羞赧，但坐診察椅已能自然穩定，裝扮也變得格外華麗。對醫師所問的回答也除了「是」「不是」以外尙能加上若干的動詞及形容詞，一年前樸素無華的身材，現在已有了艷美性感。以前穿着全無鈕扣，只能看到胸骨柄的衣服，現在是穿着可以看到上部胸骨體的有兩三個鈕的衣服，而且自己挽鈕扣不麻煩她的母親。母親說：「結婚了後已有一、二個月了」。然而，我們也預先料到這事情了，比小姐時代裝得華麗香艷的原因大概是穿了嫁裝的關係。

這位婦人再過一年餘有機會在診察室裏看到，此時每每隨她來的母親已沒有了，而且自己抱着小孩，然而大部份都不像以前那樣地盛裝，所穿衣服不但沒有燙而皺紋不堪，而且連鈕子都任其排開，眞使人懷疑嫁裝到底到那裏去了。靴子也不好好的穿，而多穿木屐，起動也不顧體統顯得粗魯，自然已不能看到像以前那樣的仔細經心的化粧，是純然的素面。講話大開尊口懸河雄辯，以前那樣的緊張怯懦和把手帕掩在口邊不勝羞赧的情景簡直已無法想像，不用說許多女人中已有了小孩也仍然保持風度的女士。（幸福的很，我們醫師的太太多屬此類）。但大多數的女士都是這樣的變化誠是可悲。這樣的女人，在一兩年前她的衣服有一點皺紋也感覺過不去，看到猫子由屋頂掉下來也悲傷，什麼動作都不勝羞赧一心一意求美的精神，到底到那裏去了呢？有人說結婚是戀愛的墳墓。女人的羞恥心與求美的精神（這兩種對於女人是表裏一體的心情），同結婚而消失，這也可以說，實際上同時也是爲一個女人的終止符。是不是男人的賀爾蒙這樣强力地以生化反應沖淡了女人的羞恥心與愛美的本能？雖然現在是賀爾蒙時代，但像這樣地强調的偉大作用的賀爾蒙專家，我還沒有聽到。有些想法是已經嫁人了，再沒有選擇對象的必要了。所以無須要再打扮給人看，如果是這樣，這是太把自己降低商品化的太現實的想法。娶到這樣女人的男性眞是可憐，假使此是臺灣女性通有的想法。那是最可憐可說是我們臺灣的男性。（大陸上我們不大明白）。僅僅二十一、二歲就完全放棄自己，是一個女性而只從事種族、個體保存而生存的，（這本能或想是屬於動物生活的），幾乎把自己造成中性化的家族之一員，眞是豈有此理。爲此我們大部分的男性只能與女性在結婚當初略一年間在充滿快樂的浪漫氣氛中過活，以後的漫長歲月裏就很不幸的，不得不與一位已經中性的人爲妻相處了。

我在這幾年當中每看到小姐變爲生殖工具的女人時，就想起在旅行記讀到的，在巴黎火車站一對對中年夫婦親愛如初，擁抱相吻的情景眞是羨煞不已。

她們是永遠的女性，永遠的愛人。House a Dollis（傀儡家庭）的啓蒙作家易卜生把悲劇的女主角娜拉叫出這樣的心聲：「我做妻子以前要做一個人」。我再進一步大聲疾呼「做妻子以前要做一個女人」。不錯，一個希臘人是人類之一個，但這是因爲他是一個希臘人，所以叫他一個人。卽是如不是生做希臘人卽不是人類了，同樣始終就是女人才能稱一個人，不可能有已變性的女人的人，人非男卽女，不過畸形的又當別論。

色卽是空⑵

在我看到的經驗來講，女人放棄求美與羞恥心而裝飾打扮全無經心隨隨便便的，多在第一位孩子在滿一歲時，或在第二個孩子生出來的時候。當然，也有不像這樣，始終打扮入時，求美唯恐不週，保持風度，且有合宜的高貴的羞恥心的女性也不少。像這樣的女人多出身在受過比較高水準教育或富裕家庭。在此，誰都馬上要提起的問題是，如果有錢，誰都會講究裝飾打扮得漂漂亮亮，錢可以解決一切，這樣的論調我實在不敢苟同。不用說，我承認倉稟實則知禮節之原理，但經濟不是解決一切的因素。例如大部份很有品格的女人都是以窮苦爲代名詞的公務員的太太。果然多數的女性一結婚就要滔入無法維持風度的經濟生活或終日辛勞忙碌的生活?而不能保持女性特有的羞恥心的荒蕪的生活?社會環境變得如此惡劣嗎?規規矩矩把鈕子扣起來需要多少錢?要說像小姐時代那樣的嬌羞格調的話語需要多少錢?多少時間?這都是使我很感不解的。我認爲我們東洋人對於精神生活這方面的情感很貧困，一般人都說我們的物質文化太缺乏，但在我看起來，同時精神文化也太貧困。

不過也有這樣的例子。她的一家人一向是給我看病的。夫君雖然僅三十左右，但有二號太太。如果把她和姨太太比較起來，她比二號美麗得很。而且想是系出純良世家有些品格。有一天她帶小孩來看病時輕輕向我這樣的抱怨說：「我先生給二號那邊吸住，很久沒有回來」。我想要給她安慰說「太太，您如粧起來比二號的漂亮得多呀!」她半嘆息的說「沒有的事，不過那邊的女人（姨太太）是酒家出身的，本來就穿得很艷麗，所以天天怎樣打扮，怎樣裝飾可使男人吸住而誰都不講什麼，可是假使是我，稍加裝飾一點，口紅塗得厚一點的話，不但馬上招致傍邊嬸婆等人們的物議，也要受親戚們的非難。所以這是沒有辦法的事」。畢竟我們的社會對於追求美的高尙的精神幾乎泯滅，尤有甚者，一部分守舊的老太婆們把它當做一種惡德（而且不少家庭是如此老太婆爲最高權威者），眞是駭人聽聞。像這位太太是其中不施脂粉不事裝飾的一例。像這樣的理由不够服飾的女人好像也有。但爲了防止丈夫移情別戀而不事濃抹艶裝，這差不多與爲了表現有錢而黠裝眩人的意思一樣，將不是我所贊同的。我所要强調的是，不是像這樣的小目標（看情形臺灣女人看她的丈夫當做最十足而最必要的目標）而爲了人類最高行爲（卽是追求眞善美）的一項養成愛美的精神，爲何世人這樣的漠不關心呢?爲何不能積極一點呢?

裝飾這一點來講，我在童年時代，常聽到成人的女人們（她們是我們的上輩，當我們小孩時，多不難常在一起）這樣的說人家的閒話「某某先生娘最近穿得很漂亮呀!大概是聽到某某先生有別戀的關係」。那個時候大概有不少的把充溢的愛情無法以僅用一個堤岸來堰位的多情多恨的前輩們!不過現在年輕的一輩的也並不是全都是自甘斯守少情寡恨，也不是有緣，「多情多恨亦悠悠」之詩句的精神那樣的修善，他們有合時代的堤岸——現在已經差不多都做了祖父的。這些老先輩們，我將他的周圍情形看來，可以首肯我的童年時代，傍聽大人們說的閒話並不錯的。

幾年前也是在診察室的窗簾望出去的。看到一位很是醒目的像洋娃娃一樣的美人兒，她坐在診察椅子時再靠近端詳起來更覺美麗，她雖然已經抱一個孩子，但其肌膚之纖細雪白不講，其風度之從容華貴柔順嫺靜，帶有適當的嬌羞的話腔等等，益使本人印象加深，使我診察完了時獨自沉思默語說出「好花在人欉，好媒（妻意）在人房」的俗語而自慰。

在吃飯時還是忘不了，把別的種種事情講了以後裝作無意中把話扯到那位麗人身上。按照診察記錄表查起來知悉她的住址靠近我家，所以很想明瞭到底是那一位艷福的傢伙。在傍的母親即說「那位女人哪，很早以前林叔母說在一個牙醫處治療牙齒時，在那裏的候診室看到了一位很漂亮的小姐，她馬上跑來家裏勸我一定要做給你的，就是這位少奶奶了，可是當時你任由我怎樣講都不去相親（みあひ）呀！」

噯呀！這是遺恨萬年的大失策了。頓足太息已莫及了。明朝的文人鄭板橋說「文章是自巳的好，老婆是別人的好」：但把這樣錯覺的誤差給她全部扣除起來也的確是可使人要心跳的一個眞正的美人兒，而且這話我在二、三年前自吃飯時算起也由母親與林叔母聽到確實有這麼一回事。聽到的時候並不是不感興趣的。實則裝着漠不關心的樣子，乍聽林叔母所形容的這麗人的一點一點好處而內心暗喜。那時，我雖畢業已有數年，但未曾相親一次。我們這戰前派的舊腦筋的青年（我雖在二次大戰後才結婚，但因大戰前已成年，即心理上是屬於愚不可及的戰前派，而其所謂舊腦筋是環境所致不是自願的），假使決心要去相親也不好意思由自己的嘴裏講出來。首先得要積聚多次被督促的實績。而其實績很難獲得，故未曾一次相親。即裝作這相親並不是我要的。是被父母親三申五令催促之下已經逃避不了。實則心裏情不自禁，但表面上仍然要裝着太沒有辦法，被迫出此。而有這樣多次被督促的實績以後才不會太不好意思去相親。（看到現在的所謂戰後派的青年們每天堂堂表現其青春的歡喜的情景，我等戰前派新郎們回顧起來何不悲哉。）我就是典型的這一個。要等家裏人屢次的催促：次數愈多愈好：才够體面。只一兩次就去，會被看做迫不及待眞是汗顏。因此必須耐心等很多次，但是事情糟糕的是，那時我服務離市街的一個鄉下的醫院，偶而才有回家，爲了要積聚多次被催促記錄的機會，要把「偶而回家」改做「常常回家」實不容易。因爲恐怕別人看破心事。又，雖然苦心找個藉口把「偶而」使人相信眞有正當理由回家，有時碰到母親忙別的事情，不一定要給我一次的催促而感洩氣。這樣荏苒下去，終不得到要去相親所必要的督促，任其歲月消逝，久而久之，此事已不再被提起而確定命運。我想，母是這樣地對媒人回答的：他（指我）本人任你怎樣講都不去，他大概不感興趣的。

從所經過一年許的某一個星期日，我從服務的醫院回來已有太久不回家的我家，才知道碰巧也是那位小姐要嫁來我家隣近的「佳日」。我因未曾看到那位小姐，所以也並不怎麼有深切的感慨，只是聽到隣居們說：新娘非常的端容艷麗，性質又是溫順優雅，而且讀過的學校還不錯，反之新郎比她起來有些不相當。林叔母說「如你們有意進行這親事，她們一定答應了」。由其客觀條件看起來，我的條件比較新郎確實有好些。這時我心裏想着：眞是這樣地美麗，那太可惜，又這樣想：世間上的評論大概都是這一套，做新娘的誰她講個好話，尤其是說美麗才够禮貌，而自解自慰。雖然這樣，即一天走到舉行結婚典禮的那家前時，也不無一種感觸。這位抱着她的小孩的所謂無緣的佳人以後也連續來過幾次而越看越好。然經過一年就沒再來了。聽說夫君的事業失敗，搬到市郊去住。從此再經過三四年後卽自今算起約一年前。有一天早晨，我被請去郊外看急病，坐在車子上，剛剛起床還沒有十分清醒的我的眼簾裏入了一個女人的影子。好像是好幾年來已沒有看到的那位佳人，車靠近時看起來還是沒有錯。恐怕年齡已有三十了。但看起來還是像二十左右。仍然雪白的肌膚，娃娃一樣的端麗的臉容，抱一個帶兩個小孩，靜靜的，寂寞的走，她着的黑綿布的衣服與當時來醫院時所着的艷麗的服使我覺得有很强烈的對照。只是現在着的這樣樸素的服裝，穿的是木屐，但其着法其步形也是柔順嬌羞而有品位。其衣服表現或屬難過日子的樣子，但其風姿尙沒有受過風霜塵埃的痕跡。車子一瞬之間卽走過，然而其影子使我留下了不少感慨。當時如果我又相親，於她於我，命運恐怕與今天全不一樣。或者沒有今天在這裏像這樣的相遇。布衣粗裝而柔順——表現她今日的環境而表現她永遠的品性。這使我心裏很深沉的感覺。

色卽是空(3)

我的眼前一尺處浮起了一個雪白的肌膚，這充分表露出上半身的所謂「氷肌玉膚」的細膩的表皮，差不多連毛孔也看不到。但又不像蠟燭一樣的沒有光彩，而是紅潤的。於是觸診、聽診，一接觸便使人陶醉。她輕肥苗條，看不到胸骨，年齡在二十左右，「二八青春正當時。」其雪白的兩個乳峯突出的很美：這種結實而充溢着青春活力的乳峯的隆起，是在解剖學上說的最理想的「覆碗型」，有卽使希臘彫刻維納斯比起來也不及的美之極致，使人衝動得幾乎不顧一切，爲了她，死在其裙下也毫無反悔。

實在女性的美，拿世上一切藝術作品來比都不及。人的愛美精神是永遠不變，而且想要創造更美的東西，然而比起女人之美恐怕使人類無止境的創造出來的，也永遠都趕不上。我們每天報紙都有幾個爲了這樣的女性而自殺的，可是很少找出爲了藝術的煩惱而自盡。話說回來，我將把那很美的極致的女體照常診察一番以後，做一個醫師反射的應具備的醫學上的諸觀念——診斷、治療等——便很迅速地由大腦中消逝，只爲了這眼前的美麗的肉體而浮起了不可的感慨。這少女只是默然地坐着，診察完了以後也不想着衣，我不勝感慨地想，這樣美麗雪白的肌膚，粉紅色結實有力的豐滿的乳峯，倘若眞的一念之差而發生病理上的怎樣的變化。那麼……於是我回憶起：學校時代病理學教授的臉孔，病理學教室之儀器標本，病理解剖之實景等等，一瞬間像走馬灯樣的跑遍腦際，此女人是在三十六小時前側身鐵路線邊尋死的。如果不是死神還不要她，現在變成怎樣呢。上北的火車司機發見得早而急煞車，在這美麗的肉體數公尺前把那冰冷的大鐵輪停住。據說，這個美麗的肉體由死亡邊緣抱上火車以後，任你如何問話都不回答一句。最後，不得已將她順車載去臺北，到了臺北才吐出她是南部人，因此再被送返南部她的家，所謂她的家就是我的親戚家。因爲是親戚關係大家講話不顧慮，一來就說「有什麼精神上的異常？她回來一直像是喪失精神似的，請你看一看」。照親戚所說，她確實是精神恍惚，所以叫她脫衣服也好像不感羞恥毫不猶豫地脫起來，診察完了以後也像忘記了什麼似的不急於再着衣。我的腦中浮現着一個幻想，這相隔僅有一尺處的這樣美麗的她，與分屍碎骨變成一個物質的三十六小時後的病理上如何變化了的她，想起來眞是不勝感慨。如何的美變着如何的醜惡而這美麗無比的乳峯的組織在顯微鏡所見又是如何？而那一個是眞的？那一個是虛僞的？那一個是其本體呢？前後都是同一的物體，所相左的是：時間的經過而已，究竟兩項都是實在，都是眞的……在診察室裏空想幻想眞是不一而足。

未出嫁的少女都由其母親伴來看病，她們照例把胸部的鈕扣解了一點點，露出極少的一部分，好像把解開鈕扣的部分做底底，未解開的做頂邊的倒置二等邊三角形的玉體叫我給她聽診。如此者事實上無法給她診察淸楚的。傍邊的母親說「不脫怎麼看哪？」說着，就要給她解開，她便不勝羞恥而滿臉通紅，猛拉住已經解開部分的衣服，這樣少女的防犯的戰鬪體勢與硬要拉開的母親的四個手尖相撥之下，我的聽診器照樣進行下去。這時少女之手，胖滿雪白平滑無皺，母親的手是如枯木茶色的，而且骨形畢露，皺紋縱橫。兩個白的二個茶的手背接近相重，因爲近在幾咫尺對照顯明。縱使詩云：「願多皺紋的手掌有福，因爲它是歷畫塵世勞苦積聚的象徵」但這樣意思的美畢竟是別外一個世界的美，現在我眼則一白一茶的兩種手脊，無論如何，還美與醜的明白的對照，而且推根究底兩者原來都是一樣的：這骨形顯出，皺紋縱橫的茶色手脊是在三十年前的雪白細膩嫩潤的的手脊。而今天細膩嫩潤的手脊過了三十年後就是茶色老太婆的手脊。唯三十年間由手滑變多皺，由雪白色變茶黑色。爲什麼三十年間組織上的細胞及細胞間質的關係相差這樣的厲害呢？舉頭一看一個是櫻桃口唇，粉紅色的臉頰，婀娜多姿不勝嬌柔的少女與滿臉皺紋，別的是兩頰褪色，顴骨突出的老太婆的臉，兩者原來是同一質體，只是被時間的經過而變化而已。日本兼好法師在他的著書徒然草中說得好：「花不要等它凋謝，人不要等到殘年衰老面目可憎之時才死」。實在有些道理。

出嫁的女兒，初產孩兒之時，她的母親都會來幫忙照顧。尤其她的孩子生病時，她的母親就特別不放心地陪伴着女兒抱她的嬰孩來醫院看病。這時，我比較這三代，嬰孩、母親、祖母，而感慨。這嬰孩沒有特別的美感，只像塊肉般的，但牠到了二十年後就變成像牠母親一樣的美麗，再過三十年後，就變成像牠祖母一樣地，老態畢露枯瘦如柴，再從這祖母之三十年前，五十年前倒想囘來，又有不少的感慨，寫「紅與黑」的法國小說家Stendhal在文藝界是一個有名的虛無主義者，他留了至今膾炙人口的一句：「看到嬰孩就想到坟墓」。我非虛無主義者，也沒有像他一樣的才式的Gedenkengang想法的飛躍，但一看到綺手貌美的小姑娘就聯想到三十年後的老太婆。大概這是我診察室天天看得這樣的明顯的對照太多，而終於自然而然形成起來的推想。

囘憶從前，我在醫院服務時，有一點至今仍然感覺得很遺恨的是，我對不起當時的護士們，因爲在那時候，看到她們略施薄粉或塗口紅畫眉（所謂おしやれ）就說：「不要太發展呀！」若她們在化粧上多下一點工夫，就以一種惡意的輕蔑的眼光對待。我囘想已往我大概未曾講過一句明確的輕蔑言語，但言語中與態度中她們可能會察覺過我在輕蔑她們，因此她們事實上就不敢太隨心所欲的化粧。當時我的理論是：注重化粧的女人，她的目的在求勾引男人的注意，她們要想勾引男人，是楊花水性的，不正經的——像我這樣自少年時自認開明，信仰戀愛至上主義，藝術至上主義的人還抱有這樣矛盾的思想。我想這大部分是受了當時的日本軍國主義之尚武蠻幹精神所影響的。現代我每碰到昔時的她們，就說一聲「對不起，以前的我太呆板了，希望妳我盡量「おしゃれ」，至死為止，如果忘起這愛俏的觀念而隨便不管，那是失去做一個女人做一個太太的資格了」。她們到現在個個都結婚了，所以都給她們勸說，家庭美滿的最要緊的條件之一就是由愛美觀念出發的裝飾儀容（おしゃれ）。夫妻之間不如親子關係並非無條件地像用繩索縛住的。當然以生小孩經濟、名譽、共同命運感，以長期結合而起的感情等所繫住，但同時最要緊的條件就是一個是男一個是女的。為了崇拜對方的人格而結婚的說法有些腐儒的牽引附會，感激互相的人格確是一個不可缺的條件。可是不是最大的動機。假如所謂人格至上的結婚，每一個女人都去做孔夫子的太太好了。那麼孔夫子就無須要失望他娶三次妻，也不必慨嘆「女子與小人難養」，而自是以來二千五百年，長使我們的女性宿命地註定的大悲劇——男尊女卑的觀念，或者也就不會發生（孔子娶三次妻眞僞不太明，但曾讀過有這麼回事）所以女人無論他什麼時候都要努力做一個更美的女人。誰也喜歡住漂亮的房子，這樣的愛美的觀念是人類特有的，如果沒有那是已經喪失了做人的資格。如沒有道德一樣。若一個人的人格越提高對他的愛美精神要提高，如道德越要提高一樣。所以無論什麼樣的太太，都喜歡更漂亮的丈夫，無論什麼樣的丈夫，都喜歡更美麗的太太，東洋人以其習慣互相不能淡白表現出來而已。無論青年壯年至到老年，可說至要變成灰土才不需求的。日本最近一個女性的雜誌上的座談話中提出一個題目，即是如「おしゃれ」與工作不能兩立時要如何？多數女人主張停止工作維持おしゃれ。因為おしゃれ是女人的生命。經濟狀態不一樣的情況下我們不能完全讚同隨便停止工作，但其精神可掬。

西洋人的夫婦無論怎樣老，他們的表現都像年輕的愛侶一樣很親切熱切，他我像初戀的愛人一樣互相穿得艷麗的相抱擁吻。然而我們的家庭女人結婚經過一、二年以後，如再穿得考究一點，或太無顧忌地裝飾，就被老一輩的白眼看待。以為樸素無華是貞節的象徵，愛美而穿得艷紅華麗一點是為想要勾引男人的風騷的賤貨。一方面女人自己也不想裝飾。明治以前日本的結過婚的女人都把牙齒像香黑過一樣地塗得黑黑（所謂おはぐろ），而且剃掉眉毛把她變成像如蛙一樣的怪臉（即消滅皓齒柳眉之美），穿像喪家樣的黑衣而自以為規矩。既然結了婚就把一切能夠引起男人注意的東西除掉才是貞女。這樣的想法，不知道最大的受害者不是別的男人而是她的丈夫。然而據說當時一部分的日本的丈夫們因看慣了水蛙似的老婆，倒覺得性感的。或以同樣的おはぐろ精神作祟，太太看到丈夫對儀容注意起來就感覺不安，如丈夫們為了怕老殘衰防止臉上皺澀而塗面霜等也不歡喜。在我們社會上丈夫到了三十左右有些小孩太太們就說：「已經老猴了，還粧什麼？」，每聽這話眞是洩氣，至於到了四十歲，這「老猴」已經是先生的代名詞了，而每日由此代名詞叫你，盡量使你意志消沉抬不起頭來。她們採取這辦法來防止先生的移情別戀，這樣夫妻互相提防牽制，使對方更可變醜更老而求心安理得。只要能牽制對方不移情別戀，自己愛裝俏愛看俏的快樂都可犧牲，夫妻之間的度量眞是太過於狹隘。俗語說：「嚴官府，多賊子」，像這樣互相提防牽制的東方人其二號夫人却比西洋人多得多。要先生規矩不要使之移情，為什麼不使先生不要變成老猴，進而給他穿得漂亮使之變成「少年鷄」，一方面自己要裝飾婀娜多姿一點共亮天倫之樂。不知道這才是最有效的防止先生移情別愛的辦法嗎？

統計上的科學的觀察我是不太清楚，但一般說來，東洋的女人在結婚前是高貴的，使男人瞻仰捧場，結婚多爲男方哀求而成事。但一旦結婚進房昨天高貴的少女翌日起就對丈夫不敢抬頭，只求丈夫不要跑掉，不要有別的女人，她最大的希望是能夠永遠抓住丈夫之心而已。無論怎樣美麗的女人，婚前睥睨一切男性的高貴的女人也是一樣只怕丈夫變心。這一點他我西洋人好像不一樣。婚後西洋人的丈夫們也是無時不在擔心太太會跑掉，婚後女人的氣派仍然很猛，這種相異之點，我想東洋的太太們一結婚就不想再愛俏甚至自毀其容而終于失去引起丈夫的好感有關。可謂自掘墳墓，也是我們丈夫族的不幸也。

色卽是空(4)

好像只講女性美，强調女性之不求美之愚不可及是不公平的。對於男性也是一樣有强調之必要。日本有一家很有名的婦人雜誌請出三位社會上很知名的女性所開的座談會上，卽三位知名女性一致所達到的結論是，丈夫與情人自有分別的，不能一概而論，其中一位歌后（淡谷のり子）甚至這樣說過「可不是嗎！從前以很神奇浪漫的眼光所看着的愛人等他變做丈夫，看到他在家穿着どてら或もゝひき（股引）眞是掃興嘔氣」。天下的先生們，不三思反省嗎？

我們看到他們洋人在街上走路的優美的姿勢與我們東洋人那樣的蹩扭醜陋比較起來，會大大的感覺得自慚形穢。當初我是以爲他們因爲是個子高，所以能走得那樣大方好看。但後來一經注意，他們個子矮的也是走的一樣美好。然而，他們有時候有什麼心思而精神散慢時他們的走路形態幾乎就和我們一樣。這就是說，他們那樣美妙的走路姿態並不是自生帶來的，他們是下意識地努力着走的要好看的。我們的走法是能到目的地就成。但，他們除了這以外再想着走得更優美更好看。我尊敬他們這樣的意識。或者有人會這樣說：何必這樣辛苦費了精神走的好看，有什麼好處？不但賺不到一毛錢，也並非比普通走得快到，只是多消耗精力而已。可是他們西洋人大家互相都要走得好看。且要互相品評各人好看的走法。若果要給他們的努力以報酬，那只是「大家都走的很好看，看得舒舒服服，我自己也來努力走得像他們那樣」。然而其實對這只「走」來關心而能夠爲了這只「走」來努力，這是有高度涵養的人始能做到的，這，知道走路好看的人始能付得出的代價。

西洋的主婦聽說也很忙，我從未進到他們的生活環境裏去看，只是聽來的。他們有電氣洗衣機，電氣清掃機等等比我們幾倍的方便有效率的機器，而仍然爲了天天房子裏的清掃整理等等忙得不可開交，他們天天換襯衣，在我們看來已很整潔的地方也仍要清掃，在我們看來，他們好像都是在從事不必要的勞働。如果把這樣的情形讓給我們的主婦去管理，我想會天天無所事事地大嘆無聊，來臺服務的洋人大多調動得很頻繁，當初就知道大約半年就會調動的人也把他們臨時的住居不惜金錢投進去整理庭園，裝飾屋內，人們以爲：他們有的是錢，用都用不完，花不痛，所以才能這樣，其實爲了這愛美的觀念來花錢而犧牲相當的生活費用的也不少，我們通常都想要走最短距離的生活路程，可以活下去就夠了（不管有錢沒有錢）。何必轉彎抹角呢！但他們西洋人都要轉彎抹角，可以活下去以外再想活得更加美妙而彎抹角。以我們的眼光來看，這是不必要的精神的消耗與金錢上的浪費。然如果說：走最短距離的生活者是原蟲類，動物是隨進化而使其生活方式越發複雜的話，那末我們是比西洋人劣等。不過求生活的更加美妙而考究擺設，不論意識上，或實際上誰都先把經濟上的問題聯結起來，也許的確這是最大的原因，然而我想在我們經濟能力固然很貧窮，可是在其範圍內不能把我們的生活方式弄得更美妙一點嗎？數年前在我醫院近邊的一間小屋子裏住着一位很貧困的老太婆，她沒有丈夫，沒有兒子，孤獨地靠着鄰近人們的同情的施捨而活着。她每頓吃一個菜粽或一碗鹽粥，生病時我當然也給她義務看過，她的生活情形與一般乞丐差不多。但，一進她的陋屋裏去看，眞是使人驚奇，不但地板掃得乾乾淨淨一粒塵埃也不能看到，衣服傢俱也擺設得整整齊齊，這是我家所不及的。這位老太婆平常都很孱弱多病，且把脚纒得尖細，走路也不太容易，這樣子還能够天天把屋裏整理得如此有條不紊，眞是難得。這，使我聯想到她的人品，貧窮是她的命運，然而不損傷她的品格，反而是她的貧窮使她的高尚的人品更加昭彰。

記得去年，中國化學製藥廠曾招待日本的三共女子棒球隊來臺表演，在我們的地方，某夜借銀行的大廳開過豪華的舞會，那是以醫療關係爲中心的，樂隊一響，一對對一雙雙互相擁抱而婆娑起舞。有一次樂隊起樂時大部份人沒有起舞，只兩三組起舞而已，而這二三組跳得很好，使人注目恍惚，忽然間我看到有一位在我家後面陋屋裏住的貧窮人家的小姐，大約十七、八歲，她裝飾得相當入時，在這樣豪華的場面也豪不覺得有些遜色，她是以如癡如醉地在跳，輕步妙舞婀娜多姿細腰的曲線美妙極了。她住的屋子裏頭的黑暗連白天都看不明白有什麼東西在那兒。我曾出診去她家時連坐的地方也沒有，地方狹，不乾淨，一進屋子就會嗅到一種難以忍受的滋味而感覺得頭昏。屋子裏頭的東西，不管是床，桌子，棉被都是骯髒不堪，吃飯的地方是在房間與房間之間的通路，我每到她家不到五分鐘就感覺吃不消。這樣家庭環境的小姐今夜如女王一樣，像孔雀一樣地在數百人（尚且都在社會上屬於上層階級的）環視之中進入陶醉境而大跳特跳。一曲換一拍子很是老練，她的快樂情形，我想英國的瑪嘉列公主也不過如此。看她的舞姿使我想到藝術的可貴。我想……………這樣經過一、二小時後她反再返回她那臭味難堪，煙塵很重的床臺而脫下這一襲華服（我想那是把她的全財產投進下去做來的唯一的盛裝）。…………然而她現在正是像當年雲集維爾賽宮殿裏歡樂徹宵的公主們一樣，我想這是百萬富戶的千金小姐也不容易享受到的愉悅的一刻。奏樂終時她有點羞赧地回去她的席位。我是像不唱詩的詩人一樣，不跳舞的跳舞讚頌者。看到這樣的情形，心內很祝頌她今夜的快樂，而別一方面愈感覺到跳舞的美妙是能够使人生更加快樂，更加豐富的。

有一個專畫美人圖的專家到歐洲遊歷回來說，藝術之京城巴黎的婦人，大多數看起來很美麗，然詳細看其面貌不甚美麗。看其美麗都是裝飾及風度有合美的觀念關係的，而一到羅馬，其城市裏的婦人不甚引人注目，然詳細看其面貌是很美麗，宛如古時希臘或羅馬時代的彫刻一樣。可是因爲裝飾不甚講究，故不如巴黎婦人那麼美麗。這段報告使我想起：法國雖爲戰勝國，其國力反而降低。但，不管是美國的隆盛，或德國的復興，巴黎還能够維持享受了二十世紀人類藝術之京城之榮譽，誠在這理。

『若き日の喜びはなつかしい。
然し、若き日の悲みは更になつかしい。
美しい花を手折つた人は幸福である。
然し、美しい花を手折り損つた人は更に幸福である。
それは悠久の花をみる、永遠の花をみるからである。

譯：少年時候的快樂是使人多麼的懷憶。
然而，少年時候的悲傷更加的使人懷憶。
把美麗的花朵摘到手的人是多麼的幸福。
然而，摘不到美麗的花朵的人是更加幸福。
因爲，他能看着悠久的花，永遠的花。

上面的詩是十數年前我服務一個病院時，一位護士所持有的吉田弦次郎隨筆集中的一節。(自少年時我就很喜歡他的散文)。說實在，讀上面的這一首的當時，我對一位女性很感失意。因此對這一首詩的感慨是特別深刻的。爾來十數載至今隨口吟起來，仍然回味不盡，而且這樣的回味比當時一年比一年更加有趣。失意於那位女性的當時，感覺坐臥不安的日子差不多有幾個月，但把這首詩像讀經一樣地反復背以後，漸漸地恢復了某種心靈上的鎮靜。然而，由現在來想，當時所恢復起來的精神上的鎮靜好像不過是一個自慰的感覺而已。此詩眞正的好處倒是經過十數年後的今天才能體會，經過三、五年，十年悲傷的往事才能比快樂的往事使人更加懷憶，坎坷的自己比順境的自己更覺得憐憫懷念，因爲能够悠久地永遠地看着摘不到花朵的心地是從現在起才能眞正的體味。在十數年前，要把摘不到美麗的花朵永遠地看着，這樣的自己安慰眞的能够嗎?我想這不過是很勉强的自慰心理而已。

我想，我以爲當時的Rival不一定比現在的我幸福，嗣後因爲居住的關係，我一直未曾逢到她。然而，從前所看的美麗的少女經過了五年十年隨歲月而變化之結果是否能够保持住在十數年前所看到的美麗的影像，實在不無疑問。我想，我的情敵當然把那我所憧憬的花朵摘到手而盡情的享樂，但經過一、二年後恐怕就會大嘆暮春之恨起來。我的友人的詩裏頭有這樣的一句「不忍落花再逢君」。我想，現在在我情敵眼前的那一朵美麗的花或已經有一點凋謝了。當且將來也要繼續地看着牠凋謝至完全消失爲止。但映在眼簾裏的仍然是花蕾初開的美麗的她，這美麗的影像的確是永遠的，悠久的。貝麗蒂因是夭折才對於但丁Da-nte是永遠的花，對於作出那「神曲的無限熱情的泉源」。

經過了十數年的今天，我的胸中深處，仍然抱着一朵美麗的花，遇着聽到美妙的音樂時，或把美好的景色看得入神時，或旅次寂寞翻着詩集時，忽而想起當年的她，那是永遠二八青春天眞無邪的她，而向我微笑着的可憐楚楚的百合花，這樣的情感是眞實的，絕不是自己安慰，這是人對於美的憧憬，美的陶醉的眞實的境地，現實的世界既沒有絕對的美，也沒有絕對的醜，把現實當做美是人們心裏畫出來的美，是人類才有的夢境，也因爲是這樣才是可貴。所以也有人說：情人不過是自己心裏畫出來的美麗的Image的反映而已。自己在不下意識地憧憬刻畫着一位美目盼兮婀娜多姿的女子時，碰巧偶然看到像那樣的少女，是會自然而然地發生戀情的。日據時代，南臺灣某師範學校一位老校長本田乙之進先生對學成將要派出服務的學生們這樣的講話「諸君不論派到如何山間僻遠之地，恐怕都能在那裏找到自己認爲理想的伴侶」。這眞使人感覺人生無上的快樂，溫暖，回味無窮，不時都能憶起的寶貴的一句話。如自己的心靈裏常畫着美麗的憧憬時，不管派到如何山間僻遠之地都能隨地找到情人的。人們看美人的眼光雖然都有共同之點，但在細節往往不能保持絕對的一致，因爲究竟各人心裏頭對美的憧憬不能一樣的關係。因此在男人的心目中無法畫出一個他所憧憬的女性的影像時，他雖然年青也不能找到一個情人。如缺乏情感的精神異常者不能找到情人一樣。

海中小島高飛雲雀
旣有雲雀就有田地
旣有田地就有人們
旣有人們就有戀情

這首詩是國木田獨步的詩，看起來平淡無奇，但在平淡無奇之中却像把美妙的圖畫一頁一頁地翻起來一樣，陸續展開起無窮的畫面，眞是偉大的創作。我有時候搭夜車曾看到反影黑漆的車窗裏的一兩個燈影，車窗之外一遍漆黑是使人感覺寂寞的，但我聯想到如下的抒情。

有燈光的地方，就有人在；
有人們的地方，就有戀愛。

在黑暗裏照耀着一個燈光之下，一對男女在那裏談情說愛，這樣的想像是很快樂的。經過一兩小時後，我的聯想，我的思考不但不中斷，反而想起以前自己所經驗的事情，所讀過的詩歌，小說就聯想個不停。

枯斷的尾花隨水飄逝
黃落的竹葉鋪滿岸邊
走近了吧！我想——
那無憂無怯的星的星座裏

這是河井醉茗的詩「野外漫步」裏頭的一節，在平淡無奇的野外漫步中，可能有人毫無感覺地走過去，也有人像河井氏一樣，像進桃源鄉一樣有一種陶醉怡然自得的感覺。我很羡慕能像河井氏一樣的感覺的人是怎樣的幸福。他的人生是怎樣的豐滿。我以前服務的病院在鄉下，而時常爲多數的重症病患的醫療工作，精神上肉體上疲勞不堪。這時我時常吟出河井氏的這節詩，及看出窗外在荒野開着的花來醫癒疲勞的。對隨波逐流而來的並無情感的柳子葉問着「你背鄉離井，隨波逐流，經幾歲月？」又把看到鐵路傍邊開着無名的小小黃花時，想起自己的人生也如此等等的感慨——此類的感慨是很可貴的。

要繼續生存下去的意態是動物的本能。然而能夠要生活得更美妙的想法是上帝只賜給人們的本能。動物是沒有。我們對實在（Actual existence）看做美？或醜？這樣的問題哲學上也通常很難加思索的。然而不管得到什麼哲學上的解決，人類之愛美而爲了要創造更美而所付出的代價是不可以道里計的。我想只是爲了對美的無限地創造和歡賞與人類之存在共長，永在的。假如以哲學的來講，這直覺的實在是沒有疑問的餘地。人類是不斷的追求眞理，想盡善的事，對於美有無限的憧憬的動物，這是人類的本質，也是我們天天在生活着的實體。人類的歷史概括來講不過是，精神上追求更深的眞理，更高的善，更美的事物的創造的連續而已，「美」對於我們的人生，可以說是有其必要，也可以說不必要。因爲沒有「美」也一樣可以生存下去。但有一點最要緊的分別是：近乎動物時不必要，近乎人類時是必要的。本來如花似玉，輕步慢姍的小姑娘，不知道其美麗之寶貴，結婚以後經過二、三年，看她拖屐雜聲連響，嘴不停住吃着東西的過街，眞是掃興莫甚，於此實在太缺乏人生的情緒。我們是人，沒有別的只要天天繼續的活下去就够，這樣的想法是多麼的可悲呀！多麼的寂寞呀！我們不能比較現在提高精神生活嗎？

我再說一次！我們東洋人的物質生活固然比西洋人貧困，但精神生活更加貧困，美的觀念在我們的感覺之外也許是其反映物，然更在我們的心靈裏有其原動力。這只能在我們的不斷的求美精神的高揚而發見，而創造出來。我們應該不但要探求發見及創造一切的美的事物，且要醉心其中，而在醉心其中才能够繼續發見及創造較美的東西出來，而把我們的人生更加美妙。我們應該一切的生活要站在美的觀念之上——而使我們的人生得更加有意義，有價值！

關子嶺通訊

白雲如煙由窗口流進來，我把它邊吸邊寫着這封信。像這樣流到屋裏來的，應該說是霞—春霞。大概雲是要仰着看的。這雲像能吃進口一樣的下來就要說是霧或霞吧。可是我喜歡稱吸雲。因我自平地上來這裏是：希望脫離若干的俗氣，而且加添多少的仙氣。對我房間的窗外或近或遠的一片青山生成着各樣形態的起伏。鳥兒於晨色明卽開始鳴唱，此起彼落，整日不歇。蟲兒尤其不分晝夜地奏出美妙的音樂。

山裏是這樣多雨，到處都爲雨雲所籠罩，然而由我這居高臨下的房間遠眺，還是可看到一片綠油油的嘉南平原。

O兄：一向無恙吧，四月末我已服完成軍中服務，現在來到這兒—關子嶺—想要休養休養。每聽朋友或我的病人說：「去關子嶺渡假一禮拜了」，我就怎樣的羨慕，同時咀咒我開業醫的職業。天天都是看病人、看書、參加學術集會、做一家主人的社交應酬、做一個父親來應付孩子們等等，一刻鐘都無法閒着的我，如果能够什麼都給它忘記掉而去溫泉旅社住個禮拜養心神，那是多麼的痛快呀。對於我們這樣的職業，如果在平常的看病日，要休息一個下午就須要若干的決心才能實行的。但軍中服務完畢的我，現在找出幾天時間來到這裏的溫泉旅社休息一下，而同復心上的疲勞，培養肉體上的元氣。大概剛剛同家病人不會馬上就來，不要急吧。工作與休息，在我的人生觀上是難上難下的人生的二主要成分。我現在住在這裏的東皇旅社寫着這封信。終日無所事事，遠眺山景也好，進入浴池也好，高歌一曲也好，沉思默想也好的睡覺也無妨，這也可以說是近十年的開業生活中未曾亮受過的自由。

這一間旅社是須要上了很長的石階才能達到的山上的唯一的旅社，不但眺望不錯，聽說因爲在山頂上不熱鬧，不適合做社交場所的緣故，一般旅客較少到這裏來。如此的旅舍適合着我的趣味。我在這裏打算休息一星期，而已經過三四天了，住在其二樓的日本式房間。二樓共有三間，時常只住我一人，下女也很少上來。房租一天二十四小時十八元，三頓飯可任旅客自由去訂而不貴，在這山上能少見城市人，自由自在，滿喫靜養養氣的生活使我感覺得很快樂。另外一個滿足是映入眼簾裏的一切都是如綠色的饗宴，與城內我的病院及周圍一帶不能看到絲毫的綠色比較，這眞是世外桃源。綠一色的葉綠素，那麼可貴啊！

我坐的公共汽車走上崎嶇的山道時，我看出車窗外的山景而想起萩原氏的「旅上」之詩。

想到法國去
奈何遠得很
最少也能穿着新洋裝

來上無憂無礙之旅途
火車走到山坡時
倚在綠色的窗邊
獨個兒想着快樂事吧
五月天早晨東方的彩色雲
如讓嫩萌芽出不拘不束。

我要把這次旅行使得眞正的快樂起見，有關醫學之書連一冊都不帶來，要暫時忘起我是醫師。像中學時代一樣過一個全無醫師的意識的生活。中學畢業業二十年後的醫學生或做一個醫師的生活，有時感覺所謂Brustdruckgefühl而討厭。我所選的一本是平常放在家裏的日文學全集中的島崎藤村集。這裏頭有「山中隨筆」、「千曲川素描」，第一次大戰旅法日記的「法國通信」、散文「等春天來」等等。因爲這些比較輕鬆，不像小說集之須用感激，興奮的心情去讀，或勉强讀完，不會太覺得累。我記得國民學校三年時讀到藤村寄給大人的散文。再來的是徐珂撰的「歷代白話詩選」和日本西條八十撰的「東西名詩集」各乙冊，及 Snedberg 著的「物質觀之歷史。—化學史爲中心—」（著者爲諾貝爾化學獎賞得者）乙冊。我隨帶來當無聊就讀的那幾冊，每冊天天都讀一部分。現在差不多讀到一半了。本來的計劃是在關子嶺不想讀書。因爲我覺得我的生活像要準備考試的學生一樣，精神上無法鬆懈的一個原因是要想看書的。這樣不是好現象，我來這裏是找無聊，不是找刺激。

食後

此刻我是剛從午飯後的午睡醒起來。從矇矓的不十分睜開的睡眼中映入了白居易的三首詩——

食罷一覺睡　起來兩甌茶
擧頭看日影　已復西南斜
樂人惜日促　憂人厭年賖
無憂無慮者　長短任生涯

夏日

東窗晚無熱　北戶涼有風
盡日坐復臥　不離一室中
中心本無繫　亦與出門同

早春獨登天宮閣

天宮日暖閣門開　獨上迎春飮一盃
無限遊人遙怪我　緣何老者最先來

舖在疊蓆上的被子附近放着各詩集，藤村集等都翻開着，與之所至，我讀這個，讀那個，讀了累了把書連合也不合一放就睡。

躺着怎睡怎醒的腦海裏浮現了這一兩天拜訪過的老師G先生的種種。雖然不想醫業事，三三天的獨居無聊使我想起訪問G先生。如兒所知，先生是我們城北裏最有名的老醫師。我記着少年時候，常聽到大人們說：「也去過請G先生看了，還有什麼辦法呢？」若是單從內科小兒科部門的開業醫來講，多數市民認爲G先生爲最後王牌。數年前，我開業不久，有位病人的家屬帶病人來時說「本市三仙中已去看過兩仙了」。據說G先生是三仙之首。有一天在歡迎某教授的席上，坐在我傍邊的先生對我說：你們年輕人最好去美國認眞進修一兩年把醫院關掉一兩年病人也不會走掉的。」我想他的話很有道理。

G先生現在在這關子嶺造個別墅和太太二人過着平和清靜的老境。前天下午約六點半許，我打算他左不多吃過晚餐時去拜訪。剛巧G先生策杖站立門前邊。G先生很親熱的歡迎了我，請我進入客廳，並且隨便談談起來。我老早知道G先生善辯。而且平常我有一個看法，除要健康以外，如具有科學精神，頭腦明晰及善辯的三要素者，爲一個開業醫師差不多可以獲得最高的成功。而且G先生是其要素皆具全的老先輩。不久又介紹給我認識有賢慧之譽的他的太太。一對老夫婦的親切的歡待，使我這後輩的畏怯尷尬的心情已全部雲消霧散了。那天在會客室剛坐下就聽到G先生說的，做一個開業醫師應該如何如何，及一旦所得的收益要如何維持或使其增加等等的教益。G先生今年七十，太太聽說是六十七歲。但看起來老太太還在五十多歲的樣子。她雖是我們城市的望族名媛，但她的親切的應接使你毫不覺得有什麼氣派。曾聽着某醫師說：G先生成功的一半是太太對他的無微不至的照顧。想起來覺得應該不虛。談三四十分鐘後才知道G先生是晚飯之前，因此也不到一個鐘頭就匆匆地辭出了。

這別墅配合在關子嶺山中的情調，樸素無華。但盡量用特別耀目的色彩塗着的門柱，看起來眞爽快悅目。約有四百坪地全面種植下的花草樹木，實在無法一一記取來它的名稱。聽說老太太特別喜歡園藝，這又使我愈景仰她的品格。後面庭院有大的樹木和已經生苔的岩石等，站立這寂然清靜的山中庭院。忽然想起下面的詩句。

日出柴門尙懶開　綠陰多處且徘徊
槐花滿地無人掃　半在牆根印紫苔

×　×

山前山後花爭發　溪北溪南麥正齊
性嬾日長無箇事　枕書窗下聽山鷄

昨天陰雨當中，下午四點許，私下計算，先生從睡午覺起來，至晚飯當中能够慢慢多談的時間去拜訪。「雨雲籠罩到獅頭山的一半就要下雨了」先生像老山居人似的講着很有趣。在客廳正在談着起勁時，忽有一位青年走進來說「伯父，我現在要走了」辭別而去。聽說是此地望族R先生的公子。大學畢業了，現在軍中服務中，要回兵營去的。這使我回想數日前的軍中生活。「讓我帶你走走看看關子嶺吧」陰雨將下也不以爲意，G先生一面策杖，一面談談走過這山路去。我們到了好像國民學校一樣的有個大的庭園的第宅時，站立在門前二位中年夫婦很誠懇的迎接我們。是剛才來辭行的青年之家。他們是青年的雙親的。雖然在這難得平地的山中，盡量開闢這樣大的庭園，而其庭園中建築數間的廣闊的半西洋半日本式的房子，光線十足，清爽潔靜，室內高雅優美的擺設等等與我在旅社內沒有家庭情緒的生活對照，感覺羨慕。

這房子有走廊，庭院有一圍着蘭花的花壇，一位年輕的小婦，抱着剛生下數個月的嬰兒在那裏，G先生給我介紹說：「剛才回兵營的那位青年的太太。」她明朗大方，看起來嫻靜優雅，眞是美麗的婦人，在此山中這樣的美人，眞使我刮目相看。房子側聳起着高山，放眼四週一面是綠色的佳景。庭院有大的小的岩石整齊地擺着，檬果壓枝盛生，立草芬芳，鳥兒在唱。在這樣清靜幽雅的環境有，有慈愛的父母及美淑的妻子所圍着的那位花年眞是太幸福了。加爾普施的「山のあなた裏遠く，幸ひ住むとの云ふ」這句詩，好像爲青這青年說着的。

不等那美麗年輕的太太倒茶空G先生又一面催促我，一面拿着手杖，向C先生家走去。C先生是我們城市裏有名的律師，他是R先生的哥哥。他們兩位的祖父據聞是關子嶺爲首的望族。C先生之第宅也有走廊一連的日本式的建物。像公園一樣的廣大在院裏堆滿着落葉。領到後庭院的G老先生，廊後庭院指向遠處煙雨的那高山說「此處起至到那山止是C先生的所有地。」使我驚訝的聽着。我們被一位約六十多歲的樸實的看守宅第的傭人，領到客廳去休息。只有這一位看守的傭人，把這一列的房子清掃得很乾淨。聽說C律師少有回來，律師太太每星期回來一次，數理他們的產業，更聽到這位太太為臺灣有數的Pianist又使我仰望不已。我在客廳約有二小時之久聆聽G先生從很貧困的兒童時代起到了剛做醫師這中間……反抗逆境，拚命的開拓自己的人生……的很寶貴又切身銘刻的一席談。

我希望先生在今年祝壽人生七十古來稀——的紀念，寫個「七十回憶錄」。這位老前輩所走的苦鬥過程，關於醫學、關於病患的一段的苦心對於我們年輕的醫師是很難得的。關於日月進步的醫學，前輩的：比喻用聽診器診斷肺炎等醫學上的苦心，做一個更有意義的人生的爭鬪，這樣偉大的先人，永遠是後人最好的榜樣。

「你從軍中服務回來，不登報通知病人嗎？我早前在開業期間也常常旅行去把醫院放着二、三個月，但不置代診的。從旅行回來，就乘自備的人力車，選最熱鬧的街道，叫車夫鳴着鈴，慢慢的走過去，這樣市民回頭來看，隔天病人就來了。」聽來很有趣。每半小時就進來客廳，來換熱茶，又退下去的老傭人的舉措也別有格調。只能聽到山雨音以外，索然寂靜的這山中的客廳裏，G先生，回憶過去的種種，臉面紅潤起來，我也聽得津津有味，只恨近黃昏。

這一會兒四邊已很昏暗之時，G先生的老太太帶傘來要近接我我回去吃晚飯。煙雨多泥土的難走的山路，擔必老夫，自己親來迎接的這位老嫗的姿容是崇高之至。這對老夫婦多麼幸福啊！回拉肚子，已在旅社有特別餐的我，拜辭他們鄭重的晚餐的招待而回旅社去。

O兄：在我房間窗口望出去，正面看到的是關子嶺的紅葉山，使我有所感慨。我的腦海袖忽然浮現起您。原來想起要寫信給您的，是看到紅葉山的緣故。現在乍看紅葉山，乍寫這一通信。我想起十年前與兄及T兄帶領醫院的護士們來關子嶺旅社住一夜的往事。那一宿兩天的旅行眞是愉快的。回想那時，護士們自告負責炊事哇啦哇啦地，整天胡鬧，歡悅情形懷念不已。那時候我們都是清苦的公務員，在溫泉時三頓飯自理，住的是縣府自營的聽水廳旅社。我們是做一個縣院府員工（事實也是）交涉特別優待的一切克難的旅行。憶起那時——也許您要記得——T兄看到很優雅地端飯的護士的K小姐感慨地說：「十年後，在鄉下的小路上碰到你，我想很有趣吧。」K小姐是從鄉下來的。那時已決定要嫁給隣村的一位青年。

在聽水廳住一夜翌晨，我們去爬紅葉山。往紅葉山上我們停脚小憩的那很大的一株樹現在也仍然屹立着。回程中您把右手放在護士C小姐肩膀時，T兄說這鏡頭很好而拍一張。沖洗起來意外的好，像情人一樣的甜蜜。您一看就抑不住內心的喜悅，暗自地想可增青春右之一頁，而也很仔細地收藏在一本很厚的診斷學的書本裏。這診斷學是常備在病院的您的辦公桌上的。然麻煩的開端是，有一次大清掃時，碰巧給太太發見——這書不知不覺中帶回家的——而大鬧起來了。之後，這風景繼續了幾個月。您本來是一面對於外是帶着若干浪漫的情緒，一面對於內是表現恭恭自持的「恐妻」的。您的太太本常見您在家裏誠實奉她遇到很有滿足。然從此，您在太太的心目中是成為一個不誠實的丈夫。您的「恐妻」被您的太太認以所謂「低姿勢的放蕩兒」的態度而已，已絕不可信的。最後的一次的大鬧爲您參加舞會引起來。其二三後您喝得酩酊大醉——這很不正常的情形，因爲您公認爲酒桶少以酒醉——來我家捲起袖子悲壯慷慨說：「一個晚會，只跳一舞曲——三分鐘也有問題，怎麼辦呢！」而大唱「太太至上」反調。您說：「如果繼續這樣束縛，不信任我，那我要攤牌到底！離婚在所不辭……」氣焰之盛眞是不可一世。素來您是我們青春圈裏的頭領，故當時聽到您氣昂昂，好強的「太太怎麼怕！」的「太太彈劾」演說，使我讚嘆而羨望不止。我暗自地想「眞的，他是偉大的頭領，我們這羣黑卒兒——無名小卒——應該要拿出勇氣，趕追效法他！」原來如每遇到宴會時，這個頭領一定留至最後，且主持二次三次會的進行。——可是，奇怪的很，自此以後，每有酒宴，第二次不但不主持，連第一次都不及一半便走。普通平常的應酬也時常辭退。像猫一樣的和順，毫無當年那樣的浪漫的情緒、活躍。眞是使事猜想不透。本來刮目期待您的領導，反而刮目看到您的退縮。有一次日本的一個醫大的老教授回憶他們五十多年的夫婦生活說：「五十多年的夫婦生活中，沒有一次反抗太太而得着其利的」。據說，他的愛見獲得同座多數的老教授們的同感。您大概是超出我們青春的 group，首先得着這「夫婦哲學」的先覺者。然，原來您是我們青春圈的 Manager，天天都要計劃着如何鬧才能過癮。如今因您的脫落不但可惜，對我們也有很大的打擊。因爲頭領的敗陣脫離，羣卒無首，動搖着黑卒們的士氣，使黑卒們的意氣充分沮喪，竟引起青春圈的漸漸消滅。而很多的我們的快樂的節目，或可能產生的可歌可嘆的 Romance，都在無形中消失了。所以我現在，一面抱着懷念，一面抱着恨怨的心情看着這紅葉山。

關於這事情，我要給您一個報告。六個月前，當我要入營時，C小姐——已經是太太、是媽媽的——及數位以前的護士們給我一個送別會，請我吃飯。她們皆帶小孩來的。其時C小姐微笑地說：「本來打算請O先生爲陪賓，可是……」我說：「可是……恐怕O太太難受。」我們一共笑起來，回想當時的故事。

由我所住的這居高臨下的旅社看下去，關子嶺的溫泉街，眞是一望無遺。形形色色的旅社的屋頂、小賣店、車庫等等。我忽然想起一二位朋友對我說過，在這關子嶺的旅社與情人做出超過友誼關係的追懷。我想：我眼底下的各旅社的每個房間都留有無數次的青春哀歡的痕。日本河合教授爲學生所寫的著書之中這樣寫着：「希望年輕人，至結婚之夜爲止，保持純潔。因爲這樣，結婚初夜的歡樂才能深刻永遠銘記在心頭」。這也有其一理的，也許可當爲貞操純潔論之一個依據。然實在如像有時難爲忍耐的。

在眼底下小小的公共汽車慢慢地蠕動着。停下時，由裏頭吐出了形形色色的人，像此關子嶺的山屋的本地人的，帶阿婆的中年男子，穿着艷紅的年輕小姐及其情人似的青年等等。龍瑛琮氏有詩云「火車站是萬般情感的集散所。」我想：同樣也可以說公共汽車是感情的配達車。有些部分，年輕的青年男女，要來這桃源過着人生的大冒險，他們的內心實在是有所顧忌的，但是外面强作冷靜無所謂地進入旅社，以坤身的勇氣叫下女開房間，——其日、其夜，將要如何——。

此情此境，我愈想感人生無窮盡的妙趣。

——是的，提起這事情，對於我也有過些回憶。

童心、愛心與詩心

——兒童詩評鑑感言

趙天儀

今年在板橋教師研習會舉辦的第六屆兒童文學寫作班已經結束了，依往例分小說、散文、童話與兒童詩四組，除了共同研習的課程以外，就是分組講座、習作與講評。今年兒童詩組還是由藍祥雲先生與我輔導。這一屆共有十四位學員參加了兒童詩組，我以自由題讓他們自由發揮，並提示了幾種題材的範圍，包括家庭生活、學校生活、動物、植物、自然與季節變化的感受等等。在初步的習作中，每人提出作品八首，共選出了二十九首的作品，經過講評，再由藍祥雲先生與我輪流地初選與複選。

我以為兒童詩，首先必須是詩，也就是要取得詩的入境證，同時必須具有童心、愛心與詩心的綜合表現。我們的兒童詩，在內容的取材上，不妨廣泛，但是，必須是健康的、明朗的，而且是中國的。我們可以向外國的兒童詩擷取創作經驗的營養，但是要能消化，從而創作出屬於我們自己的作品與風格。兒童詩在創造的表現上，我以為必須做到合情、合理、合法；所謂合情，就是合乎兒童詩的心靈的感受與情感的表現；所謂合理，就是合乎兒童詩的自然的想像與常理；所謂合法，就是合乎兒童詩的語言的創造與形式的章法。

玆將十四位學員的作品，試分別來加以討論與剖析：

一、余惠蓮作品

余惠蓮的作品，有「郵筒」與「夜讀」兩首。她寫詩，比較富於知性，在語言的把握上也比較老練。她似乎是較用腦來寫詩，不過，有時容易流於知識的羅列，應加强詩的情韻方面的表現。

二、朱綉花作品

朱綉花的作品，有「逗趣」、「嚮往」、「媽媽回家了」與「六年級」四首。她寫詩，剛好跟余惠蓮是個不同類型的對比，她似乎是較用心來寫詩，充滿了心靈的感受，但是，常常找不到適當的語言透過意象來加以表現，因此，往往只用白描，情感的表現也就太顯著。如果說她在語言的錘鍊與意象的創造上能多加以凝聚，也許將會有更進一步的表現。試以她的「媽媽回家了」一詩為例：

「計程車忽然停在家門口，
小弟弟直奔院子，
大弟弟衝進客廳，
妹妹也飛上三樓，
告訴倚窗盼望的我，
我喊得最大聲：
媽媽從很遠的很遠的地方
回家了！」

末了第三句「我喊得最大聲」，便是一種很突出的聲音的表現，在强烈的對比之下，顯得洋溢着對媽媽同來的興奮與喜悅。

三、范守國作品

范守國的作品，有「雨」與「心裏好害怕」兩首；前者是一種自然的描寫與抒情；後者却是表現了兒童做錯了事的一種心理。

四、陳儒德作品

陳儒德的作品，有「毛毛蟲」、「小馬」、「小白鵝」與「蹺蹺板」四首。他比較善於描繪抒寫有關動物的題材；「毛毛蟲」的意象頗爲立體化，「小馬」很有情趣，「小白鵝」也很神氣。「蹺蹺板」則表現了一種天眞的想像。試以他的「毛毛蟲」一詩爲例：

「你整天穿上毛大衣
爬得高高的
把自己倒掛着盪韆鞦
我眞想拜你做師父
學軟骨功夫」

這首詩的想像很突出，毛毛蟲「把自己倒掛着盪鞦韆」，煞是有趣。

五、黃龍泉作品

黃龍泉的作品，有「雲」、「楓樹」與「家」三首。「雲」表現了一種自然景物的變化，末了三句很妙。「楓樹」的聯想，也很幽默。倒是「家」，表現了生活在一個不和諧的家裏的兒童對飢寒與苦悶的感受。試以他的「家」一詩爲例：

「媽媽去打牌
爸爸去喝酒
冰箱空空的
晚餐還沒做
在呼呼的涼風裏
我望着星星
你冷不冷」

如果說，這首詩是出於兒童的自白，那麼，可能就帶有一種批評的精神，值得成人警惕！

六、杜榮琛作品

杜榮琛的作品，有「浪花」與「拔河比賽」兩首；前者表現了浪花如花的感覺；後者表現了一種運動的過程，把「拔河比賽」的情景加以掌握。

七、陳戀作品

陳戀的作品，有「微風」與「姊姊的頭髮」兩首。「微風」是一種自然的抒情與寫照；「姊姊的頭髮」却是一種假想，從寫實到想像，自然而充滿了機智的語氣。

八、楊津峯作品

楊津峯的作品是「鬍子」；寫爺爺、爸爸和我祖孫三代的鬍子，好像是三部曲或三拍子，在三個不同的世代裏，各有各的鬍子，句法也有變化，沒有落入俗套。

九、陳春男作品

陳春男的作品是「弟弟長大以後」；這首詩，表現了弟弟在家裏受寵愛，哥哥對他羨慕的心理。

十、黃三益作品

黃三益的作品，有「賽跑」一首。這首詩，表現了在暴風雨中洪水裏的岩石、小滾石與激流等的賽跑的情景。

十一、丘永良作品

丘永良的作品，有「小石子」、「字典」及「媽媽」三首。「小石子」是從抒寫小石子的命運來隱喻人的命運。「字典」是透過了意象，表現了字典的功能，有兩句如下：

「沿着筆畫的門牌來拜訪，
我的部首就會爲你帶路，」

表現得合情合理，很不錯！

「媽媽」這首詩，雖然說語言散文化了些，但是，却表現了一位平凡的媽媽，雖然不識字，然而，依然有她偉大令人敬愛的地方。

十二、蘇正一作品

蘇正一的作品，有「媽媽的關懷」一首，是一種矛盾語法的表現，充份表現了媽媽的關懷的心情。試舉他的「媽媽的關懷」一詩爲例：

當我用功讀書時
媽媽總是說
健康要緊啊
可別累壞了身體
當我玩得入迷時
媽媽又說
功課要緊啊
可別荒廢了學業」

看來這兩回事好像矛盾，事實上都表現了媽媽的關懷。

十三、石東華作品

石東華的作品，是一首「豬」。這首詩，只是用白描的方法來抒寫，雖然人家說「豬」的「身體最髒」、「只知吃飯」、「眞是懶惰」；『可是，爸爸却說，「豬兒最好」』。可以說，表現得意味清新，不落俗套。

十四、彭選賢作品

彭選賢的作品，有「做功課」與「風箏」兩首。前者描寫了「妹妹」、「弟弟」、「爸爸」與「媽媽」，各做各的功課，頗爲幽。後者從「風箏」自由地聯想，主題較不明朗。

從以上我所討論過的作品中，我們不難發現，我們的學員都很認眞地在學習與習作。當然，我很希望，有那麼一天，我們可以看到他們能創造出更成熟的兒童詩來。四週的研習，時間是寶貴的，然而，也是短暫的。可是，兒童詩的創作，是一條寂寞而漫長的路，要有心人以耐心與毅力來不斷地繼續創作。因此，我很盼望，他們能以這樣的基礎做爲出發點，來繼續開拓兒童詩遼廣的創作的原野。

總而言之，良好的兒童詩，是受愛心的啓發，而受詩心的智慧來指導，表現出童心的世界那種天眞無邪的境界。同時也是心與腦並用，共同合作的結果。

第六屆兒童文學寫作班學員兒童詩選

69年板橋教師研習會

余惠蓮作品

郵筒

我的房子裝滿了關愛
　裝滿了祝福
綠衣人啊！
請您把這些關愛和祝福
送到每個角落

夜讀

靜悄悄的，靜悄悄的
只有時鐘的滴答聲陪着我
瞌睡蟲啊！你走開
我不喜歡和你做朋友
靜悄悄的，靜悄悄的
只有寒氣陪着我
瞌睡蟲啊！你走開
我只喜歡和書本做朋友

朱綉花作品

逗趣

我笑弟弟：
矮矮胖胖像皮球
弟弟笑我：
高高瘦瘦像竹竿，
哈哈！
竹竿碰着皮球了！
皮球滾到
媽媽懷裏去了！

嚮往

早上
書包還在睡着，
我醒了！
啊！晴朗的星期天！
窗邊的陽光微笑着，
我多想望去原野上，
追逐、遊逛！
一直玩到月亮陪我回家！

媽媽回來了

計程車忽然停在家門口，
小弟弟直奔院子，
大弟弟衝進客廳，
妹妹也飛上三樓，
告訴倚窗盼望的我，
我喊得最大聲：
媽媽從很遠的很遠的地方
回家了！

六年級

乘着時間的飛車，
吟響我的口哨，
六年級的一站到了！
再見，
低年級天眞的我！
再見，
中年級淘氣的我！
衣袋裏塞滿了
回憶的甜蜜
水壺裏滾動着

我的新希望。

范守國作品

雨

在屋頂上敲打
池塘裏舞蹈
大海裏翻筋斗
我很喜歡跟它玩
它總是灑我一身水
媽媽說我不聽話
喜愛和雨兒遊戲

心裏好害怕

我
打破了爸爸的煙灰缸
心裏好害怕
爸爸向我笑了一笑
摸摸我的頭
我
不好意思看爸爸

陳儒德作品

毛毛蟲

你整天穿上毛大衣
爬得高高的
把自己倒掛着盪鞦韆
我眞想拜你做師父
學軟骨功夫

小馬

小馬兒，你是我的好朋友，
我們一起在草地上打滾兒。
別跑得那樣快嘛！
我怎麼追得上呢？
你叫我騎在背上嗎？
別故意把我摔下哦，好痛！
小馬兒呀，等我長大，
我帶你到各地作馬戲表演。

小白鵝

小白鵝最愛玩兒，
牠划着兩片紅玉掌，
揮舞兩扇白翅膀，
頑皮地打起浪花來。
那兩隻大眼睛，
淹紅得像一對瑪瑙了，
還昂着頭，
伸長脖子，
唱快樂的歌。

蹺蹺板

你要到天堂去玩嗎？
不必買票。
當你下來時，
只要送我上去就好。

黃龍泉作品

雲

雲最快樂啦
天天放假
太陽來了
就和它笑一笑
月亮來了
就逗着它玩
雲最膽小啦
太陽月亮都不來時
它的臉就嚇黑了

楓樹

楓樹最愛秋天了
西風裏
它羞得臉都紅啦
有一天，哥哥牽着
小鳳姊姊的手

她的臉也紅得很好看

家

媽媽去打牌
爸爸去喝酒
冰箱空空的
晚餐還沒做
在呼呼的涼風裏
我望着星星
你冷不冷

杜榮琛作品

浪花

雖然，春天開的花兒比我香
但我開的花兒却比春天響
一年四季都是我的花期
冬天裏
蜜蜂不來採蜜
蝴蝶不來作媒
我依然把花兒開得又大又白

拔河比賽

許多小朋友的力量
集合成一條洶湧的河
一會兒流過來
一會兒流過去
誰也不肯讓路給誰

陳戀作品

微風

吹綠了青青的小草
吹皺了藍藍的海洋
吹動了長長的柳條
吹散了香香的荷塘
微風——
也吹醒了我甜甜的夢鄉

姊姊的頭髮

姊姊的頭髮千變萬化
有時候像小鳥窩
有時像千層波浪
有時像馬尾巴
有時像清湯掛麵
我好喜歡哦
如果我是髮型專家
我也要爲姊姊設計新髮型
讓人人都說我
這小弟弟眞不錯

楊津峯作品

鬍子

爺爺的鬍子
白白長長
摸起來又舒適又柔軟
爸爸的鬍子
黑黑短短
摸起來又刺又癢
我的鬍子
不是黑也不是白
而是還沒有生長

陳春男作品

弟弟長大以後

有一天
弟弟長大了
換他當哥哥
我來做弟弟
家裏的人
就會
聽我的話了

黃三益作品

賽跑

暴風雨來了，
巨大的岩石，從高山上滾了下來。
碰！發令聲響了，
擊碎了的小滾石
爭先恐後的往山谷裏賽跑
雖得了第一
山也不知道
水也不知道
到底請誰來做裁判呢？

丘永良作品

小石子

我的老家在山上，
我的新居在河床，
有一天，
有人把我丟到大路上，
我眞怕碰到警察，
他會問我報了戶口沒有？

小朋友最頑皮了，
常把我丟在有格子的地上，
他們敲響了我的生命，
我也使他們自然地流露着，
快樂的童眞。

字典

我最不愛睡覺了，
因爲我肚子裏，
翻滾着許多寶藏，
小弟弟要我告訴他讀音；
小姊姊也要我告訴他字義。
不分白天，不分晚上，
我都希望大家的知識，
一天一天地增長

我從不說假話，
找我時，
千萬不要慌不要忙，
沿着筆劃的門牌來拜訪，
我的部首就會爲你帶路，
不要禮物，不用招呼，
只要用得着我時，
我就馬上出場。

媽媽

媽媽常對我說，
她不認識字，
因爲她小時候沒有讀過書。
可是我看媽媽却不是，
她對我們的句句叮嚀，
總是有條有理的，
就像最美妙的音符，
永遠地跳躍在我們的周遭。

爸爸回來時，
媽媽總是亮着藍色的窗子，
有意無意地，
好像有許多深入淺出的語言，
隱約地映現在那一瞬中。

蘇正一作品

媽媽的關懷

當我用功讀書時
媽媽總是說
健康要緊啊
可別累壞了身體
當我玩得入迷時
媽媽又說
功課要緊啊
可別荒廢了學業

石東華作品

豬

人家說你　身體最髒
從來不洗澡
人家說你　只知吃飯
吃了便睡覺

人家說你　眞是懶惰
不懂得勤勞
可是，爸爸却說：「豬兒最好。」
我問：「爲什麼?」
爸爸說：「賣了豬兒，好給哥哥繳學費。」

彭選賢作品

做功課

妹妹最喜歡做功課
她的功課是
看電視

弟弟最喜歡做功課
他的功課是
騎木馬

爸爸最奇怪了
我們做功課的時候
他就喝茶看報
媽媽却說
廚房是她的作業

風箏

風有多大
就把線放得多長
讓風箏去和雲比賽

路有多遠
就把脚邁得多大
讓朋友不用再等待

樹有多高
就把臉仰得多久
讓鳥兒高聲齊歌唱

把名字寫在紙上
細心摺疊成一隻蝴蝶
把思念拉長
飛揚上天

兒童詩(廿九首)短評

藍祥雲

郵筒：在郵筒裏裝滿了「關愛」和「祝福」，透過郵差先生把這些愛和祝福送到每個角落。很平實的句法中讓人們的眼前浮現一座郵筒。

夜讀：很「規矩」的寫法。就跟「郵筒」那一首詩一樣，用的是很平實的句法，却給人清新的「同感」。

逗趣：矮矮胖胖像皮球的「弟弟」，高高瘦瘦像竹竿的「我」……他們相「碰」了！很富童趣！不像故意安排的際遇；有眞情的流露。

嚮往：「追逐、遊逛！」多麼令人嚮往！難得的星期天，孩子是多麼地盼望：在原野上逛遊！

媽媽回家了：前面好多好多的動作是「懸疑」，到了最後隨着聲音的「出現」；哦，原來是盼望已久的媽媽回家了！洋溢一種思念，一種喜悅。

六年級：回憶，是甜美的，六年級的一站到了，作者回過頭看看，想想。最末兩行「水壺裏滾動着／我的新希望。」給人遐思？可是，又爲什麼用以「水壺裏滾動着」?會不會有一點兒晦冥不清？

雨　：直接的描寫，直接的反應，好在分段時「劃」出兩個「景」：一是「看」的，一是「想」的。這樣的詩，有變化。

心裏好害怕：寫出孩子做錯了事時的一種心理；極自然，好可愛。

毛毛蟲：有突出的想像，「把自己倒掛着……」。意象，有很好的處理。感覺是：立體的。

小馬　：是一首琅琅上口的兒歌？作者是不是還有更多更多的話兒要對小馬說？能讓人想像：一個小孩和一隻小馬在一塊兒的情景。

小白鵝：小白鵝「昂着頭，伸長脖子，唱快樂的歌。」描繪小白鵝很神氣的樣子。作者對小白鵝的觀察入微，得是不錯。

蹺蹺板：很好的小詩（短詩）：可愛的想像，有意境。

雲　：這一首詩很合乎自然景物的變化，也很合乎常理的想像；作者又能把握詩的分行（形式的美）！

楓樹　：寫作手法跟上一首「雲」一樣簡潔、有情。作者的聯想力很強，他「借」用了「哥哥牽着小鳳姊姊的手」那時的「情」和「感」。

家　：成人（做爸爸的）讀了這樣的心語，能做何感想？尤其聽到最後一句：「你冷不冷？」（按：國內小朋友們的作品，很少有這種批評性的出現，指導兒童詩寫作的成人們是可以舉此範例的吧。）

浪花　：用對比來强化「浪花」的感覺，是這首詩的成功處；但我總覺得這首詩的用辭很俗（按：也是初選時我放棄的原因）。

拔河比賽：印象中一股有力的什麼流傳過來……等我們看出是「拔河比賽」時，就稍爲遜色；但還算不錯的兒童詩。

微風　：用漸層的手法「引人入佳境」，作者用「字」，用「詞」都很熟練；最末一行是有力的寫照。

姊姊的頭髮：前五行用的是漸層的手法來比喻「姊姊的頭髮千變萬化」；後四行雖然稍嫌平淡，但充滿孩子的一種慾望（也是合「法」的）。

鬍子　：我們的周遭還有誰的鬍子跟爺爺的，爸爸的，還有我的，不同呢？作者描繪了三代不同的鬍子。

弟弟長大以後：作者想告訴「成人」們什麼？哥哥好羨慕被寵愛着的弟弟，他禁不住也想當「弟弟」呢！

賽跑　：描繪暴風雨來時的形象。作者的想像是寫實的（「爭先恐後」），也是天眞的（「誰做裁判」）。

小石子：闖到馬路上後的小石子，看到了什麼？害怕什麼？這樣的題材隱喻了些什麼？詩想很好。

字典　：「沿着筆劃的門牌來拜訪，我的部首就會爲你帶路」，明喻很有技巧，也很合情合理。

媽媽　：前兩段，有點兒像「分行的散文」（按：也是初選時我放棄的原因），好在第三段：「有韻味兒」，能有詩的想像。

媽媽的關懷：充分表現媽媽的關懷，是好像矛盾嘛；其實這就是媽媽愛心的昇華：「太多的關愛」。

豬　：詩的意味很好，唯感覺詩的形式（每行排列情形）紛亂、不美。

做功課：每個人有他廣義的功課可以做，小孩子是好奇的，爲什麼爸爸的功課是「喝茶看報」？媽媽的功課「廚房是她的作業」？——小孩子不解。

風箏：如果刪去第二、三段是否較妥（因爲「路」和「樹」用來比喻「風箏」——在這兒的表現並無相關）？這樣，更容易看出「我的思念寄以風箏送上天」！

後記：國校教師研習會第六期兒童文學寫作班，參加「童詩組」的十四位小學教師，提出了他們的研習作品。經過趙天儀先生的析評與指導，計選出了上列廿九首。我很榮幸，有機會拜讀這些詩作（可惜沒有像第四期樣和作者有過討論詩作的機會），遂附上「幾句欣賞的話」做爲「短評」。

編輯手記

李敏勇

笠九十期的出刊標誌了笠同人十五年努力的里程碑，也象徵了奠基於圓熟功業的新起點。這雙重的意義不但給臺灣詩文學傳統增添生命力，更對當前的詩文學刊物景況提供了有力的註脚。

回顧笠創刊之時，雖無標榜何種特定的主義或流派，但於尊重各種表現又普遍的形成對本土現實的關心，很明顯地構成了反流行現象，反一窩風虛浮飄緲情況而紮根於我們土地，反映我們時代的路向。可以說，已經在時下的詩文學領域開出了花朵。

詩壇的這種普遍的覺醒，反映在當前的創作與評論風氣上，當然形成了對主題之掌握與題材運用上的良好趨向，但亦有相當程度的附隨於風尚，作浮面流行的膚淺的現象，實在是另一種層面的隱憂，值得我們擔心。

顯然，臺灣之詩文學風氣也像社會上各種盲從的一窩風追求時尚的情況一樣，因此浮相的，表層的詩文學探索就成爲容易淪落的現象了。

在創刊十五年後的今天，笠站在追求臺灣詩文學本質，發揚臺灣詩文學光輝的基本使命上，仍然願意大聲疾呼，希望大家追求眞正的詩，給出眞摯與感動，避免詩壇流於標本主義。眞正譜現詩文學使命的價值。

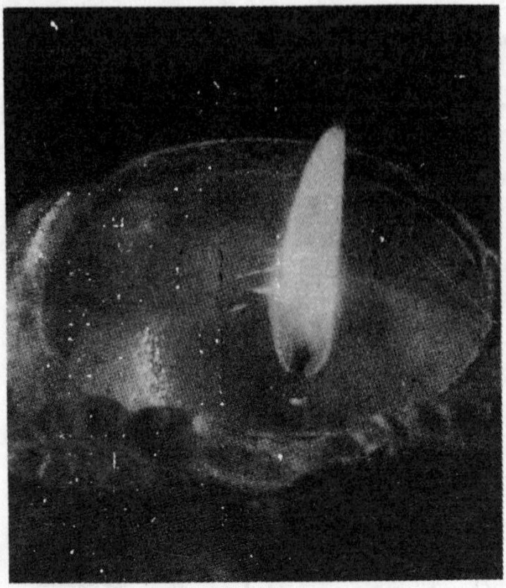

中國民國行政院局版台誌1267號
中華郵政台字2007號登記第一類新聞紙

笠 詩双月刊
LI POETRY MAGAZINE **90**

中華民國53年 6 月15日創刊
中華民國68年 4 月15日出版

發行人：黃騰輝
社　長：陳秀喜

笠詩刊社
台北市錦州街175巷20號 2 樓
電話：551—0083
編輯部：
台北縣新店鎮光明街204巷18弄 4 號 4 樓
經理部：
台中縣豐原 市三村路90號
資料室：
《北部》台北市北投吉利街249號4樓
《中部》彰化市延平里建寶莊51～12號

國內售價：每期30元
訂閱全年 6 期150元• 半年3 期80元
海外售價：美金1.5元／日幣300元
港幣 5 元／菲幣 5 元
歡迎利用郵政劃撥21976號陳武雄帳戶訂閱

承　印：福元印刷公司　臺北市雅江街58號

詩双月刊

笠

LI POETRY MAGAZINE

1979年
6月號

91

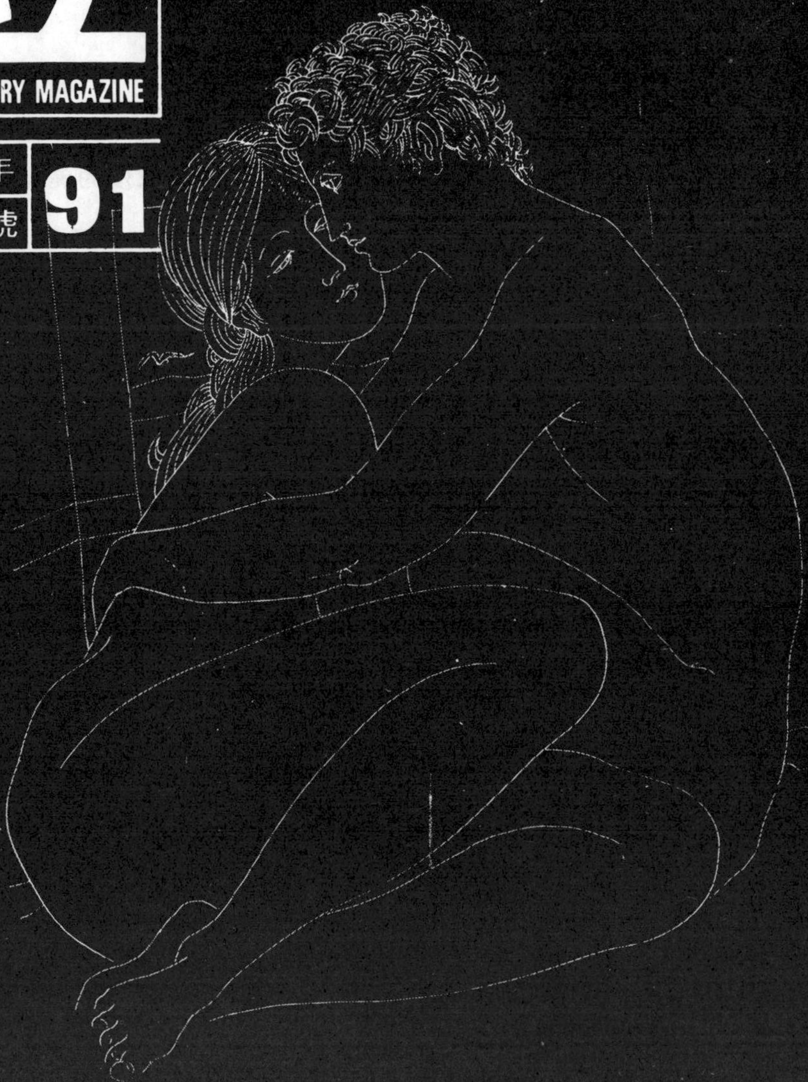

笠 91 期　目　錄

海湼詩中的現代特質

梁景峯

一、導言

在西洋文學史中，一般文學史家把自然主義的文學當作「現代文學」的開始；具體地說，在詩方面則把波特萊爾的詩作品①和愛倫波的創作理論②看成現代詩的起步③。「現代詩」的創作被認爲是對古典文學和浪漫主義文學的反抗，而且和其他藝術一樣，開創了新形式、新內容的詩潮。但是在現代派之前，已有一些先驅作家表現出明顯的現代詩的特點。在德語文學方面，在一八三〇，一八四〇年代已經有「少年德國」派的詩人④向古典文學和浪漫主義文學挑戰，提倡一種符合當代語言和生活內容的文學，而成爲德語現代文學的先驅。在這一派的作家中，詩人海湼可以說是最突出，也最受議論的一位。

海湼在他的「回憶錄」（一八五四）中，曾經明確地談到他自己在詩發展史中的地位：

> 我是浪漫派的最後一個詩人。到我這裏，德國浪漫派的舊詩派宣告結束；同時新的學派，德國現代詩，也由我來開路。德國的文藝批評家公認，我有這雙重的重要性⑤。

海湼雖然經常使用幽默口吻來批評在他之前的大作家們，但是也不斷在詩和散文中自我嘲諷。而且以上這種雙重的自我肯定是在晚年才說的，所以可以說海湼是從詩發展史的角度來作判斷的。海湼一再提到，「舊的歌德的藝術時期」雖然是一個偉大的，包含了古典和浪漫派的藝術時期，但是這個時期隨着一些大師在一八三〇年左右的相繼去世，而宣告結束⑥。那些追求藝術完美和諧，個人天才的王國終於過去。在此後的過渡時期中，海湼和其他「少年德國」派的作家，就是扮演這雙重的角色。十九世紀一位英國文評家曾如此推崇他：「海湼，現代詩的典型」⑦。二十世紀也有不少「海湼研究家」作類似的評價⑧。

在討論海湼詩作品的現代特質之前，必須先探討一下「現代詩」的特點。一般對現代詩的歷史分期的看法，固然是相同的；但從作品本身的形式內容以及創作過程來說，應該怎樣才算是現代詩呢？這種具體的問題在現代詩的討論中，因爲論者的意見分歧，很難找到確定一致的結論⑨。不過，各種論調中還是接受下列四個現代詩的基本特點：

1. 內容的取向不受古典、浪漫派美學觀念的限制，建立新美學觀念。
2. 語言形式不受舊形式的限制，創造新的語言節奏。
3. 摒棄舊詩派中不符合現代生活感受的技巧，如造作的和諧和虛情泛濫。

4. 創作過程的理性化和實驗性。⑩

在海涅的大量詩作品和理論作品中也可以找到上述這些特點。但是用這種論點來分析作品，又過於籠統，不足以精確地探討出什麼結果來。不過，他的作品有三個特點和上述的現代詩特點相吻合：自由的民歌風格，疏離技巧，時代精神。本文將引例分析海涅詩作品中的這三個特點的現代性。

從海涅各期的詩作品來看，他的早期屬於浪漫派，因此作品「詩歌集」(Buch der Lieder 1827) 中，有很多浪漫派的詩素材出現，而且也有浪漫派感傷情緒的毛病。這部詩集是以少年受的苦惱爲中心的作品，雖然也有很多陳腔濫調，但是在某些詩的語言技法上，已經出現了反浪漫的成分。而「新春集」(Neuer Frühling 1831) 以後的作品，就明顯走上現代詩的路。

一、自由的民歌風格

在文學史和音樂史上，一般是以民歌開始的；民歌可以說是人類詩和音樂的起源。在沒有文字之前，人們用人聲來表達一個東西、一件事以及情緒。因爲語言從人的口中發出來，這些聲音就有音質的區別，聲響的高低、强弱和速度等等的變化，所以語言本身就具有相當的音樂性。而且隨着語言所表達的意思，說話者情緒的變化，就會在各種表達的狀況中產生很多微妙的變化。如果說話的節奏很清楚，「說」很容易就變成「誦」，再進入「歌」的階段。雖然，民歌和地方性和時間性的因素有關，各時期，各地方也會有不同的內容和音樂節奏；但是基本上，民歌的素材大抵是常人共同需要的事物，如工作和愛情，此外和這些需要相關連的自然景物也經常在民歌中出現。海涅認爲，這些素材有着「永遠的清新，青春的原始性」⑪；因爲這些需要是任何地方，任何時代的人所共有的，容易感受的，所以有些民歌可以在不同的地方流傳，有些民歌經過百年千年的時間，還能表達各個時代的生活感受，而流傳下來，雖然民歌的「詩」和「曲」的某些部份會經過「割裂」和「生長」的演變⑫。從這個意義說來，民歌風格在各個地方有其普遍性，在各個時代又有其現代意義。

德國民歌的傳統，應當遠溯到十二、十三世紀的情歌手（Minnesänger）和十四世紀到十六世紀的名歌手（Meistersinger）。但除了這些比較正宗的歌手之外，民間還有無數的自由歌手，如手工業學徒，農人，浪遊者和失戀的少女等等。海涅在論文「浪漫派」(Die romantische Schule 1835) 中指出德國民歌的主要創作者是一些不知名的手工業學徒。他們「即興哼出，或口哨吹出一些曲調。樹上的小鳥聽到了這曲調。後來又有小學徒經過這裏，聽到小鳥唱的歌，便把歌詞加了上去……德國手工業學徒活在這些民歌中。」⑬海涅非常推崇一八〇六年出版的第一部較完整的德國民歌集「少年的魔號」(Des Knaben Wunderhorn) ⑭，這是由兩位浪漫派詩人收集的。雖然他對這兩位詩人的作品不讚賞，但對這個民歌集却歌頌得無以復加：

> 這個民歌集包含了德國文化中最美好的花朶，誰想要認識德國民族可愛的一面，就應當去學學民歌。⑮
>
> 在這些民歌中有一種奇異的魔力……不受磨損的自然力，在這些歌中，我們可以感覺到德國民族的心跳。⑯

海涅自己也一直在這民歌傳統下，致力於民歌的研究，並學習民歌的技巧和風格，而且還向其他具有民歌風的詩人學習，如威廉・彌勒⑰。海涅如此說自己和民歌的關係：

> 我很早就接受德國民歌的薰陶了。我相信，我找到了我一向追求的純粹音響和眞正簡潔的語言。⑱

民歌中的語言形式看起來很簡單；用字、句法、詩行和詩節（Strophe）都很簡易、樸素；而且內容也不艱深，都是一般人熟悉的材料。看起來，民歌好像很容易創作，沒有多少藝術價值一樣。但事實上相反，民歌需要巧妙的創作技巧。因爲使用少數通俗明白的話，要把一件事物準確地表現出來，反而更需要推敲，才能恰到好處。民歌好像是卽興的，但是從語言形式的簡鍊來看，却必須有其眞實深刻的體驗和感受，必須對語言和自然界的節奏有所掌握才行。海涅自己說：「這些民歌你一唱出口，就比一切詩人彫砌出來的詩句更有詩情。」⑲

海涅研究民歌，領會魔號的魔力，使得他的詩創作也受到影響，無形中也在自己的詩作品中表現出民歌風格。他承認說：「行家會在我的詩中看出我對民歌的研究」。⑳當然，他所表現的民歌風格不是單純的模仿，不是一成不變的，因爲他知道，模仿是無用的，一個眞正的詩人不是模仿者。他自認，他的民歌風格是經過領會後，再以自由的創新的手法加以塑造的：

> 從已有的民歌形式中可以塑造出新的形式，
> 而且也可以同樣通俗。⑳

他詩作品中所表現的民歌風格，首先就是簡潔的語言形式。在「詩歌集」中，十二行以內的短詩佔半數以上，約百分之五十五，其中又有一部份是八行而已。而且在詩節的處理上，也是典型的民歌形式，就是每四行構成一個詩節。所以在這個詩集中，以兩節和三節的詩占多數。尤其兩節的詩特別像中國舊詩體「絕句」的八句的詩形式。

在詩句方面，海涅也做到極度簡鍊化。有不少詩中，能够做到一節四行中僅有一個主句；就是說，用一個主句在一節中把一件事表現出來：

> 在美妙的五月裏，
> 當所有花蕾開放，
> 在我的心裏
> 就長出了愛情。
>
> 在美妙的五月裏，
> 當所有飛鳥歡唱，
> 我就向她表白了
> 我的希求和渴望。㉒

在這首詩中，兩個詩節各有一個簡短的主句，放在最後兩行。而且前兩行的時間副句也很簡短。海涅利用兩句話，利用一個形象配合（第一節）和一個音響配合（第二節），就塑造出一件重要的事，包含無限內容的事。雖然用這麼少的文字，却表達豐富的內容，可以延伸各種聯想。在創作上來看，好像是率性而成，但沒有明確地使用口語的能力，是創作不出來的。這種語言的簡鍊和濃縮就是民歌的技巧。一些評論家認定「海涅是語言密集的能手」。㉓

海涅的詩一般用口語來寫成，近乎「聊天的口氣」（Plauderton），有些用詞句聽起來很粗俗。但是海涅就是善長運用這種語調，依然達到詩的高度節奏性和藝術形式。一個作家使用他的時代一般人使用的口語來創作，才可能是「現代」，相反的，沉醉在僵化的舊文學語言或神秘的怪誕語言，往往是一種逃避的手法，一種不現代的創作無。能唯有敢面對當代口語的挑戰，能駕馭當代口語的作家，才能創作「現代精神」的作品。而海涅就是能自由地運用當代口語創作的作家，這也是他的語言技巧比一般古典、浪漫派詩人高明的地方。他民歌風的自由創新特別表現在一首幽默詩上：

好友，老彈舊調
又有什麼用呢？
你要永遠孵坐在
愛情的老蛋上嗎？

那你得關雞籠了！
小雞們爬出蛋殼，
拍翅膀，吱吱叫，
你把牠們關進詩册裏。㉔

這首詩的語調有點輕佻，存心開玩笑，和民歌中的一些「嬉謔歌」相似，成功地、大膽地使用口語來寫詩。在這方面的功夫使他得到了「第一個使日常生活的語言成爲詩語言的詩人」的大名。㉕

另外詩句節奏上，海涅常使用近乎散文的句子，不按照傳統詩嚴格的格律(Metrik)和節拍形式(Taktfüllung)，所以很多詩可以說是自由節奏（Freier Rhythmus）的作品，尤其在北海系列（Die Nordsee）的詩。這個系列的詩在詩節處理，詩行音節數量，格律形式上，都是極度自由的，完全擺脫這些形式的限制。要成功地創作自由節奏的詩，更需要仔細捶鍊；這點可以從海涅詩手稿的一再修正看出來。

海涅對古典詩和浪漫派詩的突破，除了使用日常口語這一點外，在詩行形式上，也有很大的革新。海涅多數四行一節的詩中，大抵也是使用民歌的詩行節拍，四拍、三拍、四拍、三拍，也就是四三四三的揚音方式。不過有時又不照這個固定形式，而使用三三三三或其他形式。而在詩行的格律上更有大膽的創新作。古典和浪漫派的詩，一般在一個詩節裏有固定格律，或者全部用上升律(Jambus)，或者全部用下降律（Trochäus）㉖。而且不管是上升律或下降律，每拍的低音（Senkung）㉗數量也是固定的。因此在傳統的詩中，機械化的格律節拍佔重要地位，但也因爲刻意追求這種形式的規律性，使得語言的自然節奏和詩內容的表現受到破壞，而變成造作的匠工。

海涅的詩作品則不受固定格律的限制。在同一首詩中，甚至同一詩節中，格律常有變化：

Ein Fichtenbaum steht einsam 格律表：

×/××/××/××/
Im Norden auf kahler Höh
×/×××/××/×
Ihn Schläfert; mitweißer Decke
×/×××/××/××/
Umhüllenihn Eis and Schnee.
×/×××/××/×
Er träumt von einer Palme,

×/ ××/ ××/ ××/

Die, fern im Morgenland.

×/ ××/ ××/ ×

Einsam und schweigend trauert

/ ×××/ ××/ ××/

Auf brennender Felsenwand

×/ ×××/ ××/ ×

在這首詩裏，第一節第一行是規則的下降律，一高音一低音。但第二行在第一高音之後，接着是兩個低音。第三行、第四行也和第二行一樣。不過第三行中間在第一拍之後有一個分號，表示一句的段落，所以這一拍的時間和第二行第四行的第一拍的時間長度不同。這種詩行的中斷也是節奏和語氣的中斷。在第二節中，前兩行是規則的下降律，也是一高音一低音。但第三行一開始就是第一拍的高音，接着是兩個低音。這一點和其他七行的用低音起音（Auftakt）不相同。海涅的詩比較着重意義性的呈現，所以要使用生活語言的自然節奏，自由變化格律形式。

至於在韻脚方面（Reim），海涅也打破以前的規則性。他經常使用「不純粹韻」(unreiner Reim)，卽是押韻的兩字之間母音或最後的子音相近，但不相同，例如：

Leise zieht durch mein Gemüt
Liebliches Geläute
Klinge, kleines Frühlingslied,
Kling hinaus in die Weite.
Kling hinaus, bis an das Haus,
Wo die Blumen Sprieβen,
Wenn du eine Rose schaust,
Sag, ich laβ sie grüβen.

這首詩的尾韻（Endreim）都是不純粹韻，「-müt」和「-Lied」，「-läute」和「Weite」的母音相近，但不相同；而「Haus」和「Schaust」則最後一個子音不同；「sprieβen」和「grüβen」也是母音相近的不純粹韻。像這樣的例子，在他的詩集中，比比皆是。在押韻音節的數量，海涅也有一個新表現方法，常使用「分裂韻」(gespaltener Reim oder gebrochener Reim)，在押韻的兩個字之間，只有其中一個音節或兩個音節押韻；或者一個字和另一行的兩個字押韻。尤其在詩集「德國・一個冬天的童話」(Deutschland Ein Wintermärchen 1844) 中特別大膽地使用這種技巧，以達到幽默效果。例如在第四章中就有「und Mönchen」和「Denunziazi-önchen」的押韻法㉘。有時甚至將人名的一部份音節和另外一個不相稱的字押韻，例如在本詩集第二章中「geben」和「Fallersleben」押韻。㉙這種巧妙的押韻法當然是配合內容的，通常是在開玩笑的時候出現；一種是將押韻的兩個字相類比，如「Fürsten」(王侯)和「Würsten」(香腸)，「dreister」(更大膽)和「Bürgermeister」(市長)，「pfaffen」(教士)和「Potentaten」(權貴)；另外將相對的兩個字相押韻，如「Gendarmen」(警察)和「Erbarmen」(憐憫)，「Engel」(天使)和(Mängel)(缺陷)，「

Wahrheit」(眞理)和「Narrheit」(愚蠢)，「Flöte」(笛子)和「töte」(殺)，「Größe」(偉大)和「Klöße」(小肉糰)。

在詩行押韻的次序上，也很特別。他通常使用「交叉韻」(Kreuzreim)，就是一三行，二四行押韻。但在各期的作品中又常捨棄一三行的押韻，僅二四行押韻。這方法完全和中國舊詩的押韻法一樣。前面引用的詩「Ein Fichtenbaum steht einsam」就是這種押韻法，「德國．一個冬天的童話」整部敘事詩也是如此。但最新穎的，則是完全放棄韻脚的自由詩。「北海」系列中的長詩，以及「阿塔．特羅」(Atta Troll 1842)全篇敘事詩都完全不用韻脚。

以上對海涅詩作品的形式細節的分析，並不是要證明海涅的形式功夫，而是要探討海涅的自由風格，從實例上來說明他語言上的創造性的現代特點。他所有在語言形式上的捨棄和創新，是要使詩通俗化和自由化；而且他在這方面的努力，並不影響作品的藝術要求，不影響作品的準確性和尖銳性。海涅反對詩語言形式上機械的規律，因爲它們是詩表現的種種束縛。詩人爲了刻意去符合既成的詩行格律，節拍和押韻的規則，勉強去找字眼塡詞，因而使詩喪失了語言的自然節奏，詩內容也受到了限制，而變成了僵化的、空洞的形式。因此海涅喜歡嘲笑那些「格律和韻脚大師們」。海涅使詩脫離了這些束縛，大膽地使用日常語言來表現生活內容。也因爲他的詩具有自由的，通俗的和風趣的民歌風格，很多作曲家把他的詩譜成歌曲，共有三千首之多，而且有些已成爲「不朽的民歌」了。㉚

三、疏離－現代藝術的技巧

在中國傳統戲劇和西方現代戲劇中，「疏離」是一個經常被運用的技巧，特別在德語現代作家布列希特的「敘事劇場」的理論和實踐中表現出來。㉛

二十世紀不少文藝批評家發現，海涅的詩作品中已有「疏離」的技巧。文藝社會學理論家路卡斯(Georg Luckács)和考夫曼(Hans Kaufmann)在他們研究海涅的論文中提到這個技巧；另外還有很多人提到相關的術語，如「中斷情緒」(Stimmungsbrechung)，「聯想切斷」(Abbruch der Assoziation)，「保持距離」(Distanzhaltung)，「不和諧」(Dissonanz)，「打破幻象」(Desillusionierung, Zerstörung der Illusion)。但他們都沒有專門研究這個問題，海涅自己也沒有提出這種理論來。文學作品中所表現的疏離性，並不單純是「技巧」或「效果」，而是作家對自己和世界的一種體認。在海涅的世界觀中，「世界已從內部分裂了」㉜。這種「世界的大分裂」是因爲，世界的各種事物本身以及事物之間的關係不是固定的，而是在不斷的衝突中演變的。而且時代的演變也導致了時代思想的分歧性。所以古典作家所追求的完美和諧，只是理想而已，而一部份浪漫作家所歌頌的「田園」，也只是幻象。海涅對事物的矛盾關係有所理解，因此在他詩中出現的事物和情緒，往往不是一線發展，而會出現變化，轉化和跳躍。所以他的詩往往不是「抒情」的獨白，而是充滿「敘事」的傾向。

在德語文學史中，海涅是少數的幽默作家之一。在他的遊記、評論文章和詩作品中經常出現幽默和詼諧的玩笑。他自己說：「我的詩不再是浪漫派的軟調調，而最大膽地使用現代幽默」。㉝他常用的一種幽默手法就是，在發了一陣激情(Pathos)之後，突然來一下好笑的變化，產生一種悲喜劇的效果。例如在「龍岩上的一夜」（Die Nacht auf dem Drachenfels）詩中，先激情地描述「羣青年人在古堡岩石上縱酒狂歌，幻想德國未來的勝利以及中古日耳曼的光榮，整夜都情緒高昂，但在最後一行却是：「帶着噴嚏和咳嗽回家」。㉞這樣使人遭到突然的變化而猛然清醒，中止了原有的認同意念。這種幽默手法就是能產生疏離效果。

另外常用的技巧是觀點轉移和情緒中斷；這個技巧在「詩歌集」中已經出現：

一個少年愛上一個女郎，
她却選上了另一個人；
那個人又愛另一個姑娘，
而且還和她結了婚。

這女郎生氣起來，
就嫁給了在半路上
碰上的第一個男人。
我們的少年眞傷心！

這是一個老故事，
但它又永遠常新。
誰要正好碰到這種事，
他的心將破成碎片。㉟

這首詩前兩節幽默地簡述一個故事，詩人是以直接觀察或體驗的角度來創作的。但到了第三節，作者先把觀察的距離拉長，使視野加大，而看到別人和以前的人們；發現他們也有同樣的故事，所以這就是一個老故事了。老故事應該說是沒有什新奇，這樣傷心情緒似乎可以停止了，但奇妙的是，任何一個時候都會有人經歷這個老故事。因此這個老故事却又永遠常新；而老故事的常新也正道出了愛情微妙的矛盾性。以旁觀者來說，是可能「客觀」認知的，但如果親身去體驗的話，那種經歷還是會使人心碎的。

對詩中所表現的自我的感情，海涅也經常拉長距離，採取一種自我批評或自我諷刺（Selbstironie）的立場。他對自己的愛情，痛苦和詩創作等等嚴重的事物，用輕鬆的語調來開玩笑：

我要，所有的痛苦
都流注成一個字。
將它交給頑皮的風，
讓它們頑皮地帶走。㊱

這種情緒中斷，觀點轉移的技巧，如果表現突出的話，就成爲幻象的打破。在「新歌集」（Neus Gedichte 1844）中的一首可以作爲典型：

姑娘佇立在海邊，
憂傷地長嘆。
因爲黃昏的落日
深深地感動了她。

姑娘，高興起來，
這是一齣老戲，
眼前太陽落下去，
又從後面昇上來。㊲

在第一節中，海涅先畫出一個「浪漫」的景象：在「夕陽無限好」的海邊，一個女郎對落日產生一種「入情作用」（Einfühlung），而主觀地泛濫感傷情緒。接下去，姑娘也許會有更深的感傷，而讀者也有對「感動」的期待，但海涅却突然用冷淡的平常說話的語氣來打破幻象的延續。這個作法一方面是對姑娘的指點和鼓舞，一方面也嘲笑這種幻象的歌頌者。因爲天天出現的客觀自然現象，本來不受人的主觀情緒所影響。浪漫派詩人却喜歡對自然物泛濫虛情（Sentimentalität）。海涅則認爲：「虛情是對實物的絕望……因而產生一些形上的渴望」。㊳他看出，自然界的現象是物質的能量和運動的結果，太陽下山，並不是失去，不用人去感傷。如果覺得落日美的話，反而應當高興才對。所以海涅經常用自然界的冷漠來和人的主觀情緒、渴望相對照，用現實來打破人的幻象：

………………

海浪不停地喃喃作響，
風在吹，雲在飄，
星星冷漠地閃鑠。
一個笨蛋在等待回音。㊴

海涅喜歡這樣使用最後一節，甚至用最後一行來打破前面情緒的延續，打破「詩語調的統一性」㊵，而且也使詩內容的發展轉變方向。海涅的這種技巧和現代藝術中的「剪接技巧」（Montage）相似，把不協調、相對立的成分裝配起來，使詩內容陌生化，逼使人客觀地去認識詩內容的眞義。首先在詩中出現的是，我們習慣想像的「眞像」，到最後才出現冷酷的眞像。因而在對照之下，我們才認明前面的是假象。海涅似乎故意要引自己和讀者順着舊的感覺習慣去發展，到了最後的妙處（Pointe）才澆盆冷水，使大家清醒過來。路卡斯如此評介海涅的這個特技：「海涅故意升高人的情緒和狂熱，然後才讓他們掉回到眞實世界裏」。㊶

另外一種疏離技巧是「美」「醜」對立。海涅不少的詩中，在描寫了一段我們習慣認爲美的事物之後，最後出現「醜」的實物。在「詩歌集」中有兩首描寫愛情的幻想和眞實的詩。起先是在夢中出現美麗的愛人，而相愛又是如何的快樂，但到最後出現的竟是挖開的墳墓。另一首則是醒來看到一條大毛蟲在床上。這些詩指出，我們想像中的「美」往往是空洞的幻象，而現實的「醜」才是眞實。在他所有詩作品中我們找得到很多「醜」的，「不合詩情」的實物和行爲，例如尿布，老鼠，巷子裏的野狗，妓女、跳蚤，各種外科疾病等等。這些都是日常生活中的眞實，被海涅收入詩的世界，得到藝術的肯定。現代藝術把現實中很多「不雅」的實物應用爲藝術的素材，肯定它們也是美。「醜的崇拜」（Kult des Häβlichen）就是美學觀的大轉變。波特萊爾的詩集「惡之華」（Les Fleurs du Mal 1857），自然主義的戲劇，表現主義的詩，都有這種新美學的發展。

所有這些「疏離」，「不和諧」，「美醜對立」的技巧，海涅認爲，「不是奇想或使性子而已，這些尖銳的不和諧，都是在堅決的對抗意識中完成的」㊷。這種對抗意識標明了海涅作爲一個新詩人的創作原動力，一方面是指新舊藝術觀的對抗，一方面則是時代演進中新舊世界觀，新舊力量的對抗。爲了要表現事物的多樣性和事物間的各種衝突現象，所以藝術創作的行爲也必須是「意識」的行爲，必須經過理性的認知，藝術創作才能成功。新時代的詩創作不再僅是「靈感」和「情緒」的發抒，而是理性的生產過程。海涅對這方面也曾很確切地聲明：

我的作品，從來都是從藝術的思考中產生出來的，絕不是來自情緒的狂熱。㊸

創作過程的理性化和技術化是現代詩的一個重要特點。因爲一個新時代的文學就需要新的創作手法來完成，所以現代詩人一般認爲，詩的創作講求材料和工具，像是工業社會的科學工作一樣。在創作過程中，把材料拿來用工具加以鑑察、分析，計算，然後是塑造和裝配。這種近乎實驗室的創作過程，並不是拋棄靈感的功用，並不忽視藝術的美感要求，而是重視創作過程的技術性。法國現代詩人梵樂希（Valéry）肯定地說：「創作過程本身也是藝術」㊹。

四、時代精神

在海涅詩作品中表現出來的第三個現代特質，是作品的時代精神。時代精神一方面是指作家對其時代的認識和反映，另一方面是對歷史發展和社會現實關注的一個基本態度。他認爲，一作家要能了解現代，反映現代，才算是一個眞正的作家，因爲了解過去的精神並不算了不起，能够了解和掌握現代的精神才是眞正的藝術家㊺。因此他雖然也有極端個人情緒的作品，但大部份的作品都在表現和分析他的生存環境以及時代思想的問題。在詩方面是「新詩集」，「時代詩集」，「阿塔·特羅」和「德國·一個冬天的童話」，散文方面是「旅遊形象」（Reisebilder 1826），理論作品則有「法國現狀」（Französische Zustände 1833），「浪漫派」（Die romantische Schule 1836），「德國宗教及哲學的歷史」（Zur Geschichte der Religion und Philosophie in Deutschland 1834）。

海涅認爲，舊的時代已經過去，新的時代已經來到。而新時代的來臨也會帶來文學藝術的變動：

新的時代會產生新的藝術，一個和新時代相吻合的藝術，這新藝術不需向過去的藝術借用象徵，自己就會引出新的創作技巧，和以往不同的技巧。㊻

這個新時代的藝術不僅要批判過去的時代，面對當代的社會現實，而且要從對過去和現代的體驗中，去構築未來的藍圖。海涅如此解釋：

一個眞正的詩人，不只表現他的時代，而是所有的時代；一首眞正的詩也是每一個現代的鏡子。㊼

海涅詩中對時代的反映，建立在他對事物發展的矛盾的理解。在早期，他還是呈現個人經歷，個人感情；但進到中期一八三〇年以後，常把「衆人」作爲詩中的人物。他提出這樣的口號：

那個個人行爲突出的時代已經過去，現在各民族、各黨派，大衆成了新時代的英雄㊽。

這句話是海涅移居巴黎以後說的。法國的民主革命改變了歐洲的局勢和文化思潮，而且證明衆人的運動可以改變政治體制。所以衆人也就成了新文學中的新英雄。海涅認識了衆人在時代演變中的角色，所以在詩中人物的取向上作很大的轉變。這種以羣衆爲英雄的觀點，也是稍後在十九世紀末葉歐洲自然主義文學的基本立場。

在文學創作上，要如何反映時代，才算寫實？要如何參與社會打算是正確的立場？文學史上對這種問題的爭論，往往因爲爭論者的世界觀不同，只依據理論教條來爭論，所以各執一詞。尤其是「詩的時代性」，「詩的社會性」等論點更是遭人非議。誠然，由詩的形式和表現方法來看，詩的確不適於做詳細的敍述，難以做歷史和社會背景的分析。但是詩人可以直接表現一個典型化的事件和意念，用明快的語言把內容濃縮在詩的簡短篇幅裏。所以衆人生活，社會事件，政治狀況也一樣可以成爲詩的好題材。這一些海涅研究家指出，海涅是時代詩或政治詩的能手。這一類詩作品可以分成兩部份，一種嘲弄和攻擊詩，一種激勵詩。

所謂嘲弄（Satire），就是把荒謬可笑的地方明白揭露出來，和反諷（Ironie）不一樣。雖然海涅在很多詩中也善用反諷的手法，但在時代詩中則不喜歡反諷。海涅認爲反諷是暗示手法，太費心機把眞意隱藏在文字裏，一心一意修飾詞句，但原意却是相反的，這種手法是不得已的補救辦法㊾；海涅在時代詩中避免用這種拐彎抹角的反諷，而使用嘲弄手法。嘲弄的文章和漫畫的作法相似，把突出的，奇特的地方揭露出來，必要時加以誇大，增加對比的效果。在「時代詩集」的一首著名嘲弄詩「鎭定詩」：

我們在沉睡，像 Brutus，
但他醒來，把冰冷的刀
深深刺進凱撒的胸膛，
羅馬人是專吃暴君的。
……………
我們如德國橡樹忠誠，
我們很自豪像菩提樹。
橡樹和菩提樹的國度，
永不會出個 Brutus，
……………
我們有三十六個國王，
（還不算多！）小王們心上
都掛着一顆保護星，
不怕什麼三月十五日㊿。

我們叫他們父王，他們
世襲得來的國家，
我們說是我們的祖國，
我們喜愛酸菜加香腸。

我們的父王出遊時，
我們一定脫帽致敬，
德國，虔誠的幼兒室，
可不是羅馬殺王窟。[51]

這首詩嘲弄德國民衆是幼兒，忠誠溫順，對德國當時的大小王侯們極其謙卑，不敢有一點不敬，自然胃口也比羅馬人要小多了。相對的，德國王侯也不是皇帝。海涅指出，當時的德國百姓還在忠誠地沉睡，不知道世界已經走入了什麼時代。

另外一種是嘲笑國王的，例如「普魯士皇帝」：

我父親是沒趣的愚夫，
又是冷靜的儒夫，
但我喝我的燒酒，
我就成了大皇帝。

這是萬靈汁，
正合我的胃口，
只要我喝了燒酒，

普魯士就成黃金世界。52

海涅描寫普魯士國王威廉四世的狂想。這個小國王在喝酒之後，就變成了小丑，以爲自已的帝國大夢已經實現，自已成了大皇帝。我們旁觀者來看，酒醉和政治野心相對照之下，就知道是小丑的自我陶醉。這首詩反映了在一八七一年德意志帝國統一以前的德國政治狀況，幾十個大小王國守着一點領土封疆，一方面迷戀着封建落伍的小國夢，同時也各自幻想，日後成爲德意志大帝國的皇家。同這種封建落伍的政治狀況相應合，德國人民又有很多復古的小國沙文主義的傾向，愚昧的愛國熱。這些都是典型的德國鄉愿。海涅也對他們毫不留情地，冷酷地加以嘲弄：

我不是羅馬人，不是斯拉夫人，
我是一頭德國驢子，
像我的祖先一樣乖，
又木訥，又有感性。

……………………

噢，當驢子多快活，
當長耳朵的子孫！
我要站在屋頂上喊，
我生來就是驢子！

……………………

我們都是驢子，咴呵，咴呵！
我們不是馬的僕從。
馬快滾蛋！我們高呼：

驢子國王萬歲！53

這首詩無疑是嘲笑德國鄉愿的最刻薄的詩。明明這些「德國米歇兒」54都是受愚弄的可憐蟲，但海涅故意誇大鄉愿的種族主義的狂想，成了一個怪誕可笑的悲喜劇。另外一首詩「我們的海軍」也把德國的軍事幻夢擊得粉碎：

我們的夢多甜美，
我們幾乎打贏了一場海仗，
但當早晨的太陽出現時，
美夢和艦隊都化掉了！55

如果嘲弄詩尖銳化，成了直接挑戰的態勢，就是攻擊詩了。也許嘲弄詩不一定使人醒悟，不一定能改變什麼，所以海涅也寫了不少攻擊詩。他的攻擊對象主要是封建體制和教會的某些現象。海涅本人是猶太人，少年時代改信基督教，作品中有猶太教和基督教信仰的背景，所以他並不反對宗教，也不是無神論者。但是他在歐洲啓蒙運動的啓廸下，採取一種合乎人性的宗教觀。他認爲，宗教的信仰應當是人間性的，開朗的，宗教的愛也應當鼓勵人們，幫助人們去追求人間的幸福快樂。對於專斷的、霸權式的信仰，對於建立於無知上的信仰，他就會全力攻擊，比方「亞當一世」就是肯定人價值和意志的攻擊詩：

於是我和我女人
便遷到別的國度去。
我已吃了知識之果，
這一點你無可奈何了。
你無能改變，我已知道
你是多麼渺小無用，
既使你用死亡和雷電

來顯示你如何威風。
…………………………

我永遠不再需要
你的什麼天堂世界。
那不是什麼樂園——
那裏有一些禁樹。56

這首詩攻擊猶太敎、基督敎所信奉的絕對上帝，而且也攻擊「人的原罪」的神話。這首詩和哥德狂飈時代的詩「普羅米修士」相似。普羅米修士對希臘衆神作困獸式的控訴，海涅的亞當則唾棄那絕對的上帝，更進一步走向人的世界。對那個「樂園」、「死後天堂」，海涅在「德國・一個冬天的童話」第一章中也做了强烈的攻擊：

她唱愛情和愛的苦惱，
現在犧牲，天上會重逢，
在那更美好的世界裏，
一切痛苦將會消失。

她唱人間的苦海，
唱人間易逝的歡樂，
唱神秘的彼世，靈魂
將享受永恆的極樂。

她唱老舊的禁慾歌，
唱天上的催眠曲，
那是用來催眠百姓的，
當這些大笨蛋傷心時。

…………………………

我認得這調子，認得歌詞，
也認得那些作者先生們，
我知道，他們私下喝酒，
却說敎要人們喝水！57

「死後天堂」的神話在海涅看來，就是催眠曲。百姓在困窘傷心的時候，可以拿來安慰他們，讓他們忘却現世的苦境，而幻想彼世的天堂，於是便不會去思考苦境的原因以及改善苦境的方法。海涅揭露了，這種神話是催眠曲，拆穿那些作者先生們的企圖：讓百姓甘於貧困而節制慾望，以便自己能安心地享受歡樂。海涅非常痛恨宗教中的「靈肉二分法」，那種用靈魂來克制，甚至殺害肉體的論調。他一再的强調，肉體必須得到解放，必須用「感官主義」（Sensualismus）的人間信仰去取代宗教的「神靈主義」（Spritualismus）。58在「新詩集」中有一首詩俏皮地肯定這種人間實在世界的信仰：

我們在這岩石上建立
第三部、第三部
聖經書的新敎堂
苦難已受够了。

…………………………

神是一切存在的東西，
他在我們的香吻裏。59

對德國的封建王侯們，海涅也經常用語言的武器來攻擊，尤其是對普魯士新興的軍國主義傾向，更毫不留情地攻擊。在「德國・一個冬天的童話」裏，海涅用極尖刻的語調攻擊普魯士的各種設施，巧妙地加以冷嘲熱駡，如關稅同盟，普魯士的尖頂鋼盔，都是他攻擊的目標。但是所有作品中攻擊最強烈的，要算「織工之歌」(Das Weberlied)：

灰暗的眼裏沒有淚水，
他們在織布機前咬牙切齒：
舊德國，我們織你的喪衣，
我們織下三重的咀咒——
　我們織呀！我們織！

咀咒上帝，飢寒交迫時
我們曾經向他祈禱；
但期望和等待都落空，
他嘲笑我們，愚弄我們——
　我們織呀！我們織！

咀咒那個假的祖國，
那裏只有恥辱在生長，
每一朵花都早被折斷，
腐敗和蛀蟲在聯歡——
　我們織呀！我們織！

飛梭急動，織機作響，
我們日夜不停在織布——
舊德國，我們織你的喪衣，
我們織下三重的咀咒，
　我們織呀！我們織！[60]

一八四四年西利西亞地區的織工起義時，海涅寫了這首詩歌。這是一首直接對政治事件採取立場的詩。他站在織工的立場，體驗三重的困境，所以對上帝，國王和假的祖國發動全面的攻擊，可以說是他最強烈的政治詩了。在這裏，織工的呼聲成了詩人的呼聲，詩人的呼聲也是織工的呼聲。海涅這首織工之歌後來還成爲自然主義劇作家豪卜曼(Gerhart Hauptmann)的劇本「織工」(Die Weber)的材料。

因爲海涅寫了很多嘲弄和攻擊的作品，使一般德國人誤解海涅的心意，說他是法國人的朋友，是德國的「叛國者」。但他嘲弄德國百姓的沉睡，攻擊那些阻礙德國進步的舊體制和世界觀，是因爲「對德國的熱愛」。西德前總統海尼曼(Gustav Heinemann)就曾糾正德國人對海涅的誤解，尊稱他是個「大詩人，熱情的民主派和眞正的愛國者」。[61]海涅愛的祖國是全體德國人的祖國，不是「王侯私有的祖國」。[62]就因爲德國不了解他對德國的愛，使他下半生不得不在法國渡過，一生爲這個熱愛而痛苦：

我曾經有個美麗的祖國，
那裏橡樹長得多高大，
紫羅蘭溫柔地點頭，
那是一場夢。

它給我德國式的吻，用德語
(想像不到，有多好聽)
告訴我一句話：「我愛你！」
那是一場夢。[63]

基於這種對德國的熱愛，他又寫另外一種時代詩來喚醒和激勵德國的詩人和百姓。因爲光是攻擊現狀是不夠的，必須也使人們的意識更新，鼓舞大家的信心和勇氣。所以他先爲德國詩人指出「方向」：

德國歌手，來歌頌

德國的自由，讓你的歌
掌握我們的心靈，
鼓舞我們去行動，
唱起馬賽進行曲。

別再像維特吱吱叫，
他只對夏綠蒂熱情，
你要告訴你的人民
時代鐘聲已經敲響，
你要唱刀，唱劍！

別再作軟調笛子，
別再來田園情緒——
要作祖國的號角，
吹！打！射！殺！

天天又吹又打，
直到壓迫者逃走——
就朝這個方向高唱，
但要使你的詩歌
盡可能地一般性。[64]

這首詩的精神是一貫的，朝一個方面發展的。只有最後一句話口氣改變，有保留地對德國時代歌手提示，要做到一般的通俗性，可解性。對海湼這首激勵詩，德國有些文評家却作別種解說，認爲海湼專以這類作品來諷刺同時代的一些政治詩人。[65]但從本詩的內容以及「時代詩」系列的關連來看，很明顯的，海湼這首詩是激勵人心的。如果詩中有些批評的話，用意也是在要求詩中人物做得更好。另外一首詩「新思想」也指出同樣的方向：

打起鼓來，不要怕，
去吻隨軍女店員！
這就是整個的科學，
這就是書本的含義。

打鼓喚醒沉睡的人們，
青春火力吹打起床號，
一直打鼓向前進，
這就是整個的科學。

這就是黑格爾哲學，
這就是書本的含義！
我了解了，因爲我精明，
因爲我是個好鼓手。[66]

和「方向」那一首詩一樣，這裏也出現法國大革命的工具，鼓和號角，這些工具配合着新時代的黑格爾哲學，鼓舞人們走向新的時代，追求人間快樂的時代。海湼自己已掌握了這個新時代的哲學，親身充當鼓手，肯定了自己在新時代的前鋒角色。這個精神也正符合他在「德國·一個冬天的童話」第六章和第七章中所表現的「行動和思想配合」的原則。[67]思想是各種經驗中學習得來，但反過來，思想又指引人們的行爲，而新哲學可能導向巨大的變動，所以海湼說：「行動是一切思想的最得目標」。[68]爲了新思想的實現，海湼在他戰鬥性的文學作品中，不惜「流血」，例如「失落的少年」：

自由戰爭中失陷的崗位，
我忠誠堅守了三十年，

我戰鬥，沒有勝利的希望，
我知道，我不會全身歸來。
……………
崗位失陷了，——傷口大開，
一個倒下去，別人接上來，
我不敗地倒下，我的武器
也還在，——只是我的心碎了。㊾

在這首戰歌中，海涅唱出了時代鼓手的意義。他帶領大家向前，雖不一定能看到勝利，但新來的人會繼續努力下去。不過另一方面，海涅也指出，一個單獨的詩人歌手在實際的「自由戰爭」中所能發揮的力量是極有限，所以一個充滿理想的詩人參與實際政治總難免要失望的。海涅的敏感和自由藝術家的心性，使他畏懼羣衆，畏懼粗民。尤其在他生命中的最後幾年中，更是對「自由和民主的事業」非常失望，而抱病以終。

不過，海涅在文學上，政治上的理想還是始終如一的，他的理想是一個人人自由而富足的人間天堂。在「德國・一個冬天的童話」第一章中，他刻劃出未來理想世界的藍圖：

……………
朋友們，我要爲你們
寫一首新歌，更好的歌！
我們要在地球上
就建立我們的天堂。

我們要在地球上幸福，
我們不要忍受飢餓。
懶人的肚皮不應享受
勤勞雙手的收穫。

人間有足够的麵包
所有孩子都分得到，
還有玫瑰，美麗和歡樂，
也有很多很多甜豆子。

對，人人都分到甜豆，
當豆莢成熟迸開時。
天國我們就交給
天使們和那些麻雀。
……………
一首新歌，更好的歌，
響起來像琴聲笛聲，
宗教乞憐歌已過去，
死亡的鐘聲也停止。

少女歐羅巴和自由
這個美麗天才訂了婚，
他們擁抱在一起，
纏綿在初吻裏。

既使沒有教士福證，

這婚姻也一樣有效，
新郎和新娘萬歲！
他們未來的孩子們萬歲！[70]

這就是海涅的理想世界，人們把希望和努力投注在人間，共同建造人間天堂。海涅從歷史上人類社會演進的認識中，從當時的民主思潮和法國的共和國政體，得到這個結論：人類應走向平等均富，自由快樂的民主社會。在這樣的社會裏，才會有和平，文化藝術才會自由地開花結果。海涅這方面的遠見證明了，文學藝術的時代精神和社會參與，並不妨礙文學藝術的獨立自主，而是要促成文學藝術獨立自主的可能性，因此可以說開闢了新的美學觀，新的遠景。

五、結論

從前面的分析，可以看出海涅詩作品的這三個現代詩質，不是各別孤立的問題，而有相關連、有共通性的特質。就像海涅自己所說的：

我的詩作品，以及政治，宗教和哲學方面的所有文字，都是來自同一個思想。[71]

因爲海涅在文學技巧和文學理論上有很多創新的成份，所以他在現代文學上具有相當重要的意義，比方現代詩，報紙的文學批評受他的影響很大，他的文學風格和理論以今天的發展程度來看，依然有尖銳的現代性。從海涅的詳細年表中[72]，可以找出，法國現代詩的開路人，例如內瓦，高提葉[73]，波特萊爾跟海涅都有來往。在德國，也有一部份作家受到他的影響，尼采就曾說：「海涅給我最高的詩觀念」[74]。此外，像韋德金，土荷斯基，布烈希特，比爾曼[75]等作家在詩歌方面都受惠於海涅。[76]

海涅的作品在外國尤其受歡迎，受到更多的研究和更高的評價。從「海涅研究書目」[77]以及一九六二年以來的「海涅年鑑」[78]可以看出這個趨勢。一九七二年分別在東西德舉行的「海涅國際會議」中就出現了像「海涅在西班牙語區」，「海涅和波蘭」，「海涅在北歐」，「海涅和法國浪漫派」，「海涅在俄國」之類的論文[79]。各種思想的文學研究者以各種極不同的角度來解說海涅的作品，以及他的政治角色，所得到的結論又常極端相反的。這方面的論爭正方興未艾，幾乎成爲各派思潮借海涅的研究來從事的思想戰。從這現象來看，海涅不僅爲德國民族詩人，也可以說是世界性的詩人；他不僅是十九世紀過渡時期的詩人，而且從二十世紀的文學觀點來看，也是現代詩人。因爲今天在文學藝術上，在政治經濟上，各地的人們也正在追求那個「人人有甜豆，玫瑰花盛開」的理想世界。

註

①波特萊爾（Charles Baudelaire 1821-1867），法國詩人，著有詩集「惡之華」（Les Fleurs du Mal, 1857）。

②愛倫波（Edgar Allan Poe 1809-1849），美國詩人，著有理論作品「創作的哲學」（The Philosophy of Composition, 1846）。

③參看 Friedrich, Hugo：Die Struktur der modernen Lyrik. S. 35ff Hamburg 1968。

④少年德國學派（Das Junge Deutschland）是德國浪漫主義以後的一些自由作家羣，他們反對封建體制，反對舊文學，提倡民主自由，口語文學，政治文學。主要作家有Gutzkow, Laube, Herwegh, Börne, Heine

。

⑤Heine, Heinrich: Sämtliche Werke 6/I. S. 447. München 1975（本文中引用的德文文字由本文作者翻譯成中文）。

⑥「歌德的藝術時期」(Die Goethesche Kunstschule)。

⑦Crockford, John : Critic 211. 1852. in: Dichter über ihre Dichtungen Heine Ⅱ. S. 125. Munchen 1971。

⑧比方 Manfred Windfuhr, Georg Luckáas, Albrecht Betz, Hans Kaufmann等。

⑨參看Benn, Gottfried : Probleme der Lyrik. in : Gesammelte Werke 4 S. 1058ff. Wiesbaden 1698。

⑩參看：梁景峯：什麼不是現代詩・新生報一九七六、六、十一臺北

⑪Dichter über ihre Dichtungen. Heine I. S. 103。

⑫「割裂」和「生長」是民歌演變的兩種方式。

⑬Heine, Heinrich : Sämtliche Schriften 3. S. 454。

⑭「少年的魔號」這本民歌集由 Achim Arnim 和 Clemens Brentano兩位作家根據口傳民歌，傳單和舊歌本收集編成。

⑮Heine, Heinrich : Sämtliche Schriften 3. S. 449 。

⑯同⑮ S. 450。

⑰彌勒 (Wilhelm Müller 1794-1827) 德國詩人，著有「美麗的磨坊女」(Die Schöne Müllerin)。

⑱Dichter über ihre Dichtangen. Heine I. S. 102。

⑲Heine, Heinrich : Sämtliche Schriften 3. S. 454。

⑳Dichter über inre Dichtungen. Heine I. S. 25 。

㉑同⑱。

㉒Heine, Heinrich : Sämtliche Schriften 1. S. 57（海涅的詩大多沒有標題）。

㉓Berendsohn, W. A. : Heines "Buch der Lieder." Struktur und Stilstudie. in: Heine-Jahrbuch 1962 Hamburg. S. 29。

㉔Heine, Heinrich : Sämtliche Schriften1 . S. 129 。

㉕Riemen, Alfred : Gedichte und Publizistik. Zu Heinrich Heines lyrischem Stil. in : Heine Jahrbuch 1975 S. 50。

㉖在張漢良、徐麗琴譯的「格律、音韻與自由詩」一書中則稱「抑揚格」和「揚抑格」。

㉗高音 (Hebung)，低音 (Senkung) 的區分，在希臘羅馬詩體以長短音來區分，在日耳曼語系詩則以重音和非重音來區分。每一拍以一高音一低音或一高音二低音爲最常見。

㉘Heine, Heinrich : Sämtliche Schriften 4. S.584 。

㉙同㉘，S. 580。

㉚Dichter uber ihre Dichtungen. Heine I. S. 166

㉛參看陳淑義：布雷希特·敍事劇與中國傳統的舞台藝術中外文學月刊49頁四一三十六臺北一九七六、六此文中將「Verfremdung」譯爲「變常」
㉜Finke, Franz : Heinrich Heine als Lyriker des Übergangs in: Heine-Jahrbuch 1963. S. 34。
㉝Dichter über ihre Dichtungen. Heine Ⅱ. S. 33。
㉞Heine, Heinrich : Sämtliche Schriften 1. S. 224。
㉟同㉞，S. 90
㊱同㉞，S. 136
㊲Heine, Heinrich : Sämtliche Schriften 4. S. 327。
㊳Luckacs, Georg : Heine als nationaler Dichter. in: Luckacs, Literatursoziologie. S. 374 Neuwied 1970。
㊴同㉞，S. 208
㊵Finke, Franz: Heine als Lyriker des Übergangs. in: Heine-Jahrbuch 1963. S. 34。
㊶同㊳，S. 362。
㊷Dichter über ihre Dichtungen. Heine Ⅰ. S. 165。
㊸in: Laura Hofrichter : Heinrich Heine. Biographie seiner Dichtung. S. 32. Göttingen 1966。
㊹in: Gottfried Bonn : Probleme der Lyrik. Gesammelte Werke 4 S. 1060
㊺Heine, Heinrich : Die romantische Sclule in: Sämtliche Schviften 3. S. 413。
㊻Heine, Heinrich : Sämtliche Schniften 3. Französische Zustande。
㊼Dichter über ihre Dichtungen. Heine Ⅰ. S. 46。
㊽同㊻。
㊾同㊺，S. 429。
㊿三月十五日是布魯吐斯殺凱撒之日。
51Heine, Heinrich : Sämtliche Schriftn 4. S. 428。
52Heine, Heinrich : Sämtliche Schriften 4. S. 425。
53Heine, Heinrich : Sämtliche Schriften 6/I, S. 286。
54「德國米歇兒」(Der deutsche Michel) 是指一般德國小民，德國鄉愿。
55同52，S. 462。
56同52，S. 412。
57同52，S. 577。
58Heine: Schriften 3. S. 362ff。
59同52，S. 325。
60同52，S. 455。
61Heinemann, Gustav: Heinrich Heine Heine-Jahrbuch 1974 S. 5ff。
62見「鎮定詩」。
63Heine, Heinrich : Sämtliche Schriften 4. S. 369。
64同63，S. 422。
65參看Hinck, Walter : Ironie im Zeitgedicht

Heines. Zur Theorie der Politischen Lyrik. in: Jnternationaler Heine-Kongre β. S. 81ff. Hamburg 1973。

⑯同㊸，S. 412。

⑰同㊸，S. 589ff。

⑱in: Gesellschaftskritik im Werk Heines S. 102. Paderborn 1974。

⑲Heine, Heinrich: Sämtliche Schrften 6/I. S. 120。

⑳同㊸，S. 578f。

㉑同⑲，S. 11。

㉒Mende, Fritz: Heinrich Heine Chronik Seines Lebens und Werks. Berlin 1970. 418 S.。

㉓內瓦（Gérard de Nerval 1808-1855）。高提葉（Théophile Gautier 1811-1872）。

㉔in : Galley, Eberhard: Heinrich Heine. S. 65. Stuttgart 1977。

㉕韋德金（Frank Wedekind 1864-1918）德國詩人。土荷斯基（Kurt Tucholsky 1890-1935）德國詩人，小說家布烈希特（Bertold Brecht 1898-1956）德國劇作家，詩人・比爾曼（Wolf Biermann 1936-）德國詩人、歌手。

以上幾位作家和海涅的關連請參看：

Schweikert, A.: Notizen zu den Einflüssen Heinrich Heines

auf die Lyrik von Kerr, Klabund, Tucholsky, und Erich Kästner. Heine-Jahrbuch 1969. S. 69ff

Boeck, Oliver: Beobachtungen Zum Thema "Heine and Brecht" Heie-Jahrbuch 1973. S. 208ff

Walwei-wiegelmann: Wolf Biermanns Versepos "Deutschland. Ein Wintermärchen" —— in der Nachfalge Heinrich Heines. Heine-Jahrbuch 1975. S. 150ff

㉗Seifert, S.: Heine-Bibliographie 1954-1964 Berlin 1968. 396 S.。

㉘海涅協會「Heinrich-Heine-Gesellschaft」從一九六二年開始，每年出版一本發表研究論文的「海涅年鑑」（Heine-Jahrbuch）。一九七四年海涅的故鄉杜塞多夫城（Düsseldorf）設立一個「海涅研究所」（Heinrich-Heine-Institut）。

㉙Jnternationaler Heine-Kongre β 1972. Hamburg 1973 532 S.

Heinrich Heine. Streitbarer Humanist und Volksverbundener Dichter Weinar 1973. 511 S.

非馬詩抄

馬爲義

都市的窗

窗口越高
面孔
越小
越蒼白

每次打下面走過
總會頭皮發麻
宿命地等待
一口痰
一個煙蒂
一隻花鉢
或一個
把雙臂張得開開
學鳥飛
的人

畫展

在脉脉相對的眼睛裏
一條越走越深的
畫廊

瀏覽
一幅幅
超慾念的
我們靈魂的裸像

「我最喜歡
你假裝生氣的
這付樣子了」
妳說

樹

日日夜夜
我聽到
心中的
年輪
在通往
蠻荒天空
的路上
轆轆轉動

公路傍的墓園

擺滿
墓石的
棋盤

時間老人
才微微
抬了一下手
過往的眼睛們
便紛紛隨着暮色
凝滯起來

圓環

條條大路
通向
一個越上越緊的
大發條

猛地
前面的車子停了下來
「媽的，又出車禍啦?」
計程司機猛按喇叭咒駡
而後座熱墊上的老教授
看看錶面越走越快的
秒針嘀咕
「我的羅馬史要遲到了!」

縣長競選

陳千武

不要
不要把妳的慾望
和我的政治
交配起來
汚染泥土的芳香

我的政治
在選民
拜天公的供桌前街
燃放爆竹
頻頻，舉希特勒式敬禮

妳的慾望，站在
繁華美街
滿是違章建築的
陽台上
狂呼自由、民主和香火

倘若慾望
和政治交配起來
誰要
誰要護衞我們
我們老祖先的土地？

——一九七七初夏改寫——

蕃薯

鄭烱明

狠狠地
把我從溫暖的土裏
連根挖起
說是給我自由

然後拿去烤
拿去油炸
拿去烈日下曬
拿去煮成一碗一碗
香噴噴的稀飯

吃掉了我最營養的部份
還把我貧血的葉子倒給豬吃

對於這些
從前我都忍耐著

只暗暗怨嘆自己的命運
唉，誰讓我是一條蕃薯
人見人愛的蕃薯

但現在不行了
從今天開始
我不再沉默
我要站出來說話
以蕃薯的立場說話
不管你願不願聽

我要說
對着廣濶的田野大聲說
請不要那樣對待我啊
我是無辜的
我沒有罪！

左鎮人

林宗源

左鎮人起來
從三萬年前的土內起來
甲阮講；
你的祖先在更新世
獵過「早枝犀牛」
你不是埃及人

土地必有各種的種子
那是上帝創造世界的順序
土地一定會開花結果
世界就這樣地生長
我絕對否決人類的祖先
是帶有尾巴的人猿
左鎮人起來踩碎這種邪說
甲伊講；
那是人與猿做愛的品種

人是人，我是我

站在上帝剛創造的土地
土地必有適合生存的種子
站在菜寮溪邊的左鎮人起來
甲我講；
和「早枝犀牛」決鬪的人類
是臺灣人

68、3、18寫

註：「早枝犀牛」化石，是更新世約二百萬到七、八十萬年前，頭嵙山層的化石。

註：68、3、23日，聯合報訊，著名人類學家瑪麗、李奇在坦尚尼亞北部發現三百六十萬年前的人形腳印，證明人類祖先直立行走。

遙遠的鄉愁㈢

陳明台

1. 懸崖

現在
往下眺望得見的是無可攀附的垂直的深淵
一步逼近
立刻會察覺到失去重量感的墜落的
恐懼

爲了防止失足的錯誤
且暫時在這兒佇足
緊緊地抓住安全的扶手欄干
可以放心地欣賞
映現在眼前活生生的綺麗的風景

只是 互相依偎着身子
兩個人的心中
激烈地燃燒着殉情的渴望啊
筆直地往下降 不可逼視的往下降的
快樂的慾望

那麼 提起勇氣再走出一大步吧
望着眼前一枝枯葉的飄落而有所醒悟
兩個人面對着危機重重的懸崖的刹那
竟然仿照着高高的絕壁的曲線
不約而同地在心底
繪起另一座
淒壯的
懸崖

2. 海 ㈠

拍打礁石的浪濤越來越洶湧了
少女赤着脚不在意地蹦來蹦去

風在空洞的海螺裏嗚嗚地呼喚
陽光溫和地照射岩壁的青苔

靜靜地坐在長長的防波堤上
遺忘了一切也被一切遺忘了的
男人
因着殘留在心底的笛聲而悵然出神
遠遠的海上
稀落的船隻 攜帶了歸鄉的夢
緩緩的逼近港口而來

周遭 檢拾貝殼的孩童
依然吵吵嚷嚷 喧嘩着
蔚藍的天空底下
思念漸漸喪失記憶的誕生的陸地而哀傷
海的顏色
染得更深了

3. 海 (二)

船的兩側加速度地潑濺白沫
洋面上海鷗降落的姿影十分孤單
細雨如同淚珠一般模糊了眼前
漸漸遠去的陸地十分矇矓

在甲板上站着
耳邊響亮起不相識的小女的歌聲很是清脆
仰起頭 天空陰沈沈
突出的艙房裏
顯現的沒有表情的船長的臉色
緘默地環視
—— 好多隻眼睛不知在搜尋什麼

遙遠的地平線
不斷地飄送過來
厭厭的鄉愁
凝聚不散的
霧

在疾風吹拂的海上
鹼澀 廣漠 濕冷的
午後的海上
熱情地搖着胳臂
對着駛過來的寂寞的船隻

回到舊厝地

喬林

家鄉的泥土

水泥地 紅銅磚
磁磚 柏油
還有柏油
家鄉的泥土
不見了

家鄉的泥土
被隱藏在都市里
他有很多的種子
可以冒出芽來
他有很多蟲聲
他是故鄉的泥土

在隱藏的都市里
會是什麼樣子
寧靜的樣子
車輪再傳給柏油混凝土層
再傳來的輾壓後
會是什麼樣子

家鄉的泥土
在看不見的地方
在摸不着的地方
不知什麼樣子

河水依舊那般流着

河水依舊那般的流着
童年的時候如此
少年的時候如此
青年的時候如此
如今壯年了也如此
依舊那般的流着

然而
我站的位置
我站的姿態
已非依舊那般

如今我的體內也有一條河
河是也一樣的有水流着
只是它沒有來源
沒有出口

娶細姨

趙廼定

幹，時來運轉
挑了四五十年的大肥澆菜種地瓜
連補丁皺巴巴的內衣褲
除了汗濕鹹臭外，都薰上一股大肥味

也罷
人吃菜拉屎，屎澆菜
人再吃菜拉屎，屎再澆菜
好像年輪歲序在繞圈圈準準時時的

可沒想到
四五十年來
菜賣了又種，種了又賣
而菜蟲每次都說最近濺的很
要賣要算便宜
菜濺也怪，總和菜的成熟期相依件

這實在莫法度
穿了鼻的牛總要聽話，才有得
地瓜度三餐

幹，時來運轉
挑了四五十年的大肥澆菜種地瓜
穿了四五十年的牛鼻跟人走
每天吃地瓜度三餐度成

白髮斑斑到今天

阿公說土地是祖產不要賣
不肖子孫竟然學時髦出土地和別人合建
沒想到澆大肥種菜的地，種不出好菜價度活
竟開出新臺幣整車的花朵

想起少年郎時
憑媒人婆娶一位粗糠某
——以前還肥肥嫩嫩的
如今却是人老珠也黃如巫婆

也罷也罷
少年無錢無好玩
如今整車新臺幣花不光也傷腦筋
幹，——以前人講
有錢有細姨
今日整車新臺幣花不光也傷腦筋
我何不娶個細姨又白又嫩
又風光

幹，以前人講
有錢娶細姨
今日我講有地娶細姨
不管地是不是有屎味

註：閱68、4、5中國時報木柵訊：「富農以合建致富欲娶細姨。」有感而書。

土地廟的滄桑

楊傑美

每天我散步經過你的身旁
看見你總是孤孤單單的
低着頭，披着一身破落的金衣
兩眼木木地直視前方

前方是一座茂密的相思樹林
密密的相思樹，打從你的前庭
一直延伸到看不見的一條馬路
也就是我每天散步時
都要走過的那條大道

從前的人們就是沿着
這條大道走進來的
他們一路前來，繞過相思樹林的阻礙
手擎線香，跌跪俯叩
口裏喃喃着禱詞
他們求你庇佑他們的子孫
功名富貴榮華利祿
娶一房美麗的媳婦
嫁一位如意的郎君
他們求你呵護他們的子孫

線香一根接一根
香火綿延不斷
只是，耐不住風雨的摧傷
時代，在移動的陽光中
慢慢地改變了
時代慢慢地
改　變　了

如今，昔日的信徒們都已星散
鄉親們也早已離開
他們成羣結隊
到繁華的城市裏落戶
到熱鬧的都會裏謀生
都市愈來愈熱鬧了
你却愈來愈寂寞
因爲蟲蝕，你的金衣慢慢地凋落着

你的姿勢，也愈來愈美得像
一朵寂寞的夕陽
那天我又散步經過你的身旁
那時，西沉的夕陽
正溫柔溫柔地
撫弄着你破落的金衣

我看見一隻無主的野狗
搖首擺尾，口裏
銜着一根白骨頭
奉獻在你塵封的祭臺上
那無知的朝貢
究竟是侮辱、嘲弄？還是
頂禮虔誠的膜拜？

片詩

黃靈芝

＊ 幸者不孝　　光復節日

＊ 挿旗日　　鳳蝶有去處

＊ 含笑花　　尼庵姤崔護

＊ 乞雨靈　　港都霓虹燈

＊ 嫖狗囘　　坡下下弦月

＊ 喪家院中　　毒茹清醒

＊ 中絕女　　一意淋瀑布

旅泰詩抄

靜修

我什麼都認了

一個老華僑聽見我講國語
硬說我是上海人
我說我是臺灣人
他說除了潮汕人、廣東人、海南人
都叫上海人
我想我瞭解他的意思
就像從前不管是蒙苦人、四川人
廣東人或北平人只要是大陸來臺
我們就說他是唐山人仔或鴨山仔一樣
所以，我不對這個老華僑生氣

一個中年華僑聽見我講國語
硬說我是臺灣國人
我說我是中國人
他說，中國大陸的人才是中國人
臺灣島上的人就是臺灣國人
我想我瞭解他的意思
他以兩個朝鮮，兩個越南和
兩個德國的觀念，來區別臺灣與中國
所以，我不對這個中年華僑生氣

一個年輕的華僑聽見我講國語
一言說出我是中國人
我喜出望外，忍不住張開雙手去擁抱他
他喃喃地補充一句：
「我爸爸是華僑，我不是。」
我說你爸爸是，你當然也是
他說：「我在泰國出生長大
拿的是泰國身份證，所以我不是華僑。」
我想我瞭解他的意思
這小子沒有唸過咱們的公民課
不懂民族血統的意義
我一手把他推開，對他表示很生氣

我決定不再和華僑們講國語了
此後，如果有人聽見我蹩脚的泰國語
或洋涇邦英語而把我當做

日本人、韓國人、越南人或
非洲土里瓜幾人，我都認了
我什麼都認了

老師的話

洞西曼運動場在舉行自由車大賽
領先的兩部爭先恐後終於互撞倒地
一個趕緊爬起來繼續向前奔去
一個倒在地上抱著受傷的腿
哎喲哎喲又哭又叫

我立刻判斷走那個堅忍不拔勇往直前的
一定是個華僑子弟
而且在華僑中學念過書
咱們的父母和師長是常常教訓我們
一個人不怕跌倒，
最要緊的是趕快爬起來
別給人發現你已受了傷

那個華人好漢雖然名落孫山
却獲得全場熱烈的掌聲
身爲中國人，我與有榮焉
立刻奔跑過去，緊緊握住他的手說
「你是我們中國人的光榮。」
他從別人的翻譯中了解我的意思後
瞪着眼睛反問我：
「誰是中國人？」

我萬沒想到這傢伙竟然不是炎黃子孫
正後悔不該如此自討沒趣
回頭看見醫護人員正用擔架
抬着那個受傷者過來
老遠就聽到他以福建話大聲哀號着
「我的脚骨斷去了，痛着會死啦
哎喲哎喲……」

一碗粿條

我們去昭披耶看「大白鯊」
剛一坐下，服務生就過來說
「先生，這裡是頭等座，
你們的位置在第七排。」

這小子簡直吹毛求疵
人來了，我們讓位就是
又沒客滿，對什麼號嘛
從前在臺北，哼！別說看電影
乘車還不是一樣，誰不是佔了位再說
而且，我們是外國人
對待外國人總得另眼相看一點啊

服務生可也眞煩
我們就是賴着不動
最後經理來了，原來是位女華僑
忙不迭給我們賠不是
還一再拜託我們，別給服務生知道

我們是中國人

這實在沒啥道理
老泰笨得不懂省錢之道
不懂打最便宜的算盤
咱們中國人可沒那麼傻
三等票價，一等享受
利已而不損人，何樂而不爲

揮走女經理，翹起二郎腿
嗑着瓜子，抽着煙
直到那條要命的大白鯊給宰了
也沒見人來要我們的位置
心滿意足出得電影院，蹓向五角噠叻
今晚「賺」得的八個銖
不正好可以享受一碗
又香又脆的魚丸粿條嗎

今天什麼都不一樣

今天什麼都不一樣
通常，我們玩到「勇通」打烊
就去「拉林」吃宵夜
一面飲白馬威斯忌啃素可泰烤鷄
一面聽那位白天在師專教書的女歌手
唱那低沉的情歌，
然後大夥兒去諾衣的山頂公寓
玩轉瓶遊戲
看誰最先死去

今天，什麼都不一樣
等不及打烊，來自永珍的婉娜
就帶我一個人到「哥哥儂」
去吃鑾巴拉邦快餐
當我一刀殺開香嫩的牛排
美麗的法國瓷盤上面赫然印着一對
紅毛男女光着屁股的做愛圖
我再去撥開婉娜的牛排
一羣黑白男女各以不同姿勢捉對厮殺
我少見多怪的模樣一定很糗
只見婉娜默默地望着我
萬種柔情中含露幾分得意

今天，什麼都不一樣
沒有低沉的情歌
但愛情很快在我密集的血液中澎漲
在四面掛滿玻璃鏡，充滿羅曼蒂克的
「福拾九」大旅社的小房間
婉娜伸手往床頭的開關一按
我們就在天搖地動的電動床上
看着自已死去

今天，都什麼都不一樣
連死去也不一樣

臺灣鄉土曲

胡汝森

我定居在臺灣，不知不覺已經歷了三十四個年頭。比起許多土生的年輕朋友，在這片土地上生活的時間還要久。

幾十年來，我一直觀察着臺灣的變化。臺灣的面貌大大改變了，尤其是城市；人情也跟着變了。

好在，臺灣的根還未變，滋養這條根的鄉土，處處仍舊保存着很濃厚的，樸實無華的氣息。

翻出了這幾篇多少年前的舊稿，回味無窮，感慨萬千！它們可能配合不上時代改變的步幅。可是，我仍然以它們的泥土味拙誠而自珍。

雲林鄉道

別笑我這牛步式行脚
徒無在車後招受塵埃
我倒喜歡
把一天直達的旅程
砍成短短的片斷

別看我這小小包袱
它好像一架照相機
裝滿了沿途人情和景色

「查某姨：
拜託！
把這籃蕃薯交給木兄。」

一流清冽的山溪
幾樹被晒得重頭的楊柳
火車穿過田野
戴着旅客午後的疲乏

領着和風輕舞的水稻
在淺谷飄散的山歌

落日時分
滿天的紅霞似火

我收拾這些瑣碎的材料
拜託城裡的和村裡的
父老、叔伯
姊妹、兄弟
合力建造一道感情的橋樑
由冷漠、浮動的都市
通往待遊子如家人的
溫暖的鄉村

江頭歸途（註一）

夜間風雨已歇
荒山又是一片靜寂
泥濘的小徑
彷彿有人留下
一段孤獨的腳跡

淒冷的泥土下
也許躺着幾個
思鄉的失眠者（註二）
羨慕地傾聽
我歸家的足音

註一：關渡從前叫做江頭，我喜歡舊名的泥土味。

註二：我曾在月明之夜，仔細逐個看清楚那些墓碑。墓中人似乎都不能忘情家鄉，石碑上鐫刻着他們的根源地。他們多來自泉州、漳州，亦有來自福州、潮州和客家屬州府的。我常在墳旁坐下和土中人對語，一則慰解他們思鄉的寂寞，再則也藉以練習閩南話。

高雄陽光浴

冬日的陽光
溫溲溲似酒
宛如遠別的嬌妻

常把人誘入迷惘的沉思

圓山橋（註一）

我愛留連在圓山橋
看那一條條的木船
緩緩地在水面飄搖
這景色煞像是家鄉的（註二）
一曲漁舟晚唱的小調

我愛留連在圓山橋
凝望遠處山色迷濛
像一尊臥佛伸懶腰
河畔傳來幾聲鷄啼
細雨中黎明剛破曉

我愛留連在圓山橋
俯伏在微涼的石欄干
觀賞窈窕的女郎在拍照
她對攝影機還是對我
頻頻投給溫柔的微笑（註三）

我愛留連在圓山橋
當破車歸去時分
北郊人家炊烟燎燎
老牛拖着蹣跚重步
還載負着那夕陽殘照

註一：工商成長，拓寬後改過裝的中山橋，木船、炊烟、老牛、破車……蹤影全無，詩意窒息，鄉土味也被污染的河水沖淡了。回想光復後的幾年間，朝朝暮暮，不知多少個晨昏，我在圓山橋和河岸散步，欣賞她的畫意，可惜我欠缺畫家的才能，只好吟首小詩，把她長存在記憶裡。

註二：我生長在馬來亞，返國後常有互相矛盾的感覺：我覺得是一個陌生人，長年在祖國的原野上流浪，又覺得祖國的任何一片土地，都引起濃重的「家鄉」感。我曾爲保衛「家鄉」的一些地方，流汗、流血去奉獻自已。

註三：曾有一位中興大學的女同學，認爲我這首詩語句太陳舊，從頭到尾替我改過，改得十分新潮。可惜，她的改稿在一次搬家中遺失了。我只記得其中幾句：「……請問你哪！對我還是對開麥拉，投給這色迷迷的微笑？……」

鳳山晚點名

號音
一顆流星
拖着悠長尾巴
劃破夜底寧靜
「回——來吧」
「返——來吧」
沉雄而又親切的聲調
呼喚散失的弟兄歸營

失戀

——弔烏來山地姑娘——（註）

當黃土把我長埋以後
但願偶然地你會走過墳前

山野依然是一片舊景色
紅茶花燦爛地開遍在水邊
山麻雀嘰喳煽着心底潛火
你的雙唇比驕陽更灼熱

牧歌迴旋在幽谷裡
往昔溪畔指日的誓約
但願會喚起你停步自語。
「她是一個純潔的女郎
她曾是熱烈而又專情！」

註：在烏來深山的一個村落裡，一位山胞女郎的殉情故事深深感動了我。平地人把她的情郎奪走了。我不禁摘了一掬野花，擺在她的墳前向她致敬。

鵝鑾鼻燈塔

啊！妳——
熱情潛藏的女神
常隱入白雲深處
眺望祖國失色河山

啊！妳——
有什麼難言的心事
爲何那麼深沉默默？

啊！妳——
大自然的好伴侶
妳撫愛勇敢的人羣

啊！妳——
當落月告別回去
妳轉向遼濶的大海

啊！妳——
尋找迷途的舟子
妳露出情誼親切容光

啊！妳——
耐心而又聲調柔和
妳向他們召喚：
歸來！
歸來！

臺北市聖誕紅（註）

高樓下一株聖誕紅
不甘在冬風裏萎謝
探頭望過圍牆
欣賞巷裏的景色

一個多情的少女
倚身在窗邊窺眺

她深深地嘆一口氣
解開了鎖住的愁眉
灼灼動人的雙頰
透露出內心的熱情
她殷勤向我鼓舞
不要在嚴寒中綣縮
讓頹廢的靈魂振奮
懷望着如火的春天

註：初來臺北市，靜巷、圍牆、矮屋……已够耐人尋味。何況，每當寒流來襲，巷裏行人迎風彎腰縮頸之時，驀然抬頭，看見一叢叢聖誕紅，灼灼動人如火，吐露春天快到的消息，怎能不振奮？

酒家女

每夜
妳强吞下許多苦酒
釀成滿肚兒辛酸

唉！向誰傾吐？
一片深秋的楓葉
蘊藏着過多恨火
燒焦了青春
失去了棲枝和寄托
唉！妳於是
在寒風中沉蕩淪落

唉！正因爲
身世飄零無依
妳才逃不了
吸血者無情的鞭剝！

吳鳳廟

假如說
你這樣一死
便享了大名
那麼，
在你以前
許多被供作祭品的頭顱
爲何全沒有記載？

怎麼？
我們連最基本的算術
也都忘記乾淨了？

你能够稅風易俗
還不是
像一加一是二
那麼簡單
你轟轟烈烈殉身
加上
幾十年如同一日
對高山同胞
服務的誠懇
（這正是通事老爺
所十分欠缺的）
才等於你的
萬世流芳！

草山小溪（註）

只有你
我最讚慕
滾滾無休的躍動
用不衰竭的熱情
表現出不朽的生命

只有你
我最讚慕
不分晝夜的奔馳
當道路中有了障碍
便另闢前進的途徑

你顫抖抖地擠出石罅
你潺湲湲地繞着山邊
你笑迷迷地迎着日光
從未見你爲柔弱而憂愁
哦！
我知道
在你底滙結中已吐露
那許多同道的聚合
是堅韌無比的壯厚

你告別那呆呆的山頭
你告別那怯怯的花草
你告別那依依的行人
從未見你爲分離而傷感
哦！
我知道
在你底流向中已吐露
那萬宗歸一的會集
是超地域永恆的眞理

註：陽明山舊名草山，那是一個鄉土味甚濃而清雅的地名。

基　隆　河

基隆河
你浮載過紅毛木船
你冲洗過漢民族血淚
當夕陽西照
你繪出神社的殘影
基隆河
你不斷的流水
哼唱着歷代興亡的史歌

陳瀛洲詩選

陳瀛洲

作者簡歷：造船工程師，臺大機械系畢業，一九七八年八月廿六日，肝癌而逝，享年四九。曾得聯合國ＴＥ-323號獎金，到英國、丹麥、挪威、瑞典、美國、日本深造。

(一)生命的火花

爲了妳，我願點燃生命的火花
想在烏黑的夜室裏
佈滿燦爛的花朵
雖然花朵將在剎那中
消失無蹤

爲了妳，我願流浪天涯海角
在這雜亂無章的世界裏
去尋覓人生的眞諦
雖然當我覓着那眞諦時
已都蒼老

如今我已接近人生旅程的終點
但我仍在尋覓着人生的眞諦
而願那燦爛花朵的餘暉
照亮我人生的終程

（逝世前八〇天）

(二)死亡

死神在嗤的笑
祂那黑洞裏藏的究竟是什麼?
眞想猛然闖進去查個淸楚
但我能從那黑洞裏出得來嗎?

死神在招呼
祂眞的針對我嗎?
如果我握把刺劍把祂刺倒
人類會從此不再有死亡的恐懼嗎?

死神!
祢究竟是天使的使者
或是魔鬼的差遣
你爲什麼對我糾纏不放?
而我竟逃不掉祢
來吧!
無論祢要我去見誰?
我都已有了準備
只請不用再捉住我的手臂

(逝世前七七)

(三)遊魂

當死亡來臨時,我願成個遊魂,
我將更自由無牽掛。
因我在有生之年盡了所能,
上帝將准許我,
　成自由自在的遊魂。

我也許會飛翔,至少誰也看不到,
我可不占位置,因我只不過是遊魂,
上下飛機和遊覽都熟悉,
羅馬、巴黎、倫敦、哥本哈根……
　誰說我不能再旅遊世界?

雖然不是天使,但我是個善意的遊魂
我將爲苦命中的小孩們作些事情,
爲苦難中的人們,至少也可給些安慰,
但如果上帝賜我神通宏大,
　我將把世界改好。

(逝世前七四天)

意大利詩抄

非馬譯

差別

GUIDO GOZZANO（1883—1916）作

我想了又想：——鵝在想什麼
在運河岸上使勁地咯咯大叫？
她似乎快活！在冬日的夕暮裏
喜悅地嗄嗄地伸長她的頸子。

她跳躍，潛水，撲打她歡快的翅膀，
一定沒夢到她的飛翔有多短
一定沒夢到聖誕夜
或厨子亮閃閃的武器同它們的用途。

啊小鵝，我的姐妹，最坦誠的侶伴，
死亡並不存在，妳教誨我們：
人只在想時才開始死去。

但妳不想。妳的是個快樂的命運！
旣然被烹一點都不可悲，
可悲的是想到我們不得不烹。

小喇叭

CORRADO GOVONI（1884—　）作

整個魔幻的博覽會
剩下的
只是這支藍綠洋鐵
小喇叭
在小女孩嘴裏吹着
當她赤着脚走過田野。
但在它硬擠出來的音調裏
是所有的小丑，白的與紅的，
穿着鑲金制服的樂隊，
廻轉木馬，汽笛風琴，輝煌的燈火。
正如在屋簷的滴瀝裏
是所有風暴的恐怖
閃電與彩虹的美麗；
而在螢火蟲的閃爍裏
它的微光消散在越橘枝上
是春天的一切神奇。

咖啡屋哲學家

GIUSEPPE GIOACCHINO BELLI

(1791—1863) 作

這世上的人類同磨機前的咖啡豆
沒有兩樣：
開始一個，然後另一個，不斷的長流，
奔向同一個確定的命運。

常常它們換位，常常大豆
欺負小豆並把它壓碎，
而在把它們磨成粉的
鐵門入口，它們彼此排擠。

就這樣人們生活，軟的或硬的，
全被上帝的手混在一道
那隻把他們一圈又一圈又一圈攪拌的手；

而，順遂或坎坷，每個人移動，換氣
還沒來得及搞清楚為什麼便從
死亡的喉嚨掉進深不可測的淵底。

平　台

VITTORIO SERENI (1913—　　) 作

突然暮色籠蓋我們。
你再也辨不出
湖的邊際；
除了一個耳語
移過我們的生命
在吊起的平台下面。

懸空
在這寂靜的黃昏之上
我們為一束魚雷艇的光攫住
它眈眈逼視，然後掉頭離去。

靜

GIUSEPPE UNGARETTI (1888—1970) 作

葡萄已熟，田已耕，

山逸出雲層。

夏日多塵的鏡上
陰影降下，

猶豫的指間
光明晰
而遙遠。

隨燕飛翔
臨終的掙扎。

「臺灣現代詩集」在日本出版的意義

桓夫

今年二月，日本九州熊本市一家書房，出版了一本日譯「臺灣現代詩集」。編者北原政吉，發行者宮崎端，卅二開本，厚二四六頁。封面以墨色的山與海的畫裝幀；山與海的畫下面羅列着一羣詩人頭像，而題爲「臺灣現代詩集」的臺灣黑色字體中間，畫有綠色的臺灣島圖。眞是一本小巧玲瓏，印刷精美，上等紙質的清秀詩集。

在詩篇之間有六張的全面插圖；第一面爲臺灣光復時的拜拜排着豬公牲禮的圖，第二面爲異族的渴望，是高山同胞的生活象徵圖，第三面爲臺灣平安戲圖，第四面爲敎會墓園圖，第五面爲臺南王妃廟圖，第六面爲臺灣一般的廟圖。封面和插圖都是編者北原政吉自製自繪的。

集裏收三十位詩人共九十五首詩；詩的主題，看上述所配的六面插圖，便會想像到是屬於臺灣特色濃厚的作品。

編者北原政吉表示，早就有意編一本「臺灣現代詩集」，把臺灣光復後的現代詩介紹給日本。因在日本，尤其九州、四國地區以及琉球，有很多曾經在臺灣任過的日本人；他們之中，大部份是任過殖民地的官警，品嚐過統治者的滋味，享受過以優越感任意驅使老百姓的人；只有極少部份的人，卽據於人性的崇高觀念，跟臺灣人同等相處。但不管曾經在臺灣做過什麽，他們還活着，總是對臺灣有點懷念與關心。而他們所懷念和關心的情緒，每一個人都會不一樣吧。

日本戰敗，臺灣光復，一切情況都變了。原來搭在沙灘上的日本人的優越感，隨之崩毀，他們只抱着幻滅的悲哀，被遣返到故國的鄉間，在苛酷的現實命運裏，過着悔悟與歉疚的生活。北原政吉十分瞭解這種人際關係，因爲他自己是臺北市建成小學及第一師範學校的畢業生，進入日本大學藝術創作科深造後，又回到臺北市任敎至臺灣光復，才被遣返日本。他是在臺日本人之中屬於極小部份的人，以藝術家的人間愛，不滿臺灣總督府的愚民政策，敎學臺人子弟獲得正當的智慧，跟臺灣籍的藝術家們相處得很好。他寫新詩，也畫畫；認爲臺灣是他的娘家，目前仍參加我國笠詩雙月刊的同仁和臺北芳蘭美術會的會員。雖然年齡已屆七十一，却屢次參加國際高齡者馬拉松大會而獲勝，確實是一位不認老的健將。

北原政吉於民國六十六年八月上旬，帶着出版商宮崎端同到「娘家」來。在臺北訪問笠詩刋社社長陳秀喜女士和幾位詩的朋友，談起在日本出版臺灣現代詩集的旨趣。隨即跟着陳秀喜到臺中找笠詩刋創辦人之一的陳千武，要求陳千武在詩的翻譯上幫助他的意願。

北原政吉和陳千武雖是初見面，但是在詩的創作與臺灣特殊性的歷史上，早有親密的情誼與默契。他們無需觸及政治關係的恩怨，只以詩超然的立場，觀察環境的演變和人心的動態。北原政吉比陳千武大十四歲，所以對日本統治的種種，也比陳千武更瞭解而清楚。

日本統治臺灣五十年，從佔領開始到戰敗放棄臺灣殖民權爲止，一直採取同化主義的政策，全不顧慮臺人持有的民族精神。臺人爭取設置臺灣議會堅忍不拔地奮鬪了十五年，爲了維護漢民族文化的特殊性，要求以自治主義代替同化政策，却始終未被採擇。臺灣總督府祇知有利於在臺日人確保其權勢地位，竟蒙上眼睛，企圖消滅繼承中國傳統文化的臺灣人民的語言、文字、風俗、習慣，强制臺灣人同化爲日本皇民。由於臺灣總督對臺灣人握有生殺予奪之權，加之第二次世界大戰當時的軍政專制，臺灣在光復前的一切情況似乎完全被同化了一樣，成爲日本國的延長之地；其實，那是臺灣人受到嚴重的時局的壓迫，只裝着表面上的體制而已。

果然，日本投降之後，臺灣同胞仍能恢復了漢民族本來的眞面目，迎接了光復，日政府在五十年悠久的半世紀，花費了那麼大的工夫終無法同化臺人，證明了臺灣總督專制的失敗。

臺灣的這種慘痛的史實，北原政吉是比陳千武更瞭解更清楚的。於是在臺灣光復三十餘年後的今天，他把具有最尖銳的時代感覺的臺灣現代詩創作介紹給日本，是爲了使日本人知道五十年未被同化的臺灣人，在中國固有文化的卵翼下，自然發育的成果，是如何地自由、茁壯、繁茂。北原政吉在「序」文中說：「所謂臺灣現代詩是指大戰後之時代的詩，正如日本文學史區分近代詩與現代詩一樣。在詩的精神、詩的方法均屬於新的今日的詩，可以彈性的解釋爲臺灣已非日本領土之後的歷史性含意的詩。」

他又說：「這本詩集收歛戰後的臺灣詩壇的動向，同時給有意探索與展望明天以後的人，提供複雜的示唆與很多的問題。」

北原政吉以盡量不損傷詩水準的高度，而採較寬幅度的作品，並注重詩人個人的活動予以介紹。

北原政吉依據介紹本詩集的主旨，所選的詩，全屬於省籍詩人的作品，自最高齡六十六歲的巫永福至最低年齡廿五歲的曾妙容，分別六十年代二人、五十年代七人、四十年代及三十年代各八人、二十年代五人。其中四十年代以上的人，多多少少受過日本教育，五十年代以上的人不但會講流利的日語，也都寫過日文詩的人，可以自作自翻。對于翻譯無把握以及不懂日文的十八名詩人，卽各自選作品交陳千武幫忙翻譯。

能自作自翻日文詩的五十年代以上的詩人作品，大都遺留着抗日意識的餘韻，如巫永福的被日本特務跟縱的主題、及陳秀喜的强調民族精神的作品，是較直接的表現。周伯陽的石門水庫却反射性地表現了臺灣光復後的發展。

詹冰、陳千武、林亨泰、潘芳格、黃靈芝、陳金連等人的作品，卽較具象徵的含意表現生活在臺灣的民俗性特殊感受，有抒情與批評的交錯；必給日本人囘想往事而有感慨無量的感受吧！四十年代的林鍾隆、黃騰輝、林宗源、趙天儀、非馬、白萩、李魁賢、岩上等人的作品，卽已進入正統的中文教育，以順利的筆法對時代發出尖銳的批評性，而較重視語言藝術性的表現，可使日本人對臺人融入中國文化之自然與快速感到驚異的衝擊吧！三十年代的許達然、杜國清、趙廼定、旅人、拾虹、李敏勇、陳明台、鄭烱明等純粹在光復後接受中國教育而長大的新生一代的作品，具有跟以前完全不同的銳意創新的風格，他們的詩想的飛躍，以冷靜的知性所觀察的事象，深刻地挖掘出來的意象，對於只懷念過去的臺灣歷史形骸的日本人來說，是十分陌生的異國情緒吧。至於二十年上代的陳鴻森、衡榕、郭成義、陳坤崙、曾妙容等人的作品，有些是對於受過日本軍政專制欺凌過的父親一輩的處境，感覺不公平的情緒爲主題而表現。如曾妙容的「小草的話」，陳鴻森的「燈火」，還有旅人的「神豬」等，可見日本專制政治留下的遺毒之深，令人慨嘆。

從這一本詩集作品的水準所捕捉的臺灣在歷史上特殊性的主題而表現的意象，雖然在日據時代有很多臺籍詩人響應當時的新文學運動而寫的日文新詩，與之比較，其民族意識或自由民主的思想反射，對於遭遇的不佳環境的批判性感受，及其意象的顯現，都遠不及這一本詩集的高度與深度。當時的臺灣詩人被迫用日文寫作，禁止漢字，當然有其難受的苦衷，也因此他們才拚命地維護中國固有文化，如淪陷當初的櫟詩社以及全省一百八十四個單位詩社的林立、後來組織新民會及臺灣文化協會、企圖建立臺灣人教育臺灣人的學校、舉辦通俗講演會或夏季講習會等，一意努力於文化啓蒙運動，保持傳統文化的種子。這一本「臺灣現代詩集」的詩想，也可以說是繼承那些先人的努力而開花的。

七十一歲的北原政吉花費了很多精神和精力，編完這一本詩集，並親自把原稿帶到住東京多摩川的陳明台寓所，研究校對中文字的譯音及其他細節，校對了三次才付印。詩集出版之日，他寫信告訴陳千武說：「眞高興的睡不着，便在家的周圍跑一個晚上的馬拉松。」他不愧是一位熱情的老青年。

我們期待「臺灣現代詩集」多少能造成中日文化交流的效果，以我們的詩人告訴異國的讀者：臺灣屹立在太平洋的一角，承繼悠久高度的文化種子，不斷地在萌芽開花，永遠不墜。

註：「臺灣現代詩集」，被推薦爲日本圖書館協會、日本學校圖書會協議會的選定圖書。曾經日據時代在臺灣任教的臺大教授矢野峰人，還有北狄雜誌主編長崎浩等很多人，均有稱讚的評語，北原政吉正在集編對臺灣現代詩集反應的「諸家芳信」，計劃出版。

臺灣現代詩集

編　者：北原政吉
發行者：宮崎　端
發行所：もぐら書房
　日本熊本渡鹿五—八—四
一九七九年二月二十八日發行
定價：五〇〇〇円

序

關於「臺灣現代詩集」這一題名，讓我講幾句話吧。

大家都知道臺灣是一個海島，臺灣是地域的名稱。而這裏說現代，是意味着這一次大戰結束後的時代；說現代詩猶如日本文學史上對近代詩稱爲現代詩的區分一樣，其詩性精神或詩的作法均屬於新的詩；就今日的詩的意義來說，是戰後，臺灣已非屬日本領土之後的新的詩，具歷史性的含意，若能如此彈性地解釋就對了。

我爲了這本詩集，收斂戰後臺灣詩壇的動向，同時也對有意探索明日的展望的人，可提供複雜的暗示和許多的問題。

因此特別注意不損及詩高度的水準，而廣泛採取作品，並加以個人的介紹；介紹其半身照片、生年月日、學歷、現住所、出版的詩集、研究論文、翻譯著作、及其他活動。

曾經學過日語，用日語寫過詩的，以及戰後出生在臺灣的，或戰後由中國大陸移住過來的人們，融在搖蕩的情勢裏詩作的實況，比較其他祇爲了詩論相差，趣味嗜好的相違，或思想怎樣、世界觀啦、宇宙觀啦等等，在恬靜的鳥籠裏歌詠的和平的國家的詩人，有其不同的逼身切實的感覺，是幸或不幸呢，無論如何，歡迎關心臺灣和關心現代詩的很多人士來翻讀這一本詩集吧。

北原政吉

後記

「臺灣現代詩集」是於一九七七年八月上旬我與宮崎端氏訪問臺灣，在臺北會見「笠」詩社社長陳秀喜女士以及諸位同仁，申述發行的旨趣，邀請他們協助。次日跟着秀喜女士經過豐原市到臺中，訪陳千武氏慨然應允，纔具體的開始行動。不久，在「笠」詩誌上刊登徵稿廣告，先在陳千武手上蒐集了作品，再寄來我這裏遴選編輯，交請宮崎氏上梓。

此間經過約一年，能依照計劃順利進行，完全是陳千武、陳秀喜、宮崎　端三位努力的結果，衷心表示謝意。

這本詩集由三十名詩人的九十五首詩所組成，其性別男二十六名，女四名。爲了這本詩集寄來新作的詩人是巫永福、林鍾隆、周伯陽、陳秀喜四位，從日文發表的詩集編者選用的有潘芳格的「慶壽」。

還有把自作自翻日文的詩人是詹冰、黃靈芝、陳千武、陳明台、杜國淸、林亨泰、陳金連諸氏。白萩、李敏勇、拾虹、非馬、許達然、岩上、李魁賢、鄭烱明、郭成儀、曾妙容、陳坤崙、旅人、衡榕、趙天儀、林宗源、趙迺定、陳鴻森、黃騰輝諸氏的作品，是經過陳千武的協助翻譯成日文的。這十八位詩人當中，以我的猜想，有幾位不但能用日語會話，且能自由以日文詩作，祇對日文無信心而躊躇不敢。雖然如此，從今再過幾年，被遺棄在臺灣的日語的遺產性存在，於不被補充的情形下，會一直沒落終成古墳化，成爲化石也說不定。如此一想，這本小小的「臺灣現代詩集」也許具有一點文化上的意義吧。

這本詩集由「笠」詩誌的同仁佔着，若徹底分析臺灣詩壇的現況，或戰後詩壇的變遷，或臺灣與現代詩的動向，便自可明白「笠」詩誌是代表今日臺灣的現代詩人所組織的雜誌，但現在似乎非詳述這些的時候。祇是處於複雜的國際情勢的漩渦裏戒嚴令的環境下，「笠」詩雙月刊雖已發刊八十四期自譽健在，但令人感覺其前途不一定樂觀的。

不過，臺灣的在野詩人，被壓縮在非常的現實裏，却未堵塞自己，而擁抱着自强骨節的詩魂，生氣活潑地活動着。例如巫永福氏在日據時期燃燒過的反骨火燄仍未衰滅，而放射着純粹的光輝。在太平洋戰爭中以志願兵參戰的陳千武氏，曾經站在遭遇魚雷攻擊即將沉沒的輸送船甲板上，跟着戰友發誓說：「活着回國，結婚生男孩，必定命名爲明台」——是爲了明天的臺灣，爲了明朗而多福的臺灣……。

戰後，不，應該說光復後，陳千武氏作爲臺灣現代詩的旗手前進，其子陳明台氏便跟着許多年輕的詩人羣一起，就要成爲新的希望。

蒐集在此三十名現代詩人的作品不一定都易懂，毋寧說難懂的較多，是由於現代詩性格的一面重視垂直性或思想性，大都採用意象化或用暗喩表現的方法之故。但追究詩人手中把甚麽事怎樣寫成，解明知性的作業，一定也有格外的快樂和感動吧。

臺灣的詩人對於里爾克或藍波，波特萊爾或艾略特，西脇順三郎或村野四郎，田村隆一或鮎川信夫等詩人寄於熱烈的關心，努力打開新的路，勉勵創造獨自的詩的宇宙，讀者的批評必會給他們的前途，降下敏銳而嚴肅的鞭雨吧。

我願更加一層的努力，繼續刋行能顯示確定臺灣現代詩壇獨自性的作品集來報答。多謝。

北原政吉

笠詩雙月刊29至89期總目錄(一)

本社

Ⅰ創作

(一)本國作品

台灣現代詩集
台灣現代詩集
台湾現代詩集

台灣現代詩集

中國民國行政院局版台誌1267號
中華郵政台字2007號登記第一類新聞紙

笠 詩双月刊
LI POETRY MAGAZINE 91

中華民國53年 6 月 15 日創刊
中華民國68年 6 月 15 日出版

發行人：黃騰輝
社　長：陳秀喜

笠詩刊社
台北市錦州街 175巷 20 號 2 樓
電話：551 —0083
編輯部：
台北縣新店鎮光明街204巷 18 弄 4 號 4 樓
經理部：
台中縣豐原市三村路90號
資料室：
《北部》台北市北投吉利街249號4樓
《中部》彰化市延平里建寶莊51～12號

國內售價：每期 30 元
訂閱全年 6 期150元‧半年3 期80元
海外售價：美金1.5元／日幣300元
港幣 5 元／菲幣 5 元
歡迎利用郵政劃撥21976號陳武雄帳戶訂閱

承　印：福元印刷公司　臺北市雅江街58號